Claude Cueni
Godless Sun

Claude Cueni

Godless Sun

Roman

OFFIZIN Zürich Verlag GmbH

Impressum

Autorenfoto:	Sebastian Magnani, ex-press.ch, Zürich
Umschlaggestaltung:	Thomas Jarzina, Holzkirchen
Lektorat:	Christine Krokauer
Gestaltung und Satz:	Christoph Krokauer, Würzburg
Druck und Einband:	CPI books GmbH, Ulm
Verwendete Schriften:	Adobe Garamond Pro, American Typewriter
Papier:	Umschlag, 135g/m², Bilderdruck glänzend, holzfrei; Inhalt, 90g/m², Werkdruck bläulichweiss, 1,75-fach, holzfrei

ISBN 978-3-906276-40-3
Printed in Germany

www.offizin.ch

Inhalt

»Die beste aller möglichen Welten ist eine Welt ohne Religion.«

US-Präsident John Adams (1735–1826)

Man kann auch zum Kopf einer Sardine beten,
wenn man fest daran glaubt.

Japanisches Sprichwort

»Wir sind Wesen der Physik, gemacht aus Molekülen.
Daher sind auch unsere Gedanken und Verhaltensweisen
das Resultat von Molekularbewegungen.«

Richard Dawkins, Evolutionsbiologe

1

Ich habe das nicht gewollt

Ich habe das alles nicht gewollt, die Sache ist aus dem Ruder gelaufen. Nachts schleichen sie um das Haus, werfen Steine gegen das Fenster oder tote Fische auf die Veranda. Ich bin sicher, eines Tages steht einer vor der Tür und stösst mir ein rostiges Messer in den Bauch. Ich habe das wirklich nicht gewollt. Ich bin auch kein Leader. Ich habe weder Charisma, noch bin ich eine stattliche Erscheinung. Ich gehöre nicht zu den Menschen, die man gleich wieder vergisst, ich gehöre zu den Menschen, die man gar nicht wahrnimmt. Das war immer so, bis vor kurzem.

Nachdem mich Natascha verlassen hatte, wollte ich ein ruhiges Leben führen, alle 14 Tage einen Geronimo-Heftroman abliefern und ansonsten meinen Frieden haben. Ja, ich schreibe Pulp, Pulp Fiction, Schundromane, Trash, Kioskromane, but *don't judge a book by his cover!* Es braucht eine Menge Recherchen und Phantasie, um alle 14 Tage aus dem Leben von Geronimo zu berichten. Geronimo ist der Kriegerhäuptling und Schamane der Bedonkohe-Apachen. Er starb 80-jährig in Fort Sill, Oklahoma. Wenn ich schreibe, muss ich mich an die Serienbibel halten. Alle sieben Autoren müssen sich daran halten. Das gilt auch für die Mystery-Serie »Insel des Grauens« und die neue Science-Fiction-Reihe »Orion, Herrscher der Galaxy«. Sie wird nächstes Jahr die Geronimo-Serie ablösen, dann findet der Wilde Westen im Weltall statt, endlose Galaxien statt zerklüfteter Canyons, Flüssignahrung statt Bohnen mit Speck, und Laserkanonen statt des Peacemakers von Samuel Colt. Streng genommen war Samuel Colt 1836 nicht der Erfinder, sondern lediglich der Patentinhaber und Produzent. Aber Bärbel streicht mir jeweils alle historischen Details. Ich hatte darum gekämpft, dass ich Geronimos ursprünglichen Namen, Bedonkohe, näher erläutern darf, denn er bedeutet »Der Gähnende«, aber Bärbel mailte, so genau wolle es *unsere Leserschaft* nicht wissen, deshalb würden die Pulp Fiction-Leser am Bahnhofskiosk meine Heftromane kaufen und kein Sachbuch bei Amazon bestellen. Ich müsste mich an einem einfachen Publikum orientieren. Das gilt für alle Heftserien. Es gibt klare Regeln: einfache Sätze, am liebsten Hauptsätze, keine vielschichtigen Charaktere und vor allem: no sex. Es ist in Ordnung, wenn ein Mann seine verdreckten Reitstiefel auszieht, die silberne Gurtschnalle löst, aber dann ist Schluss mit Erotik. Das wäre ein Plot für die pinkfarbene Heftreihe »Leonie«, ein Fortsetzungsroman über eine Prostituierte, die tagsüber Musikunterricht erteilt und nachts wildfremden Männern einen bläst. *Dylan liebt die Gefahr, aber die Flammen, die zwischen ihm und Leonie lodern, jagen sogar dem einsatzerprobten Feuerwehrmann Angst ein.* Nichts für mich. Die Heftserien »Die Gräfin von Venedig« und die Adaption von Hansruedi Wäschers Comic »Sigurd, der ritterliche Held« haben sie leider eingestellt. Dabei mag ich History über alles.

In Pulp Fiction-Romanen ist History nur Kulisse, Dekoration, mehr nicht. Eigentlich erzählen wir immer die gleichen Geschichten von Liebe, Hass, Verrat, Rache, Macht, Reichtum, und inszenieren sie vor wechselnden Kulissen. Den Wilden Westen mochte ich am meisten. Wenigstens darf ich noch 18 Hefte schreiben, bis die Serie von »Orion, Herrscher der Galaxy« abgelöst wird. Geronimo werde ich vermissen. Vor allem Cochise, den Häuptling der Chokonen-Apachen, der ihm die schöne Taz-ayz-Slath ausspannen will. Ich hätte noch reichlich Figurenmaterial, um bis an mein Lebensende neue Plots zu erfinden. Ulzana, Victorio und Nana, sie waren allesamt grosse Mitstreiter von

Geronimo, aber sie verfügten nicht über seine *Diya*, die göttliche Gabe, Visionen zu empfangen, und die *Ndaa K'ehgodih*, die Kraft, das Gehirn der Feinde zu manipulieren und die Gesetze von Zeit und Raum aufzulösen.

Animistische Religionen, Aberglaube und die Manipulation von Menschen, das alles hat mich schon immer fasziniert, aber Bärbel meint, ich könne ja ein Sachbuch schreiben, in Zukunft sei Mystery gefragt. Die etablierten Kirchen verlören immer mehr Mitglieder, sie verlören den Glauben, aber nicht den Aberglauben. Das müsse bedient werden: Mystery sei die Religion des 21. Jahrhunderts.

So hat es mir Bärbel in ihrer Mail erklärt. Sie ist die Chefin des virtuellen Writer's Room. Sie ist eine der zahlreichen Lektorinnen von *Morton & Stanley*, die jährlich 18 Millionen Heftromane verkaufen. Bärbel betreut meine Serien und ist somit auch die Lektorin der anderen sechs Autoren. Wir schreiben unter dem gleichen fiktiven Autorennamen, *Jack Hogan*. Wir sind die Ghostwriter eines Autors, den es gar nicht gibt.

Selbst wenn mich einer dieser Männer, die nachts um das Haus schleichen, erschiesst, werden die neuen Serien überleben. Ich habe einen Vorrat angelegt. Bärbel besteht darauf, dass wir eine Reserve für drei Monate haben, also sechs Heftromane von jeder Serie. Vielleicht würde mich Bärbel vermissen, wenn sie mich niederstechen, vielleicht, aber eher nicht. Sie würde zumindest bemerken, dass plötzlich keine neuen Folgen mehr kommen. Ich habe Bärbel noch nie live gesehen. Wir verkehren nur via Mail. Ich habe sie vor Jahren einmal gegoogelt und ein Foto von ihr gefunden. Sie wirkte etwas aufgedunsen, müde, vielleicht war sie früher mal eine schöne Frau, ich weiss es nicht. Jetzt hatte sie tiefhängende Hamsterbacken, halblanges Haar, nicht sehr gepflegt, ich bin sicher, sie ist mittlerweile Single und daran gewöhnt. Ich mochte sie. Sie war immer sehr nett. Sie hatte eine einfühlsame Art, manchmal bestimmt und dominant, aber doch warmherzig und mütterlich im guten und im schlechten Sinne. Ich hatte den Eindruck, sie habe das Pensionsalter schon überschritten, aber vielleicht ergeht es ihr ähnlich wie uns Ghostwritern: Angesichts der bescheidenen Honorare muss Bärbel arbeiten, bis sie tot umfällt. Wie meine Helden in Dodge City, wenn der Fünfuhrzug einfährt. Aber jetzt fährt kein Zug mehr.

Wäre das alles nicht passiert, wäre ich bestimmt in der alten Villa von Onkel Calvin geblieben. Ich habe mich dort immer wohl gefühlt. Das ehemalige Herrschaftshaus wurde um 1850 von einem Eisenbahnmogul gebaut. Er soll ein visionärer Mann gewesen sein, der an die Zukunft der Eisenbahn glaubte und deshalb seine *maison de plaisance* direkt an die projektierte Eisenbahnlinie baute. Damals lag die Parzelle noch im Grünen inmitten von Feldern. Heute steht die Villa inmitten von Schrebergärten. Man nennt sie jetzt Familiengärten, weil Moritz Schreber, der Namensgeber, nicht mehr den besten Ruf geniesst. Er war ein Arzt aus Leipzig, der zur Zeit der Industrialisierung die sozialen Folgen des Stadtlebens durch die Arbeit im Grünen, in sogenannten Armengärten, abfedern wollte. Er erfand übrigens auch ein Gerät zur Verhinderung der Selbstbefriedigung. Auf jeden Fall nennt man diese Gärten heute Familiengärten, aber man sieht dort unter der Woche kaum junge Leute. Es sind meistens Senioren oder Seniorinnen, die sich mit Akribie ihrem Gemüse widmen und den ganzen Tag über kaum ein Wort miteinander reden. Am Wochenende kommen auch Türken, Albaner, Kosovaren, Italiener und Portugiesen, sie kommen meistens mit der halben Familie, grillen und reden so laut, dass sich wiederum die einsamen Witwer aufregen, die frustriert ihre Erdbeeren pflücken, Weinbergschnecken mit der Gartenschere vierteilen und darüber nachdenken, was sie später mit dieser vollen Erdbeerschüssel anfangen sollen. Wann waren die Kinder das letzte Mal mit den Enkeln zu Besuch?

Onkel Calvin wohnte im Erdgeschoss der Villa. Er hatte sich in den ehemaligen Salon zurückgezogen, einen pompösen Saal mit einem wuchtigen Kristallleuchter, der über einem langen Konferenztisch hing. An die Stukkaturdecke war ein blauer Himmel mit weissen Wölkchen gemalt, mit putzigen, bunten Vögeln, die sich in Rosenranken versteckten. Am Ende des langen Tisches thronte Onkel Calvin in seinem abgewetzten braunen Chesterfield-Sessel. Die übrigen elf Sessel waren stets mit Zeitungen, Büchern und allerlei Nippes beladen. Links führte eine Schiebetür in die grosse Wohnküche. Aber Onkel Calvin empfing keine Besucher. Nur mich. Das ist nicht immer so gewesen.

Onkel Calvin hatte mir die beiden oberen Stockwerke überlassen, nicht aus Nächstenliebe, denn Onkel Calvin hat ein Leben lang nur sich selbst geliebt. Vielleicht werde ich später noch darauf zurückkommen, auf jeden Fall war Onkel Calvin mit seinen 87 Jahren nicht mehr so gut auf den Beinen. Treppensteigen, das war ihm zu mühsam geworden, nicht ungewöhnlich, diese motorische Einschränkung, das kommt ja nicht von heute auf morgen, das ist der Trost bei diesen altersbedingten Redimensionierungen, man vollzieht sie in kleinen Schritten, schluckt sie in mundgerechten Portionen, und nachdem sich Onkel Calvin zum ersten Mal den Schenkelhals gebrochen hatte, mied er fortan die oberen Stockwerke. Ich hatte diese deshalb für mich alleine, fünf grosse Zimmer im ersten Stock und weitere Räume im Dachstock. Hier lagerte noch ein Teil des Mobiliars des früheren Besitzers, vollgestopfte Kommoden, Stühle mit gebrochenen Sitzflächen aus Bast, Tische mit gedrechselten Beinen, vollbeladen mit Bergen von verstaubten Kleidern, von Motten zerfressen, vergilbte Bücher mit spröden Ledereinbänden. Unter dem kleinen Dachfenster standen einige schwere Reisetruhen aus dem 19. Jahrhundert, in einer der Truhen war noch ein alter Katalog, »Malles et sacs de Louis Vuitton, Paris, 1 rue Scribe, Téléphone 239-68. Boîte pour chapeaux de dames, Malle cuir pour hommes«.

Ich weiss, ich verliere mich im Detail, das liegt einerseits daran, dass ich seit neun Jahren ohne Natascha lebe, aber auch daran, dass es mir körperliche Schmerzen zufügt, dass ich in meinen Heftromanen nicht aus dem Vollen schöpfen darf, dass ich nicht ein bisschen belesener sein darf als das Zielpublikum.

Ich hatte mir im ersten Stock ein kleines Paradies eingerichtet. Jedes meiner Zimmer war im Stil einer Epoche eingerichtet. Das Wild West Zimmer hatte ich als Saloon gestaltet, Arizona, 19. Jahrhundert, die Wände mit groben Holzplanken verkleidet. Einen Tresen aus alter Eiche mit antiker Spiegelwand hatte ich in Brüssel ersteigert, und den ganzen Kitsch an den Wänden hatte ich von einem Westernstore übernommen, der Konkurs gegangen war. Das alte Klavier war schon da, ich spiele nicht Klavier, ich bin durch und durch unmusikalisch. Ich bewundere deshalb Sänger, Musiker und Komponisten, wie ich eigentlich alle Menschen bewundere, die Dinge können, die ich nicht beherrsche.

Onkel Calvin hat mich einmal darauf hingewiesen. Er hatte stets Zeit, über solche Dinge nachzudenken. Deshalb war er auch nachtragend, wie viele Menschen, die im Alter unsichtbar werden.

Er beschwerte sich oft darüber, dass ich den Boden des Westernzimmers mit schweren Holzdielen verlegt hatte. Er meinte, irgendwann würde der Boden einstürzen und ihn im Schlaf erschlagen. Sein Salon lag direkt unter meinem Saloon. Die Wortverwandtschaft kommt übrigens nicht von ungefähr. Französische Trapper nannten während des Goldrausches in Alaska die Holzbaracken, in denen sie Karten spielten, soffen und sich anschliessend gegenseitig erschossen, Saloon, eine ironische Anspielung auf die gediegenen Pariser Salons Ende des 19. Jahrhunderts. Ich hatte dies letztes Jahr in der Folge »Smokey Smith« beiläufig erwähnt. Aber Bärbel hatte es gestrichen. Wie üblich. Ich muss mich offenbar an das Bildungsniveau von Primarschülern halten. Nur bei den Science-Fiction-Serien darf ich einen höheren Schulabschluss voraussetzen, was wiederum für mich recherchenmässig einen dreifachen Aufwand bedeutet, weil ich nicht so viel von Raketenantrieben, schwarzen Löchern und der Relativitätstheorie verstehe.

Aber wir waren bei Onkel Calvin, der mich stets daran erinnerte, dass der Schreiner damals einen Mordslärm gemacht hatte. »Aber wenn ich den Boden wieder herausreisse«, entgegne ich jeweils, »wird das wieder Lärm machen und eine Menge Staub aufwirbeln.« Er behauptete dann, dass er daran ersticken würde, und zürnte, ob es das sei, was ich wolle. Dass er sterbe, und ich das Herrschaftshaus für mich alleine habe. Dabei rauchte er wie ein Schornstein, kubanische Zigarren, und litt fürchterlich, wenn die Pollen im Frühjahr ihren Flug antraten. Im Sommer ertrug er die Hitze schlecht, im Herbst war er oft erkältet und im Winter fror er unsäglich und bat mich, die Heizung aufzudrehen und gleichzeitig Heizkosten zu sparen, ich solle bei mir oben weniger lüften. Ich sagte ihm einmal, er solle weniger rauchen, das beeinträchtige die Durchblutung in den Füssen, aber er nannte das *dummes Zeug* und zündete sich eine weitere Zigarre an. Wenn er es zu bunt trieb, erinnerte ich ihn daran, dass ich nie darum gebeten hatte, in seine Villa einzuziehen. Dann hielt er für eine Weile den Mund. Manchmal rächte ich mich an ihm, indem ich unsere Dialoge in der »Insel des Grauens« einbaute. Dort gibt es auch sowas wie ein verwunschenes Haus, in dem ein alter, mürrischer Mann die Geister der Vergangenheit heraufbeschwört.

Wären all diese schrecklichen Dinge nicht passiert, wäre ich bestimmt in der Villa geblieben, ich hätte das Anwesen renoviert, ich wäre in diesem Land geblieben und hätte mir alles vom Mund abgespart, um das Orion-Schlafzimmer noch etwas auszubauen. Ich hätte mir in London noch einen römischen Gladiator in Lebensgrösse bestellt, vielleicht hätte ich mir sogar den neuen Darth Vader aus Plexiglas gekauft. Das Versandhaus in Nevada hatte mir gemailt, dass sie mir die Transportkosten schenken würden. Wahrscheinlich hätte ich auch zwei Schaufensterpuppen gekauft, um John Law, das Finanzgenie des 17. Jahrhunderts, und einen Kardinal einzukleiden. Ich denke, Kirche, Naturwissenschaften und Militär lenken den Lauf der Menschheitsgeschichte. Und die Frauen natürlich, die Liebe, die Leidenschaft, die Besessenheit. Vielleicht auch der Aberglaube, der Boden, auf dem Religionen und Sekten gedeihen.

Ja, Science-Fiction liegt tatsächlich im Trend, als hätten die Menschen allmählich die Nase voll von der Realität, der Gegenwart.

Ich werde nichts renovieren. In Zukunft werden Hotelzimmer mein Zuhause sein. Ich weiss nicht, wohin es mich verschlagen wird, wahrscheinlich wird man mich bis ans Ende der Welt jagen. Aber Science-Fiction könnte ich überall schreiben, in der *Hacienda De Los Santos* in Mexico oder im *Hanoi La Siesta* in Vietnam. Die haben sogar ein Spa. Vielleicht gibt's dort Happy Ending. Bestimmt. Und Highspeed Internet hat heute jedes bessere Hotel. Das ist das Einzige, was ich bräuchte, um Bärbel weiterhin alle 14 Tage einmal Mystery und einmal Science-Fiction zu mailen.

Ich habe Science-Fiction stets unterschätzt, aber gute Science-Fiction ist die Kombination aus History und Gegenwart. Bei Börsenprognosen benutzt man die Charttechnik. Man schaut, wie sich die Aktie in der Vergangenheit entwickelt hat und wagt eine Prognose. Science-Fiction Autoren sind somit die Charttechniker der Gesellschaft.

Ja, Sie haben Recht, ich leide darunter, dass Autoren von Kioskromanen keine Anerkennung finden. Dabei sind sie für viele Menschen sehr hilfreich. Es gibt im deutschsprachigen Raum mittlerweile über zehn Millionen Honks. Das sind Hauptschüler ohne nennenswerte Kenntnisse. Die lesen Pulp Fiction-Romane. Auch labile und frustrierte Menschen mögen Pulp Fiction. In Trashromanen ist ein Mann noch ein Mann. Heftromane bieten Struktur und Orientierung. Sie helfen zu akzeptieren, dass das Leben trostlos ist. Albert Camus sagte: »Die Phantasie tröstet die Menschen über das hinweg, was sie nicht sein können, und der Humor über das, was sie tatsächlich sind.« Die Gewissheit, dass jeden Donnerstag das neue Heft am Kiosk aufliegt, gibt der Woche eine Struktur, genau wie die Abendnachrichten. Darauf ist Verlass. Fällt ein Feiertag auf den Donnerstag, stürzt der Leser in die Abgründe seiner zerrissenen Seele und säuft wie der Irokese Handsome Lake nach der Schlacht von Devil's Hole.

Zu meinen Lesern gehören übrigens viele Alkoholiker, Suchtkranke, Menschen in Krisensituationen. Ich erfahre das meistens in den einschlägigen Foren. Ich poste manchmal etwas unter dem Namen »Crazy Horse« und frage scheinheilig: *Wie hat euch eigentlich »Hängt ihn höher« gefallen?* Pulp Fiction-Leser sind treue Leser, sie werden nie richtig erwachsen und selbst wenn sie ihre Lebenskrise überwinden, besuchen sie weiterhin die geheimnisvolle Insel oder fliegen mit Commander Orion durch die Galaxy. Leser von Schundromanen sind leicht manipulierbar, sie träumen sich ihre Welt zusammen und sind dankbar für Illusionen aller Art. Ich glaube deshalb, dass die meisten religiös sind. Auf ihre Art natürlich.

Gefährlich wird es für uns Trashautoren, und natürlich auch für Bärbel, wenn die Leser ihre Einkommensverhältnisse signifikant verbessern, wenn sie plötzlich reisen. Die Tourismusindustrie ist der grösste Feind der Schundliteratur. Immer mehr Menschen können immer billiger reisen. Die fliegen jetzt selbst an all die exotischen Orte, die ich mal beschrieben habe. Ich verliere meine Schauplätze, deshalb ist die neue Science-Fiction-Reihe so wichtig für mein wirtschaftliches Überleben. Die Galaxy hat noch keiner beflogen. Ich bin der Pilot, verdiene aber weniger als eine Stewardess.

Seit einigen Tagen erhalte ich die zahlreichen Morddrohungen sogar per Mail, das ist deshalb erstaunlich, weil man den Absender zurückverfolgen kann. Alle Dämme sind gebrochen. Ich hatte die Polizei um Hilfe gebeten, aber ein Beamter riet mir, einen Bodyguard zu nehmen. Ich fragte, ob es nicht die oberste Pflicht eines Staates sei, die Unversehrtheit seiner Bürger zu schützen, doch er meinte, niemand könne mehr für meine Sicherheit garantieren, ich sei selbst schuld. Aber ich schwöre, ich habe das nicht gewollt! Niemand konnte mit einer derartigen Eskalation rechnen. Ich verabscheue Gewalt, ich bin Pazifist, nicht aus Schwäche, sondern aus Überzeugung. Ich bin auch sonst, im privaten Umgang, ein sehr friedliebender Mensch, fast schon im asiatischen Sinne harmoniebedürftig. Selbst in meiner letzten Beziehung war ich derjenige, der nachgab. Ob das Klugheit oder die Feigheit des

Pantoffelhelden war, sei mal dahingestellt. Ich weiss bis heute nicht, wieso mich Natascha vor neun Jahren verlassen hat. Ich dachte, unsere Liebe würde ewig halten.

Vielleicht war ich zu stark mit Geronimo beschäftigt. Oder mit seiner Geliebten. Aber das ist heute kein Thema mehr, ich mag nicht darüber sprechen. Ich weiss, John Steinbeck schrieb in »Jenseits von Eden«, *wenn ein Mensch unter keinen Umständen über etwas sprechen wolle, bedeute es, dass er Tag und Nacht darüber nachdenke.* Vielleicht hätte mir Natascha einen Tipp geben können, hätte mir erklären können, was ich bis heute nicht verstehe: Wie konnte das alles nur geschehen?

Ich weiss nicht, wie offen ich über die Ereignisse sprechen kann. In unserer narzisstischen Gesellschaft akzeptiert man kaum noch abweichende Meinungen. Political Correctness ist die Pflicht zur Realitätsverweigerung. Ich war stets ein entschiedener, ja kompromissloser Befürworter der freien Meinungsäusserung. *Meinungsfreiheit bedeutet auch, dass man Dinge sagt, die niemand hören will.* Ist von George Orwell, nicht von mir. Ich habe viele Dinge gesagt, die niemand hören wollte. Ich dachte, das kann man aushalten. Darüber kann man reden. Aber wenn Menschen sich nicht artikulieren können, schlagen sie zu. Das macht mir Angst. Die dümmsten Menschen sind die gefährlichsten.

Ich bin erleichtert, dass alles geklappt hat mit meinem Ticket. Ich dachte, vielleicht kriege ich unter meinem bürgerlichen Namen gar kein Ticket mehr, vielleicht verweigert man mir die Ausreise. Aber wer kennt mich schon unter meinem bürgerlichen Namen? Ich habe viele Namen, selbst Gott hat viele Namen, Autoren sowieso. Verzeihen Sie mir bitte, dass ich nicht immer »Autorinnen und Autoren« schreibe, das ist mir einfach zu anstrengend, physisch, aber auch intellektuell. Ich schreibe schliesslich alle 14 Tage einen Heftroman à 64 Seiten, Normseiten, das sind 30 Zeilen à 60 Zeichen. Dafür braucht ein erfahrener Autor eine Woche. Ich kriege 1250 Euro für einen Roman, also

5000 im Monat. Sie werden sich vielleicht fragen, wieso ich mir das antue, wieso ich nicht was Anständiges erlernt habe? Ich bin schreibsüchtig, das ist alles, ich befriedige meine Sucht und verdiene damit erst noch meinen Lebensunterhalt. Andere Menschen brauchen Zigaretten, fressen sich voll, kaufen teure Uhren und schnelle Autos, verbringen ihre Freizeit in Casinos oder Bordellen und gehen dabei bankrott, ich sitze vor meinem Computer, erfinde Geschichten, reise in Gedanken mit meinen Figuren um die Welt, pendle zwischen vergangenen Epochen und zukünftigen Zivilisationen. Es ist die schönste Welt, die ich mir vorstellen kann, die Phantasie. Ich bin zufrieden damit, ich war es jedenfalls lange.

In den letzten Monaten hatte ich oft das Bedürfnis, mich mit den anderen Autoren auszutauschen. Ich bin eigentlich ein Familienmensch, obwohl ich ein Dasein als Robinson friste. Ich denke, ein regelmässiger Austausch unter Berufskollegen, das wäre auch der Wunsch der anderen Autoren, aber Bärbel hat uns für die interne Kommunikation anonymisiert, wir kennen uns lediglich unter Namen wie »Cassidy John« oder »Lady Summerhill«. Ich heisse übrigens »Rebecca La Rue«, und niemand weiss, ob sich ein Amerikaner oder eine Spanierin hinter diesem fiktiven Autorennamen verbirgt. Diese Anonymität ist von »Morton & Stanley« gewollt. Keiner soll sein Honorar mit dem Einkommen der anderen vergleichen können. Für die Leserschaft sind wir alle *Jack Hogan.*

Viele junge Menschen träumen davon, Schriftsteller zu werden. Aber es ist kein einfacher Job, schon gar nicht, wenn sie in der Pulp Avenue stranden. Wenn sie abends die »Insel des Grauens« verlassen oder mit Commander Orion aus der Galaxy zurückkehren und hinunterfallen in die reale Welt, in eine Bar, zu einem Date, und wenn sie dann sagen, dass sie Kioskromane schreiben, ist die Dame an der Bar bis ins nächste Jahrzehnt ausgebucht. Problematischer wäre es nur, wenn sie gestehen würden, dass sie arbeitslos sind. Nun gut, das könnte man schönreden und behaupten, man sei Privatier. Aber das Mädchen würde sich fragen, wieso ich wie ein Dudeist rumlaufe. Das sind die Freaks, die sich in der »Church of the Latter-Day Dude« vereinigt haben und den Lebensstil von »The Big Lebowski« verherrlichen. Aber auch das könnte man schönreden und behaupten, dass Multimillionäre heute nicht mehr in Edelklamotten rumlaufen, sondern eher in Jeans, Traineroberteil und Turnschuhen. Die können sich das leisten, die sind auf niemanden mehr angewiesen, die haben genügend *Fuck You Money*. Das bedeutet, sie haben genügend Geld, um in jeder Situation dem Gegenüber *Fuck You* ins Gesicht zu schleudern.

Aber das ist nicht mehr mein Thema. Wie alle Menschen, die die meiste Zeit mit ihrer eigenen Phantasie verbringen, neige ich zu Abschweifungen, vielleicht ist es auch Geschwätzigkeit oder gar eine Geringschätzung der Realität. Manchmal ist Geschwätzigkeit Ausdruck eines übertriebenen Egos, manchmal aber auch ein Zeichen von Einsamkeit. Ich bin sicher, Robinson hat wie ein Wasserfall geplappert, als ihn Daniel Defoe nach 28 Jahren von seinem tristen Inseldasein erlöste.

Aber worauf ich hinauswollte: Ich denke, ich brauche mit 43 Jahren keine neue Beziehung mehr, die länger als eine Nacht dauert. Nachdem mich Natascha verlassen hatte, wollte ich Single bleiben und niemanden im Haus haben, der mich daran erinnert, dass ich einen persönlichen Jahrestag vergessen habe. Freiheit bedeutet, um drei Uhr morgens zum Kühlschrank zu schlurfen und eine Currywurst zu fressen. Und niemand fragt wieso. Für Natascha war das sicher nicht einfach. Sie war eine jüdische Russin aus Paris, klingt vielleicht etwas exotisch, war es auch. Sie hatte blondes Haar, einen aufrechten Gang und war eine markante Erscheinung, gross, dominant, raumfüllend, und doch sehr fragil, hungrig nach Anerkennung und Fürsorge, als Figur hätte Bärbel Natascha zusammengestrichen, zu komplex, versteht keiner. Auch ich hatte Mühe damit. Aber so war Natascha. Manchmal denke ich darüber nach, wo sie im Augenblick sein könnte, ob sie glücklich in einer Beziehung lebt. Ich verliere mich in Varianten, ausufernden

Geschichten und realisiere erst nach Stunden, dass ich mir das alles ausgedacht habe. Natascha ist keine Heftserie, Natascha war neun Jahre lang meine Freundin. Wir hatten es gut miteinander, dachte ich jedenfalls.

Ich erwähnte schon, dass mir Lovestorys nicht liegen, ich meine als Autor. Ich hatte Bärbel auch schon Alternativvorschläge unterbreitet für eine neue History-Serie, »Priscus, Held der Arena«. Mein Held kämpft in der Zeit von Kaiser Titus im Flavischen Amphitheater. Damals gab es das Kolosseum noch nicht, er kämpfte gegen seinen besten Freund, den Gladiator Verus. Alles recherchiert. Der Dichter Martial hat diesen Jahrhundertkampf in einem Gedicht festgehalten, *Rumble in the Jungle*, in der Antike. Wäre das kein Stoff für eine neue Römerserie gewesen? Aber Bärbel sagte, das Thema *Gladiatoren* sei ausgelutscht, es gebe schon zu viele davon. Ich mailte zurück, genau das könnte ein Hinweis darauf sein, dass das Interesse besonders gross sei, deshalb gebe es so viele Gladiatorenromane. Ich insistierte und mailte, dass ich gerne den Mithraskult der römischen Legionäre dramatisieren würde, den Kult der göttlichen Sonne, aber Bärbel meinte, ich solle doch gescheiter ein Sachbuch zum Thema schreiben, das sei ein ganz anderes Publikum.

Vielleicht habe ich deshalb heimlich "Godless Sun" geschrieben und bei *Crocodile Books* publiziert.

Crocodile Books ist kein richtiger Verlag, eigentlich bloss eine Druckerei, die sich selbst Druckaufträge beschafft, indem sie Bücher, die niemand publizieren will, gegen Vorschuss druckt und vertreibt. Marlon, mein Verleger, war ein grossgewachsener Mann um die 40, vom Alkohol ausgezehrt. Sein Vater war ein stadtbekannter Kunstmaler gewesen, der sein halbes Leben in Kneipen verbracht hatte. Jetzt ist er tot, an einer Alkoholvergiftung gestorben, aber in den Kneipen der Altstadt hängen seine depressiven Bilder, die er jeweils den Wirten abtreten musste, um seine Besäufnisse zu bezahlen. Die Wirte dachten vielleicht, wenn der alte Oscar so weitersäuft, stirbt er bald und kleckert keine Leinwände mehr voll, dann steigen die Preise, das ist nun mal das Gesetz von Angebot und Nachfrage. Marlon hat mir das einmal erzählt, als er Flyer für einen Pizza Service druckte. Er begleitete seinen Vater bereits im Kindsalter auf seinen Kneipentouren. Marlon sieht sich als Rebell. Tagsüber druckt er Visitenkarten und schmale Broschüren, nachts druckt er Dinge, die kein Feuilletonredaktor anfasst, das macht ihm Spass, deshalb hat er auch "Godless Sun" gedruckt. Er sagte damals, mein Buch sei ihm derart *eingefahren*, dass er eine ganze Woche nur noch gesoffen habe. Aber ich glaube, das tat er eh. Vielleicht ist es genetisch, schlechte Vorbilder, ich weiss es nicht. Ich war überglücklich, als Marlon "Godless Sun" druckte und auslieferte. Wir feierten zusammen mit seiner Freundin Aline drei Tage lang. In Aline war ich ein bisschen verliebt. Marlon hatte lediglich 500 Exemplare gedruckt. Einige Dutzend hatte ich selbst bestellt, um zu prüfen, ob Bestellvorgang und Lieferung funktionieren. Ja, hat alles funktioniert, ich habe mittlerweile zweihundert Exemplare unter meinem Schreibtisch. Und alle bezahlt. Ich habe insgesamt etwa 30 Exemplare verkauft, aufgerundet. Ich traf Aline einmal an einer Bushaltestelle. Sie sagte mir, Marlon saufe immer noch, er schlage sie auch, sie habe eine Fehlgeburt erlitten, er habe sie regelrecht geprügelt. Sie habe sich in der Toilette eingeschlossen und dann sei es passiert, direkt in die Kloschüssel. Man hätte bereits Händchen und Füsschen erkennen können.

»Wie kann Gott sowas zulassen?«, hatte sie geschluchzt. Hinter ihr hing ein Plakat der christlichen *Agentur für den Glauben*. Auf blauem Hintergrund stand in grossen gelben Lettern geschrieben: »Gott liebt dich!«.

Ich hatte Aline in den Arm genommen und ihr gesagt, sie könne bei mir wohnen. Sie wohnte zwei Tage bei mir. In der zweiten Nacht erschien Marlon im Treppenhaus und grölte, er würde sich eine Kugel durch den Schädel jagen, wenn sie nicht sofort zu ihm zurückkäme. Aline kramte rasch ihre sieben Sachen zusammen und rannte zur

Wohnungstür. »Er braucht mich«, schrie sie verzweifelt, als sie die Treppe hinuntereilte. Mir schien, sie platze schier vor Glück. Es ist mir ein Rätsel, wieso sich Frauen sowas antun. Aber die römische Antike ist leichter zu verstehen als die weibliche Psyche.

Ich habe später, wohl aus Trotz und Verzweiflung, "Godless Sun" noch ins Englische übersetzt. Ich dachte, der englische Markt ist viel grösser als der deutschsprachige. Das ist schon richtig, aber auch die englische Variante hat sich nicht verkauft, ich habe die englische Ausgabe mit der Amazon Software *Create Space* als Selfpublisher publiziert, als E-Book und Print on Demand, ausser Spesen nix gewesen.

Ich sagte vorhin, ich sei froh gewesen, dass alles geklappt hat mit dem Flugticket und so. Nein, nicht alles hat geklappt. Ich habe damals den Abflug verpasst. Venedig war nie meine Destination, aber es war der nächstbeste Flug aus der Hölle. Ich dachte, flieg doch erst mal nach Venedig, von dort kannst du dann weiterreisen, Hongkong, Südamerika, Neuseeland, Miami, einfach so lange zwischen Ost und West hin- und herfliegen, bis alle meine Spuren verwischt sind oder meine Maschine abgestürzt ist.

Al Ponte Antico, Venedig

Die Maschine stürzte nicht ab, allerdings fiel ich beinahe ins Wasser, als ich das schaukelnde Wassertaxi bestieg. Wir bretterten über den Canale della Giudecca, bis wir schliesslich in gemächlichem Tempo in den Canal Grande einbogen. Das Erste, was mir auffiel, war der Gestank, der Gestank von 1000 Jahren Zivilisation und verlotterten Abwasserkanälen. Der Markusplatz war schon sehr belebt, Touristenschwärme, die sich wie eine bunte Lava in die schmalen Gassen verteilten. Das Hotel *Al Ponte Antico* hatte eine eigene Anlegestelle, die nachts von vier Laternen erleuchtet wurde. Der Portier, ein grossgewachsener, athletischer Italiener, begrüsste mich wie einen alten Verwandten und genoss mit sichtbarem Stolz meine Bewunderung, als wir von der Anlegestelle durch den Hintereingang in einen gruftähnlichen Hotelflur traten. Das Gewölbe war in Terrakotta-Farbtönen bemalt, der Boden mit schwarzweissen Mosaiken ausgelegt, rechts der Eingang zu meiner Suite. Ich hatte mir ausdrücklich das Erdgeschoss gewünscht. Der Portier trug meinen Koffer in den loftähnlichen Salon und sagte, das Gebäude stamme aus dem 16. Jahrhundert und gehöre seit Generationen seiner Familie, Frühstück gebe es um 7.30 Uhr und sein Name sei Bruno. Die Wände waren mit kostbaren Stoffen tapeziert, die Inneneinrichtung bestand aus Möbeln im Stil Louis XV. Schwer beeindruckt schaute ich zu den handbemalten Stukkaturen an der Decke, spürte die steinharte Verspannung im Nacken, den üblichen Tribut, den Vielschreiber zu bezahlen haben, und machte ein paar Schritte zum raumhohen Doppelfenster, das den Blick auf den Canal Grande freigab. Der Holzboden war mit dem Wasserspiegel bündig, man konnte die Gondeln und Schiffe vorbeischleichen sehen, und hätte ich mich aus dem Fenster gelehnt, ich hätte dem einen oder anderen Touristen übers Haar fahren können. Aber nicht wahr, wieso hätte ich das tun sollen?

»Mitch«, sagte Bruno freundlich und strahlte übers ganze Gesicht, als er auf die offene Arkade zeigte, früher habe man hier einen Laden betrieben und deshalb den Raum mit der Arkade in zwei Hälften unterteilt, im hinteren Teil hätten noch seine Urahnen geschlafen. Ich erwähne das zögernd, weil mir Bärbel so oft eingetrichtert hat, dass Leser es nicht so genau wissen wollen. Die einen mögen das, die anderen ziehen eine Reservation auf der »Insel des Grauens« vor, freie Sicht auf das geheimnisvolle Moor und bläulich aufgedunsene Leichen zum Frühstück.

Ich verbrachte den Abend mit einem *Amarone di Valpolicella* vor den offenen Fensterflügeln und schaute den Booten nach, die wie in Slow Motion an meinem Fenster vorbeizogen. Im Hintergrund leuchteten die Lichter der Rialtobrücke, das Wasser schimmerte in warmen Kupfertönen, ich fühlte mich einsam, verlassen. Bruno hatte mir ein paar Restauranttipps gegeben, zwischen dem Palazzo dei Camerlenghi und dem Rialtomarkt würde ich viele Kneipen finden, die Livemusik spielten, Venedig sei in der Nacht am schönsten, in jeder menschenleeren Gasse können man dem mystischen Gesang der Vorfahren lauschen, man müsse nur genau hinhören, aber ich hatte ihm erklärt, dass mir eine Flasche Amarone genügen würde. Nein, ich wollte auch keine weibliche Gesellschaft.

In der Nacht träumte ich von der »Insel des Grauens«. Es gab dort ein Haus am See. Vielleicht ist es nur gerecht, dass Autoren Opfer ihrer eigenen Geschichten werden. Ich war nackt und stieg aus dem offenen Fenster. Wie in Trance schritt ich in der Dunkelheit auf das Moor zu. Ich wusste, dass ich das nicht durfte, dass es mein Ende bedeuten würde, aber ich konnte nichts dagegen tun. Ich musste es tun. Das Moor nahm mich auf, liess mich langsam versinken, und indem ich wild mit den Armen ruderte, beschleunigte ich meinen Untergang. Ich sank tief, bis auf den schlammigen Grund. Ich blieb dort eine ganze Weile, bis ich im Schlamm etwas ertastete. Es war ein Flaschenhals. Obwohl es hier unten stockfinster war, konnte ich das Etikett lesen. Es war ein Bordeauxwein. Ich öffnete ihn. Natürlich war mir klar, dass man nicht unter Wasser eine Flasche Wein öffnen kann. Ich tat es trotzdem und nahm einen Schluck dieser trüben Flüssigkeit. Ich bin kein Weinexperte, ich bin eher der Weintrinker, trotzdem hätte ich dieser gräulichen Sauce ein Schwefel-Bukett attestiert, mit einer dominanten Krabben-Salzwasser-Note und einem diskreten Benzin- und Essigaroma. Die Flasche stammte aus einem Schiffswrack, das 1864 zur Zeit des amerikanischen Bürgerkriegs vor der Küste Bermudas gesunken war. Normalerweise braucht es für eine solche Analyse Historiker, Chemiker und Meeresbiologen, aber in diesem grässlichen Traum wusste ich alles. Bis auf eine Sache: Was hatte der abgetrennte Kopf im Schlamm zu suchen? Ich kannte diesen Kopf, aber ich konnte mich nicht erinnern, zu welchem Ereignis dieser Kopf gehörte. Oder zu welchem Rumpf. Ich starrte diesen wachsfarbenen Kopf an, die Augen lagen wie verkohlte Aprikosenkerne in den Höhlen, ich blickte ins Antlitz des Todes.

Als ich schweissgebadet aufwachte und realisierte, dass ich hier in einem Hotelbett in Venedig lag, beschloss ich, meine Geschichte niederzuschreiben. Vielleicht beginne ich jetzt ganz von vorne.

2

Sol invictus

Streng genommen müsste ich die Zeit 90 Millionen Jahre zurückdrehen, bis in die Kreidezeit, zu den hasenartigen Nagetieren, vielleicht würde es auch genügen, mit dem Homo sapiens zu beginnen, der sich von den gemeinsamen Vorfahren, den Schimpansen, abspaltete. Sie mögen das vielleicht arrogant finden, dass ich mich und meine Geschichte in einen monumentalen, evolutionsbiologischen Kontext stelle, aber wir sprechen hier von den Naturwissenschaften, von der Evolution aus molekulargenetischer Sicht, von der Evolution, die auch ihre Füsse und Fortpflanzungsorgane hervorgebracht hat. Wir können auch Millionen Jahre der Evolution mit einer Zeile überspringen und meine Geschichte gleich in jener Zeit ansiedeln, als der Homo sapiens noch in Höhlen hauste, sich mit Neandertalern paarte, mit dem Feuer gegen wilde Affenhorden verteidigte und die Sonne als universale Lebensquelle verehrte. Es waren abergläubische Zeiten, in denen man in jedem Naturphänomen eine göttliche Manifestation zu erkennen glaubte. Es war die Geburt des Religiösen, das bis heute das Leben bestimmt und Leben vernichtet. »Furcht hat die Götter erschaffen«, behauptete der römische Philosoph Lucretius. Stephen Hawkins sagte kürzlich, Religion sei etwas *für Menschen, die sich im Dunkeln fürchten.*

Meine Eltern waren durchaus ängstliche Menschen, religiöse Gebote dominierten ihren Alltag. Sie waren fast so abergläubisch wie unsere haarigen, Keulen schwingenden Vorfahren. Aber meine Eltern waren Säugetiere des 20. Jahrhunderts. Sie waren gescheiter als ihre Vorfahren, sie glaubten nicht mehr an den Gott der Meere, an Waldgeister und mythologische Wesen, schliesslich hatte unsere Spezies seit dem Aufbruch des Homo erectus vor 1,8 Millionen Jahren (nur ein Unterkiefer blieb uns erhalten) und der Erfindung des Buchdrucks Mitte des 15. Jahrhunderts doch ein bisschen Bildung erfahren. Aber auch der Aberglaube hat mit dem technischen Fortschritt Schritt gehalten, und so glauben wir heute eher an Ufos und moderne Verschwörungstheorien. Meine Eltern spotteten zwar gerne über die *Wilden* in Tansania, die (übrigens bis heute) Albinos jagen und in Stücke hauen, weil die Körperteile angeblich *Glück, Reichtum und Macht* bringen. Sie fühlten sich diesen abergläubischen Kulturen weit überlegen. Deshalb pilgerten sie, wenn sie einen Wunsch hatten, nicht ins nordtansanische Nkindwabuye, um sich eine abgetrennte Albinohand zu kaufen, sondern zur Heiligen Grotte nach Lourdes, um sich ein bisschen Glück zu holen, abgefüllt in hübsche Flaschen aus geripptem Plastik und einem Abbild der Muttergottes. Ich wurde meine ganze Jugend lang mit Quellwasser aus Lourdes bespritzt und war nach jedem Fehlverhalten dem Zorn meiner Mutter, diesem religiösen Wasserwerfer, ausgesetzt. Meine Eltern glaubten an Wunder. Es gibt viele Berichte über angebliche Krebsheilungen. Aber gibt es einen einzigen Bericht, in dem ein abgetrennter Arm nach einem Besuch in Lourdes wieder nachgewachsen ist? Eigentlich eine merkwürdige Vorstellung, dass Menschen in unserer aufgeklärten Zeit in einem vollklimatisierten Reisebus nach Lourdes fahren, weil sie an Dinge glauben, die allen Naturwissenschaften widersprechen. Aber ist es nicht so, dass ausnahmslos alle Religionen dieser Welt im Widerspruch zu den Naturwissenschaften stehen?

Es gibt ein physikalisches Gesetz, wonach zwei Objekte, die mit einer Geschwindigkeit von 120 Kilometern aufeinanderprallen, eine Aufprallgeschwindigkeit von 240 Kilometern erzielen. Meine Eltern waren auf der Stelle tot. Ich war nicht dabei. Ich hatte mich erfolgreich geweigert, an dieser Pilgerfahrt teilzunehmen, und hatte mir mit meinen Kumpels auf dem Parkplatz hinter dem Friedhof einen fürchterlichen Rausch angetrunken. Mit 15 Jahren arbeitet man noch an der Erforschung der erträglichen Alkoholmenge und wagt gerne ein paar Experimente. Der Tod meiner Eltern war kein Schock, schon eher eine Befreiung. Ich habe meine Eltern nie gemocht, ich hasste dieses religiöse Irrenhaus, in dem ein unsichtbarer Mann herrschte, der wie eine intergalaktische Monsterspinne auf uns herunterblickte, uns täglich bestrafte und selten belohnte, und stets säuselte: »Gott liebt dich.« Wenn ich heute in der Zeitung das Bild eines vollständig zertrümmerten Autos sehe, das gegen einen Baum gekracht ist, denke ich: *Gott liebt dich.* Wenn ich von Tsunamis, Erdbeben und von Kriegen zerstörten Dörfern lese, denke ich: *Gott liebt dich.*

Die Vormundschaftsbehörde nahm sich damals meiner an. Ich wollte alleine in der Wohnung meiner Eltern weiterleben und später an der Universität Geschichte und Religionswissenschaften studieren. Die Jugendanwaltschaft zitierte meinen Onkel Calvin auf das Amt und fragte ihn in meiner Anwesenheit, ob er mich bis zur Volljährigkeit in seine Obhut nehmen wolle, aber er sagte, er könne mit Kindern nichts anfangen, sie seien laut und schmutzig, liessen die Kühlschranktür offen und pinkelten nachts meistens daneben. Er nannte mich tatsächlich ein Kind, obwohl meine Scham schon behaart war und ich bereits grosses Interesse für die weibliche Anatomie entwickelt hatte. Ich sehe ihn noch vor mir, diesen Onkel Calvin. Er war damals eine stattliche Erscheinung in den 60ern, ein Mann von Welt, selbstbewusst. Wie ein Elder Statesman erschien er einst an Weihnachten in Grossmutters verlottertem Bauernhaus, um ihr ein Geschenk zu überreichen, meistens eine Fünfzigfrankennote. Die Aufmerksamkeit seiner Geschwister, Neffen und Nichten war ihm stets sicher. Die Gespräche verstummten, wenn er Grossmutters düsteres Wohnzimmer betrat, und der Fussboden unter seinen Schritten knarrte. Alle Blicke waren auf ihn gerichtet. *Onkel*

Calvin, erzähl uns von deinen Reisen. Er war ein erfolgreicher Pariser Anwalt mit illustrer Kundschaft. Ich sah ihn zuletzt an der Beerdigung meiner Grossmutter, schon vor über 30 Jahren. Ich behielt in Erinnerung, wie meine Mutter bewundernd zu ihm hochblickte, obwohl er sie gerne öffentlich wegen ihres religiösen Eifers verspottete. Nun gut, er war durchaus charismatisch, man liebte ihn vielleicht auch deshalb, weil man ihn nicht zum Gegner haben wollte, man hatte also durchaus eine ähnliche Beziehung zu Onkel Calvin wie im Allgemeinen zum *Lieben Gott*: Man liebt ihn und fürchtet ihn zugleich.

Ich wuchs in einem katholischen Heim auf. In diesem hormongetriebenen Teenageralter sind die Freunde wichtiger als die Eltern, sie sind die neue Familie. Ich hatte ein paar gute Kumpels, und wir waren felsenfest überzeugt, dass wir ein Leben lang beste Freunde bleiben, aber wir verloren uns aus den Augen, und als ich mein Studium an der Universität begann, endeten unsere abendlichen Barbesuche, Bowling- und alkoholgeschwängerten Fussballabende; Felix wurde früh Vater, Silvio blieb in London hängen und starb an einer Überdosis, Martin betrieb eine Autowerkstatt in der Stadt. Jeder war mit dem Start ins Berufsleben beschäftigt. Ich träumte davon, Indiana Jones zu werden, obwohl ich nicht wirklich schwindelfrei bin und unterirdische Höhlensysteme und Gruften bei mir Platzangst auslösen. Ich schrieb eine Dissertation über *Sol invictus*, den Gott der römischen Legionäre, den die Christen später beinahe 1:1 übernommen haben, weil sie ihn nicht besiegen konnten. Sie pfropften das Christentum über den Mithraskult, bauten ihre Kirchen über die Mithräen, die heidnischen Kultgrotten, in denen die Sonnenpriester *Sol invictus* Opfer darbrachten. Leider wurde meine Dissertation abgelehnt. Ich betone stets, wie mir Unrecht geschah, und dass meine Dissertation nur deshalb abgelehnt worden war, weil ich mit der Dozentin keine Affäre haben wollte. Aber damals liebte ich Natascha, und es war mir sehr ernst mit Natascha. Wenn ich die Geschichte meiner Dissertation erzähle, bin ich mir der Anteilnahme meiner Mitmenschen sicher. Das ist schön. Weniger schön ist, dass die Geschichte nicht wahr ist. Es war keine gute Arbeit, und wir wussten es alle. Es war das Geschreibsel eines jungen Mannes, der nur Naschas Busen im Kopf und sich darauf eingestellt hatte, sein Leben als ewiger Student zu verbringen, sich auf Kosten der Allgemeinheit zu verköstigen, um eines Tages einen Job in jener Institution zu finden, in der er gross geworden war. Ich denke, Menschen im universitären Umfeld sind eher ängstliche Menschen, die ihre vertraute Umgebung nur ungern aufgeben und deshalb nach Abschluss ihres Studiums an die geschützten Orte zurückkehren, um nicht der rauen Wildnis des Arbeitsmarktes ausgesetzt zu sein. Die Universität war auch für mich eine geschützte Anstalt, in der ich überleben würde. Ich hatte während meiner Studienzeit ab und zu Shortstorys für ein französisches History-Magazin geschrieben. In Frankreich ist das noch etwas wert, im deutschsprachigen Raum verlangt man nach Empörungsliteratur mit so wenig politischer Substanz wie nur möglich, damit der Text mehrheitsfähig und gut verkäuflich ist. Ich hatte nie im Sinn, mein Leben in einer Pulp Avenue zu verbringen, aber irgendwann erhielt ich Post von einer Frau aus Hamburg: Bärbel. Sie suchte Ersatz für einen Autor, der sich aus Versehen bei erotischen Fesselspielen in einem Hotelschrank erdrosselt hatte. So schrieb ich die nächsten 274 Heftromane von »Cornelius, der Legionär«, versuchte mein Lieblingsthema *Sol invictus* einzubauen, aber Bärbel strich mir jeweils alle Passagen. Um uns allen die Arbeit und den Ärger zu ersparen, liess ich es schliesslich sein und beschränkte mich auf die blutigen Kämpfe in der Arena. Ich glaube, Ridley Scott hat mit seinem *Gladiator* den Markt versaut. Nachdem sein grossartiger Historienschinken weltweit Erfolge feierte, wollten alle History-Autoren noch schnell auf den Zug aufspringen und schrieben lausige Römerromane, obwohl sie keinen blassen Schimmer von der römischen Antike hatten. Die Qualität war so, dass selbst ein Laie, dessen Geschichtsbild bei Winston Churchill anfängt, der römischen Antike überdrüssig wurde. Ich liess Cornelius vor den Toren Alesias kläglich verrecken. Bärbel bestand jedoch darauf, dass er aufrecht starb, sich wie damals Papst Johannes Paul II. nicht am Bischofsstab (der Papst ist Bischof von Rom), sondern an der römischen Standarte festhielt. In Slow Motion sank er zu Boden. Er hielt den römischen Adler bis zuletzt aufrecht.

Natascha fand das alles nicht so toll. Sie fragte mich einmal: »Wieso interessierst du dich eigentlich für Geschichte? Das ist doch alles vorbei.«

Trotzdem hatte sie mich ihren Eltern als zukünftigen Archäologen oder Geschichtsprofessor vorstellen wollen, aber ich hatte ihre Eltern nicht sehen wollen, denn ich hätte ihnen sagen müssen, dass ich Heftromane schreibe, die man in keiner Bibliothek findet, aber unter zahlreichen WC-Fussmatten. Ich hätte gestehen müssen, dass ich Pulp Fiction schreibe und ansonsten ein fauler Hund bin, der gerne sein Leben barfuss in Shorts und T-Shirt verbringt und nachts Rotwein trinkt. Das hätte Natascha nicht gefallen. Sie verliess mich vor neun Jahren, das war zwei Tage nach Weihnachten. Ich erinnere mich daran, weil im Indischen Ozean Erdbeben mit der Stärke 9,1 auf der Richterskala eine fürchterliche Flutwelle auslösten und an den Küstengebieten von Indien, Thailand und Indonesien eine Viertelmillion Menschen ertränkten. *Gott liebt dich.* Während ich in den Abendnachrichten die Grafikanimation der indisch-australischen Erdplatte verfolgte, kam mir in den Sinn, dass ich Nataschas Mexican Chicken schon lange nicht mehr gegessen hatte. Vielleicht habe ich sie damals zum letzten Mal vermisst. Ich blieb die nächsten Jahre alleine in der Wohnung zurück und ernährte mich vorwiegend von Gemüse, das ich im Backofen mit Käse überbuk. Bis ich eines Morgens den Anruf eines Pflegeheims erhielt.

Onkel Calvin

Es war ein Notfall, ich sollte sofort in den 8. Stock des Universitätsspitals, mich bei der Stationsschwester melden und nach der

Physiotherapeutin Nang fragen. Ich liess Priscus alleine in der Arena und setzte ihn den tobenden Pfiffen des Volkes aus. Ja, ich weiss, Bärbel wollte keine neue Römerserie, aber ich schrieb trotzdem einige Folgen, um sie eines Besseren zu belehren und gleich noch das Geronimo-Jubiläumsheft für Weihnachten: 128 Seiten.

Ich lief eilig über den weitläufigen Park, der von den verschiedenen Klinikgebäuden umschlossen wurde. Einige Pflegerinnen standen vor den Eingängen und zogen gierig an ihren Zigaretten. Patienten schoben ihre Infusionsständer wie rollende Kleiderständer über die asphaltierten Wege zwischen den Rasenabschnitten, manche hatten Besucher bei sich, andere nur eine Zeitung.

Am Ende des Parks war eine kleine Allee mit Kastanienbäumen. Darunter gab es Holzbänke. Sie waren von jungen Afrikanern besetzt, Migranten aus Eritrea und dem Maghreb, Flüchtlinge, sagten die einen, Abenteuermigranten die anderen. Der Vorsteher des Migrationsamtes hatte in einem Interview behauptet, die jungen Männer aus Eritrea seien zu 90 % Abenteuermigranten auf der Suche nach Geld, Frauen und Partys. Das hatte für Ärger gesorgt, weil er der grünroten Fraktion angehörte. Die jungen Afrikaner waren mittlerweile im alten Gebäude des Klinikums 1 untergebracht, es sollte demnächst abgerissen werden. Bis vor kurzem schliefen sie noch in einer Notunterkunft am Stadtrand in der stillgelegten Messehalle 4. Doch das missfiel den pakistanischen Migranten in der Halle 3 und auch den Afghanen in der Halle 2. Vor einigen Wochen hatten sie sich wieder einmal gestritten, weil einer bei der Essensabgabe gedrängelt hatte, vielleicht hatte auch ein schiefer Blick genügt. Über 100 Migranten hatten sich darauf eine Massenschlägerei geliefert und waren mit Stangen, Messern und angespitzten Bettlatten aufeinander losgegangen. Die Polizei war schliesslich mit 40 Mannschaftswagen angerückt. Am nächsten Tag ging das ganze Theater wieder von vorne los. Auslöser war diesmal der angebliche Versuch eines Eritreers, ein syrisches Mädchen zu vergewaltigen, aber es stellte sich heraus, dass es ein Iraker war, der eine verheiratete Iranerin gegen ihren Willen geküsst hatte. Ein paar Tage zuvor hatten sie noch alle gemeinsam friedlich das Opferfest *Eid al-Adha*, den höchsten islamischen Feiertag, begangen. Sie waren ja alle Muslime und huldigten dem gleichen unsichtbaren Gott, aber die einzelnen Ethnien hassten sich wie die Pest. Wäre ich Politiker, hätte ich mich dafür eingesetzt, dass sie arbeiten können, denn im testosterongeschwängerten, jugendlichen Alter kommt man rasch auf dumme Gedanken. Und den ganzen Tag auf den Ikea-Pritschen herumliegen und über die ungewisse Zukunft nachdenken ist auch nicht das Gelbe vom Ei. Aber ich bin kein Politiker, geheimnisvolle Moore und Galaxien sind mein Fachgebiet.

Nang war eine thailändische Physiotherapeutin aus Chiang Mai, also aus dem Norden Thailands, und nicht so dunkel, wie man sich Thailänderinnen gemeinhin vorstellt. Sie hatte ein harmonisches, freundliches Gesicht, das viel Sanftmut ausstrahlte, einen durchtrainierten Körper, eher muskulös und kompakt. Sie war sehr freundlich, mochte um die 30 sein, aber Asiatinnen sehen bekanntlich meistens fünf Jahre jünger aus, sofern sie sich nicht von Fastfood und Cola ernähren. Mit ihren grossen schwarzen Augen und den ausgeprägten Wangenknochen war sie eine überaus exotische Schönheit. Ich bin sicher, sie musste sich manchen blöden Spruch anhören, nicht nur von den sechs älteren Herren in Zimmer 812. Sie hatten alle freie Sicht auf die gegenüberliegende weisse Wand. Dort hingen Aquarelle, die wahrscheinlich Menschen in bemitleidenswertem Zustand gemalt hatten. Im hintersten Bett, direkt beim Fenster, lag ein knorriger, alter Mann mit kahlem, voluminösem Schädel, das gräuliche Gesicht war zerfurcht und eingefallen, weil ihm offenbar einige Zähne fehlten. Unter seinem markanten Kinn hing ein schwabbelndes Stück Fleisch, wie ein kleines Euter, darunter zeichnete sich eine wuchernde Schilddrüse ab, die Mitleid erregte. Vor mir lag ein alter Mann, der die Herausforderungen des altersbedingten, körperlichen Zerfalls angenommen und sich in eine menschliche Echse verwandelt hatte.

Er war im Winter vor seinem Haus ausgeglitten und hatte sich zum zweiten Mal den Schenkelhals gebrochen. Jetzt war Frühling, ein schöner Mai, draussen blühten die Kirschbäume und die Echse lag immer noch hier oben im achten Stock. Nang strich ihm sanft über den Arm und sagte laut: »Professor, Sie haben Besuch. Ihr Neffe Mitch.« Offenbar war der alte Haudegen schwerhörig geworden oder er erinnerte sich nicht, dass er einen Neffe hatte, was mich, offen gestanden, in keiner Weise erstaunt hätte. Etwas verstört suchte er nach seiner Brille. Nang half ihm.

»Wieso hast du den Vorplatz nicht gesalzen?«, fragte ich als Erstes vorwurfsvoll, mein erster Satz nach dreissig Jahren. Ich erinnerte mich an seinen Auftritt bei der Vormundschaftsbehörde und an seine Weigerung, mein Vormund zu werden. Ja, in diesem Augenblick war ich verärgert, dass ich Geronimo alleine dem mexikanischen General Jose Maria Carrasco überlassen hatte. War übrigens 1858, also in etwa die Zeit, als der Eisenbahnbaron die Villa von Onkel Calvin erbaute. Oder hatte ich zuletzt an Priscus, Held der Arena, gearbeitet?

»Ich wollte das Gesindel abschrecken«, rief Onkel Calvin so laut, dass es alle übrigen Patienten im Zimmer mithören konnten. Einige lachten leise. Sie waren seine verbalen Ausfälle offenbar gewohnt. Schwerhörige Menschen reden immer so laut, dass sie sich selbst gut verstehen können, und deshalb haben gesunde Menschen den Eindruck, dass Schwerhörige noch lauter schreien als die Festlandchinesen in Hongkong.

»Vereiste Vorplätze sind der beste Einbruchschutz, Mitch.« Er warf mir die Zeitung zu, die er auf der Bettdecke aufgeschlagen hatte. Ich konnte sie gerade noch auffangen: »Lies mal! Sie kamen im Morgengrauen, kletterten durchs Fenster ins Haus und überraschten die alte Witwe im Schlaf. Sie verlangten Geld und Schmuck, aber die alte Dame sagte den Burschen, dass sie nichts habe. Sie folterten sie, stell dir das mal vor, sie folterten die alte Witwe. Sie brachen ihr die Knochen und quälten sie mit glühenden Nadeln, die sie ihr unter die Fingernägel stiessen, geschlagene vier Stunden lang! Niemand hörte ihre Schreie. Sie hätte ihren Vorplatz besser nicht gesalzen.«

Onkel Calvin starrte mich mit halboffenem Mund an und rang nach Atem. »Und überhaupt«, fügte er hinzu, »weisst du, wieviel ein Kilo Salz kostet? Das ist die Inflation, Mitch, der Staat inflationiert seine Schulden weg. Sie werden uns alle ruinieren!«

»Du wolltest mich sehen, Onkel Calvin?«, versuchte ich das Gespräch abzukürzen. Ich versuchte bewusst, kühl und distanziert zu wirken. Er sollte spüren, dass ich nichts vergessen hatte.

»Ich habe dich nicht gerufen, Mitch«, sagte er unwirsch, »du weisst doch, dass ich kein Familienmensch bin.«

»Ich weiss, Kinder sind laut und schmutzig, lassen die Kühlschranktür offen und pinkeln nachts an die Bücherwand.«

Er schaute verdutzt zu mir hoch. Er war erstaunt, dass ich das nicht vergessen hatte.

»Das Sozialamt«, sagte Nang, »hat von der Heimleitung eine Gefährdungsmeldung erhalten. Die müssen von Amts wegen überprüfen, ob Ihr Onkel nach Hause entlassen werden kann, ob er noch selbständig den Haushalt …«

Onkel Calvin richtete sich im Bett auf und schrie: »Natürlich wollen mich diese Halunken hierbehalten! Ich bin ein begehrter Langzeitgast, 7000 Franken im Monat. Und wenn dieses Beamtenpack mich entmündigt, erhält es die Vollmacht über alle meine Konten, und ich bezahle monatlich meine eigenen Internierungskosten!« Er stiess einen gellenden Schrei aus und fuhr fort: »Früher haben sie noch Kinder aus verwahrlosten Familien gerettet und in Heimen platziert. Aber zerrüttete Familien sind meistens etwas illiquid, also stürzen sie sich jetzt auf die Alten, die ein Leben lang geschuftet und gespart haben. Irgendwie muss ja diese ganze Sozialindustrie finanziert werden! Ich bin sicher, die Heimleiter kriegen Provision! Und wenn du endlich am Verrecken bist, kommen die Palliativmediziner und schauen, dass du deinen Aufenthalt noch etwas verlängerst. Darüber sollten die Zeitungen berichten! Nicht immer über diese Flüchtlinge!«

Nang legte ihre Hand auf seine Schulter und lächelte: »Er ist mit den Monatszahlungen im Rückstand, Wasser, Elektrizität, Heizung.

Er kriegt Mahnungen, erste Betreibungen, er hat niemanden, der das für ihn erledigt.«

Onkel Calvin schlug die Bettdecke zurück und setzte sich auf die Bettkante. Er trug ein blauweiss gestreiftes Spitalhemd, das hinten offen war und redete sich in Rage: »Ich bezahle keine überteuerten Rechnungen! Die schicken mir eine Wasserrechnung, als hätte ich zu Hause einen Swimmingpool wie Roger Federer in Valbella, dabei sitze ich hier und trinke jeden Morgen diese Kapuzinerpisse und höre mir das senile Gesabber meiner Zimmergenossen an.«

Die anderen Patienten kicherten leise.

Er gab Nang ein Zeichen und nuschelte gereizt: »Geben Sie ihm die Schlüssel.«

Nang nahm einen Schlüsselbund aus der Nachttischschublade und übergab ihn mir. Ich mochte sie auf Anhieb, am liebsten hätte ich nicht nur die Schlüssel an mich genommen, sondern mehr, vielleicht ihre ganze Hand.

»Geh' ins Haus, schau nach dem Rechten!«, rief Onkel Calvin und strampelte mit den Füssen, die den Linoleumboden nicht berühren konnten, weil das Bett zu hoch gestellt war. »Von mir aus kannst du einen Gärtner beauftragen, damit all diese Strolche sehen, dass der Alte noch lebt! Aber nimm einen Türken, die sind billiger und arbeiten schwarz. Beeil dich, Mitch, die wollen mir nächste Woche einen Beistand vor die Nase setzen, einen Vormund, der auch eigenmächtig über mein Aktiendepot entscheiden kann. Mein Gott, seit wann verstehen diese Grünschnäbel etwas von Aktienmärkten? Und diese Vermögensvernichtung stellen sie dir auch noch in Rechnung! Sie werden mich ruinieren!« Er senkte deprimiert den Kopf und liess seine Storchenbeine kraftlos über der Bettkante baumeln. Die Fussknöchel waren bläulich verfärbt. Wie zu sich selbst murmelte er: »Mitch, du bist der Einzige, der mir jetzt helfen kann!« Nach einer Weile blickte er müde zu mir hoch: »Du bist meine letzte Hoffnung.«

Der Satz erinnerte mich an »Der Mann aus Alaska«, *Sie sind meine letzte Hoffnung,* hatte ihm die Witwe des Sheriffs gesagt. Nang nickte mir freundlich zu. Natürlich hätte mich Onkel Calvin nett darum bitten können, aber das wäre nicht seine Art gewesen. Alphatiere akzeptieren im Alter selten, dass sie das Verfallsdatum überschritten haben. Das ist auch bei Nahrungsmitteln so, reine Biologie. Onkel Calvin war ein gewiefter Anwalt gewesen, der manchen über den Tisch gezogen hatte. So hatte es mir meine Mutter jeweils beim Kochen erzählt. Jetzt appellierte er an meine Empathie und adelte mich zum edlen Ritter, der als Einziger die Kraft hatte, sein Königreich mit dem Schwert zu verteidigen. Er liess dabei nicht den geringsten Zweifel aufkommen, wer der König und wer der Untergebene war. Das ist wohl die angeborene Dominanz der Machtmenschen. Man kann ihnen kaum widersprechen. Ich jedenfalls nicht. Wie konnte er mich bloss nach 30 Jahren so behandeln, als stünde ich in seiner Schuld und müsste ihm diesen Gefallen erweisen? Nang machte ein paar Schritte auf mich zu. Sie vereinnahmte mich mit ihrer Sanftheit, mit ihrer Anmut und Herzenswärme. Ich gab ihr meine Telefonnummer, ich hätte ihr wohl auch meine Kreditkarte gegeben. Sie sagte, sie sei nur aushilfsweise hier, sie habe in der Stadt ein kleines Studio für Thaimassagen, aber sie sei froh, dass sie ab und zu hier einspringen könne, sie hätte zu wenig Kunden.

Ich rief Kofi Kobena an, den Taxifahrer, der mittlerweile mein Freund geworden war. Er war in Ghana geboren und hatte sich vor 20 Jahren hier niedergelassen, die Sprache erlernt und Fuss gefasst. Kofi sprach nie schlecht über seine Fahrgäste, er war ein entspannter Typ, zufrieden mit seinem Leben, seiner Familie und seinem weissen Mercedes-Taxi. Wir redeten über alles Mögliche, philosophierten über Gott und die Welt, natürlich auch über Fussball und das weibliche Geschlecht. Ghana hat grossartige Fussballspieler, die besten spielen in europäischen Ligen, Abdul Rahman Baba bei Chelsea, André Ayew bei Olympique Marseille oder Wakaso Mubarak bei Celtic Glasgow. Wenn wir zusammen Fussball schauten, redete er viel über Disziplin und den unbedingten Willen zum Sieg.

»Weisst du, Mitch, was wir hier schätzen, das sind die Regeln, dass ihr überhaupt Regeln habt, und dass ihr schaut, dass diese Regeln auch eingehalten werden. In weiten Teilen der Welt gibt es keine Regeln, das ist so, als würde ein Schiedsrichter nach Gutdünken entscheiden. So macht weder ein Spiel noch das Leben Spass. Wenn man friedlich zusammenleben will, braucht es Regeln, die alle respektieren. Das müsst ihr den Migranten sagen, wenn sie zu uns kommen.«

Kofi machte sich tatsächlich Sorgen, dass die vielen Migranten, die nun nach Europa unterwegs waren, unsere Regeln missachten würden. In diesem Sinne war Kofi bereits derart erfolgreich integriert, dass er wie ein Europäer dachte. Nach 20 Jahren war es auch sein Europa, unser Europa.

Maison de plaisance

Kofi steuerte sein weisses Mercedes-Taxi am alten Stadttor vorbei und fuhr entlang der Tramlinie bis zur Endstation. Hier hatte man in den 60er Jahren sozialen Wohnungsbau betrieben, aber keine hässlichen Wohnhäuser hochgezogen, sondern kleine Reiheneinfamilienhäuser in rotem Backstein gebaut, die mittlerweile stark renovierungsbedürftig waren. Die Bewohner hatten einst zum unteren Mittelstand gehört, jetzt gehörten sie eher zur oberen Unterschicht, kamen aus aller Herren Länder und hatten zahlreichen Nachwuchs, wie alle Expats, die eine Heimat verlassen hatten, in der es weder ein Sozialsystem noch anständige Schulen gab, aber einen religiösen Fundamentalismus, der jeden technologischen und zivilisatorischen Fortschritt verhinderte.

Onkel Calvins Stadthaus lag auf der gegenüberliegenden Strassenseite, einsam am Rande des Schrebergartenareals. Wir hielten auf dem grosszügigen Vorplatz. Es war schon erstaunlich, dass sich diese alte Villa über all die turbulenten Epochen hinweg inmitten von Hunderten von Schrebergärten hatte halten können. Wie die Trutzburg eines unnachgiebigen Adligen widersetzte sie sich der fortschreitenden Verstädterung. Man sah dem Anwesen an, dass es vor einem halben Jahr zuletzt betreten worden war. Der Vorplatz war in Onkel Calvins

Abwesenheit zu einer Mülldeponie verkommen, auf der Anwohner heimlich ihren Abfall entsorgten.

Auf der gegenüberliegenden Strassenseite, stadteinwärts, stand eine Shell-Tankstelle. Die rotgelbe Muschel-Leuchtreklame war zersplittert. Die Glühbirne wurde regelmässig vom Hauswart des angrenzenden Altersheims ersetzt. Die eher ängstlichen Bewohner wünschten es so. Die Strasse endete mit einer Eckkneipe, die über Mittag leicht kaubare Menus mit Seniorenrabatt anbot. Gegen Abend sassen ein paar Künstler am Stammtisch, die sich gegenseitig die Welt erklärten, in der sie unerkannt geblieben und nie sesshaft geworden waren.

Zwei Stufen führten zum breiten Eingangsportal der alten Villa. Der Eingang wurde von zwei monumentalen Frauenstatuen flankiert. Sie stützen mit ihren Köpfen den kleinen Balkon, der heute zu meinem Westernzimmer im ersten Stock gehört. Die eine Statue hielt einen Pinienkern in der Hand, das Symbol der Unsterblichkeit, die andere ein Füllhorn, das Accessoire der Göttin Fortuna. Gemäss dem Stadtarchiv war der Bauherr *nach einem rheumatischen Fieber, das heftige Gliederschmerzen auslöste und sein Gehirn verwirrte,* verstorben. Ein Seidenfabrikant soll das Haus später erworben und Suizid begangen haben. Warum, ist nicht überliefert. Braucht es dazu einen Grund? »Ein Zeichen beginnender Erkenntnis ist der Wunsch zu sterben.« Ist von Kafka, nicht von mir.

Das Türschloss war verrostet, ich würde es später mit ein paar Ölspritzern wieder geschmeidig machen. Ich stiess die schwere Eingangstür auf und betrat ein geräumiges Vestibül. Die Luft war abgestanden, stickig heiss und nichts für zarte Naturen mit empfindlichen Nasen und Mägen. Die schwarzweissen Marmorplatten des Carré-Fussbodens hatten so viel Staub angesetzt, dass jeder Fuss einen feinen Abdruck hinterliess. Die Wände waren mit weissem Marmor überzogen. Zwei Glasflügeltüren führten in eine grosszügige Empfangshalle, die über zwei Stockwerke reichte und durch ein Oberlicht erhellt wurde. Grossformatige Gemälde hingen an den mit grünem Stoff tapezierten Wänden, schwarze Museumssockel mit Bronzestatuen flankierten die

Türrahmen zu den einzelnen Räumen. In der Mitte stand ein antiker, mit Leder überzogener Empfangstisch. Jemand hatte die Telefonanlage auseinandergenommen und nicht mehr zusammengesetzt.

Ich blieb vor einem zweiteiligen Portal stehen und legte meine Taschen ab. Im oberen Teil der Türflügel war ein Musselinglas eingelegt, ein weiches Ätzmuster, das seidig schimmerte und einen Hauch von Pariser Bistrot verströmte. Ich stiess sie mit beiden Händen auf und staunte nicht schlecht, als ich in Onkel Calvins Salon trat. Es war, als wäre ich in der Zeit gereist und hätte eine geheime Tür zum 19. Jahrhundert aufgestossen. Hier wehte noch der Geist einer vergangenen Epoche, der Epoche der Beschleunigung am Vorabend der Belle Epoque, als man sich um die Jahrhundertwende vom Traditionellen abwandte, vom Gewohnten distanzierte und Neues hervorbrachte, den Jugendstil und den Ersten Weltkrieg, es ist die Epoche der Industrialisierung, der Erfindungen, der Naturwissenschaften, die im krassen Gegensatz zu Gutgläubigkeit, Glauben und Religion standen. Es war das Zeitalter von Bakunin, dem Anarchisten, aber auch das Zeitalter der Atheisten Friedrich Nietzsche, Karl Marx und Sigmund Freud. An der blau gestrichenen Stukkaturdecke hing ein monumentaler Kronleuchter, der dem Salon einen Hauch von Noblesse verlieh, ein bisschen Versailles. Er hing über einem langen Konferenztisch, auf dem noch schmutziges Geschirr lag, Gläser mit verschimmeltem Satz, übervolle Aschenbecher, zwei verblichene, fleischfarbene Hörgeräte mit eingetrocknetem Ohrenschmalz, aufgerissene Medikamentenschachteln, halbleere Weinflaschen. Auf der rechten Seite hatte Onkel Calvin ein wuchtiges Bett vor die verglaste Bücherwand geschoben. Darüber hingen Stiche von Honoré Daumier, parodistische Szenen aus dem Gerichtssaal, Porträts von Richtern, Anwälten und Delinquenten. Am Ende des Salons führte eine zweiflügelige Tür in den Park hinaus. In der Ecke befand sich ein offener Kamin aus schwarzem Marmor. Zwei Frauengestalten in griechischen Tuniken stützten den Sims. Darauf standen ein Spiegel, ein paar Porzellanfigürchen, ein bronzener Stier und eine Jugendstillampe. In der gegenüberliegenden Ecke war eine schwere Kommode mit gedrechselten Beinen, darüber hingen einige Fotos, die Onkel Calvin in jungen Jahren in fremden Ländern zeigten. Ich öffnete die Schiebetür, die auf der linken Seite in die grosse Wohnküche führte. Sie war so schmutzig, als hätten hier ein paar Mietnomaden gehaust. Eine kleine Spitzmaus flitzte zwischen meinen Beinen hindurch. Ich schloss die Schiebetür, auch hier brauchte es dringend Schmieröl für die Führungsschiene. Ich blieb neben Onkel Calvins Chesterfield-Sessel stehen und versuchte mir vorzustellen, wie er hier seine Abende verbrachte. Wenn er den Sessel etwas drehte, blickte er direkt in den alten Philipps Röhrenbildschirm, drehte er den Sessel auf die andere Seite, sah er in den parkähnlichen Garten hinaus. Ich öffnete die Verandatür und stieg die Freitreppe hinunter, atmete die frische Luft ein und lief durch das kniehohe Unkraut. Auf dem gesamten Parkareal lagen Abfälle herum, leere Pizzaschachteln, eine Menge zerbeulter Bierdosen und zurückgelassenes Grillgut auf abgebrannten Rasenflächen. Weiter hinten, wo der Park allmählich zum undurchdringlichen Dschungel mutierte, stiess ich auf einen Damenslip, ab und zu auf einen Schuh, ein Kondom, Zigarettenschachteln. Ein Gartenpavillon mit einer Kuppel aus Glas und Eisen markierte die Grenze des Grundstücks. Hier war der Boden feucht und sumpfig. Hinter dem Pavillon fand ich schliesslich Onkel Calvins imaginären Swimmingpool, der seine Wasserrechnung verhundertfacht hatte: eine geplatzte Wasserleitung, die offenbar seit Monaten Tag und Nacht eine Wasserfontäne hinter dem Pavillon verspritzte. Der Winter war sehr streng gewesen. Offenbar war mindestens eine Wasserleitung gefroren und geplatzt. Ich wollte gleich den Technikraum aufsuchen, der sich irgendwo in den Kellergeschossen befinden musste, die Wasserzufuhr kappen und einen Sanitär-Installateur anrufen. Ich warf noch einen kurzen Blick auf den niedergetrampelten Zaun, über den offenbar allerlei jugendliche Nachteulen das Grundstück betraten. Ich stolperte über ein Stück Eisen, es war der Teil einer Eisenbahnschiene, die Schwellen fehlten. In diesem Augenblick empfand ich Mitleid mit dem einstigen Eisenbahnbaron, und dass die Statue vor dem Hauseingang einen Pinienkern in der Hand hielt, gab dem

Ganzen endgültig einen tragikkomischen Anstrich. *Time waits for nobody* kam mir Freddie Mercury in den Sinn. Hinter dem Zaun ragten Dutzende von Hochhäusern in den Himmel. Wie surreale Monster näherten sie sich der alten Villa, eroberten Jahr für Jahr ein paar tausend Quadratmeter mehr, und irgendwann würden sie die letzten Grünflächen mit ihren zementhaltigen Ausscheidungen versiegelt haben. Ich sinnierte über eine Geschichte nach, über Monster, die Beton koten und die Welt bedrohen, sie ersticken. Ich sah Bäume, die in den Himmel wuchsen, während sich ihr Wurzelwerk heimlich durch die Kanalisation ausbreitete und plötzlich unter den asphaltierten Strassen hervorkroch, ganze Häuserzeilen anhob und sie wie Kartenhäuser zusammenfallen liess. Das ist der Fluch aller Vollblutautoren, sie sind Sklaven ihrer eigenen Phantasie, sie hören erst auf zu fabulieren, wenn das Herz stillsteht und die Stirn auf der Entertaste aufschlägt. Ich gab mir einen Ruck und beeilte mich, ins Haus zurückzukehren, um alles für den morgigen Tag zu organisieren. Auf dem Rückweg sah ich die Tür unter der Veranda. Da es auch noch ein Fenster gab, vermutete ich eine frühere Dienstmädchenwohnung. Das Türschloss war aufgewuchtet. Der Raum diente offenbar als Geräteschuppen. Zwischen Rasenmäher und Gartenwerkzeugen entdeckte ich eine Matratze und allerlei Decken und Kleidungsstücke, Abfälle, Gratiszeitungen und leere Bierdosen. Ich nahm eine der Zeitungen in die Hand. Sie war neueren Datums. Auf der Titelseite war ein Bild von blühenden Kirschbäumen abgebildet und mit *Endlich Frühling* untertitelt. Ich fühlte einen Kloss im Hals. An der Werkzeugwand hing ein Rucksack. Ich nahm ihn vom Haken und öffnete ihn. Ein schmutziges T-Shirt, eine angebrochene Wasserflasche, viel war nicht drin. In der Seitentasche steckte ein schwarzer Reisepass. Er sah ziemlich neu aus. Die erste Zeile war in arabischer Schrift, darunter stand *Syrian Arab Republic, Republique Arabe Syrienne.* Ich blätterte ihn durch. Er gehörte einem Hasan Alsabbagh, 26-jährig und war in Aleppo ausgestellt worden, nach Mekka die bedeutendste Stadt der islamischen Kultur. Das machte mir Angst! Ich hatte gelesen, dass man mittlerweile auf dem Schwarzmarkt syrische Reisepässe für 850 Dollar erhielt. Es gab bald mehr syrische Reisepässe als Menschen im Nahen Osten. Nicht jeder Syrer war Oberarzt oder Ingenieur, wie anfangs Medien und Politik zur allgemeinen Besänftigung hatten glauben machen wollen. Es gab auch Tausende von frustrierten jungen Männern, gewalterprobten Machos mit bescheidener Bildung, die nur das Recht des Stärkeren kannten und Frauen wie den letzten Dreck behandelten. Wer war dieser Hasan Alsabbagh? Hatte er für oder gegen Baschar al-Assad gekämpft, für die Al-Nusra-Front oder Al-Qaida, war er Soldat in der Freien Syrischen Armee gewesen, hatte er zur Schiitentruppe der Hisbollah oder zur kurdischen Peschmerga-Miliz gehört? Vielleicht war er ein geflohener Alevit, Alawit oder Christ, kriegsmüde und desillusioniert, oder einfach ein Flüchtling, der seit Jahren in den gigantischen Flüchtlingslagern in der Türkei, im Libanon, in Jordanien oder im Irak auf das Ende des Bürgerkriegs gewartet hatte, vergebens gewartet hatte, und nun die Hoffnung auf eine baldige Rückkehr aufgegeben und den Rucksack gepackt hatte? Wer war dieser Hasan Alsabbagh? Ich wollte den Pass rasch wieder zurücklegen und den Rucksack an den Nagel hängen, da fiel etwas heraus, ausgefranste Fotos. Sie zeigten diesen Hasan Alsabbagh vor einem kleinen Haus. Er sass auf der offenen Ladefläche eines weissen Toyotas. Auf einem anderen Bild sah man ihn in Gesellschaft, eine schöne Frau sass neben ihm, sie trug ein Kopftuch, eine weisse Bluse und Jeans, es waren auch Kinder zu sehen. Ich legte die Fotos in den Pass zurück und hängte den Rucksack wieder an den Haken. Die arabische Schrift ging mir nicht mehr aus dem Kopf, arabische Republik, Aleppo, Syrien, Islam, Islamischer Staat. Eine unheimliche Gedankenkette hatte sich verselbständigt. Ich spürte einen Druck auf den Oberbauch und atmete durch den offenen Mund. Ich bin kein Held, auch wenn ich mich an meinem Schreibtisch mutig General Nelson A. Miles und seinen 5000 Soldaten und 500 Apachen-Scouts entgegenstelle. Ich tue das nur, weil es die Historie verlangt und weil mich Geronimo immer wieder um eine *helping hand* bittet. Blitzschnell fuhr ich herum. Für einen Augenblick hatte ich geglaubt, jemand stehe hinter mir in der Tür, aber es war nichts, gar nichts.

Mit mulmigem Gefühl und bewaffnet mit einem Fleischermesser stieg ich in den Keller hinunter, stellte die Heizung höher, kappte die Wasserzufuhr zum Gartenpavillon und warf einen kurzen Blick in einen Raum, an dessen Tür die Vorderseite einer Bordeauxkiste genagelt war. Ich stiess die Tür auf. Zwei Stufen aus grob behauenem Stein führten in einen naturbelassenen Weinkeller, das Licht war nur spärlich, wie es sich für einen guten Weinkeller gehört. Hier unten mochten gegen tausend Flaschen gelagert sein, ich hätte sie gerne genauer angeschaut, aber ich hatte Angst, Angst, dass plötzlich dieser Hasan Alsabbagh in der Kellertür stand und mich niederstach und einsperrte. Niemand würde meine Schreie hören. Ich hatte einmal gegoogelt, wie lange Geronimo in der Wüste ohne Wasser überleben würde. Bei 40 Grad in der prallen Sonne verdurstet man schneller, aber hier unten hatten wir eine Lagertemperatur von ca. 15 Grad. Ich war jünger als Geronimo damals und bei guter Gesundheit, also würde das Sterben eine Ewigkeit dauern, vielleicht würde ich Wein trinken, aber so viel würde ich nicht trinken können, um den halben Liter Flüssigkeit auszuscheiden, den man über Haut und Atmung täglich ausscheidet. Ich würde sturzbetrunken ins Koma fallen. In drei bis vier Tagen wäre ich tot, aber nach einer Woche ganz bestimmt. Zuerst würden die Nieren versagen, dann würden alle Organe nach und nach vergiftet und absterben. Multiorganversagen, Herzinfarkt, vielleicht noch einen Schlaganfall als Zugabe. Ich verliess fluchtartig den Keller und drehte im ganzen Haus das Licht an, um allen ungebetenen Nachteulen zu signalisieren, dass der alte Herr wieder im Hause war. Ich lüftete alle Räume im Erdgeschoss und bestellte für den morgigen Tag eine grosse Abfallmulde und einen Gärtner, der sich auf einer altbackenen Homepage als günstiger »Allrounder« empfohlen hatte.

Nach Einbruch der Nacht setzte ich mich in der Empfangshalle an den Computer und schrieb eine neue Folge für die geheimnisvolle Insel. Ich betrat in Gedanken das Geisterhaus, tippte mich in den Gewölbekeller hinunter und beschrieb das Verdursten eines verirrten

Rucksacktouristen inmitten von alten Bordeauxweinen. In den frühen Morgenstunden legte ich mich auf Onkel Calvins Bett und döste vor mich hin. Den Fernseher liess ich laufen, ohne Ton. Ich begegnete im Traum Onkel Calvin im Büro der Vormundschaftsbehörde. Ich fühlte erneut, wie es ist, wenn man nicht erwünscht ist, wenn man nur noch lästig ist. Ich wachte auf, mit einem tiefen Groll gegen Onkel Calvin. Aber ich war froh, dass die Nacht bald vorbei war und es draussen allmählich hell wurde. Ich holte mir an der gegenüberliegenden Tankstelle ein Sandwich und einen Liter Wasser und setzte mich wieder an den Computer: Heft 205, »Der rote Planet«. Das war der geheimnisvolle Stern, den Commander Orion auf seinem Flug durch die Galaxy für einen unfreiwilligen Boxenstopp benutzen würde. Auch hier liess ich erneut eine Figur verdursten, das würde niemandem als Doublette auffallen, denn die beiden Serien sprechen verschiedene Leserschaften an. Das Einzige, was beide verbindet, ist die Anfälligkeit für Aberglauben, für eine Form des Religiösen. Das war ein Thema, das mich immer mehr interessierte. Deshalb hatte ich "Godless Sun" geschrieben, das Buch, das mein Leben verändern sollte.

Bereits um sieben Uhr wurde die Mulde geliefert. Ich wies den Chauffeur an, sie gleich neben dem Seiteneingang zum Garten abzustellen. Ich wollte mir einen Kaffee machen, aber der Gestank, der mir aus dem Kühlschrank entgegenwehte, erinnerte an militärische Kampfstoffe, der Rahm war überdatiert wie alles andere auch, und der Rest derart verschimmelt, dass man kaum noch Gemüse von Früchten unterscheiden konnte. Ich krempelte die Ärmel hoch und begann, die Küche zu reinigen. Commander Orion musste warten, ich liess ihn vorübergehend in einem schwarzen Loch verschwinden.

Um acht fuhr ein ausrangierter Army Jeep mit offener Ladefläche vor. Ein schwergewichtiger Riese in schwarzem, ärmellosem Unterhemd stieg aus dem Fahrzeug. Er trug Shorts, klobige Wanderschuhe und war an den muskulösen Oberarmen tätowiert. Er sagte, er sei Ozzy, wir hätten letzte Nacht kurz gemailt.

»Good Morning, Vietnam«, murmelte ich und reichte ihm die Hand. Er grinste und kratze sich am Hals. Wahrscheinlich juckte ihn die Halskrause.

»Und damit wollen Sie gärtnern?« Ich zeigte auf den Gips.

Ozzy nahm die Halskrause grinsend ab: »Die Sozialhilfe beschattet mich seit einer Woche. Also musste ich mir was einfallen lassen.«

Seine Unverfrorenheit überraschte mich. Bildete sich der Kerl tatsächlich ein, ich würde einen Scheininvaliden einstellen? Er wiederholte, was er mir schon in der Mail geschrieben hatte, dass er ein Allrounder sei. Erkundigen Sie sich mal bei einem Frauenarzt nach den Spätfolgen einer Katarakt-Operation, er wird Ihnen sagen, das sei nicht sein Fachgebiet. Jeder Hochstapler ist ein Allrounder, was aber nicht bedeutet, dass jeder Allrounder per se ein Hochstapler ist. Allrounder sind Leute, die alles können, aber nichts richtig. Ein bisschen wie der liebe Gott.

Ich zeigte Ozzy den Garten und erklärte ihm meine Vorstellung. *No problem*, war die Standardantwort. Er schaute sich in der Dienstmädchenwohnung die Gerätschaften an, prüfte das eine oder andere, kickte mit dem Fuss den Rasenmäher: »Läuft der noch?«

»Keine Ahnung. Ich bin erst seit gestern hier. Sie müssen halt schauen, was Sie einkaufen müssen.«

»Ozzy, ja? Alle nennen mich Ozzy.«

»Okay, Ozzy. Und bringen Sie ein paar Rollen Abfallsäcke mit, 110 Liter und Abfallmarken.«

Ozzy zeigte auf die Matratze am Boden und den Rucksack an der Wand: »Wohnt hier jemand?« Er stand breitbeinig da und kratzte sich am Bauch, der wie eine weiche Wampe über dem US-Army-Gurt hing. Ich hatte schon Hemmungen, wenn ich ein Kilo mehr auf die Waage brachte, aber ich denke, Ozzy war nicht der Typ, der auf eine Waage steht, und wenn er mal nach dem Duschen in den Spiegel schaute, war er schwer zufrieden mit sich und seinem Körper.

»Ehrlich gesagt, ich weiss es nicht«, antwortete ich.

»Darf ich?« Ozzy griff, ohne meine Antwort abzuwarten, nach dem Rucksack und öffnete ihn. Er schaute sich den arabischen Pass genauer an: »Hmm …«, machte er nur und blätterte in den Seiten, »der hat eine lange Reise hinter sich, Griechenland, Türkei, Deutschland … bei diesen chaotischen Migrantenströmen ist es wahrscheinlich, dass einige Terrorjunkies des IS darunter sind. Die werden ja alle nur noch durchgewunken.«

Ozzy schaute zu mir herunter und sagte leise: »Und einige dieser Migranten, die wir an den Bahnhöfen mit Coke und Sandwich willkommen heissen, haben Sprengstoff und einen Zünder in ihrem kleinen Rucksack. Die rasieren sich die Bärte ab, bevor sie zu uns kommen.« Falls er mir Angst einjagen wollte, war ihm das gelungen. Ozzy legte den Reisepass zurück und hängte den Rucksack wieder an den Haken. Wir traten in den Park hinaus. Obwohl man sich generell auf den ersten Eindruck verlassen und seine Entscheidung danach richten sollte, gab ich Ozzy den Job. Vielleicht lag es daran, dass er auf dem einen Oberarm einen römischen Gladius mit Helm und Adler tätowiert hatte, auf dem anderen das Banner S.P.Q.R. der römischen Legion. Normalerweise verlasse ich mich auf meinen ersten Eindruck. Denn in der ersten Sekunde checkt man intuitiv mit allen Sinnen sein Gegenüber. Man spürt Dinge, die man nicht real erkennen oder gar benennen könnte. Es ist einfach so ein Gefühl. Und ein tätowierter Zweimeterkoloss war natürlich zum Fürchten, da würde sich selbst ein Gotteskrieger in die Schlabberhose machen, und der Syrer mass ja bloss einen Meter siebzig, so stand es jedenfalls in seinem Reisepass.

Vielleicht lag meine anfänglich negative Einstellung zu Ozzy auch daran, dass er sich als Allrounder bezeichnet hatte. Ich hasse Allrounder. Vielleicht liegt es daran, dass ich keiner bin, weil ich so wenig Talente habe.

Nebst den römischen Tätowierungen hatte mich vielleicht auch Ozzys Ehrlichkeit beeindruckt und überzeugt. Wer mir gleich beim ersten Zusammentreffen offen mitteilte, dass er ein scheininvalider Sozialhilfebetrüger und Schwarzarbeiter sei, musste zwar in den Augen des Staates ein Asozialer sein, aber im privaten Umgang eine ehrliche Haut. Ich denke, Ozzy gehörte zu den Leuten, die hemmungslos staatliche Institutionen betrügen, aber nicht Private. Selbst Frankreichs François Hollande sagte einmal, *das kostet nichts, das bezahlt der Staat.* Ich rechtfertige schliesslich meinen positiven Entscheid damit, dass Onkel Calvin explizit nach einem besonders günstigen Gärtner verlangt hatte.

Ozzy ging gleich ans Werk. Er war ein Kerl, der richtig anpacken konnte und sich für nichts zu schade war. Er donnerte bereits den Müll in die Abfallmulde und marschierte wie eine One-Man-Army über das Anwesen. *Good Morning, Vietnam.* Als ich ihm gegen Mittag zurief, er solle eine Pause einlegen, schrie er zurück, *no sir,* und schuftete wie ein Berserker weiter.

Gegen Abend bestellte ich uns zwei Pizzas und schob sie in den Backofen, den ich mittlerweile mit einem Spray gereinigt hatte. Ich setzte mich mit Ozzy auf die grosse Veranda über der Dienstmädchenwohnung und genoss die untergehende Sonne bei einem Bier und einer *Pizza al prosciutto e funghi.*

»Es gibt noch viel zu tun«, sagte Ozzy und blickte nachdenklich auf den Garten hinaus, »die Dienstmädchenwohnung habe ich geräumt …«

»Oh«, machte ich nur, »und was machen wir, wenn der Syrer zurückkommt?«

»Das, was ich als Türsteher gelernt habe«, lachte Ozzy, »ich schmeisse ihn raus.« Er sah, dass mir das Ganze überhaupt nicht behagte: »Glaubst du, dass er zurückkommt?«

»Natürlich, er braucht seinen Reisepass. Er hat wahrscheinlich gesehen, dass am Abend Licht brennt. Das hat ihn davon abgehalten, zurückzukehren. Diese Nacht sollten Sie keine Lichter brennen lassen, dann kommt er vielleicht zurück.«

Ich zögerte.

»Ich könnte hier übernachten, bis das Anwesen wieder im Schuss ist, dann kann ich früher anfangen und später Schluss machen, und wenn der Syrer kommt, kann ich ihn verkloppen.«

»Da müsste ich meinen Onkel fragen«, sagte ich, »ich bin bloss sein Neffe.«

»Was fragen? Ob ich ihn verkloppen darf?«

Ozzys Anwesenheit und Unbekümmertheit tat mir gut, ich fühlte mich entspannter, relaxt.

»Reden Sie mit ihm«, sagte Ozzy und prostete mir mit der Flasche zu, »sagen Sie ihm, der Ozzy ist ein Allrounder, gelernter Schlosser, musste die Ausbildung abbrechen, dumm gelaufen, war später Security bei den *Celtic Warriors*, eine ziemlich geile Rockband im Stil von *Status Quo*, aber mit einem Schuss keltischem Folk, ich habe sie zwei Jahre auf ihrer Europatournee begleitet. Ich war Mädchen für alles, Fahrer, Bodyguard, Techniker, ein Allrounder eben. Aber dann wollte Jim, unser Leadsänger, die Tussi des Bassisten vögeln, wir überraschten sie hinter der Bühne. Wir mussten das Konzert absagen, Jim hat nie mehr gesungen, der Kiefer war übel zugerichtet, es fehlten einige Zähne, ausgerechnet ihm, der panische Angst vor dem Zahnarzt hatte. Ich glaube, er malt jetzt Aquarelle und komponiert Songtexte. Kennen Sie *Twenty Wild Horses* von Status Quo? So in etwa, nur schlechter.«

Ich musste austreten und benutzte das Klo im ersten Stock. Es bedurfte dringend einer Reinigung. Auf der miefenden Fussmatte lagen Stapel von Zeitungen und Heftromane. Und tatsächlich, ich fand Hefte der Geronimo-Serie, *Tekontas Rache, Der Singende Sand und Das Tal der Toten*. Ich nahm die Hefte mit auf die Veranda und legte sie auf den Tisch. Ich wollte sie bei Gelegenheit nochmals lesen. Ich lese ab und zu meine eigenen Geschichten wieder. Ich weiss nicht, ob das peinlich ist, auf jeden Fall ist es wahr. Ozzy war erstaunt, dass ich Heftromane schreibe, er dachte, wer Heftromane schreibt, lebt in Miami, turtelt mit Blondinen rum, hat auf dem Schreibtisch einen gekühlten Champagner und kriegt nach jedem Kapitel einen Blowjob. Er war echt überrascht, dass ihm an diesem Abend jemand gegenübersass, der Westernstorys schrieb. Er sagte, er habe in seiner Jugend immer Science-Fiction gelesen. In der Türkei, wo er aufgewachsen sei, habe man solche Sachen an jeder Strassenecke kaufen können. Er stehe auf

Science-Fiction. Wieso ich nicht Science-Fiction schreibe, sei doch interessanter. Ich klärte ihn auf, erzählte von Orion und der geheimnisvollen Galaxy und fragte ihn schliesslich, etwas unerwartet für ihn, ob er Muslim sei. Er lachte, er sei als Muslim erzogen worden, ja, er sei ein gläubiger Muslim gewesen, habe die Moschee besucht, dem Imam zugehört, aber als die Familie dem Vater nach Europa folgte, fand er mehr Gefallen an *Sex, Drugs and Rock n'Roll. Dreimal am Tag vögeln sei besser als fünfmal am Tag beten.* Dieser ganze religiöse Trash würde einem ja indoktriniert wie eine Schluckimpfung und die *Märchen von Tausend und einer Nacht.* Als Kind würde man jeden *Scheiss* glauben, den einem die Eltern erzählen. Aber heute sei ihm eine *versaute Schlampe* lieber als 72 Jungfrauen. Ja, Ozzy hatte eine derbe Sprache, die mir anfangs zuwider war. Ich bin ja nicht prüde, aber wenn jedes dritte Wort *Scheisse* ist, ist das tatsächlich *Scheisse.* Aber ich denke, die manchmal schwer zu ertragende Direktheit und Ehrlichkeit gehörte zu Ozzy wie seine Tattoos und sein globenhaft hervorquellender Bierbauch. Er bat mich um ein paar Orion-Hefte und gestand mir ungefragt, dass er diese meistens auf dem Klo lese. Ich versprach, morgen ein paar von zu Hause mitzubringen. Er bot mir an, mich zu meiner Wohnung zu fahren und wieder zurück, unterwegs könnten wir noch im Do-it-yourself Markt ein paar Dinge kaufen, Isoliermaterial, Zement und diversen Kram, die Hütte sei in einem beschissenen Zustand.

Ozzy schlief nun Nacht für Nacht in der ehemaligen Dienstbotenwohnung. Der Syrer kam nicht zurück, aber Ozzy war überzeugt, dass er schon bald zurückkäme. Zurück kam Onkel Calvin. An einem Mittwochmorgen holten wir ihn aus der Pflegeabteilung. Streng genommen war es eine Entführung oder, aus juristischer Sicht, die *illegale Entziehung eines Schutzbefohlenen.*

Onkel Calvin war entsetzt, als Ozzy in seinem Mad-Max-Jeep vorfuhr. Noch entsetzter war er, als er sein Anwesen betrat. Er schritt stöhnend durch die Vorhalle, betrat den Salon und staunte, dass alles aufgeräumt war. Er maulte, jetzt würde er überhaupt nichts mehr finden. Dann schritt er schnaufend zur verglasten Verandatür, riss sie auf und starrte in den Garten hinaus: »Das muss ein Vermögen gekostet haben! Willst du mich ruinieren?« Kopfschüttelnd liess er den Blick über die Parkanlage schweifen.

»Wenn du willst, bringen wir alles wieder in den ursprünglichen Zustand«, beruhigte ich ihn und stieg die Verandastufen hinunter, »wird für Ozzy kein Problem sein, nicht wahr, Ozzy?«

Ozzy stand breitbeinig zwischen zwei alten Tannen und rief: »Kein Problem, Professor, ich dreh mit meinem Jeep ein paar Runden auf dem Rasen, dann haben Sie einen türkischen Rasen, und anschliessend fahre ich Sie ins Heim zurück.«

Onkel Calvin hat sich nie bei mir bedankt. Im Gegenteil, er spielte den Grosszügigen und bot mir an, den oberen Stock zu beziehen. Er werde mir einen fairen Preis machen. Ich setzte mich zu ihm an den Tisch und schaute ihn lange an. Er nahm die Fernbedienung in die Hand und schaltete seinen History Channel an. »Ein fairer Preis«, murmelte er, ohne mich anzuschauen. Auf dem Schirm lief gerade eine Doku über den Untergang des Römischen Reichs. Auf einer animierten Karte sah man die Migrationsströme im vierten Jahrhundert. Im OFF kommentierte der Sprecher, dass die Goten jetzt am Nordufer der Donau stünden und das Reich bitten, sie als friedliche Migranten aufzunehmen: »Die Grenzen wurden geöffnet und die Goten kamen. Der römische Statthalter versuchte, die Ankömmlinge zu zählen, aber die Aktion geriet ausser Kontrolle. Tag für Tag pendelten die Fähren über den Fluss, der Zeitgenosse Ammianus Marcellinus schrieb: zahllos wie die Funken des Ätnas.«

Onkel Calvin drehte sich zu mir: »Die Aufnahme der gotischen Flüchtlinge 376 war politisch nichts Neues. Rom war immer fremdenfreundlich.«

»Ich wollte mit dir über meinen Mietzins sprechen, bevor ich mich da oben gemütlich einrichte.«

»Dreitausend«, sagte Onkel Calvin und schaute wieder auf den Fernseher.

»Okay«, seufzte ich, »es ist wohl besser, wenn ich mich da oben nicht gemütlich einrichte. Vielleicht kommen deine Freunde von der Sozialbehörde zu Besuch, bringen dich ins Heim zurück und knöpfen dir für die Unterbringung in der Anstalt monatlich 7000 ab.«

Onkel Calvin warf mir einen kurzen Blick zu. Ich stellte mich zwischen ihn und dem Fernseher, als ein Interview mit dem Historiker Alexander Demandt eingespielt wurde: »Der Begriff *Völkerwanderung* ist auf mehrerlei Weise berechtigt. Damals wie heute handelt es sich um den Druck aus armen, aber bevölkerungsreichen Ländern auf reiche, aber überwiegend kinderarme Völker.« Er sagte, überschaubare Zahlen von Zuwanderern liessen sich integrieren, aber sobald diese eine kritische Menge überschritten und sich als eigenständige handlungsfähige Gruppen organisierten, würde sich das Machtgefüge verschieben und die alte Ordnung auflösen.

»Onkel Calvin«, sagte ich laut und deutlich, »du hast mich damals jämmerlich im Stich gelassen, als wir uns vor 30 Jahren im Büro der Vormundschaftsbehörde gegenüberstanden. Jetzt brauchst du meine Hilfe und ich soll dafür auch noch bezahlen? Onkel Calvin, wie viele Taschen hat dein Totenhemd?«

Onkel Calvin verrutschte das Gesicht. Er hatte wütend werden wollen, weil ihn die TV-Doku interessierte, aber jetzt sackte er in seinem Chesterfieldsessel in sich zusammen und war nur noch ein Häufchen Elend. Ich bin sicher, wäre ich bei ihm geblieben, er hätte auf Mitleid geschaltet und wie ein einsamer Wolf geheult. Während ich an seinem frisch angezogenen Bett vorbeischlenderte, verabschiedete ich mich: »Mach's gut, Onkel Calvin, war nett, dich nach 30 Jahren wieder zu sehen.« Ich strich beim Herausgehen mit der Hand über die Lehnen der Sessel und legte schliesslich die Hausschlüssel auf das Tischende.

»Mitch«, rief er plötzlich, als ich bereits die doppelflügelige Tür zur Empfangshalle geöffnet hatte, »mach uns einen Kaffee, was hältst du davon?«

So kam es, dass ich mich im oberen Stock einquartierte und jeden Morgen mit Onkel Calvin einen Kaffee trank, Croissants in den Ofen schob und mittags für uns kochte. Der Syrer kam nicht zurück, Ozzy schien fast ein bisschen enttäuscht, dass er niemanden verhauen konnte. Aber einmal sagte Ozzy, er habe frische Spuren hinter dem Gartenpavillon gefunden, er sei sicher, dass der Syrer uns beobachte, dass er seinen Pass zurückholen wolle, ich müsse mich in Acht nehmen. Das machte mir Angst, denn Ozzy schlief nach einigen Wochen nicht mehr in der Dienstmädchenwohnung, er kam nur noch einmal die Woche vorbei. Jeden Freitagmorgen stand er um sechs in der Früh im Park. *Gibt viel zu tun*, sagte er immer, wenn ich ihn mit *Good morning, Vietnam* begrüsste. Er war regelrecht besessen von dieser Parkanlage und schuftete, als sei es sein eigener Besitz.

Am Abend sassen wir oft zusammen auf der Veranda über der Dienstmädchenwohnung und tranken ein Bier. Einmal blätterte er in einem übel zugerichteten Buch, das wahrscheinlich im Freien überwintert hatte. Natürlich habe ich das Cover gleich erkannt. Autoren mögen mit der Zeit dement werden, aber die eigenen Cover vergisst man nie. Ozzy sagte, er habe das Buch hinter dem Glaspavillon aus dem Matsch gezogen, er versuche, zur Zeit den Sumpf trockenzulegen. Also musste Onkel Calvin vor Jahren ein Exemplar gekauft und im Glaspavillon gelesen haben. Das erstaunte mich sehr, denn wir hatten ja damals seit vielen Jahren keinen Kontakt mehr. Er hatte also trotzdem meinen Werdegang verfolgt und "Godless Sun" gekauft. Vielleicht mochte er mich ein bisschen. Aber wir sprachen nie über solche Dinge. Mein Leben spielte sich fast ausschliesslich im ersten Stock ab, in meiner Pulp Avenue. Ich schrieb am Fliessband meine Schundromane, ritt bei glühender Hitze durch die Wüsten von Mexico, schlich auf die »Insel des Grauens« und dachte manchmal an Natascha oder Nang, aber meistens doch an Bärbel und meine Ablieferungstermine. Bärbel war zufrieden, sie lobte mich selten, eigentlich nie. Manchmal ging ich ins Kino und setzte mich mit einem XL-Becher Popcorn in die oberste Reihe. Ich hatte mich an ein

Leben ohne Menschen gewöhnt, meine Figuren waren mir Gesellschaft genug.

Rückblickend hat mein Einzug in Onkel Calvins Villa bestimmt den Weg für die späteren Ereignisse vorgezeichnet. Aber ich denke, dass das entscheidende Ereignis etwas später stattfand, in einer Zeit, wo man sich fragt, ob das schon alles gewesen ist, was einem das Leben zu bieten hat. Aber das Leben ist kein Servicebetrieb, es bietet gar nichts. Man muss sich selbst etwas bieten, oder wenigstens die Chancen wahrnehmen, wenn sie sich ergeben.

Ich erhielt eine Mailanfrage von der Universität. Ja, ich glaube, damit hat es richtig begonnen. Das war die Initialzündung. Niemand konnte damals ahnen, wie sich die Geschichte weiterentwickeln würde. Wie sich die Geschichte freimachte von jeder menschlichen Vernunft und sich verselbständigte. Vielleicht beginnt jede verrückte Geschichte mit einer Frau.

3

Sie hiess Claire

Eine Literaturwissenschaftlerin lud mich zu einem Vortrag ein. Im Rahmen eines interdisziplinären Forschungsprojektes wollten Religions-, Literaturwissenschaftler und Dozenten der medizinischen Fakultät (Psychiatrie und Suchtprävention) die gesellschaftliche Relevanz von Schund bei der Durchsetzung von Organisationsprinzipien und der Erschaffung von Ritualen erforschen. Ich musste es gleich dreimal lesen, bis ich mir eingestehen musste, dass es wohl klüger war, dankend abzulehnen. Ja, es wäre klüger gewesen, doch ich nahm die Einladung an. Auch Pulp Fiction-Autoren haben ein Ego, das wie ein zartes Pflänzchen ab und zu begossen werden muss mit Lob, Anerkennung oder geheuchelter Wertschätzung. Deshalb nahm ich die Einladung an, nicht sofort, ich liess mir einige Tage Zeit, um dieser Literaturprofessorin gleich von Anfang an den Tarif durchzugeben und um deutlich zu machen, dass ich ein vielbeschäftigter Mann war. Thema und Titel meiner Vorlesung waren: »How to write dirty books for fun and profit«.

Ich erschrak, als ich an einem späten Nachmittag den Hörsaal der Universität im ersten Stock betrat und die Professorin am Rednerpult sah. Sie war eine grossgewachsene Blondine aus Hamburg, um die 50, mit schweren Knochen und heroischem Gesichtsausdruck. Ich unterstellte ihr gleich, dass sie zu den humorlosen Feministinnen gehörte, die im

Sekundentakt Frauenfeindlichkeit und sexuelle Belästigung diagnostizieren. Soviel zu meinen Vorurteilen. Zu meinem Erstaunen trug sie sehr hohe Absätze, die ihre Grösse locker auf zwei Meter upgradeten und meine Einmeterachtzig optisch auf Einmetersiebzig schmelzen liessen. Sie sagte, der heutige Vortrag sei auf besonders grosses Interesse gestossen, deshalb habe man die Vorlesung in den grösseren Hörsaal im zweiten Stock verlegt. Sie schien immer noch erstaunt über das Interesse für meinen heutigen Vortrag und meinte, die Vorlesung letzte Woche über die *Frequenzeffekte in der Sprache als Faktor in gebrauchsbasierten Modellierungen der Sprachverarbeitung* habe vor beinahe leeren Rängen stattgefunden.

Während wir die Treppen hochstiegen, hielt sie mir einen Vortrag über Poststrukturalismus, bis mich ihr Pager von den Qualen erlöste und wir den Hörsaal betraten. Er war bis auf den letzten Platz ausgebucht, einige sassen sogar auf den steilen Treppenstufen. Es ist immer wieder schön, junge Leute zu sehen, vor allem junge Studentinnen, denn sie strahlen diesen niedlichen Weltschmerz aus, eine Mischung aus selbstverliebter Prinzessinnenhaftigkeit, liebenswürdiger Naivität und süsser Melancholie, meistens unterlegt mit strikten Meinungen, die ein bisschen Halt geben, und einem Patchwork aus esoterischem und ideologischem Fundamentalismus. Aber wenn man sie länger beobachtet, erkennt man eine gewisse Verzweiflung, Verlorenheit, vielleicht auch Unsicherheit. Sie versuchen sich mit ihrer Kleidung ein bisschen abzugrenzen, Individualität zu demonstrieren, doch unter dem Strich tragen alle denselben String und kaufen in den gleichen Länden ein, als seien sie Mitglieder einer Zeitgeistsekte. Aber das Schöne an jungen Menschen ist, dass sie noch eine schöne Haut haben und dass man ihnen ansieht, dass sie noch kein Ahnung vom realen Leben haben, geschweige denn von all den Katastrophen, die sie in ihrem zukünftigen Leben noch erleben und erleiden werden. Die meisten haben die Welt des Schmerzes noch nicht betreten.

Die Literaturprofessorin begleitete mich zum Rednerpult, zwei Studentinnen kicherten, weil sie der Grössenunterschied offenbar belustigte. Ich fragte mich ernsthaft, ob die beiden überhaupt am Thema interessiert waren oder ob sie nur auf triviale Dinge wie unterschiedliche Körpergrössen reagierten, also Boulevard, Trash, Pulp, Schund. Ein paar Mädchen tuschelten und kicherten, ich bin sicher, sie unterhielten sich über mein Äusseres, *würdest du mit ihm ins Bett gehen? Mir gefallen seine Wimpern nicht.* Ja, in diesem Alter meint man noch, das Leben biete einen Produktekatalog mit männlichen Säugetieren und man könne sich aussuchen, was man wolle. Doch im Leben hat man nur scheinbar die Wahl. Wenn ich zurückblicke, kann ich nur sagen: Shit happens. Und seit dieser Vorlesung gleich im Dauerabonnement.

Die Professorin erklärte in akademischer Länge die Begriffe *Schund* und *Trash*, Groschenromane und Trivialliteratur, und zählte auch weltweit erfolgreiche Autoren wie Paulo Coelho und Dan Brown zur Pulp Fiction-Familie. Sie zog einen grossen Bogen von der minderwertigen SF-Literatur im 18. Jahrhundert bis zur Gegenwart, thematisierte die Zeit der Aufklärung, der Revolution, die erwachende Leselust der einfachen Leute, die Bekämpfung und Kriminalisierung der Schundliteratur im Deutschen Reich bis hin zum hysterischen Comic Bashing in den USA der 40er Jahre. Etwas ausführlicher verweilte sie bei den Schriften des Psychiaters »Seduction of the Innocent«, der mit »Verführung der Unschuldigen« die schädliche Wirkung von Pulp Fiction-Literatur nachgewiesen hatte. Zumindest hatte er es in den 50er Jahren versucht. Sie zeigte Bilder der Verbrennungen von Schmutz- und Schundliteratur in der DDR, spannte langsam, aber endlich den Bogen zur Gegenwart, verwies auf die pädagogischen Konzepte der Jugendschriftenkommission, kritisierte die Massenkultur und zitierte immer wieder Fredric Wertham und die *Verführung der Unschuldigen*. Schliesslich las sie ein paar Passagen aus Mike McGradys Standardwerk, der meiner Vorlesung auch den Titel gegeben hatte: »Stranger Than Naked. Or How to Write Dirty Books for Fun and Profit. A Manual«. Der New Yorker Autor hatte in den 70er Jahren eine Anleitung geschrieben, wie man mit Trash Spass und Profit haben könne. Mittlerweile war mir aufgefallen, dass mich eine etwa 30-jährige Studentin in der vorderen Reihe besonders nett anlächelte. Manchmal verdrehte sie die Augen, wenn ihre Professorin Ausdrücke gebrauchte, die wohl niemand verstand, der nicht in der vierten Generation Germanistik und Literatur studiert hatte. Ich erwiderte mit der Zeit ihr Lächeln, nahm ihr hübsches, schmales Gesicht wahr, ihre zierliche Nase, die liebliche Geste, mit der sie ihre dünnen, braunen Haarsträhnen aus dem Gesicht streifte. Schliesslich streckte sie den Rücken durch und hängte ihre Arme hinter die Stuhllehne, als leide sie unter Verspannungen der Rückenmuskulatur, aber ich glaube, sie wollte ihren Brustkorb zur Geltung bringen, beziehungsweise ihren Busen, in der Tat ein faszinierender Busen, der das rote T-Shirt straffte und Neugierde und Begierde weckte. Das war auch der Grund, weshalb ich nicht bemerkte, dass mir die Professorin das Rednerpult überlassen hatte. Noch leicht benommen oder gar hypnotisiert von diesem kräftigen, mittelgrossen Busen und den schönen Rehaugen schaute ich zur Professorin hoch und versuchte die Phantasien, die mein limbisches System nun im Akkord entwickelte, zu unterbinden. Ja, jetzt war ich an der Reihe, die Professorin setzte sich neben mich und starrte mit strengem Blick in den Saal, nachdem sie mich, wenn auch akademisch verblümt und politisch korrekt, noch kurz als intellektuellen Weichspüler, jovialen Verführer und bemitleidenswerten Sklaven der Trash-Industrie eingeführt hatte. Das zu ertragen war im Honorar inbegriffen.

Ich stellte mich vor als einer, der seit 20 Jahren genau das schreibt, was angeblich niemand liest, prahlte ein bisschen mit den Auflagenzahlen, was die Augen der Brünetten leuchten liess, verschwieg, dass mein Einkommen nur knapp dem Schweizer Durchschnittseinkommen entsprach und erwähnte trotzig, mit Blick auf die mittlerweile versteinerte Professorin an meiner Seite, dass ich an der Sorbonne Geschichte und Religionswissenschaft studiert habe, und heute zu jenen *subversiven Autoren* gehöre, die *konkrete gesellschaftliche Konflikte verschleiern,* um den *Kitsch-Konsumenten bei der Stange zu halten*. Doch das basiere auf

Gegenseitigkeit, dozierte ich, auch deshalb, *weil sich an den Triebstrukturen des Menschen und dessen Bedürfnissen seit Jahrtausenden kaum etwas geändert hat.* Die Professorin freute sich still, dass ich sie soeben viermal zitiert hatte, aber auch das war in meinem Honorar inbegriffen. Ich erwähnte Jerry Cotton. Von dieser Serie waren seit 1954 bereits über 3000 Romanhefte erschienen, die weltweit über eine Milliarde Mal verkauft worden sind. *»Es mögen Märchen für Erwachsene sein«*, sagte ich, »wie Dieter Wellershoff einmal sagte, *Märchen, die die engen Grenzen der eigenen Existenz vorübergehend überschreiten können.«*

Die Literaturprofessorin nickte zustimmend, während die Brünette wieder unter muskulären Verspannungen litt und ihren Busen aufpumpte. Ich erzählte Anekdoten aus dem Alltag eines Pulp Fiction-Autors, erntete einige Lacher und zitierte zum Schluss den Literaturwissenschaftler Adolf Muschg, der nach 50 Jahren universitärer Forschung zur Erkenntnis gelangt war, dass Trash *einen Schleier vor den trüben Alltag zieht.* Die Literaturprofessorin fand das nicht sonderlich witzig und erklärte den Vortrag für beendet. Einige Zuhörer näherten sich zögernd, sie wussten nicht so recht, darf man, soll man? Die Brünette war plötzlich verschwunden, doch dann tauchte sie hinter meinem Rücken auf und sagte, ihr Name sei Claire und sie hätte gerne ein signiertes Buch.

»Welches Buch?«, fragte ich irritiert. Ich hatte ja nur diese Kioskhefte.

Sie lächelte amüsiert und zeigte mir ihre wunderschönen Zähne. "Godless Sun", sagte sie leise.

Ich hatte nicht damit gerechnet, das Buch war schon ein paar Jahre alt und ich war als Trashautor eingeladen worden. Dass man eins seiner Werke beinahe vergisst, ist gar nicht so ungewöhnlich, wenn man seit Jahren kein einziges Exemplar mehr verkauft hat. Nicht nur in der Welt von Google hat man ein Anrecht auf Vergessen.

»Ich habe kein Buch bei mir«, sagte ich verlegen, immer noch berührt, dass sie tatsächlich "Godless Sun" lesen wollte. Sie fragte, ob ich nicht eins zu Hause hätte, das ich signieren könne. In der

Buchhandlung sei es bereits vergriffen. Natürlich war das Buch nicht vergriffen, die Buchläden hatten es nicht ins Sortiment aufgenommen. Das muss man sich einmal vorstellen: Normalerweise bestellen die Buchhandlungen ein paar Exemplare, stapeln sie in der Nähe der Kasse, nach einer Woche beim Treppenaufgang, dann irgendwo im Lager, bis eine Praktikantin die Arbeit dreier Jahre kommentarlos an den Verlag zurückschickt mit dem Vermerk *Remittende.*

»Krieg ich ein Exemplar?«, wiederholte Claire und wippte nervös auf den Zehenspitzen. Was sollte ich jetzt antworten? Wenn ich *ja* sagte, hatte ich am Ende des Abends zwanzig Leute in meiner Wohnung, und als höflicher Gastgeber würde ich wohl Onkel Calvins Weinkeller plündern. Also konnte ich nicht *ja* sagen. Mir schien das vernünftig. Aber ich sagte *ja.* Sie lächelte, etwas vieldeutig. Ich konnte es nicht richtig einordnen, denn in den letzten Jahren hatte ich die nonverbale Sprache des weiblichen Geschlechts verlernt. Ich konnte mir auch schlecht vorstellen, dass meine Vorlesung sie derart beeindruckt hatte. Sie zog sich zurück und wartete beim Ausgang. Jedes Mal, wenn ich zur Tür blickte, um zu sehen, ob sie noch da war, lächelte sie wie ein scheues Reh. Einmal winkte sie sogar zaghaft.

Als alle den Saal verlassen hatten, reichte mir die Professorin das Couvert mit meinem Honorar. Ich habe nicht nachgezählt. Die Professorin sagte, das sei ein spannender Abend gewesen. Natürlich log sie, aber auch das gehört nun mal zum Wording im universitären Umfeld. Ich mag das Wort *spannend* nicht. Ich benutze dieses Wort nur, wenn ich das Essen bei einem Gastgeber nicht so toll finde und dankbar wäre, wenn ich nie mehr eingeladen würde.

»Haben Sie keine Vorlesung?«, fragte ich Claire.

»Doch«, schmunzelte sie, »ich treffe den Autor von "Godless Sun".«

Wir sassen am Abend im Indian Palace. Claire hatte draussen im Flur gewartet, bis die Letzten den Hörsaal verlassen hatten. Ich hielt es für besser, sie auf neutralem Boden zu treffen, damit ich jederzeit aufstehen und verschwinden konnte. Wir assen frittierte Zwiebeln in

Kichererbsenmehl, Tandoori Chicken und Garam Masala. Obwohl Claire sehr schlank war, hatte sie einen gesunden Appetit. Sie sprudelte wie ein Wasserfall und überraschte mich schliesslich mit der Bemerkung, sie habe "Godless Sun" bereits auf dem iPad gelesen, aber ein derartiges Meisterwerk müsse man als Print in den Händen halten, "Godless Sun" sei eines der seltenen Bücher, die man nie mehr weggäbe. Ich hätte ihr noch Stunden zuhören können. Als sie anfangs sagte, sie hätte das Buch bereits gelesen, hatte ich sie sofort als dummes Flittchen eingestuft, das sich nur verplappert hat. Aber das Buch gab es tatsächlich auch als eBook, in deutscher und englischer Sprache, mittlerweile beide für 99 Cents, auch Autoren müssen sich den Gesetzen des Marktes anpassen.

»Ich habe Sie gegoogelt«, sagte sie und streifte ihr Haar mit einer graziösen Handbewegung nach hinten. Ich versuchte, mir vorzustellen, wie sie nackt vor mir stand und überlegte, ob sie eine ahnungslose Touristin sein könnte, die sich verirrt und auf der geheimnisvollen Insel Hilfe sucht. Sie lachte oft, vielleicht war sie einfach nervös: »Nachdem wir das Programm mit den Frühjahrslesungen erhalten hatten, habe ich das Buch gleich bei Amazon runtergeladen und in wenigen Tagen gelesen.« Sie lachte erneut, kokettierte mit einer gespielten Schüchternheit, liess den Mund etwas offen, sodass man erneut ihre makellos gebleachten Zähne sehen konnte: »Verschlungen habe ich Ihr Werk!« Sie hatte einen sehr schönen Mund mit ungeschminkten Lippen, die sie ständig mit der Zungenspitze benässte. Ich fragte mich, welche Attribute in einem weiblichen Gesicht am meisten Sexappeal verströmen? Vielleicht eine leicht nach oben geschwungene Oberlippe, die den Mund nie ganz verschliesst und eine Mischung aus Lust und Begierde kurz vor dem Höhepunkt simuliert? Aber ich denke, am Ende ist es der Schalk, die Natürlichkeit, die Freude am Kommunizieren, die Freude am Dasein. Claire hatte nur aus privatem Interesse dem Vortrag beigewohnt. Sie hatte Medizin mit Schwerpunkt Sozialpsychiatrie studiert und arbeitete in einer universitären Arbeitsgruppe, die psychisch kranke Menschen mit Substanzstörungen untersuchte. Rehabilitation,

Suizidprävention, Randgruppen, das seien ihre Themen, aber sie arbeite auch an einem Forschungsprojekt der Universität Zürich über OPT's in der psychologischen Diagnostik.

»OPT's?«

»Objektive Persönlichkeitstests.«

Sie erläuterte mir ausführlich das Prinzip dieser OPT's, aber ich versuchte eher einen Blick auf ihren Busen zu werfen, ohne dass es ihr auffiel, aber ich weiss natürlich, dass verstohlene Männerblicke keiner Frau entgehen, und wenn sich Frequenz, Intensität und Dauer in respektvollen Grenzen halten, geniessen sie es sogar. Sie gestand mir schliesslich, dass auch sie schriftstellerisch tätig sei, sie schriebe gerade eine Doktorarbeit über *psycho-manipulative Beeinflussung und Techniken von Gruppen als Form des Missbrauchs.* Sie sprudelte fröhlich und ungezwungen, ich fand sie sehr charmant. Plötzlich brach sie abrupt ab und schürzte ihre Lippen zu einem Kussmund: »Hätten Sie mich auch angesprochen?«

»Eher nicht, wir leben im Zeitalter der Fettnäpfchen, in dem jedes Thema engmaschig vermint ist. Ich spreche keine Frauen in Ihrer Altersgruppe an. Könnte falsch verstanden werden, sexuelle Belästigung und so. Ihre Generation ist ja sowas von hyper-empfindlich, vorwiegend kleine Prinzessinnen, verliebt in die eigene Magersucht. Ich hatte in den letzten neun Jahren nur ausländische Freundinnen.«

»Dann bin ich eine Ausnahme.«

»Ja, dann *wären* Sie eine Ausnahme.«

In diesem Augenblick spürte ich einen sanften Druck zwischen meinen Schenkeln und liess die Crevette, die ich gerade in die Chilisauce getunkt hatte, Crevette sein. Ich schaute zu ihr hoch. Sie liess sich nichts anmerken, obwohl ich überzeugt war, dass es ihr Fuss war, der zwischen meinen Beinen forschte. Sie schmunzelte: »Nachdem wir den formellen Teil erledigt haben, könnten wir nun zu Ihnen fahren, und Sie signieren mir ein Buch.«

Sie musste sich zurückhalten, damit sie bei den letzten Worten nicht losprustete. Ich übrigens auch.

Machine Baby

Wir stiegen an der Endstation der Tramlinie aus und spazierten den Schrebergärten entlang. Claire begann sich allmählich zu wundern: »Sie wohnen hier?«, fragte sie misstrauisch, »ich sehe kein Haus, und da vorne beginnt bereits die Landwirtschaftszone.«

»Nein«, sagte ich, »da vorne, hinter den Kastanienbäumen versteckt, ist das Haus von Onkel Calvin.«

Claire war sprachlos, als wir den Vorplatz der Villa erreichten und vor den beiden grossen Frauenstatuen standen: »Hier wohnen Sie?«

»Ja«, antwortete ich, »die Villa wurde 1853 von einem Eisenbahnbaron gebaut. Mein Onkel Calvin hat es in den 50er Jahren einer zerstrittenen Erbengemeinschaft abgekauft.«

Ich hatte mich längst an die beiden Frauenstatuen gewöhnt, mein Blick galt den Altglascontainern am Rande des Vorplatzes. Da die Stadtverwaltung die Container nur noch sporadisch leerte, war das ganze Umfeld mit leeren Flaschen, Scherben und allerlei Abfalltüten zugemüllt. Das Flaschen- und Scherbenmeer frass sich allmählich auf Onkel Calvins Grundstück. Ich kickte ein paar zerdrückte Pizzaschachteln weg. Im Erdgeschoss flackerte bläuliches Licht. Onkel Calvin schaute wie üblich seine TV-Dokus auf dem History Channel. Claire stand wie angewurzelt vor der Göttin Fortuna und strich über den steinernen Falz der Robe: »Wie alt ist Ihr Onkel?«

»Im Herbst wird er 88. Wir trinken an seinem Geburtstag meistens einen Pomerol, einen *Château La Conseillante*.«

»Jetzt hätte ich auch Lust auf ein Glas«, sagte Claire und hakte sich unter.

»Wenn Sie ein Glas Wein wollen, benützen wir besser den Hintereingang. Der führt direkt in den Keller, ohne dass wir an Onkel Calvins Salon vorbei müssen. Er sieht es nicht gerne, wenn ich in seinen Weinkeller steige.«

Wir begaben uns hinter die Glascontainer, die mit einem Eisengitter vom Grundstück abgetrennt waren. Die Eisenstäbe hatten bereits

Rost angesetzt, zwischen den Gittern war jeweils eine Sonne aus Metall eingearbeitet, die an das Sonnengesicht im Schloss Versailles erinnerte: Ein rundes, pausbackiges Gesicht, das keinem Geschlecht zuzuordnen ist, mit einem Sonnenkranz, der gewisse Ähnlichkeiten mit dem Heiligenschein in christlichen Darstellungen hat.

Wir liefen über den Park des Anwesens und nahmen hinter dem Haus die schmale Treppe, die steil in den Keller führte. Ich ging voran und gab Claire die Hand. Sie tat so, als würde sie straucheln. Ich spielte mit und fing sie auf. Als sie in meinen Armen lag, flüsterte sie: »Darf ich dich Mitch nennen?«

Wir betraten den Weinkeller, der mich jedes Mal aufs Neue begeisterte. Rund tausend Flaschen lagerten hier in einem kühlen und etwas feuchten Gewölbekeller. Den Wänden entlang waren Rundbögen mit rotem Ziegelstein vermauert. In jedem Rundbogen waren die Weine nach Herkunft und Jahrgang sortiert. Claire fuhr mit dem Finger über einige verstaubte Etiketten, um den Jahrgang zu sehen.

»Kann man die noch trinken?«

»Onkel Calvin meint: ja. Obwohl seine Geschmacksnerven vom Zigarrenrauchen längst versengt sind, behauptete er, der Wein werde immer besser. Das kann ich nicht bestätigen, er flacht ab. Wahrscheinlich gibt es auch bei alten Bordeauxweinen so etwas wie Altersmilde, wenn sie den Zenit überschritten haben.«

Ich zeigte Claire im hinteren Teil des Kellers die gestapelten Original-12er Kisten, *Cheval Blanc, Château Palmer, Château Angélus.*

»Er hat sogar noch zwei Flaschen *Pétrus*, eine Flasche kostet mindestens 2000 heute, leider will er die nicht trinken, es sei noch zu früh, sagt er jeweils. Ich glaube, er möchte eines Tages seinen Erben nur Weine vererben, die nicht mehr geniessbar sind.«

»Dann sollten wir heute Abend einen *Pétrus* trinken«, schmunzelte Claire.

»Nein«, flüsterte ich, »das kann ich nicht machen«, und hielt sie davon ab, nach der Flasche *Pétrus* zu greifen.

»Und ob du das kannst«, kicherte Claire und tat so, als würde sie erneut nach der Flasche greifen.

»Ich bestehle doch nicht meinen Onkel.«

»Okay, das kann ich verstehen und akzeptieren, dann lass mich es tun.«

Sie nahm den *Pétrus* an sich und versteckte ihn unter ihrem T-Shirt: »Sieh es pragmatisch, dein Onkel wird diese Flasche nie trinken, geschweige denn vermissen …«

»Das ist trotzdem Diebstahl, Claire.«

Selbst wenn Onkel Calvin dement gewesen wäre, hätte ich es nicht getan, dann erst recht nicht.

Ich stand ratlos vor Claire. Sie genoss meine Verunsicherung: »Ich wärme ihn an meiner Brust, er hat noch nicht die ideale Trinktemperatur.«

Claire schob die Flasche unter ihrem T-Shirt hoch, bis der Flaschenhals zwischen ihren Brüsten war: »Willst du ihn in die Kiste zurücklegen? Bitte …«

»Dann müsste ich unter dein T-Shirt greifen«, sagte ich mit gespieltem Bedauern.

»Wäre das so schlimm? Ich fürchte, dir bleibt nichts Anderes übrig.«

Ich griff langsam unter ihr T-Shirt, berührte ihre Hand, die die Flasche umklammerte, dann sagte sie, sie müsse mir wohl ein bisschen helfen und zog ihr T-Shirt hoch, bis die halbe Brust entblösst war. Ich nahm die Flasche und legte sie in die Holzkiste zurück.

»Trinken wir jetzt Regenwasser?«, fragte Claire und zwickte mich in die Lenden. Mir gefiel diese plötzliche Vertrautheit. Seit mich Natascha verlassen hatte, war ich keine Beziehung mehr eingegangen. Natürlich ist es naiv, einem Menschen, den man erst seit wenigen Stunden kennt, zu vertrauen. Doch ich habe Claire von Anfang an vertraut. Wir stiegen die Treppe zum Erdgeschoss hoch. Ich legte meinen Finger auf den Mund und wies Claire an, leise in den oberen Stock zu gehen. Onkel Calvin mochte keine Fremden im Haus.

Im Salon brannte noch Licht, Onkel Calvin hatte den Fernseher auf Stadionlautstärke gestellt. Offenbar schaute er gerade eine Dokumentation über die spanische Stadt Cordoba, die im 10. Jahrhundert ein Kalifat und die damals grösste Stadt der bekannten Welt war. Hier lebten Muslime, Christen und Juden in friedlicher Eintracht zusammen, muslimische Universalgelehrte unterrichteten die damals rückständigen Christen und belächelten ihren Aberglauben.

»Mitch!«, hörte ich Onkel Calvin rufen, »bist du das?«

Während Claire vor dem Treppenaufgang stehenblieb und bereits den Fuss auf die erste Stufe gesetzt hatte, fuhr ich über das weiche Ätzmuster des Musselinglases und stiess die Salontüre auf: »Ich bin's, Onkel Calvin«, sagte ich und betrat den verrauchten Salon. Onkel Calvin drehte sich nicht um, ich sah nur seinen kahlen Hinterkopf: »Ah, du bist es«, grummelte er, »hättest du mir auch früher sagen können.« Das sagte er immer und wischte dann den Rauch seiner kubanischen Zigarre mit einer Handbewegung weg, damit er mich besser sehen konnte: »Hast du die Nachrichten gehört?« Onkel Calvin sass in seinem ausgefransten Chesterfield-Sessel, ein paffender Dynamo in einem von Motten zerfressenen braunen Morgenmantel. Die schlohweissen Nackenhaare liess er spriessen, weil er Coiffeure genauso hasste wie Zahnärzte und einen nicht unbedeutenden Teil der Menschheit. Er ignorierte wie üblich, dass ich mich soeben verabschiedet hatte und schlafen wollte. Ich konnte diskrete Bemerkungen machen, gähnen, so tun, als würden mir die Augen zufallen, Onkel Calvin ignorierte es einfach und erzählte, detailbesessen wie es ältere Menschen tun, die immer weniger Gesellschaft haben.

»Merkel ist verrückt geworden, und keiner merkt es!«, sagte er ungehalten und drehte sich zu mir, »sie hat sich zur Flüchtlingskrise geäussert und behauptet, es gebe keine Obergrenze! Mitch, sprach sie eben vom Universum? Als gelernte Physikerin sollte sie auch etwas von Geometrie und Algebra verstehen. Alles auf diesem Planeten hat eine beschränkte Kapazität.«

»Ich weiss«, sagte ich ungeduldig, »jede Festplatte hat eine beschränkte Kapazität, jedes Haus, jedes Kondom.«

»Was?«, fragte er irritiert, als hätte er das letzte Wort nicht richtig verstanden.

»Ich muss jetzt schlafen, reden wir morgen ...«

Onkel Calvin machte eine unwirsche Handbewegung, als wolle er imaginäre Fliegen verscheuchen: »Und wenn Deutschland eines Tages realisiert, dass es doch eine Obergrenze gibt, werden bereits Millionen Migranten unterwegs sein, und Deutschland wird die Flüchtlingslawine auf die Nachbarländer abwälzen. Die lungern jetzt schon hier herum und werfen nachts den Müll in meinen Garten. Ich habe die Polizei angerufen, aber sie sagten, der Polizeiposten sei über Nacht nicht mehr besetzt, und ich dachte immer, Aufgabe des Staates sei nicht nur das Einziehen von Steuern, sondern auch der Schutz seiner Bürger.«

Ich wollte endlich entwischen, mittlerweile fühlte ich ein diskretes Prickeln in meiner *Private Area*, wie Asiatinnen die Schamgegend nennen.

Onkel Calvin klopfte mit der Faust auf den Tisch: »Wenn Hunderttausende junger Männer aus zerrütteten Staaten zu uns kommen, wird unsere Rechtsordnung zusammenbrechen. Die Schlepper versprechen ihnen das Paradies, aber wir werden sie enttäuschen müssen. Und weisst du, was dann passiert?«

Er wartete gebannt auf meine Reaktion, forderte regelrecht, dass ich mich gemeinsam mit ihm empörte, aber ich dachte an Claires Busen und dass man Gäste nicht warten lassen sollte: »Lass uns morgen weiterreden, ich wollte nur gute Nacht sagen.«

Ich legte ihm nochmals die Hand auf die Schulter und küsste seinen kahlen Schädel. Onkel Calvin hielt mich am Ärmel fest: »Das kommt nicht gut, Mitch. Entweder öffnen wir alle Grenzen und begraben den Sozialstaat, oder wir schliessen die Grenzen und halten den Sozialstaat am Leben. Beides wird nicht gehen!«

»Ja, Onkel Calvin, es wird ganz schlimm«, sagte ich und versuchte mir ein Grinsen zu verkneifen, »aber ich muss jetzt schlafen, damit ich morgen fit bin, wenn die Welt untergeht. Wäre doch peinlich, wenn ich den Weltuntergang verschlafe.«

»Mitch?«, hörte ich Claire flüstern, »möchtest du jetzt meine Boobs sehen?« Sie stand oben in der Galerie im ersten Stock und schaute auf die Eingangshalle hinunter. Als ich die Treppe hochkam, legte sie sich in aufreizender Pose auf die Couch. Die Galerie war meine Bibliothek, die Bücherregale reichten vom Boden bis zur Decke und bedeckten jede freie Fläche. Auf dem Beistelltischchen vor den Enzyklopädien zur Universalgeschichte standen eine Flasche Rotwein und zwei zu einem Drittel gefüllte Bordeaux Gläser: »Während der ganzen Vorlesung hast du auf meinen Busen gestarrt«, flüsterte sie und fuhr sich mit der Zunge über die Unterlippe. Sie liess dabei den Mund halb offen, als verspüre sie eine unbändige Lust in sich aufsteigen. Ich blieb am oberen Treppenende stehen und lehnte gegen die hölzerne Brüstung, die das Treppenhaus wie ein Hufeisen umschloss. Ich schaute zum Oberlicht hoch, warf einen letzten Kontrollblick in die Eingangshalle hinunter.

»Mitch, hältst du mich jetzt für ein Luder?«

Sie zeigte mir stolz die Etikette der entkorkten Flasche. Es war ein *Château Pétrus*. Ich nahm die Hände hinter dem Rücken hervor und stellte meinerseits einen *Château Pétrus* auf das Abstelltischchen. Claire erhob sich feierlich und reichte mir ein Glas. Wir prosteten uns zu und tranken. Ich liess den Wein langsam den Gaumen hinunterfliessen. Ohne Zweifel ein ausgezeichneter Tropfen, aber doch nicht so gut, dass der hohe Preis gerechtfertigt wäre. Claire spazierte den Regalen entlang und schaute sich ab und zu den einen oder anderen Buchrücken an. In einer Aussparung hing ein barocker Wandspiegel, dessen goldener Rahmen einen Strahlenkranz darstellte. Der antike Spiegel hatte durchaus Ähnlichkeiten mit dem Sonnengesicht beim Gittertor, nur war das geschlechtslose Gesicht durch einen Spiegel ersetzt worden. Claire trat näher an den Spiegel: »Sieht so aus, als hätte ich einen Heiligenschein«, lachte sie leise, stellte ihr Glas ab und zog ihren Pullover über den Kopf. Sie trug einen schwarzen, netzartigen Büstenhalter, der ihren weissen Busen nur lückenhaft bedeckte. Der Anblick erregte mich mehr als es ein nackter Busen je hätte tun können.

»Lebst du alleine hier? Ich meine, abgesehen von deinem Onkel Calvin.«

»Ich mag meinen alten Herrn mittlerweile«, sagte ich und folgte ihr auf ihrer Inspektionstour, »er ist ein gescheiter Mann, vielbelesen, vielgereist, und auch wenn Empathie nicht gerade seine Kernkompetenz ist, haben wir uns aneinander gewöhnt wie ein altes Ehepaar. Er prüft meine Verträge mit *Morton & Stanley* und ich besorge ihm um Mitternacht ein neues Asthmaspray aus der Notfallapotheke oder bestelle ihm im Internet günstige Salben gegen Furunkel, Hämorrhoiden und weiss der Teufel, was einen alten Mann so alles kratzt und zwickt, wenn er nur einmal die Woche duscht.«

Claire stellte ihr Weinglas ab und kam auf mich zu. Sie öffnete die oberen Knöpfe meines Hemdes: »Ich habe dich gefragt, ob du alleine hier wohnst. Wenn Frauen sowas fragen, wollen sie wissen, ob der Mann eine Freundin hat.«

Ich zog mein Hemd aus und warf es auf den Boden: »Ja, ich hatte eine Freundin, schon einige Jahre her …« Ich öffnete die beiden verglasten Türflügel zu meinem Wohnzimmer.

»Wow«, stiess sie hervor, als sie meinen Salon sah. Es war von oben bis unten mit Dekorationsmaterial von Warenhäusern und Messeveranstaltern vollgestopft, römische Säulen aus Styropor, ein lebensgrosser Butler, zwei *Machine Babies* von H.R. Giger, eine in Bronze, eine in Aluminium, Filmrequisiten aus der Produktion »Planet der Affen« und eine Menge Nippes. An der Decke hing kein Kronleuchter, sondern ein Hai, ein Merchandisingartikel einer Filmproduktionsgesellschaft.

»Bist du Sammler oder betreibst du ein Geschäft?«, fragte sie und schritt den Salon ab, ungläubig staunend. Sie blieb vor den Gemälden an den Wänden stehen, patrouillierte um die dunkel gebeizten Eichentische, die mit alten Zeitungen, Lithographien und Büchern beladen waren. Vor der Zimmertür zur linken Seite hielt ein lebensgrosser Apache Wache, vor der Zimmertür zur rechten Seite stand ein futuristischer Astronaut, halb Roboter, halb Spaceman.

»Die Antiquitäten gehören meinem Onkel, er war früher Anwalt, aber auch ein leidenschaftlicher Sammler. Früher dachte ich, er sei Kunsthändler oder so, wahrscheinlich war er alles zusammen. Er predigte stets, man müsse sein Geld in Sachwerte investieren, der Staat würde einem früher oder später alles wegnehmen, das sei in jedem Jahrhundert so gewesen, Staatsbankrotte und Währungszerfall seien so natürlich wie die vier Jahreszeiten.«

Die Front zur Strasse hinaus hatte zwei hohe Jugendstilfenster mit leicht geripptem Glas. Sie führten auf den Balkon hinaus, der von den zwei Göttinnen vor dem Hauseingang gestützt wurde. Dazwischen war ein langgezogener Schreibtisch mit gedrechselten Beinen. Darauf befand sich ein 27 Zoll iMac inmitten eines wirren Kabelsalats. Claire strich über eine bronzene Statue, die auf einem Galeriesockel links von meinem Schreibtisch stand und kippte sie leicht.

»Vorsicht«, sagte ich, »die wiegt 35 Kilo, ist aus echter Bronze. Das ist Helios, der Sonnengott, er entspricht in etwa dem Gott Sol aus der antiken Mythologie und dort drüben ist die Göttin des Lichts«, ich zeigte auf die Freiheitstatue, die rechts auf einem Sockel stand, auch sie eine eindrückliche Bronzestatue. Doch Helios schien Claire mehr zu interessieren.

»Wieso hast du eigentlich "Godless Sun" geschrieben? Das Buch beschäftigt mich immer noch. Ich hatte den Eindruck, du führst die Leser zu Erkenntnissen, nach denen sie nie gesucht haben. Am Ende fragt man sich, wieso man eigentlich nicht selbst draufgekommen ist. Willst du die Menschen von Gott befreien?«

Ich beobachtete Claire, wie sie das Zimmer inspizierte und fragte mich, wie es wäre, wenn mich Natascha damals nicht verlassen hätte. Sie wäre heute Abend bei mir. Ich bemerkte, dass Claire stehengeblieben war und mich anschaute, als erwarte sie eine Antwort: »Wieso hast du dieses Buch geschrieben?« Wir prosteten uns erneut zu.

»Muss man immer genau wissen, wieso man etwas tut? Manchmal geschehen die Dinge einfach. Ich habe viel über *Sol invictus*, die unbesiegte Sonne, nachgedacht. Ich hatte nichts Konkretes im Sinn, ich wollte mir einen Überblick über diese Fülle an Material verschaffen. Ordnung, Struktur, sowas strebte ich an. Eines Abends hatte ich den ganzen Stoff so präsent wie nie zuvor. Ich begann zu schreiben. Ich glaubte, "Godless Sun" könne die Menschen vom Joch des Aberglaubens befreien, ihnen die Selbstständigkeit zurückgeben, aber vielleicht war bloss der Wunsch Vater des Gedankens.« Ich nahm erneut einen Schluck Wein und liess ihn langsam über den Gaumen fliessen.

»Es sind sehr schöne Gedanken, die du im letzten Kapitel äusserst«, sagte sie ernst, »das hat mich sehr berührt, und ich hatte das unstillbare Verlangen, den Verfasser kennenzulernen. Hast du ein Buch, das du für mich signieren könntest?«

Ich zog den verstaubten Bücherkarton unter meinem Schreibtisch hervor, »du hast Glück, es sind noch ein paar Exemplare da.« Claire stand nun dicht vor mir und nahm eine anzügliche Pose ein. Sie nahm erneut einen Schluck aus ihrem Weinglas.

»Bist du nur wegen des Buches hier?«, fragte ich. Sie stützte sich an meiner Schulter ab und zog den einen Schuh aus, dann den anderen.

»Wieso schreibst du nicht vor dem Fenster?«, fragte sie, während sie ihre Jeans auszog. Darunter trug sie einen schwarzen String mit gehäkelten Bordüren. Energisch griff sie nach meinem Gurt und zog mich näher zu sich. Dann setzte sie sich auf meinen Bürostuhl, löste die Gurtschnalle und knöpfte meine Hose auf. Ich war schon sehr erregt.

»Schaffst du den Rest alleine?«, fragte sie und drehte sich auf dem Stuhl, bis sie vor dem Monitor sass. Sie beugte sich zum Bildschirm und überflog die vielen Icons auf dem Desktop, während sie ihren Büstenhalter löste.

»Wieso hat dich deine Freundin verlassen?«

Ich zog meine Jeans aus: »Ich weiss es offen gestanden nicht, sie war plötzlich nicht mehr da, vielleicht war sie es leid, immer alleine auszugehen. Aber ich bin nicht der Partytyp, ich brauche nicht so viele äussere Reize, in meinem Kopf läuft immer grosses Kino, da ist mehr Action, als mir lieb ist.«

»Nie mehr etwas gehört?«

»Ich habe ihr noch einige SMS geschrieben, aber sie hat nie geantwortet. Irgendwann habe ich aufgegeben.«

»Sie hat dich gesperrt?«, schmunzelte Claire.

»Ja«, gestand ich, »sie hat tatsächlich meine Nummer gesperrt.«

Claire stiess sich vom Tischbein ab und rollte auf meinem Bürostuhl über die Holzdielen: »Sie hat den Konflikt gescheut. Viele Menschen sind es nicht mehr gewohnt, Konflikte auszutragen, Widerstände zu überwinden. Sie tauchen einfach ab, das ist der einfache Weg.«

Claire erhob sich vom Stuhl. Sie nahm eine neckische Pose ein und hakte die Hände lässig in die Taille. Dann bewegte sie sich langsam mit ihrem Weinglas über die Holzdielen auf und ab, wie ein Model auf dem Laufsteg: »Mach dir nichts draus. Was deine Ex geboten hat, war eine zwischenmenschliche No-show, Restaurants und Hotels können ein Lied davon singen, die Leute reservieren und erscheinen nicht.«

»In unserem Fall war es keine Reservation, es war eine Beziehung.«

»Frauen sind nie umsonst«

»Mitch, sie hat tatsächlich den Verstand verloren.« Es war kurz nach sieben, draussen war es schon hell, Onkel Calvin sass mit gerunzelter Stirn über seine Zeitung gebeugt. Ich brachte ihm den Kaffee an den Tisch: »Bitte, nicht schon wieder.«

»Wenn sie Flüchtlinge aus Kriegsgebieten aufnehmen will, stimme ich ihr zu, das ist unsere humanitäre Pflicht, aber sie unterscheidet nicht mehr zwischen Flüchtlingen und Wirtschaftsmigranten, Mitch, auf der Welt leben über eine Milliarde Menschen, die weniger als einen Dollar im Tag verdienen. Die machen sich jetzt alle auf den Weg nach Europa. Was sollen wir mit ihnen anfangen? Die meisten sind abenteuerlustige junge Männer ohne Berufsausbildung. Die wandern direkt in unsere Sozialsysteme und bleiben dort 40 Jahre lang. Sie werden in den Ghettos ihrer Landsleute wohnen, dort brauchen sie unsere Sprache nicht zu lernen, wir werden sie nicht integrieren können, sie werden keine Perspektive haben. Wie werden sie die Zeit totschlagen?«

Ich ging in die Küche zurück und machte mir auch einen Kaffee. Onkel Calvin rief mir nach: »Ich sah gestern eine Talkshow, da sagte einer, dass mit den heutigen Asylgesetzen 80 % der Weltbevölkerung mit einem guten Anwalt ihren Anspruch auf Asyl durchsetzen könnten. Ich kann das bestätigen, ich war schliesslich Anwalt. Weisst du, was ihm einer geantwortet hat? Er sei ein Nazi! Ich weiss, was ein Nazi ist, und ich kann dir sagen, das waren keine Leute, die eine andere Meinung hatten, das waren Kriminelle, die sechs Millionen Juden ermordet haben!«

Ich setzte mich mit meinem Kaffee zu ihm. Ich hatte wenig Lust auf eine Diskussion, in Gedanken war ich bereits mit Commander Orion unterwegs in der Galaxie. Mein Desinteresse schien Onkel Calvin noch mehr anzustacheln: »Mitch, wenn die Politik den Menschen einen Maulkorb verhängt und ihre Bedenken als Fremdenfeindlichkeit diffamiert, rückt die Gesellschaft nach rechts. Das ist grauenhaft, Mitch, Rechtsextreme an der Macht, das ist das Letzte, was ich in meinem Leben noch erleben möchte. Bring mir noch einen Kaffee.«

Ich ging in die Küche, wechselte das Wasser in der Kaffeemaschine, stöpselte eine Nespressokapsel ein und machte sauber, während die Maschine knatternd heisses Wasser ausspuckte. Eine Entkalkung war fällig. Als ich den Kaffee ins Wohnzimmer brachte, sass Onkel Calvin wieder tief gebeugt über seiner Zeitung. Er tastete nach der Kaffeetasse, ohne seine Lektüre zu unterbrechen und nippte daran.

»Ist noch heiss«, sagte ich.

»Das habe ich bemerkt«, stänkerte er und verzog das Gesicht, »hättest du mir früher sagen können.«

Er schüttelte enerviert den Kopf, griff nach einem Kugelschreiber und kreuzte etwas an: »Ihr habt ja keine Ahnung, was auf euch zukommt, jetzt packen bereits die Menschen in den Maghrebstaaten und auf dem Balkan ihre Rucksäcke. Sind das Flüchtlinge? Das UNO-Hochkommissariat für Flüchtlinge spricht von 60 Millionen Migranten, die in den nächsten Jahren unterwegs sein werden! Und wer wird das bezahlen?«

»Das schaffen wir schon«, sagte ich.

»Was?«, rief Onkel Calvin, »jetzt fängst du auch noch damit an!«

Onkel Calvin machte eine unwirsche Handbewegung, die seine gesamte Geringschätzung ausdrückte: »Hat Merkel die moralische Lufthoheit über Europa? Steht sie über den Parlamenten? Ist Europa keine Demokratie mehr? Kann sie mit einem Wort Gesetze ausser Kraft setzen und Grenzen öffnen oder schliessen? Liegt Versailles in Berlin? Jetzt ist alles, was sie sagt, ›alternativlos‹. Leidet sie etwa an einer grenzenlosen Selbstüberschätzung, an einer narzisstischen Verhaltensstörung? Sie wird die Gesellschaft spalten, sie wird Europa spalten. Aber sie wird nie zugeben, dass sie sich geirrt hat.«

Onkel Calvin starrte mit leerem Blick an die blaugestrichene Stukkaturdecke: »Sie erinnert mich an Erich Honecker, als er in das Flugzeug nach Chile stieg und zum Abschied die Rotfrontfaust erhob. Er hätte nie zugegeben, dass er sich geirrt hat, das hätte sein ganzes Leben in Frage gestellt.«

Onkel Calvin warf mir einen bösen Blick zu, als wolle er andeuten, dass ich von nichts eine Ahnung hätte. Vielleicht dachte er, mir sei das eh alles egal, weil ich kaum Steuern bezahle.

»Es wird nicht schön sein für religiöse und ethnische Minderheiten. Die Migranten des 21. Jahrhunderts haben den Antisemitismus im Blut. Während des Nationalsozialismus' haben viele Juden in Deutschland den Fehler gemacht, dass sie zu spät ausgewandert sind. Sie hielten es nicht für möglich, dass ein Volk eine religiöse Minderheit ausrotten will. Aber man muss die Zeichen der Zeit erkennen und handeln.«

Ich weiss nicht, woran es liegt, dass ältere Menschen oft schwarzsehen. Vielleicht liegt es daran, dass sie den schleichenden Verfall ihres Körpers auf die Gesellschaft projizieren, vielleicht liegt es aber auch daran, dass sie mehr Lebenserfahrung haben und mit der Historie vertraut sind. Manchmal ging er mir mit seinen Geschichten ganz schön auf die Nerven. Ich trank meinen Kaffee und dachte über die

Fortsetzung meiner Oriongeschichte nach. Als ich aufstand, wollte er mich wie üblich mit einer Frage am Weggehen hindern: »Wer ist eigentlich diese Grisette?«

»Welche Grisette?«, fragte ich scheinheilig und bewegte mich zur Tür.

»Ihr Parfum ist übler als die Kampfstoffe in den Schützengraben von Verdun«, ätzte er.

Ich drehte mich kurz um: »Ich habe in der Küche zwei Kakerlaken gesehen, vielleicht sollten wir einen Kammerjäger rufen.«

Onkel Calvin verwarf die Hände: »Millionen Migranten, das stört dich nicht, aber Kakerlaken … Du wirst doch wohl mit zwei Kakerlaken fertig? Mit deiner Grisette hast du wohl mehr Mühe, sie ist ja nicht zum ersten Mal hier, ich bin ja nicht taub! Ich kann dir nur raten: Sei vorsichtig! Grisetten können einen Mann ruinieren.«

»Sie verlangt kein Geld«, grinste ich und ging zur Glastür.

»Frauen sind nie umsonst!«, rief mir Onkel Calvin nach.

Yasminblüten

Claire kam immer öfter vorbei. Sie blieb nie lange, aber sie liess jedes Mal etwas liegen und hatte somit stets einen *Türöffner* für den nächsten Besuch. Ich kenne alle Tricks, weil ich diese auch bei meinen Figuren einsetze, um sie zu charakterisieren. Meine Frauenfiguren sind meistens sehr gerissen, während sich die Cleverness bei meinen männlichen Charakteren auf die Kriminalität beschränkt.

Ich habe mich auch schon gefragt, ob ich die Nächte mit Claire etwas ausführlicher beschreiben sollte. Im Stil von Michel Houllebecqe. Oder vielleicht sogar im O-Ton Karl Ove Knausgård: *»Sie stöhnte und übergab sich noch einmal, und ich sah ihren grossen Arsch vor mir und konnte plötzlich nicht widerstehen. Ich legte die Hände auf ihre Hüften, steckte ihn hinein und fing wieder an zu pumpen.«* Das ist übrigens der letzte Satz aus einem seiner Romane, und man kann nur ahnen, was er in den 618 Seiten davor geschrieben hat.

Auf jeden Fall wurde der Sex mit Claire immer sportlicher und herausfordernder. Wenn ich anschliessend unter der Dusche stand und meine schmerzgeplagten Geschlechtsteile einseifte, fragte ich mich, ob sie mir womöglich den linken Hoden gequetscht hatte. Dann dachte ich über eine Geschichte nach, die von einer militanten Feministin erzählt, die nachts Männer anbaggert, um ihnen den linken Hoden zu quetschen. Es ist normal, dass einem Schriftsteller laufend ziemlich idiotische Geschichten in den Sinn kommen. Man kann diese Geschichtengebärmaschine nicht nach Belieben ein- und ausschalten. Selbst in meinen Träumen begegnete ich Geronimo und Commander Orion auf der geheimnisvollen Insel. Im Schlaf fügen jene Teile des Gehirns, die nur nachts aktiv sind, Dinge zusammen, die nicht zusammengehören. Oft träumte ich ganze Heftromane. Meistens wachte ich um drei Uhr morgens auf, döste noch ein bisschen vor mich hin und feilte an der Story. In diesem schläfrigen Zustand entstanden die besten Geschichten, es war so, als hätte sich in meinem Gehirn ein Co-Autor eingenistet.

Manchmal klopfte Onkel Calvin gegen die Zimmerdecke, klopfte er fünfmal, bedeutete dies, dass er draussen im Park ein Geräusch gehört hatte. Ich musste dann die Dienstmädchenwohnung und den Garten inspizieren. Ich hatte einen transparenten Plastikstreifen zwischen die Tür geklemmt, damit ich sehen konnte, ob jemand die Wohnung betreten hatte. Es war stets falscher Alarm, einmal scheuchte ich einen Fuchs auf, einmal jagte der Hund eines Hobbygärtners eine Katze über den Park, aber Fussspuren sah ich keine. Aber Ozzy behauptete an einem Freitagmorgen, er habe welche gesehen.

Spuren ganz anderer Art hinterliessen meine stundenlangen Sitzungen vor dem Computer. Ich hatte immer wieder starke Verspannungen im Schulter-Nackenbereich, vielleicht auch die Angst im Nacken, aber offen gestanden schmerzten auch die linke Leiste und der linke Hoden. Ich schickte Nang eine SMS und fragte, ob sie einen freien Termin habe.

Ich betrat den abgedunkelten Raum und zog mich aus. Ein süsslicher Duft von Yasminblüten und Räucherstäbchen schlug mir entgegen. An der Wand hing die Panoramafotografie einer thailändischen Pagode, die von Albino-Elefanten gestützt wurde. Der Boden war mit einer Matte ausgelegt, darauf ein Thai-Massage-Bett, Kerzen und der ganze Kitsch, der einem den Eindruck vermitteln soll, man hätte soeben den Flug nach Bangkok gespart. Nang folgte mir: »Meine Mädchen haben fast alle meine Kunden mitgenommen. Sie massieren ihre White Monkeys nun in der City. Vielleicht bist du heute der Letzte.«

»Das ist wahrlich kein Happy End hier.« Ich legte mich wie üblich auf den Bauch, schloss die Augen und versuchte, mich zu entspannen. Nang kniete nieder, rieb mich mit Sesamöl ein und begann mich mit kräftigen Bewegungen zu massieren.

Nang hatte ursprünglich an der Chulalongkorn-Universität in Bangkok Betriebswirtschaft studiert und sich anschliessend in Kamphaeng Phet zur Masseurin ausbilden lassen. Sie hatte von einem Studio in Europa geträumt, um ihre Familie zu Hause zu unterstützen. Sie arbeitete sogar stundenweise im Unispital, um die schwierige Anfangszeit finanziell zu überstehen. Hat nicht funktioniert. Nang meinte, das sei Karma. Seit ich ihr im Universitätsspital begegnet war, brauchte ich mindestens einmal im Monat eine Thaimassage. Und seit wir uns darauf geeinigt hatten, dass sie nicht auf meinem Rücken herumtrampelte, waren die Massagen erträglich und wohltuend. Aber es lief nichts zwischen uns. Ich glaube, das war beiden recht so. Wir hatten wohl den Zeitpunkt verpasst, an dem Freundschaften in erotische Beziehungen übergehen. Somit waren wir beste Freunde, mehr nicht, aber immerhin.

»Sie sind wie Schmetterlinge davongeflogen, meine Mädchen, im Rotlichtviertel verdienen sie mit Massage und Happy Ending wesentlich mehr. Aber wir sind hier in einem Wohnviertel. Bei mir gibt's kein Happy Ending.«

»Ja«, sagte ich mit schläfriger Stimme, »ist mir auch schon aufgefallen.«

»Du hast mich nie danach gefragt«, sagte Nang und gab mir einen Klaps auf den Hintern. Das war die übliche Aufforderung, mich auf den Rücken zu drehen. Nang begann meine Oberschenkel mit Öl einzureiben, ich schrie auf und zuckte mit dem linken Bein.

»Das ist die Leiste«, sagte Nang, »hast du etwas Schweres getragen?«

»Ich habe sie nicht nach ihrem Gewicht gefragt«, stöhnte ich und fasste mich mit schmerzverzerrtem Gesicht in den Schritt.

Den restlichen Tag verbrachte ich an Bord der *Taurus One: Unvorstellbare Energien wurden schlagartig freigesetzt und tobten wie Orkangewitter durch die Schutzschirme, grelle Blitze und gleissende Kunstsonnen zerrissen das All.*

Bärbel unterbrach die Eroberung des Planeten Xerxes mit einer Mail. Sie brauche umgehend ein Exposé für den *Landarzt Dr. Lohmer.* Als Hypochonder hasse ich Arztserien, aber wenn Bärbel etwas meint, meint sie es ernst. Da Onkel Calvin im Erdgeschoss gerade Klavier spielte, erfand ich einen alten Witwer, der mit einer Zigarre im Mund Klavier spielt, einen Zimmerbrand auslöst, sich die Hände verbrennt und im Krankenhaus eine italienische Opernsängerin kennenlernt, die wegen eines Stimmbandtumors in Behandlung ist. *Tumor später gutartig, sie zieht zu ihm. Happy End. No Sex, no satisfaction,* aber Bärbel war zufrieden.

Claire klingelte. Sie wollte wahrscheinlich ihren Lippenstift abholen, den sie im Badezimmer vergessen hatte und einiges mehr. Ich integrierte das Geklingel in die Taurus One, *feindliches Raumschrift gesichtet,* aber als ich Seite 64 erreicht hatte, hörte ich das Klopfen von Onkel Calvin. Er hatte offenbar ein Problem. Nachdem ich die Schwierigkeiten an Bord der Taurus One gelöst hatte, würde ich wohl auch Onkel Calvins Probleme lösen können.

Zu meiner grossen Überraschung sass Onkel Calvin, umhüllt von einer bräunlichen Qualmwolke, mit zusammengefallenem Oberkörper am Tisch. Auf dem Tisch waren zwei benutzte Teller, ein wenig Rösti und Zwiebeln waren übriggeblieben. Claire hatte mit Abräumen begonnen.

»Er hat mir alles erklärt«, sagte sie, »man muss dir eine Mail schreiben, wenn man dich erreichen will.«

Onkel Calvin richtete sich auf und wippte mit dem Oberkörper. Das Blut war ihm ins Gesicht geschossen, den Mund hatte er halboffen, die Augen zusammengekniffen. Erst jetzt fiel mir die Bordeauxflasche auf dem Tisch auf. Es war ein *Château Haut-Brion 1er Cru Classé Pessac-Léognan.*

»Sie kocht nicht schlecht«, sagte Calvin mit schwerer Zunge, »aber sie benutzt das gleiche Parfum wie deine Grisette.« Onkel Calvin tippte zweimal mit dem Finger auf den Tisch. Das war das Zeichen, dass er ins Bett wollte. Ich half ihm hoch, Claire kam mir zu Hilfe. Gemeinsam führten wir ihn zum Bett, setzten ihn auf die Kante, kippten ihn sanft und halfen ihm, eine bequeme Seitenlage zu finden.

»Bist du schon lange da?«, fragte ich Claire, als wir uns wieder an den Tisch setzten.

»Zwei Stunden vielleicht. Ich habe ein besonderes Anliegen«, sagte sie.

»Ich weiss«, antwortete ich müde und nahm einen Schluck aus ihrem Glas, behielt den Wein eine Weile im Mund und liess ihn dann langsam den Gaumen hinunterfliessen. Ein grossartiger Tropfen. Ich schenkte mir gleich nach und trank, als wolle ich Claire signalisieren, dass meine körperlichen Ressourcen für heute aufgebracht waren. Ich war überzeugt, der Lippenstift war nur ein Vorwand, sie wollte ein bisschen Sex und Spass haben. Wäre ich eine Frau, hätte ich mich als Sexobjekt missbraucht gefühlt, aber ich war ein Mann und fühlte mich geschmeichelt. Nach der anstrengenden Fahrt durch die finstere Galaxy hatte ich jedoch mehr Lust auf diesen 20-jährigen Haut-Brion. In jungen Jahren ist man ganz auf Sex fixiert, später auf junge Frauen plus gutes Essen, noch später auf gutes Essen und noch später auf ein Essen in einem guten Restaurant, das die Toilette im Erdgeschoss hat und irgendwann vergisst man, worauf man fixiert ist. Soweit war ich mit

43 noch lange nicht, aber ich denke, dass man mit 43 ab und zu einen Haut-Brion einem One-night-Stand vorzieht. Zu meiner Überraschung hatte Claire jedoch ganz andere Absichten.

»Ich begleite die Programme der Anonymen Alkoholiker in der Stadt. Das ist Teil meiner Doktorarbeit. Ich erforsche den Nutzen von manipulativen Strategien und psychologischen Techniken bei labilen Persönlichkeiten und die Gefahr, dabei Identität und Autonomie zu verlieren. Wir würden dich gerne einladen zu einem kleinen Vortrag. Wir feiern das 25-jährige Bestehen der Anonymen Alkoholiker.«

»Du denkst, das wird die interessieren?«

»Ja, wir haben eine Umfrage gemacht. Sie wollen keinen Zauberer, keinen Clown, keinen Motivationslehrer, sondern einen Schriftsteller, denn einige schreiben manchmal Texte über sich und die Welt. Für viele ist das Führen eines Tagebuches ein wichtiger Bestandteil auf dem Weg zu Erkenntnis und Abstinenz.«

»Es gibt doch interessantere Autoren als mich.«

Claire tätschelte meine Hand, sie war von ihrer Idee begeistert: »Sie wollen ausdrücklich einen Science-Fiction-Autor. Fast alle lieben Science-Fiction. Das kann kein statistischer Zufall sein. Ich möchte auch diesen Aspekt in meine Dissertation einfliessen lassen.«

Ich fand die Idee nicht so toll, denn ich konnte mir vorstellen, dass mir später ein Dutzend Mitglieder auf die Pelle rückten, Texte mailten, um persönliche Gespräche baten, und ich wäre garantiert nicht der Typ, der jeweils *nein* sagt. Trotzdem sagte ich Claire zu und versuchte mich in der nächsten halben Stunde in unkoordinierten motorischen Bewegungen, um ihr nochmals deutlich zu signalisieren, dass ich heute Abend für nichts mehr zu gebrauchen war. Wir umarmten uns zum Abschied. Sie flüsterte mir noch ins Ohr: »Das nächste Mal ohne Alkohol.«

Als ich mit der angebrochenen Weinflasche in den oberen Stock zurückkehrte, um den Abend mit diesem edlen Tropfen abzuschliessen, mailte Bärbel, dass Bob Lancaster auf einem Kreuzfahrtschiff den

Norovirus aufgelesen hatte. Bob Lancaster war ein Autor der Heftserie »John Carter«, Ägypten, 19. Jahrhundert. Ich sollte bis Freitag 64 Seiten abliefern, der Titel war bereits gesetzt: »Die Rache des Pharaos«. *Mit zitternden Händen schlug John Carter eine schmale Bresche in die Mauer. Die trockene Luft, die aus der Kammer strömte, liess die Kerzenflamme flackern. Allmählich erkannte er zahlreiche Objekte, seltsame Tiere, Statuen und Gold.*

»Sehen Sie etwas?«, fragte Lord Carnarvon ungeduldig.

»Ja, ich sehe wunderbare Dinge!«

Ich lieferte wie üblich rechtzeitig. Bärbel bedankte sich für die rasche Lieferung, über den Inhalt hat sie sich nicht geäussert. Ich weiss, ich habe schon Besseres geliefert.

Anonyme Alkoholiker

Eine Woche später wurde ich schriftlich angefragt, ob ich anlässlich des 25-jährigen Jubiläums der *Anonymen Alkoholiker* einen unterhaltsamen Vortrag halten wolle. Über meine Arbeit. Vielleicht mit einer kurzen Leseprobe. Sie würden einen alkoholfreien Apéro anbieten, und es wäre nett, wenn ich nach dem Vortrag noch ein bisschen bleiben könnte, vielleicht eine Stunde oder so, und Fragen beantworten: *Woher nehmen Sie all die Ideen? Waren Sie auch ein Schluckspecht?* Ich sagte wie versprochen zu. Wer weiss, vielleicht würde der eine oder andere ein Exemplar "Godless Sun" kaufen. Ich würde ein paar Bücher mitnehmen, damit der Stapel unter meinem Schreibtisch etwas abnahm.

Es war ein merkwürdiges Gefühl, als ich einen Monat später den Saal der kleinen Neuapostolischen Kirche betrat, die von aussen betrachtet nicht gerade wie eine Kirche aussah, sondern eher wie eine kleine Firma, die Bio-Honig verkauft. Die Kirchengemeinschaft stellte jeweils ihre Räumlichkeiten den Anonymen Alkoholikern zur Verfügung. Unentgeltlich. Ich will nicht unterstellen, dass Religionsgemeinschaften sich mit Vorliebe labiler Menschen annehmen, weil die empfänglich sind für alle Formen des Aberglaubens. Ich kann mir durchaus vorstellen, dass es auch uneigennützige Nächstenliebe gibt. Oder mal dies, mal das. Vielleicht vorneweg: Nein, ich bin kein Alkoholiker, ich war nie Alkoholiker, dafür liebe ich meinen Beruf zu sehr.

Mein kleiner Vortrag fand an einem Freitagabend statt, am Tag nach Ascensio Domini, dem Aufstieg des Herrn, im Volksmund als Christi Himmelfahrt bekannt. Eigentlich war es erstaunlich, dass die Kirchgemeinde den Saal am Tag nach Christi Himmelfahrt vermieten konnte. Aber es bestätigte, was in allen neuen Studien zur Attraktivität des Christentums publiziert wurde: Der Niedergang der etablierten Landeskirchen war nicht mehr zu bremsen, zu Hunderttausenden traten die Menschen in Europa aus den Kirchen aus. Nur noch neun Prozent der Gläubigen besuchten die Gotteshäuser. An diesem fortschreitenden Mitgliederschwund waren nicht nur die Protzbischöfe und zahlreichen Pädophilen mit Priesterbinde schuld, sondern auch Bildung und Zugang zu populärwissenschaflich aufgearbeiteten Forschungsergebnissen der Naturwissenschaften.

Der grösste Feind der Religion ist nicht der Atheist, sondern die Wissenschaft. Religion ist für den Alltag der Menschen in der westlichen Welt nicht mehr relevant. Das deckt sich durchaus mit Bärbels Behauptung, dass Perry Rhodan bei Jugendlichen mehr Spuren hinterlässt als jede Bibelstelle des Neuen oder Alten Testaments. Wie kann man sich bloss nach alten Schriften von alten Männern richten, die nicht einmal die Allgemeinbildung heutiger Schulabgänger hatten?

Als Kind hatte ich mich immer gefragt, wie Jesus da hochkam. Er war ja schon tot und Fahrstühle gab's keine. Später, in der Pubertät, habe ich Erich von Däniken gelesen, er meinte, ein Ufo habe Jesus abgeholt. Denn nur da oben, im Raumschiff, habe man den Toten wieder zum Leben erwecken können. *Heimkehren zum Vater im Himmel*, schrieb der Evangelist Lukas, *zurück zum Commander des Raumschiffes*, hatte Däniken uminterpretiert. *Eine Wolke nahm ihn auf und entzog ihn ihren Blicken* … Bei Däniken sind das die Auspuffe der Raumschiffe.

Ich glaube, das war der Punkt, der mich an Däniken zweifeln liess. Elon Musk hat bereits den Tesla-Motor entwickelt, arbeitet an neuen Batterien für sein SpaceX-Programm, und zukünftige Generationen von Fluggeräten sollen ohne Katalysator über die Erde flitzen, die verstorbenen Erdenbürger zusammenlesen und oben im Raumschiff flicken? Oder flicken ohne L?

Der Saal war voll. Ich neige nicht zu Pessimismus, habe also grundsätzlich keine negativen Erwartungshaltungen, weder im Alltag noch im sexuellen Bereich, aber ich war doch überrascht, dass der Saal voll war und stellte mir deshalb die Frage, ob man all die Anonymen Alkoholiker genötigt hatte, hier zu erscheinen. Am Apéro konnte es nicht liegen: Nur Orangensaft und Hahnenwasser, nicht mal für den Gastredner gab's einen gekühlten *Aigle Les Murailles.* Wir hatten vereinbart, dass ich über Perry Rhodan, die Anfänge des Science-Fiction-Genres, von Jules Verne über L. Ron Hubbard, Star Trek bis zu den heutigen, spektakulär inszenierten SF-Blockbustern referieren würde. Doch wenige Minuten vor meinem Auftritt sagte mir Claire, ich solle doch besser das Kapitel *Das Geheimnis von San Clemente* aus "Godless Sun" vorlesen. Die *Basilica Sancti Clementis* ist eine kleine, christliche Kirche in Rom. Das Besondere an ihr ist das, was unter ihr liegt: Das Mithräum, eine heidnische Grotte zu Ehren des Sonnengottes Mithras. Ich hatte fünf Exemplare in einer Plastiktasche mitgenommen und würde sie anschliessend verkaufen. Die Hoffnung stirbt zuletzt.

Professor Hasselbeck, Präsident des Vereins der Anonymen Alkoholiker und Leiter der Abteilung Suchtprävention an der Psychiatrischen Universitätsklinik, begrüsste mich herzlich. Ich hatte ihn mir etwas kleiner vorgestellt, britischer, vielleicht sogar etwas verklemmter. Aber er war ein gutmütiger Grizzlybär, der sich auf den heutigen Abend freute. In der Industrie nannte man solche Typen früher Patron, einer, der die Firma als grosse Familie sieht und sich entsprechend um jeden Einzelnen kümmert. Ich bin sicher, er hätte auch lieber mit uns allen ein paar Flaschen Bordeaux entkorkt und uns ein Châteaubriand bestellt. Er erzählte, wie wichtig der Verein der Anonymen Alkoholiker für seine Abteilung sei, die AA seien sogar ein fester Bestandteil der Nachsorgeplanung.

»Ich habe übrigens "Godless Sun" bestellt und freue mich auf die Lektüre, Claire sagte mir eben, Sie würden heute Abend gerne etwas Allgemeines über die Sonne erzählen. Über die Sonne als Lebensspender, als Hoffnungsträger. Wieso nicht? Vielleicht wäre das hilfreich für unsere Freunde hier im Saal.«

Ich warf Claire einen kurzen Blick zu. Sie nickte mir aufmunternd zu. Der Professor begleitete mich zum Rednerpult und wandte sich an die Anwesenden. Er lobte meine Arbeit, die ihm gar nicht bekannt war, lobte für meinen Geschmack ein paar Oktaven zu hoch, aber er wollte den Anwesenden verständlich machen, dass er nicht irgendeinen erfolglosen Penner eingeladen hatte, sondern einen Schriftsteller, der zumindest in den Kneipen seines Wohnquartiers Weltruhm genoss.

»Bitte!«, rief er in den Saal und nickte mir auffordernd zu. Die Anwesenden applaudierten, etwas heftig und stürmisch, als könnten sie es kaum erwarten, endlich nach draussen zu gehen, sich eine Zigarette anzuzünden und zu Hause den Kühlschrank aufzureissen. Auch ich hätte einen kühlen Drink durchaus vertragen. Stattdessen begann ich zu lesen:

»Am Anfang war das Chaos, ein Universum unermesslicher Verwirrung, ohne Form und Inhalt, ein schwarzes Nichts. Ängstlich starrten die Menschen in den Himmel hinauf, fürchteten Blitz und Donner, zitterten, wenn die Erde bebte und verkrochen sich in Felshöhlen, wenn sie das Aufheulen wilder Tiere hörten. Die Furcht hat die Götter erschaffen, sagte der römische Philosoph Lucretius, die Menschen fürchteten die Dunkelheit, sehnten das Ende der Nacht herbei. Und am anderen Morgen ging im Osten die Sonne wieder auf, und es wurde Licht. Die Sonne war auferstanden. Die Sonne war wiedergeboren. Ihre Strahlen spendeten Licht. Und das Licht liess die Erde ergrünen.«

Ich erkannte Ozzy im Publikum. Er trug seine mit zahlreichen Signaturen verschmierte Halskrause, ein weisses Hemd und eine ärmellose schwarze Lederweste darüber. Das lange Haar hatte er zu einem Zopf zusammengebunden. Als sich unsere Blicke trafen, stellte er den Daumen hoch und zwinkerte mir zu. Ich fuhr fort:

»So verehrten die Menschen auf allen Kontinenten seit Anbeginn der Zeit dieses göttliche Licht, brachten ihm Opfer dar und schufen ihm gewaltige Monumente. Man versuchte, die Sprache der göttlichen Sonne zu ergründen, ihren Kosmos, ihren Sternenhimmel. Es war die Geburt der astrotheologischen Mysterien, die Geburt der bronzezeitlichen Sonnenkulte, es war die Geburt des Religiösen, die Geburt der Mythologien, der Versuch, die Entstehung der Welt und den Sinn unseres Daseins zu ergründen.«

Ich schaute kurz zum Professor hinüber. Mir schien, er lächelte etwas gequält, vielleicht bildete ich mir das nur ein und fuhr unbeirrt fort, während ich ihn nicht mehr aus den Augen liess. Ja, er schien sich tatsächlich zu fragen, wen er da eigentlich eingeladen hatte. Vielleicht hatte er irgendwo eine Rezension gelesen, die ihn dazu ermuntert hatte. Nein, es gab ja keine einzige Rezension, also war das alleine Claires Werk. Vielleicht war es auch gut, dass es keine Kritiken gab, die hätten aus meinem Buch bestimmt Buchstabensuppe gemacht. Ja, mein Selbstbewusstsein war in dieser Zeit nicht überragend. Aber das würde sich bald ändern. Ich wollte noch das Geheimnis von San Clemente lüften, aber der Professor tippte diskret auf seine Uhr, obwohl erst eine knappe halbe Stunde vergangen war. Er zeigte auf den Apérotisch. Ich versuchte noch ein paar Abschlussworte: »Die Sonne ist der Ursprung aller Religionen. Noch bis ins fünfte Jahrhundert knieten Christen vor der Peterskirche in Rom, um ›in Verneigung und Gebet der Sonne zu huldigen.‹ Bis es Papst Leo X. verbot. So steht es in einer christlichen Enzyklopädie. Von Papst Leo X. stammt auch das Zitat: ›Es ist schon erstaunlich, wieviel die Fabel von Christus uns und den unsrigen genutzt hat.‹ «

Jetzt wurde es dem Professor zu bunt. Er eilte, fast verzweifelt applaudierend, zum Rednerpult, stellte das Mikrophon ab und ergriff mit beiden Händen meinen rechten Arm, nein, er quetschte ihn zusammen, als wolle er frisches Blut aus den Adern pressen, einen prähistorischen Aderlass vornehmen. Ich hatte verstanden. Die Lesung war beendet. Eine junge Frau mit pechschwarzem, langem Haar und dunklem Teint verschaffte sich dank ihrer imposanten Körperfülle Zugang zum Pult und fragte, ob sie mir etwas mailen könne, sie hätte da eine »sackstarke Story« geschrieben: *Wie ich mein Scheissleben vollends ruinierte.*

Ich sagte, ich würde es gerne lesen und ihr meinen Eindruck per Mail mitteilen, aber sie müsse mir schon zwei Wochen Zeit geben. Sie nickte kumpelhaft mit dem Kopf und tänzelte von einem stämmigen Bein auf das andere. Sie sagte, sie sei die Shiva. »Eigentlich«, sagte sie, »müsste es ein weiblicher Sonnengott sein, denn die Frau gebiert, schenkt Leben ...«

»Männer bumsen nur rum«, mischte sich Ozzy ein, der sich nun auch nach vorne drängte, »aber die Frau, ja, die Frau ist der Backofen. Aber wenn ich das richtig kapiert habe, hat Gott keinen Schwanz.«

Es war mir unangenehm, dass der Stoff, den ich mit wissenschaftlicher Akribie recherchiert und zu Papier gebracht hatte, nun stammtischmässig ironisiert wurde.

»Halt doch mal die Klappe, mein Freund, sonst verliert der Abend gänzlich an Niveau.« Ein 40-jähriger Mann mit tiefblauen Augen und gepflegtem dunkelblondem Haar zog die Aufmerksamkeit auf sich. Er war eine stattliche Erscheinung und sprach mit einer gutturalen Stimme, die ein bisschen an Orson Welles erinnerte. Das Kinn drückte er beim Sprechen auf den Brustkorb, jedes Wort klang so, als müsse er es mit Gewalt hinauspressen. Er trug einen dunkelblauen Blazer mit goldenen Knöpfen und einer eleganten Pochette in der Brusttaste, darunter ein blauweiss gestreiftes Hemd und weisse Chino-Hosen. Zweifellos ein attraktiver Mann von Welt oder wenigstens ein Mann, der sich als *Mann von Welt* inszenierte.

»Das ist Captain Leeroy«, lachte Shiva, »seine Yacht ankert in Saint Tropez, er ist ohne Zweifel der Klügste unter uns, aber er hat genauso tief ins Glas geguckt wie wir.«

Einige lachten, Leeroy lächelte wohlwollend und unterstrich jedes seiner Worte mit bedächtigen Gesten, wie ein *Elder Statesman,* der sich der allgemeinen Aufmerksamkeit bewusst ist.

»Das war durchaus ernst gemeint, Mister Leeroy«, sagte Ozzy, »Gott war ursprünglich eine Scheibe und hatte somit weder Pimmel noch Titten, habe ich Recht?« Er wandte sich an Shiva.

»Wenn die Sonne mit ihren Milliarden Sternen aus einem Gemisch aus Staub und Gasen entstanden ist, dann ist Gott ein kosmischer Furz«, sinnierte Shiva und legte theatralisch die Stirn in Falten. Ich schluckte zweimal und schaute hilfesuchend zu Claire rüber. Wie sollte dieser Abend noch enden?

»Ich glaube«, sagte Shiva zu mir, »wir sind uns schon einmal begegnet.«

»Das kann gut sein, nur kann ich mich im Augenblick nicht daran erinnern«, antworte ich höflich.

»Sie meint«, grinste Claire, »in einem früheren Leben.«

»Oh«, seufzte ich, »ich glaube nicht an Reinkarnation. Wir leben nur einmal, ich hoffe es jedenfalls.«

»Falls Sie es genauer wissen wollen«, sagte Shiva, »kann ich Ihnen einen guten Hypnotiseur empfehlen, er macht Rückführungen.«

»Shiva ist bereits zum fünften Mal auf unserem Planeten und jedes Mal säuft sie wie ein Loch«, spottete Leeroy.

»Und du, Leeroy, du kommst immer wieder«, entgegnete Shiva, »und jedes Mal bist du ein Arschloch, das ist Karma.«

Sie wandte sich wieder an mich: »Sie sind ein sehr alter Geist, das sollten Sie wissen.« Ich fühlte mich geschmeichelt, alter Geist und so, das verströmte einen Hauch von Weisheit und Überlegenheit. Aber ich bin, wie gesagt, nicht empfänglich für Aberglauben und fühle mich eher minderwertig. Aber Wertschätzung ist immer schön, auch wenn sie übertrieben ist.

Petit Déjeunér

Claire fuhr mich nach Hause. Wir hatten am Bahnhof noch drei Take-Away-Pizzen gekauft. Onkel Calvin war vor dem Fernseher eingeschlafen, es lief eine Doku über jugendliche Marokkaner, die nach Europa aufbrechen wollten. Einer klagte, es sei eng in diesem Land, Repression und soziale Kontrolle seien enorm, alles würde durch Kultur und Religion streng reglementiert. In Marokkos Vierteln würde jeder jeden beobachten. Nicht Armut oder Religion treibe ihn und seine Kumpels nach Europa, sondern der Wunsch nach Freiheit. Leider würden einige seiner Landsleute in Europa »die Sau rauslassen«, weil ausserhalb dieses archaischen Patriachats die soziale Kontrolle fehle. Ein Mehdi Ataibi sagte, »sexuelle Belästigung gehöre zu ihrem Alltag«.

Ich weckte den Onkel sanft und fragte, ob er noch ein Glas Rotwein wolle. Als er zögerte, fügte ich hinzu »zum Einschlafen«, obwohl ich ihn soeben aufgeweckt hatte. Er nickte zögerlich: »Hol uns etwas im Keller, aber keinen teuren, etwas Billiges.« Als ich den Salon verlassen wollte, rief er mir nach: »Mitch, es gab einen Anschlag auf ein jüdisches Museum in Brüssel. Islamisten haben vier Besucher erschossen.«

»Tatsächlich?«, fragte ich. Onkel Calvin nickte und schob die Unterlippe nach vorn. Das tat er immer, wenn er zornig wurde und Härte forderte. Aber er schwieg. Ich holte uns einen 21-jährigen Mouton Rothschild, verdeckte beim Einschenken die Etikette und stellte die Flasche weit weg von Onkel Calvin auf den Tisch. Calvin nahm einen Schluck und machte ein säuerliches Gesicht: »Du hast wohl tatsächlich den Billigsten erwischt.«

Claire hob die Plastiktasche vom Boden auf und nahm das übriggebliebene Buch heraus. Die anderen vier hatten wir verschenkt. Es ist einfach peinlich, wenn Autoren mit ihren eigenen Exemplaren nach Hause zurückkehren. Sie legte das Buch auf den Tisch: »Haben Sie es schon gelesen?«

»Nein«, log Calvin, »ich lese dieses Zeug nicht.«

»Wissen Sie denn, was es ist?«

Claire warf mir einen kurzen Blick zu. Ich zuckte die Schultern, um ihr zu signalisieren, dass es wenig Sinn machte, das Thema zu vertiefen. Onkel Calvin schob sich ein Stück Pizza in den Mund. Das Ananasstückchen rutschte ihm vom Teig. Claire insistierte: »Wenn Sie "Godless Sun" lesen, könnten wir das nächste Mal darüber reden.«

Sie schob das Buch näher zu Onkel Calvin. Er nahm es in die Hand, tat so, als sehe er es zum ersten Mal und schaute sich die Rückseite an. »Hattest du kein besseres Foto? Du hättest einen Anzug tragen können, siehst ja aus wie ein Clochard. Wer in Trainingshosen rumläuft, hat sein Leben nicht mehr im Griff.«

Er legte das Buch wieder auf den Tisch: »Ich würde sowas nicht kaufen.«

Claire versuchte sich in Appeasement: »Er meint es nicht so, nicht wahr, Onkel Calvin?« Sie schob ihm das Buch wieder zu.

»Nun gut, Fräulein, ich werde dieses Buch lesen und Ihnen berichten.«

Er nahm das Buch wieder in die Hand und schlug die letzte Seite auf: »287 Seiten, das sind ... 7 Tage lang 41 Seiten, das ist zu schaffen. Kommen Sie in einer Woche wieder und kochen Sie mir etwas Anständiges, zum Beispiel Kartoffelstock mit einem Braten in Rotweinsauce mit Karotten und Zwiebeln. Und dann könnten Sie die Wäsche machen, mein Neffe wäscht alles zu heiss und behauptet dann, ich hätte zugenommen, aber es sind meine Hemden, die mit jedem Waschgang schrumpfen. Er kennt sich möglicherweise in den Galaxien aus, aber von Vierziggradwäschen hat er keine Ahnung.«

Claire verbrachte die Nacht bei mir und wir taten das, was ich in meinen Heftserien nicht beschreiben darf. Gegen vier Uhr morgens war auch die andere Leiste gezerrt und der Zwillingshoden gequetscht. Breitbeinig setzte ich mich an den Computer und las die Seiten des Vortags, um den Einstieg in den weiteren Verlauf der Geschichte zu beschleunigen. Ich schaute auf meiner Excel-Tabelle die Liste der möglichen Hindernisse an und entschied mich für eine technische Panne, für einen Softwarefehler, da ich die Figur des Russen Oleg Skworzow etwas vernachlässigt hatte und wieder ins Spiel bringen musste. Er war der IT-Crack an Bord. Den Namen habe ich übrigens von der Homepage von Spartak Moskau. Namen von Fussballspielern sind die optimale Quelle für Autoren. Meistens nehme ich zwei Spieler und setzte Vor- und Nachnamen zu einem neuen Namen zusammen. Deshalb sind die Paninialben der letzten 20 Jahre integraler Bestandteil meiner Bibliothek.

Bärbel mailte gegen sieben Uhr morgens. Sie sagte, ich solle beim nächsten Heft eine Seite weniger schreiben, sie würden einen Fragenkatalog abdrucken, sie würden gerne wissen, wer heute diesen ganzen Schund liest. Ein heftiges Geräusch brachte mich aus der Fassung. Für einen Augenblick überlegte ich, ob Oleg Skworzow beim Debugging ein Fehler unterlaufen war. Aber es war die Dusche, Claire stand darunter. Sie wollte Croissants und Früchtejoghurts kaufen und frischen Orangensaft pressen. Zuvor checkte sie noch ihre Mails und SMS auf dem Mobile.

»Die Jungs sind begeistert«, rief sie voller Enthusiasmus, »sie fragen, ob es eine Möglichkeit gibt, sich im kleineren Rahmen mit dir auszutauschen? Sie haben nun alle "Godless Sun" gelesen. Wäre schön, wenn die auch ein signiertes Exemplar hätten.«

Ich zögerte, Bärbel lag mir im Nacken, Captain Orion, die Geister auf der »Insel des Grauens«, Onkel Calvin klopfte wieder an die Decke.

»Nächste Woche zum Lunch?«

Eigentlich sagte ich nur zu, um kurzfristig meine Ruhe zu haben, denn Bärbel hatte mir soeben eine neue Mail geschickt, mit sage und schreibe fünf verschiedenen Attachments. Sie schrieb, der Infrarotsatellit *Wise* an Bord der Orion stosse in der nächsten Folge auf eine neue Sterneninsel. Commander Orion entdeckt die hellste Galaxie im bisher bekannten Universum: *Die ferne Sterneninsel strahlt so hell wie 300 Billionen Sonnen.* Ich fragte Bärbel, ob das grelle Licht vom Haupt-Wachstumsspurt des Schwarzen Lochs in der Galaxie stammen könne. Bärbel war noch online und antwortete, dass sie alle Angaben in einem der Attachements gespeichert habe. Die Datei trage die Bezeichnung *Wise J224607.57-052635.0* und die Sterneninsel sei zwölfeinhalb Milliarden Lichtjahre entfernt und gehöre zu den Elirg, den leuchtstarken Infrarotgalaxien. Sie äusserte auch die Vermutung, dass das gigantische Schwarze Loch im Zentrum der Galaxie in enormem Tempo grosse Mengen Gas verströme, das sich wie auf einer rotierenden Karussellplattform sammle und dann im Schwarzen Loch verschwände – ähnlich dem Strudel in einer auslaufenden Badewanne. Prima, antwortete ich, genau so würde ich es den Lesern erklären. Beziehungsweise der Pilotin des Raumschiffes, der jungen Xing Lee in ihrem hautengen marineblauen Ganzkörperanzug. Kaum hatte ich jeweils ihren Namen getippt, spürte ich eine leichte Erektion. Die Fantasie kann durchaus ins reale Leben eingreifen und eine neue Wirklichkeit erschaffen. Und wenn viele Menschen an eine Fiktion glauben, wird sie in der realen Welt zur erfundenen Wirklichkeit. Das ist auch bei Religionen so. Aber ich habe, wie schon erwähnt mit Aberglauben nichts am Hut. Ich gehöre keiner Gemeinschaft an, ich bin nicht Member von irgendetwas, ich habe bloss eine Visa Card. Ich bin ein Robinson der Grossstadt, Phantasie ist mein Rohstoff, Commander Orion das Endprodukt.

Die nächsten Tage hackte ich in meine Tastatur, nahm Kurs auf einen geheimnisvollen Stern, einen sogenannten Pulsar, der massiver als unsere Sonne war und sich in einer Millisekunde um die eigene Achse drehte. Ich unterhielt mich während der Arbeitspausen mit Onkel Calvin über vergangene Zeiten, oder besser gesagt: Ich hörte ihm zu. Er war ein unterhaltsamer Erzähler, manchmal brillant scharfsinnig, manchmal ziemlich zerstreut bis leicht verwirrt. Manchmal tat es mir leid zu sehen, wie der Körper eines Mannes, der in seinem Leben so viel Wissen angesammelt hatte, langsam zerfiel. So, wie damals die Bibliothek von Alexandria Opfer der Flammen wurde, wird auch der menschliche Körper im Laufe der Jahre Opfer des biologischen Zerfalls. Bei einigen dauert es etwas länger, bei anderen frisst sich das

Feuer schneller durch das, was den Menschen einmal ausgemacht hat. Mittlerweile mochte ich meinen Onkel Calvin.

Claire war nun oft an der Uni in Zürich. Sie musste die neuen Testergebnisse der Forschungsgruppe »Objektive Persönlichkeitstests« auswerten. Sie benötigte diese Daten für ihre Dissertation über *psychomanipulative Beeinflussung und Techniken von Gruppen als Form des Missbrauchs*. Manchmal fuhr Ozzy sie nach Zürich, er sagte, er liebe Autofahren. Er sagte auch, dass er im Park hinter dem Haus manchmal Fussspuren entdecke, immer öfter finde er leere Plastikflaschen und herumliegendes Kebabbrot oder eine Handvoll Spaghettis. Das locke Tauben, Ratten und Mäuse an. Seit die Stadt Asylsuchende hinter dem Schrebergartenareal einquartiert habe, sei der Gartenpavillon stets verkotet: »Die werfen alles über den Zaun, was nicht halal ist. Als ich das Migrationsamt darauf hinwies, sagten sie, Menschen aus islamischen Kulturkreisen brächten Tauben eine besonders hohe Wertschätzung entgegen, und wenn man ihnen erklären wollte, dass Tauben die Ratten der Lüfte seien und Krankheiten verbreiteten, wurden sie zornig und beschimpften einen als Rassisten.«

»Da steckt ein Plan dahinter«, sagte plötzlich Onkel Calvin, »sie richten die Tauben ab und machen sie zu Boten der Lüfte und unter ihrem Gefieder werden sie Sprengsätze tragen ...«

»Was liest du denn da?«, fragte ich genervt. Onkel Calvin schaute von seiner Zeitung hoch: »Die Todesanzeigen. Es ist immer wieder eine grosse Genugtuung, wenn ich lese, wen ich überlebt habe. Die sind weg und ich bin noch da.«

4

Hasan Alsabbagh

In der Nacht hatten Terroristen über dem Sinai einen russischen Urlaubsflieger mit 224 Menschen an Bord vom Himmel geholt, in Beirut, Ankara und Istanbul waren Anschläge auf Touristenhotels verübt worden. Der Islamische Staat hatte die Verantwortung übernommen. Fast zeitgleich hatte sich ein Selbstmordattentäter im British Museum in die Luft gesprengt, in Rom hatten Sicherheitsleute einen Attentäter erschossen, der, aus einer Kalaschnikow feuernd, über den Petersplatz gestürmt war. Am meisten betroffen waren jedoch frankophone Hauptstädte wie Paris und Brüssel. Beide Länder verankerten den provisorischen Ausnahmezustand in ihrer Verfassung und konnten fortan ohne richterlichen Beschluss Wohnungen durchsuchen, Verdächtige unter Hausarrest stellen und elektronische Daten auch ohne Verdachtsgrund speichern.

Mir fehlte an diesem Morgen die Konzentration für Commander Orion. Ich schaute mir auf YouTube ein Propagandavideo des IS an. Menschen wurden geköpft, Bomben explodierten und dazu sang jemand in englischer Sprache im OFF: »Bald, sehr bald wird das Blut fliessen wie ein Ozean. Die Kehle der Ungläubigen wird erzittern vor den Messern. Die Löwen der Ummah sind erwacht. Sie haben ihre Schwerter erhoben.«

In immer kürzeren Zeitabständen gab es neue Anschläge des IS, Irak, Libanon, Ägypten, Nigeria, Syrien, Somalia, Tunesien. Fast immer wurden weiche Ziele getroffen, also unschuldige Touristen und Zivilisten in Hotels, Kinos, Sportstätten, Bars oder an Badestränden. Meistens wurden gleichzeitig mehrere Anschläge zeitgleich ausgeführt. Ich beruhigte mich damit, dass die Schweiz wohl nicht betroffen sein würde. Doch Onkel Calvin schien die Entwicklung sehr zu beunruhigen: »Der militärische Kern des Islamischen Staates besteht aus der Restarmee des früheren irakischen Diktators Saddam Hussein. Wir haben es mit einer Armee zu tun. Wir befinden uns im Krieg, Mitch! Wenn wir unsere Werte verteidigen wollen, müssen wir zerstören, was uns zerstören will. Aber niemand will den IS zerstören. Denn was kommt nach dem IS? Was kam nach Gaddafi? Man will ihn lediglich eindämmen. Das ist die Containment-Politik, die Truman nach dem Krieg zur neuen Doktrin erhob. Man wollte die Ausbreitung des Kommunismus lediglich begrenzen, eindämmen. Ich habe zwei Weltkriege erlebt, aber deine Generation hat die Erfahrung gemacht, dass sich alles wieder einrenkt. Demokratien suchen stets den Dialog, den Kompromiss und vor allem den Applaus der Wähler, aber unsere angebotenen Kompromisse empfinden religiöse Extremisten als Zeichen der Schwäche, als Zeichen der Ermunterung. Wir sind es nicht mehr gewohnt, einem Gegner gegenüberzustehen, der weder reden noch verhandeln will. Er will uns ausrotten, Mitch, das ist religiöser Faschismus.«

Onkel Calvin regte sich fürchterlich auf und erlitt dabei einige Hustenattacken. Jeden Tag las er mir Abschnitte aus Zeitungsartikeln vor. Vielleicht ist das der Grund, wieso Onkel Calvin immer öfter den Arzt aufsuchte. Er sagte, das Herz, der Blutdruck, irgendetwas sei nicht mehr in Ordnung. Manchmal musste er frühmorgens nüchtern zum Arzt. Er wollte mir aber nie Genaueres sagen. Nichts Ernstes, aber lästig, pflegte er zu sagen, die üblichen Altersgebrechen. Vielleicht hatte er auch ein Problem mit seiner *Private Area*, Prostata oder so, ich weiss es nicht. Kofi holte ihn jeweils in seinem blank geputzten weissen Mercedes-Taxi ab. Nach dem Mittagessen setzte ich mich oft zu Ozzy auf die Veranda über der Dienstmädchenwohnung. Obwohl er von der äusseren Erscheinung her eher ein Mann fürs Grobe zu sein schien, entwickelte er viel Empathie für die Figuren in meinen Pulp Fiction-Romanen. Er las auch immer wieder ein Kapitel aus "Godless Sun". Wenn er angestrengt in die Lektüre vertieft war, surfte ich auf meinem iPad, checkte Facebook, Twitter und Mails.

An einem dieser eher langweiligen Nachmittage las ich gerade die Antwortmail eines Physikers, der mir mögliche Ursachen bei technischen Störungen in Raketensystemen erläuterte. In diesem Augenblick griff Ozzy nach meinem Arm. Er hatte sich tief über den Tisch gebeugt. »Runter«, flüsterte er, »wir haben Besuch.«

Ich duckte mich und verhielt mich ruhig. Ich spitzte die Ohren und hörte tatsächlich das Brechen von Ästen. Jemand schlich auf dem Anwesen herum, die Schritte kamen näher. Ozzy ging langsam zu Boden und robbte zur Balkonbrüstung, die unmittelbar über dem Eingang der Dienstmädchenwohnung lag. Der fremde Besucher hatte mittlerweile die Wohnung unter uns betreten. In diesem Augenblick schwang sich Ozzy über die Brüstung. Ich sprang hoch und schaute in den Garten hinunter. Ich sah, wie Ozzy die Arme in die Höhe hob und langsam zurückwich. Dann sah ich die Machete unter mir, einen stark gebräunten Arm, gleich würde der Kerl ins Freie treten. Ich überlegte fieberhaft, ob ich ihm irgendeinen Gegenstand an den Kopf werfen könnte, doch ich hatte nur mein iPhone in der Hand. Ich überlegte, ob ich mich räuspern sollte, das würde ihn sicher erschrecken, er würde zu mir raufschauen … geistesgegenwärtig schmiss ich ihm das iPhone an den Kopf, er zuckte zusammen und griff sich an den Hinterkopf. In diesem Augenblick machte Ozzy einen mächtigen Ausfallschritt, hob die Faust in die Höhe und donnerte sie dem Fremden mit voller Wucht auf den Schädel. Ozzy kickte die Machete, die dem Fremden aus der Hand gefallen war, weg, packte ihn am Kragen, zog ihn hoch und schlug ihm die Faust ins Gesicht. Der Fremde sackte wimmernd zusammen und blieb benommen liegen. Er blutete stark aus Mund und Nase. Ozzy setzte sich rittlings auf seinen Rücken und schrie zu mir hinauf, ich solle ihm die Handschellen bringen, sie seien im Handschuhfach.

Wir brachten den Fremden in die Waschküche. Ozzy meinte, hier unten gebe es einen Abfluss, wer weiss, ob der Fremde noch ein wenig Blut verlieren würde. Das liess nichts Gutes ahnen. Ozzy kettete den rechten Arm des Syrers an ein Heizungsrohr. Ich hatte den Rucksack mitgenommen und breitete nun alles auf dem Fussboden aus. In den Innentaschen fand ich noch einen kleinen Koran, Familienfotos, Adressen, eine Tabelle, die genau aufschlüsselte, wie lange man in den jeweiligen europäischen Ländern auf einen Asylentscheid warten musste, wie hoch die staatlichen Zuwendungen waren und ob diese in bar oder in Einkaufsgutscheinen ausbezahlt wurden. Auf einem weiteren Blatt waren Adressen der Asyl- und Sozialbehörden notiert, Wegbeschreibungen und Stadtpläne. Das Blut lief dem Fremden immer noch in dünnen Rinnsalen aus dem Mund. Ozzy setzte sich auf die Waschmaschine: »Kannst du mich verstehen?«, fragte er laut.

Der Syrer hob den Kopf, die eine Gesichtshälfte war derart geschwollen, dass man das rechte Auge nicht mehr sah. Ozzy fragte ihn in englischer Sprache, woher er komme. Er antwortete, sein Name sei Hasan Alsabbagh, er sei vor einem Jahr von Aleppo aufgebrochen und habe sich über die Balkanroute bis nach Europa durchgeschlagen.

»Du bist ein Flüchtling?«, fragte ich ihn.

»*Jetzt* bin ich ein Flüchtling, in Aleppo war ich ein angesehener Mann, ich war Englischlehrer in einem Vorort von Al-Safira, im Norden Syriens, am Wochenende fuhr ich Taxi, ich hatte ein eigenes Taxi und fuhr die Leute vom Flughafen in Aleppo an den Al Jaboul-See. Ich war auch an einem Souvenirshop in Aleppo beteiligt, zusammen mit meinen Cousins. Aber der Krieg hat alles zerstört. Jetzt bin ich nur noch ein Flüchtling mit einem kleinen Rucksack.«

Ich warf Ozzy einen ratlosen Blick zu.

»Das sind Legenden, Mitch, die leiern alle die gleichen Legenden runter. Es gibt unter den fünf Millionen Migranten nur noch Oberärzte mit syrischen Pässen.« Er wandte sich wieder an den Syrer: »Wo warst du in den letzten Wochen?«

»Ich wollte zu meinem Onkel nach Berlin, aber ich wurde von der Polizei im Münchner Hauptbahnhof aufgegriffen und in eine Erstaufnahmestelle gebracht. Aber einer der Flüchtlinge erkannte einen Schergen von Assads Shabiha-Milizen, wir nennen sie Geister, Shabiha, weil sie überall gleichzeitig sind und morden, foltern, rauben, einige von ihnen haben sich nun, als Flüchtlinge getarnt, in den Westen abgesetzt. Einige Opfer haben sie wiedererkannt und sich gerächt. Wir wurden darauf getrennt, ich kam in ein kleines Dorf ausserhalb der Stadt. Wir lebten in einem Gasthof mit jungen Männern aus dem Kosovo und Albanien, die waren ständig im Streit mit den Nachbarn, weil sie die Nacht zum Tag machten und im Dorf junge Frauen belästigten. Eines Tages kamen Einheimische mit Baseballschlägern und Fahrradketten und griffen uns an. Sie schrien *Refugees not welcome*. Ich kam in ein anderes Lager. Dort verlangten die Iraker Geld, wenn wir duschen wollten. Ein Afghane verbrannte einen Koran im Hof, dann war der Teufel los, jeden Tag Schlägereien. Dann erfuhr ich, dass mein Onkel nach Schweden weitergereist war und flüchtete wieder zurück in die Schweiz.«

Ozzy stemmte die Fäuste in die Hüfte und baute sich breitbeinig vor dem Syrer auf: »Und wie bist du von Aleppo nach Europa gekommen? Im Taxi?«

Der Syrer war sichtlich eingeschüchtert. Er wischte sich immer wieder das Blut von den Lippen: »Ich fuhr mit meinem Taxi bis nach Istanbul. Ich hatte noch andere Flüchtlinge dabei.«

»Du bist ein Schlepper?«, fragte ich, bemüht um einen sachlichen Ton.

»Viele Taxifahrer arbeiten auch als Schlepper, ich wollte aber nur mich in Sicherheit bringen. Man muss es bis nach Istanbul schaffen, dort wartet die türkische Mafia, die haben Mittelsmänner, jeder will Geld. Ich habe auch Geld verlangt, wie ein normales Taxi, damit ich die Schlepper in Istanbul bezahlen kann. Ich hatte einen Ingenieur, einen Maurer, einen Programmierer und einen Sanitär-Installateur im Taxi, gut ausgebildete Leute, die in Syrien ein anständiges Leben hatten, aber fünf Jahre Bürgerkrieg haben alles zerstört, eine Viertelmillion Tote in den zerbombten Städten, wir wären demnächst in die Armee eingezogen worden.«

»Und wie kommt man von Istanbul hierher?«, fragte Ozzy. Er war immer noch skeptisch und rechnete damit, dass er den Syrer der Lüge überführen würde. Wir würden darauf wüste Szenen erleben.

»Wir wurden eines Nachts in einem Laster an die türkische Westküste gefahren, nach Izmir. Wir mussten in ein Gummiboot steigen. Einige weigerten sich, weil es schon überladen war. Sie zwangen uns mit Waffengewalt, in das Boot zu steigen. Es hatte nur einen alten Aussenbordmotor. Wir träumten alle von Europa. Wir wollten weiter nach Griechenland, auf die Insel Kos. Ein Kollege hatte mir geschrieben, dass er es geschafft habe, die Leute seien sehr nett in Germany. Die Menschen würden sie wie Helden feiern. *Welcome Refugees* würde auf den Plakaten stehen. Jetzt gibt es kein Halten mehr. Der ganze Nahe Osten ist unterwegs zu euch.«

»Aber wieso zum Teufel kommt ihr zu uns? Wieso geht ihr nicht zu euren muslimischen Freunden nach Saudi-Arabien oder in die Nachbarländer, in den Libanon, in die Türkei oder nach Jordanien?«, fragte Ozzy. Er lächelte still vor sich hin, als sei er überzeugt, dass er den Syrer mit dieser Frage endgültig in Bedrängnis bringen würde. Er setzte sich wieder auf die Waschmaschine und liess die Beine baumeln, der Syrer rutschte auf dem Hosenboden zur Seite: »Die Flüchtlingslager sind überfüllt, es gibt Krankheiten, Seuchen, Malaria, die Leute haben die Hoffnung aufgegeben, dass sie jemals wieder in ihre Heimat zurückkehren können. Deshalb brechen Millionen Menschen nach Europa auf. Germany hat gesagt, wir seien willkommen, es gebe keine Obergrenzen für Flüchtlinge.«

Ozzy sprang von der Waschmaschine runter und hob den Reisepass hoch.

»Ich suche keine Abenteuer, ich suche Schutz, ich will kein Geld von euch, ich will nur in Sicherheit leben«, sagte der Syrer und hielt die Hände vors Gesicht, weil er glaubte, Ozzy würde ihn wieder schlagen, aber die Kette hielt seinen rechten Arm fest: »Vielleicht habt ihr Arbeit für mich, ich brauche keinen Lohn, ich will einfach arbeiten und ein Dach über dem Kopf. Ich will euch nicht auf der Tasche liegen.« Jetzt hob er die Stimme an: »Das machen die Analphabeten aus Eritrea und Afghanistan, die Flüchtlingsheime sind voll davon. Wenn die bei euch ankommen, haben sie ihr Ziel bereits erreicht. Aber wir Syrer wollen arbeiten, Geld verdienen, eines Tages zurückkehren, wir hatten zu Hause ein gutes Leben!«

»Bist du Muslim?«, fragte ich Hasan Alsabbagh.

»Ja«, sagte er, »aber ich bin kein sunnitischer Muslim, ich bin ein alawitischer Muslim.«

»Hör mir auf mit diesem Quark, das ist ja der gleiche Scheiss wie bei uns mit den Veganern und Vegetariern, soll doch jeder fressen, was er will.«

Wir schwiegen eine ganze Weile. Ozzy warf dem Syrer seinen Reisepass zu: »Ist der echt?«

Hasan nickte und fuhr sich mit dem Ärmel über die geplatzte Lippe.

»Vielleicht sollten wir ihm jetzt etwas zu trinken geben«, sagte ich.

»Willst du ihn nicht gleich adoptieren?«, spottete Ozzy.

»Musste das sein?«, raunte mir Onkel Calvin zu, als wir alle in seinem Salon sassen und aufgetaute Pizzen assen. »Der ruft jetzt gleich seine Verwandten in Damaskus an und in drei Monaten campieren fünfzig Syrer auf meinem Grundstück. Bin ich etwa das Sozialamt?«

»Er heisst Hasan Alsabbagh«, versuchte ich ihn zu besänftigen, »er ist ein Flüchtling und kein Abenteuermigrant, er kommt aus einer Kleinstadt in der Nähe von Aleppo, du kannst mit ihm englisch reden.«

»Ich wüsste nicht, worüber ich mich mit ihm unterhalten sollte«, stänkerte Onkel Calvin und würgte trotzig seine Hawaii-Pizza hinunter, diesmal war der Boden nicht angebrannt, aber noch zu weich. »Es ist leichter, ein Boot mit dreihundert Flüchtlingen im Mittelmeer ertrinken zu lassen, als einen einzigen Flüchtling aus dem Haus zu jagen«, wandte ich ein. Ich warf Ozzy einen auffordernden Blick zu, er sollte sich auch dazu äussern. Er zuckte die Schultern: »Zwei helfende Hände könnte ich durchaus gebrauchen. Es ist noch eine Menge Arbeit, bis wir den Sumpf hinter dem Gartenpavillon trockengelegt haben. Ich habe viele Rattenköder verstreut, die Kadaver muss man am Morgen einsammeln, bevor sie das Grundstück verseuchen.«

Wir schauten beide zu Onkel Calvin.

»Das kommt überhaupt nicht in Frage«, sagte er, ohne von seinem Teller aufzuschauen, »ich bin weder ein Hotel noch ein Flüchtlingslager. Dein Hasan mag nett sein, aber es werden andere kommen, die vielleicht nicht so nett sind, verstehst du?«

»So schlimm wird es schon nicht werden«, sagte Ozzy, »ich habe ein Auge darauf. Haben Sie Hasans Lippe gesehen?«

Wir schwiegen eine Weile und schauten Hasan beim Essen zu. Er ahnte wohl, dass wir über ihn sprachen und Differenzen hatten.

»Es wäre doch praktisch«, versuchte ich es erneut, »wenn Hasan für eine Weile unten in der Dienstmädchenwohnung leben könnte. Die meisten Einbrecher schleichen sich durch die Hintereingänge in die Häuser ein. Hasans Anwesenheit würde sie abschrecken, und er könnte Ozzy zur Hand gehen, es gibt noch viel zu tun, Onkel Calvin.«

Onkel Calvin druckste herum, machte ein hässliches Gesicht und schob ein paar Pizzakrümel neben seinem Teller hin und her: »Und er würde nichts kosten?«

»Nein, er will nur ein Dach über dem Kopf und zu essen«, sagte ich.

»Das Einzige, was jetzt anders ist«, sagte Ozzy, »wir wissen jetzt, dass Hasan hier ist. Vorher wussten wir das nicht. Und? Hat er jemals eine Ihrer Havannas geklaut?«

»Wahrscheinlich raucht er nicht«, sagte Onkel Calvin trotzig.

Onkel Calvin schielte über den Tellerrand: »Und es wäre nur vorübergehend? Bis er etwas Richtiges hat, oder bis der Bürgerkrieg in Syrien beendet ist?« Er warf Hasan einen misstrauischen Blick zu.

»Er heisst Hasan Alsabbagh, nenn ihn einfach Hasan.«

Onkel Calvin begann sich zu winden, rutschte nervös auf seinem Chesterfield-Sessel herum, krallte die Finger in die Armlehnen und stiess schliesslich hervor:

»Hasan, wenn ich diesen Namen nur schon höre ...«

»Das bedeutet in unser Sprache *der sehr Gute* oder *der sehr Schöne«*, sagte Hasan freundlich und lächelte Onkel Calvin an. Ozzy grinste: »Also mit deiner geplatzten Lippe bist du heute nicht *der sehr Schöne.*«

Ich erhielt eine SMS von Claire. Sie fragte, ob es möglich sei, mich mit ihrer Clique am Wochenende zu besuchen. Ich stellte die Frage gleich Onkel Calvin: »Was hältst du davon, wenn ich am Wochenende einige Leute einlade?«

»Noch mehr Flüchtlinge?«, entsetzte sich Onkel Calvin.

»Nein, es sind keine Salafisten mit Sprengstoffwesten, sondern ein paar Leute, die ich bei einem Vortrag kennengelernt habe.«

»Es sind gottverdammte Alkis«, lachte Ozzy und wandte sich an mich: »Claire hat mir auf der Fahrt nach Zürich alles erzählt. Ich wäre übrigens auch gern bei diesem Treffen dabei. Ich habe mit Claire einige Ideen entwickelt, sie fand sie nicht übel.«

Ich hörte Ozzy nicht richtig zu, ich wartete auf eine Antwort von Onkel Calvin: »Ich könnte Nang fragen, ob sie für uns kocht. Du erinnerst dich doch an die Thailänderin, die dich im Spital massierte.«

Er schaute kurz hoch: »Ich dachte, du stehst eher auf jüdische Russinnen.«

Er ass weiter, aber genussvoll und schmatzend, ich glaube, dass Essen tatsächlich die Sexualität des Alters ist.

»Wir könnten Schweinekoteletts grillieren«, sagte Onkel Calvin und schielte listig zu Hasan.

»Ich dachte eher an Chicken Curry«, sagte ich, »das kann Nang besonders gut.«

Onkel Calvin machte eine unwirsche Handbewegung: »Von mir aus. Lade sie alle ein, dann höre ich mal, welch' dummes Zeug junge Leute heute von sich geben. Aber Finger weg von meinem Rotwein. Die können den eh nicht schätzen.«

»Die saufen nicht«, lachte Ozzy und fügte leise hinzu: »Anonyme Alkoholiker.«

»Oh«, sagte Onkel Calvin sichtlich erleichtert, während ihm die Ananas vom Pizzastreifen rutschte, den er sich gerade in den Mund hatte schieben wollen, »dann muss ich mir um meinen Wein keine Sorgen machen.«

Take it or leave it

Am Nachmittag lief ich mit Hasan durch die Stadt. Wir wollten Nang in ihrem Massage-Studio aufsuchen und anschliessend mit ihr im Asia Shop für das grosse Abendessen einkaufen. Ich wollte Hasan bei dieser Gelegenheit auch helfen, die Orientierung in der Stadt zu finden, damit er ab und zu ausgehen und alleine den Weg nach Hause finden konnte. Hasan war noch nie in der City gewesen. Er hatte die Zeit, in der er sich nicht mehr auf Onkel Calvins Anwesen getraut hatte, draussen auf dem Containerareal verbracht und sich von den Abfällen der Kantinen ernährt. Ich zeigte ihm, wie man eine Fahrkarte für die Strassenbahn löst und wie man sich am Streckenplan orientiert. Er war ziemlich erstaunt, dass es an jeder Haltestelle eine Leuchttafel gab, die anzeigte, in wie vielen Minuten die nächste Tram eintrifft.

»Das ist ja Wahnsinn, wie ihr organisiert seid«, sagte Hasan immer wieder, »und wie ihr mit der Zeit umgeht, das ist ein ziemlicher Stress hier, bei uns ticken die Uhren langsamer.«

»Ja«, pflichtete ich ihm bei, »Pünktlichkeit ist bei uns sehr wichtig, wenn du um 9.15 einen Termin hast, dann ist dein Termin um 9.15 und nicht um 9.30. Das gilt auch für private Termine«, sagte ich, »und um zehn Uhr abends gilt Nachtruhe, da kannst du nicht mehr bei offenem Fenster laute Musik hören, und wenn du auf der Strasse telefonierst, wollen nicht alle mithören.«

Als wir in der City aus der Tram stiegen, liefen wir über den Marktplatz, über die Brücke, die über den Fluss und in den anderen Teil der

Stadt führte. Die Quartiere hatten mittlerweile Kosenamen wie Little Istanbul, Bangkok, Mumbai oder China Town. Ich bemerkte, wie ihn die viele nackte Haut irritierte, die hier spazieren ging. Einmal flüsterte er: »Sind das alles Prostituierte?«

»Das ist unser Way of Life, die Erotik des Daseins«, grinste ich.

Hasan streckte den Rücken durch und lief etwas breitbeiniger.

Wir überquerten den grossen Platz, wo sich unzählige Tramlinien kreuzten und sich Bars, Strassenküchen, Restaurants aneinanderreihten. Ich wollte ihm das *Starbucks Coffee House* zeigen, weil es zentral gelegen und leicht zu finden ist und sich deshalb gut für Verabredungen eignet.

»Lesen Sie gerne Bücher?« Ein kleiner Mann in rotem Pullover stellte sich mir in den Weg. Er wirkte überdreht, als hätte er sich soeben eine Linie Koks reingezogen.

»Ja«, antwortete ich spontan.

»Ich auch«, kam es wie auf der Pistole geschossen, »was lesen Sie?«

Er musste irgendeinen Plan haben und konnte es kaum erwarten, seinen Fragekatalog abzuspulen.

»Wollen Sie mir etwas verkaufen?«, fragte ich gereizt.

»Nein, ich habe Sie nur gefragt, was Sie lesen«, sagte er hastig und ungeduldig.

»Ich lese historische Sachbücher«, sagte ich und warf Hasan einen kurzen Blick zu, aber Hasan hatte nur noch Augen für all die hübschen Mädchen, die den Platz kreuzten. Verstohlen schaute er ein paar Afrikanerinnen nach, die voluminöse Gesässe in hautengen schwarzen Leggins verpackt hatten und stolz über den Platz flanierten.

»Ich auch«, lächelte der Kerl im roten Pullover, »es ist gut, dass Sie gerne lesen, denn ich habe ein Buch, das Sie interessieren wird.« Er drängte mich sanft zu einem Bücherstand vor einem Hauseingang. Dort waren drei Dutzend Bücher gestapelt.

»Das ist ein Buch über den menschlichen Geist. Es hilft Ihnen, Ihr Leben zu verbessern.« Jetzt flüsterte er nur noch und nahm eine konspirative Körperhaltung an: »Entdecken Sie den Ursprung von Stress,

Niedergeschlagenheit, mangelndem Selbstbewusstsein, negativen Gedanken und Erfolglosigkeit. Mit diesem Wissen werden Sie morgen mehr verdienen.«

Das Buch trug den Titel »Dianetik«. Ich wollte es nicht anfassen, damit der Kerl nicht auf die Idee kam, dass ich Interesse habe.

»Haben *Sie* das Buch gelesen?«, fragte ich ihn. Jetzt fasste er mich am Oberarm, was ich gar nicht schätzte und starrte mich an, nein, er glotzte förmlich und schien noch aufgedrehter: »Ja, ich hab's gelesen, zweimal, dreimal, immer wieder, es hat mein Leben verändert!« Seine Augen leuchteten, als sei er plötzlich von einem Wahn besessen.

»Und trotzdem haben Sie keinen besseren Job gefunden?«, spottete ich. Wir liessen ihn einfach stehen und gingen weiter.

Wir setzten uns mit zwei *Iced Caramel Macchiatos* draussen vor dem Starbucks Lokal an einen Tisch und schauten den Menschen zu, wie sie über den grossen Platz flanierten. Hasan war überrascht, dass hier Menschen aus derart verschiedenen Kulturen zusammenlebten.

»Ihr habt so viele Schwarze, Asiaten, und das gibt keine Probleme?«

»Wieso? Wenn jeder die Andersartigkeit des anderen respektiert und sich an die Regeln hält, gibt es keine Probleme«, sagte ich, »bei uns herrscht Meinungsvielfalt, Religionsfreiheit, jeder darf glauben und denken und sagen und schreiben, was er will. Es gibt rund 500 verschiedene Götter und jeder ist überzeugt, dass sein Gott der einzig wahre ist.«

»Dann habt ihr auch Moscheen?«, fragte Hasan irritiert.

»Natürlich haben wir Moscheen, wir haben christliche Kirchen, Synagogen ...«

»Hier leben Juden?«, fragte Hasan und rümpfte die Nase.

»Ja, wieso nicht? Daran wirst du dich gewöhnen. Bei uns ist Religion Privatsache wie Kuchenbacken oder Tennisspielen, Religion hat nie etwas Innovatives zugelassen. Hätten wir die Fesseln der Religion nicht abgestreift, würden wir heute noch glauben, dass die Erde eine Scheibe ist, würden Hexen verbrennen und Andersgläubige abschlachten.«

Nang trug einen kurzen schwarzen Rock und eine enge weisse Bluse. Sie freute sich, mich wiederzusehen. Sie war gerade dabei, Kleider und Handtücher in eine grosse Balikbayan-Box zu packen. Ihr Studio war praktisch leergeräumt.

»Du ziehst um?«, fragte ich besorgt. Ich hatte mich an die Studiobesuche gewöhnt, nein, ich mochte Nang irgendwie, aber wie genau, war mir nicht klar.

»Die Boxen gehen zu meiner Schwester nach Kamphaeng Phet«, antwortete sie, »wenn keine Kunden mehr kommen, kann ich im Herbst die Miete nicht mehr zahlen.«

»Ein Kunde steht vor dir«, scherzte ich, »das ist übrigens Hasan, unser neuer Untermieter.« Ich war erleichtert, als Hasan ihr die Hand reichte. Offenbar gab es tatsächlich sehr verschiedene muslimische Gemeinschaften mit unterschiedlichen Koraninterpretationen.

Wir gingen in den abgedunkelten Massageraum, während Hasan im Vorzimmer wartete. Ich zog mich aus und legte mich auf den Bauch. Nang begann meine Beine einzuölen und meine Füsse zu massieren. Sie sagte, dass diese Sitzung kostenlos sei, da ich bereits wieder zehn Stempel auf meiner Kundenkarte hätte. Damit sei gleichzeitig die zehnte Kundenkarte abgestempelt, ich hätte Anrecht auf ein Abendessen.

»Ich habe eher an ein Happy Ending gedacht«, sagte ich im Scherz, oder sagen wir halb im Scherz, »aber Abendessen ist natürlich auch prima, falls du selbst kochst. Könntest du auch gleich für Onkel Calvin kochen?«

»Mag er denn Thai-Küche?«

»Das werden wir ja sehen. Ich stelle vorsorglich ein paar Flaschen Wasser in den Kühlschrank und Nature Joghurts sollen auch gut sein für Zungen im Fegefeuer.«

Goddamn Sun

Sie kamen eine Woche später, sie waren pünktlich, bis auf Leeroy, er liess auf sich warten. Nang hantierte bereits in der Küche, Onkel Calvin thronte am Tischende in seinem Chesterfield-Sessel, ein kettenrauchender Dynamo, der für diesen Abend Zigarre gegen Zigaretten ausgetauscht hatte. Aus Rücksicht vielleicht? Ich weiss es nicht. Er hatte sich elegant eingekleidet, trug ein weisses Hemd mit Klappkragen und ein Veston im Stil eines Industriellen der Belle Epoque. Er blieb sitzen und nickte zufrieden, als ihm einer nach dem anderen die Hand reichte und ihn freundlich und respektvoll grüsste. Claire wies allen ihre Plätze an und flüsterte Ozzy zu, er solle sich heute Abend anständig benehmen. Er nickte und nahm seine Halskrause ab.

»Wo ist der Syrer?«, fragte Onkel Calvin misstrauisch, als ihm Ozzy die Hand reichte.

»Er steht oben vor dem Spiegel und schnallt sich gerade den Sprengstoffgürtel um«, grinste Ozzy.

Onkel Calvin fand das gar nicht lustig: »Ihr lasst euch von Bildern blenden. Aber 80 Prozent der Migranten sind keine Kinder mit grossen Kulleraugen, sondern junge und kräftig gebaute Männer. Wisst ihr, was das bedeutet? Eine Maskulinisierung des öffentlichen Raums! Sie gehen schweren Zeiten entgegen, Fräulein Claire. Die muslimische Welt produziert mit ihrer Kultur der religiösen Unterdrückung sexuell hochgradig gestörte Machos. Sobald sich diese jungen Abenteuermigranten in Europa mit Landsleuten treffen und nicht mehr unter der Kontrolle der Clans sind, benehmen sie sich wie eine Horde Gesetzloser.«

Claire war das Gespräch unangenehm, sie schaute hilfesuchend zu mir und wandte sich wieder Onkel Calvin zu: »Die werden sich integrieren, aber das braucht Zeit.«

Onkel Calvin wurde laut: »Das dachten wir auch, als in den 90er Jahren Zehntausende von Kriegsflüchtlingen aus dem Libanon nach Deutschland kamen, heute beherrschen sie die Drogenszene und haben sich in No-go-Areas etabliert. Und jetzt soll bei Millionen Kulturfremden

Integration gelingen, wo sie doch bereits bei Zehntausenden gescheitert ist?«

Onkel Calvin wandte sich an mich und Ozzy: »Also, wo steckt der Syrer? Habt ihr ihn unter Kontrolle?«

»Hasan sitzt draussen auf der Veranda und liest«, sagte ich, »er hat Mühe, wenn viele Menschen auf engem Raum versammelt sind.«

»Er entzieht sich der Kontrolle«, sagte Onkel Calvin barsch, »den werden sie nicht so leicht integrieren, Fräulein Claire, ihr jungen Leute habt ja keine Ahnung, welche Kosten auf euch zukommen! Die lassen sich hier alle neue Zähne machen! Wisst ihr, wieviel ich seinerzeit für mein neues Gebiss bezahlt habe?«

Er schaute in die Runde und schien verblüfft, dass niemand reagierte. Er machte eine abschätzige Handbewegung: »Zum Glück werde ich das nicht mehr erleben.«

Es klingelte an der Tür, Leeroy war gekommen. Auch er hatte sich herausgeputzt, machte ein bisschen auf Di Caprio in *The Aviator*. Er trug ein weisses Hemd mit gestickten Initialen, einen hellbraunen Leinenanzug. Onkel Calvin mochte ihn auf Anhieb. Ungefragt setzte sich Leeroy zu seiner Linken, *real power must be taken*, ich sass zur Rechten von Onkel Calvin. Leeroy genoss seinen Auftritt, die allgemeine Aufmerksamkeit, plauderte drauf los, erzählte, er habe noch einen wichtigen Anruf erhalten, von seinem Freund Luc in Los Angeles, Luc Besson, »haben Sie bestimmt schon gehört. *Nikita und Léon, der Profi*, beide mit Jean Reno, die haben ein grosses Ding laufen und wollen mich unbedingt an Bord haben.«

Onkel Calvin nickte, ich glaube, der Redeschwall wurde ihm bald einmal zu viel. Claire bemerkte es und bat um Aufmerksamkeit, bedankte sich im Namen aller bei Onkel Calvin für die Gastfreundschaft und bat die Anwesenden, sich der Reihe nach vorzustellen.

Shiva erhob sich von ihrem Stuhl, sie trug ein langes, dunkelrotes indisches Gewand, das ihre rubenschen Formen etwas kaschierte. Sie ähnelte in keiner Weise der indischen Göttin Shiva, aber in den Shiva-Puranas, einer der heiligen Schriften des Hinduismus, sind schliesslich

1008 Namen aufgeführt, die sich auf das Attribut von Shiva beziehen. Shiva verkörpert das Prinzip der Zerstörung.

»Ich bin Shiva, fünfundzwanzig«, begann sie, »ich bin in Bangalore geboren und kam mit vier Jahren nach Europa. Ich war im IT-Zentrum der UBS als Programmiererin eingestellt, jetzt bin ich Freelancerin …«

»Arbeitslos«, unterbrach Leeroy. »*Face the truth*, nicht wahr, Claire?« Er warf ihr einen kurzen Blick zu.

»Ja, Shiva, wir haben in der Gruppe gelernt, zu unseren Schwächen zu stehen und die Realität anzunehmen.«

»Okay, ich suche einen Job, ich mache Social Media, Webdesign, Presky HTLM, Javascript, Paypal, Datenbankprogrammierung, ASPNET und würde gerne einen Webauftritt für "Godless Sun" programmieren.«

Ich war erstaunt, dass sie gleich zur Sache kam. Ihr entging nicht, dass ich ziemlich verdutzt zu Onkel Calvin rüberschaute.

»Kostet Sie nichts«, beschwichtigte Leeroy, »bezahlt alles das Sozialamt.« Shiva und Ozzy kicherten. Offenbar waren alle zusammen hergekommen, weil sie einen Plan hatten. Mir schwante Schreckliches, auf jeden Fall eine Menge Stress.

»Okay, Leeroy«, grinste Shiva, »ich bin eine Sozialschmarotzerin, von mir aus, aber ich könnte Mitch … können wir uns alle duzen?«

Ich nickte.

»Also Mitch, ich könnte dir eine richtig geile Homepage machen. Kostet dich keinen Cent. Du musst mir einfach erlauben, die Domain "Godless Sun" anzumelden, dann legen wir los.«

»Hast du das Buch gelesen?« Ich war skeptisch.

»Ja«, antwortete Leeroy stellvertretend, und alle anderen stimmten mit ein, »wir haben es alle gelesen, wir haben es verstanden.«

»Nach 240 Seiten waren wir alle gottverdammte Atheisten«, grinste Ozzy, »goddamn sun.«

»Mitch«, sagte Claire und schaute mit ernster Miene in die Runde, »wir glauben, dass mehr hinter diesem Buch steckt, das hat Potential, wir würden dir gerne helfen, dieses Potential auszuschöpfen.«

»Wir wollen kein Geld«, wiederholte Leeroy, als er meine anhaltende Skepsis bemerkte, »wir wollen nur deine Zustimmung, dein Okay.«

Nang verteilte kleine Schalen mit Chilisauce. Onkel Calvin lächelte verlegen, als sie ihm zwei Frühlingsrollen in den Teller legte. Er strahlte sie an, als hätte er sich über beide Ohren verliebt.

»Danke, Fräulein«, sagte er zweimal.

»Einfach Nang, Onkel Calvin, Nang«, versuchte ich zu helfen, als ich sah, dass die anderen ein Grinsen kaum noch unterdrücken konnten.

»Fräulein Nang«, säuselte Onkel Calvin, »ein schöner Name.« Er lächelte die beiden Frühlingsrollen in seinem Teller an.

»Und du?«, Claire zeigte auf Ozzy.

Er tippte sich mit dem Zeigefinger an die Stirn: »Ich bin Ozzy. Ich war Türsteher im Palace, Security bei den *Celtic Warriors,* ich bin der Allrounder hier. Ich habe "Godless Sun" gelesen, Goddamn good. Mir gefiel vor allem das Kapitel mit dem Mithraskult der römischen Legionäre. Der Ehrenkodex, der Männerbund, die bedingungslose Treue. Ich wäre wirklich gerne dabei, ich habe mir auch schon ein paar Sachen ausgedacht, Konzerte wie damals bei den *Celtic Warriors*, wir mieten das Folkhaus, 500 Plätze, und bringen Live Bands, Songs über die Sonne, ich denke, das wäre eine hübsche Klammer, *›Here Comes the Sun‹* von den *Beatles, ›Sleeping Sun‹* von *Nightwish …*« Ozzy warf einen Blick auf sein iPhone und las die nächsten Titel vom Screen ab: »Vielleicht *›Around the Sun‹* von *R.E.M., ›Sunshine Reggae‹* und *›Sun is Shining‹* von *Bob Marley, ›Ain't No Sunshine‹* von *Bill Withers …*«

»Danke, Ozzy«, sagte Leeroy, um gleich allen klar zu machen, dass er die Diskussion leitete. »Ozzy denkt in die richtige Richtung, Mitch, aber wir müssen das professionell aufziehen. Wir müssen eine Produktelinie entwickeln, eine Wertschöpfungskette, und diese Wertschöpfungskette kontrollieren. Je mehr ich mich damit beschäftige, desto grösser werden die Opportunities, die sich daraus ergeben.«

Shiva hob den Zeigefinger hoch: »Aber zuerst müssen wir das Buch auf die Bestsellerliste bringen.«

Leeroy wehrte ab: »Augenblick, Shiva.« Er wandte sich an Ozzy: »Ozzy, hast du vorhin nicht etwas vergessen?«

Alle Blicke waren nun auf ihn gerichtet.

»Face the truth, Ozzy«, sagten alle im Chor.

Ozzy warf Claire einen kurzen Blick zu. Sie nickte ihm freundlich zu: »Du musst das aushalten, Ozzy, jeder Mensch muss die Realität aushalten, insbesondere die eigene Vergangenheit.«

»Okay«, grinste Ozzy, »nach der Auflösung der *Celtic Warriors* wollte ich eine Sicherheitsfirma gründen, ich habe ursprünglich Schlosser gelernt, doch mir fehlte das Geld, dann habe ich Autos gebumst und Versicherungsgelder kassiert. Ich fand Gefallen daran, bis ich mir ein Schleudertrauma holte und 18 Monate Knast auf Bewährung. Seitdem bin ich 100 % invalid. Also bei Wetterumschwung spür ich schon noch was.«

Shiva zeigte auf Leeroy: »Du bist an der Reihe.«

Leeroy sprach mit lauter, sonorer Stimme, presste das Kinn beim Sprechen in bekannter Manier auf den Brustkorb und plauderte über sein Leben, erzählte Anekdoten, er sei Business-Aktivist, ein Business Angel, in London habe er für Sky News die Onlineplattform aufgezogen, er sagte, er betreibe auf der Karibikinsel Curaçao einen eigenen Fonds, der in Start-up-Firmen investiert und diese für den Börsengang fit macht. Er schaute kurz zu Onkel Calvin, um seine Reaktion zu prüfen, doch Onkel Calvin zeigte keine.

»Face the truth«, lachte Shiva.

Leeroy sagte, er sei der geborene Networker, der im Job völlig aufgehe, aber als erfolgreicher Networker führe kein Weg an kollektiven Besäufnissen vorbei. Seinen Aufstieg habe er mit dreistelligen Leberwerten bezahlt.

»Ich glaube, das reicht, Leeroy«, sagte Claire, ihr war aufgefallen, dass Onkel Calvin nur noch verschmitzt lächelte. Überraschend meldete er sich zu Wort: »Wenn ich all die Jahre zusammenfasse, die Sie soeben aufgezählt haben, Herr Leeroy, dann müssten Sie jetzt um die 127 Jahre alt sein.«

Alle prusteten vor Lachen, Leeroy nahm es mit Humor: »Aber sagen Sie mir nicht, ich hätte Sie gelangweilt, Onkel Calvin.«

Nang servierte das Chicken Curry und setzte sich zu uns an den Tisch. Leeroy war nicht entgangen, dass meine Skepsis von Minute zu Minute gewachsen war.

»Mitch«, sagte er, »du magst jetzt denken: Was will ich mit diesem Haufen anfangen, ein Scheininvalider, eine Sozialschmarotzerin …«

»Ein überqualifizierter Schwarzarbeiter …«, lachte Shiva.

»… aber unterschätze uns nicht«, fuhr Leeroy fort, »wir sind trocken, das schafft nicht jeder, wir haben Scheisse gebaut, eine Menge Kröten geschluckt, Steine gefressen, aber wir haben uns an den eigenen Haaren aus dem Sumpf gezogen. Wir wollen zurück auf den Highway. Und es wird dich nichts kosten, Mitch, keinen Cent. Du schreibst ein paar kleine Texte für die Webpage …«

»Ist nicht viel, Mitch«, beruhigte mich Shiva.

»Du gibst uns ein bisschen Fotomaterial …«

»Wir legen dir auch die Liste mit den Songs vor«, sagte Ozzy, »du bist der Boss.«

«Ja«, pflichtete ihm Leeroy bei, »du kennst das Produkt am besten, du weisst, was passt, was passt nicht. Wir organisieren ein Konzert und verkaufen in der Vorhalle deine Bücher. Kein Aufwand für dich.«

»Wäre natürlich schön, wenn du am Anfang des Konzerts auf die Bühne gehst und die Besucher begrüsst«, sagte Claire, »ein paar Worte nur, muss nicht viel sein, aber "Godless Sun" braucht ein Gesicht.«

Onkel Calvin hörte kaum zu, er hatte nur Augen für Nang. Wie ein treuherziger Dackel beobachtete er jeden ihrer Schritte, lächelte ihr bei jedem Blickkontakt zu und zeigte stolz auf seinen leeren Teller, wie ein Junge, der brav aufgegessen hat. Nang brachte ihm eine neue Frühlingsrolle, er verschlang sie, wie er auch Nang mit seinen verstohlenen Blicken verschlang und immer wieder säuselte, Nangs Küche sei das Beste, das er jemals in seinem Leben gegessen habe, und in seinem Alter habe das schon etwas zu bedeuten. Einmal, als sie ihm nachschöpfte, berührte er zaghaft ihre Hand.

»Mitch«, sagte Claire, »gib Shiva, Ozzy und Leeroy eine Chance, sie werden dich nicht enttäuschen, sie wollen Teil von etwas Grösserem sein.«

Welcher Autor hätte da *nein* sagen können?

Beim Essen sprudelten die Ideen, Onkel Calvin hörte zu, lächelte manchmal still vor sich hin und genoss sein *Pad Thai* und die Anwesenheit von Nang. Sobald sie ihm den Rücken zukehrte und in die Küche ging, stellte er Gabel und Messer ab und schaute ihr verträumt nach. Mir schien, als würde er ganz leise vor sich hin summen, es klang wie das französische Chanson *L'eau vive.*

Leeroy gab mir im Laufe des Nachmittags einen Wink, ihm zu folgen. Er hatte seine Digitalkamera ausgepackt und wollte ein paar Porträtaufnahmen machen. Wir stiegen in den ersten Stock, er gab mir Anweisungen, wie ich zu stehen hatte, wie ich den Kopf drehen sollte, Kinn rauf, Arm runter. Er war routiniert, wusste genau, was er wollte, ein Bild vor dem PC, ein Bild vor dem Fenster, ein Bild vor dem antiken Sonnenspiegel, einige Nahaufnahmen, lächeln, ernster, Kinn auf Hand stützen, das eigentliche Bild entstünde erst am PC, beim Composing, wenn er mit dem Lichteinfall arbeite. Nachdem er das Shooting beendet hatte, lehnte er am Fenstersims und warf einen Blick auf die Strasse: »Ich habe da ein paar wirklich grosse Ideen, Mitch, ich glaube, das könnte funktionieren.« Er sprach leise, wie zu sich selbst, es klang etwas unheimlich, fast wie eine Drohung. Mir war bei der Sache nicht ganz wohl, ich hatte den Eindruck, sie wollten alle Teil meines Lebens werden, ein bisschen anlehnen, aber zum Anlehnen nimmt man am besten einen kräftigen Baum. Ich war bloss eine Weide, die sich im Wind bog, um nicht zu brechen, eine Trauerweide vielleicht. Ich sagte anfangs bereits, ich bin kein Leader.

Als ich nach Mitternacht die Buchverkäufe auf Amazon anschaute, stellte ich ernüchtert fest, dass "Godless Sun" auf dem Amazon Verkaufsrang 1'903'385 war. *Face the truth.* Ein paar helfende Hände würden also nicht schaden. Claires Clique war ja tatsächlich begeistert von

"Godless Sun", und wenn sie das Buch in den sozialen Netzwerken posteten und diskutierten, warum nicht? Und wenn sie eine Fanseite auf Facebook installieren wollten, why not? Es stand jedem frei, auf Facebook eine Fanpage für irgendeinen Autor oder Künstler zu betreiben. Claire hatte mir versprochen, dass sie und ihre Clique mich nicht belästigen würden und nochmals betont, dass es mich nichts kosten würde. Sie lebten ja alle vom Staat und wollten sich nur nützlich machen, während der schwierigen Entzugsmonate beschäftigt sein mit etwas, das Spass macht. Warum nicht? Ein bisschen Anerkennung als Sachbuchautor wäre auch nicht übel, und da ich als Trashautor nur Pseudonyme hatte, war ich noch ein unbeschriebenes Blatt, weiss und nackt wie ein Babypo. Ehrlich gesagt, ich habe nie daran geglaubt, dass diese Clique etwas zustande bringt, aber insgeheim habe ich schon gehofft. Träumen ist wohl der Trost der Erfolglosen, aber manchmal ist Träumen auch Motivation, wenn man im Halbschlaf visualisiert, was man sich sehnlichst wünscht.

Amazon Rising

In den nächsten Tagen tat sich gar nichts. Ozzy und Hasan arbeiteten den ganzen Tag über draussen im Park, sie waren daran, den Pavillon wieder instandzusetzen und die elektrischen Leitungen zu erneuern. Dafür musste entlang des Grundstücks ein schmaler Graben ausgehoben werden. Über Mittag nahmen sie auf der Veranda den Lunch ein. Bei diesem herrlichen Sommerwetter wollten sie lieber an der frischen Luft sein als drinnen im Haus. Beim Kaffee vertiefte sich Ozzy in die nächsten Abenteuer von Commander Orion, während Hasan lautstark Anweisungen an seine Frau und Verwandten schickte, um sie sicher in den Westen zu bringen. Gestern waren sie in Evzoni angekommen, in einer kleinen Ortschaft in Zentral-Mazedonien, sie warteten auf einen Mittelsmann, der sie mit einem Lastwagen nach Gevgelija, Preševo und dann bis nach Belgrad bringen würde.

»Das wird wieder Geld kosten«, sagte Hasan, »und Horgoš soll besonders teuer sein, das wird stündlich teurer, das sind die Afghanen und Pakistani, die unsere Flüchtlingsroute verstopfen und alles verteuern, und jetzt haben noch die Afrikaner unsere Route entdeckt, ist sicherer als übers Mittelmeer, aber Horgoš ist schwierig, ein kleines Dorf in der serbischen Provinz.«

Jemand aus seiner WhatsApp-Gruppe meldete sich, er sprach englisch. Hasan sagte ihm, er müsse die Grenze zu Ungarn erreichen und den Zaun überwinden. Pausenlos tauschte er sich mit anderen Syrern aus, die es offenbar geschafft hatten oder noch unterwegs waren. Sie schickten sich gegenseitig Geodaten, Fotos, stellten Fragen, gaben Antworten, wo kann man nachts überqueren, wo steht das Maisfeld, in dem man sich vor den Acht-Uhr-Patrouillen verstecken kann? Es waren Hunderttausende vernetzter Einzelkämpfer, die unterwegs nach Europa waren. Zur Zeit der grossen Völkerwanderungen waren es geschlossene Volksgruppen gewesen, die von einem Leader angeführt wurden. Es genügte, mit diesem Leader erfolgreich zu verhandeln, um die ganze Völkerwanderung umzuleiten oder aufzuhalten, so, wie es damals Cäsar bei Bibracte getan hatte, als er die auswandernden Helvetier mit Gewalt in ihre Heimat zurückschickte. Rom versuchte später die Barbaren, die hinter den Grenzen lauerten, mit Geld zu besänftigen, Appeasement, das hat auch gut funktioniert, anfangs, aber wer Appeasement betreibt, offenbart Schwäche, Angst, und deshalb nahmen sich die wandernden Völkerscharen der Antike zuerst das Geld und fielen dann erst recht über das Römische Imperium her. Anschliessend folgten 400 Jahre finsteres Mittelalter. Aber jetzt hatte es Europa mit dem Ansturm von Hunderttausenden Individualisten zu tun, sowohl mit Kriegsflüchtlingen, die willkommen waren, als auch mit Wirtschaftsflüchtlingen, die weniger willkommen waren, und respektlosen Abenteuermigranten, die überhaupt nicht willkommen waren. Kein demokratischer Rechtsstaat würde in der Lage sein, in so kurzer Zeit so viele Menschen aus patriarchalischen Kulturen aufzunehmen, zu versorgen und zu integrieren.

»Müsst ihr eigentlich immer so schreien?«, fragte Ozzy genervt, als Hasan endlich die Gespräche beendet hatte. Hasan sagte, die Verbindung sei schlecht, aber Ozzy widersprach und sagte, sie würden immer herumbrüllen, ob sie sich denn nicht in einer normalen Lautstärke unterhalten könnten? Ozzy beugte sich über den Tisch und fixierte Hasan eindringlich: »Sag uns die Wahrheit, Hasan, du warst lange unterwegs nach Europa, hatte es unter den Flüchtlingen auch Terroristen, IS-Terroristen?«

Hasan überlegte, für Ozzy etwas zu lange.

»Sag schon«, drängte Ozzy, »hier bei uns schreiben die Zeitungen, dass nur Oberärzte aus Aleppo kommen.«

Hasan hob den Kopf und schaute fragend zu mir. Ich nickte ihm zu.

»Ihr seid furchtbar naiv hier im Westen. Für zweitausend Dollar kriegst du in der Türkei einen syrischen Pass. In der Provinz Mardin, im Südosten, stehen komplett ausgerüstete Druckerpressen aus Assads Verwaltungen mit allen notwendigen Rohdokumenten und Stempeln. Für zweitausend Dollar wirst du in Mardin zum Syrer. Für weitere tausend Dollar kriegst du einen Universitätsabschluss, für 1500 Dollar eine handgeschriebene Morddrohung des IS, inklusive Stempel, für eine AK-47 bezahlst du 600 Dollar. Auf meiner Reise hatte ich den Eindruck, dass jeder zehnte Flüchtling ein radikaler Islamist war. Hunderte von Dschihadisten nutzen mittlerweile den Flüchtlingsstrom, um über die Balkanroute nach Europa zu kommen und hier auf Befehle zu warten. Wenn du die richtigen Grenzübergänge kennst und die Zeiten, wann die richtigen Leute Dienst haben, dann zeigst du keinen Pass, sondern ein Bündel Dollarnoten. Ich will keine Ängste schüren, aber der IS ist bereits da, die Gotteskrieger leben bereits unter euch.«

»Wo stehst du?«, fragte Ozzy und beobachtete ihn scharf.

»Ich bin Alawit, ein schiitischer Alawit. Du kannst nicht Alawit werden, du wirst durch die Geburt Alawit, aber unsere Frauen tragen keine Kopftücher, wir lehnen die Scharia ab, wir müssen weder fasten noch die Moschee besuchen und wir respektieren andere Religionen.

Aber wir sind Muslime. Für sunnitische Alawiten sind wir noch schlimmer als Juden und Christen. Wir sind die Opfer der Geschichte.«

Abends besuchte Hasan einen kostenlosen Deutschkurs der katholischen Kirche, manchmal auch die König-Faisal-Moschee am Rande des Judenviertels. Mittlerweile vertraute ich ihm mehr und schöpfte Hoffnung, dass ich ihm helfen konnte, hier Fuss zu fassen und eine Arbeit zu finden. Ich teilte meine Überlegung auch Onkel Calvin mit, der sich nicht weiter dazu äusserte, sondern einfach mit dem Kopf nickte. Hasan arbeitete, ohne zu murren, sass schweigend am Mittagstisch und zog sich am späten Nachmittag auf die Veranda zurück und vertiefte sich in das Buch der »vereinfachten Rechtswissenschaft«, das man ihm in der König-Faisal-Moschee geschenkt hatte.

Das Zusammentreffen mit Claires Clique hatte ich schon beinahe wieder vergessen. Es war ja oft so, dass Leute an einem Abend grosse Pläne schmiedeten, und am anderen Morgen war die Euphorie bereits wieder verflogen. Ich war nicht unglücklich darüber, denn ich hatte schon die eine oder andere Befürchtung gehabt, dass ich mit der Clique mehr Stress haben würde als mir lieb war. Leute, die viel Zeit haben, stellen für jeden Workaholic eine potentielle Gefahr dar. Zugegeben, ich war schon ziemlich hin- und hergerissen.

Manchmal kam Claire vorbei, meistens zur Mittagszeit, was Nang, die nun öfter den Lunch kochte, nie unangenehm war. Claire schon eher. Mir schien, Claire wolle einerseits Präsenz markieren, aber auch in Erfahrung bringen, ob ich mit Nang ein Verhältnis hatte. Hatte ich sie über ihre Fahrt mit Ozzy nach Zürich ausgefragt? Wozu auch? Ich war ja nicht mal eifersüchtig. Sie hingegen sehr. Mir entging ihr missbilligender Blick nicht, wenn ich Nangs Kochküste über den grünen Klee lobte. Ich hatte auch den Eindruck, dass es sie wütend machte, dass Nang stets so nett zu ihr war. Nangs Freundlichkeit vermittelte ihr den Eindruck, dass Nang wusste, dass ich sie im entscheidenden Augenblick vorziehen würde. Ich weiss nicht, ob das mitgespielt hat, aber Claire war ja Psychologin, sie grübelte bestimmt die halbe Nacht darüber nach. Wenn wir alleine waren, fragte Claire, ob mir das Essen wirklich so gut geschmeckt habe. Ich glaube, sie litt darunter, dass sich ihre Kochkünste auf die Handhabung des Büchsenöffners beschränkten.

In den nächsten Wochen schrieb ich meine Heftromane, versuchte, einen Vorrat zu erarbeiten, damit ich auch mal zwei Wochen verreisen konnte. Malta, Sardinien und Atlantikküste hatte ich schon mehrfach gegoogelt, aber dann buchte ich einen Aufenthalt auf der »Insel des Grauens« und nahm den nächsten Flug in die Galaxy. Vielleicht war das auch einer der Gründe, wieso Natascha mich damals verlassen hatte. Ich könnte mittlerweile mein ganzes Leben an meinem Computer verbringen und Geschichten erfinden. Hotels und Flüge buchen, am Check-In Schalter Schlange stehen, stundenlang im Flieger zwischen einem fiebrigen Fettleibigen und einem angetrunkenen Russen sitzen, der seine verschwitzten Füsse entblösst, das war unbestritten unangenehmer, als den Tag in einem durchgelüfteten, kühlen Arbeitszimmer zu verbringen und in Shorts und gemütlichen Badeschlappen zum Kühlschrank zu schlurfen. Mit Natascha bin ich immer viel und gerne gereist. Vielleicht lag meine jetzige Reiseunlust auch daran, dass Natascha nicht mehr da war. Der Gedanke machte mich unruhig und unzufrieden. In solchen Augenblicken nervte mich sogar Commander Orion, und ich hoffte, Bärbel würde endlich einmal eine meiner neuen Serienideen bewilligen. Die Science-Fiction des 19. Jahrhunderts hätte mir auch noch gefallen, Jules Verne, Mary Shelley, H.G. Wells. Jules Vernes schrieb ja eher phantastische Abenteuergeschichten, die zur Hälfte noch in der Realität verankert waren, das gilt auch für Mary Shelleys Frankenstein. Mit Science-Fiction hätte ich weniger Mühe, wenn sich die eine Hälfte in der Gegenwart abspielen würde. Wie bei Perry Rhodan. Da beginnt die Handlung im Jahre 1971, wir haben drei Machtblöcke, die USA, Europa und China. Die Welt steht kurz vor dem Dritten Weltkrieg, vor der atomaren Vernichtung. Der Krieg weitet sich aus in die Weiten des Alls, wie früher, als sich die Europäer im 19. Jahrhundert auch in den Kolonien in Afrika und Asien bekämpften. Das hätte ich noch akzeptiert, vielleicht auch deshalb, weil Perry Rhodan seit 1961 jede Woche 80'000 neue Hefte druckt und heute, mit über einer Milliarde verkaufter Hefte, nicht nur die erfolgreichste Science-Fiction-Heftroman-Serie der Welt, sondern auch das langlebigste Erzeugnis der Nachkriegsliteratur ist, die umfangreichste Fortsetzungsgeschichte überhaupt. Der Umfang entspricht in etwa 560 Harry Potter-Bänden. Perry Rhodan hätte mir mehr zugesagt, aber die aktuellen Teams sitzen fest im Sattel. Mit Orions blubbernden Furunkel-Organismen im schwarzen Loch hatte ich zunehmend Mühe. Aber Bärbel wollte keinen Wechsel, sie mache auch nur ihren Job, ich müsse warten, bis einer der Stammautoren vor seinem PC zusammenbricht.

Claire rief häufig an. Kontrollanrufe. Schliesslich begriff sie, dass ich keine Anrufe entgegennehme, wenn ich durch die Galaxy jette. Sie sandte Mails, SMS. Ich glaube, der Umstand, dass Nang weiterhin jeden Mittag ins Haus kam und Lunch kochte, brachte sie schier um den Verstand. Wahrscheinlich hielt sie thailändische Masseurinnen für getarnte Edelprostituierte. Ich sah ihr an, dass sie die Ungewissheit quälte. Kochte Nang bloss, oder gab's nach dem Kaffee ein Happy Ending? Aber nichts von alledem traf zu. Ich hatte Nang immer als medizinische Masseurin betrachtet und als nichts anderes. Ich war bei Nang auch nie erregt während der Massagen. Vielleicht bei der letzten Massage ein bisschen, aber auch nur vielleicht, und nur ein bisschen. Aber das war nicht der Grund, wieso ich jeden Tag mit ihr und Onkel Calvin zu Mittag ass. Sie war einfach eine virtuose Köchin und mit Asiatinnen kommt eine wohltuende Harmonie und Ruhe ins Haus: Sonne.

Einmal setzte sich Onkel Calvin in den Garten und beobachtete Hasan beim Heckenschneiden. Wenn er jeweils die elektrische Schere abstellte, um sein Werk zu begutachten, wies ihn Onkel Calvin auf

Unebenheiten hin und gab ihm kurze, aber strenge Anweisungen. Als Hasan das abgeschnittene Grünzeug zusammenrechte, fragte er: »Hasan, wenn der Krieg vorbei ist, geht ihr dann alle wieder zurück?«

Hasan war erstaunt über die Frage: »Wo ist mein Zuhause? Es existiert nicht mehr. Als ich hörte, dass Germany uns alle willkommen heisst, habe ich meinen Rucksack gepackt. Ein Cousin hatte mir eine SMS geschickt, ein Selfie vor dem Münchner Hauptbahnhof. Er schrieb, man hätte ihn wie einen Fussballstar empfangen. Dann haben wir alle unsere Rucksäcke gepackt. Mein Cousin Gabriel kämpfte im Norden an der Seite der christlichen Milizen. Als er die SMS las, hat er seine Kalaschnikow an den Nagel gehängt und seinen Rucksack gepackt. Mein Cousin Mohammed kämpfte in der syrisch-türkischen Grenzstadt Azaz in den Reihen des Islamischen Staates gegen die Assad-Truppen. Als er die SMS erhielt, schrieb er zurück, das sei die Chance seines Lebens, er habe schon immer in Deutschland studieren wollen. Wir lieben Bayern München, BMW und hellhäutige, blonde Frauen.«

Am Abend schob ich mit Pesto marinierte Chickenfilets in den Ofen. Claire kochte Spaghetti. Hasan sass neben Onkel Calvin am Tisch und fragte ihn leise: »Wieso habt ihr Angst vor uns? Wir haben nichts mit dem Islamischen Staat zu tun. Wir flüchten vor ihm. Wir wollen mit euch zusammenleben.«

Claire machte ein paar Schritte und blieb unter dem Türrahmen stehen: »Für unsere Kinder wird es normal sein, dass sie mit Syrern, Afghanen und Afrikanern die Primarschule besuchen. Europa wird nicht untergehen, aber es wird ein anderes Europa sein. Wenn man Weisswein mit Rotwein mischt, gibt's einen Rosé, aber es gibt immer noch Wein.«

Wir lachten, nicht etwa, weil wir Claires Vergleich besonders originell fanden, sondern eher, um die Anspannung loszuwerden.

»Europa wird rosé«, schmunzelte Claire und wandte sich an Hasan, »bei uns ist das die Farbe der Lesben und Schwulen. Die türkischen Muslime hier, die machen nachts in den Parks Jagd auf Schwule und verkloppen sie. Das mögen wir nicht. Ihr werdet euch an die Freiheit des Westens gewöhnen müssen.«

Onkel Calvin musterte Claire nachdenklich: »Das Problem ist, es wird tatsächlich Rosé sein. Südlich der Sahara wächst die Bevölkerung jedes Jahr um 30 Millionen Menschen. Wenn nur 20 Prozent davon ihren Rucksack packen und nach Europa kommen, sind das sechs Millionen Menschen im Jahr, also mehr Menschen, als in einem Jahr in Europa geboren werden. Und wenn sie auf ihrem iPhone ein paar Selfies nach Hause schicken, sehen die Daheimgebliebenen das gelobte Land und machen sich ebenfalls auf den Weg. Nichts wird sie aufhalten können, es gibt immer einen Weg nach Europa, weil es immer irgendwo einen Schlepper gibt, der damit Geld verdient. Aber für Europa bedeutet Rosé mehr Gewalt auf den Strassen, weniger Sozialleistungen, mehr religiöser Fanatismus, weniger Hygiene, mehr importierte ethnische und religiöse Konflikte.«

Claire fühlte sich unwohl, ich glaube, sie suchte nach einer Möglichkeit, Onkel Calvin zu widersprechen, ohne ihn zu verletzen. Nach einer Weile fuhr der Onkel mit leiser Stimme fort: »Wie allen Kulturen, die den Zenit überschritten haben, fehlt uns das Selbstbewusstsein, unsere Regeln zu verteidigen und durchzusetzen. Wenn die Polizei die Schuhe auszieht, bevor sie mit Maschinenpistolen eine Moschee stürmt, dann sieht das ziemlich albern aus. Wenn sich der Hausmeister nicht mehr getraut, eine Glühbirne auszutauschen, weil gerade Mädchen in der Halle turnen, macht mich das nachdenklich. Wenn wir freiwillig die Leberwurst aus den Schulhöfen verbannen, Schweinefleisch aus den Kantinen, den Weihnachtsmarkt nur noch Wintermarkt nennen und Frauen in den Badeanstalten keine Bikinis mehr tragen dürfen, dann ist das eine schleichende Unterwerfung. Fräulein Claire, wir sind derart tolerant geworden, dass wir selbst den Intoleranten gegenüber tolerant sein wollen. Wir wollen nett sein, um allen zu demonstrieren, dass wir zu den Guten gehören. Und das ist der Grund, wieso die europäische Kultur untergehen wird. Wir gehen nicht an einer religiös kaschierten Ideologie zugrunde, sondern an unserer Mutlosigkeit, an unserer Feigheit.«

Corporate Identity

Als ich in der Nacht wie üblich die Verkäufe von "Godless Sun" kontrollierte, war der Verkaufsrang immer noch im siebenstelligen Bereich. Ich schämte mich, dass ich mir eingebildet hatte, dass drei Alkis mein Buch in die Bestsellerliste pushen könnten. Mir fiel aber auf, dass es neu eine Amazon-Autorenseite gab. Neugierig klickte ich sie an. Sie war gut getextet, knapp, aber informativ und machte neugierig auf mehr: Es gab einen Link zur Homepage des Autors. Mausklick. Ich erschrak, als mir mein eigenes Gesicht bildschirmfüllend in die Augen schaute. Leeroy hatte das Foto gemacht. Ich stand neben der bronzenen Heliosstatue, mein Blick schweifte nachdenklich in die Ferne. Ich klickte das Menu durch, auch hier war alles sehr professionell designt und getextet. Ich war schon ein bisschen stolz, eine derartige Page zu haben und machte mir Vorwürfe, dass ich meine neuen Bekannten unterschätzt hatte. Eine eintrudelnde Mail riss mich aus meinen Gedanken. Bärbel hatte mir im Attachment das Ergebnis der Leserumfrage geschickt, sie schrieb, die Leserschaft sei genauso fragmentiert wie die Gesellschaft als Ganzes. *Hochschulreife liegt an der Spitze bei den Spuk- und Gruselromanen,* beim Liebesroman seien die Volksschüler mit zwei Dritteln vertreten, alle Übrigen hätten eine weitergehende Ausbildung. Das Interessante war, dass die Millionen Kioskromane im Jahr, trotz stetig steigender Bildung, keine Auflagenminderung zur Folge hatten. Bärbel schrieb, die Nachfrage nach einer heilen Welt würde immer grösser, und wenn die Armut in Europa weiter zunehme, was angesichts der Kosten zur Bewältigung der Migrantenkrise ausser Frage stünde, würden die Auflagenzahlen nochmals steigen. Sie schrieb, das Ergebnis der Umfrage hätte bei *Morton & Stanley* grosses Erstaunen ausgelöst, vor allem der Umstand, dass ausgerechnet die Science-Fiction-Romane mehrheitlich von Menschen mit Universitätsabschluss gelesen werden, Western hingegen von Menschen aus bildungsfernen Schichten. Übrigens schrieb sie unter PS: »Der Grossteil der Science-Fiction-Leser bezeichnet sich als religiös, darüber sollten wir einmal nachdenken!« Ja, sie hatte ein Ausrufezeichen gesetzt, ich glaube, in all den Jahren hatte sie noch nie einen Satz mit einem Ausrufezeichen abgeschlossen.

Ich war in wohltuender Aufregung, zuerst der gelungene Internetauftritt, dann diese für mich günstigen Umfrageergebnisse. Mein Magendarmtrakt schien die freudige Erregung zu spüren, und so verbrachte ich die nächste halbe Stunde auf der Toilette. Ich sass auf dem Klosett und blätterte in einem meiner alten Westernhefte *Sie nannten ihn Hombre*. Den Titel hatte ich damals gestohlen, ist ursprünglich ein Filmtitel, ein Western mit Paul Newman. Aber die Heftstory war meine eigene. Pulp Fiction-Romane sind im doppelten Sinne leichte Kost. Versuchen Sie mal, im Bett einen Balzac zu lesen. Viel zu schwer, diese Hardcover. Versuchen Sie mal einen Flaubert unter die WC-Matte zu kehren, das nächste Mal stolpern Sie darüber und brechen sich den Kiefer an der Klosettumrandung. Deshalb sind Pulp Fiction-Romane, nebst dem Ikea-Katalog, die bestmögliche Klolektüre, ich meine das in keiner Weise abschätzig, aber bei Heftromanen à 64 Seiten hat man auf jeder Seite irgendwelche Action, und da auch Intellektuelle, Professoren und Ingenieure täglich ihr Geschäft verrichten müssen, lesen sie wahrscheinlich auch ihre Science-Fiction-Heftromane auf dem Klo, und genau deshalb verkaufen *Morton & Stanley* jede Woche Millionen Exemplare. Ein Heft ist so in Kapitel unterteilt, dass es für 22 Sitzungen reicht. Beim Norovirus brauchen Sie allerdings ein ganzes Heft.

Ein paar Tage später sass ich mit Nang und Onkel Calvin beim Lunch, sie hatte Pangasius-Häppchen frittiert und dazu eine scharfe rote Currysauce mit Sojabohnen und Zwiebeln serviert. Leeroy sandte mir eine SMS und fragte, ob er mich gegen Abend kurz besuchen dürfe? Er brauche mein Okay. Als ich Onkel Calvin davon erzählte, schlug er vor, sich mit Leeroy bei ihm im Salon zu treffen. Leeroy sei ein netter Kerl, er sei in seinem Leben vielen grossspurigen Typen begegnet, aber manchmal müsse man Baron von Münchhausen spielen, um sich zu motivieren. Bei einigen würde das tatsächlich funktionieren. Das sind dann die sich selbst erfüllenden Prophezeiungen.

Leeroy kam am späten Abend, er hatte Verspätung, wie üblich, schien etwas gehetzt, beantwortete laufend SMS. Ich hatte einen Château Pape-Clément geöffnet, weil es davon im Keller noch vier 12er-Kisten gab, alle über 20 Jahre alt. Während Leeroy seine Unterlagen auspackte, warf er einen kurzen Blick auf die Flasche, griff danach und schaute sich das Etikett an: »Ich nehme auch ein Glas«, sagte er beiläufig und breitete seine Unterlagen auf dem Tisch aus. Onkel Calvin und ich wechselten irritierte Blicke.

»Oh«, lachte Leeroy, als er unsere Gesichter sah, »ich bin kein Ex-Alki, ich bin sozusagen *undercover* dabei, für ein Filmprojekt. Wir drehen im nächsten Jahr eine Doku-Fiction über Charles Bukowski. Ich mache das Script Doctoring, ich nehme das sehr ernst und habe mich deshalb bei den Anonymen Alkoholikern als Alki eingeschlichen. Das bleibt unter uns?« Er zeigte mit dem Zeigefinger abwechselnd auf mich, Onkel Calvin und Nang. Wir nickten. Ich glaubte ihm kein Wort. Wir stiessen miteinander an, Leeroy reichte uns einige Grafiken, sie stellten eine Sonne dar.

»Wir brauchen ein Logo«, sagte Leeroy, »das ist eine sehr wichtige Entscheidung, wir brauchen ein unverwechselbares Logo, ein Brandzeichen, das wir allen unseren Aktivitäten und Produkten aufdrücken. Eine Corporate Identity.«

Während wir uns die Grafikblätter hin und her zuschoben und erste Ausscheidungen vornahmen, erläuterte uns Leeroy die Anforderungen: »Das Logo darf nicht vierfarbig sein, das verteuert alle späteren Prints. Gesichter sind eher heikel, weil wir ja die Sonne nicht personifizieren wollen, wie das die meisten Religionen später getan haben. Wir sehen die Sonne als universelle göttliche Kraftquelle.«

Ich glaube, in diesem Augenblick ist Leeroy in meiner Wertschätzung gestiegen. Er hatte nicht nur "Godless Sun" gelesen, sondern auch die Kernaussagen verstanden, und er war fähig, diese grafisch umzusetzen.

Wir entschieden uns schliesslich für eine Vintage-Variante, die ein geschlechtsloses, goldenes Gesicht mit einem zeitlosen Ausdruck zeigte, das ein bisschen an die geheimnisvolle Sphinx erinnerte. Das Gesicht war kugelrund, als habe man es über einen Globus gespannt, glühende Sonnenstrahlen umrankten das Gesicht. Jeder zweite Sonnenstrahl züngelte wie eine Flamme.

»Mit deinem Einverständnis, Mitch, werde ich die Bild-Marke beim Amt für geistiges Eigentum anmelden. Und dann noch die Text-Marke "Godless Sun".«

»Die Text-Marke«, gab uns Onkel Calvin zu bedenken, »sollte auch als Bild-Text-Marke angemeldet werden, aber Leeroy, das ist verdammt teuer, eine Markenanmeldung. Und für jedes Land bezahlst du erneut, und alle fünf Jahre musst du die Marke erneuern und kriegst wieder einen Einzahlungsschein.«

Wir schauten fragend zu Leeroy. Er setzte das souveräne Lächeln eines krisenerprobten CEO auf: »Macht euch darüber keine Sorgen, ich werde tun, was wir tun müssen.«

Ich war erleichtert, Onkel Calvin war es nicht, im Gegenteil: »Leeroy, dann wirst du die Marken auf deinen Namen anmelden? Dann bist du der Besitzer der Markenrechte.«

»Ich dachte, das sei im Sinn von Mitch, aber ich reisse mich nicht darum.«

Ich hatte offen gestanden wenig Lust, meine schwerverdienten Pulp Fiction-Honorare in Risikokapital umzuwandeln. Ich bin kein Gambler.

»Das ist schon okay, Onkel Calvin, ich bin Autor, mir gehören die Buchrechte, das genügt mir. Und wenn Leeroy auf eigene Kosten ein bisschen Merchandising machen will, soll es mir Recht sein. Jede Massnahme hilft dem Buch.«

»So habe ich das auch gesehen, Mitch, du bist und bleibst der Urheber, der Autor, du erhältst sämtliche Autorenhonorare. Aber wir müssen Gas geben, in sechs Wochen steigt das *Sun Festival* im Gewerkschaftshaus.«

»Sun Festival?«

Here Comes the Sun

Ich sass zusammen mit Leeroy und Claire hinter der Bühne. Ozzy hatte den Saal des Gewerkschaftshauses gemietet. Shiva hatte den Anlass in den einschlägigen Foren gepostet, Leeroy hatte ein Pressemailing versandt. Der Saal war bis auf den letzten Platz besetzt, der Eintritt war frei, vierhundertfünfzig Plätze. Anschliessend würde es eine Kollekte geben, das machten auch einige alternative Restaurants so, und meistens bezahlten die Leute mehr, als sie bezahlen würden, wenn es einen fixen Preis gäbe. Als sich der Saal langsam verdunkelte und Ruhe einkehrte, zwickte mich Claire in die Lenden und fragte, ob »diese Thai« immer noch für Onkel Calvin koche.

»Onkel Calvin mag sie«, flüsterte ich.

»Und du?«, fragte sie gereizt und zwickte mich erneut. Mir schien, dass sie mir diesmal Schmerzen zufügen wollte.

»Ich mag ihre Küche.«

Leeroy trat auf die Bühne, justierte das Mikrophon. Auf der Grossleinwand, die von der Decke herunterhing, wurde ein Video von Stonehenge eingeblendet, Stonehenge im Morgengrauen, Sonnenaufgang. Leeroy sagte, wir seien hier, um mehr über die Sonne zu erfahren. Er überlasse das Mikrophon nun einem Mann, der uns dieses Wissen mit einem grossartigen Buch zurückbringe. Mitch! Der Autor von "Godless Sun".

Während sich die Bühne noch mehr abdunkelte, schritt ich in der Dunkelheit vorsichtig auf die Bühne. Ozzy hatte mir den Weg zum Mikrophon mit weisser Kreide markiert. Als ich Leeroy kreuzte, gab er mir ein High Five und grinste leise: »Goddamn Sun«. Im Hintergrund ertönte *Here Comes the Sun* von den Beatles. Ich hatte die Bühnenmitte erreicht, auf der Leinwand hinter mir wurden Landschaftsaufnahmen von berührender Schönheit gezeigt, Berge, Schluchten, Sonne, Wasser, Meer. Nachdem die Musik ausgeklungen war, begann ich: *Die Sonne war, bevor wir waren. Die Sonne erwärmt seit Jahrmillionen unseren Planeten, lange bevor die ersten Amphibien aus dem Wasser krochen. Die*

Menschen gaben der Sonne viele Namen, Pharaonen und Herrscher nannten sich Söhne der Sonne, doch die Sonne braucht keine Vermittler, keine Interpreten, das Göttliche braucht keine Kirchen, keine Priester, das Göttliche erscheint uns jeden Morgen, es scheint für uns, durch uns und mit uns. Ich beendete die Einführung rascher als geplant, denn ich hatte den Eindruck, dass die jungen Leute Musik und keinen Vortrag hören wollten.

Während die Bühne unter Applaus in grelles Licht getaucht wurde, ertönte im Hintergrund John Lennons *Imagine, Imagine there's no heaven, It's easy if you try.* Als ich die Bühne verliess, erschien auf der Leinwand mein Konterfei. Zum Glück habe ich es nicht gesehen, ich sah es am nächsten Tag in der Regionalpresse. Es war eins der Fotos, die Leeroy bei mir im ersten Stock gemacht hatte. Es zeigte mich weder an meinem Schreibtisch noch vor der Liberty Statue, nein, ich stand vor dem Sonnenspiegel. Leeroy hatte den Winkel so gewählt, dass mein Kopf den runden Spiegel verdeckte. Deshalb sah es aus, als würde ein flammenzüngelnder Sonnenkranz mein Haupt umgeben.

Kaum war John Lennons Song abgespielt, traten einige Musiker auf die Bühne, man hörte einzelne Akkorde, und plötzlich war die Bühne wieder stockfinster, eine gespenstische Stille hatte sich über den Saal gelegt, die Leinwand zeigte eine schwarze Fläche mit kleinen glitzernden Punkten. Und plötzlich rockte die Band los, coverte *Sleeping Sun* von *Nightwish,* während auf der Leinwand eine atemberaubend schöne Fahrt durch die Galaxie gezeigt wurde, eine endlose Fahrt durch die Finsternis des Sonnensystems, eine Reise zwischen Staubwolken und dunkelfarbenen Gasen, ein psychedelischer Trip zwischen Milliarden von Sternen.

I wish for this night time
to last for a lifetime
The darkness around me
Shores of a solar sea
Oh how I wish to go down with the sun

Sleeping
Weeping
With you

Die Zuschauer sprangen von ihren Sitzen, hielten ihre Feuerzeuge hoch und begannen zu singen, zuerst nur einzelne, dann sangen alle miteinander:

Oh how I wish to go down with the sun
Sleeping
Weeping
With you

Haircut

»Respekt«, murmelte Onkel Calvin am anderen Morgen, als er den Bericht in der Zeitung las. Ich brachte ihm Kaffee und Croissants: »Ist noch heiss.«

»Habt ihr auch Geld verdient?«, fragte Onkel Calvin, »irgendwann muss sich ein vernünftiger Mensch diese Frage stellen.« Er schaute mich prüfend an und fuhr sich über den kahlen Schädel.

»Ich weiss es nicht«, gab ich zur Antwort und klappte mein iPad auf. Auf Amazon hatte sich das E-Book verbessert, es war auf dem Verkaufsrang 23'123, natürlich kein guter Wert für ein E-Book, aber immerhin ein Fortschritt. Da bewegte sich was. »Einige haben wohl nach dem Konzert das E-Book runtergeladen, die Printausgabe stagniert weiterhin, aber wir haben gestern im Foyer immerhin 48 Bücher verkauft, mehr als in den letzten vier Jahren zusammen.«

Onkel Calvin war wieder in seine Lektüre vertieft. Nach einer Weile sagte er: »Mitch, wieviel kriegst du für ein Buch? Zehn Prozent? Zwei Euro?«

Onkel Calvin blickte von seiner Zeitung hoch: »Dann hast du gestern hundert Euro eingenommen? Mit Geronimo hast du mehr verdient! Um ehrlich zu sein: Ich habe mehr erwartet.«

»Was hast du denn erwartet?«, fuhr ich ihn an, »dass die BBC in einer Liveschaltung darüber berichtet?«

Onkel Calvin war von meiner heftigen Reaktion nicht beeindruckt. Er versenkte einen Würfelzucker in seinem Kaffee und rührte: »Lade sie nochmals ein, diese Gaukler. Sie sollen dir ihren Businessplan vorlegen. Ich werde hier sitzen und dir am Abend berichten, was ich davon halte. Ich habe in meiner Karriere unzählige Firmengründungen abgewickelt, und fast so viele Konkurse, ich habe Turteltauben vermählt und Kampfhähne geschieden.«

Ich verwarf die Hände und klappte mein iPad zu: »Wer spricht denn hier von Businessplan? Niemand plant eine Firmengründung. Ich schreibe weiterhin meine Heftromane und Leeroy, Shiva, Claire und Ozzy machen, was sie wollen.«

Ich ging zur Küche und begann mit dem Abwasch.

»Lass das«, rief er mir nach, »Nang soll das machen.«

»Nang?« Ich drehte mich um und ging mit der tropfenden Abwaschbürste auf ihn zu: «Was glaubst du eigentlich, wieso sie dich jeden Tag bekocht? Weil du ihr schöne Augen machst? Sie braucht Geld, Onkel Calvin, sie hat mir gesagt, du hättest ihr eine Zehnernote zugeschoben.«

»Glaubst du, das war zu wenig?«

»Das war eine Beleidigung! In welcher Epoche lebst du eigentlich? Diese Croissants hier«, ereiferte ich mich und sprenkelte sie aus Versehen mit Abwasser voll, »die kosten drei Franken. Wieso werden Leute im Alter immer geiziger? Du hast genug Geld bis du 250 Jahre alt bist!«

Onkel Calvin hielt schützend seine Hand über die Croissants: »Du hast doch gar keine Ahnung vom Leben, Junge. Weisst du eigentlich, was heute ein anständiger Platz in einer betreuten Alterssiedlung kostet? Fünfzehntausend Euro im Monat. Du hast keinen blassen Schimmer, wie schnell man verarmt. Europa verarmt, und du glaubst im Ernst, du wirst nicht verarmen? Wir werden alle verarmen, Mitch, du kannst ein Leben lang sparen, es wird dir alles genommen, Haircut!

Und weg ist dein Geld! Haircut, und du landest in der Sozialhilfe! Haircut, und es gibt keine Sozialhilfe mehr. Dann schaffen sie das Bargeld ab und übers Wochenende gibt's per Mausklick …«

»Haircut«, grinste ich.

»Und nach dem Bargeldverbot gibt's Minuszinsen auf deinem Sparkonto. Weisst du, was das bedeutet?«

»Haircut«, grinste ich erneut.

Er unterstrich jeden Haircut mit einer unwirschen Handbewegung, was bei seinem kahlen Kopf unfreiwillig komisch aussah. Ich musste mir ein Lachen verkneifen.

»Es wird nie wieder Zinsen geben, mit denen man Altersvorsorge betreiben kann. Und was tust du dann?«

»Ich flüchte mit Commander Orion auf den Planeten Cortis.«

»Das Lachen wird dir noch vergehen!«, ereiferte sich Onkel Calvin. »Alle Staaten in Europa sind derart verschuldet, dass nur noch ein radikaler Haircut das Problem lösen kann, Währungsreform! Weisst du eigentlich, wie oft in den letzten 200 Jahren Staaten Bankrott gingen?«

»Jaja«, winkte ich ab, »ich weiss, aber wenn du Nang nicht anständig bezahlen willst, kannst du in Zukunft selbst kochen. Oder weisst du was: Ich bring dir Morgen den Flyer des Pizzaservices. Vielleicht kriegst du Rabatt, wenn du jeden Tag deine Pizza Hawaii bestellst.«

Ich schleuderte die Abwaschbürste in die Küche, sie landete wider Erwarten im Trog. Ich nahm mein iPad und verliess den Salon. Er rief mir nach: »Wenn deine Jungs kommen, um ihren Businessplan zu erläutern, könnte Nang …«

Ich drehte mich um: »Nang könnte, wird aber nicht. Ich drucke dir oben die Liste des Homedelivery Velospeedy aus. Die liefern für ein Dutzend Restaurants aus, Indisch, Thai, Japanisch, Mexikanisch …«

»Dummes Zeug, Mitch, Nang wird hier sein und für uns kochen.«

Ich zog mich in den oberen Stock zurück und versuchte, Nang zu erreichen. Da sie nicht antwortete, kehrte ich auf die geheimnisvolle Insel zurück. Irgendwie würde ich die Auseinandersetzung, die ich soeben mit Onkel Calvin gehabt hatte, einbauen: Ein alter Geizkragen, der auch nach seinem Tod als Geist sein Eigentum beschützt. Ich schrieb eine Variante nach der anderen, manchmal unterbrach ich bereits nach einer halben Seite, löschte den Text und begann die nächste Variante. Ich kann besser denken, wenn ich tippe, was mir gerade einfällt. Als die Fingerkuppen schmerzten, kürzte ich die Nägel. Dann kam mir wieder Nang in den Sinn, ich schickte ihr erneut eine SMS. Diesmal antwortete sie. Sie hatte seit heute Morgen einen Job in einem Asia Shop in der City, er gehörte zur Kette eines vietnamesischen Familienclans. Sie schlug vor, dass wir uns in der Mittagspause sehen.

Asia Shop

»Ich koche für ihn, pflege seine Füsse und wenn ich den Tisch abräume, fasst er mir an den Po und gibt mir am Abend zehn Franken. Mitch, vielleicht findet er jemanden, der es für neun Franken macht.«

Nang sass hinter einem Bürotisch im Warenlager des Asia Shop. Sie sagte, sie würde hier einspringen, sie habe den Job auch schon gemacht, bevor sie das Massagestudio eröffnet habe.

»Ich habe mich vorhin mit ihm gestritten, Nang.«

»Mitch«, sagte Nang, »ich muss meinen eigenen Weg gehen. Ich muss Geld verdienen, mein alter Mietvertrag läuft noch bis in den Herbst hinein. Ich habe keinen Nachmieter für das Studio.«

Ich setzte mich auf einen Stapel Kartons und dachte nach. Schliesslich sagte ich: »Ok, Nang, schade, aber es ist so, wie es ist.«

»Karma«, sagte Nang, »es ist so, wie es sein muss.«

Als ich ins Haus zurückkehrte, sassen Hasan und Ozzy auf der Veranda und tranken einen Kaffee. Ozzy sagte, Onkel Calvin wünsche, dass ich Hasan bei der Aufnahmestelle als Flüchtling registriere, um seinen Aufenthalt zu legalisieren. »Nicht ganz uneigennützig«, grinste er, »die Regierung hat die Übersicht verloren. Sie hat keine Ahnung, wie sie in acht Monaten genügend beheizbare Räume für den Winter bereitstellen soll. Für Kriegsflüchtlinge hätten wir genug Platz, aber jetzt kommen all die Abenteuermigranten aus dem Balkan und aus dem Maghreb. Auf jeden Fall kriegt Onkel Calvin eine steuerliche Reduktion beim Eigenmietwert, wenn er einen Flüchtling privat bei sich unterbringt.«

Hasan machte ein ratloses Gesicht. Er klappte sein Buch zu. Es war aber nicht das Buch der »vereinfachten Rechtswissenschaft«, sondern "Godless Sun"! Ich schlug vor, dass wir am nächsten Morgen zusammen zum Asylzentrum gehen, den Antrag stellen und den ganzen Papierkram erledigen. Hasan war nicht begeistert, vielleicht hatte er Bedenken, aber er sah ein, dass es notwendig war, dass er keine Wahl hatte und dass er als anerkannter Flüchtling in den Genuss zahlreicher Vergünstigungen und Fördermassnahmen kommen würde. Vielleicht fände er dadurch auch schneller einen Job.

»Hasan«, fragte Ozzy als er die letzte Seite von »Der silberne Colt« gelesen hatte, »was hältst du eigentlich von "Godless Sun"?« Hasan las gerade das 8. Kapitel mit dem ironischen Titel »Gott liebt dich«. Hasan überlegte und warf mir einen kurzen Blick zu.

»Wäre ich in Syrien geboren«, fuhr Ozzy fort, »würde ich mir schon die eine oder andere Frage stellen. Wieso lässt Allah zu, dass al-Assad und seine Baath-Partei deine Landsleute abschlachten, dass er sie mit Biowaffen angreift, einem qualvollen Erstickungstod aussetzt, dass er Kinder und Alte in ihren Häusern bombardiert, dass er euch in die Flucht treibt und im Mittelmeer absaufen lässt? Was denkt sich Gott dabei? Hat er Mühe, die syrischen Alawiten von den kurdischen oder türkischen Aleviten zu unterscheiden, die iranischen Schiiten von den syrischen Sunniten, oder liebäugelt er gar mit den Drusen, Christen oder Juden in Damaskus? Ihr glaubt doch alle an den gleichen Weihnachtsmann. Und falls dieser unsichtbare Mann da oben tatsächlich so mächtig ist, müsste er diese Abschlachterei verhindern. Als du noch deinen Souvenirshop hattest, hast du Gott dafür gedankt, dass dir Touristen den ganzen Kitsch abkaufen, aber als dein Leben plötzlich in einem kleinen Rucksack Platz hatte, hast du nicht den unsichtbaren Mann da oben dafür verantwortlich gemacht. Wieso? Hast du dir noch nie überlegt, dass es da oben vielleicht gar nichts gibt? Dass der Weihnachtsmann nur von Herrschern erfunden wurde, um ein Volk zu beherrschen, so wie al-Assad und seine gottlose Elite euch beherrschen?«

Hasan erwiderte wie üblich nichts. Vielleicht stimmte er Ozzy zu, was ich eher für unwahrscheinlich hielt, vielleicht wollte er sich einfach ruhig verhalten und nichts aufs Spiel setzen. Nach seiner strapaziösen Flucht hatte er hier endlich ein kleines Paradies gefunden, und es waren Menschen, die ihm geholfen hatten, Ungläubige, und kein unsichtbarer Geist.

»Hast du das elfte Kapitel schon gelesen?«, fragte ich ihn, »Lissabon 1755.«

Hasan schüttelte den Kopf und klappte das Buch zu.

»Damals«, begann ich, »erschütterte ein gewaltiges Erdbeben die Stadt Lissabon und machte sie zu zwei Dritteln dem Erdboden gleich, unmittelbar danach ersäufte ein Jahrhundert-Tsunami einen Grossteil der Überlebenden, und als sei dies alles noch nicht genug, brach eine flächendeckende Feuersbrunst aus. Marodierende Banden zogen durch die brennende Ruinenstadt und stachen jeden nieder, der ihnen über den Weg lief. Diese Jahrhundertkatastrophe erschütterte nicht nur die Einwohner von Lissabon, sondern auch den Glauben der Menschen in ganz Europa. Sie fragten sich: Wie kann ein barmherziger und allmächtiger Gott ein so gewaltiges Unglück zulassen? Wieso wurde ausgerechnet ein streng gläubiges Land, das sich wie kein anderes Land für die weltweite Verbreitung des Christentums einsetzte, derart abgestraft? Und ausgerechnet an Allerheiligen! Wieso wurden fast alle Gotteshäuser dem Erdboden gleichgemacht, während das Rotlichtviertel Lissabons verschont blieb? Auch Voltaire, einer der Väter der Aufklärung, machte sich darüber Gedanken. Man begann nach natürlichen Ursachen zu forschen, die Naturwissenschaften stellten Fragen, die Naturwissenschaften gaben Antworten und der Glaube an Gott verblasste, befreite den menschlichen Geist aus dem Gefängnis des Glaubens, entfachte das Feuer der französischen Revolution und brachte uns nicht nur die Menschenrechte, sondern auch all die wissenschaftlichen Erfindungen, die für die Industrialisierung im 19. Jahrhundert Voraussetzung waren. Wieso gab es diese Entwicklung nicht auch in der muslimischen Welt? Was habt ihr seit der islamischen Blütezeit im neunten Jahrhundert in Cordoba getan? Habt ihr seitdem irgendetwas Neues erfunden, irgendein Patent angemeldet? Oder habt ihr nur gebetet und gefastet und Andersgläubige abgeschlachtet?«

Scabies

Ich rief Kofi Kobena an. Zusammen mit Hasan fuhren wir zum nationalen Empfangs- und Verfahrenszentrum, der ersten Station für Flüchtlinge. »Wir müssen einen Umweg fahren, im Flüchtlingsheim hinter dem alten Bahnhof liefern sich Libyer und Marokkaner eine Strassenschlacht mit der Polizei. »Das sind keine Kriegsflüchtlinge« sagte Kofi, »das sind junge Abenteuermigranten. Kriegsflüchtlinge sind dankbar, wenn wir sie aufnehmen, Abenteuermigranten wollen Party machen und sind enttäuscht, wenn sie hier ankommen. Einer sagte am Radio, die Schlepper hätten ihm eine Wohnung und einen BMW mit vollem Tank versprochen und ein Probetraining beim FC Basel. Jetzt schreien sie *Halal, Halal* und bewerfen die Polizei mit Ravioli-Büchsen.«
Hasan schwieg. Ich wusste nie genau, was in ihm vorging.

»Ich bin doch auch Muslim«, ereiferte sich Kofi, »aber wenn ich irgendwo Gast bin, esse ich, was auf den Teller kommt und frage nicht: War das ein glückliches Huhn oder ein armes Schwein, habt ihr es auf Drogen gesetzt und dann beim Ficken erschossen? Ich sage euch, irgendwann gibt es in unseren Läden kein Schweinefleisch mehr.«

»Du meinst, die werden eines Tages alle Läden abfackeln, die noch Schweinefleisch anbieten?« Ich schaute fragend zu Kofi rüber und hob die Augenbrauen.

»Nein«, sagte er, »viel schlimmer, ihr werdet das Schweinefleisch freiwillig aus den Regalen nehmen und behaupten, es sei gesundheitsgefährdend.«

Das Zentrum lag hinter dem alten Bahnhof in der Nähe eines Naherholungsgebiets. Die Baracken waren mit Wellblech abgedeckt, mit einem hohen Gitter vom übrigen Areal getrennt und mit Stacheldraht gesichert. Ungefähr 80 Flüchtlinge sassen draussen unter Eternit-Unterständen. Wir betraten die Aufnahmestation. Im Vorraum standen mehrere Tische hintereinander. Aufgelegt waren Formulare und Schreibzeug. Ich half Hasan beim Ausfüllen und begleitete ihn zum Schalter, wo ich den Antrag auf private Unterbringung eines Flüchtlings stellte. Hasan wurden die Fingerabdrücke abgenommen, anschliessend ging's zur Gesundheitskontrolle. Ich blieb mit Kofi im Vorraum. Eine ältere Frau mit Kopftuch hockte auf der Fensterbank, eine Gruppe junger Eritreer unterhielt sich lautstark und gestikulierte wild. Ein junges Paar sass mit seinem dreijährigen Buben im improvisierten Warteraum und wartete, dass es aufgerufen wurde. Eine Gruppe junger Kosovoalbaner betrat den Raum, die Eritreer zogen sich diskret zurück. Ein Marokkaner kam schreiend aus einem der kleinen Bürozimmer. Er schrie in gebrochenem Englisch, er habe Lymphkrebs, keine Versicherung, keine Ersparnisse. Man müsse ihn aus humanitären Gründen aufnehmen und ihm eine Wohnung und Geld geben. Und Zigaretten! Er ging zurück ins Büro, das er soeben verlassen hatte, riss die Tür auf, brüllte etwas und rannte ins Freie. Ein Beamter erschien in der Tür, schaute sich um und winkte mich und Hasan ins Büro. Dort sortierte ein übermüdeter Arzt einen Stapel Formulare: »Wenn das nicht aufhört«, sagte er, »werde ich auch bald die Flucht ergreifen.«

Er reichte mir ein nummeriertes Ticket und zeigte auf Hasan: »Das ist ein Gutschein für die Notschlafstelle, ich habe nur noch zwei Stück, also erzählen Sie da draussen nichts, sonst stürmen sie die Bude.«

»Das ist Hasan Alsabbagh aus Syrien, wir würden ihn gerne bei uns aufnehmen.«

Der Arzt streifte sich blaue OP-Handschuhe über und fixierte seinen Mundschutz hinter den Ohren. Er gab Hasan ein Zeichen, sich oben freizumachen. »Eins nach dem anderen, zuerst muss er untersucht werden. Was hier auf uns zurollt, ist eine bakteriologische Bombe. Die bringen Krankheiten mit, die bei uns längst ausgerottet waren, Typhus, Hepatitis A, Rotaviren, Cholera, die können schwere Infektionen leichter überstehen als wir, unser Immunsystem ist eine hygienischere Umgebung gewohnt.«

Hasans Oberkörper war mit kleinen rötlichen Knötchen überwuchert.

»Scabies«, sagte der Arzt, als er über Hasans Haut fuhr, »Krätze, die Hälfte von ihnen hat Krätze, und wenn sie untertauchen, stecken sie ihre ganze Umgebung an. Hochansteckend. Die Milben leben von der Zellflüssigkeit der Lymphe und den Oberhautzellen. Machen Sie sich frei«, forderte er mich auf. Ich zog mein Shirt aus. Er warf einen kurzen Blick auf meine Brust und meine Arme, ohne mich jedoch zu berühren. Ich hatte plötzlich den Eindruck, dass es überall juckte. Doch Hasan hatte mich nicht angesteckt.

»Der Syrer muss hierbleiben. Gehen Sie nach Hause und waschen Sie alles, was er benutzt hat, Kleider, Bettwäsche, Handtücher, einfach alles.«

Er erklärte Hasan in englischer Sprache den Sachverhalt. Hasan fügte sich widerstandslos, bedankte sich bei mir und beim Arzt und versprach, sich wieder zu melden, wenn er gesund sei. Er sagte, es sei schade, dass er seine beiden Bücher nicht mitgenommen habe. Ich versprach ihm, dass Kofi sie am Nachmittag vorbeibringen würde.

Wir gaben uns beim Abschied nicht die Hand. Ich legte ihm meine Visitenkarte auf den Tisch. Ich wollte ihn noch berühren, nicht gerade umarmen, aber doch freundschaftlich verabschieden, aber dann liess ich es bleiben, ich hatte schliesslich bis morgen einen neuen Heftroman abzuliefern. Ich wollte gerade das Gebäude verlassen, als mich ein Securityguard ansprach: »Sie wollen tatsächlich einen Flüchtling aufnehmen?« Er trug blaue Plastikhandschuhe und einen pechschwarzen Schnauz.

»Ja«, sagte ich, »wieso nicht, der Mann ist Syrer, macht einen guten Eindruck.«

Er lächelte mitleidig und hakte die Daumen in den breiten Gurt, in dem er allerlei Utensilien von der Taschenlampe bis zum Schlagstock angehängt hatte. Er war ein untersetzter Mann um die 40, mit leichtem Bauchansatz und markanten Wangenknochen: »Am Anfang sind sie alle dankbar. Aber mit der Zeit blättert der Lack ab. Wären es tatsächlich Kriegsflüchtlinge, wären sie immer noch dankbar. Aber es sind meistens Wirtschafts- und Abenteuermigranten, die bei den Schlepperbanden teure Tickets gekauft haben, um hier ein sorgenfreies Leben zu führen. Jetzt sind sie enttäuscht und machen Ärger. Letzte Woche hat einer den Schlafsaal in Brand gesetzt, weil ihm das Essen nicht passte«, fuhr er leise fort und schüttelte den Kopf, »zum Glück sind die Kajütenbetten und Abfalleimer aus Metall.«

Die jungen Eritreer betraten erneut den Flur und beschimpften sich gegenseitig. Der Securitymann wies sie scharf zurecht, doch sie ignorierten ihn: »Das ist mein Alltag. Und wenn mich meine Kinder abends fragen, *Papi, was hast du heute gemacht*, dann sage ich: *Ich habe eine Horde Wilder davon abgehalten, sich gegenseitig den Schädel einzuschlagen.* Aber wenn die eines Tages den Stempel kriegen, *vorläufig aufgenommen*, dann werden sie durch diese Tür gehen, auf die Strasse hinaus, und ich werde nicht mehr da sein, wenn sie Frauen begrabschen, in die Vorgärten scheissen, Schwule und Juden jagen und zwischen den Regalen im Supermarkt ihren Lunch fressen. Ich wünsche allen da draussen viel Spass. Ich sag Ihnen, viele dieser Abenteuermigranten haben einfach keine Manieren, keine Nerven, explodieren wegen jeder Kleinigkeit, ständig fühlen sie sich in ihrer Ehre verletzt, sie sind störrisch wie kleine Kinder, leeren Abfalleimer im Flur aus und verstopfen mit Leintüchern die Klosetts, zerschneiden Stromkabel, demolieren Mischbatterien, brechen Wasserleitungen auf und drohen, sich anzuzünden, wenn sie nicht sofort eine Stange Marlboro kriegen. Mein Gott, die sind doch hier nicht im Fünfsternehotel. Also von Dankbarkeit ist mittlerweile keine Spur mehr zu sehen. Wenigstens haben wir die Kinder, Frauen, Schwulen und christlichen Syrer von denen getrennt. Ich prophezeie Ihnen, nach der Willkommenskultur folgt jetzt das Aufwachen in der Realität. Es ist nicht in Ordnung, dass meine Mädchen jetzt mit Pfeffersprays rumlaufen müssen.«

Man sah ihm an, dass er sich jetzt besser fühlte: »Schön, dass wir darüber gesprochen haben«, grinste er.

»Es sind nicht alle so, einige, aber nicht alle. Der Hasan, den ich bei uns aufnehmen will, ist ein netter Kerl, hilfsbereit und spricht nicht viel.«

»Das sind manchmal die Gefährlichsten, die stillen Wasser, wer weiss schon, was an der Quelle brodelt. Es sind ja viele Syrer unter den Migranten, die in Syrien gemordet haben, für Assad, gegen Assad, gegen den IS oder für den IS, die werden unter uns leben und Meinungsverschiedenheiten nicht am runden Tisch bereinigen. Die lösen jeden Konflikt mit Gewalt. Wenn einer das Gerücht streut, der Koch sei Jude, fackeln sie die Küche ab. Ich hörte, dass sie in Deutschland nur noch 10 % der Flüchtlinge registrieren können. Über eine halbe Million sind bereits ohne Registrierung in Europa unterwegs. Das ist *open house!* Weiss der Teufel, wie viele Terrorjunkies darunter sind.«

Ich wollte ihm sagen, dass man nicht alle in den gleichen Topf werfen könne: »Ich habe einen guten Freund, Kofi, Muslim, seit 20 Jahren hier.«

»Das können Sie nicht vergleichen, das waren noch Einzelpersonen, die sich integrieren mussten, um zu überleben, aber jetzt kommen ganze Horden Gesetzloser, verrohte Jugendbanden, kriminelle Clans mit knallharten Strukturen, die sind nach Ethnien, Religion, Herkunft und Clan strukturiert, da ist jeder der Feind des anderen. Die werden sich hier bekämpfen wie die türkischen Grauen Wölfe und die Kurden der PKK, wie die Sunniten und die Schiiten, das gibt bürgerkriegsähnliche Zustände, sage ich Ihnen, ich habe einen Strafregisterauszug bestellt, damit ich den Antrag auf einen Waffenerwerbsschein stellen kann. Wir werden uns selbst verteidigen müssen. Der Staat schafft das nicht mehr.«

»Es ist nicht einfach«, versuchte ich ihn zu beruhigen, »das Aufnahmezentrum ist überbelegt, die haben alle Lagerkoller, und wenn einer die Sprache nicht versteht ...«

»Jetzt sollen wir noch schuld sein? Mit den Syrern kannst du noch Englisch reden, aber die Eritreer sind ja oft Analphabeten, und wenn sich einer nicht in Worten ausdrücken kann, lässt er die Fäuste sprechen und wir müssen dann das Pfefferspray und den Schlagstock rausholen.«

»Man sollte sie beschäftigen ...«

»Ihr da draussen, ihr seid doch alle Träumer. Wie wollen Sie hier einen Analphabeten beschäftigen, der bereits in seiner Heimat keine Chance hatte? Wollen Sie ihm die Sprache beibringen, wenn er nicht mal einen Satz in seiner Muttersprache aufschreiben kann?«

Draussen standen vier junge Männer in dunkelblauen Jabadors vor Kofis Taxi. Sie trugen lange Bärte und eine Chachia, eine gehäkelte Gebetsmütze auf dem Kopf. Sie unterhielten sich aufgeregt in Arabisch. Kofi sass auf dem Fahrersitz und hatte die Tür weit offen. Er hielt ein Buch in der Hand. Als ich die Beifahrertür öffnete, schloss Kofi seine Tür und warf den Motor an. Er schob das Buch in die Ablage zwischen den beiden Sitzen. Das Cover trug arabische Schriftzeichen. »Das ist ›Das Buch der vereinfachten Rechtswissenschaft‹«, sagte Kofi und schüttelte den Kopf, das verteilen sie den Flüchtlingen. Er zitierte daraus: »Ändert einer seinen Glauben, so tötet ihn.« Kofi zwinkerte mir zu: »Ihr Europäer seid schon ein lustiges Volk, ihr gebt ihnen Kost und Logis, und sie verteilen auf eurem Grund und Boden Hetzschriften, die ihre Brüder dazu auffordern, Christen, Juden und Atheisten zu töten. Kennt eure Toleranz eigentlich keine Grenzen?«

»Wohlstand macht träge, Kofi. Vielleicht auch feige«, sagte ich, als Kofi in einen Stau geriet. Da in der Innerstadt gerade demonstriert wurde, nahmen wir den Umweg über die Autobahn. Kofi ärgerte sich während der ganzen Fahrt: »Dem politischen Islam kannst du nicht mit Appeasement begegnen, Mitch, ihr macht euch jetzt schon in die

Hose, übt freiwillige Selbstzensur und opfert in vorauseilendem Gehorsam all eure Errungenschaften in der Hoffnung, die Terrorjunkies zu besänftigen. Das kommt nicht gut, Mitch. Wenn der Ruf des Muezzins über den Dächern erschallt, klopft ihr euch auf die Brust, und denkt, was sind wir doch für tolerante Kerle, aber der Ruf des Muezzins ist keine Zeitansage wie die Kirchenglocken der Christen, der Ruf des Muezzins ist die Demonstration eines Herrschaftsanspruchs. *Allah ist der Allergrösste. Ich bezeuge, dass es keinen Gott ausser Allah gibt. Ich bezeuge, dass Muhammad der Gesandte Allahs ist. Kommt her zum Gebet. Kommt her zum Heil. Allah ist der Allergrösste.* Wo der Muezzin erschallt, da ist die Umma. Man ist zu Hause, in einem fremden Land.«

Atomkraft, nein danke

Die Regionalversammlung der Grünen fand in der Halle einer stillgelegten Papierfabrik am Rand der Industriezone statt. Ich hatte am Vorabend noch absagen wollen, weil Bärbel mich mit dringenden Korrekturwünschen für die letzte Orion-Folge unter Druck gesetzt hatte. Doch Claire hatte mich überzeugt, sie sagte, man könne sich als Autor nicht einfach verkriechen und hoffen, dass das Buch ein Bestseller wird. Und im Übrigen habe der Smiley der Atomkraftgegner durchaus Ähnlichkeiten mit dem neuen Logo von "Godless Sun", nur sei unser Logo künstlerisch wertvoller, archaischer, mystischer.

Überall auf dem Areal wehten Anti-Atomkraft-Fähnchen, gelbrote Graffitis zierten die Aussenwände der Fabrikanlage. Eine Band spielte Irish Folk, vor dem Saal waren Tische aufgestellt mit Bioprodukten: Äpfel und Birnen, Honig und Konfitüre, aus einer 25-Liter-Ballonflasche konnte man frischen Süssmost zapfen. An Büchertischen wurden alternative Schriften, Broschüren und Bücher verkauft. Bereits ein flüchtiger Blick über die Buchtitel liess erahnen, dass das Ende der Welt kurz bevorstand. Wenigstens gab es noch Buttons, die man sich an die Fair

Trade T-Shirts heften konnte, um zu demonstrieren, dass man zu jenen Heroen gehörte, die sich selbstlos den Reitern der Apokalypse entgegenstellen würden.

Shiva löste sich aus einer Gruppe von alleinstehenden Frauen. Sie trugen T-Shirts mit dem regenbogenfarbenen Logo der Grünen Partei und hatten das kurzgeschnittene Haar pinkfarben oder hennarot gefärbt. Shiva umarmte mich herzlich und steckte einen rotgelben Atomkraft-Nein-danke-Button an mein T-Shirt. Sie verpasste nur knapp meine Brustwarze. Jemand klopfte mir auf die Schulter. Ich drehte mich um. Captain Leeroy stand grinsend vor mir und steckte mir den nächsten Button an die Brust. Er ähnelte dem Sonnensymbol von Versailles. Ich kam mir vor wie eine Litfasssäule. Auf jeden Fall war jetzt sichtbar, dass auch ich zu den Guten gehörte.

»We never sleep«, dröhnte Leeroy mit seiner tiefen Stimme, High Five, *Goddamn Sun.* Gemeinsam schlenderten wir an den Büchertischen entlang zur Halle. Grosse A1-Plakate bedeckten den letzten Tisch. Darauf waren Dutzende Exemplare meiner Bücher gestapelt. Ozzy stand hinter dem Verkaufstisch und reckte die Faust in die Höhe. *Venceremos!* Er justierte seine Halskrause, die er mit grüner Farbe besprayt hatte, und schnitt eine Grimasse, die sogar die Märtyrermiene von Jesus am Kreuz toppte.

Ich stand etwas verloren auf der Bühne, während immer noch Leute die Fabrikhalle betraten oder verliessen. Bastian Bobic, der demnächst abtretende Präsident der Grünen Partei, kam mir entgegen und umarmte mich wie einen alten Freund. Ich hätte sein Sohn sein können. Bobic sah mittlerweile aus wie ein ergrauter Hippie, den man am Highway 401 vergessen hatte. Ich hatte in jungen Jahren immer wieder mal ein Bier mit ihm getrunken oder auch zwei, manchmal auch drei. Ich hatte ihn bewundert. Er fuhr damals ein altes Fahrrad und riss spätabends, wenn er nach Hause torkelte, die Sterne von Mercedes-Kühlerhauben ab. Er hatte eine ganze Sammlung davon an der Küchenwand. Seit Natascha mich verlassen hat, ist ja schon neun Jahre her, haben wir uns nicht mehr gesehen.

»Hast du noch deine Mercedessterne?«, fragte ich in gespielt konspirativem Ton. Er legte den Finger auf den Mund und flüsterte: »Ich fahr doch selbst einen.« Er lachte laut und fuhr leise fort: »Geerbt, aber was sollte ich machen, ihn abfackeln, wie wir früher am 1. Mai diese Sportflitzer abgefackelt haben? Ich habe auch ein kleines Haus in der Toscana. Da kannst du nicht zu Fuss hin.«

Wir unterhielten uns eine Weile hinter der Bühne. Er sagte mir, dass er ins Stadtparlament gewählt worden sei und deshalb im Herbst das Präsidium bei den Grünen abgebe. Parteipräsident, das bringe nur Ärger und kaum Geld, ein Parlamentssitz hingegen bringe mehr Abwechslung, er sei jetzt auch im Verwaltungsrat der Wasserwerke und der staatlichen Pensionskasse. Im Laufe des Smalltalks glaubte ich zu erkennen, dass aus dem linken Bobic ein rechter Bobic geworden war. Ich weiss nicht, ob er so weit nach Linksaussen gerutscht war, dass er auf der anderen Seite bei Rechtsaussen wieder erschienen war, oder ob er den Weg über die bürgerliche Mitte eingeschlagen hatte.

»Ich gehöre ja nicht mehr dazu«, flüsterte er, »du kannst doch mit 65 nicht mehr den gleichen Stuss erzählen, den du mit 20 geglaubt hast. Nenn mir ein einziges Land, in dem Sozialismus, Marxismus oder Kommunismus funktioniert haben.« Mir fiel keines ein.

»Irgendwann musst du deine liebgewonnene Ideologie der Realität anpassen«, sagte er und legte mir freundschaftlich die Hand auf die Schulter. Wie viele meiner alten Kollegen war er mittlerweile ein schweigsamer Neoliberaler in einem linken Freundschaftskreis. Die Gemeinsamkeiten waren nicht mehr ideologischer Natur, sondern nostalgisch bedingt. Man war gemeinsam mit der Mao-Bibel in der Brusttasche und einem Che Guevara-Poster über dem Klo aufgewachsen, hatte Pink Floyd und Tubular Bells gehört, Joint und Freundinnen geteilt und die Geborgenheit in einer ideologischen Familie geschätzt. Niemand wird gerne nach 30-jähriger Zugehörigkeit aus der Familie ausgestossen. Wo gehört man hin, wenn man mit 65 nicht mehr dazugehört? Ich denke, das ist auch der Grund, wieso sich Menschen nicht von Sekten trennen können.

»Dann arbeitest du jetzt nicht mehr an der Überwindung des Kapitalismus?«, scherzte ich.

Er winkte lachend ab: »Ohne Kapitalismus ist kein Sozialstaat möglich, aber erzähl das nicht den Leuten hier im Saal.«

Er schritt auf die Bühne und rief den Besuchern zu, dass "Godless Sun" auch gerade uns, den Grünen, ein interessantes Argumentarium liefern könne, es gehe letztendlich um die existentiell-philosophische Frage: Wem gehört die Erde, wem gehört die Luft, das Wasser, die Sonne.« Es war keine Glanzrede, aber die Leute fühlten sich dabei wohl. Bobic wurde mit Applaus verabschiedet, ich betrat die Bühne.

»Die rote, lachende Sonne«, begann ich und hantierte am Mikrophon, um mein Lampenfieber zu senken, »die rote, lachende Sonne entwarf 1975 eine 22-jährige dänische Studentin. Das Logo ›Atomkraft? Nein danke‹ ist heute als Marke registriert und weltweit das Logo der Anti-Atomkraft-Bewegung. Wir sind die Beschützer der Natur, die Anwälte der Sonne, die gemeinhin das Leben auf dem Planeten symbolisiert, weil alles Leben auf unserem Planeten auf die Sonne zurückzuführen ist. Deshalb haben wir die Sonne seit Anbeginn unserer Zeit als Lebensquelle verehrt und als göttliche Kraft angebetet. Die göttliche Sonne«, fuhr ich fort, »wurde in allen Kulturen verehrt. Die Menschen gaben der Sonne verschiedene Namen. Die Sumerer nannten sie Shamash, die Ägypter Aton, die Griechen Helios, die Römer Sol, die Babylonier Mithras. Später ernannten sich sterbliche Menschen eigenmächtig zu Söhnen der Sonne, zu Sonnengöttern, oder wurden von der Nachwelt zu solchen ernannt, und noch heute tragen unzählige Nationen die Sonne in ihrem Wappen. Bereits im ägyptischen Aton-Hymnus heisst es: *Deine Strahlen umfassen alle Länder, du nimmst Millionen von Verwandlungen an, indem du einer bist.* Denn Gott ist eine Eigenschaft und keine Person, und deshalb soll man sich von ihr kein Bildnis machen. Und was ist mit der göttlichen Sonne geschehen? Sie wurde personalisiert und kommerzialisiert, sie wurde das Instrument der Herrschenden, um die Völker zu domestizieren und im Gefängnis des Glaubens anzuketten. Sie vertrösteten uns auf ein Jenseits, damit sie im

Diesseits freie Hand hatten. Lasst uns Kirche und Staat vollständig trennen und wieder Verantwortung übernehmen für unser Dasein und für alles, was die Sonne zum Erblühen bringt. Lasst uns Botschafter der Sonne werden.«

Aus den grossen Lautsprechern, die an der Hallendecke aufgehängt waren, ertönte *»Imagine. Imagine … no religion!«*

Es war nicht meine beste Rede, ich weiss, vielleicht hatte ich zu sehr versucht, mich anzubiedern. Bastian Bobic trat ans Mikrophon und bedankte sich. Er wies noch darauf hin, dass mein Buch draussen am Büchertisch erhältlich sei und dass er es jedem empfehlen würde. Es sei ein absolutes Muss, eine Enzyklopädie der Sonne, von den Mythologien bis in die Jetztzeit, eine Bibel des Atheismus, ein kämpferisches Postulat zur Rettung unseres Planeten. Die Versammlung würde in zehn Minuten fortgesetzt.

Beim Abschied sagte Bobic, wir müssten unbedingt wieder einmal ein Bier in der Rio Bar trinken, aber wir wussten beide, dass das nie mehr geschehen würde. Draussen auf dem Areal standen Claire, Ozzy und Shiva hinter dem Büchertisch und verkauften die Exemplare wie frische Semmeln. Ich wurde von einem Dutzend Menschen umringt, angesprochen, einige wollten Widmungen. Mir schien, als würde Claire mit Argusaugen beobachten, ob ich die jüngeren Frauen besonders freundlich anlächelte. Aber ich hatte nur Augen für die Bücherstapel, die rasant abnahmen, bis schliesslich kein einziges Exemplar mehr übrig war.

Shiva und Ozzy hoben lachend ihre Hände, *High Five with everybody.*

»High Five!«, rief Leeroy und klatschte alle ab.

Ozzy wollte uns alle nach Hause fahren, doch ich zog es vor, zu Fuss nach Hause zu gehen. Als Vielschreiber, Sesselkleber und Couch-Potato muss man ab und zu den inneren Schweinehund überwinden und etwas für Herz- und Kreislauf tun. Claire hatte mich jedoch im Verdacht, dass ich eher etwas für meine Libido im Sinn hatte und wollte mich begleiten, obwohl Fünfzigminuten-Fussmärsche quer durch die Stadt nicht gerade zu ihren Freizeitbeschäftigungen gehören. Ihr Fitnessprogramm beschränkte sich auf Shopping. Sie trug schwarze Shorts und ein hautenges rotes T-Shirt, unter dem sich nicht nur ihre Nippel abzeichneten.

Wir spazierten durch das Industrieviertel und erreichten schliesslich das Aussenquartier, das die Leute mittlerweile *Little Istanbul* nannten. Man erkannte es gleich an den verlotterten Häusern, dem bröckelnden Fassadenputz und den leeren Schaufensterauslagen. Jeder Hauseingang war vermüllt und jedes Glockenschild mit einem kaum lesbaren Fetzen Papier überklebt. Auf den Gehwegen klebten durchnässte Zeitungsseiten, lagen zerbrochene Eternitblumenschalen, geplatzte Abfallsäcke, Sperrgut. Ein paar Kinder hüpften auf dem Dach eines rostigen Autowracks, an der Ecke die Überreste eines abgefackelten Zeitungsstandes. Davor standen jugendliche Machos, die uns argwöhnisch mit ihren Blicken verfolgten. Über ihnen war das Strassenschild mit arabischen Schriftzeichen überklebt. An der nächsten Strassenkreuzung begann der muslimische Basar. Zahlreiche Frauen mit Kopftüchern ruderten mit beiden Armen über die Wühltische, hielten sich billige T-Shirts an die Brust und warfen sie in den Kleiderhaufen zurück. Die jüngeren Musliminnen trugen eher die Hijab, die nur das Gesicht umschloss, die älteren den Chador, der bis auf die Schultern fällt, aber das Gesicht noch freilässst und schliesslich gab es noch die Unsichtbaren mit dem Niqab, der lediglich einen schmalen Schlitz für die Augen offenliess. Jene, die sie zu dieser Verhüllung zwangen, sassen draussen vor den Strassencafés an der frischen Luft und tranken Minztee aus silbernen Kännchen, Männer unter sich. An einigen Marktständen hingen dunkelrote marokkanische Abendkleider aus Satin mit Dekolletés aus Strasssteinen. Wir spürten die Ablehnung, die uns von allen Seiten entgegenschlug, wir waren hier die unerwünschten Fremden. Auf dem Schaufenster einer Metzgerei stand in grossen Lettern »Halal«, ein Brotladen war mit »Bäckerei Damaskus« beschriftet. In einem Schaufenster sahen wir türkische Brautkleider, lachsfarbene und blütenweisse. Claire blieb vor einem kirschroten Tüllkleid stehen.

»Hast du Heiratsabsichten?«, scherzte ich.

»Ich habe wenig Glück mit Beziehungen.«

»Du denkst, es ist Glücksache?«

»Manchmal.«

»Du hast doch Psychologie studiert, oder eher Psychiatrie?«

Claire zwickte mich in die Lenden. Wir liefen weiter die Strasse hinunter Richtung City. Ich hatte den Eindruck, dass Claire das Thema nicht sonderlich mochte und deshalb bewusst ein anderes ansprach. Bei einer Psychologin wittert man stets eine Hidden Agenda. Eine alte Musliminnen mit schulterlangem Kopftuch stand breitbeinig auf ihrem Balkon und schleuderte uns zornig irgendwelche Verwünschungen an den Kopf, worauf sich die zwei gegenüberliegenden Balkontüren öffneten und Musliminnen in schwarzen Burkas wild mit den Armen gestikulierten. Ich glaube, ihnen missfiel Claires aufreizendes Outfit.

Jede weitere Strassenkreuzung zog eine unsichtbare Grenze zwischen den verschiedenen Ethnien und teilte die Strassenzüge unter türkischen, libanesischen und afrikanischen Familienclans auf. Alteingesessene Bewohner wagten sich nachts kaum noch ins Freie. Nach Mitternacht patrouillierten Jugendgangs und Dealer durch die schlecht beleuchteten Strassen, an jedem schiefen Blick konnte sich eine Spirale der Gewalt entzünden. Hier hatten die Clan-Chefs das Sagen, hier galt nicht das Schweizerische Strafgesetzbuch, sondern das Recht des Stärkeren.

Eine evangelisch-reformierte Kirche im neugotischen Stil markierte die Grenzlinie zwischen den Ghettos und den ersten Stadtvierteln. In der Primarschule hatten bereits 80 Prozent der Kinder einen Migrationshintergrund, Kinder mit arbeitenden Eltern waren die Ausnahme.

Die Front der Kirche war von Sprayereien verschmiert. Jemand hatte in schwarzen Farben gesprayt: *Euche Kinder wurd Allah beten oder sterben.* Claire setzte sich auf die Parkbank neben dem Kircheneingang und zog ihren rechten Schuh aus. Sie hatte Blasen.

»Soll ich uns ein Taxi rufen?«, fragte ich, während ich mir das Plakat anschaute, das am Kirchenportal befestigt war. Ein roter Streifen klebte darüber. Es trug die Aufschrift »verkauft«. Die Kirchgemeinde hatte ihre Kirche verkauft. Plötzlich hörte ich einen Aufschrei, Claire. Ich drehte mich um und sah, wie vier Frauen in grauen Burkas Claire bedrängten und als Hure beschimpften. Ich eilte Claire zu Hilfe und versuchte, die Frauen zu besänftigen, doch sie furchtelten wild und hysterisch mit den Armen und bespuckten mich. Sie schrien in gebrochenem Deutsch, die Kirche sei jetzt ihre Moschee, der Islamische Rat habe sie gekauft und Huren und Ungläubige hätten hier nichts verloren, unsere Anwesenheit würde den Propheten beleidigen, das hier sei eine »Shariah Controlled Zone«. Ich wollte den Damen unsere Rechtsordnung erklären, doch die bärtigen Typen, die jetzt im Laufschritt über die Strasse auf uns zueilten, hatten wahrscheinlich die stärkeren Argumente: Sie trugen ärmellose, orangene Westen mit der Aufschrift *Shariah Police*. Claire zog eilig ihren Schuh an und lief weg. Ich eilte hinterher, bis wir ausser Atem diese No-go-Area verlassen hatten. Schweigend gingen wir weiter, wir waren beide konsterniert. Wir nahmen die Strassenbahn und fuhren in die Innenstadt. Wir setzten uns ins *Minamoto* und bestellten ein paar Mabo-Don, Tofu mit Hackfleisch an scharfer Chilisauce, und zwei Asahi-Biere.

»Das war sehr merkwürdig vorhin«, sagte Claire, als wir mit dem Bier anstiessen. Ich nickte: »Saudi-Arabien hat 200 Millionen Dollar zur Verfügung gestellt, damit Muslime in Europa leerstehende Kirchen aufkaufen und in Moscheen umbauen können. Und dann schicken sie ihre wahhabitischen Hassprediger auf Europareise. Spätere Generationen werden sich kaum noch daran erinnern, dass dies einst christliche Gotteshäuser waren. Bist du jemals in Rom unter die Basilica de San Clemente gestiegen?«

»Nein, aber ich habe "Godless Sun" gelesen«, schmunzelte Claire.

Claire erhielt eine SMS und checkte ihr iPhone. Es schien eine längere Message zu sein. Schliesslich blickte sie zu mir: »Sie sind sehr motiviert, Mitch, sie sind wie verwandelt. Das ist gut so. Ich bin auch froh, dass wir Leeroy an Bord haben, der bringt ein bisschen Struktur in all diese Brainstormings. Jeder hat im Stundentakt neue Ideen …«

Ich wollte etwas entgegnen, aber Claire hielt mich davon ab: »Keine Angst, Mitch, wir lassen dich in Ruh, wir haben verstanden, aber nach dem Essen«, sagte sie, »will ich dir noch etwas zeigen, gleich gegenüber.«

Als wir nach dem Essen ins Freie traten, hakte sie mich unter und stupste mich an: »Triffst du diese Thai noch ab und zu?«

»Manchmal, ja«, sagte ich, um sie etwas zu ärgern, »sie kocht wirklich sehr gut.«

Wir blieben vor der Fussgängerampel stehen.

»Hast du mit ihr geschlafen?«

»Bis jetzt nicht.«

Sie stupste mir wieder den Ellbogen in die Lenden. Die Ampel schaltete auf grün, wir überquerten die Kreuzung.

»Ich habe viele gute Eigenschaften«, gestand mir Claire, »aber ich bin sehr eifersüchtig.«

»Ist mir nicht entgangen«, sagte ich, »aber ich suche keine neuen Affären.«

Sie blieb stehen und hielt mich zurück. Wir standen vor dem Schaufenster einer Buchhandlung.

»Und mit uns? Ist das eine Affäre?«

»Ich denke, es ist der Anfang einer Beziehung …«

»Lass uns reingehen«, flüsterte sie geheimnisvoll. Wir betraten die Buchhandlung. Claire lotste mich zielstrebig zum grossen Regal mit den Sachbuchbestsellern der Woche. Auf Platz 1 war das Buch einer Autorin, die sich mit ihrem Darm unterhielt oder so ähnlich, auf Platz 2 ein Kräuterbuch, Platz 3 die Dschungeldiät, Platz 4 *Glücklichsein in 12 Schritten*, Platz 5, *Im Gefängnis des Glaubens*, ein Anti-Scientology Buch, Platz 6, ich musste zweimal schauen! Ich war sprachlos und drehte mich langsam zu Claire. Gleich würde ich die Besinnung verlieren.

»Du kannst den Mund wieder schliessen«, sagte Claire und trat mir leicht auf den Fuss, »das ist dein Buch, Mitch, "Godless Sun"«

»Das ist nicht möglich«, sagte ich und schüttelte ungläubig den Kopf, »habt ihr eine der Buchhändlerinnen bestochen?«

»Ich kann zwar nicht Thai kochen, aber ich kann Menschen motivieren«, sagte Claire, »vielleicht hast du am Anfang gedacht, du hättest eine Horde Alkis am Bein, aber sie lieben dich, sie verehren dich, sie lieben dein Buch. "Godless Sun" gibt ihnen Hoffnung und Befriedigung. Enttäusche sie nicht. Du trägst jetzt Verantwortung.«

Ich drückte Claire fester an mich und gab ihr einen Kuss.

»Ist das alles?«, fragte sie und setzte einen Schmollmund auf, das gleich in ein verruchtes Lächeln überging.

Wir verbrachten den Abend bei mir. Während Claire auf ihrem iPhone ihre Mails abrief, schaute ich mir den Amazon Verkaufsrang an, er war unverändert. Also hatten sich Claire oder Leeroy einen Scherz erlaubt und das Buch heimlich ins Bestsellerregal gestellt. Claire stand amüsiert neben mir und beugte sich über die Tastatur. Sie googelte die Seite des Schweizerischen Buchhändlervereins, klickte auf den Link »Wochen Bestsellerliste«. Hier war "Godless Sun" tatsächlich auf Rang 6 der offiziellen nationalen Bestellerliste.

»Wie ist das möglich?«, fragte ich Claire. Ich ahnte etwas, aber ich wollte sicher sein. Ich nahm mein iPhone vom Fenstersims und rief meinen Verleger Marlon an. Anrufbeantworter. Selbst den Ansagetext hatte er nicht nüchtern sprechen können. Als ich nach dem Piepton zu sprechen begann, nahm plötzlich jemand ab, es war Aline, seine Freundin, sie schluchzte. Sie sagte, er sei im Suff die Treppe runtergestürzt. Sie hätten ihn gleich im Spital behalten und würden ihn nächste Woche in die Psychiatrische Klinik einweisen. Er müsse dringend eine Entziehungskur machen. Aber es sei nett, dass ich mich nach ihm erkundige. Als sie das sagte, wagte ich nicht mehr, nach den Verkaufszahlen von "Godless Sun" zu fragen. »Tja«, sagte sie, »irgendwie zieht er das Unglück an, das Pech klebt ihm an den Fersen. *Crocodile Books* ist auch konkurs«, sie hob die Stimme an, »er säuft ja die ganze Zeit!«, sie begann kläglich zu schluchzen, »was soll ich tun, Mitch?«

Ich schaute ratlos zu Claire. »Face the truth«, flüsterte sie.

»Face the thruth, Aline, sein Vater war Alkoholiker, sein Bruder war Alkoholiker, du musst die Realität akzeptieren. Du hast ihm immer wieder verziehen, er hat jedes Versprechen gebrochen. Schick ihn anschliessend zu den Anonymen Alkoholikern und stell ihm ein Ultimatum, entweder du oder der Alkohol.«

Als sie sich beruhigt hatte, verabschiedeten wir uns, wir wollten in Kontakt bleiben, aber wir verloren den Kontakt.

»Mache ihr Problem nicht zu deinem Problem«, riet mir Claire und zeigte auf den Monitor: »Schau mal, gefällt es dir?«

Shiva hatte das Foto auf meiner Homepage ausgewechselt. Sie hatte das Bild genommen, das Leeroy vor dem Sonnenspiegel gemacht hatte. Mein Kopf verdeckte den runden Spiegel vollständig, sodass es den Anschein erweckte, als trüge ich eine Corona, einen Sonnenkranz, eine Gloriole, eine Art Leucht- und Lichterscheinung, einen Heiligenschein. Wollte mich Leeroy als Messias positionieren? Das wäre furchtbar albern.

»Jetzt brauche ich eine Erklärung, Claire, jetzt, sofort.«

Shiva öffnete erst nach mehrmaligem Klingeln die Tür. Sie war in ein langes rotgelbes Tuch gewickelt, wahrscheinlich ein Sari, das traditionelle Gewand der Frauen in Indien und den angrenzenden Regionen. Darunter trug sie rote Trainerhosen von Nike. Sie bot uns Platz auf einer mit allerlei Handbüchern vermüllten Couch an, setzte sich auf ihren PC-Sessel und drehte sich zu uns: »Das muss aber dringend sein«, sagte sie müde und gähnte.

»Das Buch ist auf Anhieb auf Platz 6 der Schweizer Bestsellerliste«, sagte ich vorwurfsvoll.

»Und jetzt bist du enttäuscht? Morgen erscheint die neue Bestsellerliste. Stell schon mal einen Champagner kühl.«

»Willst du mich auf den Arm nehmen?« Ich war ziemlich angespannt. Shiva genoss meine Unsicherheit und grinste stolz vor sich hin.

»Das geht nicht mit rechten Dingen zu, oder?« Ich wurde allmählich wütend. Claire bemerkte es und schaltete sich ein: »Shiva, wie hast du das hingekriegt? Kennst du die Buchhändlerin oder kauft ihr die Bücher selbst in den Buchhandlungen?«

»Nein«, antwortete Shiva, »wir sind doch alle pleite. Und wozu sollen wir Bücher kaufen? Wir wollen ja nur auf die Bestsellerliste. Ich habe mich in das System von Mediacontrol reingehackt und uns als eine neue Buchhandlung angemeldet, die gross genug ist, um an den wöchentlichen Ermittlungen der Verkaufszahlen teilzunehmen. Wir haben für heute 231 verkaufte Exemplare gemeldet, sind wieder ausgestiegen und haben unser Profil im System gelöscht. Das ist eine Variante der *self-fulfilling prophecy*, der sich selbsterfüllenden Prophezeiung. Die Menschen orientieren sich an den Bestsellerlisten, weil sie erfolgreiche Bücher kaufen wollen und keine Losertitel. Und die Buchhandlungen wiederum geben den Bestsellern die beste Ladenverkaufsfläche.«

»Das ist Betrug«, rief ich entsetzt, »das mach ich nicht mit.«

Shiva zuckte bloss die Schulter: »Okay, dann lass ich die Finger davon. Aber die neue Wochen-Bestsellerliste, die morgen erscheint, kann ich nicht mehr beeinflussen. Und ich dachte, wir machen dir eine Freude.«

»Das ist doch genau das, was du immer wolltest, Mitch«, ärgerte sich Claire, »Erfolg!«

»Aber nicht so! Das ist Betrug! Das zerstört meine Reputation.« Ich sprang von der Couch hoch.

»Welche Reputation, Mitch? Hattest du jemals eine Reputation? Du schreibst Pulp Fiction, und kein Schwein kennt deinen Namen. *Zum Glück,* hast du mir mal gesagt.«

Ich starrte Claire an, ich war fassungslos, ich tigerte im Zimmer umher: »Ihr zerstört mein Buch! Vier Jahre Arbeit für nichts!«

»Aber Mitch«, versuchte mich Shiva zu beruhigen, «du hast doch bis vor einer Woche kaum ein Buch verkauft. Es war bereits tot, bevor es in die Buchläden kam, und es wird nächste Woche wieder verschwinden, wenn ich nicht erneut eingreife. Ich tue das für dich, Mitch. Für

"Godless Sun". Gib mir noch zwei Wochen und dann lass ich die Finger davon.«

»Das ist Betrug«, wiederholte ich leise und schlug den Kopf gegen die Wand, »ich bin eine ehrliche Haut!«

»Die haben sich alle so ins Zeug gelegt«, sagte Claire vorwurfsvoll, »die werden alle wieder zur Flasche greifen.«

»Darauf kannst du Gift nehmen«, drohte Shiva, »ich freue mich schon.«

Ich schüttelte den Kopf und stampfte mehrmals auf den Boden: »Ich war mein Leben lang …«

»Eine ehrliche Haut, das wissen wir jetzt«, sagte Claire gelangweilt, »aber jetzt geht's um Business und nicht um die Prämierung der ehrlichsten Haut der Eidgenossenschaft.«

Ich wich Claire aus und lief zur Tür: »Ich kann das nicht machen.« Fluchtartig verliess ich die Wohnung.

Kofi hatte noch Dienst. Er fuhr mich wieder nach Hause. Er sagte, er habe immer weniger Kundschaft. Jetzt seien alle Muslime und Ausländer unter Generalverdacht: »In meiner Heimat leben alle Religionen friedlich miteinander, niemand muss den Schleier tragen, wir nennen den Islamischen Staat nicht ›Daesh‹, wir nennen ihn ›Fahish‹, das bedeutet ›obszön‹, für uns sind das keine Muslime, das sind Obszöne, obszöne Terroristen, kriminelle Nihilisten.«

Ich muss gestehen, dass ich Kofi nicht richtig zuhörte. Ich machte mir heftige Vorwürfe, ich hätte mich von Anfang an auf mein Bauchgefühl verlassen sollen. Mein iPhone zeigte eine neue Mail an. Ein Feuilletonredaktor gratulierte mir. Woher hatte er meine Mobilenummer? Er schrieb, "Godless Sun" sei in der neuen Bestsellerliste, die morgen erscheint, auf Platz 1, er bat um ein Interview. Ich rief sofort Shiva an und sagte, sie solle um Gottes Willen alles so lassen, wie es war und genauso weitermachen, das sei schon okay. Shiva lachte, sie verstand meinen plötzlichen Meinungsumschwung nicht: »Ich wusste gar nicht, dass auch Männer ihre Tage haben.«

Ich konnte kein Interview geben, und bei Erscheinen des Artikels war das Buch wieder von der Bestsellerliste verschwunden. Kaum zu Hause angekommen, holte ich mir eine Flasche Cheval Blanc aus dem Keller, riss eine Packung Erdnüsse auf, so heftig, dass sich die Nüsse über den ganzen Tisch verteilten. Ich starrte auf meinen Bildschirm. Eine Radioredaktion bat um ein Interview für die »Guten Morgen Show«. Google Alert meldete News zu meinem Namen und zu "Godless Sun". In zahlreichen Online-Medien war die neue Bestsellerliste aufgeschaltet. Ich stopfte mir eine Handvoll Erdnüsse in den Mund und starrte auf meine Facebook-Fanseite. Ich hatte bereits über 1700 Abonnenten, der letzte Post von Shiva hatte gar über 478 Likes erhalten und war zweiundfünfzig Mal geteilt worden. Hatte erneut Shiva ihre Finger im Spiel? Kaufte sie möglicherweise Likes in Pakistan ein? Ich schaute mir den Twitter Account von "Godless Sun" an. Gegen viertausend Followers. Ich musste eine Krisensitzung einberufen und besprechen, wie ich mich wieder elegant aus der Bredouille ziehen konnte. Da kam eine weitere Interviewanfrage. Von einer überregionalen Zeitung. Ich mailte Leeroy und fragte, ob *er* die Interviews initiiert habe. Er mailte umgehend zurück, er sei froh, dass er ein bisschen helfen konnte, und hängte ein Attachment mit einer Liste von weiteren Interviewanfragen an. Er schrieb, wir müssten das jetzt generalstabsmässig koordinieren, das müsse in Zukunft über ihn laufen, sonst breche das Chaos aus. Er sagte, er sei in 20 Minuten bei mir. Ich fragte ihn, ob er eigentlich wisse, wie spät es sei? »Vier Uhr morgens, Leeroy! Und ich habe noch keine Sekunde geschlafen.« Er antwortete nicht, er war bereits unterwegs.

Leeroy wirkte übermüdet, abgekämpft, als er den Salon von Onkel Calvin betrat. Da es bereits halb fünf war, machte ich den ersten Kaffee und legte ein paar Croissants in den Backofen. Onkel Calvin döste noch, aber ich glaube, er tat nur so und wartete, bis Zeitung und Kaffee auf dem Tisch waren. Es störte ihn nicht, dass Leeroy im Salon war, ungeniert liess er ein paar kräftige Winde fahren. Er war kein vulgärer Mensch, nein, in keiner Weise, aber er kümmerte sich einen Deut um Anstandsregeln. Dafür sei er zu alt, sagte er manchmal, er müsse niemandem mehr gefallen. »Weisst du, Mitch, wenn du im Leben allen Menschen gefallen willst, solltest du am Morgen im Bett bleiben. Man kann nicht allen Menschen gefallen, damit man niemandem missfällt.«

Leeroy hatte rote Ränder unter den aufgequollenen Augen und fuhr sich nachdenklich über die Bartstoppeln. Er überflog auf seinem iPad die aktualisierte Medienliste, leierte die neuen Anfragen herunter und erstellte eine Prioritätenliste. Ich schaute ihm über die Schulter. »Kannst du das machen?«, fragte er mich, »wir müssen uns auf die nationalen Medien konzentrieren, die Auflage ist sekundär, wir brauchen die Medien, die von Opinion Leaders konsumiert werden, wir brauchen Multiplikatoren.«

Ich war unschlüssig, aber ich spürte den Druck, hatte noch Claires Worte im Ohr, dass ich die Jungs jetzt nicht enttäuschen dürfe. Onkel Calvin setzte sich auf die Bettkante und wartete. Am frühen Morgen litt er unter Schwindel. Einmal war er zu früh aufgestanden und war auf dem Weg zur Toilette gestürzt. Zum Glück hatte er sich nicht erneut den Schenkelhals gebrochen. Shiva meldete sich über Skype. Ich sah nun ihr Gesicht bildschirmfüllend auf Leeroys iPad.

»In den sozialen Medien haben gestern 345 Leute über "Godless Sun" gesprochen«, sagte Shiva, »ich versuche, die Diskussionen auf den verschiedenen Plattformen zu verstärken. Das Buch ist nun überall gelistet. Jetzt können wir Werbung auf Facebook und Google+ schalten.«

Ich beugte mich zum Bildschirm hinunter: »Woher zum Teufel nehmt ihr das Geld?«

»Crowdfunding. Es gibt mehr Atheisten auf der Welt, als du denkst. Allein auf Facebook tummeln sich zwei Dutzend Gruppen mit Zehntausenden von Followern. Bis vor einer Stunde hatten wir knapp 5700 Euro zusammen, das ist nicht schlecht, wenn man bedenkt, dass der Spender keine Gegenleistung erhält.«

»Warum spenden sie?«

»Sie wollen Teil von etwas Grösserem sein«, sagte Leeroy. Er schien plötzlich sehr nachdenklich. Shiva verabschiedete sich von Skype. Sie sagte, sie müsse jetzt dringend eine Runde schlafen.

»Wie meinst du das, *Teil von etwas Grösserem*?«, fragte ich Leeroy.

»Steht alles im neuen Businessplan 2.1, den wir morgen präsentieren«, sagte Leeroy und rief neue Mails ab.

»Businessplan 2.1?« fragte ich verdutzt.

»Sorry, Mitch, aber wir können das nicht mehr kontrollieren. Das ist wie ein Tornado, du siehst von Weitem, dass sich in der Ferne etwas zusammenbraut, du kannst es nicht aufhalten, du musst es nehmen, wie es kommt. Du brauchst übrigens ein besseres Outfit. Der Autor von "Godless Sun" kann nicht wie ein Big Lebowski in Shorts und Plastikschlappen daherkommen. Anzug mit Krawatte geht auch nicht. Wir fahren später in die Stadt und kleiden dich ein.«

Ich wollte ihm sagen, dass ich den nächsten Morgen im Moor der geheimnisvollen Insel verbringen müsse, und dass sich Bärbel bereits Sorgen machte, aber er grinste: *You never get a second chance to make a first impression.*

Interview

Ich trug ein gelbes Fischerhemd aus Leinen über den weissen Jeans. Leeroy hatte darauf bestanden, dass ich weder Socken noch Schuhe trage, sondern einfache Sandalen. Aber keine Birkenstocksandalen, hatte er gesagt, eher etwas, das wie Caligae aussieht, römische Sandalen. Ich hasse einkaufen, Kleider probieren hasse ich ganz besonders. Die Sandalen waren schrecklich, ich würde nach wenigen Metern Hautirritationen haben und nach einem Tag blutige Schürfungen. *No pain, no gain,* hatte Leeroy gebrummt und mich nach einem kläglichen Mittagslunch zum Interviewtermin gefahren. Er hatte auch den Ort für das Interview ausgewählt, einen kleinen Wallfahrtsort auf einem Hügel ausserhalb der Stadt. Von der Terrasse des Wirtshauses »Zum

Goldenen Fass« aus sah man auf den grossen Speckgürtel hinunter, der die City umschloss, sah man, wie die Stadt im Südosten zu den Ghettos hin ausfranste wie ein bösartiges Melanom. Wir hätten uns auch in der »Sonne« treffen können, aber Leeroy sagte, das sei der Symbolik zu viel und die Terrasse sei viel stimmungsvoller, und wenn ich mich mit dem Rücken zum Kloster hinsetzen würde, hätte ich um halb sechs Uhr abends die Sonnenstrahlen, die mich von hinten erleuchten würden. Das sehe dann aus wie ein Heiligenschein. Als ich aus dem Auto ausgestiegen war, kniete er zu meiner Überraschung vor mir nieder und wischte mit seiner rechten Hand staubigen Kieselsand über meine Füsse.

»Du bist zu Fuss auf diesen Berg gestiegen«, erklärte er mir mit gespielter Anteilnahme. Dann zupfte er nochmals meine Kleider zurecht.

Der Journalist war sehr pünktlich. Dank seines Navis hatte er den Ort problemlos gefunden. Während er sein Aufnahmegerät und die Kamera auspackte, sagte er, er hätte keinen Fotografen mitgebracht, der Verlag müsse sparen, jetzt würden die Reporter alles selbst machen, die Interviews, die Porträts, die Aufbearbeitung für den Newsroom. Und irgendwann fänden sie einen Studenten, der das alles zum halben Preis macht.

»"Godless Sun" ist seit heute auf Platz 1 der Bestsellerliste, haben Sie eine Erklärung dafür?«, begann er das Interview. Er war ein netter, junger Mann, etwas übermüdet, mit zerzaustem Haar und Zehntagebart. Er trug eine ärmellose Safarijacke mit unzähligen Taschen und die dazu passende Hose.

»Nein«, antwortete ich wahrheitsgetreu, »wenn Erfolg planbar wäre, hätte jeder Erfolg. Der Erfolg hat viele Väter, der Misserfolg ist ein Waisenkind.«

Er lächelte und hakte die nächste Frage auf seinem Computerausdruck ab: »Hatten Sie bereits Reaktionen?«

Ich sagte genau das, was mir Leeroy in einem kleinen Script aufgeschrieben hatte: »Ich musste eine Hilfskraft anstellen, um all die

Anfragen zu beantworten. Ich musste bei meinem Provider zusätzlichen Speicherplatz für den Mailserver mieten. Nein, niemand hat das erwartet.«

»Worauf ist dieser plötzliche Erfolg zurückzuführen? Das Buch ist ja bereits vor drei oder vier Jahren erschienen. Das ist doch sehr ungewöhnlich.«

Ich spielte den Ahnungslosen und liess den Blick in die Ferne schweifen: »Das ist das Geheimnis der viralen Verbreitung, kein Mensch weiss, wer sie ausgelöst hat. Ich habe zwar in letzter Zeit einige Vorträge gehalten und bin sehr aktiv in den sozialen Medien, aber ich glaube, das ist nicht der Grund. Ich kann es mir, offen gestanden, nicht wirklich erklären.«

»Denken Sie, Sie haben den Nerv der Zeit getroffen?«, bohrte er weiter.

»Ich weiss es nicht, kann schon sein. Die Menschen haben genug von den etablierten Kirchen. Sie nehmen die Landeskirchen nur noch als Milliardenkonzerne wahr, die Wasser predigen und Wein trinken. Religion braucht keine Kirche. *Wir sehnen uns nach Hause und wissen nicht, wohin.*«

Der letzte Satz stand nicht in Leeroys Script, er war nicht geplant, einfach spontan, wie jeweils auch die Dialoge in meinen Heftromanen. Das ist schliesslich mein Beruf; ich versetze mich mit grosser Ernsthaftigkeit in meine Protagonisten und lasse sie einfach sprechen, ich muss das nicht planen. Es ergibt sich einfach. Ich plauderte auch an jenem Tag einfach drauf los.

»In Ihrem Buch ist viel von der Sonne als Ursprung aller Religionen die Rede. Sehen Sie sich als Führer einer neuen religiösen Bewegung?«, fragte er mit ernstem Gesicht. Ich hatte auf dem Hinweg befürchtet, er würde sich vielleicht lustig machen über mich, aber davon konnte keine Rede sein. Im Gegenteil, er schien mich sogar zu mögen. Irgendwie.

»Nein«, sagte ich, »ich bin weder der Führer einer neuen religiösen Bewegung noch strebe ich eine solche Führerschaft an. Ich will den

Menschen helfen, ein besseres Leben zu führen, sie sollen sich vom Joch der Religion befreien und wieder die Verantwortung für ihr eigenes Tun übernehmen. Sie sollen sich wieder an den Naturwissenschaften orientieren, an den Gesetzmässigkeiten der Natur. "Godless Sun" ist ein Plädoyer für ein selbstbestimmtes, angstfreies und verantwortungsvolles Leben. Ohne Religion. *Die beste aller möglichen Welten ist eine Welt ohne Religion«,* zitierte ich John Adams, den zweiten Präsidenten der USA, »Atheisten führen keine Kriege.«

»Dann hatte Friedrich Nietzsche Recht? Gott ist tot?«

»Gott hat nie existiert. Das ist meine Botschaft. Gott hat nie existiert, geht nach Hause und geniesst euer Leben.«

Der Reporter faltete seinen Ausdruck zusammen und sagte, er habe "Godless Sun" gelesen, es habe ihm gut gefallen. Bevor er seine Ausrüstung zusammenpackte, schoss er noch ein paar Bilder. Er sagte, er würde den Beitrag auf zwei Seiten bringen. Das käme gut. Dann sah er meine staubigen Sandalen und fragte, ob er mich mitnehmen dürfe. Er sei mit dem Auto hier und würde gleich in die Redaktion fahren. Ich lehnte dankend ab. Er warf erneut einen Blick auf meine verstaubten Sandalen und sagte, er würde gerne noch eine Aufnahme davon machen. Für alle Fälle. Er würde es wahrscheinlich nicht benutzten, aber für alle Fälle.

Von der Terrasse aus sah ich, wie er mit seinem schwarzen Alfa Romeo den Parkplatz verliess.

Ich rief Leeroy an, er sass im gegenüberliegenden Gasthaus »Zur Sonne« und wartete auf meine SMS.

»Das war für die Sonntagsausgabe, hat er das nochmals bestätigt?«, fragte Leeroy, als wir durch den Wald hinunterfuhren.

»Ja, kommt übermorgen.«

»Gut«, sagte er, »dann machen wir ein Mailing an alle Buchhandlungen, damit sie am Montag genügend Exemplare haben. Ich habe beim Insolvenzverwalter die Restbestände von *Crocodile Books* gekauft.« Er lachte vergnügt: »Für den symbolischen Preis von einem

Franken. Da der Verlag konkurs ist, sind die Rechte wieder bei dir. Wenn du einverstanden bist, machen wir eine zweite Auflage mit einem professionelleren Cover, Shiva wird das Buch nochmals pushen. Wenn wir uns noch eine Weile in den Top Ten halten, läuft es von alleine. Hast du Koliken?«

»Wieso?«

»Du machst so ein Gesicht, als würden gleich deine Gedärme platzen.«

Ich versuchte zu lächeln, aber es gelang mir nicht: »Ich mache mir Sorgen, Leeroy, ich habe jeden Morgen ein paar tausend Followers mehr, Dutzende posten Lobeshymnen über "Godless Sun", woher kommen diese Leute, wer sind diese Leute? Ist das alles gefaked?« Ich schrie den letzten Satz beinahe heraus.

Leeroy warf mir einen kurzen Blick zu: »Slow down, Mitch, wir kaufen keine Likes in Pakistan oder Venezuela, das sind Bots.«

»Bots?«

»Das sind kleine, vollautomatisierte Computerprogramme, die Fake Profile generieren und selbständig Content posten. Ein Viertel aller Tweets werden bereits von solchen Robotern generiert, man kann diese Nachrichten gar nicht mehr von echten Nachrichten unterscheiden, im letzten US-Wahlkampf sind bereits über 55 % alle politischen Tweets von solchen Social Bots generiert worden.«

»Leeroy, ich halte das für ziemlich gefährlich für eine demokratische Gesellschaft, dann kann ja alles manipuliert werden, Umfragen, Meinungen, Börsenkurse …«

»Mitch, es geht nicht um Demokratie, es geht darum, "Godless Sun" zu pushen. Und alles, was populär wird, birgt ein gewisses Missbrauchspotential. So what? Wir sollten uns gescheiter über Wertschöpfungsketten Gedanken machen.«

»Wie meinst du das?«, fragte ich irritiert und schaute zu ihm rüber. Er sass locker am Steuer und hielt das Lenkrad lässig mit dem rechten Zeigefinger fest: »Eine Sonnendiät, ich habe das gegoogelt, das gibt es noch nicht. Wir grasen die Szene ab, sammeln alles, was thematisch passt, Copy & Paste. Ich mache das Finetuning, und schon haben wir unsere Sonnendiät. Claire hat mir erklärt, dass Kochen zu Hause die neue Religion der jungen Generation sei. Kochen mit einer Prise Spiritualität, das ist die Sonnendiät, können wir auf unserer Page anbieten, für zwei Euro, Bezahlung via Paypal. Es geht nicht ums Geld, Mitch, wir müssen Adressen generieren, Mitglieder.«

»Was hat eine Sonnendiät mit meinem Buch zu tun?«, fragte ich leicht gereizt. Mir gefiel überhaupt nicht, wie das Ganze eine Eigendynamik entwickelte.

»Das war jetzt die falsche Frage, Mitch«, sagte Leeroy leise. Er schien in Gedanken versunken, schmiedete irgendwelche Pläne. »Wahrscheinlich hat die Sonnendiät nicht das Geringste mit deinem Buch zu tun, aber genau das ist mein Job, Mitch, so verstehe ich ihn jedenfalls. Es ist meine Aufgabe, einen Zusammenhang herzustellen. Zusammenhänge herstellen, wo es keine gibt, andocken an Themen, die in der Gesellschaft auf grosses Interesse, auf Akzeptanz stossen, das ist Marketing, das ist mein Fachgebiet, ich bin ein Business Angel.«

Als er mich vor dem Haus auslud, zeigte er mit dem Daumen nach oben: »Well done, Master, ich habe eine Sitzung einberufen, frag deinen alten Herrn, ob wir morgen zum Lunch kommen dürfen. Nang wird kochen, oder?«

»Leeroy«, sagte ich, »"Godless Sun" ist ein Plädoyer für eine Welt ohne Gott.«

»Weiss ich doch, hab's ja gelesen.«

Jailhouse Rock

Die Fenster waren vergittert, die Glühbirnen hatten die Form von Häftlingskugeln. Sie hingen an schweren Ketten von der Decke. Leeroy hatte mich spät in der Nacht angerufen und um ein dringendes Gespräch gebeten. Es gebe da Probleme, die wir vor dem grossen Meeting lösen sollten, bilateral sozusagen. *In einer Stunde im Jailhouse Rock?*

An den Wänden der rötlich beleuchteten Bar hingen Fotos von Knastfilmen, American History X, Alcatraz, Con Air, die Bedienung trug schwarzweiss gestreifte Häftlingskleider, die Appetizer wurden auf verbeulten Blechtellern serviert. Leeroy kam zu spät, er war nicht alleine, Claire begleitete ihn. Zuerst fragte ich mich, ob sie womöglich ein Paar geworden waren. Leeroy machte wie üblich auf Captain Kreuzfahrt, Claire trug ein blauweiss gestreiftes, enges T-Shirt und einen marineblauen Schal. Machten sie etwa auf Partnerlook? Schliesslich überwog der Verdacht, dass er sie nur mitgenommen hatte, um mich zu irgendetwas zu überreden.

»Wir haben einen Plan, Mitch …«

»Mir wächst das Ganze über den Kopf«, unterbrach ich ihn, »ich kann mich nicht jeden Tag mit all euren Ideen auseinandersetzen, ihr habt Zeit, ich habe keine. Ich muss mich um Onkel Calvin kümmern, Bärbel liegt mir im Nacken. Ich bin im Verzug, damit ist nicht zu spassen. Wenn ich den Job verliere, saufe ich Onkel Calvins Keller leer und melde mich bei den Anonymen Alkoholikern.«

Leeroy bestellte sich einen Whisky, Claire begnügte sich mit einem Wasser, ich nahm einen Black Russian, einen Kaffeelikör mit einem Schuss Grey Goose Vodka.

»Das ist ein reines Organisationsproblem, Mitch, du musst lernen, zu delegieren. Auch Bill Gates und Steven Jobs mussten das lernen, als sie ihre Garagenwerkstatt verliessen. Wir kamen deshalb zum Schluss, dass es für alle Beteiligten am besten wäre, wenn wir eine Firma gründen, eine "Godless Sun" AG.«

Ich schüttelte energisch den Kopf: »Leeroy, wir haben hier ein Missverständnis, ich wollte lediglich mehr Bücher verkaufen, das ist alles, ansonsten bin ich zufrieden mit meinem Job als Pulp Fiction-Autor. Ich bin kein Businessman, ich bin Autor.«

»Ich bin kein Autor, Mitch, ich bin Businessman. Die perfekte Ergänzung. Das Aktienkapital wird 100'000 betragen. Du solltest auch ein paar Aktien zeichnen, ist schliesslich dein Baby, und wer weiss, wann dich diese Bärbel zum Teufel schickt.«

Ich warf Claire einen kurzen Blick zu und nippte an meinem Black Russian, den mir die Gefängniswärterin auf den Tisch gestellt hatte. Claire schien fasziniert von Leeroy, die Bewunderung in ihren Augen sprach Bände, dieser schmachtende Blick war kaum erträglich.

»Und wer sitzt im Verwaltungsrat?«, fragte ich Leeroy. Ich nahm einen kräftigen Schluck.

»Wir«, sagten Leeroy und Claire beinahe gleichzeitig, »und du wärst der Dritte.«

The Third Man, grinste Leeroy.

Ich schaute zum Barmann rüber, liess den Blick über die baumelnden Häftlingskugeln schweifen und dachte nach. Vielleicht war es auch möglich, mit einer ziemlich bescheuerten Idee Geld zu verdienen.

Kurz vor Mitternacht verliessen wir die Bar. Mit zunehmendem Alkohol war auch meine Skepsis wieder gestiegen. Als wir auf die Strasse hinaustraten, sagte Claire: »Niemand will dich überfordern, Mitch, es ist alles eine Frage der Organisation.«

Leeroy pflichtet ihr bei: »Du könntest der AG auch eine Lizenz verkaufen oder die Urheberrechte einbringen. Die könnten wir in der Bilanz aktivieren und so die Bilanzsumme verdoppeln, verdreifachen, je nachdem, wie hoch wir die zukünftigen Einnahmen einschätzen. Mit dieser Sacheinlage wirst du Aktionär, ohne einen einzigen Cent in die Hand zu nehmen. Und mit dem operativen Geschäft hättest du gar nichts zu tun.«

Aus einer Seitengasse stöckelten zwei Frauen auf die Strasse hinaus, sie schienen in Eile. Eine schaute kurz zurück und kam dabei zu Fall. Ihre Kollegin half ihr, wieder auf die Beine zu kommen. Jetzt sahen wir auch die drei jungen Männer, die offenbar die Frauen zur Eile angetrieben hatten. Dem Aussehen nach waren es Algerier oder Marokkaner, auf jeden Fall Halbwüchsige aus dem Maghreb. Sie lachten und riefen irgendetwas in einem arabisch-französischen Slang. Als sie die beiden Frauen eingeholt hatten, griffen sie ihnen dreist an den Hintern und trieben sie johlend vor sich her. Einer der drei Araber überholte sie und hinderte sie am Weitergehen. Er griff nach ihren Haaren und zog daran. Er hielt eine Perücke in der Hand. Angeekelt wich er zurück und schrie wüste Beschimpfungen. Nun wurde auch die zweite Frau tätlich angegriffen, einer der Männer griff ihr an die Brust, der andere zog an ihren Haaren, auch sie verlor ihre Perücke, auch sie war eine Transsexuelle. Der eine Jugendliche nahm eine Handvoll Kieselsteine aus einem der Pflanzentröge, die die gesamte Amüsiermeile säumten, und warf sie mit voller Wucht den Transsexuellen nach. Seine Kollegen feuerten ihn an. Die beiden Frauen schüttelten schreiend ihre Highheels ab und rannten barfuss die Strasse hinunter, direkt auf uns zu. Immer wieder wurden sie von Steinen getroffen. Mittlerweile hatten auch die beiden anderen Halbwüchsigen Steine aus den Pflanzentrögen entnommen und bewarfen die beiden Transsexuellen. Ich wollte den beiden zu Hilfe eilen, doch ein Stein verfehlte mich nur knapp, Leeroy und Claire hielten mich zurück. Leeroy sagte, er habe bereits die Polizei gerufen. Wir suchten Schutz im Jailhouse Rock und beobachteten hinter der verglasten Eingangstür, wie der eine Transsexuelle verletzt am Boden liegenblieb. Sein Freund kniete neben ihm nieder. In der Ferne hörte man eine Polizeisirene. Die drei Jugendlichen warfen noch ein paar Steine und rannten dann davon, verschwanden in der Gasse, aus der sie gekommen waren. Sie waren sich keines Unrechts bewusst.

»Das ist nicht unser Problem«, sagte Leeroy, als wir wieder auf die Strasse hinausgingen, »also mach es nicht zu unserem Problem.«

Claire verbrachte die Nacht bei mir. Wir liebten uns heftig, als müssten wir beide den Stress des heutigen Tages abbauen. Es war beinahe ein Akt von Gewalt, aber es war Claire, die mich dauernd anstachelte, sie härter anzupacken. Sie sagte, sie stehe auf solche Sachen. Ich stehe weniger auf solche Sachen, aber das war nicht der Grund, wieso ich nicht auf Touren kam. Ich konnte es einfach nicht fassen, dass ich heute Zeuge einer beginnenden Steinigung geworden war. Ich brauchte dringend Alkohol, um meinen Stress abzubauen. Claire meinte, Alkohol sei in keiner Situation eine Hilfe. Ich müsse einfach in Gedanken die

Kapuze hochziehen, wie man das üblich bei einem Gewitter tut, und mir vorstellen, dass mich das alles nichts angeht. Nach dem Duschen setzten wir uns mit einer Flasche Château Montrose auf die Couch draussen in der Galerie und knabberten salziges Zeug.

»Ich habe ein gutes Gefühl, Mitch, Leeroy nimmt den Mund ohne Zweifel ziemlich voll, aber ein paar Dinge haben durchaus Hand und Fuss. Ich glaube an ihn.«

Sie bemerkte, dass ich nicht richtig zuhörte: »Kapuze hochziehen, Mitch, das geht dich alles nichts an.« Sie stand auf und füllte mein Glas nach: »Die "Godless Sun" AG braucht Dienstleistungen.« Sie beugte sich über das Treppengeländer und schaute auf die Empfangshalle hinunter.

»Wie meinst du das: Dienstleistungen? Bretzel mit Sonnenblumenkernen? Oder Solarien, vielleicht mit angeschlossenem Massagebetrieb, Happy Ending und Dark Room.«

Claire drehte sich um und lehnte gegen die Brüstung: »Das wären auch Dienstleistungen, Mitch, aber es gibt noch andere Optionen. Du hast doch selbst geschrieben, dass die Menschen den Glauben verlieren, aber nicht den Aberglauben. Auch Verschwörungstheorien sind eine Form des modernen Aberglaubens, ebenso Geheimwissenschaften und Esoterik. Die Menschen interessiert nicht nur die Frage, woher sie kommen, sondern auch: *Wer bin ich?* Psychologische Tests sind sehr beliebt. Das könnten wir unseren Mitgliedern anbieten.«

»Von welchen Mitgliedern sprichst du eigentlich?«

Arabic version

Kofi fuhr mich zum neuen Empfangs- und Verfahrenszentrum für Asylsuchende, das eingeklemmt zwischen Bahndamm und Erholungsgebiet angesiedelt war. In unmittelbarer Nähe war das Ausschaffungszentrum für kriminelle Asylanten, das Gefängnis war mit doppeltem Stacheldraht und hohen Palisadenzäunen gesichert. Hasan war verlegt worden, weil das andere Aufnahmelager mittlerweile überbelegt war. Nachdem immer öfter unverschleierte Frauen in den Flüchtlingsheimen von Muslimen vergewaltigt worden waren, hatte sich die Stadt zum Bau eines dritten Zentrums entschlossen. Im Parlament hatte man noch heftig darüber debattiert, ob es nicht kostengünstiger sei, jene Migranten, die sich nicht an unsere Rechtsordnung halten, auszuweisen, aber am Ende überwog die Meinung, dass Verhältnismässigkeit ein integraler Bestandteil unserer Rechtsordnung sei. Vor den Baracken waren zwei Sportplätze, auf dem Basketballfeld standen sich gerade ein Dutzend Iraker und Syrer gegenüber, unter ihnen auch einige Kosovo-Albaner, Afghanen, Pakistani und Eritreer. Beide Gruppen standen breitbeinig da, spielten aber nicht.

»Haben die keinen Basketball?«, fragte ich Kofi.

In diesem Augenblick gingen die beiden Gruppen schreiend aufeinander los und schlugen mit den Fäusten aufeinander ein. Sekunden später ertönte eine Sirene. Mit Schlagstöcken und Pfeffersprays bewaffnete Securities rannten auf das Spielfeld und prügelten die Streithähne auseinander. Über Lautsprecher kamen Meldungen in arabischer und englischer Sprache. Alle Tore wurden automatisch geschlossen. Ich ging zum Taxi zurück und wartete darauf, dass sich die Lage beruhigte. In der Ferne hörten wir Polizeisirenen. Polizeiwagen fuhren vor und betraten mit Schäferhunden das Gelände. Als die Hunde mit Stangen angegriffen und geschlagen wurden, nahm man ihnen die Maulkörbe ab. In kurzer Zeit beruhigte sich die Situation.

»Weisst du, wer diesen Polizeieinsatz bezahlt?«, fragte Kofi.

»Mein Onkel Calvin«, grinste ich.

Hasan schickte mir eine SMS, er schrieb, ich könne reinkommen.

»Ich hole jetzt Hasan raus.«

»Gib acht«, sagte Kofi mit ungewohntem Ernst, »hier drinnen ist schon mancher radikalisiert worden. Die gehen als schüchterne Migranten rein und kommen als gnadenlose Gotteskrieger wieder raus.«

Hasan wartete bereits in der Vorhalle. Er kam freudestrahlend auf mich zu und zeigte mir stolz ein abgestempeltes Dokument.

Im Taxi erzählte er von der täglichen Gewalt in den Flüchtlingsheimen. Viele hatten nicht nur in ihrer Heimat Gewalt erfahren, sondern auch auf der langen Reise nach Europa. Einer habe erzählt, sie hätten unterwegs Juden aus dem Zug geschmissen oder Eltern die Babys aus den Armen gerissen, um rascher über die Grenzen zu kommen und Vergünstigungen zu erhalten. Ganz schlimm ergehe es unverschleierten Frauen. »Es brodelt im Lager«, sagte Hasan besorgt, »die Migranten haben Angst vor der Zukunft, sind überwältigt von der fremden Umgebung, verstehen die Bürokratie nicht und beklagen sich über das Essen, es sei ungeniessbar, man gebe ihnen Weissbrot statt Fladenbrot, Nudeln statt Reis, es gebe nichts für die Körperpflege, keine richtigen Betten, es fehlten Gebetsräume, freies WLAN fürs Internet, und dann diese ewige Warterei.«

Als uns Kofi auf dem Vorplatz vor Onkel Calvins Villa auslud, schaute er mir eindringlich in die Augen, als wolle er mich warnen.

Zu Hause setzte ich mich mit Hasan auf die Veranda. Er hatte eine Plastiktasche aus dem Heim mitgebracht. Darin waren Integrationsbroschüren in englischer und arabischer Sprache, er legte alles auf den Tisch. Auch "Godless Sun" und das Buch der »vereinfachten Rechtswissenschaft«, er hatte beide gelesen. Zu meiner Überraschung legte er noch einen Stapel maschinengeschriebener Blätter auf den Tisch. Er sagte, er habe "Godless Sun" ins Arabische übersetzt. Irgendwie habe er die Zeit totschlagen müssen. Viele seiner Landsleute in Europa seien sehr verzweifelt und hätten den Glauben an Gott verloren. "Godless Sun" könnte ihnen helfen, ihr Leben wieder in Eigenverantwortung in die Hand zu nehmen.

»Was kostet mich das?«

»Nichts«, sagte Hasan, »ich bin dankbar, dass ich Kost und Logis erhalte und möchte etwas zurückgeben. Und es ist eine gute Referenz für später, ich hörte, die Migrationsämter und Gerichte suchen Dolmetscher, weil so viele meiner Landsleute straffällig werden.«

»Ja«, pflichtete ich ihm bei, »die Gerichte haben mittlerweile alle Hände voll zu tun. Das kostet den Steuerzahler eine Menge Geld.«

Hasan lächelte nur und zuckte die Schulter. »Wenn tatsächlich in den nächsten fünf Jahren 20 Millionen Muslime nach Europa kommen, werden meine Dienste sehr gefragt sein. Ich werde ein Übersetzungsbüro eröffnen und meine Familie nachziehen lassen.«

»Wieso kommt Fräulein Nang nicht mehr?«, stänkerte Onkel Calvin, als ich ihm am nächsten Tag die Weizentortillas servierte. Ich hatte sie mit Sambal Oelek eingerieben, mit Käse bestreut und fünf Minuten in den Backofen geschoben.

»Habe ich dir das nicht schon mehrmals erklärt?«

Onkel Calvin schob die Tortillas von sich: »Du magst Talente haben, Mitch, aber kochen kannst du definitiv nicht.«

Er drehte sich mit seinem Stuhl zum Fernseher und schaltete ihn an: »Rufe Fräulein Nang an, ich will das wieder in Ordnung bringen.«

Das Bundeskriminalamt gab gerade bekannt, dass der Islamische Staat wesentlich mehr Terrorverdächtigte nach Europa eingeschleust habe als bisher angenommen. Es gebe allein für den deutschsprachigen Raum 3743 Hinweise auf Terroristen, die als Flüchtlinge getarnt eingereist und abgetaucht seien. Niemand wisse, wo sie sich aufhalten. Mittlerweile hätten gar 80 % der Migranten keinen Pass bei sich, vierhunderttausend seien untergetaucht, bei Familien oder anderswo, man wisse es nicht.

»Hör dir das mal an, Mitch, hätte das jemand vor einem Jahr vorausgesagt, er wäre als Hetzer verschrien worden.«

Im Anschluss an die Tagesschau folgte ein Special mit dem Titel »Schaffen wir das?« Verfassungsschutz, Bundeskriminalamt, Bundesnachrichtendienst und Bundespolizei sorgten sich um die innere Sicherheit des Schengenraums. Sie prophezeiten, dass der zu hohe Zuzug von Menschen aus nicht säkularisierten Kulturen zu Instabilität und rechtsfreien Räumen führen würden: *Wir produzieren durch diese Zuwanderung Extremisten, die bürgerliche Mitte radikalisiert sich, weil sie diese Zuwanderung mehrheitlich nicht will und ihr dies von der politischen Elite aufgezwungen wird.* Ein anderer Sicherheitsexperte sagte voraus, *dass sich viele Menschen vom Verfassungsstaat abkehren würden, und dass auch Pegida und Rechtsextremisten eine zunehmende Bedrohung für Rechtsstaat und Demokratie darstellten.* Eine Integration Hunderttausender Einwanderer in so kurzer Zeit sei angesichts der hohen Zahl und der bereits bestehenden Parallelgesellschaften gar nicht möglich. Die hätten ein völlig anderes Rechts- und Gesellschaftsverständnis. Wir würden islamistischen Extremismus, arabischen Antisemitismus, Frauenverachtung, nationale und ethnische Konflikte anderer Völker importieren. Die Zuwanderung müsse sich auf Flüchtlinge aus Kriegsgebieten beschränken.

»Du solltest mit "Godless Sun" im Fernsehen auftreten, Mitch«, sagte Onkel Calvin, als die Sendung zu Ende war, »das sehen Millionen Zuschauer.«

»Leeroy arbeitet daran«, sagte ich, »wir werden sehen.«

»Aber zieh dir was Anständiges an. Hemd, Krawatte, Anzug, du kannst nicht die ganze Zeit wie ein Clochard rumlaufen. Wer in T-Shirt und Trainerhose rumläuft, hat sein Leben nicht im Griff.«

Nang sagt nein

»Nein«, sagte Nang, als wir das leere Massagestudio betraten, »ich hab's dir schon gesagt. Ich werde nicht mehr für ihn kochen. Wieso kann er ein *Nein* nicht akzeptieren?«

Wir traten in den leeren Vorraum. In der Ecke stand ein halbgefüllter Abfallsack, ein Besen.

»Er sagt, er habe noch nie im Leben ein *Nein* akzeptiert, das sei das Geheimnis des Erfolges. Akzeptiere nie ein *Nein*.«

Dort, wo einst das Massagezimmer gewesen war, lagen eine Matratze und ein Stapel Kleider.

»Ich muss bis Ende Oktober bezahlen, also kann ich genauso gut hier schlafen. Dann falle ich niemandem zur Last.« Nang schloss das Kippfenster und warf nochmals einen Kontrollblick ins Badezimmer.

Sie sagte, es seien Gewitter angesagt, Sturmböen bis 200 Stundenkilometer, vielleicht sogar Hagelkörner. Ich erhielt eine SMS. *Google Alert* hatte mir eine neue Rezension geschickt. Die Zeitung schrieb: *"Godless Sun", die Überraschung dieses Büchersommers.* Die Textlegende unter meinem Porträt war: *Anleitung für Atheisten.*

Während ich mit Nang auf den Parkplatz hinaustrat, fragte ich sie, ob sie Lust habe, heute Abend mit mir auswärts essen zu gehen. Sie schien erfreut, ihre Miene hellte sich deutlich auf. Dann erhielt ich bereits die nächste SMS, und Leeroy erinnerte mich daran, dass ich morgen im Kulturhaus lese. Ich flüsterte Nang zu: »Geht nicht heute Abend, sorry.« Nang nickte, machte gute Miene zum bösen Spiel und überquerte die Strasse. Jetzt hatte ich noch Ozzy in der Leitung. Ich wollte ihn auf später vertrösten, ich war mittlerweile im Verzug mit der geheimnisvollen Insel und Commander Orion raste irgendwo in der Galaxie durch einen Sonnensturm. Wie sollte ich das Bärbel erklären? Ich dachte, falls mir »Goddamn Sun« über den Kopf wächst, bringe ich alle zusammen in Onkel Calvins Weinkeller und mache sie wieder zu Alkoholikern, damit ich meine Ruhe habe.

Ich sagte Ozzy zu, obwohl ich nicht genau wusste, worum er mich gebeten hatte und rannte die Strasse hinunter.

»Nang!«, rief ich. Nang drehte sich um und blieb stehen.

»Du kannst das Westernzimmer haben oder das Orionzimmer«, sagte ich ausser Atem, »du hast Dusche, Strassenbahn vor der Haustür, und wenn es am Nachmittag so richtig heiss wird, bleibt es drinnen kühl. Altes Gemäuer.«

Nang zögerte. Sie sagte, sie habe nur noch Probleme. Sie müsse jetzt in den Asia Shop arbeiten gehen, sie sei im Verzug mit der Studiomiete. Karma. Ich hätte ihr gerne einen Kuss gegeben, eine Art Probekuss, rein kameradschaftlich, aber ich liess es sein. Eigentlich hatte ich erwartet, dass sie mir um den Hals fällt und sich bedankt. Aber Nang war keine Romanfigur, die ich nach Belieben anweisen konnte. In der Realität hatte ich nichts unter Kontrolle.

5

Kindheitsneurosen

Das Kulturhaus war gut besetzt. Eine Grossbuchhandlung, die den Anlass organisiert hatte, betrieb den Büchertisch. Shiva, Claire und Ozzy verkauften in der Halle vor dem Saal Buttons, Kleber, Postkarten. Ozzy trug immer noch seine Ledermontur, machte frisurenmässig auf Hipster, Shiva erschien in einem blauroten Seidenumhang und strömte einen Hauch von Esoterik und Hinduismus aus, Claire stand mit ihrem Hosenanzug für die emanzipierte Frau, während Leeroy auf British Gentleman machte.

Die Leiterin der Buchhandelskette führte mich als jemanden ein, den man nicht mehr einführen müsse. Ich entschied mich für das Kapitel über das gottlose 19. Jahrhundert und schilderte, wie David Strauss 1835 mit seinem Buch »Das Leben Jesu» das christliche Märchen auf einen historisch-literarischen Text reduziert hatte. Ich erzählte, wie Charles Darwin sechs Jahre später mit seinem Standardwerk über den Ursprung der Arten die biblische Schöpfungsgeschichte dem allgemeinen Spott freigegeben hatte. Ich berichtete von Karl Marx, der bereits 1843 in seiner Kritik an der Hegelschen Rechtsphilosophie Religion als »Opium des Volkes« bezeichnet und dass Nietzsche rund 40 Jahre später in seiner »Fröhlichen Wissenschaft« Gott für tot erklärt hatte.

»Doch "Godless Sun" lehrt uns, Gott hat nie existiert! Glaube zerbricht an den Naturwissenschaften. Sigmund Freud nannte Religion eine Kindheitsneurose. Für den Arzt und Psychoanalytiker war Religion eine Geisteskrankheit, Religiosität eine Kindheitsneurose. In seinem Werk ›Zwangshandlungen und Religionsübungen‹ bezeichnete Freud das religiöse Ritual als *neurotisches Zeremoniell* und die Gläubigen als Opfer einer Massenpsychose. Freud schrieb, dass die Menschen versuchten, sich *gegen die Unbill des Schicksals zu schützen, durch wahnhafte Umbildung der Wirklichkeit. Den Wahn erkennt natürlich niemals, wer ihn selbst noch teilt.* Sigmund Freud definierte alle Formen von Religion und Aberglauben als *infantiles Abwehrverhalten gegen die menschliche Unterlegenheit.* Er schrieb: *Der Mensch habe die Naturkräfte personalisiert und zu schützenden Mächten erhoben. Somit helfen sie ihm in seiner Hilflosigkeit.* Das zugrunde liegende Verhaltensmuster knüpfe an die *frühkindliche Erfahrung mit den schützenden Eltern an. Das ambivalente Verhältnis des Kindes gegenüber dem Vater setzt sich im Glauben des Erwachsenen fort. Er erkennt, dass er auch als solcher sich nicht völlig gegen fremde Übermächte wehren kann, weswegen er seinen Schutz im Gottesglauben sucht. Die Götter fürchtet er, trotzdem überträgt er ihnen seinen Schutz.*«

Ich führte aus, dass es deshalb nicht erstaunlich sei, dass viele Jugendliche mit beginnender Pubertät ihren Glauben verlieren, weil sie den Glauben an die Autorität und Gerechtigkeit des Vaters verloren haben. Sigmund Freud hielt den allmächtigen und gerechten Gott *für eine kreative Sublimierung der Eltern und die Ausübung von religiösen Handlungen für das Widerherstellen von frühkindlichen Verhaltensmustern. Weil der Mensch von allen Tierarten am längsten der Fürsorge der Eltern bedarf, verankert sich das psychologische Schutzbedürfnis tief in seiner Seele und wird wiedererweckt, wenn er sich als Erwachsener seiner Einsamkeit in der Welt, seiner Hilflosigkeit dem willkürlichen Schicksal gegenüber bewusst wird.*

»Religion«, schloss ich meinen Vortrag ab, »ist nicht nur Opium für das Volk, sondern auch Muttermilchersatz. "Godless Sun" will einen Beitrag leisten, um diese neurotische Kindheitsphase zu überwinden. Nur eine Befreiung von Gott ermöglicht dem Menschen ein selbstbestimmtes Leben.«

Die Stimmung war gut, offenbar traf "Godless Sun" tatsächlich den Nerv der Zeit. Die Leute sehnten sich wieder nach einfachen, verständlichen Wahrheiten und nach einem Weltbild ohne Oberhaupt. Aber im Zeitalter der narzisstischen Selfies wünschten sie sich eine individualisierte und personifizierte Anleitung für ein besseres Leben. Jedem sein eigener Patchworkglaube. So in etwa diktierte ich im Anschluss des Vortrages einem Radioreporter mein Statement ins Mikrophon. Ich gab draussen in der Vorhalle Autogramme, signierte Bücher, tauschte mit Pressevertretern Visitenkarten und verliess dann mit Claire das Kulturhaus. Wir wollten zu Fuss nach Hause gehen, ein bisschen frische Luft schnappen.

Wir kamen nach einer Weile an der neugotischen Kirche hinter dem Bankenplatz vorbei. Sie war aus grauem Sandstein und Mitte des 19. Jahrhunderts erbaut worden, also in der Zeit von Gustave Eiffel, Karl Marx und Louis Vuitton. Da sie nach der Reformation eine der ersten evangelischen Kirchen gewesen war, stand sie unter Denkmalschutz. Ein Mäzen hatte den Bau finanziert, unter der Bedingung, dass seine Stadt nie Bordelle zulassen würde. Als ich Claire die Geschichte erzählte, nahm sie meine Hand und führte mich in die Kirche.

Wir standen unter dem gewölbten Kirchenschiff und schauten zu den Emporen hinauf. Nur der Mond schien durch die farbigen Chorfenster. Sie stellten religiöse Motive dar, die Kreuzigung und Auferstehung Christi. Wir schritten über die rötlichen Steinzeugplatten, die mit Marmoreinlagen abgegrenzt waren. Unsere Schritte hallten wider, es war gespenstisch, diese Stille, diese Finsternis, diese Leere, dieser kühle Luftzug. Wir stiegen die Steinkanzel hoch und schauten auf das dreiteilige Kirchenschiff hinunter. Claire löste mit einem Handgriff ihren Rock, sie war nackt darunter. Sie löste die Schnalle meines Gurtes, ich lehnte mich zurück und schaute auf den hölzernen Baldachin über uns, der gräulich bemalt war, um den Eindruck eines steinernen Baldachins zu erzeugen. Ja, ich bin es gewohnt, in meinen Pulp Fiction-Romanen an dieser Stelle abzubrechen, aber das ist nicht der

Grund, warum ich hier unterbreche. Jemand hatte die Kirche betreten. Wir duckten uns und lauschten. Es mussten mehrere Menschen sein, sie flüsterten, aber alle zusammen waren sie laut und zwitscherten wie ein nervöser Vogelschwarm. Wir hörten, wie sie eine Holztreppe hinaufstiegen und nach einer Weile erklangen 2800 Pfeifen aus 41 klingenden Registern. *Imagine* spielten sie, einer sang dazu *Imagine, there is no religion.* Wir hörten nun Gejohle, irgendetwas wurde gewaltsam aufgebrochen, es war wohl das Getränkelager, denn die Kirche war keine normale Kirche mehr, sie diente als konfessionsfreie Konzeptkirche, die jedermann für Anlässe, Feste, Discos, Konzerte oder Vorträge mieten konnte. Sie wurde seit einigen Jahren, wie viele leerstehende Kirchen in Europa, die keinen Käufer fanden, als freie, konfessionslose City-Kirche, als sogenannte Werktagskirche vermietet und genutzt. Deshalb führte sie eine kleine Bar, dort, wo früher abergläubische Menschen Kerzen anzündeten, um die Hilfe der Heiligen Mutter Maria zu erbeten, sei es für einen Lottogewinn oder einen neuen Kühlschrank. Die nächtlichen Besucher plünderten die Bar, tranken sich Mut an und begannen mit blossen Händen das Kreuz an der Seitenwand herunterzureissen, während sie "Godless Sun" skandierten. Über die mannsgrossen Musikboxen erschallte Pink Floyds *The Wall. We don't need no education.*

Ich flüsterte Claire zu, dass wir nun langsam hinuntersteigen und die Kirche durch die Sakristei verlassen könnten, niemand würde uns in dieser Finsternis bemerken, doch Claire streifte mir meine Boxershorts ab und zog mich zu sich hinunter. Ich glaube, Kirchen sind ein beliebter Ort, um sexuelle Phantasien auszuleben, bereits Hildegard Knef hatte 1951 im Skandalfilm »Die Sünderin« Sex mit ihrem Lover in einem Gotteshaus. Priester stürmten darauf die Filmtheater und warfen weisse Mäuse in den Saal. Doch nichts kann den Verfall einer Idee aufhalten, deren Zeit vorbei ist. Ich führte mein Glied im Rhythmus von Pink Floyds »The Wall« in Claires warme Scheide, zog es wieder heraus und führte es erneut ein. Ich stellte mir vor, es sei Nang.

Als wir spätabends zu mir nach Hause gingen, wollten wir uns im Orionzimmer für die Nacht umziehen. Aber da war schon jemand drin. Nang hatte sich offenbar entschieden. Ich wollte Claire erklären, dass es nicht so sei, wie es aussehe, aber ich hatte keine Gelegenheit dazu, da sie es plötzlich eilig hatte, meine Wohnung zu verlassen. Ich hörte noch ihre Absätze auf den Holztreppen klappern, die letzten Stufen muss sie verfehlt haben, denn es klang so, als würde eine Bowlingkugel die Treppe runterhoppeln. Ich eilte hinaus, aber Claire war bereits wieder aufgestanden und humpelte aus dem Haus. Mein Mobile klingelte. Ich dachte, es sei Claire, die da draussen in der Dunkelheit davonstampfte und noch ein paar Schimpftiraden loswerden wollte, aber es war eine Radiostation, die sich entschuldigte, dass sie noch so spät anrief, aber sie hätten gerne noch eine Frage von mir beantwortet: »Wie sähe Gott aus, wenn es einen Gott gäbe?«

Ich gab zur Antwort, dass bereits der griechische Philosoph Xenophanes vor 2500 Jahren diese Frage beantwortet habe. Weisse Menschen hätten einen weissen Gott, Afrikaner einen schwarzen Gott, und hätten Giraffen einen Gott, hätte er die Gestalt einer Giraffe, denn der Mensch habe Gott nach seinem Ebenbild erschaffen, und nicht umgekehrt, denn Gott habe nie existiert. Furcht hat die Götter erschaffen.

Ist Gott ein kosmischer Furz?

»*Gott ist also ein kosmischer Furz.* Hast du das wirklich so gesagt?« Onkel Calvin sass vor einem Stapel Sonntagszeitungen, die ich ihm heute früh am Bahnhof gekauft hatte. »Du hast es auf die Titelseite gebracht, Mitch, *Terroranschlag in Amsterdam, Genfer Synagoge in Flammen, Flüchtlingselend in Osteuropa, Brandanschläge von Neonazis in Bochum, Eurozerfall, Die neue Bibel der Atheisten, Athen wieder pleite.*«

Ich öffnete den Karton, den DHL gestern Abend geliefert hatte. Darin waren die ersten gedruckten Exemplare von "Godless Sun" in arabischer Sprache, das eBook war bereits auf Amazon.com erhältlich.

Onkel Calvin überflog eine Zeitung nach der anderen und schüttelte den Kopf.

»Das sind die Medien, Onkel Calvin, die wählen immer den prägnantesten Satz für die Headline.«

»Aber das sind *deine* Worte?«, fragte Onkel Calvin, ohne aufzuschauen.

»Ja, schon, aber aus dem Zusammenhang gerissen.«

Onkel Calvin nahm die nächste Sonntagszeitung: *»Gott hat nie existiert«.*

Auf dem nächsten Titelblatt stand *Ein Atheist rechnet ab*, eine andere Zeitung stellte auf der Frontseite die Frage: *Ist Religion eine Störung des Gehirnlappens?*

Während er weiterlas, überflog ich die Rezensionen, die Shiva auf Facebook gepostet hatte. Sie waren eher durchzogen und sagten stellenweise mehr über den Rezensenten aus als über "Godless Sun". Leeroy hatte mir auch einen Link des Radiosenders gemailt, dem ich gestern ein Interview gegeben hatte. Ich stellte den Speaker laut und klickte das Audio File an. Meine Stimme klang ungewohnt, aber ich denke, das ist immer so, wenn man zum ersten Mal seine eigene Stimme im Radio hört.

Stellen Sie sich 2000 Jahre Menschheitsgeschichte ohne Religion vor. Keine Kreuzzüge, keine Hexenverbrennungen, keine Hugenottenkriege, keinen 30-jährigen Krieg, keinen Palästinenserkonflikt, keinen Bombenterror in Nordirland, kein 9/11, keinen Dschihad, keinen Islamischen Staat, keine Terroranschläge.

Wir hörten schweigend die ganze Sendung und tranken dazu Kaffee. Die Croissants waren heute Morgen etwas verkohlt. Onkel Calvin schob den Stapel Zeitungen zur Seite: »Ich habe "Godless Sun" jetzt gelesen«, sagte Onkel Calvin überraschend, »aber ich muss noch darüber nachdenken. Es kann sein, dass du verklagst wirst. Wegen Verletzung religiöser Gefühle.«

»Was haben die heutigen Kirchen noch mit Religion zu tun? Das sind kommerzielle Unternehmen, religiöse Heuschrecken, die in

Protzbauten residieren. Ich las kürzlich, dass ein Kardinal Bertone im Palazzo San Carlo eine 700 Quadratmeter grosse Wohnung mit einer 100 Quadratmeter Dachterrasse bewohnt und er meinte, das sei der normale Standard für einen Kardinal im Vatikan, Mercedes S-Limousine oder 7er-BMW, und Missionsschwestern, die unentgeltlich als Haushälterinnen dienen. Die jetten wie Fifa-Präsidenten um die Welt, machen in der dritten Welt ein paar Fotoshootings und verabschieden sich mit ein paar Kalendersprüchen.«

Onkel Calvin winkte müde ab: »Wenn ich eine Religionsgemeinschaft vertreten würde, glaub mir, ich würde dich plattmachen. Aber heute sind Kirchen zurückhaltend mit Klagen, selbst wenn ihre Gotteshäuser von Linksradikalen besetzt werden, wagen sie keinen Antrag auf Räumung zu stellen. Sie wissen, dass es dem Beklagten lediglich mehr Publizität einbringt. Aber selbst wenn jemand klagen würde, passieren kann dir gar nichts. Unsere Gesellschaft ist zu schwach, um zu bestrafen, du kriegst eine kleine Busse, und auch die nur auf Bewährung. Was in Erinnerung bleibt ist "Godless Sun".«

Leeroy schickte eine SMS, ich war überrascht, schaute ratlos zu Onkel Calvin und las die SMS vor: »Mitch, du hast einen Auftritt in der Sendung *Live im Studio 4*. Morgen, 21.00. Das ist keine Aufzeichnung, alles live, traust du dir das zu?«

Onkel Calvin nickte mit dem Kopf. Das bedeutete: zusagen.

»Geht in Ordnung, Leeroy.« Onkel Calvin nickte erneut: »Sag mal, Mitch, was gibt's eigentlich heute zu Mittag? Hast du Fräulein Nang kontaktiert? Ich träume heute noch von ihrem frittierten Pangasius.«

Live im Studio 4

»Schliessen Sie jetzt die Augen«, sagte das Mädchen, das mir im Schminkraum von Studio 4 das Gesicht puderte. Sie tupfte einige Schweissperlen von der Stirn und verstrich eine Crème, die mir eine

Gesichtsfarbe verlieh, als hätte ich zwei Monate auf den Seychellen am Strand gelegen.

Links von mir sass Dr. Mosmatter, ein Pfarrer und Theologe, er starrte in den grossen Spiegel vor ihm, aber es entging mir nicht, dass er ab und zu einen kurzen Blick in meinen Spiegel warf. Mir schien, er wirke emotional aufgeladen und könne es kaum erwarten, mir im Studio eine Strafpredigt zu halten. Er war mir ohne Zweifel feindlich gesinnt. Das konnte man mit dem besten Willen von dem jungen Religionswissenschaftler, der rechts von mir gepudert wurde, nicht behaupten. Auch er schaute ab und zu in meinen Spiegel, aber er lächelte dabei entspannt und freundlich. Hinter uns warteten drei weitere Gäste, der eine war an seinem blauen Jackett erkennbar. Es war der mittlerweile 82-jährige Eric von Däniken, der immer noch jugendliche Begeisterungsfähigkeit ausstrahlte, diese Mischung aus Schalk und Besessenheit. Er redete pausenlos auf den Astrophysiker zu seiner Linken ein und berichtete ihm von seiner Reise durch die Wüste von Belutschistan: *Die Nacht ist sternenklar. Ich schlief auf dem Dach meines Range Rovers. Plötzlich knallte es. Ein Blitz hatte in die Trinkwassertanks eingeschlagen. Aus der ausströmenden Flüssigkeit materialisierte sich ein Mensch aus Fleisch und Blut! Ich dachte, ich werde schizophren.* Neben ihm sass eine Psychoanalytikerin, die interessiert zuhörte und stereotyp mit dem Kopf nickte, als bräuchte sie selbst bald einmal eine Psychoanalyse. Vor dem Eingang zur Maske stand ein schwarz gekleideter Riese mit breiten Schultern, Ozzy. Er hatte mich ins Studio gefahren und würde mich nach der Sendung wieder zurückfahren. Sollte es nach der Sendung irgendwelche Tumulte geben, würde er mich schützen. Bevor ich das Studio 4 betrat, checkte ich noch den Verkaufstracker, den mir Shiva programmiert hatte. Er erfasste stündlich die Verkaufsränge auf Amazon und stellte diese grafisch dar, unterteilt in eBooks, Taschenbuch und Hardcover, getrennt nach Sprachausgaben. Das Buch gab es nun auch in Spanisch, Italienisch und Französisch. Die Grafikcharts zeigten kaum Volatilität, "Godless Sun" war unangefochten auf Platz 1 in den Kategorien *Geschichte, Religion, Mythologie.*

Links und rechts von der Moderatorin waren Sofas in einem Halbkreis angeordnet. Zwei Techniker verkabelten uns, während uns Ajeta Petric die Spielregeln erklärte: Jeder sollte in etwa die gleiche Sprechzeit zur Verfügung haben, gegenseitige Unterbrechungen sollte man tunlichst unterlassen. Sie würde dafür Sorge tragen, dass man sich anschliessend zur gegnerischen Wortmeldung äussern könne. Ajeta Petric war eine gertenschlanke Blondine mit Migrationshintergrund, die sich seit Jahren als Moderatorin in *Live im Studio 4* bewährt hatte. Sie gehörte in die Kategorie *Verliebt in die eigene Magersucht.* Wir warteten alle auf das Zeichen der Regie. Ich erhielt eine SMS, nahm kurz das iPhone aus der Brusttasche und schaute mir den Absender an. Leeroy. *Good Luck, Goddamn Sun.* Das grüne Lämpchen über dem Studioeingang schaltete auf Rot. Jetzt waren wir live. Ajeta Petric begrüsste die Zuschauer und stellte alle sechs Gäste der Reihe nach vor. Wir nickten jeweils angespannt und versuchten, mit einem verstohlenen Lächeln erste Sympathiepunkte zu erzielen. Sie hielt das Buch "Godless Sun" in die Kamera und wandte sich mit der ersten Frage an mich: »Ist das Christentum ein Plagiat?«

Ich hatte die Fragen, die sie mir wahrscheinlich stellen würde, bereits heute Morgen auf dem Klo beantwortet und spulte meinen Text herunter. Ich sprach mit ruhiger Stimme und versuchte dabei immer wieder freundlich zu lächeln, denn Leeroy hatte mir gesagt, »mit einem Lächeln gewinnst du die halbe Debatte.«

»Die Erfolgsgeschichte des Christentums«, begann ich, »liegt darin begründet, dass die uralten mythologischen Weisheiten und Symbole simplifiziert und für eine breite ungebildete Masse verständlich gemacht wurden. Doch indem jede mythische Aussage konkretisiert wurde, wurde gleichzeitig jeder spirituelle Funke erstickt. Es war eine Form der Infantilisierung und der Gipfel war die Personifizierung des ›kosmischen Geistes‹ in der Gestalt eines real existierenden Menschen. Aus alten Mythen wurden ›historische Wahrheiten‹. Das ›Historisieren der Mythologie‹ ist das Fundament der meisten heute existierenden Religionen. Das Christentum ist das mit Abstand krasseste Beispiel für ein Religionsplagiat.«

Der Theologe schaute immer wieder fordernd und ungeduldig zu Ajeta Petric, die ihm schliesslich das Wort erteilte. Er schüttelte enerviert den Kopf: »Nein, das kann man so mit Sicherheit nicht sagen. Ein Plagiat würde ja bedeuten, dass es einen Transfer von einer Religion zur anderen gegeben hat, das hat es aber kaum gegeben, man kann sagen, dass es Parallelen gibt im Sinne von neuen Antworten auf gemeinsame Herausforderungen.«

Ajeta Petric gab nun dem Religionsforscher das Wort. Er sprach mit grosser Gelassenheit, wie einer, der eine Sache neugierig und interessiert verfolgt, aber keine Ambitionen hat, irgendjemanden zu überzeugen: »Wenn ich die Thesen von "Godless Sun" richtig verstanden habe, hat man das Christentum auf den Mithraskult aufgepfropft. Das kann man in gewisser Weise bestätigen, insofern, dass viele Symboliken und Elemente aus dem Mithraskult ins Christentum übergegangen sind, als der Mithraskult langsam verschwand. Den Mithraskult hat ja später auch der Kaiser verehrt, und als der Kaiser christlich wurde, wurde auch Mithras, der Sonnengott, ein Christ bzw. Christus.«

Anja Petric bat die Regie, ein Kurzvideo einzublenden. Wir sahen eine Kamerafahrt in der unterirdischen Felsengrotte unter der Kirche von San Clemente in Rom. Im OFF wurde erklärt, dass dies in vorchristlicher Zeit ein heidnischer Kultplatz gewesen war. Die Kamera blieb vor einer Felsmalerei stehen. Der Sprecher sagte, hier sei Christus als Sonne dargestellt, als Gott Helios in seinem Feuerwagen, mit fliegender Robe aufsteigend, und einem Sonnenkranz, der bereits die Form des Heiligenscheins hat. Eine weitere Aufnahme zeigte Christus als Sol invictus, als unbesiegter Sonnengott mit der siebenstrahligen Sonnenkrone des Sonnengottes Helios in seinem Sonnenwagen. Es war ein Deckenmosaik in der vatikanischen Nekropole unter der St. Peter-Basilika aus dem dritten Jahrhundert. Eine weitere Aufnahme zeigte ein römisches Bodenmosaik aus Tunesien, Apollon, den Sonnengott mit der siebenstrahligen Sonnenkrone.

Anja Petric wandte sich an Erich von Däniken und stellte ihn als einen der erfolgreichsten Sachbuchautoren der Gegenwart vor, seine

Theorien über die Prä-Astronautik seien in 32 Sprachen übersetzt und schon über 63 Millionen Mal verkauft worden.

Erich von Däniken setzte sein spitzbübisches Lächeln auf und musterte uns alle mit listigem Blick: *Wenn wir einmal zu meinen Gunsten annehmen, dass vor ein paar Jahrtausenden Ausserirdische hier waren, dann stellt sich automatisch die Frage, wo diese hergekommen sind. Gleiches gilt für den Urknall. Was hat den Urknall verursacht? Irgendwann erreicht man immer das Ende der Fahnenstange. Mit grossem Respekt sage ich, hier ist Gott. Aber Gott ist keine Person. Und biblische Engel sind Aliens.*

Es gab verhaltenes Gelächter im Publikum.

»Ist Gott ein kosmischer Furz?«, fragte Anja Petric die Astrophysikerin.

»Ich würde es nicht in diesen Worten ausdrücken«, antwortete sie, »aber wenn man Gott sehen will, muss man das Kennedy *Space Center LC-39* besuchen und einen Blick durch das Hubble-Weltraumteleskop werfen.«

»Was würden wir sehen?«, hakte Anja Petric nach.

»Ein Gewirr aus Staub und Gasen, Unendlichkeit, Ewigkeit. Es ist von unbeschreiblicher Ruhe, Schönheit und Erhabenheit, es ist etwas Göttliches. Aber es hat keine Geschlechtsteile, kein Gewissen, keine Ambitionen, kein Mitleid, keinen Einfluss, kein Interesse, keine Botschaft, es ist einfach da, seit Anbeginn der Zeiten, teilnahmslos. Es kann nicht einschreiten, wenn Taifune über unsere Städte fegen, Tsunamis ganze Dörfer wegschwemmen, Vulkane ganze Küstenstreifen in Flammen setzen, Erdbeben alles dem Erdboden gleichmachen, Kriege und Seuchen uns in Angst und Schrecken versetzen. Gott ist nichts anderes als ein staubiges Gasgemisch.«

Nach dieser Wortmeldung war die Psychoanalytikerin an der Reihe. Sie hatte die ganze Zeit über interessiert zugehört, aber im Gegensatz zum zappeligen Theologen nie das Bedürfnis gehabt, sich in die Diskussion einzubringen.

»Sigmund Freud«, sagte sie, »beschrieb Religion als die Illusion, das triste Dasein mit einer Phantasiewelt, mit einer Wunschwelt, bewältigen zu können. Er beschrieb Religion als Sehnsucht, die begrenzte menschliche Existenz in die Ewigkeit zu verlängern. In einigen Schriften bezeichnet er Religion gar als psychische Krankheit. Er sah eine Analogie zwischen religiösen Riten und neurotischen Zwangshandlungen, was sich am krassesten in allen Formen des Aberglaubens manifestiert. Religiöse Vorstellungen sind Illusionen, Erfüllungen der ältesten, stärksten, dringendsten Wünsche der Menschheit. Das Geheimnis ihrer Stärke ist die Stärke dieser Wünsche. Gott ist die Sehnsucht nach dem allmächtigen Vater, der gleichzeitig geliebt und gefürchtet wird, das ist die Quelle des religiösen Verlangens. Ich sehe hinter dem religiösen Bedürfnis den Wunsch, vor Gefahren geschützt, mit der Härte des Schicksals versöhnt und für das Leiden entschädigt zu werden. Sigmund Freud nannte Religiosität einen Ausdruck infantiler Hilflosigkeit, und genau deshalb trägt religiöse Erziehung zur Verdummung der Kinder bei.«

Der Theologe versuchte sie nun laufend zu unterbrechen. Er rief, das alles könne man so nicht unwidersprochen lassen. Anja Petric bat ihn, die anderen Gäste ausreden zu lassen, er würde anschliessend zu Wort kommen. Die Psychoanalytikerin fuhr unbeirrt fort: »Alle Kinder sind von Natur aus Atheisten; sie haben keine Idee von Gott. Diese wird ihnen später durch die religiöse Erziehung verabreicht wie eine Schluckimpfung.«

Sie wollte noch über die animistischen Religionen abgelegener Naturvölker sprechen, die Sonne, Bäume und Flüsse anbeten, was ihr naheliegender schien, aber nun platzte dem Theologen der Kragen: »Wer Gott aufgibt, der löscht die Sonne aus, um mit einer Laterne weiterzuwandern«, zitierte er den Dichter Christian Morgenstern und zitierte darauf einige Sätze aus der »Enzyklika Spe Salvi« von Papst Benedikt XVI. Hoffnung sei in der Tat *ein Zentralwort des biblischen Glaubens, so sehr, dass die Wörter Glaube und Hoffnung an verschiedenen Stellen als austauschbar erscheinen.* Erst wenn Zukunft als positive Realität gewiss ist, werde auch die Gegenwart lebbar.

Ich warf ein, dass er soeben dargelegt habe, dass es einen Gott gebe, weil es einen Gott brauche, also indirekt bestätigt habe, dass es keinen

Gott gebe, »oder werde ich nächste Woche eine Ferienreise auf die Bahamas gewinnen, weil ich dringend Urlaub brauche?«

Wir diskutierten noch miteinander und gegeneinander und aneinander vorbei, schliesslich gab die Regie das Zeichen für das Schlusswort, das Anja Petric mir gewährte, mit der Begründung, der heutige Abend habe im Zeichen von "Godless Sun" gestanden. Ich führte kurz aus, dass die Felsinschriften, die wir vorhin auf dem Video über San Clemente gesehen hätten, noch heute in der katholischen Liturgie verwendet würden. Aber der Text stamme aus der wesentlich älteren Mithras-Liturgie. »Jesus ist ein Plagiat«, wiederholte ich, »Jesus hat keinen einzigen Satz hinterlassen, während seine schreibenden Zeitgenossen ganze Bibliotheken füllten. Jesus ist eine literarische Figur wie Hamlet oder Odysseus. Das erste Evangelium entstand ein halbes Jahrhundert nach seinem Tod, verfasst von Schriftstellern, die Jesus nie gekannt haben. Die Bibel ist ein Sammelsurium von Überlieferungen, volkstümlichen Sagen und Legenden. Zur Zeit Jesu waren die Menschen süchtig nach Heilsverkündern, Wahrsagern, Propheten aller Art, sodass sie selbst den einfachsten Wanderprediger für die Inkarnation des Sonnengottes hielten. Die Evangelien sind deshalb nichts anderes als hundertfach umgeschriebene Interpretationen von Quellen, die sich eine neue Kirche für ihre Zwecke zunutze machen wollte. Es ist die Instrumentalisierung der göttlichen Sonne, um sich die Völker untertan zu machen.«

Anja Petric griff sich an den Ohrstöpsel: »Die Regie meldet mir gerade …«

Ich fuhr unbeirrt fort: »Die Lehre Christi ist nicht die Lehre von Christus, sondern die Lehre einer Kirche über das Fabelwesen Christus. Christus ist nicht Urheber, sondern Gegenstand des Kirchenglaubens.« Ich schaute nun direkt in die Kamera und rief: »Gott braucht keine Kirche, Gott hat nie existiert.«

Während der letzten Sätze waren die Cover von "Godless Sun" eingespielt worden, die verschiedenen ausländischen Lizenzausgaben bis hin zur arabischen Ausgabe.

In der Fernsehkantine sass ich noch eine Weile mit Erich von Däniken zusammen. Wie ein Tonband spulte er in komprimierter Form seine Forschungsergebnisse der letzten 50 Jahre herunter. Er erzählte uns die Tomy-Geschichte, die er im Schminkraum begonnen hatte: *Tomy sagte in perfektem Schweizerdeutsch, er komme von einem Planeten des Vega-Systems. In seiner Welt gebe es weder Liebe noch Sex, weder Waffen noch Kleidung. Seine Heimat sei ein Ort der Körperlosen, die einzige Lebensform seien intelligente Energien.*

Ich unterbrach ihn schliesslich mit der Frage, ob er denn nie die Idee gehabt habe, aus seiner Weltanschauung eine Religion zu machen? Er lachte und bat mich, noch eine Flasche Aigle les Murailles zu holen. »Natürlich«, gestand er mir nach ein paar Gläsern, »habe ich ab und zu darüber nachgedacht, aber nur im Spass, um späte Gäste noch etwas zu erheitern. Aber ich bin mit meinem Erfolg zufrieden. Geld war für mich stets der Rohstoff, um meine Expeditionsreisen zu finanzieren, mehr nicht.«

»Mit deinem Fahrstil wärst du der ideale Limousinenchauffeur«, sagte ich Ozzy, als wir kurz vor Mitternacht auf die Autobahn einspurten und die Lichter der Grossstadt hinter uns liessen.

»Das ist mein Stil«, grinste er, »immer schön cool bleiben. Wenn dir einer im Studio auf die Pelle gerückt wäre, hättest du den anderen Ozzy kennengelernt.«

Er lachte vergnügt, wir hörten *Dirty Dynamite* von *Krokus,* »Bei einem ihrer Konzerte war ich einmal im Security Team, da triffst du ziemlich schräge Typen. Aber wenn du im Geschäft bleiben willst, immer cool bleiben, wie der von Däniken, der grinst die ganze Zeit und redet und redet, auch wenn er von links und rechts nur mit Spott und Hohn eingedeckt wird, der war ja Kellner im Zürcher Ascot Hotel, ein paar Monate im Knast und heute: 63 Millionen verkaufter Bücher, not bad, Mann.« Er warf mir einen kurzen Blick zu: »Glaubst du an Ausserirdische?«

»Unsere Raumfahrttechnologie ist keine 100 Jahre alt, hingegen ist das Universum über 14 Milliarden Jahre alt. Es wäre ein ziemlicher

Zufall, wenn irgendeine andere Zivilisation den exakt gleichen Entwicklungsstand hätte wie wir. Vielleicht sind die anderen noch Amphibien oder Bakterien, willst du dich mit denen über Elementarteilchen unterhalten?«

»Oder die sind schon weiter und betrachten uns als unterentwickelte Ameisen. Stephen Hawking, der Astro-Physiker, glaubt an die Existenz von Aliens und dass sie bald unseren Planeten erobern werden. Er sagt, wenn Aliens uns besuchen, könnte das wie bei der Entdeckung Amerikas durch Kolumbus enden. Dann sind wir die Ureinwohner und die Ausserirdischen fliegen als Konquistadoren durch die Galaxy und kolonialisieren jeden Planeten, den sie erreichen können.«

»Das ist gut möglich, Ozzy, das kann morgen geschehen oder in Millionen von Jahren, für das Universum ist das eine Sekunde. Die Menschen haben keine Ahnung, wie belanglos sie im Universum sind. Es ist diese grenzenlose Selbstüberschätzung, die sie zur Annahme verleitet, es gebe einen Gott, der ein Auge auf sie geworfen hat. Unser Planet wird nicht ewig existieren, wie auch kein Mensch ewig leben kann. Religion ist der einzige Trost.«

Ozzy schaute gedankenversunken in die Nacht hinaus, ab und zu streiften uns die Scheinwerfer eines entgegenkommenden Fahrzeugs. »Als ich im Knast war, da hatte ich so ein armes Schwein in der Zelle, den Roten Benny.«

»Du warst im Gefängnis? Ich dachte, sie hätten dir 18 Monate auf Bewährung gegeben?«

»Hey, Mitch, ich erzähl dir gerade eine geile Story, und die einzige Frage, die dich interessiert, ist: *Ozzy, du warst im Knast?*«

»Ja« antwortete ich, »das war eigentlich meine Frage.«

»Weil ich einen verhauen habe, aber das war mein Job als Türsteher. Der Richter hat es einfach nicht kapiert. Aber es geht jetzt um das Buch, das mir dieser Benny ausgeliehen hat. Der las die ganze Zeit diesen SF-Kram von L. Ron Hubbard und Robert Charroux. Der Hubbard war ja ein Hochstapler, vier Jahre Knast haben sie ihm gegeben, und der Charroux arbeitete bei der französischen Post, schrieb für die Comicserie Atomas, und später Bücher wie *Die Meister der Welt. Auf den Spuren unserer ausserirdischen Vorfahren,* der Däniken soll bei ihm abgekupfert haben, aber wie Leeroy immer sagt, es spielt keine Rolle, wer die Idee hat, entscheidend ist, wer sie zu Geld macht. Glaubst du, der Däniken glaubt seine Geschichten? Was denkst du?«

»Ich weiss es nicht, er hat auf jeden Fall Erfolg damit, ich denke, Doku-Fiction wird zunehmend populär. Was die etablierten Religionen anbieten, ist ja aus Sicht der Naturwissenschaft ziemlicher Humbug. Du kannst nicht Atome spalten und gleichzeitig diesen religiösen Schmarrn glauben. Was die Leute heute wollen, das sind an unsere technologische Welt angepasste Glaubensinhalte: Ein solides, wissenschaftliches Fundament, und darauf baust du ein Luftschloss, das aus Hoffnung und infantilem Aberglauben besteht.«

»Oder eine Kirche«, sagte Ozzy und stellte die Musik wieder lauter. Die *Krokus* sangen *Help.*

Sternstunde Religion

Ich war gegen Mitternacht wieder zu Hause, Onkel Calvin schlief bereits. Als ich den Fernseher ausschaltete, wachte er kurz auf, murmelte *Bist du das, Mitch?,* und schlief weiter. Ich stellte das Geschirr ins Waschbecken und ging in den ersten Stock. Ich konnte es nicht lassen, mich erneut auf die Internetseite des Senders einzuloggen und Mails runterzuladen. Viele Zuschauer gratulierten mir zu diesem angeblich mutigen Auftritt, aber dafür hatte es keinen Mut gebraucht, sondern nur den Hinweis von Leeroy, dass dieser TV-Auftritt für "Godless Sun" den medialen Durchbruch bedeuten werde. Ja, es gab auch die eine oder andere kritische Stimme, die ihr Bedauern darüber äusserte, dass ich es nötig hatte, unseren Herrn Jesus Christus derart in den Schmutz zu ziehen. Richtig böse oder verletzende Mails gab es nicht. Die würden wohl im Laufe der Woche per Post kommen, anonym.

Zum Schlafen war ich jetzt zu überdreht. Ich setzte mich an den Computer und begann eine neue Folge für Commander Orion. Ozzy hatte mich auf die Idee gebracht, die Sache mit den Geistwesen würde meinen Lesern bestimmt gefallen. Ja, zugegeben, als vernünftiger und bodenständiger Mensch schämt man sich, derart schräge Dinge zu schreiben, aber das ist mein Job, dafür werde ich bezahlt und richtig schämen würde ich mich nur, wenn ich als Plüschmaskottchen Winnie-the-Puh im Fussballstadion einlaufen und mir dabei das Knie verdrehen würde.

Ich schrieb bis sechs Uhr oder genauer gesagt, bis ich Onkel Calvin auf dem Vorplatz entdeckte. Er schlurfte in seinem zerschlissenen Morgenmantel zum Glascontainer und kickte dabei eine leere Bierdose auf die Fahrbahn. Er verlor dabei beinahe das Gleichgewicht. Ich rannte sofort die Treppe runter, aus dem Haus und sagte Onkel Calvin, ich würde gleich Frühstück machen.

»Wieso kommt die Zeitung immer später«, ereiferte er sich und wollte nun eine leere Dunkin Donuts-Schachtel kicken. Ich konnte ihn gerade noch auffangen, als er rückwärts fiel. Vor dem Container türmten sich vom Regen aufgeweichte Kartons mit leeren Flaschen, einige warfen einfach ihre Müllsäcke auf den Haufen. Onkel Calvin nahm einen nächsten Anlauf, ich stoppte ihn: »Willst du dir wieder den Schenkelhals brechen?«, rief ich entnervt.

»Sag deinem Hasan, er soll hier mal aufräumen, ich schicke die Rechnung der Stadtverwaltung!« In diesem Augenblick fuhr der Zeitungsausträger auf seinem Moped vor, griff während der Fahrt in die Seitentasche und warf ohne anzuhalten die Zeitung auf die Treppe.

»Sie sind zu spät, verdammt nochmal!«, rief ihm Onkel Calvin nach und riss sich von mir los, »die haben jeden Monat einen anderen.«

Er hob die Zeitung auf und schlurfte ins Haus.

Ich machte Frühstück und hörte mir an, wer alles gestorben war. Die Todesanzeigen, das war das Erste was Onkel Calvin am frühen Morgen las. Ich hatte ihm schon hundertmal erklärt, dass er mit einem eAbo auf dem iPad die Tageszeitungen bereits ab 2 Uhr morgens lesen könnte. Aber ein bisschen Druckerschwärze nach der Morgenlektüre gehörte für ihn zu einem erfreulichen Start in einen neuen Tag. Onkel Calvin sass schweigend am Tisch und blätterte die Zeitung durch. Erst als ich den Kaffee und die Croissants brachte, sie hatten wieder zu lange in der Hölle geschmort, schaute er zu mir hoch: »Ich habe gestern die Sendung gesehen. Dieser Erich von Däniken, hat er tatsächlich nur diese eine blaue Jacke im Schrank?«

Es ist immer wieder erstaunlich, was den Menschen nach einer einstündigen Talkshow in Erinnerung bleibt. Ich setzte mich an den Tisch und startete mein iPad: »Die Maskenbildnerin sagte, der Däniken habe einen speziellen Schrank für seine blauen Anzüge, er habe 25 Stück darin. Wenn ihm etwas stehe, kaufe er stets ein Dutzend, er hasse Einkaufen.«

»Dann muss er schauen, dass er das Gewicht halten kann«, sagte Onkel Calvin und tätschelte seinen wohlgenährten Bauch, »bei mir spielt es keine Rolle mehr, ich gehe nicht mehr auf Brautschau.«

»Hast du jemals bereut, nie geheiratet zu haben?«

Onkel Calvin verschluckte sich beinahe an seinem Croissants: »Weisst du, wie viele Scheidungen ich in meiner Kanzlei abgewickelt habe? Heute ist es einfacher. Die Leute machen Eheverträge, dann gibt's bei der Scheidung weniger zu diskutieren, ausser wenn Kinder da sind. Nein, Mitch, die Menschen bereuen immer das, was sie nicht getan haben.« Er beugte sich wieder über die Zeitung und biss gedankenversunken ein Stück Croissant ab: »Die Sendung gestern Abend, ich habe sie gesehen, interessant. Hast du schon Reaktionen?«

»Ja, mehrheitlich positiv.«

»Du hast dir die intolerantesten Menschen unserer Gesellschaft zum Feind gemacht. Gläubige Menschen. Denen ist mit Vernunft nicht beizukommen. Und weitere zwanzig Millionen sind unterwegs zu uns. Sagt die UNO. In zehn Jahren wirst du kein "Godless Sun" mehr schreiben können.«

Onkel Calvin hielt inne und schien über etwas nachzudenken.

»*Wenn du es allen Recht machen willst, bleibst du besser im Bett.* Hast du mir kürzlich gesagt.«

»Vielleicht solltest du das heute tun, Mitch, einfach im Bett bleiben.«

Zurück in meinem Büro, öffnete ich den Mailordner. Leeroy schrieb, er suche ein Lokal, wir müssten professioneller werden, eine Hausnummer haben. Ich erhielt eine Einladung des »Internationalen Bundes der Konfessionslosen und Atheisten«, eine Einladung der »Giordano-Bruno-Stiftung«, einer »Denkfabrik für Humanismus und Aufklärung«, ein Druidenorden wollte mich für einen Vortrag buchen. Die Redaktion von »Sternstunde Religion« bat um ein Interview. Claire schrieb eine SMS: »Ist *diese Thai* noch bei dir?« Ich antwortete ihr, dass sie bis zu ihrer Rückkehr nach Thailand im Hause schlafen werde.

»Wann fliegt sie zurück?«, simste Claire und fügte kleine Emoticons hinzu, einen Revolver, einen Teufel, ein Messer und ein Flugzeug.

»Ich kann sie fragen, wenn ich sie sehe.«

»Schlaft ihr nicht im gleichen Bett?«

»Nein, Claire, wir schlafen nicht im gleichen Bett.«

Ich schaltete mein iPhone aus und legte mich ins Bett. Ich war schon fast eingeschlafen, als jemand die Tür öffnete. Nang hatte das Zimmer betreten. Sie trug einen schwarzen Slip und ein knielanges T-Shirt darüber. Sie schaute mich fragend an, ich hob die Bettdecke. Nang legte sich darunter und rückte näher zu mir, ich deckte uns beide zu. Sie flüsterte, ich solle weiterschlafen.

Als ich gegen Mittag aufwachte, spürte ich als Erstes Nangs Arm um meine Taille. Wir lagen seitlich im Bett, wie zwei Co-Piloten in Commander Orions Raumkapsel. Nang hielt mich umklammert. Aber es war nicht Nang, die mich aufgeweckt hatte, sondern das geräuschvolle Aufschlagen der Tür.

»Ihr schlaft in getrennten Betten!«, schrie Claire wie von Sinnen, »was ist mit dem anderen Zimmer? Wasserrohrbruch? Lass dir was einfallen, das ist dein Beruf, Lügen, immer eine kleine nette Geschichte!«

Nang blieb erstaunlich gelassen. Wahrscheinlich dachte sie: *Karma*. Während ich mir verschlafen die Augen rieb und mich geräuschvoll dehnte und streckte, tigerte Claire wutentbrannt im Zimmer auf und ab, schmiss meine Jeans, die über der Stuhllehne hingen, aufs Bett.

»Danke, Claire, ich wollte mir gerade was anziehen.«

»Leeroy sucht dich! Es gibt Wichtiges zu besprechen!«

Claire stampfte aus dem Zimmer, stieg die Treppe runter, verfehlte offenbar wieder die letzten beiden Stufen, Bowling.

»Ich war in der Moschee«, sagte Hasan und blickte von seiner Lektüre auf. Er sass am Abend draussen auf der Veranda. Er hatte ein Buch in arabischer Schrift in der Hand, aber es war nicht das Buch der »vereinfachten Rechtswissenschaft«.

»Wir hatten einen Gastprediger aus London, Anjem Choudary. Er ist der oberste Schariarichter in Grossbritannien. Er forderte uns auf, alle Möglichkeiten des Sozialstaates auszunützen, um die islamische Eroberung Europas zu finanzieren. Er machte sich über die britischen Arbeiter und Angestellten lustig. Sie würden arbeiten, um sich den Lebensunterhalt zu verdienen, während die islamischen Prediger ein oder zwei Tage im Jahr arbeiten und sich das übrige Jahr vom Sozialstaat finanzieren liessen. Es sei für einen Muslim richtig, das Geld der Kuffars zu nehmen, damit wir unsere Pflicht erfüllen und ihr Land besetzen können.«

»Und?«, fragte ich Hasan. Ich beobachtete ihn und fragte mich, ob er mir das alles erzählte, um mich im Glauben zu lassen, er würde diese radikalen Predigten ablehnen. War er möglicherweise im Aufnahmelager radikalisiert worden und hielt mich nun zum Narren? Oder war ich Opfer von Onkel Calvins täglichen Schreckensnachrichten? Das Rote Kreuz hatte erneut einen Anstieg sexueller Übergriffe in Flüchtlingslagern gemeldet, abermals waren Hundertausende spurlos verschwunden, ohne registriert zu werden. *Ich denke*, hatte Onkel Calvin gesagt, *die Regierungen haben den Überblick verloren, und falls sie den noch haben, verschweigen sie uns das wahre Ausmass. Das ist die Stunde der Populisten, ich habe zwei Weltkriege erlebt, ich weiss, wann die Lunte brennt.*

Hasan schaute mich nachdenklich an. Hatte er mich angesprochen? Er schien etwas schwermütig: »Ich denke nicht, dass es im Sinne des Korans ist, die Leute, die dir geholfen haben, zu bestehlen. So denken die meisten Muslime. Aber in den Medien liest man nur von dieser ultraorthodoxen Minderheit. Aber in einem Punkt hat Anjem Choudary Recht: Birmingham, Brüssel, Bradford, Amsterdam, all diese Städte werden eines Tages überwiegend von Muslimen bewohnt sein. Das ist ein Tsunami, der über Europa hinwegfegt. Und das sei erst der Anfang, sagte Anjem Choudary, die Realität werde sich ändern, Demokratie, Freiheit, Laizität seien nur Ideen der Kuffar, die man beseitigen müsse.«

Hurrican

»Glasfaser? «, fragte Leeroy.

»Ja, Highspeed, ein Gigabyte pro Sekunde, Up- und Download«, sagte ich. Wir standen in Nangs leerem Massagestudio. Wir betraten die beiden hinteren Zimmer. Leeroy zog den ersten Rollladen hoch, warf einen kurzen Blick auf den Hof und liess den Rollladen wieder runter.

»Wir übernehmen das bis Ende des Jahres. Für den Start ist das ausreichend. Ich habe nichts dagegen, wenn Nang bis Jahresende eins der beiden Zimmer belegt. Claire sagte mir, sie brauche dringend eine Schlafgelegenheit.«

Ich musste leise lachen: »Nang wohnt bis Ende des Jahres in Onkel Calvins Haus.«

Jetzt musste auch Leeroy lachen: »Wir müssen uns auf die Firmengründung konzentrieren, bloss keine Energien verschwenden.« Er zwinkerte mir zu.

»Brauchen wir wirklich diese Aktiengesellschaft?«

»Mitch, was sind Harry Potter? Starwars? Tim und Struppi? Was ist Jurassic Parc? Das sind Bücher, Mitch, das waren ursprünglich Bücher, heute ist es ein Brand, ein Unternehmen mit eigener Wertschöpfungskette, Shops, Movies, Merchandising.«

Leeroy zwinkerte mir erneut zu und zog ein dünnes Dossier aus seiner Aktentasche: »Die "Godless Sun" AG wird alle Aktivitäten koordinieren, sie wird Lizenzen vergeben, Konzerte veranstalten, Ozzy ist schon mit Nightwish im Gespräch. Und wenn wir in einigen Jahren international erfolgreich sind, können wir das Geschäftsmodell lizensieren und gehen an die Börse. Mit einem guten Franchise-System machst du richtig Geld. McDonald's, Starbucks, Dunky Donuts, das muss unser Ziel sein. Wir verkaufen spirituelles Food.«

Ich nahm das Dossier in die Hand und warf einen flüchtigen Blick auf eine der Seiten: »Diese Woche habe ich noch zwei Talkshows in Berlin und Köln, nächste Woche Paris, Barcelona. Das wächst mir über den Kopf, Leeroy ...«

»Deshalb ist Leeroy im Team«, lachte er und klopfte mir auf die Schulter, »vor dir steht ein Mann, der einen Hurrican in einem Segelboot überlebt hat. Vertrau mir, Mitch, Leeroy ist mit dir!«

Pflaumen

»Jedes Jahr muss ich zusehen, wie die Früchte am Baum verfaulen«, ätzte Onkel Calvin, »vielleicht könntest du Fräulein Nang fragen, ob es ihr Freude bereiten würde, Pflaumen zu pflücken.«

Ich sass mit Onkel Calvin im alten Gartenpavillon, der dem Stil der Pariser Weltausstellung von 1889 nachempfunden war. Die Träger der gewölbten Eisenkonstruktion hatten Rost angesetzt, die Polster der Sommerstühle waren verschlissen und von Taubenkot verdreckt. Onkel Calvin zeigte auf die zwei mächtigen Pflaumenbäume, die so viele Früchte trugen, dass ihre Zweige bis ins halbhohe Gras reichten: »Hast du gehört, was ich eben gesagt habe?«

Ich atmete tief durch. Ich sass nicht hier draussen, um über Pflaumen zu reden. Ich hob theatralisch die Augenbrauen und büschelte die Blätter, die ich ausgedruckt hatte. Ich reichte Onkel Calvin die eine Hälfte über den Tisch: »Leeroy plant eine Aktiengesellschaft. Das ist die Anmeldung für das Handelsregisteramt.« Er würdigte die Unterlagen mit keinem Blick: »Fräulein Nang könnte die Pflaumen für sich behalten, vielleicht hat sie Freundinnen, die auch gerne Pflaumen essen. Eine Pflaumenwähe ist etwas Wunderbares und mit Schlagrahm noch viel besser. Weisst du, wie lange es her ist, seit ich ein Stück Pflaumenwähe gegessen habe?«

»Nein«, sagte ich genervt, »im Augenblick beschäftigt mich diese geplante Aktiengesellschaft mehr.«

Onkel Calvin blinzelte in die Sonne. Er genoss den warmen Sommertag im Halbschatten: »Das kann ich gut verstehen, Mitch, schliesslich bin ich dein Onkel und kenne dich von klein auf, aber mich würde schon interessieren, ob Fräulein Nang auch Pflaumenwähen backen kann.«

»Du meinst, in Thailand essen sie Pflaumenwähen?« Ich beugte mich über meine Unterlagen und hoffte, Onkel Calvin würde nun dasselbe tun. Er nahm das Dossier näher zu sich und richtete seinen Blick wieder auf die Pflaumenbäume: »Pflaumen sind gut für die Verdauung, sie haben zwar mehr Kalorien als andere Früchte, aber für die Verdauung gibt's nichts Besseres. Und du weisst ja Bescheid über meinen Darm.«

»Ja, Onkel Calvin«, sagte ich genervt und starrte auf meine Unterlagen, »ich weiss Bescheid über deinen Darm, ich höre ihn frühmorgens bis in den ersten Stock. Und es klingt nicht gerade wie eine SMS. Ich weiss nicht, wieso sich gewisse Leute über den Ruf des Muezzins vom Minarett oder das Krähen des Hahns aufregen, ein Hahn wäre mir lieber als deine Motorengeräusche.«

Onkel Calvin runzelte die Stirn: »Wie soll ich das verstehen? Du möchtest einen Hahn im Garten?«, fragte er ungläubig, »dann braucht er ein paar Hühner, sonst dreht er durch und schreit zu jeder vollen Stunde.«

»Können wir jetzt den Text …«

Onkel Calvin nahm nun endlich Leeroys Unterlagen in die Hand und blätterte zwei Seiten: »Frische Eier wären nicht zu verachten.«

Er überflog die einzelnen Seiten, aber ich hatte nicht den Eindruck, dass er die Texte las.

»Weisst du, Mitch, als ich damals in den 70er Jahren auf Malta einen Konkurs abwickelte, hatte ich jeden Morgen ein englisches Frühstück. Das ist das Einzige, was man auf Malta essen kann.«

Ich war konsterniert, ich stützte den Kopf auf die Ellbogen und starrte Onkel Calvin an. Er wusste genau, was ich von ihm wollte! Er schaute über meinen Kopf hinweg, liess den Blick in aller Ruhe über den mittlerweile wieder verwilderten Garten schweifen und nahm schliesslich Leeroys Unterlagen erneut in die Hand. Er begann zu lesen und murmelte: »Aber die Pflaumen müssen runter, bevor sie runterfallen.« Er blickte kurz hoch, als sei dies eine Bedingung dafür, dass er nun weiterlesen würde. »Hol uns einen Weisswein«, sagte er nach einer Weile ohne aufzuschauen, »nimm einen trockenen Chasselas, vielleicht einen Bollette aus dem Waadtland. Würde Fräulein Nang bestimmt auch schmecken.«

Als ich mit dem Chasselas zurückkam und den eisgefüllten Weinkühler und zwei Gläser auf den Tisch stellte, war Onkel Calvin immer noch am Lesen. Ich begann Pflaumen zu pflücken, einige waren tatsächlich schon verfault, in jeder zehnten Pflaume suhlte sich ein Wurm. Ich rieb ab und zu eine Frucht an meinen Shorts ab, teilte sie in zwei Hälften und steckte sie mir nacheinander in den Mund. Ich muss zugeben, sie schmeckten besser als jene im Supermarkt.

»Sie sind hervorragend, Onkel Calvin. Ich kann dir heute Abend eine Pflaumenwähe machen.«

Onkel Calvin machte eine abfällige Handbewegung: »Du magst Talente haben, ich weiss nicht welche, aber Kochen kannst du definitiv nicht. Du bist nicht einmal fähig, Croissants rechtzeitig aus dem Backofen zu nehmen. Dieses verkohlte Zeug ist karzinogen. Bei mir spielt das keine Rolle mehr, an irgendetwas muss man zugrunde gehen, aber bei dir …«

Als die Schüssel voll war, setzte ich mich wieder zu Onkel Calvin und checkte meine SMS.

»Es hat noch mehr auf dem Baum«, murmelte er.

»Ja, es hat noch mehr! Ich kann auch zwei Container damit füllen, und was machen wir dann damit? Soll ich sie einzeln in die Tramschienen legen und von meinem Fenster aus zuschauen, wie sie platzen?«

Onkel Calvin legte die letzte Seite beiseite und machte ein ernstes Gesicht: »Junge, wieso hast du keine normale Phantasie? Ein normaler Mensch würde sagen, daraus machen wir Konfitüre.«

Onkel Calvin schloss das Dossier und schob es über den Tisch: »Die wollen dich linken, Mitch, ich glaube, dieser Leeroy ist ein schlauer Kerl. Du hast ihm bereits den Domainenamen abgetreten, er hat die Marken angemeldet.«

»Nein, ich habe ihm keine Domainnamen abgetreten, ich hatte gar keinen. Er hat ihn von sich aus angemeldet. Der Domainname war noch zu haben, und ich bin nicht auf die Idee gekommen, ihn zu kaufen. Ich will auch keine 5000 für eine Markenanmeldung ausgeben, mir genügen die Autorenhonorare, ich bin Autor und werde es auch bleiben, mehr will ich gar nicht.«

»Dann solltest du dranbleiben, bevor dich Bärbel zum Teufel schickt. Du hast ja keine Reserve mehr, du solltest mindestens sechs Heftromane in Vorrat haben.«

»Soll ich dabei sein bei der AG-Gründung, ja oder nein?«, fragte ich ungeduldig.

»Du sollst dabei sein. Ich wette, er wird dir einen Deal anbieten, du bringst die Urheberrechte an deinem Buch in die AG ein, und er gibt dir dafür 25 % der Aktien, das wären bei einem Aktienkapital von 100'000 genau 25 Aktien zu 1000 Franken. Am nächsten Tag aktiviert er die Buchrechte in der Bilanz, veranschlagt sie mit 500'000 und schon ist die Firma 575'000 wert.«

»Auf dem Papier«, sagte ich unbeeindruckt. Onkel Calvin fuhr unbeirrt fort: »Er wird dann neue Aktien drucken, und je mehr Aktien er druckt, desto kleiner wird dein prozentualer Anteil an der Firma.

Das machen die wie die FED oder die EZB, Gelddrucken aus dem Nichts.«

Jetzt war ich noch mehr verunsichert: »Was schlägst du vor?«

»Lade dieses Bürschchen ein, ich werde ihm auf den Zahn fühlen. Aber jetzt rufst du Fräulein Nang an und fragst sie, ob es ihr Freude bereiten würde, in unserem Garten ein paar Pflaumen zu pflücken.«

Ich fuhr mit der Strassenbahn ans andere Ende der Stadt, um im Asia Shop noch ein paar Fishcakes und vegetarische Springrolls zu kaufen. Ich wollte Onkel Calvin eine kleine Freude bereiten. Wenn er schon keine thailändische Köchin mehr hatte, was natürlich seine Schuld war, sollte er wenigstens ein Thai-Menu haben. Ich verweilte lange vor dem Regal mit den unzähligen Currypasten. Mag sein, dass es daran lag, dass gleich am Ende des Regals die Tür ins Lager führte, wo Nang die Buchhaltung führte. Als ein Thaijunge hinter mir vorbeiwuselte und ins Lager huschte, folgte ich ihm und rief so laut, dass es auch Nang hören musste, wo eigentlich das Regal mit den Wasabinüssen sei.

»Komm rein!«, lachte Nang. Sie hatte mich durchschaut. Ich liess mich nicht zweimal bitten. Als ich sie hinter ihrem Bürotisch sah, war mir klar, dass ich weder Currypasten noch Wasabinüsse gesucht hatte. Obwohl wir ja heute Morgen zusammen im Bett, nein, auf dem Bett gelegen hatten, war ich verlegen und etwas ungeschickt. Ich stützte mich locker an einem Stapel Reisnudeln ab, der gleich nachgab und mich beinahe zu Fall brachte. War diese Tölpelhaftigkeit ein Zeichen von Verliebtsein?

»Hast du dir weh getan?«, fragte Nang mit gespielter Besorgnis, »brauchst du eine Massage?«

»Nein«, sagte ich, »ich war gerade unterwegs, wollte noch schnell eine Kleinigkeit kaufen und *Hallo* sagen.«

»Ich habe eine Wohnung in Aussicht«, sagte Nang, »ganz in der Nähe des Shops, die prüfen noch meinen Leumund. Kann ich dich als Referenz angeben?«

»Natürlich», sagte ich, »auch Onkel Calvin, Professorentitel machen sich immer gut.« Obwohl ich mein Geld mit Kreativität verdiene, fiel mir einfach kein Twist ein, um endlich die Pflaumenwähe von Onkel Calvin ins Spiel zu bringen. Ich hielt mich eigentlich für einen ziemlich unkomplizierten, lockeren Menschen, aber wahrscheinlich spielten die Hormone verrückt. Ihr Chef betrat das Lager, ein energiegeladener untersetzter Mann um die 50. In diesem Augenblick gab es Tumulte im Laden. Wir traten aus dem Büro heraus und sahen, dass ungefähr ein Dutzend junger Männer aus Eritrea den Laden plünderten. Nangs Chef schlug heftig auf den Erstbesten ein, aber dieser liess sich nicht beirren, griff noch rasch nach einer Packung Tsingtao Bier und rannte mit den anderen wieder auf die Strasse hinaus. Zwei waren noch im Ladenlokal und versuchten, Nang ihr Mobile zu entreissen. Ich nahm den einen von hinten in den Würgegriff, Nangs Chef trat dem anderen in die Kniekehle. Schliesslich gaben sie auf und rannten auf die Strasse, während ihnen unter ihren Ralph-Lauren-T-Shirts verstaute Sardinenbüchsen herunterfielen. Nangs Chef kniete fluchend nieder, sammelte die verstreuten Büchsen und zerbrochenen Sojagläser ein. Nang half ihm beim Aufwischen.

»Du musst dich nicht beeilen mit dem Mietvertrag«, sagte ich, »du kannst so lange bei mir wohnen, eigentlich brauchst du gar keine Wohnung.«

»Claire wird das nicht mögen«, sagte Nang und warf mir einen listigen Blick zu.

»Das ist gut möglich«, sagte ich. »Aber *ich* werde es mögen.«

Der Backofen piepste. Onkel Calvin nahm es mit Genugtuung zur Kenntnis und schätzte, dass ich alles im Griff hatte. Ich zog die Wähe aus dem Backofen, brachte sie an den Tisch und teilte sie in gleichmässige Stücke. Der Saft floss in alle Richtungen, ich wollte Onkel Calvin ein Achtelstück auf den Teller legen, doch der Teigboden war noch weich und der Saft, der ihm auf die Hosenbeine spritzte, 200 Grad heiss. Er schaute mich an, wütend, fassungslos, als sei ich der grösste Depp auf diesem Planeten.

»Hast du schon einmal darüber nachgedacht, wieso es bei einem Backofen nicht nur eine mittlere Hitze, sondern auch eine Ober- und Unterhitze und ein paar weitere Funktionen gibt?« Wir liessen die Wähe abkühlen und ich überlegte, ob ich an Bord des Raumschiffes einen Defekt einbauen könnte. War es glaubwürdig, dass Commander Orion die Hitze der Turbinen falsch eingestellt hatte?

Schweigend assen wir diese deprimierende Pflaumenwähe und mussten dazu wohl oder übel Gabel und Messer benutzen.

Wir schauten dabei die Abendnachrichten. Das dominierende Thema war wie immer seit zwei Jahren die Migrationskrise. Dass Griechenland trotz Milliardenkrediten schon wieder pleite war und nicht mal die Hälfte der vereinbarten Reformen durchgeführt hatte, war kein Thema mehr. Ungarns Ministerpräsident sagte, es gebe kein Menschenrecht auf ein besseres Leben, Cameron vertrat die Auffassung, dass es wohl Merkels Problem sei, wenn sie die ganze Welt nach Deutschland einlade, das liberale Schweden kapitulierte vor der Flüchtlingslawine, Frankreich wollte keine Migranten, die Syrer im Dschungeldorf von Calais wollten nicht in Frankreich bleiben, sondern nach England weiter, die Slowakei und Polen wollten keine muslimischen Flüchtlinge mehr, nur Christen; Serben, Kroaten, Ungarn und Österreich schlossen abwechselnd die Grenzen, es war ein gigantisches Schwarzer-Peter-Spiel, das sich die Staaten der europäischen Union lieferten. Jeder Staat hatte nur seine Partikularinteressen im Sinn. Und dann crashte auch noch die Börse. Mr Dax prognostizierte das Zerbrechen der EU und bürgerkriegsähnliche Zustände, die Wetterfee hingegen ein sonniges Wochenende und Regen ab Montag. Nach dem Werbeblock folgte eine Sondersendung, die üblichen Talkshowgäste diskutierten, einer plädierte dafür, dass man die Bürger Europas fragen solle, ob sie wollten, dass eine politische Elite ihnen ein neues Europa aufzwinge, ein anderer bezweifelte, dass Demokratie noch das richtige Mittel sei, um die Migrantenkrise zu meistern, alle äusserten die Besorgnis darüber, dass in Europa die Protestparteien der Extremisten in den Umfragen zweistellige Werte erreichten.

»Aber die Pflaumen sind gut«, versuchte ich die Stimmung aufzulockern. Onkel Calvin reagierte nicht, er steckte sich ein Stück des durchnässten Teigs in den Mund, doch kaum hatte er zugebissen, schrie er auf, liess Gabel und Messer fallen und griff sich mit beiden Händen an den Kiefer. Ich dachte zuerst, er hätte sich einen Zahn ausgebissen, aber er konnte nicht mehr richtig sprechen, er gab wilde Handzeichen, als versuche er, einem Taubstummen in Gebärdenzeichen eine dramatische Story zu erzählen.

»Soll ich dich auf die Notfallstation bringen?«, rief ich laut.

Er nickte energisch und erhob sich stöhnend, während er sich immer noch an den Kiefer griff. Ich rief sofort Kofi an, aber er war besetzt, er schickte mir einen Kollegen. Als die Schmerzattacke nachliess, konnte er wieder sprechen: »Du meine Güte«, sagte er, »war das ein Schmerz!«

»Wir gehen trotzdem, oder?« Das Taxi wartete bereits draussen.

»Ist schon vorbei«, sagte Onkel Calvin und nahm einen Schluck aus seinem Weinglas, doch kaum hatte er die Flüssigkeit hinuntergeschluckt, schrie er erneut auf und fasste sich mit beiden Händen an die Wangen.

Wir meldeten uns am Empfang der Notfallstation, füllten die Formulare aus und warteten im blauen Areal B, dass wir aufgerufen wurden. Onkel Calvin war die Angst ins Gesicht geschrieben. Ich legte ihm die Hand aufs Knie und sagte leise: »Das wird schon wieder, bald werden wir aufgerufen.«

Überall waren A4-Plakate aufgehängt. Sie warnten vor einer grassierenden Masern- und Tuberkulose-Epidemie und zeigten auf Schaubildern die Symptome. Eine Ärztin stellte uns eine Menge Fragen und wies uns weiter zur Hals-Nasen-Ohren Abteilung, wir sollten im grünen Areal C warten. Eine Pflegefachfrau holte uns ab und führte uns zu einem Bett, das lediglich mit bodenlangen Tüchern von den anderen Betten getrennt war. Onkel Calvin musste ein Spitalhemd anziehen, er schwankte zwischen Wut und Resignation. Nach einem Routinecheck mit Blutentnahme wies man uns an, zu warten, bis die Werte aus dem Labor vorlagen. Es dauerte eine Ewigkeit. Als ich sah, dass sich Onkel Calvin auf die Liege legte, zur Seite drehte und die Augen schloss, checkte ich meine Mails. Leeroy, Ozzy, Shiva, ein Tsunami an Informationen und Anfragen und natürlich Claire, die sich nach *dieser Thaifrau* erkundigte. Die arabische Ausgabe verkaufte sich überraschend gut, China hatte Interesse an einer Übersetzungslizenz, wollte aber nichts bezahlen; neue Einladungen zu Talkshows, Interviewanfragen.

»Mitch«, sagte Onkel Calvin plötzlich, »ich habe "Godless Sun" zu Ende gelesen. Es gibt da einen Satz, der mir nicht mehr aus dem Kopf geht. Du schreibst, wenn es einen Gott gibt, kann es kein aktiver Gott sein, kein handelnder Gott, kein Gott, der beobachtet, urteilt, belohnt und bestraft, kein Gott, der Schmerzen zufügt und Schmerz lindert. Du schreibst, die Welt zeige uns jeden Tag auf brutale Art und Weise, dass es keinen aktiven Gott geben kann. Zu gross sei das Elend und das Unrecht, dass uns Menschen widerfährt. Sogar die ärmsten Menschen in der Dritten Welt werden von einer Naturkatastrophe nach der anderen heimgesucht. Würde es einen aktiven und mächtigen Gott geben, würde das nicht passieren. Denn es stünde in seiner Macht, dies zu verhindern. Ansonsten wäre er ein passiver Gott. Also gibt es, wenn überhaupt, nur einen passiven Gott, einen, der wie die Sphinx einfach da ist, seit Jahrmillionen und nichts tut, ein Gott ohne Emotionen, ohne Empathie, und falls es nun diesen passiven Gott geben sollte, dann kann uns das allen schnurzegal sein. Also müssen wir nicht so leben, als stünden wir ständig unter Beobachtung und dürften in schwierigen Stunden Trost erwarten.«

Ein junger Assistenzarzt untersuchte nun Onkel Calvins Ohrspeicheldrüsen, die offenbar stark entzündet waren. Er zog blaue Handschuhe an und strich sowohl von aussen als auch von innen der Speicheldrüse entlang. Er sagte, das könne schon mal vorkommen, dass mikroskopisch kleine Steinchen den Speichelfluss blockieren, dann entstünde ein schmerzhafter Bakterienherd. Er schlug vor, Onkel Calvin fünf Tage stationär zu behandeln, damit man ihm

Antibiotikainfusionen verabreichen könne. Onkel Calvin wollte nicht, er sagte, Antibiotika könne er auch zu Hause schlucken. Vergebens versuchte ihm der Arzt den Unterschied zu erklären. Onkel Calvin liess nicht mit sich reden und zog bereits wieder sein blaues Spitalhemd aus. In diesem Augenblick kam eine Oberärztin mit dem Laborbefund. Sie sagte, die Entzündungswerte seien sehr hoch, das könne nicht allein vom Infekt in der Ohrspeicheldrüse herrühren, ob er noch andere Beschwerden habe? Verdauung? Schwindel? Doppelbilder? Er solle in den nächsten Tagen seinen Hausarzt aufsuchen.

Als wir das Spital verliessen und draussen vor dem Eingang auf Kofi warteten, zogen Abenteuermigranten aus dem Maghreb und die im leeren Trakt untergebrachten Eritreer durch die Strasse und skandierten Halal, Allahu Akbar. Sie begannen die Schaufenster auf der gegenüberliegenden Strassenseite zu zertrümmern. In einem wilden Saubannerzug zogen sie randalierend zum Bahnhof hinauf. Als Kofi mit seinem Taxi vorfuhr, hörten wir bereits Polizeisirenen. Vor dem alten Stadttor kamen uns kahlköpfige Jungs in Springerstiefeln entgegen. Sie schwangen Fahnen mit Totenköpfen und Nazisymbolen und blockierten die Strasse. Am oberen Ende der Strasse kamen zornige Migranten, aus einer Seitenstrasse marschierte der schwarze Block auf, die Linksautonomen und Antifaschisten, offenbar hatten sich alle per SMS connected und innerhalb von Minuten zum grossen Showdown verabredet. Die HoGeSas, die Hooligans gegen Salafisten, durften natürlich auch nicht fehlen. Die einen schrien »Nazis raus«, die anderen »Ausländer raus«. Die beiden Gruppen prallten heftig aufeinander, man konnte kaum noch erkennen, wer nun wen verprügelte. Von zwei Seiten nahten Polizeiwagen, hochgerüstete Einheiten in schwarzer Montur, Polizisten sprangen aus den Kastenwagen, zogen ihre Helmvisiere hinunter, bildeten eine Schildkrötenformation und marschierten im Gleichschritt auf die Randalierer zu. Diese bildeten plötzlich eine geschlossene Reihe und schossen wie aus einer Stalinorgel Blendgranaten gegen die anrückenden Beamten. Einige rissen Steine aus dem Pflaster, faustgrosse Stücke, und warfen sie in hohem Bogen gegen den

Polizeikordon. Ein paar Mädchen waren auf die Alleebäume geklettert und begannen mit Laserpointern auf die Köpfe der Polizisten zu zielen, Petarden explodierten und rissen Löcher in den Polizeikordon. Krankenwagen rasten auf die Menge zu und versuchten, sich hupend einen Weg zu bahnen. Die Fahrzeuge wurden mit Baseballschlägern angegriffen, die Scheiben zertrümmert, von Norden nahten zwei Wasserwerfer, die Polzisten bildeten eine Gasse. Die Wasserwerfer trieben die Vandalen vor sich her, das hielt sie aber nicht davon ab, einen Zeitungskiosk abzufackeln. Als ein Feuerwehrauto aus einer Seitengasse fuhr, wurden es angegriffen, die Schläuche mit Macheten durchstochen. Wir blieben im Taxi sitzen und schwiegen. Als sich der Tränengasnebel allmählich verzog, sahen wir die zahlreichen verletzten Polizisten am Boden, in der Ferne brannte ein Polizeiauto, ein paar Migranten hüpften auf dem Dach eines verlassenen Polizeifahrzeugs herum und versuchten, eine Delle zu stampfen. In diesen Stunden galten keine Gesetze mehr, sämtliche Regeln des Rechtsstaates waren ausser Kraft gesetzt, die Staatsgewalt lag blutig und geschunden auf dem Asphalt, an diesem Tag hatte sie ihr Gewaltmonopol zum ersten Mal verloren. Es sollte nicht das letzte Mal sein.

»Die schreiben, die Polizei habe vom Sicherheitsdepartement die Weisung erhalten, Sachbeschädigungen zu tolerieren.« Onkel Calvin sass am Morgen wie üblich über seine Zeitung gebeugt. Er schluckte nun dreimal täglich Antibiotika, es ging ihm schon wesentlich besser.

»Mitch, ich frage mich, was ist eigentlich die primäre Aufgabe eines Staates? Die Sicherung seiner Grenzen und der Schutz der Bevölkerung? Wofür bezahlen wir Steuern?«

Diesmal berichteten alle nationalen Medien über die gewalttätigen Auseinandersetzungen. Zu penetrant war in den letzten Monaten der Vorwurf erhoben worden, sie würden nicht mehr korrekt informieren. Die Medien schrieben, der Streit habe sich im Wartesaal des Lungenlabors des Universitätsspitals entzündet. Da sehr viele junge Männer aus Eritrea Lungenprobleme hätten, Tuberkulose und andere Krankheiten, sei die LUFU permanent überlastet. Einer hätte eine Pneumologin beschimpft, weil er sich nicht von einer »Unreinen« habe berühren lassen wollen, worauf sich die Wut der Wartenden auf alle Mitarbeiterinnen der Abteilung entladen habe. Bobic kritisierte am nächsten Tag in einem Leserbrief die Berichterstattung und unterstellte den Medien, sie wollten nur Hass schüren, sie seien Handlanger der Rechtsextremen. In den Social Medien wurde fleissig die Nazikeule geschwungen, das ultimative Totschlagargument, andere riefen wiederum zur Gründung von Bürgerwehren auf, die drei Waffenhandlungen in der Stadt schalteten Werbung. Ich überlegte, ob ich einen Waffenschein beantragen sollte. Aber eine Waffe im Haus widerstrebte mir. Ich denke, es ist nicht gut, wenn eine geladene Waffe in Griffnähe ist. Es gibt im Leben eines jeden Menschen Augenblicke, in denen man sich nur deshalb keine Pistole an die Schläfe setzt, weil keine da ist. Und wie würden erst Streitereien unter Nachbarn ausarten, wenn alle bewaffnet wären? Onkel Calvin bestand darauf, dass ich eine Waffe kaufe. An der eigenen Sicherheit dürfe man nicht sparen. Sparen wollte er jedenfalls bei der medizinischen Betreuung und weigerte sich, seinen Hausarzt aufzusuchen. Er sagte, der wolle ihm bloss das Geld aus der Tasche ziehen. Ich mailte der Clique, dass wir im Hause gerade andere Probleme hätten und dass wir unsere Sitzung um eine Woche verschieben müssten. Claire hakte nach und fragte, ob ich Probleme mit *dieser Thaifrau* habe. Als ich verneinte, fragte sie, wann sie endlich zurückfliege?

Ich arbeitete die ganze Woche mit Commander Orion an einem Defekt der Bordelektronik und versuchte auf der geheimnisvollen Insel paranormale Geistererscheinungen zu deuten. Sollte vielleicht der ruhelose Geist eines alten Nazis, der im Fussboden eingemauert war… Nein, das war mir zu albern, mir fehlte auch die Konzentration. Mein bisheriger Arbeitsrhythmus war erheblich gestört. Am frühen Morgen gab es bereits die ersten Mailinterviews, jeder wollte mehr Details, Fotomaterial. Zahlreicher wurden auch die Mails der Leserinnen und Leser, die Beschimpfungen in den sozialen Medien nahmen zu. Ich überlegte, ob ich nicht doch Leeroys Vorschlag annehmen sollte und in Zukunft die Kommunikation delegieren sollte. *Das machen alle grossen Stars in Hollywood, die haben ganze Teams dafür abgestellt.* Ich war weder ein grosser Star noch lebte ich in Hollywood, aber mein Zögern lag wohl daran, dass ich immer noch Angst hatte, das mir die Kontrolle gänzlich entglitt.

»Sexuelle Übergriffe haben zugenommen, hat mir der Verkäufer im Waffengeschäft gesagt.« Onkel Calvin schob mir einen Prospekt über den Tisch. Auf der Frontseite war ein schwarzer Trommelrevolver abgebildet.

»Du warst in einem Waffengeschäft?«

Ich blätterte den Prospekt durch. Es waren zahlreiche Modelle mit langen und kurzen Läufen abgebildet, in schwarz und silber. Wir frühstückten wie üblich in seinem Salon.

»Ich habe auch Macarons gekauft, mach uns noch einen Kaffee und bring die Macarons. Sie sind im Kühlschrank.«

Während ich in der Küche hantierte, erzählte mir Onkel Calvin seine Theorie: »Mitch, Integration kann nur gelingen, wenn man das Problem benennt und offen anspricht. Diese Abenteuermigranten aus dem Maghreb, Balkan und Nahen Osten, das sind junge, alleinreisende Männer, die in patriarchalischen Strukturen aufgewachsen sind. Sie wurden zu Machos erzogen, die Frauen verachten und nach Belieben erniedrigen und missbrauchen dürfen. Sie haben zum Teil weder Bildung noch Sozialisierung erfahren, sie haben nicht den geringsten Respekt vor unseren Polizeibeamten, denn in ihrer Heimat sind sie es gewohnt, dass man sie auf dem Revier verprügelt, wenn sie Unfug anstellen.«

Onkel Calvins Zustand hatte sich nach vier Tagen Antibiotika merklich gebessert, er hatte keine Schmerzen mehr beim Kauen, aber die linke Ohrspeicheldrüse war immer noch geschwollen. Ich brachte den Kaffee und die Macarons in den Salon. Ich war erstaunt, dass er gleich ein halbes Kilo gekauft hatte, denn ich durfte ihm nie mehr als

100 Gramm besorgen, wenn ich ihm jeweils am Donnerstag in der Bahnhofspassarelle die neuen Heftromane kaufte. Zu teuer. Und jetzt verschwand er gleich den ganzen Vormittag, besuchte ein Waffengeschäft und kam mit einem halben Kilo Macarons zurück.

»Die muss man innerhalb von 24 Stunden essen, Onkel Calvin.«

»Dann wollen wir mal«, sagte er und stopfte sich einen Macaron nach dem anderen in den Mund. »Ich hatte einen kleinen Schwatz mit diesem Herrn Horlacher, er führt die Waffenhandlung in der dritten Generation, er sagte mir, auf der Notfallstation hätten sie immer mehr Stichverletzungen zu behandeln und die Gynäkologin im oberen Stock hätte ihm gesagt, dass sie jeden Montag ein halbes Dutzend Frauen in der Praxis habe, die am Wochenende vergewaltigt worden seien. Auch die Einbrüche und Raubüberfälle auf offener Strasse hätten zugenommen. Aber die Polizei hätte Weisung von ganz oben, nicht mehr alles zu publizieren. *Je mehr die Polizei abrüsten muss,* sagte er mir, *umso mehr rüsten die Privaten auf.* Das sei gut fürs Geschäft. Leider habe er nun keine Faustfeuerwaffen mehr an Lager, alles ausverkauft.«

Onkel Calvin nahm einen Schluck Kaffee und steckte sich einen weiteren Macaron in den Mund: »Die mit dem Zitronengeschmack mag ich am liebsten. Nimm, solange es noch hat.« Er schob mir die Schachtel zu.

»Das ist eine gefährliche Entwicklung, Mitch. Viele banale Streitereien enden nur deshalb tödlich, weil gerade eine Waffe in Griffnähe ist. Wenn die Polizei uns nicht mehr schützen kann, werden die Leute das Recht in die eigene Hand nehmen. Es ist nur eine Frage der Zeit, bis die ersten Toten in den Strassen liegen. Vielleicht bräuchten wir mehr Polizeipräsenz in den Strassen und weniger Opernaufführungen.«

»Kurse?«, fragte ich überrascht.

»Ja, Kurse«, wiederholte Claire, »Stresstests.«

Die ganze Clique hatte sich am Abend in Onkel Calvins Salon versammelt. Wir hatten beim Gourmet-Velokurier Tandoori Spiesschen mit Fried Rice bestellt. Onkel Calvin hatte auf einer Pizza Hawaii bestanden. Etwas mürrisch schob er die Teigspitze in den Mund. Nein, die Ananas rutschte ihm nicht runter, sie hatten die Ananas vergessen. Aber wenigstens konnte er wieder schmerzfrei zubeissen. Es wäre möglich gewesen, doch Onkel Calvin hatte keinen Appetit.

Leeroy schob Claire ein halbes Dutzend Plastikmappen zu. Claire nahm ein Exemplar und reichte den Stapel weiter, bis das letzte Exemplar bei Onkel Calvin angekommen war. Ich überflog das Inhaltsverzeichnis und stockte.

»Wir sprechen junge Menschen auf der Strasse an und bieten ihnen einen Stresstest an«, sagte Claire ungeduldig. Mein Zögern ärgerte sie.

»Wir verkaufen einen Code«, sagte Shiva, «mit diesem Code können sich die Leute auf unserer Webpage einloggen und die 250 Fragen beantworten. Auf diese Weise erhalten wir gleich E-Mails, Adressen, persönliche Daten, die wir weiterverkaufen können.«

Leeroy schob mir eine orangenfarbene Kreditkarte über den Tisch, die eine aufgehende Sonne zeigte und auf der Rückseite einen sechsstelligen Code aufgedruckt hatte.

»Wir werten jeden Test in 24 Stunden aus«, sagte Claire stolz.

»Wer *wir*?«, fragte ich gereizt.

»Ich habe ein Programm geschrieben«, sagte Shiva, »der ganze Vorgang läuft elektronisch ab. Ein Mausklick und alle 250 Antworten sind ausgewertet.«

»Was zum Teufel hat das alles mit "Godless Sun" zu tun?«, rief ich.

»Sehr viel, Mitch«, sagte Claire betont ruhig, »es geht um die innere Ruhe, die Harmonie mit der Natur, Entspannung, Relaxen, Meditation. Wir möchten, dass die Sonne in das Leben der Menschen zurückkehrt, dass sie wieder lernen, von innen zu strahlen. Wir wollen die Menschen glücklich machen.«

Ich schaute entgeistert in die Runde.

»... von innen strahlen?«, stiess ich ungläubig hervor.

»Das ist doch sehr schön formuliert», sagte Shiva und wandte sich an Onkel Calvin: »Nicht wahr, Onkel Calvin, das ist Poesie.«

»Ich habe eine Pizza Hawaii bestellt«, ätzte Onkel Calvin.

»Und ein Computer wertet das alles aus?«, seufzte ich.

»Unser Oxford Stress Test ist wissenschaftlich fundiert. Er setzt sich aus fünf verschiedenen Testbögen zusammen, die international erprobt sind.«

»Wieso Oxford? Hast du den aus Oxford?«

Betretenes Schweigen. Ich bin sicher, Claire wollte mich ärgern, mir ein bisschen Stress machen, aber dafür brauchte ich wohl keinen Stresstest. Ich war nun sehr gestresst und wusste es bereits.

»Shiva«, sagte ich drohend, »hast du etwa den Server der Oxford Universität gehackt?«

»Wir sind Ex-Alkis«, sagte Shiva, »aber keine Kriminellen.«

»Mitch« sagte Leeroy, »Oxford ist eine Stadt in der englischen Grafschaft Oxfordshire, eine Autostunde von London entfernt. Als ich einige Monate in Oxford lebte, kaufte ich jeweils an der Tankstelle Oxford Bier, mein Favorit war Oxford Gold von Brakspear, du kannst auch eine Suppe *Oxford Soup* nennen, wieso nicht auch einen Stress Test Oxfordtest?«

»Weil er nichts mit Oxford zu tun hat«, beharrte ich.

Ich schaute hilfesuchend zu Onkel Calvin rüber, der seinen Pizzakarton weit von sich geschoben hatte.

»Wir können den Test auch Westpoint-Test nennen«, schlug Ozzy vor.

»Das ist eine Militärakademie, Ozzy«, sagte Leeroy und grinste mitleidig.

»Wie wärs mit Stanford oder Berkeley?«, schlug Shiva vor.

»Harvard!«, sagte Ozzy, »das ist sogar mir bekannt. Dort studieren zukünftige Milliardäre, habe ich gelesen.«

»Das ist doch alles irreführend, nicht wahr, Onkel Calvin?«

»Schickt einen von euch nach Harvard, er soll dort einen Kaffee trinken und etwas auf eine Serviette kritzeln, dann könnt ihr sagen, ihr habt den Test in einem Lokal in Harvard entwickelt, aus juristischer Sicht ist das in Ordnung. Wir reden hier nicht über Ethik, wir reden über die amerikanische Rechtsordnung.«

»Sieh es doch positiv«, sagte Ozzy, »sobald die Firma steht, hast du wieder uneingeschränkt Zeit für Commander Orion.«

Alle schauten mich an, als würden sie sagen, *Ist es nicht so?*

»Okay«, entschied Leeroy, »Harvard Test. Können wir zum nächsten Traktandum übergehen: Member Cards. Das ist eine Idee von Ozzy. Ozzy, bitte.«

»Mit der Member Card«, begann Ozzy, »hat man Zugang zu einer ganzen Palette von Dienstleistungen, die wir laufend ergänzen. Hier ist alles möglich, vom ermässigten Ticket für das geplante Nightwish-Konzert bis zum Solariumbesuch ...«

»Nein!«, rief ich, »ganz einfach Nein und nochmals Nein! Das ist nur noch peinlich! Können wir zum nächsten Punkt übergehen. Ich kann es kaum erwarten, auf den Planeten Toras-5 zurückzukehren.«

»VIPs«, sagte Leeroy ruhig, »wir müssen VIPs akquirieren, Opinion Leaders, Schauspieler, Kulturschaffende, aber ich denke, das sparen wir uns für das nächste Meeting auf, Mitch scheint mir doch etwas gestresst.«

»Ja«, sagte Claire, »das war eben auch mein Eindruck. Aber genau dafür haben wir den Oxford-Test entwickelt.«

»Harvard!«, grinste Ozzy, »Harvard.«

Claires Wohnung

»Wie ist sie im Bett?« Claire stand nackt vor den halbgeschlossenen Jalousien und blickte auf die Strasse hinunter.

Ich sammelte meine Wäsche ein, die auf dem schwarzweiss gemusterten Teppich verstreut war. Claires Wohnzimmer war spärlich möbliert, schwer zu sagen, ob sie gerade eingezogen war oder demnächst ausziehen wollte, die Einrichtung stammte aus dem Ikea-Katalog und war, wie auch Claires Beziehungen, nicht für die Ewigkeit gedacht. Die braune Zweiercouch, der Sessel, der wacklige Glastisch, das würde keine Generation überleben. Auffallend war nur der kleine, verstaubte Kaktus neben dem Flachbildschirm.

»Kriegt der Kaktus nicht heiss neben dem Fernseher?«

»Ich habe ihn nicht gefragt,« sagte Claire, ohne sich umzudrehen, »was denkst du, kriegt der Kaktus heiss?«

»Ist das dein Oxford-Test?«

»Harvard, Mitch, es ist der Harvard-Test, wir sollten uns an das Wording halten. Dafür halten wir schliesslich diese Meetings ab. Aber du weichst meiner Frage aus.«

Auf Claires Arbeitstisch lag ein merkwürdiger Handgriff, der so aussah, als hätte sie den Notbremsenbügel in einem Intercity abgerissen. Ich nahm das Ding neugierig in die Hand. Der Griff war mit einer Anzeige verbunden, die an einen Tacho erinnerte: »Was ist das?«

»Ein Dynamometer. Damit kann man die Kraft messen.«

»Ich dachte schon, es sei so eine Art Masturbationsmaschine.«

Claire tat so, als wolle sie mich schlagen und sammelte dann ihre Kleider ein: »Damit misst man die Kraft.«

»Und dafür braucht ihr Psychologen ein spezielles Gerät? Gab es dafür einen Forschungsauftrag?«

Claire zog ihren schwarzen String an und kam zu mir an den Tisch: »Nimm es in die rechte Hand und versuche, den Griff runterzudrücken.«

Ich tat es, es war nicht sonderlich schwierig. Die Nadel auf dem Tacho schlug ein bisschen aus. Dann tat ich es erneut und erneut und versuchte jedes Mal, das vorherige Ergebnis zu toppen, bis die Nadel in den grünen Bereich schwenkte.

»Das ist eine Weiterentwicklung des Dynamometers der Forschungsgruppe Psychologische Diagnostik an der Universität Zürich. Erfunden hat es ursprünglich James McKeen Cattell, der Pionier auf dem Gebiet der OPT's.«

»OPT's?«

»Das habe ich dir doch damals im Indian Palace erklärt. Oder hast du das auch schon vergessen?«

»Ich habs nicht so mit AZ's.«

»AZ's?»

»Abkürzungen.«

Claire verdrehte theatralisch die Augen: »OPT, Objektive Persönlichkeitstest! Cattell entwickelte dieses OPT-Gerät bereits 1890. Es misst den Händedruck. Es ist nur ein Teil von über 500 Optionen im Bereich der OPT's. ›Objektiv‹ heissen die Tests, weil sie auf direktes Befragen verzichten. So wollen wir Psychologen verhindern, dass die Testpersonen Antworten geben, die auf Gefälligkeit oder politischer Korrektheit beruhen. Deshalb besteht der Trick bei den OPT's darin, dass die Testperson gar nicht weiss, was wir testen wollen. Mit dem Händedruck habe ich nicht deine Kraft, sondern deine Leistungsbereitschaft gemessen. Mit jedem Durchgang hast du versucht, dich zu steigern.«

Sie setzte sich vor ihren Monitor. Ihr nackter Busen spiegelte sich auf dem blauen Screen. Sie rief ein Programm auf. Es zeigte eine Kreuzung aus der Vogelperspektive, Zebrastreifen und abseits eine rote, geschlechtsneutrale Figur: »Du musst die Strasse überqueren. Klicke mit der Maus auf die rote Figur und markiere mit gedrückter Maustaste den Weg, den du gehen willst, um die Strasse zu überqueren.«

Ich wählte nicht den langen Umweg über den Zebrastreifen, sondern den kürzesten Weg. Sie reichte mir einen Luftballon und bat mich zu blasen. So viel Luft wie nur möglich. *Je mehr Luft, desto mehr Geld kriegst du.* Ich bliess ihn blitzschnell auf – bis er platzte. Claire lachte.

»Siehst du, so erfahren wir Dinge, die nicht einmal die Testpersonen offen zugeben würde, weil sie sich dessen nicht bewusst sind. Wer das Risiko liebt, wählt beim Überqueren der Strasse den kürzesten Weg und pustet beim Luftballon-Test, was das Zeug hält – und riskiert, dass er platzt. Sein Verhalten lässt sich auch auf sein Risikoverhalten in anderen Lebensbereichen übertragen. Zum Beispiel beim Sex, bei Geldanlagen, beim Glücksspiel. Wer den Ballon vorsichtig aufbläst, eher zu wenig pustet als zu viel, erzählt uns eine Menge über sein Leben. OPT's sind kein Hokuspokus, Mitch, es ist zur Zeit das am meistgeforschte Gebiet in der psychologischen Diagnostik. OPT's sind Trojanische Pferde. Da die Testperson nie weiss, wie der Test funktioniert, kann sie ihn auch nicht überlisten.«

Als Claire meine Skepsis sah, rief sie einen weiteren Test auf: Eine ineinander verknotete Linie erschien auf dem Monitor, dann noch eine zweite: »Entscheide blitzschnell, welches Kabel das längere ist!«

Ich tippte sofort auf das linke Kabel: »Richtig?«

»Das ist nicht das, was wir messen, Mitch, wir haben deine Impulsivität gemessen. Das ist OPT, Mitch.«

»Sag mir jetzt bloss nicht, dass du für "Godless Sun" eine derartige Testreihe entwickelst.«

»Ich habe dich vorhin gefragt, ob du mit deiner Thai schläfst.«

»Wir schlafen nicht miteinander, wir verstehen uns gut, das ist alles, und bis sie eine Wohnung hat ...«

Claire stellte sich vor mich hin, stemmte ihre Hände in die Hüften und neigte den Kopf zur Seite: »Wie lange wird das noch dauern, Mitch? Soll ich ihr helfen, eine Wohnung zu finden? Verstehst du denn gar nichts von der weiblichen Psyche?«

»Doch, ich habe sie längst durchschaut. Sie will sich bei mir einnisten«, sagte ich und wich einen Schritt zurück, »dann wird sie Onkel Calvin mit Dioxin vergiftete Crevetten servieren, damit ich erben kann und anschliessend bohrt sie mir ein Satai-Spiesschen ins Herz und haut mit meinem ganzen Erbe nach Chiang Mai ab.«

Claire drehte sich um und schüttelte enerviert den Kopf. Sie suchte ihren linken Schuh, kniete nieder und schaute unters Bett: »Weisst du, Mitch, Männer sind ja sowas von blöd. Sie meinen stets, alles sei nur Freundschaft und so, und plötzlich sind sie in Ketten und haben keine Ahnung, wie ihnen geschehen ist. Nimm dich in Acht, deine *Thaifrau* hat einen Plan.«

»Und du, Claire? Wir haben doch alle Pläne. Ich muss zum Beispiel bis morgen Abend die nächste Folge der Mystery-Serie abliefern. Irgendwann ist dieser ganze Hype um "Godless Sun" vorbei ...«

Sie zog ihren Schuh unter dem Bett hervor, setzte sich auf die

Bettkante und zog den Schuh an: »Leeroy wird dafür sorgen, dass es nicht so ist.«

Strike

»Strike«, sagte Leeroy anerkennend und verzog das Gesicht zu einer Grimasse. Der Monitor über der Bahn 4 zeigte ein blinkendes Smiley. Ozzy hatte die Führung übernommen. Nun war ich an der Reihe. Die Bowlingkugel holperte über die geölte Holzbahn und fiel in die Seitenrille. Das war nicht mein Tag. Leeroy schwang die Bowlingkugel nach hinten, machte ein paar Schritte nach vorn, ging in die Knie und liess die schwere Kugel über die Bahn rollen. Gebannt folgten Ozzy und ich dem Lauf der Kugel. Kurz bevor sie die zehn Pins erreichte, drehte sie leicht nach links und brachte alle zu Fall.

Shiva hatte uns nicht begleiten wollen, sie litt unter einem Tennisarm, genauer gesagt, wie bei Nerds üblich, unter einem Mausarm. Claire hasste Bowling. Sie hatte sich einmal den Daumen verrenkt, weil sie ihn nicht mehr rechtzeitig aus dem Daumenloch hatte ziehen können. Ich suchte mir eine neue Kugel mit Bohrungen aus, die zu meinen Fingern passten. Nach zwei Versuchen standen noch zwei Pins aufrecht: Open Frame. Leeroy war wieder um einiges besser, aber Ozzy war der Talentierteste, er sagte uns später, dass er oft seine Zeit hier verbringe. Er möge Köpfe rollen. Als Ozzy zum nächsten Wurf ansetzte, wollte ich austreten. Leeroy folgte mir.

Als wir beide am Urinieren waren, schaute er kurz zu mir rüber und fragte, wieso ich den Vertrag noch nicht unterschrieben habe: »Wir gründen diese AG nur für "Godless Sun", um dich zu entlasten. Interviews wirst du wohl weiterhin geben, oder? Das wäre auch so, wenn wir keine AG gründen würden.«

Als wir vor dem Spiegel standen und uns die Hände wuschen, sagte er, ich müsse das auseinanderhalten: »Die Aktiengesellschaft bringt dir keinen zusätzlichen Stress.«

Ozzy sass bereits an der Bar, er hatte uns allen ein Bier bestellt. Als wir miteinander anstiessen, sagte er: »Ich finds toll, dass du uns machen lässt. Wir sind topmotiviert und werden alles Menschenmögliche tun, um dein Buch noch erfolgreicher zu machen. *I'll be back* habe ich meiner Freundin gesagt, als ich in den Knast musste. Und ich kam zurück, sie war nicht mehr da, ich begann zu kiffen, ich habe damit aufgehört, ich habe jetzt eine Aufgabe, "Godless Sun". Wir haben gestern Nacht bei Claire einen OPT gemacht. Jeder von uns. Sie sagte, unsere Leistungsbereitschaft sei enorm, aussergewöhnlich, aber wir sollten uns bei den Risiken etwas zurücknehmen.« Er legte mir den Arm über die Schulter: »Lass uns nicht hängen, Mitch, wir brauchen dich, du brauchst uns.«

Ich schrieb die ganze Woche über an meinen Heftromanen und versuchte, einen Vorrat zu erarbeiten, um spätere Engpässe zu vermeiden. Verlässlichkeit ist ein wichtiger Aspekt in meinem Job. Es mag bessere Autoren geben, ganz bestimmt sogar, aber zuverlässiger als ich wird wohl keiner sein. Bärbel lobte meine Zuverlässigkeit immer wieder, deshalb nehme ich an, dass die anderen Autoren nicht so zuverlässig waren. Und selbst wenn sie die besseren Autoren waren, würde Bärbel sie eines Tages ersetzen, ersetzen müssen. Und was macht ein ausgemusterter Pulp Fiction-Autor mit einem angebrochenen Berufsleben? Ich habe mir das auch schon überlegt. Vielleicht würde ich Zweizeiler für Glückskekse schreiben. Europas grösste Glückskeksfabrik produziert jährlich 40 Millionen Glückskekse. *Und kein Schwein wird damit glücklich,* werden Sie jetzt denken. Aber vielleicht der Autor der Glückskekse. 160 Zeichen, da würde ich wohl über 1000 Zweizeiler in zehn Tagen schaffen. Müssten allerdings positiv sein, also nicht ganz einfach. Unter uns gesagt sind diese Glückskekstexte doch deprimierend blöd und bauen auf Aberglauben, Hoffnung und sprachlich verhunzten Zitaten berühmter Persönlichkeiten auf. In den Asia Shops kriegt man immer eine Handvoll Glückskekse nachgeschmissen. *Lebe jeden Tag, als ob es Dein letzter wäre.* Ist das geistreich? Der letzte Tag ist meistens ziemlich beschissen. Soll ich jeden Tag so leben, als würde ich auf der Intensivstation unter dem Sauerstoffzelt liegen? Vielleicht wären Zweizeiler für Glückskekse doch keine Alternative.

Mir fiel auf, dass Kofi immer öfter am Morgen mit seinem weissen Mercedes-Taxi vorfuhr, Onkel Calvin abholte und ihn erst kurz vor Mittag wieder zurückbrachte. Anfangs hatte ich Angst und dachte, vielleicht der Beginn einer Demenz, er läuft einfach aus dem Haus und findet den Heimweg nicht mehr. Aber er verhält sich wie die Tiere im Zoo, selbst wenn die einmal ausbrechen, bleiben die Wächter gelassen, denn sie wissen, spätestens zur Essenszeit kehren alle brav zurück. Erstaunlich war aber, dass sich Onkel Calvin jeweils herausputzte, wenn er morgens das Haus verliess und dass er mehrere Stunden brauchte, um Macarons zu kaufen. Womöglich hatte sich der alte Kauz auf einer Datingplattform eine Kubanerin angelächelt. Oder gar eine von der Mafia vorgeschobene russische Prostituierte. Es war auch erstaunlich, dass er als bekennender Geizkragen so oft Taxi fuhr. Also, wenn man die Taxifahrten zum Preis der Macarons dazuschlug, dann hätte er sich für diesen Preis gleich eine Nougattorte für zwölf Personen kaufen können. Ich sprach ihn einmal beim Essen darauf an.

»In meinem Alter«, belehrte er mich und schob den Teller von sich, »rostet man schneller, als einem lieb ist. Der Arzt sagte mir, eine Stunde Bewegung am Tag sei optimal für Herz und Kreislauf.«

»Wäre eine leichte Sportbekleidung nicht zweckmässiger?«, fragte ich.

»Ich jogge ja nicht um die Wohnblöcke, als würde mich eine Meute Salafisten verfolgen! Ich promeniere, Mitch, ich nehme am Leben teil, ich flaniere, ein bisschen Belle Epoque, und wenn ich im Trainer in der City rumlaufen würde, ich schwöre dir, es würde keine halbe Stunde dauern, und die Polizei würde mich einsammeln und zur psychiatrischen Abklärung in die Klinik bringen. Im Alter darfst du dir kaum noch Fehler leisten, sonst wittert man erste Anzeichen von Demenz, und bis zur Entmündigung ist es dann nicht mehr weit. Ich weiss, wovon ich spreche, ich habe als Anwalt eine Menge alter Knaben vor der

Vormundschaftsbehörde gerettet. Die machen überfallmässige Kontrollbesuche, und wenn du nicht geduscht bist und noch in einer pinkfarbenen Unterhose rumläufst, schauen sie in der Küche nach, und wenn ein Joghurt überdatiert ist, heisst es schon, du hättest dein Leben nicht mehr im Griff. Krieg ich noch einen Kaffee?«

Ich liess mein Essen stehen und machte ihm einen Kaffee.

»Fräulein Nang«, begann er zögerlich, »sie hat wirklich vorzüglich gekocht, vielleicht könntest du sie fragen, ich meine, falls sich die Gelegenheit ergibt, ob sie nicht regelmässig über Mittag kochen könnte. Ich würde sie auch anständig bezahlen. Wie eine Fünfsterneköchin. Sie soll einfach sagen, was sie braucht. Das ist kein Affront gegen dich, Mitch, du bist ein netter Junge, aber Kochen gehört nicht zu deinen Kernkompetenzen. Es macht deshalb durchaus Sinn, dass du dir Mystery und Galaxy ausgesucht hast. Als Koch wärst du in der Sozialhilfe gelandet oder bei deinen neuen Freunden, den Anonymen Alkoholikern. Auch in deinen Heftromanen kommt das Kulinarische viel zu kurz, ich weiss nicht, ob es an dieser Bärbel liegt, aber auf der geheimnisvollen Insel verspeisen sie Leichen und Commander Orion begnügt sich mit Flüssignahrung.«

Ich stellte die Kaffeetasse unter die Maschine und drückte den Kippschalter: »Ich werde sie fragen, ich weiss nicht, ob sie eine Festanstellung möchte.«

Onkel Calvin schwieg eine Weile, dann sagte er: »Ich schaue mir in der Stadt manchmal die Auslagen der Restaurants an, die Menus kosten alle über 20 Franken, und die Menus, die mir schmecken würden, sind meistens über 30, ich sah heute sogar einen Teller Spaghetti Bolognese für 45 Franken.«

»Dann hast du gedacht, du willst doch nicht als Geizkragen in die Annalen eingehen«, lachte ich und brachte ihm den Kaffee.

»Denkst du, wenn man sein Geld nicht zum Fenster rauswirft, ist man ein Geizkragen?«, ereiferte sich Onkel Calvin.

»Es ist dein Geld«, sagte ich und setzte mich zu ihm. Als er einen Schluck Kaffee trinken wollte, hob ich warnend den Finger: »Noch zu heiss.« Er nahm den Löffel, tunkte einen Würfelzucker in den Kaffee und rührte: »Ich habs doch nur für dich getan, Mitch. Ich habe damals deiner Mutter an der Taufe versprochen, dass ich für dich sorgen würde, wenn ihr etwas zustossen würde. Ich habs nicht getan, ich möchte das wieder gutmachen. Du bist ein rechtschaffener Mensch geworden, Mitch, aber mit deinen Heftromanen reisst du keine Bäume aus. Wer weiss, ob du morgen noch einen Job hast. Jede Hausfrau schreibt mittlerweile Herz-und-Schmalz-Romane und stellt sie für 99 Cent ins Internet. Ich mag alt sein, Mitch, aber Entwicklungen, die früher ein Jahrhundert gedauert haben, dauern heute nur noch wenige Jahre. Die Welt von morgen wird jedem Einzelnen von uns viel Flexibilität abverlangen. Dafür brauchst du eine gesunde finanzielle Basis. Das ist das Einzige, was ich dir eines Tages hinterlassen kann. Auch wenn mir durchaus bewusst ist, dass dir der Staat eines Tages alles wegnehmen wird.«

»Red jetzt nicht so, man könnte meinen, du fällst morgen vom Hocker.«

Er griff nach der Schachtel mit den Macarons, die er am Vormittag gekauft hatte und legte sich ein Stück mit Orangenaroma in den Mund.

»Manchmal denke ich, ich habe genug gesehen. Ich habe gerne gelebt, aber es ist auch in Ordnung, wenn es einmal vorbei ist. An einem Tag stirbst du, aber an allen anderen Tagen hast du gelebt.«

6

Atheisten on Tour

Bärbel fragte mich, ob ich Lust hätte, bei der Vampirreihe einzusteigen, aber ich sagte ihr, Vampire seien nicht so mein Ding und versuchte erneut, meine History-Konzepte unterzubringen. *No way.* Bärbel meinte, sie würden über *True Stories* nachdenken, Dokufiction, das könnte ein neuer Trend werden, ich solle auch darüber nachdenken, sie würde sich wieder melden, wenn die Verlagsleitung einen Entwicklungsetat gesprochen habe.

Leeroy hatte eine Lesetournee organisiert. Er hatte eigens dafür einen knallroten Tourbus gemietet und mit grossen weissen Lettern beschriftet: *There's probably no god. Now stop worrying and enjoy your life.* Es war nicht Leeroys Idee. Er hatte sie von der *Atheist Bus Campaign* der britischen Journalistin Ariane Sherine abgekupfert.

»Atheisten on tour«, grölte Ozzy ins Mikrophon, als er sich hinter das grosse Lenkrad setzte. Leeroy, Shiva und Claire waren an Bord. Die hinteren Sitzreihen waren zu Schlafgelegenheiten umgebaut worden. Wir würden morgens fahren, nachmittags OPTs im Bus durchführen und abends eine Veranstaltung haben, Bücher verkaufen und nachts im Bus übernachten. Ich setzte mich neben Leeroy, während Ozzy auf die Autobahn einspurte und zum Spass die Hupe betätigte. Über den Buslautsprecher schallte *Loosing my religion* von »R.E.M.«

Der Saal war gut besucht, aber leider nicht nur von interessierten Zuhörern. Kaum hatte ich mit dem Veranstalter die Bühne betreten, schrien ein paar militante Hardcore-Katholiken und christliche Fundamentalisten »Keine Gotteslästerung«, »Antichrist!« »Gott wird dich richten.« Sie waren gegen Verhütung, Abtreibung, Schwule, sexuelle Toleranz, Aufklärung und "Godless Sun". Als sie vor der Bühne eine Gebetskette bildeten und »Halleluja« anstimmten, mussten wir sie von der Security an die frische Luft begleiten lassen. Leeroy hatte ein paar Presseleute erkannt, er sagte, anschliessend hätte ich noch drei Interviews, das Radiointerview sei besonders wichtig, es würde national ausgestrahlt und die Sendung an drei verschiedenen Tagen wiederholt. Der Veranstalter, ein zartbesaiteter Intellektueller mit manierierter Körpersprache, nannte das Buch in einer kurzen Einführung ein *leidenschaftliches Plädoyer für die Vernunft*. Der Glaube an eine übernatürliche Macht könne keine Grundlage für das Verständnis der Welt sein und schon gar keine Erklärung für ihre Entstehung.

»Wenn wir die Kritik an den Religionen zum Tabu erklären«, zitierte ich Richard Dawkins, *»laufen wir Gefahr, von Fundamentalisten jedwelcher Couleur dominiert zu werden.* Ich plädierte für die Abschaffung des Blasphemieartikels, denn Aberglaube sei nicht schützenswert.«

Ich war mittlerweile routiniert, wusste, an welchen Stellen die Zuhörer lachten und signierte im Anschluss geduldig meine Bücher. Leeroy lotste einen Radioreporter durch die Menge. Er wollte ein Liveinterview mit Hintergrundgeräuschen. Er sagte in der Anmoderation: »"Godless Sun" ist wohl das aufregendste Buch des Jahres: Eine Generalabrechnung mit allen Formen des Aberglaubens.« Die meisten Fragen hatte ich bereits bei anderer Gelegenheit beantwortet, sie kamen druckfrisch aus meinem Mund. »Halten Sie es für möglich«, fragte ich am Ende, »dass morgen beim Frühstück ein blaues Huhn in Ihrer Kaffeetasse sitzt und die Nationalhymne singt?«

Ein Reporter bat mich, die letzten Sätze nochmals zu wiederholen, er würde es später im Radiostudio zusammenschneiden. Ich nahm das Mikro in die Hand: »Wenn ich Ihnen sage würde, dass ich abends dreckiges Brunnenwasser in einen edlen Mouton Rothschild verwandle, dass ich über das Wasser in meinem Swimmingpool laufe, Verstorbene von den Toten auferwecke und Dunkin Donuts aus dem Nichts erschaffe, würden Sie mir glauben?«

Malware

»Das ist der Supergau, Mitch.« Das bläuliche Licht des Monitors flackerte auf Shivas Gesicht. Es war kurz nach Mitternacht. Sie sass an meinem PC und starrte auf den Monitor: »Der Absender hat gestern Abend um 20.12 eine HTML-Datei auf den Server geladen und mit einer fremden Seite verknüpft. Wir sind gehackt worden, Mitch.«

Draussen war es stockfinster. Leiser Regen rieselte an den Fenstern hinunter. Die rotgelbe Shell-Muschel war erloschen. Letzte Nacht hatte sie noch schwach geflackert, jetzt war sie vollständig aus. Ich stellte Shiva eine kalte Dose Cola auf den Schreibtisch und blieb neben ihr stehen. Wie in Trance öffnete sie die Dose und trank sie beinahe in einem Zug leer.

»Und?«

Shiva scrollte über einen Sourcecode: »Die Malware hat sich so gut versteckt, dass sie sich selbst aus dem Spiel genommen hat.«

Ich nahm den Hocker unter dem Tisch hervor und setzte mich neben sie. Shiva nahm mich kaum wahr: »Hmm. Offenbar hat jemand einen Weg gefunden, Dateien auf unseren Webserver zu schmuggeln. Wer unsere Seite anklickt, landet auf der Seite einer Zoohandlung.«

»Dann ist der Betreiber dieser Seite der Hacker«, folgerte ich.

»Nein, Mitch, er wäre ja schön blöd, schau mal …«

Der Screen zeigte Aquarien in verschiedenen Grössen.

»Es geht nur darum, uns zu schaden. Sie hätten uns auch auf youporn.com oder auf irgendeine Naziseite linken können.«

»Und jetzt? «

»Jetzt ändert Shiva das Passwort. Sechs Buchstaben und vier Zahlen bitte.«

Ich diktierte ihr ein neues Passwort und notierte es in ein kleines schwarzes Büchlein.

Shiva grinste: »Wieso schreibst du das Büchlein nicht gleich an: *Mitch's Passwörter*, dann ersparst du Einbrechern unnötige Umtriebe.«

Ich liess Shiva in Ruhe weiterarbeiten und schaute mir auf dem iPad die Nachrichten an: Die Bundesanwaltschaft hatte ein Verfahren gegen zwei Syrer eröffnet, die am Vortag von der Genfer Polizei unter Terrorverdacht verhaftet worden waren. Im Auto der mutmasslichen Jihadisten waren sie auf zwei Sprengstoffwesten gestossen. Man hatte sie nur per Zufall entdeckt, ein platter Reifen war ihnen zum Verhängnis geworden, sie hatten angeblich einen Giftgasanschlag geplant. In Zürich war in der Nähe einer Synagoge ein Auto mit belgischem Kennzeichen aufgefallen. Eine Überwachungskamera hatte einen dunkelhäutigen Mann erfasst, der die Synagoge aus allen Richtungen fotografierte. In Basel hatten zwei Spürhunde der Grenzwache Sprengstoffspuren in einem Auto entdeckt. Das Auto gehörte einem stadtbekannten Hassprediger aus einer Basler Moschee. Das Verteidigungsministerium sagte, das Gefahrenpotential sei gestiegen, die Schweiz sei nach wie vor kein prioritäres Ziel, aber man habe trotzdem das Grenzwachtkorps, das Bundesamt für Polizei, den Nachrichtendienst und weitere Bundesbehörden mit zusätzlichem Personal um 86 neue Stellen aufgestockt.

»Deine Fans lieben dich«, freute sich Shiva, »um die Mittagszeit und nach 17 Uhr kommen die meisten deiner Besucher, am beliebtesten sind Posts mit deinem Konterfei, persönliche Dinge und Erfolgsmeldungen. Schade, dass du keine Katze hast.«

Sie kommentierte leise, wie zu sich selbst: »Mitch, da zeichnet sich allmählich ein kleines Bashing am Horizont ab. Kommst du damit klar?«

»Gefährlich sind jene, die schweigen.«

Bookshop

Ich lief mit Leeroy die Einkaufsstrasse in der City hinunter. Er hatte sich neue weisse Lederschuhe gekauft, die gut zu seinem Captain Leeroy-Outfit passten. Er parlierte wie ein Grandseigneur, laut und gestikulierend und es störte ihn keinen Deut, dass die Passanten auf ihn aufmerksam wurden und sich einige nach ihm umdrehten. Es bestand kein Zweifel, hier kam ein Mann von Welt und manch einer grübelte, wo er diesen Star schon mal gesehen hatte.

»Die OPT's laufen gut, Mitch, das hat sich rasch herumgesprochen. Sie sind auch verdammt smart, diese Psychotests, kein Hokuspokus, das ist Wissenschaft, Science, nicht Science-Fiction. Shiva hat die Onlineausgabe mit der automatischen Auswertung grafisch verbessert und ausgebaut. Bezahlen kann man ab heute mit Kreditkarte oder Paypal. Jetzt gehen wir über die Grenze, *First we take Manhatten, then we take Berlin.«* Leeroy brummte vergnügt. Vor dem Schaufenster des City Bookshops blieben wir stehen. Sie hatten eine Riesenleinwand aufgehängt mit einem idyllischen Sonnenaufgang. Davor waren Berge und Pyramiden von Büchern gestapelt: Die neue Lederausgabe von "Godless Sun". Der Titel war in einer goldenen Mikroprägung gesetzt.

»Nun hat auch Marlon endlich unterschrieben. Man muss ja nüchtern sein, um beim Notar zu unterschreiben. Jetzt gehört der Crocodile Verlag uns und wir drucken bei CPI in Ulm. Ich habe Marlon zum Abschied noch zweitausend für die Printdaten gegeben. Ich hörte, er habe damit eine Party organisiert und alles versoffen. Du kannst jedem Menschen hunderttausend Dollar schenken, der eine stampft eine Bierbrauerei aus dem Boden, der andere säuft das Bier und meldet sich bei den Anonymen Alkoholikern.«

Es war mir peinlich, vor diesem Schaufenster zu stehen. Viele Passanten erkannten mich, vor allem jene, die die Buchhandlung verliessen oder betraten, einige lächelten schüchtern, andere verzogen genervt das Gesicht. Ich hatte mir mit "Godless Sun" ohne Zweifel nicht nur Freunde gemacht.

»Können wir uns nicht woanders unterhalten?«

»Nein«, sagte Leeroy, »ich will, dass du begreifst, was mit deinem Buch passiert. Lass uns reingehen.«

Gleich beim Eingang war ein Turm von Büchern aufgebaut. Darüber hing eine Sonne, irgendein dekorativer Kitsch aus Styropor, den man golden besprayt hatte. An der Bestsellerwand war eine Reihe "Godless Sun", neben der Kasse ein Stapel "Godless Sun". Ich nahm ein Exemplar in die Hand und fuhr mit dem Finger über die Mikroprägung, die sich deutlich vom Cover abhob. Ich liebe Mikroprägungen. Ich liebe eigentlich alles, was ein Buch zu einem besonderen Buch macht, zu einem Buch, das man bei jedem Umzug mitnimmt. Natürlich kommt es am Ende auf das an, was zwischen den Buchdeckeln steht, das ist auch bei einer Schachtel Macarons so. Leeroy legte mir die Hand auf die Schulter: »Ich freue mich über das ganze Bashing, das jetzt abläuft, die sind alle vereint in ihrem Zorn: die Evangelisch-Reformierte Kirche, die Römisch-Katholische Kirche, die Christkatholische Kirche, die neuapostolische Kirche, das ist PR vom Feinsten, weil sie sich viral über alle sozialen Plattformen verbreitet und das Buch zum Thema macht. Die Leute wollen wissen, worüber das ganze Land spricht. Sie wollen mitreden. Bald wird ganz Europa über dieses Buch sprechen.«

»Jetzt übertreibst du aber«, flüsterte ich verlegen.

»Ich sorge dafür, dass es so sein wird«, sagte Leeroy und zeigte nach oben, »dritter Stock, Geisteswissenschaften, Religion, Philosophie.«

Als wir auf der Rolltreppe standen, sagte Leeroy: »Wir nehmen den Menschen den Glauben, zerstören ihre Religion, aber was bieten wir im Gegenzug?«

»Freiheit. Befreiung von diesem dumpfen Aberglauben. Selbstbestimmung.« Ich sah, dass die Schnürsenkel meiner Nikeschuhe lose waren und fürchtete, sie könnten von der Rolltreppe verschluckt werden, ich würde vielleicht den Fuss verlieren, weil jetzt der grosse Durchbruch als Autor vor der Tür stand. Seit Natascha mich verlassen hatte, misstraute ich dem Glück. Vielleicht sind auch solche Ängste eine Form von Aberglaube, ich weiss es nicht.

»Weisst du, was mir am Hinduismus so gefällt?«, fragte Leeroy.

Im ersten Stockwerk angelangt, schnürte ich meine Schuhe neu.

»Die vielen Götter und die Idee der Wiedergeburt«, fuhr er fort »verschiedene Religionen vertreten diese Reinkarnationstheorien.«

»Was willst du damit sagen?«, fragte ich misstrauisch, »"Godless Sun" ist Historie und Wissenschaft und keine Religion! Es ist ein Plädoyer für die vollständige Trennung von Kirche und Staat, ein Plädoyer für ein Leben ohne Gott.«

Leeroy grinste: »War ja nur eine Frage, Mitch, kleiner Input, vielleicht kannst du dich bei Gelegenheit mit Shiva darüber unterhalten.«

»Im Zweifelsfall würde ich den Buddhismus vorziehen, das ist eher eine Lebensphilosophie als eine Religion, Nang ...«

»Nang! Das ist gut. Du sagtest, sie hätte einen Abschluss in Finanzbuchhaltung?«

»Sie hat an der Chulalongkorn Universität in Bangkok studiert, ich weiss nicht, wieviel das wert ist, oft sind diese Abschlüsse bei uns gar nichts wert, aber sie kann gut mit Zahlen umgehen.«

Wir standen vor den Regalen, die mit Philosophie, Religion, Sekten, Esoterik angeschrieben waren.

»Würde dir sicher gefallen, wenn Nang mit an Bord kommt«, schmunzelte er.

Ich spürte, wie mir das Blut ins Gesicht schoss.

»Claire wird enttäuscht sein, Mitch, aber das wird unser Projekt nicht beeinträchtigen, ich werde sie trösten.« Er zwinkerte mir zu: »Hattest du was mit Claire?«

Offenbar wollte er Nang einbinden, an mich binden, damit Claire wieder frei war, vielleicht frei für ihn. Leeroy genoss meine Irritation und klopfte mir kumpelhaft auf die Schulter: »Manchmal dauert es etwas länger, bis der Verstand versteht, was das Herz begehrt. Oder ein anderes Organ.«

Am nächsten Morgen wartete ein Taxi auf dem Vorplatz. Aber es war nicht das weisse Mercedes-Taxi von Kofi.

»Er fährt schon wieder«, sagte ich Nang, die gerade aus der Dusche kam und ihre Haare trocknete. Sie hatte ein marineblaues Frotteebadetuch über ihrem Busen zusammengebunden. Sie setzte sich an meinen Bürotisch und wählte Kofis Mobile. Sie bat ihn, uns in einer halben Stunde abzuholen und die Zentrale zu fragen, wohin sein Taxikollege, der gerade Onkel Calvin geladen hatte, hinfährt.

Wenig später sassen Nang und ich in Kofis Taxi und fuhren an die angegebene Adresse. Unterwegs erhielt ich eine SMS von Claire. Sie wollte wissen, ob *diese Thai* immer noch im Haus übernachte, sie habe doch jetzt einen Halbtagesjob bei Leeroy und könne sich bestimmt eine eigene Wohnung leisten. Ich antwortete ihr, dass sie am Morgen für Onkel Calvin koche, er habe sie fest engagiert. Ich steckte mein iPhone wieder in die Brusttasche und reagierte nicht mehr, als es kurz darauf wieder piepste.

»Claire?«, fragte Nang.

»Ja, sie ist eifersüchtig. Dabei gibt es gar keinen Grund dazu.«

Wir drehten fast gleichzeitig den Kopf zueinander und schauten uns fragend an.

»Oder?«, fragte ich sie.

»Wir sind nur Freunde.«

»Aber ziemlich gute Freunde«, sagte ich.

»Das sind wir, Mitch«, antwortete Nang und schaute zum Fenster hinaus.

Die Nummer 77 war ein grosses Geschäftshaus in der City, im Erdgeschoss war eine Confiserie, die Macarons verkaufte. Nang hakte mich unter und sagte: »Manchmal geht deine Fantasie mit dir durch, Mitch, er kauft tatsächlich Macarons. Lass uns zum Asia Shop spazieren, wir kaufen ein, und ich koche Lunch für Onkel Calvin. Ich habe jetzt zwei Jobs, ich bin plötzlich eine *Very Important Person*.«

»Ja«, sagte ich leise, »du bist jetzt sogar eine *sehr* gefragte Person.« Ich hoffte, dass ihr mein sehnsüchtiger Dackelblick mitteilte, was ich nicht aussprechen wollte. Aber Asiatinnen sind Meisterinnen in nonverbaler Konversation. Sie war gerührt und schaute mich mit ihren grossen, dunklen Augen an. Wir wollten gerade die Strasse überqueren, als ich ein paar Leute in schicken Anzügen sah, die den Eingang neben der Confiserie betraten. Den hatte ich gar nicht bemerkt. Ich folgte den Männern. Vor der Briefkastenanlage sah ich diverse Firmenschilder, die Hälfte waren Anwälte, Notare, die andere Hälfte Ärzte, ein Zahnarzt, ein Allgemeinpraktiker, ein Onkologe, ein Pulmologe.

Nang zerrte mich weg: »Komm schon, mach mal Urlaub von deiner Paranoia.«

1001 Nacht

Nang hatte sich nun im Erdgeschoss in einem von Onkel Calvins leerstehenden Zimmern einquartiert. Sie führte Onkel Calvin halbtags den Haushalt, erhielt dafür den Lohn einer sechssprachigen Chefsekretärin mit Pilotenschein, und arbeitete am Nachmittag in den ehemaligen Räumlichkeiten des Massagestudios. Hier befand sich das neue Hauptquartier von "Godless Sun". Nang bediente die Telefonanlage, nahm Online-Bestellungen entgegen, leitete sie weiter an die Auslieferer und versandte jeden Freitag um 5 Uhr ein Rundmail, in dem sie in wenigen Stichworten die Aktivitäten der Woche zusammenfasste. Auch ich war beschäftigt. Ozzy hatte eine Lesetournee in Deutschland organisiert. Sie führte uns nach Frankfurt und München und auf der Rückreise über Stuttgart wieder nach Hause. Wir hatten immer noch unseren Bus, aber wir übernachteten jetzt in Hotels, es waren nicht gerade die schlechtesten, die Ozzy für uns aussuchte. Leeroy hatte ihm gesagt, mindestens vier Sterne, Spa und Highspeed Internet. Das könnten wir uns leisten. Jeden Abend waren wir an einer anderen Veranstaltung. Das Fassungsvermögen der Lokale war bald nicht mehr ausreichend. Ozzy buchte nun kleine Theaterbühnen, in einigen Städten hatte er gleich Schauspielbühnen gebucht. Ich hielt immer die gleichen Vorträge, das Meiste musste ich nicht mehr vom Papier ablesen, auch die

Fragen aus dem Publikum waren mir mittlerweile geläufig, ebenso die Anfeindungen, Zwischenrufe und netten Sympathiebezeugungen. Claire hatte mir empfohlen, stets ruhig und freundlich zu antworten, das sei überzeugender, als wenn man emotional reagiere, die Beherrschung verliere. Und bloss nie davonlaufen! Ohne Claire hätte ich wahrscheinlich nicht durchgehalten. Jeden Abend übernachteten wir in einem anderen Hotel. Abends brauchte ich ein Glas Rotwein, um abzuschalten und einzuschlafen, aber Claire brauchte Sex, um zu relaxen, sie wollte nicht kuscheln, streicheln, küssen oder so, sie wollte animalischen Sex. Deshalb dauerten diese Turnübungen nicht sehr lange und ich konnte anschliessend mein Glas Rotwein trinken. Es ist ganz erstaunlich, wie schlecht normale Weine sind, das wurde mir erst auf dieser Tour bewusst, aber das lag natürlich daran, dass mich die alten Weine von Onkel Calvin verwöhnt hatten. Die Unzufriedenheit entsteht nur, wenn man Vergleichsmöglichkeiten hat, das ist auch in Beziehungen so. Natascha wollte immer gestreichelt und geküsst werden, es war beinahe ein sakraler Akt, zwei Körper, die einen Pakt eingehen, ineinander zerfliessen. Ich habe Natascha tatsächlich geliebt, vielleicht würde ich auch Nang lieben, aber wie ich schon erwähnt habe, haben wir wohl den Zeitpunkt verpasst, an dem aus Freunden Lover werden, aber die Art, wie sie mich vor der Macaron-Confiserie angeschaut hatte, ging mir nicht mehr aus dem Kopf.

Die Medien begleiteten meine Auftritte. Sie versuchten, einen Konflikt zu inszenieren und fragten einen muslimisch gekleideten Teenager, ob meine Thesen seine Gefühle verletzten. Wahrscheinlich hatte der Junge mit dem kümmerlichen Flaum im Gesicht weder die Veranstaltung besucht noch das Buch gelesen, und der Reporter hatte ihm das Buch so zusammengefasst, dass er die rhetorische Frage nur noch mit einer Hasstirade beantworten konnte. Er war wohl ein typischer Vertreter der »Generation Allah«, nicht wirklich religiös, die hatten null Bock aufs Beten, aber sie glaubten an einen zornigen Gott, der ähnlich wie der patriarchalische Vater drohte und bestrafte und rigorose Regeln aufstellte, die niemand hinterfragen durfte. Halal oder Haram, das war einfach zu verstehen. Das Pressefoto am anderen Tag zeigte einen wutentbrannten jungen Muslim, der Bücher verbrannte, aber dieses Bild hatte ich noch in Erinnerung, es war vor vielen Jahren in Jakarta vor der dänischen Botschaft aufgenommen worden. Die Medien sehnten sich gerade nach ein bisschen Action und schürten genüsslich das Feuer, das sie dann am Tag darauf wortgewaltig verdammen würden. Zuerst würden sie mich als Hetzer den Zornigen zum Frass vorwerfen, vielleicht sogar als Nazi diffamieren, später würden sie sich als Verteidiger der freien Meinungsäusserung aufspielen. Bilder sind stärker als ganze Bibliotheken, Emotionen stärker als Fakten. Obwohl zu Beginn der Völkerwanderung kaum Kinder unter den Migranten waren, dominierten Bilder von jungen Müttern mit Babys die Bildsprache der Medien. In jeder Talkshow wurden diese Fotos wie eine Rote Karte eingeblendet, um Skeptiker als herzlose Grobiane an den Pranger zu stellen. Ich glaube, diese Kinderfotos haben das Mitleid Europas geweckt, haben dem Leiden ein Gesicht gegeben und den vorübergehenden Meinungsumschwung herbeigeführt, obwohl damals 80 Prozent der Migranten abenteuerlustige junge Männer waren, die fünf bis sechs sichere Staaten durchquert hatten, bis sie *Germany* erreichten. Bilder hatten Fakten ersetzt, aber es sollten neue Bilder kommen, viele sogar.

Allahu akbar! Als wir am nächsten Tag am frühen Abend vor dem Stadttheater parkierten, wurden wir bereits von ein paar bärtigen Typen erwartet. Sie skandierten *Allahu akbar!* Diese archaische Besessenheit und Radikalität waren beängstigend. Ozzy riet uns, im Bus zu bleiben. Claire wollte wieder verschwinden, aber Ozzy meinte, das sei nicht sein Stil. Ich rief die Polizei, schliesslich gilt bei uns Meinungsfreiheit, oder wie es George Orwell einmal sagte, *Freiheit bedeutet, Dinge zu sagen, die man nun wirklich nicht hören will.* Voltaire habe ich vermutlich schon zitiert. Wir harrten in diesem Bus aus, zum Glück war er klimatisiert.

»Schaut ihnen nicht in die Augen«, riet Claire, »das stachelt sie an«, das sei ähnlich wie in der Tierwelt. Die Polizei war erstaunlich rasch vor Ort, aber sie griff nicht ein. Sie schaute auch zu, als die ersten Steine gegen unseren Bus flogen. Die oberste Pflicht eines Staates ist, seine Bürger zu schützen, dafür bezahlen wir Steuern, da musste ich Onkel Calvin Recht geben, aber wir getrauten uns mittlerweile nicht mehr, die Regeln unseres Rechtsstaates, die hart erkämpften Freiheitsrechte der französischen Revolution, zu verteidigen.

Immer mehr fanatische Salafisten fanden sich auf dem Theaterplatz ein. Die Polizei erhielt Verstärkung, ein paar Vermummte stürmten in Stiefeln die Treppe zum Parkplatz hinunter, die berüchtigten HoGe-Sas, Hooligans gegen Salafisten, sie waren mit Eisenstangen bewaffnet. Jetzt erst griff die Polizei ein. Auch ein Grüppchen Atheisten hatte sich mittlerweile eingefunden, aber sie waren nicht sehr mutig, die hatten natürlich keinen Gott, der sie beschützte. Als die Polizei einen Kordon um unseren Bus bildete und ein Fahrzeug mit Wasserwerfer vorfuhr, wichen die Salafisten zurück. Einige Polizisten drängten die Neonazis zurück, die sich auf der gegenüberliegenden Seite in Stellung brachten, zwei Salafisten durchbrachen den Polizeikordon und erreichten unseren Bus. Ozzy öffnete die Fahrertür, sprang aus dem Bus und verprügelte die beiden in Bud Spencer-Manier. Er hob die Faust in die Höhe und donnerte sie den Salafisten abwechselnd auf die Schädeldecke. Ich denke, dass das Gehirn dabei heftig erschüttert wird, auf jeden Fall blieben die beiden benommen liegen. Ozzy stemmte die Hände in die Hüften und posierte breitbeinig vor einem Pressefotografen, der flink wie ein Wiesel aufgetaucht war und gleich wieder in geduckter Haltung in der Abenddämmerung verschwand. Als die deutsche Polizei die Salafisten auseinandergetrieben hatte, verhaftete sie keinen einzigen, da wuchs der Zorn in mir und ich beschloss kurzfristig, meinen Vortrag für den Abend zu ändern. Der Saal war proppenvoll. Eigentlich hätte ich mich bei diesen Salafisten für die Promotion bedanken müssen. Etliche von ihnen sassen nun im Saal.

Ich erzählte, dass der Islam im 9. Jahrhundert ein Goldenes Zeitalter erlebt habe, Mekka, der Geburtsort Mohammeds, sei ein grosser

Handelsplatz gewesen: »Die Muslime lebten in friedlicher Eintracht mit Juden und Christen, in Mekka wurden unzählige Götter und Halbgötter und Propheten verehrt, über die Seidenstrasse gelangte die Wissenschaft der arabischen Welt nach Europa, nach Spanien, nach Malta, Sizilien, Sardinien, der Islam brachte die Algebra, den Algorithmus, die Astronomie, das Wissen über die Heilkunde, insbesondere die Augenheilkunde und die Chirurgie. Der Islam stellte die Weltkultur und die muslimischen Händler in Cordoba belächelten die unwissenden Barbaren, die zu einem christlichen Gott beteten, weil sie keine Ahnung von Medizin hatten. Es war damals die Pflicht eines jeden Muslim, sich neues Wissen anzueignen. Wagemutige portugiesische und spanische Seefahrer beendeten den Höhenflug des Islams, als sie über den Seeweg die Molukken, die legendären Gewürzinseln, erreichten und nun direkte Handelsbeziehungen zu Asien aufnehmen konnten. Die Seidenstrasse verlor ihre Bedeutung und mit ihr begann der wirtschaftliche Untergang der muslimischen Welt. Es war der Beginn der Globalisierung und Kolonisation. Als die Briten später ihr Weltreich errichteten, leistete ein kleines Beduinenvolk im Sudan Widerstand, es waren muslimische Wahhabiten, die den Koran mangels Bildung und Abstraktionsvermögen 1:1 auslegten und einen Kreuzzug gegen die aufgeklärten und toleranten Muslime starteten. Sie krallten sich im heutigen Saudi-Arabien fest, wo noch heute mit dem Wahhabismus die extremste und aggressivste Auslegung des Korans die Menschen domestiziert. Obwohl sie in den letzten Jahren mit keiner einzigen Innovation für Aufsehen sorgten, wurden sie wohlhabend. Durch Zufall entdeckten sie die grössten Ölfelder der Erde, die sie mit der Hilfe der Ungläubigen zu schwarzem Gold verarbeiteten. Sie häuften märchenhafte Reichtümer an und sind noch heute von der Idee getrieben, den Wahhabismus in die Welt hinauszutragen. Deshalb finanzieren sie bis heute alle muslimischen Terrororganisationen, vielleicht wollen sie die Fahisch-Terroristen auch davon abhalten, das Königshaus zu stürzen. Aber es wird ihnen ergehen wie den Römern. Wer Lösegeld bezahlt, hat schon verloren. Die islamischen Staaten sind heute gescheiterte Nationen, gescheitert an einer Religion, die jeden zivilisatorischen Fortschritt verhindert. Die muslimische Welt leidet unter ihrer Bedeutungslosigkeit im 21. Jahrhundert, sie leidet an der Überlegenheit der gottlosen Kultur und macht den Westen für ihren zivilisatorischen Stillstand, für ihr kollektives Versagen verantwortlich. Das schürt Neid, Missgunst, Hass. Ihr empfindet unseren Way of Life als Bedrohung für eure mittelalterliche Gesellschaft. Demokratie, Meinungsfreiheit, Gleichstellung von Frau und Mann, Trennung von Staat und Kirche, das ist der Affront gegen die *Märchen von Tausend und einer Nacht*. Ihr ertragt das 21. Jahrhundert nicht und wollt uns alle ins Mittelalter zurückbomben. Doch euer grösster Feind sind nicht die Atheisten, die Ungläubigen, die Juden, euer grösster Feind sind die elektronischen Medien, die euren Kindern täglich vor Augen führen, dass der Vater nicht das Oberhaupt der Familie ist, dass die Tochter keinen Schleier tragen, das Mädchen nicht zwangsverstümmelt und der Sohn nicht seine Cousine heiraten muss. Befreit euch von *Tausend und einer Nacht* und ihr werdet das Licht des 21. Jahrhunderts erblicken. Befreit euch von eurem Gott der Unterwerfung.«

Ich schloss meinen Vortrag wie üblich mit den Worten ab: »Gott hat nie existiert, geht nach Hause und geniesst euer Leben.«

Ein zorniger, alter Herr sprang von seinem Sitz hoch und rief auf die Bühne: »Beweisen Sie, dass es keinen Gott gibt!«

Ich antwortete ihm, dass ich auch nicht beweisen könne, dass es in den Wäldern keine gelbgetupften Kobolde gebe, trotzdem sei die Wahrscheinlichkeit hoch, dass es sie nicht gibt. Ein anderer rief in den Saal, ich würde den Kampf der Kulturen, der Religionen anfeuern, doch ich entgegnete, dass Atheisten die genau gleichen Freiheitsrechte haben wie Christen, Juden, Muslime, Hindus und Buddhisten. Der alte, zornige Mann stand nun vor der Bühne und riss an meiner Hose: »Beweisen Sie, dass es keinen Gott gibt!«

Ich schüttelte ihn ab und rief ihm zu: »Beweisen Sie, dass ich nicht Gott bin.«

Auf der Rückfahrt mailte Shiva den Pressespiegel. Sie war zu Hause geblieben, sie mochte nicht reisen. Ihre Reisen beschränkten sich auf das World Wide Web. Ein Magazin schrieb über "Godless Sun": »Es sind weniger die evolutionsbiologischen, sondern die in der Manier der englischen Aufklärung vorgetragenen philosophischen und wissenschaftlichen Einwände, die erhellend sind. «

Unsere letzte Station war Duisburg, die Atmosphäre war angespannt, mir schien, dass viele arabische Muslime gekommen waren, bestimmt nicht aus freien Stücken, das musste jemand organisiert haben. Der Veranstalter, ein umtriebiger, untersetzter Mann in den 50ern mit gekräuseltem Haar und schwarzrot kariertem Jack Wolfskin-Hemd, führte uns in den Saal. Er war bereits voll: »Wir haben heute Abend viele arabische Flüchtlinge. Sie lernen deutsch und besuchen mit ihren Lehrern und Integrationslotsen Veranstaltungen, damit sie vertraut werden mit unserer Kultur. Solche Veranstaltungen sind Teil der Integrationskurse und Voraussetzung für spätere Arbeitseinsätze. Aber ich weiss nicht, ob Flugblätter genügen, um den Machos das Antanzen auszutreiben.«

Wir stiegen auf die Bühne und schauten in den Saal hinunter. Als ich die zahlreichen Sitzreihen sah, sagte ich: »Ich weiss nicht, ob das der richtige Anlass ist.« Es würden doch sehr viele Leute kommen.

»Er hat Angst vor Terrorjunkies«, scherzte Ozzy und schob den seitlichen Vorhang beiseite, damit er hinter die Bühne sehen konnte.

»Die arabischen Muslime reiben sich eher an den türkischen Muslimen auf, wir Christen sind im Augenblick dank unserer Willkommenskultur geschützt«, beschwichtigte der Veranstalter, »im Zweifelsfall ist die Polizei schnell zur Stelle. Ich zeige Ihnen jetzt noch die Verstärkeranlage.«

Die Veranstaltung verlief ohne Zwischenfälle. Ursprünglich hatten wir im Hotel übernachten wollen, aber nachdem wir am Nachmittag durch Marxloh, einem Duisburger Stadtteil, gefahren waren, drängte es uns nach der Veranstaltung, auf direktem Weg nach Hause zu fahren. Marxloh gibt möglicherweise eine Vorstellung davon, wie Europas

Städte in 20 Jahren aussehen werden. Mittlerweile war der Ausländeranteil auf 65 % angestiegen, was grundsätzlich weder Gutes noch Schlechtes bedeuten muss, nur war es so, dass Secondos, die die Sprache erlernt, eine Ausbildung geschafft und sich integriert hatten, den Ort verliessen. Zurück blieben jene, die aus welchen Gründen auch immer die Sprache nicht erlernt und keine Berufslehre abgeschlossen hatten und nun in einem trostlosen Ghetto in den Tag hineinlebten. Da so viele ihrer Landsleute dieses Schicksal teilten, blieben sie unter sich, kapselten sich in ihrem Ghetto ab und begannen jene zu hassen, die ihnen einst die Hand gereicht hatten.

Back from Tour

Ozzy hatte den Tourbus am Flughafen Zürich abgestellt. Leeroy bezahlte die horrend hohen Parkgebühren und grinste, wir könnten uns jetzt solche Annehmlichkeiten leisten. Schweigsam chauffierte uns Ozzy durch die Nacht.

»Eigentlich sollten wir dich klonen, Mitch, damit du gleichzeitig an verschiedenen Orten auftreten kannst, hast du schon mal darüber nachgedacht? Du hättest mehr Freiheiten.«

Ich begriff nicht ganz, worauf Ozzy hinauswollte, aber ich hatte einen leisen Verdacht. Als Ozzy mit seinem Tourbus auf dem Parkplatz vor der Villa von Onkel Calvin vorfuhr, hatten wir bereits wieder Einladungen für Vorträge erhalten. Barcelona, Amsterdam, Paris, wir waren überrascht, wie viele atheistische Gruppierungen es in Europa gab, wie viele Freimaurerlogen und Druidenoden. Laut letzten Umfragen gab knapp die Hälfte aller Menschen in Europa an, keiner Religionsgemeinschaft anzugehören. "Godless Sun" hatte mittlerweile 23 fremdsprachige Ausgaben erreicht.

»Die Druckerei druckt in Amsterdam, Paris, Ulm und stöhnt«, sagte Leeroy mit grimmiger Genugtuung, »ich bin zufrieden, aber ich möchte mehr. Sie sollen drucken und nicht stöhnen.«

Ich verabschiedete mich von Ozzy und Claire, sie wollten den Bus zur Autovermietung zurückbringen, Claire musste anschliessend an die Uni. Sie hatte Dienst. Sie gab mir einen feuchten Kuss und griff mir dabei in den Schritt: »Ich hoffe, deine Thai ist wieder in ihrem Bambushaus, sonst brauchst du einen wirklich guten Urologen.«

Nang und Onkel Calvin sassen nebeneinander am Tisch. Er hatte einen Stapel alter Fotoalben ausgebreitet. Onkel Calvin erzählte ihr von einem taumelnden Kontinent, von einem Europa, das sich nach zwei Weltkriegen erholt und nun erneut den Abstieg begonnen hatte. Die frühen Fotos waren noch in Fotostudios aufgenommen und auf schwarze Kartons geklebt worden, später wurden die Fotografien kleiner, hatten Grautöne und weisse, gezackte Ränder, bis schliesslich in den 60er Jahren die Farbfotografie Einzug hielt. Onkel Calvin hatte nicht viele Farbfotografien, das Digitalzeitalter hatte er ausgelassen.

»Ich habe nie eine Familie gehabt«, sagte er Nang, »es hat sich einfach nicht ergeben. Ich bin viel gereist, habe viel erlebt, viel gesehen, aber ich habe das nirgends dokumentiert, man lebt ja nicht für die Erinnerung. Dachte ich jedenfalls. Aber wissen Sie, Fräulein Nang, dann kommt der Tag, an dem Ihnen nur noch die Erinnerung bleibt. Die Freunde sterben weg, das Aufstehen am Morgen wird mühsam, der Garten verwildert, was bleibt, ist die Erinnerung an Reisen.«

Er nahm ein Schwarzweissfoto, das zwischen zwei Albenblätter geklemmt war und schob es mir über den Tisch. Das Bild zeigte einen Menschen in einem Eisbärenkostüm. An seiner linken Seite war eine zierliche Frau in einem roten Deux-Pièces mit schwarzen Punkten an ihn gekuschelt, zu seiner Rechten stand ein junger Mann mit durchgestrecktem Rücken in Heldenpose. »Das war ein Phänomen nach dem Krieg. Überall posierten Soldaten, Polizisten, Liebespaare, Urlauber und Kinder mit diesen schneeweissen zotteligen Eisbären. Es war ein sehr beliebtes Souvenirfoto. Hier auf dem Bild siehst du die Grosseltern von Mitch in jungen Jahren. Sie sind am Strand von Biarritz, unterwegs nach Lourdes. Es war ihre erste Reise, mit 29.

Das ist ihr letztes Bild. Sie schrieb auf die Rückseite, dass sie Gott danke, dass sie das Fahrgeld für den Bus nach Lourdes hatte aufbringen können. Und ich dachte damals, hat denn Gott diese Bahntickets gekauft? Falls er imstande wäre, für die ganze Menschheit Bahntickets zu kaufen, müsste Gott auch meine Hämorrhoiden heilen können.«

Er schaute zu mir hoch und dann zu Nang. Er legte ihr die Hand auf den Unterarm: »Jetzt habe ich Hunger.«

Ich folgte Nang in die Küche. Erst als wir ausser Sicht waren, fielen wir uns in die Arme. Nein, wir küssten uns nicht, wir waren nur beste Freunde und hatten einander vermisst.

Während des Essens sagte Onkel Calvin, in der Verwandtschaft habe man immer gerätselt, wieso sowohl Mitchs Grosseltern als auch Mitchs Eltern in der Nähe von Lourdes ums Leben gekommen waren. Da man keine plausible Erklärung dafür gefunden hatte und sich nicht mit der Zufälligkeit des Daseins hatte abfinden wollen, habe man von einem Fluch gesprochen und allen Nachfahren verboten, nach Lourdes zu pilgern. Der Aberglaube auf der Welt, das habe ihn in seinem Leben am meisten irritiert. Obwohl die Naturwissenschaft immer mehr Fragen beantworte, würden die Leute lieber glauben statt wissen. Er habe mal in Indien gesehen, wie Lastwagenfahrer Zitronen unter die Räder ihrer Fahrzeuge legten, damit sie beim Losfahren platzen. Der Saft an den Reifen sollte angeblich die Götter milde stimmen und eine sichere Fahrt durch die Berge sichern. Der Aberglaube, sagte Onkel Calvin, würde nie aussterben, weil die Hoffnung nie aussterbe. Nur sei der Aberglaube heute aus anderem Stoff gemacht. Er baue auf der Wissenschaft auf und entwickle sich weiter als esoterisch angehauchter Science-Fiction-Aberglaube. L. Ron Hubbard habe das sehr geschickt gemacht, der habe seine Science-Fiction-Heftromane mit dem Wunsch der Menschen nach Religiösem verflochten und den Intergalaktischen Herrscher Xenu erfunden. Und heute sei es eine reine Geldsekte mit einem milliardenschweren Immobilien-Portfolio.

»Ist der nicht längst gestorben?«, fragte ich.

»Ja, er war Jahrgang 1911, etwas älter als ich, ich erinnere mich noch gut an ihn, ich arbeitete in der Anwaltskanzlei der ›Les Frères Dupont‹ in Paris, und da stand eines Tages ein quirliger Rotschopf in unserer Kanzlei, ein Amerikaner, er sprach so schnell und hektisch, dass uns Sehen und Hören verging. In jedem Satz waren zwei neue Gedanken, einige hielten ihn für irre, andere für genial, ich denke, beides liegt nah beieinander. Ich kann mich gut erinnern, das war im Jahre 1978, Hubbard war ein charismatisches Energiebündel Ende 60, ich erinnerte mich, weil ich damals eine jüdische Freundin hatte und wir zusammen im Las Vegas Pub die US-Charts hörten, *We will rock you* von den Queen, *It's a Heartache* von Bonnie Tyler, *Rivers of Babylon* von Boney M., die Franzosen hatten ihren Claude François, ihren Michel Sardou, damals hatten die Bars noch diese chromverzierten Jukeboxen im Art Deco-Stil, das war nach dem Krieg ein billiger Ersatz für die Livebands, aber mit dem Aufkommen der Diskotheken brach das Geschäft der *Chicagoer Wurlitzer Company* zusammen. Wir konnten nichts für Hubbard tun, er hatte mit seinen Betrügereien den Bogen überspannt, sein Sohn sagte vor Gericht, sein Vater sei ein notorischer Schwindler, der sich freiwillig in die Psychiatrie hatte einweisen lassen wollen. Hubbard wurde schliesslich 1978 in Paris zu vier Jahren Haft verurteilt. Er machte sich frühzeitig aus dem Staub, ich hatte ihn gewarnt. Seine Devise war stets *Make money, make more money.*«

Reenactment

Walter Lehmann, der Sigrist der *Offenen Kirche Sankt Bernadette,* erwartete uns bereits vor dem wuchtigen Portal des neugotischen Gotteshauses. Leeroy hatte bei der Stadtverwaltung um einen Besichtigungstermin gebeten. Er kam in Begleitung von Claire. Sie begrüsste mich mit einem zwielichtigen Lächeln, als wolle sie mich an etwas erinnern, wahrscheinlich an unseren Quickie auf der steinernen Kanzel.

Ich lächelte zurück. Wir standen uns unschlüssig gegenüber und waren froh, als der Sigrist uns ins Innere bat.

»Bisher haben wir die Kirche für Bankette, Konzerte, Theater, Tanz und Vorträge tageweise vermietet, wir haben auch feste Buchungen von den Sozialdiensten. Einmal die Woche treffen sich Drogenabhängige aus dem Methadonprogramm, an einem anderen Tag Asylsuchende, Flüchtlinge, Sanspapiers, wir führen nach Ladenschluss ein Lebensmittelprogramm für Menschen, die unter dem Existenzminimum leben, wir haben einmal die Woche eine Yogaschule, einen Naturheiler, einen Handaufleger aus den Philippinen. Die Kirche bietet Raum für sehr viele Aktivitäten, aber der Verwaltungsaufwand ist erheblich. Die Stadt möchte nur noch einen einzigen Ansprechpartner, einen langjährigen Mieter, der die Räumlichkeiten in eigener Regie untervermietet. Wichtig ist uns, dass einige Angebote der Sozialen Dienste weitergeführt werden. Der Sozialdienst bezahlt jeweils die Miete, sie hätten also einen solventen Untermieter.«

»Wir arbeiten jetzt schon mit den Anonymen Alkoholikern zusammen«, sagte Leeroy, während wir dem Sigrist in einen Nebenraum folgten, dem Refektorium.

»Es ist auch uns ein Bedürfnis, sozial Schwachen weiterhin eine regelmässige Bleibe für den Austausch mit Sozialpädagogen zu bieten«, sagte Claire.

Das Refektorium war ein grosszügiger, aber spärlich eingerichteter Raum von rund 70 Quadratmetern. Der Sigrist liess uns eintreten: »Diesen Raum vermieten wir für Kurse, Seminare und Sitzungen, auf Wunsch mit Apéro. Für die Bestuhlung stehen 60 Stühle zur Verfügung.«

»Hier machen wir die OPT's«, brummte Leeroy.

Der Sigrist führte uns ins Untergeschoss des Pfarrhauses, in die ehemalige Kapelle, die mit ihrem geschwungenen Gewölbe an eine moderne Grotte erinnerte. Auf dem Boden waren Kissen ausgebreitet.

»Heute Abend findet ein Meditationskurs statt. Auf Wunsch stehen auch Tische und Stühle im Warenlager zur Verfügung.«

Claire drückte mir ihr Knie von hinten in die Kniekehle. Ich knickte kurz ein: »Hier könnten wir *deiner Thai* einen Massagesalon einrichten«, flüsterte sie hämisch.

»Haben Sie einen Mieterspiegel?«, fragte Leeroy.

Der Sigrist reichte Leeroy ein Dossier: »Die Räumlichkeiten im Pfarrhaus kosten zwischen 100 und 400 Franken die Doppelstunde, kommt drauf an, ob der Mieter kommerzielle Interessen hat, oder ob es sich um gemeinnützige Aktivitäten handelt. Das können Sie handhaben, wie Sie wollen. Sie finden alle Zahlen im Dossier.«

Wir stiegen eine Ebene tiefer, die Luft wurde merklich kühler.

»Das ist die Krypta«, flüsterte der Sigrist ehrfürchtig. Er zeigte auf zwei schwarze löwenfüssige Marmorsarkophage: »Hier ruhen die Gebeine der Bauherrschaft, die vor zweihundert Jahren die Bernadette-Kirche gestiftet hat. Die Kirche sollte ein Mahnmal gegen die Entchristlichung von Staat und Gesellschaft sein, aber in Wirklichkeit wollte sich der Stifter von den Sünden loskaufen, die sein Vater als Sklavenhändler im internationalen Grosshandel begangen hatte.«

Neben dem Millionenerben ruhte seine Frau, das hatte er testamentarisch so verfügt, das war eine Bedingung. An der Wand hinter den Sarkophagen befanden sich in einer Spitzbogennische die Porträtbüsten des Stifterehepaars. In den weissen Marmortafeln waren die Jahreszahlen eingraviert.

»1859 und 1886«, sagte Leeroy. »Ist schon eine Weile her. Können wir die Krypta blau anstreichen?«

»Wenn Sie die Kirche kaufen«, lachte der Beamte, »aber als Mieter haben Sie kein Umgestaltungsrecht.«

»Steht die Kirche zum Verkauf?«

»Das türkische Religionsministerium Diyanet hat dem Stadtrat ein Angebot unterbreitet. Sie wollten die Kirche für eine türkisch-islamische Stiftung kaufen. Aber wir haben abgelehnt, aber wenn wir noch tiefer in die roten Zahlen rutschen … Wir haben jedes Jahr mehr Sozialfälle, junge Leute, die nirgends mehr Halt finden. Am Ende ist es eine Frage des Preises.«

Wir kehrten in die Kirche zurück. Claire lief hinter mir und zwickte mich erneut in den Po. Sie tat so, als würde sie mich necken, aber ich hatte den Eindruck, sie wollte mir Schmerzen zufügen.

Hinter dem Kirchenschiff war die Sakristei, die mit einem schmalen Zimmer verbunden war, in dem sich früher die Ministranten zum Gottesdienst umkleideten. Heute wurde die Sakristei als Büro genutzt. Der Sigrist zeigte uns die diversen IT-Anschlüsse, erklärte ein paar architektonische Besonderheiten und wies darauf hin, dass das Gebäude denkmalgeschützt sei.

Wir tranken nach der Besichtigung noch einen Kaffee an der Bar im vorderen Teil des Kirchenschiffes. Der Sigrist erhielt ein Anruf, er wurde im Technikraum gebraucht. Als wir alleine waren, ballte Leeroy die Faust und stiess leise hervor: »Das ist genau das, was wir brauchen.«

Ich war skeptisch. Leeroy stiess mir kumpelhaft die Faust an die Brust: »Wir promoten dein Buch, Mitch!«

Er beobachtete dabei die junge Frau, die hinter der Bar stand und Gläser abtrocknete. Ein junges Mädchen mit Stupsnäschen, zerschnittenen Jeans und einem T-Shirt mit *Fuck You!*-Aufdruck.

Leeroy steckte sich eine Zigarette an: »Darf man hier rauchen?«, fragte er das Mädchen, während er den Glimmstängel anzündete und den ersten Zug tief einatmete, »oder war Gott Nichtraucher?«

»Das ist eine City Church«, antwortete sie, ohne ihn anzuschauen, als wolle sie Leeroy demonstrieren, dass er nicht ihr Typ war.

»Aussen Kirche, innen Sex, Drugs and Rock'n'roll?«, grinste Leeroy. Sie reagierte nicht, er wandte sich amüsiert an mich: »Also Mitch, was ist dein Problem?«

»Ich will keine Kirche, wir sind keine Religionsgemeinschaft und wollen auch keine sein. "Godless Sun" ist ja eben gerade eine Schrift gegen jegliche Arten von Religion und Aberglauben. Ich bin Atheist!«

»Mitch«, sagte Leeroy mit dem tiefsten Bass, den er an diesem frühen Morgen auf Lager hatte, »Aberglaube ist per se unlogisch und jede Religion ist eine Variante des Aberglaubens. Ich glaube, so steht es in "Godless Sun". Wenn du damit Probleme hast, sieh es doch einfach als eine Form von Reenactment. Die einen spielen in ihrer Freizeit den Alltag im Mittelalter nach, einige organisieren Ritterspiele, Gladiatorenkämpfe oder treffen sich zur Schlacht im Teutoburger Wald oder in Waterloo, in den USA gibt es Hunderte von Gruppen, die Nord- und Südstaatler spielen, und wir spielen Mithras-Kult in einer Kapelle des 19. Jahrhunderts. Ist das nicht geil?«

»Das ist nicht geil, Leeroy, das ist Mumpitz.«

»Ich finds sogar megageil«, sagte Claire und grinste mich frech an.

Wer ist Elsie?

Als Nang am Nachmittag ins neue Office fuhr, überflog ich die Newsportale im Internet. Sollten wir die Burka verbieten? Ein Sicherheitsexperte stellte die Frage, ob ein Burkaverbot die Schweiz in Gefahr bringe. Ich fragte mich: Bringen Rock'n'Roll Konzerte die Schweiz in Gefahr, bringen Bikinis die Schweiz in Gefahr, bringen Bars die Schweiz in Gefahr? Und vielleicht würde man sich eines Tages fragen: Bringt ein Schariaverbot die Schweiz in Gefahr? Ich denke, dass jede Unterwerfung leise und schrittweise vollzogen wird, man schluckt die Kröten hinunter, in mundgerechten Portionen.

Am späteren Nachmittag ging ich in den Salon. Onkel Calvin hatte Besuch, eine ältere Frau, die schwer einzuordnen war. Sie hatten beide einen merkwürdig ruhigen Blick, als sie zur Tür schauten. Demut, vielleicht. Mir war, als hätte ich sie bei etwas Verbotenem überrascht.

»Ich wollte nicht stören«, sagte ich, »ich wusste nicht, dass du Besuch hast.«

Sie schwiegen beide und lächelten, als hätten sie ein gemeinsames Geheimnis.

»Das ist mein Neffe«, sagte Onkel Calvin, an die Dame gewandt. Sie war um die 65, vielleicht lebte sie draussen auf dem Land, pflegte einen Gemüsegarten und gab den Katzen morgens eine Schale Milch. Ich habe die Angewohnheit, allen Menschen, denen ich begegne,

Biographien anzudichten. Sie schlummern dann in meinem Gedächtnis, bis ich sie zu einem Einsatz auf die geheimnisvolle Insel oder in die Wüste Nevadas aufbiete. Vom Äusseren her passte sie überhaupt nicht in die Welt von Onkel Calvin.

»Das ist Elsie«, sagte er müde, meine Anwesenheit störte ihn, »wir besprechen gerade etwas.«

Mein Mobile klingelte, Leeroy. Ich verliess den Salon und stieg in den oberen Stock. Leeroy sagte, die Zeit der Lesungen sei vorbei, auch die Auftritte auf den Bühnen von Kleintheatern sei vorbei, jetzt zählten nur noch TV-Shows mit internationaler Verbreitung. Da hätten wir nicht 400 Zuhörer, sondern Millionen Zuschauer. Er hatte am Flughafen Tickets hinterlegt. Morgen Abend in Berlin, »Night Fight« Live on TV. Claire würde mich begleiten.

»Hast du mit ihr geschlafen?», fragte Claire, als wir am nächsten Tag auf dem Flughafen Berlin-Schönefeld landeten.

»Wir schlafen nicht zusammen«, sagte ich, »wie oft soll ich dir das noch erklären?«

»Hätte ja sein können, dass du mittlerweile …«

»Claire, ich muss mich auf den *Night Fight* vorbereiten. Millionen von Zuschauern werden die Nightshow live mitverfolgen. Stell mir ein paar Fragen, wir müssen das üben.«

»Hast du mit ihr geschlafen?«

»Claire, bitte.«

»Du könntest ja sagen, dass du nicht mit ihr geschlafen hast und auch nie mit ihr schlafen wirst, dann müsste ich nicht immer fragen.«

»Können wir das auf morgen vertagen?«

»Siehst du? Deshalb frage ich ja immer.«

Die Stimmung war nicht optimal, aber ich musste das ausblenden.

Kurz vor der Sendung zwinkerte mir Claire zu. Jetzt, wo ich gleich in den Ring steigen würde, lag ihr viel daran, dass ich eine gute Figur machte. Sie war schliesslich am Unternehmen "Godless Sun" beteiligt.

Zum Einstieg spielte der Moderator Klaus Hintz ein kurzes Video ein. Es zeigte den britischen Atomphysiker und Kosmologen Stephen Hawking verkrümmt in seinem Hightech-Rollstuhl auf einer abgedunkelten Bühne vor dem Hintergrund einer Galaxie. Neben ihm stand seine Betreuerin, die ihn am California Institute of Technology in Pasadena begleitete. Er wurde live hinzugeschaltet: Hawking sagte, dass die Entstehung der Welt ein wissenschaftlich erklärbares Phänomen sei und nichts mit Gott zu tun habe. Die Wissenschaft brauche keinen Gott, um die Welt zu erklären. *»Bevor wir die Wissenschaft verstanden, war es selbstverständlich, zu glauben, Gott hätte das Universum geschaffen, aber heute bietet die Wissenschaft eine überzeugendere Erklärung.«* Wissenschaft und Religion seien nicht kompatibel. Er schloss sein Statement mit der Bemerkung, dass Gott ein Märchen für jene sei, die sich vor der Dunkelheit fürchteten.

Klaus Hintz hatte sich im Stil eines Boxpromoters eingekleidet, schwarze Hose, weisses Hemd mit Fliege. Er liess uns wie Boxer einlaufen. Mein Gegner war Franz-Peter Tebartz-van Elst, der ehemalige Limburger Protz-Bischof, er wählte *Ave Maria* von Beyoncé. Offenbar hatten ihn Vatikan und Bistum nach seiner Suspendierung wieder aktiviert und auf einen christlichen Kreuzzug durch deutsche Talkshows geschickt. Ich wählte *It's my Life* von Bon Jovi. Tebartz-van Elst führte gleich aus, dass Gott keine Blasphemie dulde, der beste Beweis sei dieser Mann im Rollstuhl. Hawking leide nicht primär an der fortschreitenden neurodegenerativen Erkrankung Amyotrophe Lateralsklerose, nein, er leide an einem gottlosen Leben, das ihm weder Hoffnung noch Trost spende. Es gab einige Buhrufe im Publikum. Ich liess ihn ausreden, weil wir vor dem Gong darauf aufmerksam gemacht worden waren, *nicht beissen, nicht spucken, nicht unterbrechen.*

Ich führte aus, dass auch Babys an Leukämie oder an ALS erkranken und dass Papst Franziskus unter seinen gottesgläubigen Kurienkardinälen noch 15 weitere Krankheiten diagnostiziert hatte. Ich las diese von der Rückseite einer Visitenkarte ab, damit klar wurde, dass es nicht meine Worte waren, sondern die des Papstes: »Gier, Machtstreben, spirituelles Alzheimer, existenzielle Schizophrenie, Prahlerei, Ausschweifungen, Masslosigkeit ...«

Tebartz-van Elst unterbrach mich mit der Frage, was ich eigentlich mit "Godless Sun" bezwecke? Er beantwortete die Frage gleich selbst: »Profit auf Kosten der Menschen, die dringend Trost und Hoffnung brauchen.«

Ich argumentierte, dass Menschen, die sich einem Gott unterordnen, nie frei sind, "Godless Sun" helfe ihnen, wieder selbst über ihr Leben zu bestimmen.

Tebartz-van Elst hob mahnend den Finger und sagte, ohne Religion würde unsere Zivilisation zusammenbrechen, nur der Glaube an Gott könne den Menschen zu einem anständigen Leben führen.

Er sei wohl das beste Beispiel, spottete ich und erntete ein paar Lacher: »83 % aller Nazis waren Christen«, wandte ich ein, »Hitler war Katholik, es gibt in der Geschichte der Menschheit kaum Konflikte, die keinen religiösen Hintergrund haben, von den christlichen Kreuzzügen bis hin zum Heiligen Krieg des Islamischen Staats.« Die Menschen hätten schon immer im Namen ihres Gottes gefoltert und gemordet.

»Religion regelt die Kooperation unter Menschen«, unterbrach er mich, »Religion ist grundsätzlich die Voraussetzung für Moral, auch wenn Gläubige sich nicht immer moralisch verhalten.«

»Moralität beginnt keineswegs mit dem Menschen«, widersprach ich, »Moral ist älter als Religion! Primatenforscher, die sich mit den Bonobos und Schimpansen beschäftigen, unseren nächsten Verwandten also, berichten, dass es auch unter Tieren Kooperation und moralisches Verhalten gibt, Büffel, die ein Kalb vor einem Löwen retten, Elefanten, die um tote Artgenossen trauern, oder Wale, die eine Taucherin vor dem Ertrinken retten. Zur Biologie von Mensch und Tier gehören auch Moral und Kooperation. Sie sind nicht aus der Religion entstanden.«

Ich war nicht unglücklich, als diese inszenierte *Fight Night* vorüber war. Gläubige Menschen sind immun gegen vernünftige Argumente.

Wie könnte ich einem abergläubischen Europäer beweisen, dass weder der Freitag, der Dreizehnte noch eine schwarze Katze Unglück bringen? Sie würden den schwarzen Freitag erwähnen, an dem ein Unglück geschehen war und alle anderen schwarzen Freitage ausblenden, an denen sich nichts ereignet hatte. Das war die Wurzel des Aberglaubens, das vermeintliche Erkennen von Zusammenhängen, die uns in grauer Vorzeit durchaus das Überleben gesichert hatten, weil wir Fussspuren in Zusammenhang mit Bären, mit einer Bedrohung, bringen konnten. Wenn sich die Himmelsdecke verfinsterte, folgte oft Regen, wenn die Ratten aus den Löchern rannten, folgte oft ein Erdbeben, diese evolutionär bedingte Verkettung von zwei Ereignissen hält uns bis heute zum Narren und lässt uns auch dort Zusammenhänge vermuten, wo es keine gibt. Es ist der Boden, auf dem Aberglaube und Religionen gedeihen, Verschwörungstheorien und Science-Fiction. Deshalb sind Spielsüchtige stets empfänglich für religiöse Irrationalitäten.

Am Airportkiosk kauften wir die Magazine *Stern, Focus* und *Spiegel.* Claire erhielt eine SMS.

Wir sollten die nächste Maschine nach London nehmen. Wir hätten eine Talkshow mit Richard Dawkins und ein paar Kritikern. Ich wollte nicht, denn Bärbel hatte mir in der Nacht gemailt, dass sie nun umgehend die Orionfolge brauche, aber Claire sagte, mit dieser Show würden wir auf einem Level mit Richard Dawkins durch die Medien gehen, eine bessere Promotion könne es gar nicht geben.

»Das ist der Sprung nach Amerika!«, frohlockte Claire, als wir im Flieger nach London sassen. Leeroy hatte uns wie üblich die Tickets hinterlegt. Er hatte uns auch zwei Zimmer im Hilton London Tower Bridge reserviert. *Brauchen wir zwei Zimmer*, hatte Claire gefragt.

London BBC

Am Flughafen nahmen wir ein Taxi an die Londoner 5, Tooley Street und fuhren durch die Vorstädte. Erneut fiel mir auf, wie Europas Aussenquartiere verlotterten, zu armseligen Ghettos verfielen, zu No-go-Areas, in denen nur noch jene Migranten lebten, die eine Integration verweigert, den Aufstieg verpasst und sich frustriert in die Ghettos ihrer Landsleute zurückgezogen hatten.

Wir nahmen im Hotel eine Dusche, doch Claire wollte sich nicht damit begnügen, sie seifte mich ein, sagte, sie brauche Sex, doch ich war in Gedanken bereits bei Commander Orion in der Galaxy und musste die Nottriebwerke zünden. Bei der Libido hatte ich mehr Probleme, Claire bemühte sich redlich und sagte, sie würde jetzt meine Rakete … Aber ich bekam keine Rakete hin, versuchte es Claire zu erklären, doch sie reagierte verärgert und blieb den ganzen Tag über mürrisch, während ich mich ins Cockpit von Commander Orion tippte und mich in einem bizarren Universum verirrte, das sich über 14 Milliarden Lichtjahre ausdehnte. Ich berechnete, dass für die 150 Kilometer zwischen Sonne und Erde ein Lichtstrahl acht Minuten brauchen würde und bat Claire, schlafen zu gehen und mich arbeiten zu lassen. Ja, es war nicht meine beste Arbeit, ich wusste, dass auch Bärbel es so einschätzen würde, aber sie sagte lediglich, wenigstens hätte ich den Termin eingehalten.

»Mister Dawkins«, begann die Moderatorin, »lässt sich die Nichtexistenz Gottes beweisen?«

Yessim, eine junge Frau irakischer Herkunft, führte den britischen Evolutionsbiologen Richard Dawkins als den berühmtesten Vollblutexorzisten vor, der sich zur Mission gemacht habe, dem Menschen Gott auszutreiben. Er sei der gefürchtete Todesstern aller Religiösen.

»Gott lässt sich weder beweisen noch widerlegen«, antwortete Dawkins, *»Gott und Wissenschaft sind zwei verschiedene Dinge, also hat Religion mit Wissenschaft nichts zu tun. Man kann eine Wahrscheinlichkeitsaussage*

machen. Es gibt eine unendliche Zahl von Dingen, die man nicht widerlegen kann: Einhörner, Werwölfe, Teekannen in der Umlaufbahn des Mars. Aber nur, weil wir sie nicht widerlegen können, nehmen wir nicht an, dass die Wälder voller Feen und Kobolde sind.«

Sie gab nun mir das Wort. Ich sagte: »Wir werden als Ungläubige geboren und lernen, mit Gabel und Messer zu essen, lernen die Sprache unserer Mütter und den Glauben an einen Gott, der uns injiziert wird wie eine Tetanus-Impfung. Wir werden alle als gottlose Geschöpfe geboren, als Atheisten, etliche Kulturen kommen ohne Gott aus, sie glauben an ihre Ahnen, denn Glaube bedeutet Hoffnung.«

»Gott ist eben verdammt unwahrscheinlich«, unterbrach mich Dawkins, *»wer die Entstehung der Arten studiert, kommt zum Schluss, dass unsere Welt viel mehr Sinn macht, wenn man davon ausgeht, dass es keinen Schöpfer gibt. Auch Phänomene sind kein Hinweis auf Wunder, sondern auf unzureichende Forschung. Kein Gebet auf dieser Erde hat Kriege, Erdbeben, Tsunamis, Vulkanausbrüche, Seuchen oder den Tod eines Neugeborenen verhindert. Die Milliarden Gebete, die heute weltweit zu über 500 Göttern ausgestossen werden, stehen im indirekten Verhältnis zu den Milliarden Unrechten, die Menschen täglich erleben.«* Dawkin beherrschte die Sendung. Er führte aus, dass wir als Kinder den Eltern bedingungslos glauben, dass eine Herdplatte gefährlich sei, ohne dies mit den eigenen Fingern zu überprüfen, und so übernehme man auch jahrtausendalten Aberglauben ungeprüft. Religiöse Ideen seien Geistesviren, die man uns eingepflanzt habe, als wir noch absolut autoritätshörig waren. Wenn wir als Erwachsene allmählich zur Vernunft kämen, müssten wir uns mühsam von dieser Infektion befreien.

Als die Moderatorin ihn auf "Godless Sun" ansprach, reagierte er ungehalten. Er sagte, man könne "Godless Sun" und »Der Gotteswahn« nicht miteinander vergleichen. Hawking warf mir vor, eine neue Religion gründen zu wollen. Wie L. Ron Hubbard. Das kränkte mich enorm. Ich dachte, ich könnte hier im englischen Fernsehen als Verbündeter von Dawkins auftreten. Ich hatte damals seinen Bestseller regelrecht verschlungen, aber jetzt ging er auf Distanz zu mir, nein, er attackierte mich. Immerhin war ich es wert, dass er sich im Fernsehen mit mir auseinandersetzte, aber die Kränkung war nachhaltig, wie fast alles Negative im Leben.

Ich spürte, wie mir Schweissperlen die Stirn hinunterliefen, selbst hinter den Ohren triefte der Schweiss. Man hat ja keine Vorstellung davon, wie heiss diese Studioscheinwerfer sind. Kamera Zwei war auf mich gerichtet. Ich bin sicher, sie blendeten nun jeden einzelnen Schweisstropfen als Makroaufnahme in Slow Motion ein.

»Ich bin Atheist«, hörte ich mich sagen, »ich vertrete keine neue religiöse Bewegung, ich plädiere für die vollständige Trennung von Kirche und Staat und die Aufhebung der Blasphemieartikel.«

Dawkins lächelte süffisant, ich spürte, wie mir das Blut erneut in den Kopf schoss: »Ein Atheist, der in Kirchen predigt? Ich habe Ihren Internetauftritt gesehen. Sie inszenieren sich wie ein Sonnengott.«

Ich kam in Erklärungsnot, versuchte mich mit abstrusem Geschwurbel zu retten und war schliesslich froh, als uns der Gong erlöste.

»Du warst grossartig«, simste Leeroy zu meiner Überraschung in den Schminkraum, »was den Zuschauern in Erinnerung bleibt, ist ›Der Gotteswahn‹ und "Godless Sun".« Leeroy sollte Recht behalten. Als wir am nächsten Tag frühstückten, erhielt ich eine Anfrage von Bantam Books. Ob die englischen Taschenbuchrechte schon vergeben seien? Ich konnte es kaum fassen, welches Glück mir widerfuhr. Sollte "Godless Sun" tatsächlich ein internationaler Bestseller werden wie »Der Gotteswahn«? Auf Amazon war unter Hawkings Buch wie üblich eine Liste von Büchern, die die Käufer von Hawkings Buch ebenfalls gekauft hatten. Neben den weiteren Büchern von Hawking war auch ein Titel von Christopher Hitchens dabei, »Der Herr ist kein Hirte: Wie Religion die Welt vergiftet«, eine Streitschrift von Michael Schmidt-Salomon: »Keine Macht den Doofen!« und »Godless Sun!«

Paragraph 261

»Wenn dich der Staatsanwalt vorlädt, musst du hingehen.«

Als wir wieder in der Schweiz waren, lag ein Schreiben der Staatsanwaltschaft auf dem Tisch. Onkel Calvin sass in seinem verrauchten Salon und schob mir die Vorladung über den Tisch. Der Islamische Rat hatte mich verklagt, die Stawa lud mich zu einer Anhörung vor.

»Wenn du nicht hingehst, holt dich die Polizei und bringt dich zum Staatsanwalt«, sagte er und faltete seine Hände über einem Nachschlagewerk, »es geht um Artikel 261 des Schweizerischen Strafgesetzbuches betr. *Störung der Glaubens- und Kulturfreiheit.*«

Er schlug das StGB auf, er hatte die Seite mit einem Schnipsel Zeitungspapier markiert: «Wer öffentlich und in gemeiner Weise die Überzeugung anderer in Glaubenssachen, insbesondere den Glauben an Gott, beschimpft oder verspottet oder Gegenstände religiöser Verehrung verunehrt, wird mit einer Geldstrafe bis zu 180 Tagessätzen bestraft.«

Er klappte das Buch zu und beobachtete meine Reaktion. Ich setzte mich zu ihm an den Tisch: »Es ist doch nicht Aufgabe des Staates, Gefühle zu schützen«, ereiferte ich mich, »wieso können ausschliesslich die Gefühle religiöser Menschen verletzt werden? Wieso nicht auch die Gefühle von Hooligans oder Tierschützern? Es ist kein schönes Gefühl, wenn der eigene Club verliert und kein schöner Anblick, wenn man blutüberströmte Stiere in spanischen Arenen sieht. Sogar Schriftsteller haben Gefühle, sehr viele sogar, und ich ganz besonders. Was glaubst du, wie stark meine Gefühle verletzt werden, wenn jemand einen gnadenlosen Verriss über "Godless Sun" schreibt?«

»Weisst du, Mitch, das ist der eigentliche Grund, wieso all diese Sekten wie Fiat Lux, Scientology, Zeugen Jehovas und wie sie alle heissen für die Anerkennung als ›Neue Religiöse Gemeinschaft‹ kämpfen. Es geht zwar primär um die Steuerbefreiung, aber auch darum, dass sie jeden verklagen können, der sie verspottet. Und sie haben genug Ressourcen, um dich jahrelang vor Gericht zu piesacken.«

»Kann das Gericht "Godless Sun" verbieten?«

Onkel Calvin überflog nochmals das Schreiben: »Die werden dein Buch nicht verbieten, Mitch.«

»Würdest du mich vor Gericht verteidigen?«

Onkel Calvin winkte ab: »Die werden kein Verfahren eröffnen.« Er schob mir die Vorladung über den Tisch. »Das kommt nie vor Gericht. Polizei und Staatsanwaltschaft machen Überstunden. Die werden stinkig sein, dass sie sich mit diesem Paragrafen 261 beschäftigen müssen.«

Ich nahm die Vorladung wieder in die Hand und las sie nochmals durch: »Ich verstehe das nicht, wieso geniesst der Schutz von religiösen Gefühlen ein Exklusivrecht?«

Onkel Calvin zündete sich eine neue Zigarre an: »Mitch, wenn du jemanden beleidigst, verleumdest, verletzt du Gefühle anderer und der Staat schützt dich. Auch mit rassistischen Bemerkungen verletzt du Gefühle und der Staat bestraft dich. Diese Straftatbestände hatten ursprünglich einen ökonomischen Kern. Üble Nachrede kann die Geschäfte eines Menschen ruinieren, er kann möglicherweise seinen Beruf nicht mehr ausüben.«

»Aber wer empfindet heute noch religiöse Gefühle?«, ereiferte ich mich erneut, »oder müssen wir neuerdings Rücksicht nehmen auf Leute, die an die Biene Maja glauben?«

»Es geht beim Blasphemieartikel nur vordergründig um Religion, es geht um die Wahrung der öffentlichen Ordnung. In Deutschland schützt der Paragraf 166 die öffentliche Ordnung. Nur in einem solchen Fall schreitet der Richter noch ein. Auch England hatte diesen Paragraphen, hat ihn aber mittlerweile gelöscht. Im laizistischen Frankreich ist Blasphemie kein Straftatbestand mehr, das Recht auf freie Meinungsäusserung ist bei den Franzosen seit der französischen Revolution sakrosankt, und in Italien gilt Gotteslästerung nur noch als Ordnungswidrigkeit wie Falschparkieren. Das ist immer noch günstiger als eine landesweite Medienkampagne. Du wirst also primär dafür verurteilt, dass du mit deiner Gotteslästerung die öffentliche Ordnung störst.«

Ich war erleichtert. Wenn man in seinem Leben noch nie mit Polizei und Staatsanwälten zu tun hatte, ist man sehr verunsichert, wenn man plötzlich von der Staatsmacht ins Visier genommen wird. Ich war Onkel Calvin deshalb sehr dankbar: »Ich habe noch etwas, Onkel Calvin.«

»Noch eine Klage?«

»Eine Einladung.« Onkel Calvin warf mir einen misstrauischen Blick zu. Als er mein verschmitztes Lächeln sah, entspannte er sich.

»Hast du am Sonntag schon etwas vor?«, fragte ich ihn.

»Ja, ich werde meinen Zahnersatz im Wasserglas anstarren und mich fragen, wieso ich öfter träume, dass dieser Zahnersatz in die Brüche geht. Weisst du Mitch, das Alter ist schon mühsam, ich empfinde es zunehmend als Konkursverschleppung. Wäre ich eine Firma, ich hätte längst Insolvenz erklärt und die Bilanz deponiert.«

»Schau, dass du am Sonntag um 11 Uhr bereit bist für eine kleine Fahrt ins Grüne.«

»Ins Grüne?«, murrte er und verzog das Gesicht, »aber schau zuerst den Pollenbericht an.«

Happy Birthday

Ich hatte die Panoramaterrasse des Gasthauses *Zur Sonne* reserviert. Das Restaurant lag hoch oben auf dem Berg, direkt in den Felsen gehauen, monumental und ergreifend die Aussicht auf das Tal, den See und die Bergkette. Sie waren alle gekommen, Claire, Ozzy, Leeroy, Shiva, Nang und Hasan. Wir feierten mit alkoholfreiem Sekt, *Kapuzinerpisse*, wie Shiva spottete. Ich und Onkel Calvin tranken ein Glas Pommery Brut, von der Farbe her kaum vom Sekt zu unterscheiden, aber er prickelte mehr. Wir wollten niemanden in Versuchung bringen. Claire hatte angeregt, ohne Nang den 88. Geburtstag zu feiern. Doch ich hatte ihr gesagt, es sei Onkel Calvins Geburtstag und er habe betont, dass Nang zur Familie gehöre. Das hatte ihr nicht gefallen.

Onkel Calvin hatte einen besonderen Korbsessel, der gepolstert war. Wir standen um ihn herum und hielten schmale Gläser in der Hand. Gemeinsam sangen wir Happy Birthday. Onkel Calvins Arme ruhten auf den Armlehnen, die Hände umfassten das Ende, ein bisschen wie Abraham Lincoln im Lincoln Memorial an der National Mall in Washington. Nur mit dem Unterschied, dass Onkel Calvin kahl und noch am Leben war. Er genoss den Augenblick mit einem stillen Lächeln wie ein Padrone, dem die Referenz erwiesen wird. Als *Happy Birthday* zu Ende war, rückte er näher an den Tisch: »Jaja, ist ja schon gut. Setzt euch endlich, ich habe Hunger.«

Da ich links von Onkel Calvin sass und Leeroy rechts von ihm, hatte sich Claire blitzschnell neben mich gesetzt, um Nang zuvorzukommen. So sass Nang etwas abgelegen am anderen Tischende neben Hasan. Er sprach kaum ein Wort zu Nang, er beobachtete, lächelte manchmal. Ich weiss nicht, was in ihm vorging, ob er seine Heimat vermisste oder ob er über seine ungewisse Zukunft nachdachte. Ozzy und Shiva sassen den beiden gegenüber, ich glaube, sie mochten sich. Ich will nicht von Liebe reden oder so, aber ich glaube, sie waren sich auf einer beruflichen Ebene sehr nahe gekommen und schätzten sich gegenseitig. Wenn ich die Wortfetzen, die ich manchmal zufällig aufschnappte, richtig zusammensetzte, sprachen sie über Onlinetests und all den Kram.

»Kommt ihr euch auch so blöd vor mit diesem Orangensaft?«, scherzte Shiva. Die anderen lachten, doch Shivas Bemerkung hatte möglicherweise einen ernsteren Hintergrund. Sie schaute fragend zu Claire rüber, die knapp und energisch den Kopf schüttelte und dies mit einer rabiaten, flachen Handbewegung unterstrich.

»Versuchs damit«, lachte Claire und hob ihr Glas Wasser hoch, »und dann stellst du dir vor, es sei schaumloses Bier. Die Imagination des Menschen ist die stärkste Realität. Ohne sie gäbe es keine Hoffnung.«

Onkel Calvin wirkte abwesend. Verträumt liess er den Blick über die gewaltige Panoramalandschaft gleiten und lächelte ab und zu verschmitzt.

»Auch Religion«, sagte ich, »basiert auf Imagination, Religion ist nicht real, und doch hat sie für Milliarden Menschen einen stärkeren Wahrheitsgehalt als die Realität. Auch Gott basiert auf Imagination. Oder hat ihn jemals ein Mensch gesehen? Er ist lediglich das Produkt unserer Imagination.«

»Wie macht man aus Fantasy Geld? Das ist die Frage, die uns interessieren muss«, sagte Leeroy und legte seine Hand behutsam auf Onkel Calvins Unterarm. »Sie verfügen über eine enorme Lebenserfahrung Onkel Calvin, sagen Sie uns, wie wird man reich? Womit kann man am meisten Geld verdienen?«

Onkel Calvin lächelte vielsagend. Wir schauten gebannt zu ihm. Er liess sich Zeit und nahm eine Zigarre aus seiner Innentasche. Es schmeichelte ihm, dass man ihn um Rat fragte. Leeroy gab ihm Feuer.

»Womit kann ein Mensch am meisten Geld verdienen?«, wiederholte Onkel Calvin die Frage und zog ein paar Mal an seiner Zigarre, bis die Glut sichtbar wurde. »Auf dem Sterbebett fragt keiner nach dem Kontostand, fragt keiner nach den Auftragseingängen der Firma; wenn das Leben zu Ende ist, denkst du an die Menschen, die dir etwas bedeutet haben. Du denkst an die Menschen, denen du vertrauen konntest. Du wirst bescheiden, demütig und spürst, wie belanglos dein Leben gewesen ist. Aber ich will Ihrer Frage nicht ausweichen, Leeroy. Wenn du Vermögen bilden willst, musst du in diesem Land mehr als 7000 im Monat verdienen. Das ist Mathematik. Verdienst du weniger, ist keine Vermögensbildung möglich. Wie das morgen sein wird, weiss ich nicht.«

»Ich meinte, richtig Geld, Onkel Calvin, Millionen.«

Onkel Calvin räusperte sich mehrmals, trank ein Glas Wasser und liess sich erneut Zeit: »Ich denke, mit Kunsthandel kann man Millionen machen. Ich hatte etliche Klienten in meiner Kanzlei, die mit Kunsthandel ein paar Dutzend Millionen gemacht haben, einer wurde sogar Milliardär. Aber man muss etwas davon verstehen und daran Freude haben. Wenn es Ihnen nur ums Geld geht, starten Sie am Besten im Immobilienhandel, da können selbst einfach gestrickte Menschen wie

Donald Trump mit einem Startkapital rasch Geld verdienen und dieses auch vermehren. Aber schlau müssen Sie sein und risikofreudig und ein bisschen schlitzohrig. Auch in diesem Sektor hatte ich einige Handwerker in meiner Kanzlei, die zu Multimillionären wurden. Aber wenn Sie Milliarden verdienen wollen …?«

Er lehnte etwas zurück, damit die Kellner die Vorspeise servieren konnten, wahlweise Vitello tonnato oder gebeizten Graved Lachs mit Erdbeer-Wasabisorbet. Plötzlich überkam ihn eine Hustenattacke, er riss die weisse Serviette vom Tisch und drückte sie sich auf den Mund.

»Haben Sie sich erkältet?«, fragte Nang besorgt. Onkel Calin winkte ab: »Lassen Sie mich erzählen«, fuhr er fort, »ihr könnt schon mal anfangen mit Essen, aber lassen Sie mich erzählen. Ich traf in den 70er Jahren in Paris einen Amerikaner, der Science-Fiction-Romane schrieb, Schundromane, ähnlich wie Mitch.«

Ich schnitt eine Grimasse. Obwohl ich wusste, dass ich Schund schrieb, hörte ich es nicht gerne. Aber ich musste akzeptieren, dass man mich nicht nach meinem Verstand einstufte, sondern danach, was dieser Verstand zu Papier brachte. Und das war nun mal: Schund.

»Er war damals um die 60«, fuhr Onkel Calvin fort, »ich habe Mitch kürzlich von ihm erzählt, der Kerl war ein Vulkan, ein rothaariges Energiebündel, der ständig unter Strom stand, bereits mit sechs Jahren ritt er angeblich wilde Pferde, er wurde der meistdekorierte Pfadfinder der USA. In den 30er Jahren brach er als waghalsiger Flieger Weltrekorde, er leitete bedeutende Forschungsexpeditionen zu Eingeborenenstämmen, die noch nie einen Menschen gesehen hatten, er studierte Mineralogie, Ingenieurwesen, Astrophysik und hatte sämtliche Werke der Weltliteratur gelesen. War alles Schwindel. Aber die Medien feierten ihn und nannten ihn Flash, Blitz. Dieser umtriebige Rotschopf hatte Humor, Intelligenz, Charme und einen Traum: Reichwerden. Er sagte, sein Ziel sei *Make money, make more money*, er sagte, mit Science-Fiction können man nicht reich werden, der einzige Weg, reich zu werden, sei, eine Religion zu gründen.«

»Sie sprechen von L. Ron Hubbard«, sagte Ozzy.

»Ja«, antwortete Onkel Calvin, »dieser Hubbard publizierte Anfang der 50er Jahre eine Lehre über die Technik zur Manipulation menschlichen Verhaltens. Er nannte das Buch ›Dianetik‹. Er schrieb, Dianetik sei eine Ingenieurs-Wissenschaft, sie enthalte daher keine Meinung über Religion, denn Wissenschaften basierten auf Naturgesetzen. Hubbard war permanent pleite. Vier Jahre später machte er aus dieser Ingenieurs-Wissenschaft eine Religion, nannte sein Hauptquartier *Kirche*, seine Mitarbeiter *Geistliche* und bezeichnete die Akquisition neuer Mitglieder als ›herzustellende Produkte der Produktionsmaschine Scientology‹ und potentielle Kunden als ›Frischfleisch‹. Scientology ist heute ein milliardenschwerer Immobilienkonzern. Die Welt ist voll von leichtgläubigen und abergläubigen Menschen, die auf der Suche nach ein bisschen Halt, nach ein bisschen Hoffnung sind.«

Während wir den Hauptgang zu uns nahmen, ich hatte Eglifilet im Bierteig an Champagnersauce bestellt, machte sich jeder von uns so seine Gedanken. Ich glaube, es waren sehr ähnliche Gedanken.

»Glauben Sie, "Godless Sun" könnte die Bibel einer neuen Religion werden?«, fragte Shiva nach einer Weile. Wir brachen in Gelächter aus, nur Onkel Calvin schien ernsthaft darüber nachzudenken: »Christentum und Islam haben der Menschheit nur Krieg, Leid und zivilisatorische Stagnation gebracht, Religion war stets der erbitterte Feind aller Naturwissenschaften, Millionen von Menschen sind auf den Schlachtfeldern der Religion gestorben, christliche Geistliche und islamische Imane stehen heute unter Generalverdacht. Sie werden als potentielle Pädophile und Protzbischöfe wahrgenommen, als terroristische Hassprediger. Aber was wäre, wenn es eine Religion ohne Priesterkaste gäbe, wenn wir selbst die Verantwortung für unser Tun übernehmen würden und nur der Sonne genügen müssten, den Bergen, den Flüssen, den Tieren, der Natur.«

Onkel Calvin wandte sich an mich: »Ja, ich habe "Godless Sun" gelesen, mehrmals, und mehr noch: Ich habe darüber nachgedacht.«

Claire beobachtete immer wieder, ob Nang zu mir hinüberschaute und ich den Blick erwiderte. Sie stocherte lustlos in ihrem Steinbuttfilet, vermischte den Reis mit der Butter.

Als Onkel Calvin den ersten Hunger gestillt hatte, machte er einen recht zufriedenen Eindruck und schaute lächelnd in die Runde: »Wenn ihr den Menschen die Religion wegnehmt, solltet ihr einen Ersatz bieten. Ich habe das Dossier über die Bernadette-Kirche gelesen. Ich denke, ihr solltet sie für ein Jahr mieten.«

Ich war sprachlos. Ich schaute verzweifelt zu Onkel Calvin und schüttelte langsam den Kopf, als wolle ich ihm sagen, *das kannst du nicht machen.*

Onkel Calvin wandte sich an mich: »Mitch, ich habe es dir nie gesagt, aber du hattest nie viel Ehrgeiz, wie deine Eltern. Natascha hast du einfach ziehen lassen, du hast nicht um sie gekämpft, du hattest nie den Ehrgeiz, mehr zu sein als ein Pulp Fiction-Autor, deshalb bist du auch nie mehr geworden als ein Pulp Fiction-Autor. Jetzt hast du ein wunderbares Buch geschrieben. Das ist die Grundlage für etwas wirklich Grosses, nur die Grundlage, mehr nicht.«

Ozzy erhob sich überraschend, überraschend deshalb, weil er sich nur selten zu Wort meldete. Und dass er dabei aufstand, war sehr ungewöhnlich. Er rückte seine neue Designerlederjacke zurecht und nahm Haltung an, seine Halskrause hatte er zu Hause gelassen. Jetzt trug er eine dicke Goldkette mit einem Adler: »Mitch, sieh es doch einfach als Reenactment. Ich war jahrelang Mitglied der 9. Legion, wir trafen uns einmal im Jahr und verhauten die Gallier oder Kelten, irgendwelche Typen, die Living History machten, kostümierte Beamte und Angestellte, die einmal im Jahr ihrem monotonen Alltag entwischen und als halbnackte Wilde johlend durch die Wälder flitzen.«

»Ozzy hat nicht oft Recht», scherzte Leeroy, »aber Reenactment ist das Schlüsselwort. Ich habe es dir kürzlich schon erklärt. Wir inszenieren, ähnlich wie eine Theatergruppe, historische Ereignisse auf künstlerische, aber möglichst authentische Art und Weise. Wir machen History erlebbar. Überall boomen Vergnügungsparks, alle Comichelden haben mittlerweile ihre Parks, Living History war bereits in der Antike sehr populär und in der Zukunft werden die Leute immer mehr Zeit haben, freie Zeit, Freizeit, weil einerseits die Arbeitszeit weiter verkürzt wird und andererseits die Leute durch die Roboterisierung ihre Arbeit verlieren.«

»Er hat Recht«, pflichtete ihm Onkel Calvin bei, »und ich wette, der Staat wird "Godless Sun"-Veranstaltungen sogar subventionieren, denn wenn es wirklich schlimm wird in Europa, und es wird schlimm werden, dann sind die Regierungen noch so froh, wenn man den Wutbürgern Brot und Spiele anbietet.«

»Sie haben Recht, Onkel Calvin«, freute sich Shiva. »Wir werden den Sonnenkult neu inszenieren, die Bernadette-Kirche ist der ideale Ort dafür.«

Mir platzte der Kragen: »Reenactment vielleicht, Religion: definitiv nein! Ich bin Atheist und bleibe Atheist!«

»Worüber streiten wir, Mitch? Wir machen Reenactment, nicht wahr?«

Leeroy schaute in die Runde.

»Reenactment«, pflichtete ihm Ozzy bei, »darüber reden wir doch die ganze Zeit.«

»Ja«, sagte Claire, »wir sind doch alle Existentialisten, niemand will den Weihnachtsmann durch einen anderen Weihnachtsmann ersetzen.«

»Könnt ihr diese Kirche kaufen? «, fragte Onkel Calvin.

Leeroy und Claire wechselten konspirative Blicke. Claire nahm ein schmales Dossier aus ihrer neuen Hermès-Tasche, die sie über die Rückenlehne gehängt hatte. Sie schob es kommentarlos zu Onkel Calvin, der es interessiert aufschlug. Ich suchte den Blickkontakt zu Claire und legte die Stirn in Runzeln, um ihr zu signalisieren, dass mir allein schon die Idee Kopfschmerzen bereitete. Sie lächelte, sie lächelte Leeroy zu, der nun zurücklächelte, als wolle er andeuten *Der Gentleman geniesst und schweigt.* Wir blickten alle gebannt zu Onkel Calvin: »Das Grundstück ist ein Vermögen wert. Wenn ihr die Kirche eines Tages abreisst, könnt ihr einen Wolkenkratzer hinstellen, das ist der Vorteil mit all diesen Kirchen in Zentrumslage.«

»Die stehen doch unter Denkmalschutz«, versuchte ich das Thema zu begraben.

»Dann fackeln wir sie ab und sind Millionäre«, lachte Ozzy. Niemand fand das wirklich lustig.

»Aber Onkel Calvin«, versuchte ich ihn zu bremsen, «eine Kirche kaufen, ist das nicht ein Risiko?«

»Das grösste Risiko hast du bei der Geburt, Mitch, mein Zwillingsbruder hat sich mit der Nabelschnur erdrosselt, aber das Risiko hält sich im Rahmen.« Er blätterte das Dossier durch, bis er die gewünschte Seite gefunden hatte. »Ihr müsst euch den Mieterspiegel anschauen. 3,8 Prozent Nettorendite. Wo kriegt man heute noch 1 % Zins? Mit den Negativzinsen werden wir Tag für Tag ein bisschen enteignet, und wenn sie die Märkte weiterhin mit ihrem Papiergeld fluten, verpuffen unsere Sparvermögen, unsere Pensionskassenguthaben, aber 3,8 Prozent sind dann immer noch 3,8 Prozent. Und wenn die Regierungen die Schulden weginflationieren, steigen auch die Mietpreise, und 3,8 Prozent sind dann immer noch 3,8 Prozent. Wir gehen schwierigen Zeiten entgegen. Wer Geld aus dem Nichts erschafft, zerstört mehr, als es eine gegnerische Armee tun könnte. Ich denke, die Bernadette-Kirche wäre eine gute Investition. «

»Es gibt im Internet eine Verkaufsplattform für christliche Kirchen«, sagte Shiva, »ich las kürzlich, dass Saudi-Arabien 200 Millionen Dollar zur Verfügung gestellt hat, um leerstehende Kirchen in Salafistenmoscheen umzubauen. Zusammen mit dem türkischen Religionsministerium Diyanet schicken sie ihre Hassprediger …«

»Dann habt ihr eine reelle Chance, die Bernadette-Kirche zu einem vernünftigen Preis zu erwerben«, sagte Onkel Calvin. Ich war sehr überrascht über seine Einschätzung. Ich hatte fest damit gerechnet, dass er uns davon abraten würde. Auch wenn er es sichtbar genoss, seit einigen Monaten Teil dieser kleinen Clique zu sein, denke ich nicht, dass er aus Opportunismus diese Ansicht vertrat. Er hatte mir weiss Gott schon ziemlich üble Dinge an den Kopf geworfen. Also für den diplomatischen Dienst wäre seine Direktheit problematisch gewesen. Doch woher diese plötzliche Risikobereitschaft? Sowas erlebt man eher, wenn Minderjährige langsam in die Pubertät gleiten.

»Ich habe kein Geld, um eine Kirche zu kaufen«, sagte ich laut und deutlich.

»Aber die "Godless Sun" AG wird Geld haben, nicht genug, aber als AG wird es leichter sein, sich am Kapitalmarkt Geld zu beschaffen«, sagte Leeroy selbstbewusst, »ich habe ein paar Investoren im Auge.«

»Wer sind deine Investoren?«, fragte ich misstrauisch.

»Mitch, slow down, cool bleiben, Master.«

»Was heisst hier Master? Ich bin der Master?«

Alle nickten.

»Ja», sagte Leeroy, »du bist der Master.«

Ich schaute ratlos zu Shiva, die mit ihrem goldenen Pandora-Armband spielte. Mir schien, als hätte sie bei jedem Treffen einen Multicolor Charm mehr am Handgelenk. Sie zuckte die Schulter: »Klar, Mitch, du bist der Master.«

Ich warf Ozzy einen Blick zu, er hob den Daumen.

Und Claire? Sie lächelte still vor sich hin: »Mitch, vielleicht wäre das eine Gelegenheit, unseren neuen Oxford Stress Test auszuprobieren.«

»Harvard«, sagte Ozzy, »Harvard.«

Achmed Mazyek

Ich brauchte keinen Test, ich wusste, dass ich zunehmend gestresst war. Bärbel drängte. Leeroy engagierte eine Pressedame, sie wollte unbedingt die Probezeit überstehen und organisierte deshalb einen Termin nach dem anderen. Bastian Bobic lud zu einem runden Tisch der Religionen ein. Er war mittlerweile in den Regierungsrat gewählt worden und strebte aufgrund der rasch anwachsenden muslimischen Bevölkerung einen offenen Dialog an. Man sollte sich austauschen, besser verstehen, gegenseitige Toleranz lernen. Der Anlass fand im Hörsaal 3 der Universität statt. Bastian Bobic moderierte in einem schicken Anzug, er hatte mich und Achmed Mazyek, den Präsidenten des islamischen Rates, einen Medina-Muslim, der eine militante Form des Glaubens predigte, eingeladen. Eigentlich hiess Achmed Mazyek Hans Müller und war, nachdem er zum dritten Mal durch die Fahrprüfung gefallen war, zum Islam konvertiert. Konvertiten sind eine spezielle Spezies, wie die Ex-Raucher, die zu militanten Nichtrauchern werden. Die suchen einen festen Halt und könnten genauso gut bei Scientology untergehen. Achmed Mazyek repräsentierte zwar nur eine Minderheit von religiösen Extremisten, aber da sich diese lautstark artikulierten, war diese militante Minderheit in den Medien omnipräsent und erweckte den Eindruck, alle Muslime seien fanatische Salafisten. Mazyek inszenierte sich als religiöse Autorität mit Turban und Prophetenbart. Er bestand darauf, dass ein echter Muslim den Lebensstil des Propheten Mohammed adaptieren müsse. »Wie hat er gegessen, geschlafen und Frauen behandelt?« Soviel ich weiss, war Mazyek nicht auf einem Kamel ins Studio geritten und benützte fleissig sein Mobile. Zuletzt war er sogar von den meisten muslimischen Vereinen kritisiert worden, weil er zwei Jungs verteidigt hatte, die sich geweigert hatten, der Lehrerin die Hand zu schütteln. Wann sollten diese Buben jemals lernen, dass Frauen und Männer gleichberechtigt sind? Wie sollten sie jemals im freien Westen einen Job finden?

Als weiteren Gast hatte Bobic eine attraktive, grossgewachsene Afrikanerin eingeladen, die Bücher über die Diskrepanz zwischen Moderne und Islam schrieb. Sie hatte einen festen Blick und sprach sanft, aber was sie sagte, war messerscharf. Ihr Name: Hirsi Ali. Sie war ein oft gesehener Gast in Talkshows und rhetorisch sehr geübt. Mittlerweile war sie mit dem Historiker Niall Ferguson verheiratet.

Bobic richtete die erste Frage an sie: »Sie werfen dem Islam Rückständigkeit vor. Aber hat nicht jede Gruppe auch das Recht auf Rückständigkeit?«

Hirsi Ali antwortete, es gebe selbstverständlich keinen Zwang zur Moderne. Aber die Freiheit, rückwärtsgewandt zu sein, ende bei der Ausübung von Gewalt gegen andere. Medina-Muslime wie Herr Mazyek führten einen Heiligen Krieg gegen Ungläubige, sie behandelten ihre Frauen wie Sklaven, sie stürzten ganze Regionen in die Krise. Sie verletzten fundamentale Menschenrechte. Es seien stets die Frauen, aber auch Lesben und Homosexuelle, die unter dieser Ungerechtigkeit leiden. Es sei deshalb irreführend, wenn Politiker nach islamistischen Terroranschlägen erklärten, diese hätten nichts mit dem Islam zu tun. Das sei sehr wohl der Fall, die Attentäter beriefen sich ja stets auf den Koran.

Bobic fragte, ob sie dem liberalen Westen Naivität vorwerfe, weil er sich scheue, den Islam offen zu kritisieren. Ob diese Zurückhaltung nicht eher ein Zeichen von Toleranz sei?

»Nein«, wiedersprach Hirsi Ali, »der Westen ist nicht tolerant, er ist feige.« Wenn Toleranz die Intoleranten schütze, sei das eine falsch verstandene Toleranz. Sie versage den Unterdrückten die Unterstützung. »Was ist das für ein Signal an all die Frauen, Juden und Homosexuellen in der muslimischen Welt, wenn nicht einmal westliche Liberale es wagen, die rückwärtsgewandten muslimischen Eliten herauszufordern? Das ist Feigheit!«

»Sie werfen dem Westens eine Doppelmoral vor?«, fragte Bobic.

»Ja!« Es sei eine Art von kulturellem Relativismus, den sie vor allem in linken Kreisen Europas entdecke. Da würde mit viel Pathos die Freiheit besungen, nur von muslimischen Einwanderern wolle man die Einhaltung ebendieser Freiheiten nicht einfordern. Das wäre ja westlicher Rassismus. »Das ist die Feigheit des Westens.« Sie sagte, die Angst der Islamophobie bezichtigt zu werden, sei grösser als die Angst vor den Bomben der IS-Terroristen.

Ich war erstaunt, wie ruhig Achmed Mazyek ihren Ausführungen folgte. Ich hatte eher erwartet, dass er die Contenance verlieren würde, aber er blieb ruhig. Wahrscheinlich hatte auch er alle möglichen Kritikpunkte längst gehört und die entsprechenden Antworten parat. Als er sich äussern durfte, sagte er, dass Hirsi Ali den Glauben verloren und somit eine Ungläubige sei. Bastian Bobic fragte, ob es richtig sei, dass Muslime, die vom Glauben abfallen, den Tod verdienen. Achmed Mayzek sagte, dass er und seine Brüder die Gesetze unseres Landes respektieren würden. Hirsi Ali entgegnete, dass sie seit Jahren auf der Flucht sei, weil man ihr nach dem Leben trachte, und dass immer mehr Menschen an der freien Meinungsäusserung gehindert würden. Die rückwärtsgewandten Muslime seien leider auf dem Vormarsch, weil ihre Botschaft so simpel sei und auch für bildungsferne Schichten leicht verständlich. Sie bezögen sich auf den Koran und nähmen jeden Satz wörtlich, weil sie mangels intellektueller Reife nicht abstrahieren könnten. Für junge Leute, die hier in den Westen kommen und aufgrund fehlender Schul- und Berufsbildung keine Chance haben, sei diese Vereinfachung attraktiv, sie fühlten sich unter ihresgleichen aufgehoben und steigerten sich gegenseitig in eine gewalttätige Radikalität. Aber der Islam brauche eine historisch-kritische Interpretation des Korans, eine Reformation des muslimischen Glaubens, so, wie sie auch das Christentum vor 500 Jahren durchlaufen musste.

Bobic unterbrach und wandte sich an Mazyek: »Wieso distanzieren Sie sich nicht von der Gewalt des Islamischen Staates?«

Mazyek antwortete mit einer Gegenfrage: »Wieso sollen wir uns ständig von Dingen distanzieren, mit denen wir nichts zu tun haben?«

»Distanzieren Sie sich von der Idee des Islamischen Staats?«

»Wir sind keine Verbündeten des Islamischen Staates.«

»Distanzieren Sie sich vom Islamischen Staat?«

»Wir sind keine Verbündeten.«

Das war der Moment, in dem ich die arabische Version von »Das Buch der vereinfachten Rechtswissenschaft« in die Kamera hielt.

High Heels

»Nicht schon wieder, Claire.«

Sie war vor dem Schaufenster eines Schuhgeschäftes stehengeblieben.

»Nur noch …« Sie zeigte auf ein paar rote High Heels, drückte mir ihre mittlerweile fünf Einkaufstaschen in die Hände und schlüpfte an mir vorbei in den Laden. Ich folgte ihr, so wie ich ihr bereits seit zwei Stunden durch die Innenstadt folgte. Eigentlich hatte sie nur einen Bikini kaufen wollen. Ich werde nie begreifen, wieso Frauen derart auf Schuhe stehen. Ich setzte mich in die Damenabteilung und checkte meine Mails. Das Time Magazine hatte eine Titelstory *Atheisms, the New Religion?* publiziert und dabei auch "Godless Sun" erwähnt. Leider hatten sie das Cover nicht abgebildet.

»Hast du eigentlich im Lotto gewonnen?«, fragte ich Claire, als sie sich neben mich setzte und die roten High Heels anprobierte. Die Verkäuferin kam auf uns zu und strahlte: »Die stehen Ihnen ausserordentlich gut!« Was hätte sie sonst sagen sollen? Sie wurde schliesslich dafür bezahlt.

Claire erhob sich und stöckelte kichernd auf und ab.

»Gefallen sie dir?«

»Ziemlich unpraktisch. Würdest du die Häftlinge in Guantanamo zwingen, damit rumzulaufen, Amnesty International würde sofort eine Pressekonferenz einberufen.«

Claire wandte sich an die Verkäuferin: »Männer sind so praktisch veranlagt, schrecklich.«

Die Verkäuferin lächelte höflich und sah, dass eine weitere Kundin ungeduldig wartete: »Lassen Sie sich Zeit.« Sie entfernte sich.

»Wer bezahlt deine Schuhe?«

»Ich dachte, du würdest sie vielleicht bezahlen, du hast mir noch nie Schuhe gekauft.«

»Weil du schon ein Paar hast«, grinste ich.

»Du willst doch auch mit einer sexy Dame ausgehen, oder ziehst du Vogelscheuchen wie dein Thaigirl vor?«

»Nicht schon wieder, Claire, ich fragte, woher hast du das Geld, woher hat Leeroy das Geld für einen neuen Mustang? Er will sich ein Modell aus der limitierten Special Edition kaufen. Spinnt ihr jetzt alle?«

Claire setzte sich neben mich und zog ihre High Heels aus: »Wir machen gutes Geld mit den OPT's, obwohl der Test nur 20 Euro kostet. Seit wir Online und mehrsprachig sind, haben wir täglich über 2000 User, das sind 1,2 Millionen im Monat, über 14 Millionen im Jahr! Leeroy gibt mir von jedem verkauften Test zwei Franken.«

»Weil du den Test geklaut hast?«

»Mitch, es ist auch deine Firma, du bist Teilhaber und kriegst Ende des Jahres Dividenden. Leeroy rechnet mit einer Ausschüttung von 4 Prozent. Er sagt, das sei gar nicht so schlecht, das ist doppelt so viel wie die meisten Schweizer Bluechips ausschütten. Wann hast du zuletzt dein Bankkonto angeschaut?«

Ich wusste es nicht, aber ich erinnerte mich, dass jemand von der Bank schon mehrmals angerufen hatte. »Die meinen, man müsse mit dem Geld arbeiten und schicken mir Prospekte. Aber ich lasse es ruhen, damit ich meine Ruhe haben.«

Gott vor Gericht?

»Sie sind als beschuldigte Person vorgeladen worden«, eröffnete der Staatsanwalt die Einvernahme. Nach einer Leibesvisitation hatten mich zwei uniformierte Beamte in den zweiten Stock gebracht, Zimmer 204. Der Staatsanwalt, ein Dr. Roland Bisegger, ein älterer Mann mit tiefen Augenringen und schütterem Haar, sass hinter einem schlichten Tisch. Die Akte, die er vor sich aufgeschlagen hatte, war dünn. Wir sassen in einem kahlen Raum, ein Tisch, zwei Stühle. In diesem Raum sollte niemand abgelenkt werden, wahrscheinlich sollte sich auch niemand wohlfühlen. Ich hatte einen harten Hund erwartet, wie wir das in Filmen immer wieder sehen, aber dieser Dr. Bisegger sprach ganz unaufgeregt, als würde er mir die Tarife im City Parkhaus erläutern: »Sie haben nach Art. 107 der Schweizerischen Strafprozessordnung Anspruch auf rechtliches Gehör, namentlich das Recht auf Akteneinsicht. Sie dürfen einen Rechtsbeistand beiziehen, an Verfahrensverhandlungen teilnehmen und sich zur Sache und zum Verfahren äussern, Beweisanträge stellen. Sie dürfen die Aussage verweigern und müssen sich nicht selbst belasten. Haben Sie das alles verstanden?« Er blickte kurz auf. Er wirkte müde, aber nicht unfreundlich, eher überlastet.

»Ja, ich habe alles verstanden.«

»Der Islamische Rat hat Sie wegen Verstoss gegen Artikel 261 der Schweizerischen Bundesverfassung angezeigt: *Störung der Glaubens- und Kultusfreiheit.* Ich lese Ihnen den Artikel vor: *Wer öffentlich und in gemeiner Weise die Überzeugung anderer in Glaubenssachen, insbesondere den Glauben an Gott, beschimpft oder verspottet …«.* Die Art und Weise, wie er den Text herunterleierte, erinnerte an den TV-Spot *Lesen Sie die Packungsbeilage oder fragen Sie Ihren Arzt oder Apotheker.* »Wollen Sie sich dazu äussern?«, fragte er abschliessend. Er warf einen ungeduldigen Blick auf seine Armbanduhr und nickte mir mehrmals zu. Das war eine Aufforderung.

»Ich habe die reale Existenz eines Gottes bestritten, er existiert nur in der Imagination«, antwortete ich, »wenn sich die Klägerschaft dadurch verletzt fühlt, soll sie doch bitte Gott als Zeugen vorladen.«

Dr. Bisegger neigte den Kopf zur Seite, als wolle er fragen: *»Sind wir jetzt fertig?«* Ich hatte verstanden und versuchte es mit ernster Miene: »Ich habe lediglich von meinem Recht auf freie Meinungsäusserung Gebrauch gemacht«, sagte ich, »ich habe weder Friedhöfe geschändet noch auf sakrale Gegenstände uriniert, ich habe geschrieben, dass Gott ein kosmischer Furz sei, dass er nie existiert hat und dass Religion eine Störung des Gehirnlappens sei, eine Kindheitsneurose. Letzteres stammt übrigens von Sigmund Freud, ich habe nur zitiert.«

Bei »Störung des Gehirnlappens« hatte ich eine gewisse Heiterkeit in seinen Augen entdeckt. Er teilte mir mit, dass die Staatsanwaltschaft nun aufgrund dieser Einvernahme entscheiden würde, ob ein Strafbefehl erlassen wird oder nicht. Er betätigte die Klingel, ein Beamter betrat das Zimmer und begleitete mich wieder auf die Strasse hinaus. Ich hatte mir das Ganze wesentlich anstrengender vorgestellt. Déformation professionelle.

Leeroy wartete auf der gegenüberliegenden Strassenseite auf einem Parkfeld. Er trug wie üblich seine Kapitänsuniform und sass lässig auf der Motorhaube eines weissen Ford Mustang Shelby. Der Wagen hatte zwei marineblaue breite Farbstreifen, die von der Kühlerhaube übers Dach bis zum Heck hinunterführten. Leeroy öffnete mir die Beifahrertür und grinste: »Alles im grünen Bereich?«

Ich nickte. Er setzte sich ans Steuer und schaute zu mir, als erwartete er eine Reaktion: »Geiler Wagen, nicht?«, grinste er, »das ist ein Shelby GT350R, gibt's nur in beschränkter Stückzahl, ist eine Hommage an den legendären Shelby Competition von 1965, 533 PS.«

»Ist das ein Vorteil im Stau?«, fragte ich und schaute mir das in rotes Leder eingebettete Armaturenbrett an. Der Motor heulte auf, Leeroy genoss es mit kindlicher Freude: »Du machst dir wohl nichts aus Autos, hast wohl nur eine Ahnung von Raketenantriebssystemen oder fährst du ein gebrauchtes Fahrrad?«

»Für den motorisierten Alltagsverkehr bin ich wohl zu zerstreut.«

»Und? Kommst du in den Knast?«, wechselte er das Thema, nachdem er die Sinnlosigkeit eines Gesprächs über den Ford Mustang erkannt hatte. Leeroy war in jeder Beziehung sehr praktisch veranlagt.

»Nein«, sagte ich, »ich bin enttäuscht. Ein ganzer Apparat wird in Bewegung gesetzt, und dann werde ich nicht einmal bestraft, obwohl ich zugegeben habe, dass Gott ein kosmischer Furz ist und Religion eine Störung des Gehirnlappens.«

»Schade«, sagte Leeroy und zog die Mundwinkel nach unten, »aber wenn du eine Geldbusse kriegst, beantrage, dass man sie in eine Haftstrafe umwandelt. Ich denke, die Märtyrerrolle würde dir gut stehen, damit mobilisieren wir mehr Leute als mit einem zehnminütigen Werbespot.«

Unterwegs nach Hause rapportierte Leeroy in knappen Worten die wichtigsten Ereignisse der vergangenen Tage, das Merchandising schien immer besser zu laufen, sie hätten jetzt einen Shop im Internet eingerichtet. Es gebe auch Anfragen aus Holland, Dänemark und Schweden für Lizenzausgaben, in Berlin habe man den ersten

Franchisepartner, weitere seien im Gespräch, Bedingung sei jeweils, dass der Kult in einer ehemals christlichen Kirche inszeniert würde.

Ich hörte Leeroy zu und genoss die Fahrt, ich fühlte mich gut. Es war nett, dass mich Leeroy von der Stawa abgeholt hatte, irgendwie fühlte ich mich an diesem Tag erstmals als Teil von etwas Grösserem.

Der Letzte seines Jahrgangs

Onkel Calvin blickte von seiner Zeitung hoch: »Das war der Letzte meiner Schulklasse. Gerold Eugster.« Nang sass neben ihm am Tisch und schaute sich das Fotoalbum an, das er aufgeschlagen hatte: »Wir waren alle erstaunt, dass er den Master abschloss, denn er hatte nur Frauen im Kopf. Ich bin jetzt der Letzte meines Jahrgangs.«

Er klappte das Album zu und schaute zu mir hoch: »Weisst du, Mitch, es gibt nichts, aber auch gar nichts, das einen vor dem nahen Tod hinwegtrösten kann. Ich habe in den letzten Jahren einige meiner ehemaligen Studienkollegen in Alterssiedlungen, Pflegeheimen und Geriatrieabteilungen besucht, Menschen, die einmal als Juristen brilliert und Staatsanwälte in Angst und Schrecken versetzt hatten. Sie lagen in ihren Betten, wie hingeworfene Requisiten, manche in jämmerlichem Zustand. Wie Jeannot. Er war mein bester Freund.« Onkel Calvin stockte. Er schien bewegt. Ich setzte mich zu ihm an den Tisch und liess ihm Zeit. Nach einer Weile erhob er sich und schlurfte zum Kamin. Ich folgte ihm. Er hielt sich am Kaminsims fest und schaute in den Spiegel. Im Rahmen steckte die Fotografie eines jungen Mannes, der keck in die Kamera blickte. Onkel Calvin trug damals breite Koteletten und eine Elvistolle, er schien so selbstbewusst und bereit, die Welt zu erobern: »Weisst du, Mitch, das Traurige am Alter ist, dass niemand sehen kann, dass hier«, er legte die Hand auf seine Brust, »dass du hier innen immer noch der junge Mann bist, der du einst gewesen bist.«

Er hielt inne und wischte sich einen Speicheltropfen von den Lippen: »Für die Pflegerinnen mag Jeannot nur noch ein schrulliger, alter Mann gewesen sein, ein verwirrter Kauz, der in seinem Essen herumstochert und seine Brille verlegt. Einmal flüsterte mir Jeannot zu, er konnte ja kaum noch sprechen, sag diesem Fräulein, dass auch ich mal ein Teenager war, der sich vor dem Spiegel zurechtmachte, um am jährlichen Twist Contest teilzunehmen, sag ihr, dass ich ein Mädchen traf, das mich liebte, das alles an mir liebte, dass ich ihr Gedichte schrieb, sag ihr, dass ich ein fürsorglicher Ehemann war, ein stolzer Vater, dass ich ein Haus baute und eine Firma gründete, dass ich mein Leben liebte, und dass dann die Zeit kam, in dem die Kinder ausflogen und ich mit den Enkeln den Weihnachtsbaum schmückte, sag ihr, dass ich leider meine Frau verlor, dass ich die Liebe verlor, die Geborgenheit, die Gesundheit, sag ihr, dass ich jetzt ein alter Mann bin, dessen Körper zerfällt, aber in diesem Körper ruht immer noch die Erinnerung an einen jungen Mann, der sich vor dem Spiegel für den Twist Contest zurecht macht, um seine erste Liebe zu finden. Mein Freund Jeannot hatte am Ende nichts mehr. Ausser Bresten und Langeweile.« Er schlurfte zum Tisch zurück und setzte sich. Das Laufen strengte ihn an. Er begann zu husten. Er konnte kaum aufhören damit. Nang brachte ihm ein Glas Wasser und klopfte ihm sanft auf den Rücken. Onkel Calvin trank ein paar Schlucke und liess den Blick ziellos über seinen Salon schweifen: »Ich bewunderte das Pflegepersonal. Eine Pflegerin sagte einmal, Jeannot leide an *Total Pain. Total Pain,* habe ich gefragt? Sie sagte, Jeannot leide nicht an körperlichen Schmerzen, sondern an der Gesamtsituation, am Verlust des ›normalen‹ Lebens, am Verlust der Freunde, am Verlust der Zukunft, am Verlust des Lebenssinns. Kafka schrieb einmal, ein Zeichen beginnender Erkenntnis sei der Wunsch zu sterben. Total Pain ist ein Zeichen beginnender Erkenntnis. Palliativmedizinern gefällt das nicht, wenn sich Patienten mit einem Suizid aus dem Leben retten wollen. Auch Politikern gefällt das nicht, aber es geht sie alle zusammen einen Dreck an, wenn jemand von *Total Pain* heimgesucht wird und es beenden will. Sie haben Jeannot nicht geholfen, und ich habe Jeannot auch nicht geholfen. Denn niemand kann dich vor dem Tod retten, also sollten wir alle den Mund halten, wenn es jemand etwas früher beendet, als es die Biologie geplant hat.«

Ich setzte mich zu Onkel Calvin und berührte seinen Arm: »Du leidest aber nicht unter *Total Pain*, Onkel Calvin?«

Er schwieg eine Weile, dann schob er das Fotoalbum in die Tischmitte: »Gestern habe ich mein Gebiss im Lavaboglas angestarrt, mindestens eine halbe Stunde lang. Ich habe mich gefragt, ob wir noch genügend Kukident-Tabletten haben und was ich mit dem angebrochenen Tag noch anfangen solle. Die Zeitung hatte ich bereits gelesen. Ich kriege in letzter Zeit vom Lesen Kopfschmerzen.«

»Vielleicht brauchst du eine neue Brille.«

»Nein, Mitch, ich brauche keine neue Brille. Nachdem ich die Zeitung überflogen hatte, realisierte ich, dass ich noch vier Stunden bis zum Mittagessen totschlagen muss. Aber ich habe keinen Appetit mehr, obwohl Fräulein Nang eine wunderbare Köchin ist.«

Er schenkte ihr ein Lächeln und berührte ihre Hand: »Ich habe mich ins Bett gelegt und versucht, wieder einzuschlafen. Aber ich schlafe kaum noch. Vielleicht habe ich Angst, im Schlaf zu sterben und bleibe wach.«

Ich versuchte, ihn zu beruhigen: »Im Alter braucht man weniger Schlaf und auch weniger Nahrung, weil man sich weniger bewegt. Das ist bei allen so.«

Ich schaute hilfesuchend zu Nang. Sie hatte offenbar diese Diskussion schon mehrmals mit ihm geführt. Sie machte ein ratloses Gesicht und hob die Schultern an.

»Mir kommt immer wieder dieses Lavaboglas in den Sinn, das ist doch nicht normal, ich döse vor mich hin und denke, wäre es nicht schön, einfach einzuschlafen und nie mehr an dieses Lavaboglas zu denken? Manchmal entleert sich die Blase im Schlaf, manchmal auf dem Weg zur Toilette, Mitch, das Alter ist nichts für Schwächlinge, es ist eine grosse Demütigung.«

Gegen Mitternacht brachte ich Onkel Calvin zu Bett. Er konnte sich kaum noch auf den Beinen halten. Er hatte darauf bestanden, mit

Nang und mir eine Flasche *La Conseillante* zu trinken. Seine Hosenbeine waren durchnässt. Ich setzte ihn auf den Bettrand, Nang zog ihm die Schuhe aus. Als ich seinen Gurt lockerte, wollte er sich dagegen wehren, liess sich dann bereitwillig auf die Beine stellen, so dass ihm Nang die Hose runterziehen konnte. Es stank fürchterlich nach säuerlichem Urin. Als ich mich wieder aufrichtete, umarmte er mich und sagte, ich sei für ihn wie ein Sohn gewesen, und wenn er mal tot sei, solle ich Totenwache halten, 48 Stunden, es sei schon vorgekommen, dass man Scheintote verbrannt oder begraben habe. Das habe ihm Dr. Orsini gesagt. Das wisse man, denn wenn Friedhöfe geräumt würden, fände man immer wieder Skelette, die nicht mehr in Rückenlage lägen, sondern verkrümmt, als hätten sie bis zum letzten Atemzug versucht, auszubrechen.

Am anderen Morgen kam ich wie üblich mit der Zeitung in den Salon und machte Kaffee. Onkel Calvin schlief immer noch. Ich setzte mich auf den Bettrand und beobachtete ihn. Er hatte den Mund halb offen. Zuerst dachte ich, er sei vielleicht gestorben, aber er pfiff leise, wenn er den Atem ausstiess und ich sah, wie sich der Brustkorb hob und senkte. Ich war erleichtert, er schlief bloss. Nang kam etwas später, sie frühstückte selten. Als Onkel Calvin die Augen öffnete und mich sah, sagte er, ich solle Fräulein Nang heiraten, sie sei eine gute Frau. Ich fragte ihn, wer Doktor Orsini sei, er sagte, er habe ihn ein paar Mal aufgesucht, er sei sehr nett. Nang rief eine Spitex-Schwester an, die am späten Morgen eintraf und von Onkel Calvin eine Blutprobe fürs Labor mitnahm. Nang sagte, man solle sicherheitshalber sein Blut untersuchen. Onkel Calvin ächzte, er brauche keinen Aderlass, sondern Macarons.

Picassoplatz

»Er braucht etwas Süsses«, sagte ich, als wir im Auto sassen, »wenn er verkatert ist, braucht er Kaffee, dann etwas Salziges und dann noch etwas Süsses.«

Nang parkte in einer öffentlichen Tiefgarage. Gemeinsam liefen wir zur Confiserie am Picassoplatz. Nang wollte die Confiserie betreten, aber ich blieb vor der Briefkastenanlage stehen.

»Dr. Orsini«, stiess ich hervor, ich zeigte Nang das gravierte Messingschild zwischen den Messingtafeln der anderen Arztpraxen und Anwaltsbüros, *Dr. Orsini, Onkologie.* War es möglich, dass Onkel Calvin jeweils die Macarons nur gekauft hatte, um sein wahres Ziel zu vertuschen?

Ich erklärte der Praxishilfe, dass ich keinen Termin habe, dass ich Dr. Orsini kurz sprechen wolle, ich sei der Neffe einer seiner Patienten, wir würden im gleichen Haushalt wohnen. Sie sagte, wir müssten uns gedulden, wir könnten ihn frühestens gegen elf sprechen, dann habe der Doktor eine kurze Pause, aber ohne Termine … Ich sagte ihr, wir würden uns in das Café der Confiserie setzen, sie könne mich anrufen, wenn er Zeit habe.

Die Stimmung war gedrückt, ich ahnte nichts Gutes. Wir sassen eine ganze Weile im Café, tranken Kaffee und assen Croissants: »Es ist schon merkwürdig, dass er nicht mehr jeden Cent viermal umdreht. Er war sein Leben lang ein richtiger Geizkragen und jetzt gibt er das Geld mit beiden Händen aus, als bliebe ihm fürs Ausgeben nicht mehr viel Zeit.«

Nang tätschelte meine Hand: »Manchmal haben alte Menschen komische Flausen im Kopf, das kommt schon mal vor …«

»Du meinst, er wird dement?«

»Ich weiss es nicht, Mitch, Karma.«

Dr. Orsini empfing uns in einem kleinen Zimmer, das nur gerade mit einer Couch und einem kleinen Tisch ausgestattet war. Auf der Couch lagen T-Shirts, Zeitungen und ein Stapel Briefe. Er ass einen Apfel und stocherte in einer kalten Lasagne, er hatte Mittagspause.

»Er hat mir viel von Ihnen erzählt«, sagte er, »ihr Onkel kommt regelmässig in die Praxis. Angefangen hat es mit einem Keuchhusten.

Das ist ein Bakterium, Bordetella pertussis, eine hochansteckende Infektionskrankheit. Sind Sie gegen Keuchhusten geimpft?« Wir nickten beide.

»Am Anfang sind die Symptome nicht spezifisch, es sieht nach einer Erkältung aus, später nach einem hartnäckigen Husten, der über Wochen andauert. Kinder entwickeln häufig Fieber, dieses Symptom fehlt bei älteren Menschen, sie fühlen sich unwohl, verlieren den Appetit, der Schlaf wird unruhig, der Würgereiz kann zu Erbrechen führen. Aber sie schnappen nie nach Luft wie die Kinder, deshalb wird die Krankheit leider zu spät diagnostiziert. Bei Ihrem Onkel haben sich die Bakterien bereits im ganzen Körper ausgebreitet. Sein Immunsystem ist aber wegen der Krebserkrankung schon arg geschwächt.«

»Krebs?«, fragte ich irritiert.

»Ja, Ihr Onkel hat Krebs, Darmkrebs, mit Ablegern in Leber und Lunge.«

Ich wurde unruhig. Der Gedanke, plötzlich ohne Onkel Calvin in diesem grossen Haus zu leben, liess mich für einen Augenblick verzweifeln. Ich hatte mich an meinen alten Herrn gewöhnt, ich mochte ihn. Ich lebte gerne mit ihm unter einem Dach.

»Es ist mein Fehler«, sagte ich, »ich hätte darauf beharren sollen, dass er seinen Impfschutz erneuert.«

Nang nahm meine Hand und drückte sie fest: »Wie hättest du das wissen sollen, Mitch? Das ist Karma.«

»Selbst wenn Sie daran gedacht hätten, wäre Ihr Onkel nicht geimpft worden«, sagte Dr. Orsini und versuchte mich mit einem freundlichen Lächeln aufzumuntern. »Wir haben keine Impfstoffe mehr. Wir hatten einen enormen Bedarf dieses Jahr. Wir haben in Europa innerhalb eines Jahres zusätzlich über eine Million Migranten gegen Keuchhusten, Diphterie, Kinderlähmung und Tetanus geimpft. Glaxo Smith Kline kommt mit der Produktion nicht mehr nach. Sie schrieben in ihrem letzten Mailing, dass sich die Situation erst in zwei bis drei Jahren beruhigen werde. Aber bis dann sollen weitere drei Millionen neue Migranten nach Europa kommen. Man hört jeden Tag andere Zahlen. Die Regierungen haben den Überblick verloren.«

Dr. Orsini gönnte uns eine Verschnaufpause. Nach einer Weile fuhr er fort: »Ihr Onkel hat eine Patientenverfügung geschrieben, er möchte zu Hause sterben, er möchte nicht, dass man sein Leben verlängert, falls er in ein Spital eingeliefert werden muss.«

»Wieso hat er mir nichts gesagt?«, fragte ich, »hat er mir nicht vertraut?«

Ich erhob mich abrupt und machte ein paar Schritte. Ich blieb vor der Bücherwand stehen und starrte auf die blauweissen Buchrücken, »Chirurgie der extrakraniellen hirnversorgenden Arterien«. Der Gedanke, dass Onkel Calvin sterben würde, beängstigte mich. Natürlich wusste ich, dass Menschen nicht ewig leben und dass man mit 88 Jahren eher stirbt als mit 43 Jahren, aber wenn es Realität wird, ist es etwas ganz anderes. Mich übermannte eine Traurigkeit, die ich in dieser Intensität noch nicht gekannt hatte: »Mir scheint, Onkel Calvin leidet auch an Total Pain. Er weiss, dass in seinem Körper Einiges nicht mehr in Ordnung ist. Er sagt, man spüre das, wenn das System versagt. Er leidet auch zunehmend unter Gelenkschmerzen, Atemnot bei Anstrengung, einem vereiterten Zahn, er hat Mühe mit dem Gehör, mit der Sehkraft und mit der Blase. Er sagt, alles, was schiefgehen könne, gehe im Alter schief, das sei Murphy's Law, das gelte für alte Autos genauso wie für alte Menschen.«

Dr. Orsini erhob sich und legte mir die Hand auf die Schulter: »Es wird mit der Zeit zu viel für einen alten Mann, der sein Leben gelebt hat. Jeder zieht seine eigene rote Linie. Manchmal verschiebt man sie ein bisschen, oft sogar, aber irgendwann ist Total Pain.«

Ich schaute hilflos zu Nang rüber, die sich auch erhoben hatte. Sie nickte mir zu, als wolle sie sagen, ich solle es einfach akzeptieren, Karma eben.

Als wir wieder auf die Strasse traten, war ich noch völlig verstört. Nang nahm meine Hand und drückte sie fest. Wir gingen zwei Schritte und blieben vor dem Schaufenster der Confiserie stehen. Nang meinte, ich solle mir was Süsses kaufen, Sachertorte oder so, das sei gut gegen Stress. Plötzlich hörten wir Geschrei. Ein junger Mann, ein orthodoxer Jude, wie später in einem Online Newsletter berichtet wurde, rannte auf uns zu. Ein Dutzend Männer aus dem arabischen Raum verfolgten ihn. Fünfzig Meter vor der Confiserie brachten sie ihn zu Fall und schlugen mit Stöcken und Flaschen auf ihn ein. Selbst als er bereits blutüberströmt am Boden lag. Nang und ich waren in die Confiserie geflüchtet und beobachteten, was draussen geschah. Nein, ich dachte nicht daran, dem armen Jungen zu Hilfe zu eilen. Gegen diese wütende Bande hätten wir nichts ausrichten können, bestimmt nicht, aber wir blieben aus purer Angst vor diesem Mob in der Confiserie und bestellten tatsächlich eine Sachertorte. Nach fünf Minuten fuhr das erste Polizeiauto vor. Zwei Beamte stiegen aus. Der Mob stürzte sich sofort auf die beiden Beamten, die umgehend wieder in ihr Fahrzeug stiegen und den Rückwärtsgang einlegten. Und dann passierte das, was die beiden jungen Verkäuferinnen, die zwei älteren Kundinnen, Nang und ich befürchtet hatten. Der Mob stürmte in die Confiserie und griff grölend in die Schaufenstereinlage nach Patisserie, Torten und all den Broten hinter dem Ladentisch. Einer fasste mit der Hand nach der Sachertorte, presste sie in der Faust zusammen und stopfte sich einen Teil in den Mund, den Rest schüttelte er ab und verschmierte den Fussboden. Wir standen da wie paralysiert und rührten uns nicht mehr. Als in der Ferne weitere Polizeisirenen aufheulten, rannten die Schläger aus dem Laden und ergriffen die Flucht. Es gab dann keine Sachertorte mehr für mich.

Nur auf dem Planeten Xyphos herrschte noch Recht und Ordnung. Die nächsten Wochen verbrachte ich mit Commander Orion auf diesem sandigen Planeten und versuchte siebenfüssige Bakterien zu domestizieren. Ich gab mir auch Mühe, diese bescheuerte Tomyfigur von Erich von Däniken einzubringen, aber der Text misslang derart, dass ich selbst lachen musste. Ich war in regem Kontakt mit Bärbel, die sich wieder Sorgen machte, weil ich einen Ablieferungstermin beinahe verpasst hatte. Nur um wenige Stunden, aber da dies bei mir nie vorkam, hatte es Bärbel beunruhigt. Über Mittag kochte Nang, Hasan wurde mittlerweile auch geduldet, er war etwas gesprächiger, vielleicht lag es am Rotwein, den ihm Onkel Calvin zum Mittag offerierte.

Das Totenschiff

Ich weiss nicht, warum ich Onkel Calvin auf eine kleine Schiffsfahrt einlud. Ich hatte dies noch nie getan. Es erstaunt mich im Nachhinein, denn ich war im Verzug mit dem nächsten Heftroman. Es gab von der Schifffahrtsgesellschaft ein Angebot für einen Lunch, drei Schleusen würden wir passieren. Vielleicht könnte ich das eine oder andere für die geheimnisvolle Insel gebrauchen, aber ein Fluss ist natürlich kein See.

Wir nahmen den Business-Lunch, obwohl wir nicht hier waren, um Business zu machen, aber Onkel Calvin sagte, der sei meist besser, weil sie für das Tagesmenu immer grosse Mengen einkaufen, und wenn man etwas von der Karte nehme, erhalte man schlecht gelagertes Gammelfleisch, frisch etikettiert. Er habe mal einen Kerl vertreten, der sowas verkaufte, er habe bis zum Schluss alles bestritten, vor Gericht habe er dann geheult. Am liebsten hätte er das Mandat niedergelegt, aber ein Anwalt sei wie ein Schachspieler, es spiele am Ende keine Rolle, ob man für weiss oder schwarz spiele, es sei eine intellektuelle Herausforderung, die man berufsmässig annimmt und dafür Honorar kassiert. Ein grosses Herz sei gut, aber irgendwo müsse auch der Verstand sein Plätzchen haben. Das gelte auch für die Migrantenkrise, die er für eine tickende Zeitbombe hielt. Onkel Calvin degustierte einen weissen Chardonnay. Als wir miteinander anstiessen, sagte er, der abendländische Mensch sei vom Aussterben bedroht, in hundert Jahren würden Weisse in Amerika in der Minderheit sein, »das lässt sich nicht mehr aufhalten. Das ist Demographie, die Extrapolation von Fertilitäts-, Migrations- und Mortalitätsdaten, reine Mathematik.«

»Was soll daran falsch sein, Onkel Calvin?«, fragte ich, »dann sind die Amerikaner weniger weiss und sehen ein bisschen aus wie die Exilkubaner in Miami.«

Onkel Calvin schaute gedankenversunken aufs Wasser hinaus: »Ironischerweise flüchten die Menschen in die Heimat ihrer ehemaligen Kolonialherren. Sie fliehen nicht in jene Länder, die seit 70 Jahren den Kapitalismus überwinden wollen, sie fliehen auch nicht zu ihren muslimischen Glaubensbrüdern, sie flüchten in die Hochburg des dekadenten Kapitalismus.«

Das Essen wurde serviert. *Steak de porc mariné au citron vert avec patates douces sautées.* Als der Kellner unseren Tisch wieder verliess, sagte Onkel Calvin, dass es schon immer eine europäische Binnenwanderung gegeben habe, »entscheidend ist nicht, ob es Ausländer sind, sondern ob es Kulturfremde sind. Die kann man nicht so einfach integrieren. Und wenn es Hunderttausende in sehr kurzer Zeit sind, ist Integration ausgeschlossen. Und wenn diese Kulturfremden ihren Glauben über unser Wertesystem stellen, sind gewalttätige Auseinandersetzungen vorprogrammiert. Wir haben selbstbewusste Kulturfremde ins Land geholt, die sich als Opfer der Geschichte sehen, vorsätzlich abgrenzen und kinderreiche Familien gründen. Wir haben sie unverhältnismässig gefördert, weil wir Angst hatten, wir würden sie sonst diskriminieren, wir sind der Intoleranz mit Toleranz begegnet, nicht aus Nächstenliebe, sondern aus Angst vor Konflikten, aus Feigheit.«

Onkel Calvin rümpfte die Nase, obwohl er noch keinen Bissen versucht hatte. Vielleicht wäre es besser gewesen, zu Hause in seinem Salon zu essen. Er spiesste mit seiner Gabel eine kleine Süsskartoffel auf und steckte sie in den Mund.

Ich war hungrig, aber ich wollte abwarten, bis Onkel Calvin mehr gegessen hatte als eine kleine Süsskartoffel: »Ich denke nicht, dass schon alles entschieden ist, Onkel Calvin, wenn arabische Muslime aus Syrien und dem Irak zu uns fliehen, werden sie verblüfft feststellen, dass die Ungläubigen grossherziger sind als die arabischen Scheichs in den Emiraten. Die Menschen haben immer bereitwillig ihren Gott ausgetauscht, wenn der neue Gott von Menschen verehrt wurde, die ein besseres Leben hatten. Aber ich denke, sie werden nicht ihren Gott austauschen, sie werden ihren Gott verrotten lassen, sie werden den Glauben verlieren und sich für ihre bisherige Leichtgläubigkeit schämen. Vielleicht sind wir unterwegs zur Weltzivilisation, wo sich alle Kulturen aneinander angleichen, weil alle den Glauben an Gott verloren haben.«

Onkel Calvin fuhr sich mit der Serviette über den Mund: »Aberglaube und Religiosität werden nie verschwinden, weil auch die Angst vor dem Tod dein ewiger Begleiter bleibt.«

Er nahm einen Schluck Wein, stellte das Glas ab und trank dann noch einen Schluck: »Wir werden alle ethnischen Konflikte dieser Welt importieren, und den globalen Bürgerkrieg wird jene Partei gewinnen, die ihn am grausamsten führt. Oder jene Partei, die alle Menschen einem neuen Glauben unterwirft.« Er machte eine kleine Pause und fuhr dann fort: »Eine rückständige, aber radikale Zivilisation ist stets den anderen überlegen, weil sie weder Gewalt noch Zerstörung scheut. Die Gotteskrieger hätten keine Skrupel, ein französisches Atomkraftwerk in die Luft zu jagen und Westeuropa zu verseuchen, aber wir machen uns Sorgen, ob wir bei der Bombardierung der Terrorlager in Syrien einen Zivilisten töten könnten. Deshalb werden wir verlieren. Um den Jugoslawienkonflikt zu beenden, brauchte es täglich 400 Flugeinsätze, wir begnügen uns in Syrien mit 20 Flügen pro Tag. Niemand will den IS tatsächlich zerstören, denn wir fürchten, was danach kommt. Was kam nach Gaddafi? Das ist die amerikanische ›containment policy‹, die Doktrin, die Truman nach dem Zweiten Weltkrieg verkündete, die Idee war, dass man einen Konflikt eindämmt, aber nicht beseitigt. Wenn wir den IS schädigen, schädigen wir auch die Türkei, Saudi-Arabien und Katar, also unsere Handelspartner. Am Ende werden Russland oder China das Problem lösen und ihre Weltmachtstellung zu Lasten von Europa ausbauen.«

Nach dem Essen wollte Onkel Calvin noch einen Calvados zum Kaffee, es wurden einige mehr: »Mitch, wir sind die Neandertaler von morgen, in 500 Millionen Jahren wird keine höhere Lebensform mehr auf diesem Planeten existieren, in zwei Milliarden Jahren sind wir ein Wüstenplanet, also lass uns anstossen. An einem Tag werden wir sterben, aber an allen anderen werden wir gelebt haben.«

Highway 61

Am Abend traf ich die Clique in der Bar »Highway 61«, einer Vintage-Eventlocation mit Cocktailbar und Music Club. Leeroy hatte uns ein Lounch Carrée unmittelbar neben dem Panoramafenster reserviert, er hatte alles bis ins Detail organisiert. Nang war leider nicht dabei, sie sagte, sie möge keine Bars, aber sie hatte zuvor gefragt, ob Claire dabei sein würde. Vielleicht wollte sie einfach nicht den Abend mit Claire verbringen.

»Mitch«, sagte Leeroy in feierlichem Ton, als wir uns alle erhoben hatten und auf die glitzernden Lichter der Nacht hinunterblickten, »Mitch, wir haben heute die Marke von einer halben Million Umsatz pro Monat überschritten, "Godless Sun" hat uns zu Millionären gemacht, kein Gott hätte das geschafft, nur Goddamn Sun!« Alle prusteten vor Lachen und stiessen fröhlich miteinander an. Claire hatte sich besonders aufreizend gekleidet, rote Ledershorts und kniehohe Stiefel. Hätte sie vor dem »Chat Noir« gestanden, ich hätte sie für eine Prostituierte gehalten. Ozzy hatte seine Halskrause in einer Mülltonne entsorgt, er sagte, er habe sich bei der Invalidenversicherung abgemeldet, er verdiene jetzt wahrscheinlich mehr als all diese Beamten, die sich täglich von wütenden Rentenbezügern beschimpfen lassen müssen. Shiva hatte noch ein bisschen an Gewicht zugelegt, auch am Handgelenk, sie trug ein paar vergoldete Charms mehr. Am späten Abend kamen die ersten Nachteulen, die Jeunesse Dorée feierte das sorglose Leben und gab das Geld ihrer Väter grosszügig aus, hübsche Mädchen hingen an ihren Lippen und träumten von einem Leben, das so ausgelassen war wie der Abend im »Highway 61«, aber meistens dauerte es nur eine

Nacht und sie wurden ausgewechselt gegen Mädchen, die ihren Reiz noch nicht verloren hatten.

Der DJ legte die erste Platte auf, »Dirty Dynamite« von »Krokus«, die Tanzfläche füllte sich allmählich. Wir liessen uns mit feinen Häppchen verwöhnen, tranken und fühlten uns hier oben in 100 Metern Höhe wie die Herrscher der Stadt. Nach und nach kamen ein paar hormongesteuerte Jungs, ein paar Künstlertypen und weibliche Expats, meistens zu dritt oder zu viert. Als »Twenty Wild Horses« von »Status Quo« ertönte, erhob sich Claire und blieb vor mir stehen. Sie reichte mir die Hand, doch ich mochte nicht tanzen, ich tanze eigentlich nur, wenn ich vor dem PC meine Lockerungsübungen mache, da höre ich Rocksongs, meistens »Black Sabbath« oder »Krokus«, weil mich der Sound zu mehr Leistung und Ausdauer anspornt. Leeroy streckte Claire die Hand entgegen, sie schauten mich beide fragend an, ich hatte nichts dagegen, wieso sollte ich? Die beiden betraten die Tanzfläche. Ich versuchte, sie im Auge zu behalten, versuchte, zu sehen, wie eng sie miteinander tanzten, doch dann liess ich es sein und schaute auf die Stadt hinunter. Ozzy und Shiva sassen eng nebeneinander, sprachen leise, schäkerten. Ich vermisste Nang. Ich setzte mich an die Bar, bestellte mir einen Grey Goose Wodka und dachte über mein Leben nach, schmiedete Pläne, die man spätabends in der Bar schmiedet und am anderen Morgen bereits wieder vergessen hat. Neben mir hatten sich zwei junge Männer an die Bar gesetzt, Araber. Beide trugen die jüdische Kippa. Der eine hatte den Bart kurzgeschoren und trug ein gelbschwarzes T-Shirt und Jeans, der andere sprach sehr leise, er trug einen neonblauen Pullover und hatte das Haar an den Seiten kurzgeschoren, den Rest mit Gel nach oben gestylt. Sie bestellten zwei *Tropic Adventures*. Bevor sie miteinander anstiessen, küssten sie sich auf den Mund. Wäre Nang hier gewesen, ich hätte sie vielleicht auch auf den Mund geküsst.

»Fuck you, faggotty pig!«

Drei Männer standen breitbeinig und provozierend hinter den beiden Arabern. Diese starrten wie hypnotisiert in den Wandspiegel gegenüber dem Tresen und beobachteten, was die drei Iraker hinter ihnen im Schilde führten. Einer der Iraker drängte sich zwischen mich und dem jungen Mann mit dem gestylten Haar, der andere setzte sich auf den freien Hocker neben dem anderen und leerte dessen Drink über dem Tresen aus. Er schrie in gebrochenem Englisch: »Du hast ausgetrunken, verpiss dich und nimm deine Schwuchtel mit. Wir wollen euch hier nicht sehen.«

»Lasst sie doch in Frieden«, sagte ich.

Der Iraker, der neben mir stand, schaute mir zornig ins Gesicht und schrie in gebrochenem Englisch, ich solle die Fresse halten. Das tat ich dann auch. Ja, ich tat es, aber ich fühlte mich erbärmlich dabei. In Dodge City hatte ich einmal eine ähnliche Szene beschrieben, mein Held hatte sich gegen eine Übermacht gestellt, um einen jungen Kerl zu beschützen, aber ich war kein Held, wir waren hier nicht in Dodge City. In diesem Augenblick schlug der dritte Iraker den beiden Arabern die Kippa vom Kopf, packte sie von hinten am Nacken und schlug ihre Köpfe aneinander. Die beiden anderen Iraker schubsten die Jungs von ihren Hockern, rissen die Hocker weg und schlugen damit auf die Araber ein, selbst dann, als sie bereits wehrlos am Boden lagen. Ich schaute hilflos zu Ozzy rüber, Ozzy stand breitbeinig vor Shiva, aber er griff nicht ein. Ein Security kam herbeigeeilt, zwei weitere folgten ihm. In diesem Augenblick tauchten noch ein paar andere Landsleute auf und attackierten die Security. Die Musik verstummte, das Licht ging an, Ozzy gab uns ein Zeichen, zu verschwinden. Wir drängten zum Ausgang, auf die Strasse hinaus und liefen zum Parkhaus. Unterwegs begegnete uns eine Horde Zombies, es war Halloween. Meist junge Leute schleppten sich in Zombiekostümen in bester Walking-Dead-Manier durch die Strassen, blutüberströmte Zombies mit zerfetzten Gesichtern. Sie gaben röhrende Geräusche von sich und versuchten, Passanten zu erschrecken. Ozzy fuhr Shiva nach Hause, Leeroy nahm Claire mit, ich blieb alleine auf der Strasse und spazierte durch die Innenstadt. Schliesslich kehrte ich in der Rio Bar ein, einer schlauchförmigen Bar, die ich in jungen Jahren oft mit Natascha besucht hatte.

Ich fragte mich, ob Natascha wohl auch irgendwo in der Nacht herumtigerte, vielleicht fürchtete sie sich vor dem Alleinsein zu Hause, vielleicht sass sie in diesem Augenblick in der Rio Bar und dachte an mich. Ich lief durch die Bar, Natascha war nicht da. Vielleicht hatte sie damals, vor neun Jahren, auch die Stadt verlassen. Ich setzte mich ans Fenster und schaute den Zombies nach, die vorbeizogen, einige drückten ihre Gesichter an das Panoramafenster und zeigten ihre blutroten Plastikgebisse, ein bisschen Dracula, ein bisschen Halloween, Spassgesellschaft des 21. Jahrhunderts. Doch vor zweitausend Jahren fürchteten sich die Menschen vor Samhain.

Ich hatte einmal in »Verus, der Legionär« über die Ursprünge von Halloween geschrieben, über die mystische Nacht von Samhain, *»sie blieben in den Häusern und horchten. Hörten sie Schritte, traten sie nicht vor ihre Hütten. Sie wussten, dass die Toten unterwegs waren. Überraschte man einen, war man bereits mit einem Bein in der Anderswelt. In der Nacht von Samhain hatte alles eine Bedeutung. Jede Geste wurde zur Zeremonie. Die Toten waren nahe. Man spürte ihr Kommen, ihre Blicke, ihren Atem, der einem wie ein sanfter Windstoss durchs Haar fuhr. Die Nacht gehörte nun den Göttern und den Toten. In dieser Nacht werden Vergangenheit, Gegenwart und Zukunft ineinander fliessen. Die Anderswelt vermischt sich mit unserer Welt. Wer Fragen an die Götter hat, stellt sie in der Nacht von Samhain.«*

Bärbel hatte alles ersatzlos gestrichen, Verus solle in Gallien gegen Kelten kämpfen, er dürfe sich auch verlieben, aber Beschreibungen von Land und Brauchtum gehörten nicht in einen Heftroman, sie würden hier keine epische Dramatisierung von »De bello Gallico« verkaufen, sondern Trash, Pulp Fiction zur Zeit der römischen Antike.

Ich bestellte noch einen Grey Goose Wodka und wurde zunehmend melancholischer. Natascha hatte diesen Wodka geliebt. Zu sehr vielleicht.

»Hast du heute Abend schon was vor?«, fragte mich eine Frau und setzte sich neben mich ans Fenster. Sie war etwas jünger als ich, zündete sich müde eine Zigarette an, verfehlte ihren Glimmstängel mehrmals. Schliesslich nahm ich ihr das Feuerzeug aus der Hand und gab ihr Feuer. Mit beiden Händen hielt sie meine Hand fest, ich glaube, sie wollte mehr als Feuer. Ich sah es im Glanz ihrer Augen, vielleicht hatte sie geweint, aber ich sagte ihr, ich könne ihr heute Nacht nicht mehr geben als Feuer.

Die letzte Strassenbahn hatte ich verpasst, Timo hatte seinen Dienst bereits beendet, ich torkelte zum nächsten Taxistand. Die Parkfelder waren leer. Ich versuchte mich im aufrechten Gang und wankte nach Hause. Als die erleuchtete Shell-Muschel in Sichtweite war, hörte ich Gelächter. Ich verlangsamte meinen Schritt. Vor der Tankstelle standen zwei Dutzend Nordafrikaner herum und plünderten die Auslagen. Sie hatten nichts mehr zu befürchten. Wie in allen grösseren Städten waren auch hier die Kripobeamten mit der Masse an neuen Anzeigen überfordert und verzichteten deshalb auf die Festnahme straffälliger Migranten. Dass Diebstähle nicht mehr geahndet wurden, hatte sich rasch herumgesprochen. Trotzdem schlug sich die Zunahme der Delikte nicht in den Statistiken nieder. Da die Vergehen nicht mehr geahndet wurden, mussten sie auch nicht mehr erfasst werden.

Ich hatte Angst, dass die betrunkenen Plünderer auf mich aufmerksam wurden und schlich unter einem losen Maschendrahtzaun auf das Areal der Schrebergärten. In gebückter Haltung und im Schutz der Dunkelheit erreichte ich das Grundstück von Onkel Calvin. Ich realisierte einmal mehr, dass der Rechtsstaat kapituliert hatte. Was würde ich tun, wenn sie plötzlich die Villa von Onkel Calvin stürmten? Ich nahm mir vor, einen Waffenschein zu beantragen. Wer einen Waffenschein beantragt, ist ein Angsthase, schrieben die Medien, aber ich denke, wer keinen beantragt, weiss nicht, dass vier Prozent unseres Genoms identisch ist mit dem Genom der Neandertaler und dass der Bürgerkrieg vor der Tür steht, wenn der Staat sein Gewaltmonopol verliert.

Let it be

Im Salon von Onkel Calvin brannte noch Licht. Mir fiel sofort auf, dass etwas ungewöhnlich war. Die Stille. Ich klopfte zweimal an die Salontür und öffnete sie, ohne eine Antwort abzuwarten. Eine Frau sass an Onkel Calvins Bett. Es war die Frau, die er einmal Elsie genannt hatte. Ihre Hand ruhte auf Onkel Calvins Arm. Ich blieb in der Tür stehen. Langsam drehte sie den Kopf und schaute zu mir hoch. Ich erschrak, als ich ihre Augen sah. Ich näherte mich langsam. Onkel Calvin schien friedlich zu schlafen. Dort, wo der Oberarm das Leintuch berührte, war die Haut verfärbt. Ich wusste von meinen Recherchen für die geheimnisvolle Insel, dass nach Einsetzen des Todes das Blut verdickt und sinkt. Dort, wo der Körper aufliegt, verfärbt sich die Druckstelle dunkelblau, es ist verdicktes Blut.

»Er hat einen Brief hinterlassen, er liegt auf dem Tisch.«

»Wieso?«, stammelte ich.

»Vielleicht steht es im Brief. Er wollte keine Abschiedsszene, er sagte, das Mittagessen auf dem Lunchboat habe ihm sehr gut gefallen, im Nachhinein hätte er lieber rosa gebratene Lammfilets auf Rahmlauch bestellt und dazu hausgemachten Speckzopf. Sie sollen Ihre Clique auf das Schiff einladen und gebratenes Lammfilet bestellen. Und unterwegs seine Asche verstreuen. Vielleicht käme sie bis nach Amsterdam. Den Wein können Sie aus seinem Keller nehmen. Sie sollen jeweils die besten Tropfen nehmen.«

Beim Abschied sagte mir Elsie, Onkel Calvin sei froh gewesen, dass er gehen konnte. Er sei einfach lebenssatt gewesen, er habe nicht gehadert, er sei friedlich gestorben. Er wollte sich all die Untersuchungen und Behandlungen, die ihm bevorstünden, nicht mehr antun. Sie habe den Arzt gerufen, er würde bald kommen und die Todesursache feststellen. Er müsse anschliessend die Polizei verständigen. Das sei Vorschrift bei einem unnatürlichen Tod. Ich solle anschliessend Totenwache halten, 48 Stunden.

Während in den frühen Morgenstunden Gerichtsmedizin und Staatsanwaltschaft die Leiche untersuchten und Fotos machten, sass ich in Onkel Calvins Sessel. Ich hatte den fremden Eindringlingen den Rücken zugekehrt. Ich trank einen 25-jährigen Mouton-Rothschild. Aufgrund der besonderen Herstellung hat er auch eine ausserordentliche Lagerfähigkeit. Ich habe den Parker gelesen, ich kenne mich ein bisschen aus, Sean Connery trank 1971 in *Diamonds are forever* einen 55er Rothschild und entlarvte den Kellner als falschen Hund, weil dieser nicht erkannte, dass der Mouton Rothschild ein Bordeaux war. Hätte mir Bärbel alles gestrichen, aber ich schreibe ja diesen Rechenschaftsbericht nicht für Bärbel. Ich erzähle diese Banalitäten, weil es mir schwerfällt, gegen den Kloss in meinem Hals anzuschreiben. Es brach mir das Herz, dass der alte Mann gestorben war. Deshalb erzähle ich diesen ganzen Blödsinn über den Mouton-Rothschild. Dachten Sie, ich sei herzlos?

Der Kommissar unterbrach meine Gedanken und fragte mich, ob ich vom Tod meines Onkels profitiere. Ich sagte ihm, ich wisse es nicht, ich kenne sein Testament nicht. Ich zeigte ihm den Abschiedsbrief, gab ihm die Telefonnummer von Dr. Orsini und schenkte mir noch ein Glas ein. Ich bot den Beamten keinen Drink an, ich mochte es nicht, wie sie hier hereingestürmt waren und Onkel Calvin untersuchten, als sei er irgendein Tierkadaver. Ich schaute mir zur Ablenkung auf dem iPad die Mails an, Leeroy, immer wieder Leeroy, Shiva, Ozzy, aber eine Mail war von Bärbel. Sie schrieb, dass es die Leser jetzt gewohnt sind, kürzere Texte zu lesen, um rascher den Kern der Sache zu erfahren. Die Gesellschaft erlebe eine neue Beschleunigung, die Menschen würden immer ungeduldiger. Wir bräuchten mehr Handlung auf 64 Seiten, noch weniger Beschreibungen, reduzierter Wortschatz. Wieso nicht gleich Twitterromane, fuhr es mir durch den Kopf. Soll ich jetzt auf G.F. Unger machen? Der kam in seinen Wildwestromanen auf ein Vokabular von 400 Begriffen, man stelle sich das mal vor. Der schrieb 742 Wildwestromane und keiner hatte mehr als 400 Begriffe. Er war eigentlich Schlosser, wie Ozzy, er sagte einmal in einem Interview mit dem Playboy, dass er die Schilderung der Eroberung des amerikanischen Westens stets als aufbauende, erzieherische Mission gesehen habe, als Plädoyer für Zivilcourage.

Ein Uniformpolizist fragte mich freundlich, ob ich vom Tod von Onkel Calvin profitiere. Ich war im ersten Augenblick irritiert. Was hatte das mit G.F. Unger zu tun? Und überhaupt. Hatte man mir nicht soeben die gleiche Frage gestellt? Wollten sie mich testen? Kreuzverhör? Ich zeigte auch ihm den Abschiedsbrief. Sein Kollege telefonierte mit Dr. Orsini. Der Hausarzt schien den Sachverhalt zu bestätigen. Sie gaben mir nach zwei Stunden ein abgestempeltes und zweifach signiertes Formular, wonach die Leiche untersucht und zur Kremation freigegeben worden sei. Ich solle das innerhalb von drei Tagen erledigen. Als ich sah, wie sie draussen auf dem Parkplatz in ihre Autos stiegen und davonfuhren, rannen mir Tränen über die Wangen. Was hätte ich gegeben, um Onkel Calvin ein Glas Mouton-Rotschild einzuschenken. Ihm wäre bestimmt eine Anekdote eingefallen.

Ozzy war der Erste, der ins Haus kam. Er erkannte die Situation sofort. Er wandte sich ab und ging zum Fenster, tat so, als würde er die leuchtende Shell-Muschel beobachten, die sich aus der Morgendämmerung schälte. Leeroy weinte nicht. Er kam am späten Vormittag, setzte sich zu mir und trank ein Glas Wein. Anschliessend holte er eine zweite Flasche aus dem Keller. Shiva war erschüttert, sie fuhr sich ständig durchs Haar, schliesslich ging sie in den Keller und holte eine dritte Flasche Wein. Ich erklärte ihr, welchen Wein sie nehmen sollte, den Chateau Latour in der aufgebrochenen Holzkiste im dritten Regal links, aber Leeroy sagte, wir sollten gescheiter beim Rothschild bleiben und begleitete Shiva in den Keller.

Claire kam am Abend, sie war an der Universität gewesen, sie war immer noch mit ihren OPT's beschäftigt. Sie versuchte, mich zu trösten und hielt die ganze Zeit über meinen Arm fest, als wolle sie sicherstellen, dass Nang unmissverständlich verstand, dass ich heute Nacht keine Thai brauchte, aber Nang war in Genf, sie besuchte eine ihrer

Cousinen. Nang hatte nicht reagiert auf meine SMS, wahrscheinlich war ihr Akku leer. Als Claire sah, dass sich Shiva Wein einschenkte, wollte sie einschreiten, doch Ozzy lallte, dafür sei es zu spät, Shiva sei bereits besoffen. Wir kicherten müde, versuchten zu lachen, versuchten es wenigstens. In der Nacht sagte Shiva, Onkel Calvin sei zur Sonne heimgekehrt. Leeroy beobachtete meine Reaktion, es war ein ungewohnter Blick. Wollte er mir etwas mitteilen?

»Ja«, sagte Leeroy, »Onkel Calvin ist zur Sonne heimgekehrt.« Ozzy nickte, ich drehte den Kopf zu Claire. Auch sie nickte.

Es war eine grauenhafte Nacht. Ich muss im Schlaf geweint haben. Ich trank im leeren Salon einen Kaffee und unterhielt mich mit Onkel Calvin. Er schien zuzuhören, aber er antwortete nicht mehr. Von der Nasenwurzel bis zu den Flügeln herum hatte sich ein helles Dreieck gebildet, das Blut war nun vollständig abgesackt und hatte eine lila Farbe angenommen. Seine Leiche gab mir nicht das Gefühl, dass er noch anwesend war, im Gegenteil, ich fühlte mich noch einsamer. Zum Glück hatte Leeroy gestern dem Leichnam noch die Augen geschlossen. Ich versuchte, mich zu beschäftigen, meinen Schmerz zu lindern, ich surfte ziellos und hektisch auf meinem iPad, überflog die Headlines der Onlinezeitungen, checkte lustlos meine Mails, Bärbel. Sie schien zu ahnen, dass bei mir Einiges drunter und drüber lief. Sie drängte, ihr endlich »Die Tote im Moor« zu mailen, aber ich antwortete, dass ich einen Todesfall habe, dass es eine kleine Verzögerung geben würde. Bärbel fragte, ob ich denn keinen Vorrat mehr habe, ich hätte doch immer drei, vier Romanhefte in Reserve gehabt. Ich sagte *sorry*, ich müsste jetzt an die Beerdigung. Das war gelogen, Onkel Calvin hatte gewünscht, dass man ihn kremiert und seine Asche in den Fluss streut. Es war ein merkwürdiger Augenblick, als mir ein Friedhofsangestellter die kleine Urne ins Haus brachte. Ich schaute ihn an, als wollte ich fragen: Und das soll mein Onkel Calvin sein?

7

Das Vermächtnis

Professor Lacroix wohnte mitten in der City in einem 20-stöckigen Glaspalast. Die meisten Notare, die einen Stammbaum haben, der bis in die Anfänge der Stadtgeschichte zurückgeht, residieren in altehrwürdigen Stadtpalästen. Aber Lacroix hatte sich anders entschieden und thronte in einer lichtdurchfluteten Attikawohnung über den Dächern der Stadt. Auf der einen Seite blickte man durch das ebenerdige Panoramafenster auf die weitläufige Terrasse. Lacroix war ein grossgewachsener Mann um die 50 und trug einen auffälligen Anzug mit Schottenmuster, der mich an den spleenigen englischen Lord Castlepool erinnerte, der in den Winnetoufilmen der 60er Jahre im Wilden Westen Schmetterlinge jagt. Als Winnetou und Old Shatterhand ins Tal der Toten ritten, war ich noch nicht geboren, aber wer einige Hundert Geronimo-Heftromane geschrieben hat, kennt natürlich die Karl May-Bücher und hat alle Verfilmungen gesehen. Vom Aussehen her hätte Lacroix eher in die Stadtvillen seiner Vorfahren gepasst. Er hatte einen ungewöhnlichen Pagenschnitt, der an seine Ahnen erinnerte, die in der Münsterkirche begraben waren, eine elegante Fliege, die das Exzentrische verstärkte und mindestens Schuhgrösse 46. An den Wänden hingen alte Stiche mit Stadtbildern. Sie waren derart zahlreich, dass man den Eindruck hatte, er wolle seinen Stammbaum in einem historischen Kontext visualisiert sehen. Aber was mich an jenem Morgen mehr erstaunte, war die Tatsache, dass auch Ozzy, Leeroy, Shiva, Claire und Nang erschienen waren. Nein, ich hatte sie nicht darum gebeten, Lacroix hatte sie aufgeboten. Onkel Calvin hatte jeden Einzelnen mit einem Vermächtnis bedacht. Jedem hatte er eine Summe von fünfundzwanzigtausend vermacht, nur Nang erhielt wesentlich mehr, nämlich hunderttausend. Claire kochte vor Wut, versuchte, sich nichts anmerken zu lassen, aber ich kann Menschen lesen. Am liebsten hätte sie Nang die Augen ausgekratzt, nicht wegen des Geldes, sondern weil Onkel Calvin Nang begünstigt hatte. Ich bin sicher, sie hatte mittlerweile ausgerechnet, wieviel Nang umgerechnet für jede zubereitete Mahlzeit erhalten hatte, wahrscheinlich das Honorar einer Fünfsterneköchin im Buckingham Palace. Ich erhielt den Rest, und das war nicht wenig, ich erbte das Aktiendepot, ein paar Patente und noch zwei Immobilien. Dafür hätte ich wohl 300 Jahre lang Pulp Fiction-Romane schreiben müssen.

»Zwei Immobilien?«, fragte ich nach, »Sie meinen die Villa, in der er gewohnt hat und …?«

Lacroix warf erneut einen Blick auf das handgeschriebene Testament, obwohl er wusste, dass es zwei Immobilien waren. Er liess sich Zeit und ich überlegte, ob ich Lacroix mitsamt seiner Fliege auf der geheimnisvollen Insel foltern sollte. Aber ich hatte schon mal einen Anwalt auf der Insel, einen alten Geizkragen.

»Die zweite Immobilie ist eine Kirche, die Bernadette-Kirche.«

»Oh!«, machte Claire und fixierte mich mit weit aufgerissenen Augen, »Fuck! Goddamn Sun«, stiess Ozzy hervor und wippte ungläubig mit dem Kopf. Shiva grinste, als sei sie total bekifft, Leeroy lächelte still vor sich hin, versuchte, cool zu bleiben, und ich denke, es gelang ihm durchaus.

»Er hat die Bernadette-Kirche gekauft?«, fragte ich ungläubig.

»Sonst könnte er sie nicht vererben«, antwortete Professor Lacroix trocken. «Ihr Onkel hat eine Last ins Grundbuch eintragen lassen, ein kostenfreies Mietrecht für ein Jahr zugunsten der ›Godless Sun Aktiengesellschaft‹.« Ich schaute fragend zu Leeroy rüber. Er mimte den

Ahnungslosen, hob Schultern und Augenbrauen hoch. Natürlich haben wir alle das Erbe angenommen.

For He's A Jolly Good Fellow

Als das Passagierschiff die letzte Schleuse passiert hatte, wurde die Besiedlung am Ufer spärlich, es war ein schöner Altweibersommer, die Bäume verloren allmählich ihre goldbraunen Blätter, die Sonne schien nur noch sporadisch. Fast lautlos glitt unser Lunchboat den Kastanienbäumen an der Uferpromenade entlang, vereinzelte Spaziergänger, einige alleine, andere mit Hund. Leeroy und Ozzy waren in dunklen Marineanzügen erschienen, Shiva und Nang erschienen ganz in weiss, der traditionellen Trauerkleidung in den meisten asiatischen Kulturen, Claire trug hautenge schwarze Freddies und ein dunkelblaues Jackett, das mit Silbernieten bestückt war und ein bisschen an die Uniformjacken der 7. US-Kavallerie erinnerte. Ich nahm die Urne aus der Plastiktasche der Macarons-Confiserie und schraubte den Metallverschluss ab. Wir standen im Halbkreis auf dem Vorderdeck. Uns gegenüber wartete eine Dreimannkapelle auf das Zeichen. Ursprünglich hatten Claire und Ozzy *Ich hatt einen Kameraden* spielen lassen wollen, aber ich fand das nicht passend, da es eher zu einem militärischen Trauerzeremoniell gehört. Leeroy schlug deshalb *For He's A Jolly Good Fellow* vor. Die Melodie stammt vom französischen Lied *Marlbrough s'en va-t-en guerre,* das 1709 in der Nacht nach der Schlacht bei Malplaquet zum ersten Mal gesungen worden war. Ich könnte ein ganzes Heft über dieses Lied schreiben, aber ich bin nicht in Stimmung, um noch die Geschichte mit Marie-Antoinette, Ludwig van Beethoven und Waterloo einzuflechten. Leeroy bat mich, eine kleine Rede zu halten. Ozzy steckte den Finger in den Mund und hob die Hand hoch. Der Wind war günstig, Ozzy gab der Dreimannkapelle das Zeichen. Sie spielten *For He's A Jolly Good Fellow*, während Leeroy und Ozzy salutierten. Ich stützte mich an der Reling auf und senkte den Kopf. Es mag Sie erstaunen, dass ich nicht in der Lage war, eine kleine Rede zu halten, aber mir fehlten tatsächlich die Worte. Ich hatte einen Kloss im Hals, ich kam mir wie ein Verräter vor, der seinen Onkel über die Reling schmeisst, aber es war doch nur Asche, und Onkel Calvin hatte es so gewünscht. Nang nahm mir die Urne sanft aus der Hand. Ich bin sicher, dass dies Claire missfiel. Ich nickte Nang zu, sie schüttete die Urne über die Reling, der Wind blies die Asche über den Fluss.

»Er ist zur Sonne zurückgekehrt«, sagte Shiva.

»Er ist einfach gestorben«, gab ich zur Antwort, »er hat aufgehört zu existieren.«

Nang gab mir die leere Urne zurück. Ich hielt sie für einen Augenblick in beiden Händen und schmiss sie dann zornig über die Reling. Ich war so wütend, dass Onkel Calvin gestorben war. Ich hatte ihn trotz allem sehr gemocht. Am Anfang hatte ich ihn gehasst, ja, aber als wir zusammenwohnten, war er für mich der Vater, den ich nie gehabt hatte. Erneut kullerten Tränen über meine Wangen. Claire legte den Arm um mich, Nang ergriff zaghaft meine freie Hand.

»Ich glaube«, sagte Leeroy, »wir könnten jetzt alle einen Tropfen vertragen.« Ozzy kam zu mir, machte die Faust und klopfte gegen meine Brust: »Kopf hoch, Mitch, so ist das Leben, wir kommen und gehen, und nichts ist wirklich von Bedeutung.«

Wir setzten uns an die gedeckten Tische auf dem Oberdeck und bestellten eine Flasche Dézaley. Claire sah es nicht gern, dass die Kellnerin allen einschenkte, aber ich denke, "Godless Sun" war nun auch für sie wichtiger als die Abstinenz ihrer Anonymen Alkoholiker. Wir hoben unsere Gläser und stiessen auf Onkel Calvin an.

»Mitch, wir müssen Grundsätzliches klären«, sagte Leeroy mit ernster Stimme. Ich sah den anderen an, dass sie bereits wussten, worüber Leeroy mit mir sprechen wollte. Wahrscheinlich lag ihnen irgendetwas seit Langem auf dem Herzen und sie hatten die Diskussion aus Rücksicht auf Onkel Calvins Tod aufgeschoben.

»Ursprünglich wollten wir dein Buch "Godless Sun" promoten. Heute Morgen sind wir bei den Amazon Sachbüchern in sieben Ländern unter den ersten zehn. Wir haben bereits gesamthaft über zwei Millionen Exemplare verkauft, weitere Übersetzungen in vier Sprachen sind in Arbeit, wir verdienen Geld mit Merchandising, mit den Persönlichkeitstests. Wir verdienen Geld mit "Godless Sun", aber in letzter Zeit scheint mir, dass dir die Sache entgleitet, du positionierst dich immer öfter als Atheist, der für die Trennung von Kirche und Staat eintritt, aber mit Atheismus können wir kein Geld verdienen. Atheisten brauchen weder Bibeln noch sonst was. Wir brauchen kampagnenfähige Themen.«

Ich nahm einen Schluck Wein, liess ihn langsam den Gaumen hinunter und wandte mich an Leeroy: »Wie meinst du das, kampagnenfähige Themen?«

»Themen, die Angst machen«, sagte Ozzy.

Ich musste unwillkürlich lachen: »Seid ihr völlig übergeschnappt? Wir sind keine Ganovencompany!«

»Ist Greenpeace ethisch?«, fragte Leeroy, «das waren einst Idealisten, heute sind es gutsituierte Extremsportler, die sich ihre Abenteuerreisen von Spendern finanzieren lassen. Wenn sie sich bei einem Champions-League Finale vom Stadiondach abseilen und Transparente ausrollen, *Stoppt Putin* und so, dann erhalten sie am nächsten Tagen neue Spenden. Und was haben sie den Menschen mitgeteilt? Dinge, die wir alle schon hundert Mal gehört haben, aber sie haben ihnen vor allem Angst gemacht. Und sich dabei bereichert.«

Ozzy schenkte allen nach, wir prosteten uns zu und tranken.

»Wovor sollen die Menschen denn Angst haben?«, fragte ich.

»Vor dem Verschwinden der Sonne«, sagte Shiva mit gross aufgerissenen Augen, »vor der Finsternis, die sich über unseren Planeten legt und jegliches Leben auslöscht.«

Ich verstand nicht gleich, ob das ernst gemeint war. Ich schaute zu Claire, sie nickte, auch Leeroy und Ozzy nickten.

»Im Sommer 2012 raste ein Sonnensturm knapp an der Erde vorbei«, sagte Ozzy, »Die NASA hat kürzlich mitgeteilt, dass die kosmische Strahlung verheerende Schäden hätten verursachen können.«

»Die Erde entging nur knapp einer Katastrophe«, sagte Shiva und blickte ins Leere, als sehe sie das Ende der Welt bereits plastisch vor Augen.

»Shiva hat Recht«, sagte Ozzy und schaute etwas verlegen zu Shiva, ich bin sicher, zwischen den Beiden lief irgendetwas, »die Physiker sind überzeugt, dass die Erde und ihre Bewohner unglaubliches Glück gehabt haben. Und das wird die Menschheit auch künftig brauchen. Denn die Wahrscheinlichkeit für derartige Naturkatastrophen ist grösser als weithin angenommen. Neuste Berechnungen der NASA zeigen, dass derart heftige kosmische Stürme bereits in den nächsten zehn Jahren wieder auftreten könnten – mit einer Wahrscheinlichkeit von eins zu acht. Ein elektromagnetisches Feld von dieser Stärke legt auf einen Schlag alles lahm, die Energieversorgung, die Telekommunikation, den Verkehr, einfach alles.«

»Das mag ja alles richtig sein«, sagte ich zu Ozzy, »aber wie soll "Godless Sun" einen Sonnensturm aufhalten?«

»Darum geht es doch nicht«, schaltete sich Leeroy ein, »der Club of Rome prognostiziert alle paar Jahre das Ende des Wachstums, das Versiegen der Ressourcen. Spielt es eine Rolle, dass die Wälder nicht verschwunden sind und wir weiterhin an den Zapfsäulen Benzin tanken? Nein, aber die Leute kaufen die Bücher und lesen sie nachts mit einem wohligen Schauern im Bett.«

»Weltuntergangsphantasien und Verschwörungstheorien sind auch eine Form des Aberglaubens«, sagte Claire, »in gleichem Masse, wie sich die Menschen von den Landeskirchen abwenden, wenden sie sich diesen abstrusen Theorien zu. Man glaubt felsenfest an etwas, das man nicht beweisen kann.«

Ozzy stimmte ihr zu: »Ich las kürzlich im *Plos One Magazine*, dass der Krebsforscher David Grimes berechnet hat, dass die angeblich simulierte Mondlandung spätestens nach drei Jahren und 8 Monaten hätte auffliegen müssen. Ein Einzelner kann ein Geheimnis gut für sich behalten. Doch je mehr Menschen eingeweiht sind, desto schwieriger wird es, Internas als Geheimnis zu wahren. Die NASA hatte 1965 immerhin 411'000 potentielle Mitwisser.«

Leeroy unterbrach ihn: »Schön, dass wir das jetzt wissen, Ozzy, aber where's the beef? Wir sprachen eben über kampagnenfähige Themen.«

Ich schüttelte den Kopf und schenkte mir noch einen ein. Ich gab dem Kellner ein Zeichen, noch eine Flasche zu bringen. Claire nahm es mit einem Schmunzeln zur Kenntnis: »Viele Menschen haben nach "Godless Sun" ihren Glauben verloren. Wir sollten sie nicht im Stich lassen.«

Ich schaute prüfend in die Runde. Was hier ablief, war ein Komplott oder war ich emotional derart durchgeschüttelt oder so betrunken, dass meine Wahrnehmung getrübt war?

»Wir sollten sie nicht im Stich lassen«, nahm Leeroy Claires letzten Satz wieder auf, »wir sollten ihnen etwas Neues geben«. Ich bin sicher, die beiden hatten sich abgesprochen.

»"Godless Sun" ist das Buch eines Atheisten, der jede Form von Religiosität für infantilen Aberglauben hält«, beharrte ich trotzig.

»Nein«, widersprach Ozzy, »"Godless Sun" ist ein geiles Buch über prähistorische Jäger, die gemeinsam jagen, die Beute teilen und der Sonne danken, ein Männerbund von prähistorischen Hells Angels.«

»Mitch«, sagte Shiva, »der Mithraskult hat grosses Potential, das ist Halloween über das ganze Jahr hindurch. Wir stehen am Anfang einer grossen Story. Lass uns ein professionelles Reenactment-Programm durchziehen.«

Ich warf Nang einen kurzen Blick zu, sie schwieg, sie wollte sich an der Diskussion nicht beteiligen, vielleicht fühlte sie sich nicht als Teil des Teams, vielleicht war es ihr nicht wichtig genug.

Wir hatten gebratene Lammfilets auf Rahmlauch und hausgemachte Nudeln. Das Essen war etwas versalzen, aber das war uns allen egal. Es ist nicht einfach für einen Koch, über Jahre hinweg die immer gleiche Qualität zu servieren. Aber eigentlich sollte er dazu imstande sein, sonst ist er bloss ein Typ, der blöd in der Küche rumsteht. Wir hatten ein paar Touristen auf dem Schiff, ein Rudel Chinesen, die wie ein Vogelschwarm das Deck besetzten, alles knipsten, was ihnen vor die Linse kam und genauso schnell wieder verschwanden. Ein Klischee, sicher, aber deswegen nicht unwahrer. Es gab auch einige Russen, die unüberhörbar bewiesen, dass westliche Benimmregeln noch nie ins Russische übersetzt worden sind. Es störte uns nicht, wir hatten geerbt, wir wollten uns freuen, aber wir hätten uns geschämt, wenn wir diese Freude offen gezeigt hätten. Ich dachte an Onkel Calvin, liess den Arm über die Reling hängen und schaute den vorbeiziehenden Kastanienalleen am Ufer nach. Als der Kaffee serviert wurde, hatten wir bereits knallrote Wangen und erste feinmotorische Störungen. Leeroy nahm das Gespräch erneut auf: »Mitch, glaub mir, es schadet der Sache, wenn du das Thema Atheismus weiter bewirtschaftest. Wir sind jetzt eine Firma, ein Unternehmen, eine Aktiengesellschaft, wir müssen Gewinne erwirtschaften, Investitionen amortisieren, und jetzt hat dir Onkel Calvin noch die Bernadette-Kirche vererbt. Das ist ein Auftrag, Mitch! Eine Verpflichtung! Du bist ihm etwas schuldig, du musst etwas daraus machen.«

»Er hat Recht«, sagte Claire, »"Godless Sun" könnte die Klammer sein für eine ganze Palette von neuen Produkten und Dienstleistungen; Essen, Fitness, Beauty, das sind die neuen Religionen, es geht nicht mehr um Götter, die Leute wollen keine Kirchen mehr, keine Priesterkasten, aber sie wollen trotzdem eine Ethik, die sie mit Gleichgesinnten teilen und ausleben können, Symbole und Rituale, mit denen man sich als Gemeinschaft definieren und sich von anderen abschotten kann. Der Mensch von Morgen will keine Hostien mehr, er will ein siebengängiges Menu Surprise, er will keine Märchen mehr hören, er will konkrete Anleitungen um seinen Bauchspeck loszuwerden.«

»Wir werden all diese individualisierten Lifestyle-Strömungen unter der Marke "Godless Sun" bündeln, "Godless Sun" ist die Klammer«, wiederholte Leeroy.

Die weiteren Worte habe ich nicht mehr mitgekriegt. Ich schaute Ozzy und Shiva zu, wie sie miteinander schäkerten. Jetzt lachten sie, berührten sich beiläufig, zufällig, das waren ja richtige Turteltauben, dachte ich und konnte den Blick kaum von ihnen lösen.

»Mitch?«, hörte ich Claire sagen.

Sie fuhr mir mit der Hand über das Gesicht und machte Wischbewegungen, als wolle sie prüfen, ob ich noch wach war. Ich gehöre zu den Menschen, die mit steigendem Alkoholpegel leiser und stiller werden, bis man kaum noch unterscheiden kann, ob man döst oder bereits komatös ist. Ich mag Leute nicht, die unter Alkoholeinfluss das Tier aus sich herauslassen, laut und primitiv werden und Dinge tun, die sie am nächsten Tag bereuen, sofern sie sich daran erinnern können.

»Mitch«, wiederholte Claire und berührte meinen Schenkel, »wir brauchen neue Bücher, eine Fortsetzung von "Godless Sun", Ratgeber vom Autor von "Godless Sun".«

»Wir haben eine Liste von möglichen Themen ausgearbeitet«, sagte Shiva, *»die Sonnendiät, Das Geheimnis des inneren Friedens, Gespräche mit der Sonne, die Angst besiegen, einen geliebten Menschen verlieren, Heilung durch Sonnenstrahlen …«*

»Hört mal, ich bin bereits im Rückstand mit meinen Heftromanen …«

»Du wirst doch jetzt keine Heftromane mehr schreiben«, lachte Leeroy, »du bist Bestsellerautor, Grossverdiener, Mitbesitzer einer Aktiengesellschaft, einer historischen Kirche!«

»Das verstehst du nicht, Leeroy, was Spass macht, hat nicht immer mit Geld …«

»Seit wann macht brotlose Kunst Spass?«, spottete Leeroy. Claire gab ihm mit einem Handzeichen zu verstehen, dass er mal für fünf Minuten stillhallten solle. Sie legte erneut ihre Hand auf meine Schulter und sprach ruhig und einfühlsam: »Du musst diese Ratgeber nicht selbst schreiben, Mitch, wir haben erfahrene Ghostwriter an der Hand, du musst nur deinen Namen hergeben.«

Dass nun andere unter meinem Namen schrieben, war ein interessanter Aspekt. Dass mein Name nun plötzlich zur Marke werden sollte wie G.F. Unger, das schmeichelte mir durchaus. Ich sah, dass nun alle Blicke auf mich gerichtet waren. Shiva lächelte: »Du bist das Gesicht von "Godless Sun", wir brauchen nur deinen Namen und dein Gesicht.«

Ich schaute fragend zu Nang rüber, was Claire sichtlich missfiel. Nang nickte mir zu: »Du hast keine Arbeit damit, was spricht dagegen?«

»Mein guter Ruf, Nang, ich habe einen Ruf zu verlieren«, sagte ich ohne grosse Überzeugung.

»Welchen Ruf?«, fragte Claire mit leicht spöttischem Unterton, »ich habe dir schon einmal gesagt, dass du gar keinen Ruf hast. Also kannst du auch keinen verlieren.« Sie nahm enerviert ihre Hand von meiner Schulter. Ich denke, verletzende Worte bleiben am tiefsten in der Erinnerung verankert, es sind stets die Extreme und die Dinge, die man zum ersten Mal hört oder tut, dazwischen sind meistens Jahrzehnte repetitiver Langeweile. Ich erinnerte mich, dass meine Mutter mir einst einen Anzug für die erste Kommunion gekauft hatte. Kurz bevor wir in die Kirche gingen, prüfte mein Vater, ob der Anzug sitzt. Er schüttelte den Kopf und sagte meiner Mutter: *»Das Geld hast du zum Fenster rausgeworfen, egal, was du ihm anziehst, er sieht immer wie ein Tölpel aus. Ich schäme mich für diesen Knirps.«* Vielleicht liegt es daran, dass ich nie Anzüge trage.

»Sei nicht gemein, Claire«, verteidigte mich Leeroy, »er ist der Autor von "Godless Sun", natürlich hat er mittlerweile einen Ruf.« Er wandte sich an mich: »Du allein entscheidest, ob diese Ratgeber deinen Qualitätsansprüchen entsprechen. Und wer weiss, vielleicht gibt es doch noch ein Buch, das du ganz gerne selbst schreiben möchtest. Das wäre ein Selbstläufer.«

Es gab da schon ein Buch, das ich noch gerne geschrieben hätte, »Die Bibel der Atheisten« mit Zitaten aus dreitausend Jahren, aber es war mir klar, dass es nicht der richtige Zeitpunkt war, um das zu thematisieren, und es wäre erneut ein Buch zum Thema Atheismus gewesen.

»Mitch«, sagte Leroy mit einem freundlichen Lächeln, »lass die Menschen Teil von etwas Grösserem sein. Lass sie Teil von "Godless Sun" werden.«

The Final Countdown

Seit Onkel Calvins Tod war ein halbes Jahr vergangen. Der Sommer war zurückgekehrt, der erste Sommer ohne Onkel Calvin. Es gab Tage, an denen mich die Erinnerung schmerzte. Manchmal wollte ich runtergehen zu Onkel Calvin und realisierte, dass er nicht mehr da war. Ich empfand Wehmut, aber der Schmerz liess allmählich nach wie ein Muskel, der ermüdet und erschlafft.

Im Frühjahr hatten Wahlen stattgefunden. Neu im Parlament war nun auch die PIR, die Partei des Islamischen Rates. In einem Bündnis mit Sozialdemokraten und Grünen hatten sie das Stimmrecht für Ausländer durchgeboxt, Rotgrün hatte sich davon einen Wählerzuwachs versprochen, aber die einstigen muslimischen Migranten gehorchten immer noch dem wahhabitischen Imam aus dem fernen Saudi-Arabien und wählten die PIR. Mit 21 der 100 Sitze war die PIR nun das Zünglein an der Waage und ging mal mit den Rotgrünen, mal mit den Rechtsliberalen vorübergehende und sachbezogene Allianzen ein. Mit 21 Prozent der Stimmen hatten sie auch Anrecht auf 21 Prozent aller Richterposten am Straf-, Zivil-, Versicherungs- und Appellationsgericht. Religiöses Schächten blieb verboten, aber es wurde nicht mehr geahndet, das war ein typischer Kompromiss der neuen Legislaturperiode. Eine Grossrätin der Grünen trat demonstrativ aus der Partei aus, aber ich glaube, sie hat es bereut, denn an einem Sonntag, als sie im Park spazierte, brach plötzlich ihr Kiefer. Man munkelte, dass hier eine ausserparlamentarische zweite Kraft im Spiel sei, ehemalige Schlägerbanden aus Assads Terrorkabinett, die mit syrischen Pässen, als Flüchtlinge getarnt, hier Unterschlupf gefunden hätten. Kein Medienschaffender hätte es noch gewagt, dies öffentlich zu thematisieren, man wollte nicht als ausländerfeindlich oder islamophob diffamiert werden, und den Kiefer wollte man auch behalten, um heimlich im Freundeskreis ein Schweinekotelett mit einem Glas Rotwein zu geniessen. Ich unterliess es deshalb, einen Leserbrief zu schreiben, als im Grossen Rat darüber debattiert wurde, ob der Blasphemieartikel 261 verschärft werden sollte. Einige der PIR forderten, nicht nur Gotteslästerung, sondern auch die Leugnung Gottes unter Strafe zu stellen. Die Partei mit dem grossen C stimmte zu unter der Bedingung, dass man den Jesusfiguren in den Kirchen nicht mehr heimlich die Köpfe abschlug. Obwohl die PIR damit nichts zu tun hatte, gab es nach diesem Kompromiss keine Vandalenakte mehr. Eine Zeitlang wenigstens. Die Medien begrüssten wie üblich diese islamisch-christlichen Kompromisse und betonten, dass Integration nicht einseitig sein dürfe und dass eine tolerante Gesellschaft neuen Kulturen Entfaltungsmöglichkeiten bieten müsse, der Islam gehöre nun zur Schweiz und verdiene Respekt. Rotgrün und die Partei mit dem grossen C waren stolz auf ihre helvetischen Kompromisse. In den Schulen wurden islamkritische Lehrer entlassen, später auch weibliches Lehrpersonal, das christliche Kreuz wurde aus den Klassenzimmern verbannt, einige christliche Kirchen boten Räumlichkeiten für Koranschulen an. Man wollte Zeichen setzen. *Wir gehören zu den Netten, wir haben nichts gegen euch.* In diesen Koranschulen lernten kleine Muslime Koranverse in arabischer Sprache auswendig, sie lasen das Buch der »vereinfachten Rechtswissenschaft« und erfuhren, dass Frauen eine minderwertige Rasse sind. Immer öfter besetzten Linksautonome christliche Kirchen, um die Ausweisung von kriminellen Migranten mit islamistischem Hintergrund zu verhindern. Sie rechtfertigten ihr illegales Handeln mit Brecht-Zitaten und feierten Party, während die Polizeibehörden vergebens auf ein Räumungsbegehren der Kirchenverwaltung warteten. Man fürchtete die Schlagzeile: *Polizeigrenadiere stürmen Kirche.* Ja, auch die Medien wurden zum Handlanger der schleichenden Islamisierung und durchforsteten täglich die Postings der Prominenten in den sozialen Medien nach Verstössen gegen die neue political correctness. Wer im Verdacht stand, islamophob zu sein, starb den medialen Tod. Ich löschte alle Facebookfreunde, die kritische Fragen stellten und gewöhnte mir ab, Postings zu liken. Abends trank ich die guten alten Bordeauxweine von Onkel Calvin. Die PIR hatten den Alkohol verbieten wollen, aber ich glaube nicht, dass dies jemals ernsthaft gemeint war. Man hatte wie üblich mit einer

Maximalforderung ein kleineres Ziel angestrebt. Der Alkohol wurde nicht verboten, aber um 300 % höher besteuert, auf leere Weinflaschen wurde eine Sondergebühr erhoben. Ja, die vielen leeren Flaschen, das würde eines Tages ein Problem werden. Wie sollte ich sie jemals entsorgen? Ich überlegte, ob ich vielleicht "Godless Sun" aus dem Handel nehmen sollte. War ich feige? Oder einfach vernünftig?

Ich hatte nicht mehr viel Kontakt zur Clique. Ich las die Rapporte, die sie mir am letzten Freitag des Monats jeweils mailten. Presseberichte las ich nur noch, wenn sie als Titelstory aufbereitet waren und in internationalen Medien erschienen. Nang war nach Chiang Mai zurückgekehrt, um ihre kranke Mutter zu pflegen. Ich vermisste sie. Claire hatte ich seit einiger Zeit nicht mehr gesehen, ich glaube, sie hatte eine Affäre mit Leeroy. Einmal kam Hasan vorbei, er fragte mich, ob es wieder Arbeit gebe, der Garten brauche dringend eine helfende Hand. Ich sagte ihm, ich wolle den Garten nicht mehr pflegen, er solle wachsen und wuchern, wie es ihm beliebt. »Multikulti«, hatte ich gequält gelächelt.

»Das Unkraut wird deinen Park erobern«, warnte mich Hasan.

»Dann wird eben mein Garten verwildern, ich denke nicht, dass das Paradies einen Gärtner beschäftigen muss.« Was man nicht pflegt, verwildert, das ist normal, das ist auch in der Gesellschaft so. Man verliert stets, was man nicht pflegt, was man nicht verteidigt. Hasan war nicht glücklich über meine Absage, vielleicht empfand er sie als persönliche Beleidigung. Menschen aus vormodernen Kulturen sind hyperempfindlich und pflegen noch einen archaischen Ehrenkodex. Was haben sie denn ausser ihrer Ehre und ihrem Stolz? Fasten und Beten ist nicht abendfüllend. Wir tranken noch einen Kaffee auf der Veranda. Wir sprachen über die Anschläge des gestrigen Tages, ein 21-jähriger Kosovo-Albaner hatte in Frankfurt zwei US-Soldaten getötet, in London hatte ein Afghane Harrodskunden in der Elektronikabteilung wahllos mit einer Machete niedergemetzelt, in der schwedischen Stadt Mölndal ermordete ein Asylbub seine Betreuerin, in Toulouse waren drei jüdische Kinder und ein Rabbi vor der Synagoge erschossen worden, in Marseille hatte die letzten Juden die Stadt verlassen und die Or-Thora-Synagoge unweit des Bahnhofs Saint-Charles für 400'000 Euro dem muslimischen Al-Badr-Verein überlassen, er wollte die Synagoge mit saudischem Geld in eine Moschee umbauen; in Kopenhagen gab es einen Bombenanschlag gegen ein vollbesetztes Kino, aber die schrecklichste Tat der Woche geschah in Brüssel. Sieben Teams von Fahisch-Terroristen hatten gleichzeitig Kindergärten, Schulen, Spitäler und Bahnhöfe angegriffen und über 400 Menschen massakriert. Die europäische Polizeibehörde Europol warnte vor noch grösseren Anschlägen, über 700 Elitesoldaten der aufgelösten Leibgarde Saddam Husseins seien bereits als IS-Kämpfer in Europa eingereist. In ihren kleinen Rucksäcken hätten sie das geruchlose Senfgas eingeschleppt, das sie zuvor bereits gegen syrische Kurden in al-Hasaka und gegen irakische Kurden im Flüchtlingsheim in Machmur eingesetzt hatten. Nun lebten sie mitten unter uns und waren bereit.

»Das hat nichts mehr mit dem Koran zu tun«, sagte Hasan, »das sind keine Muslime, sie töten wahllos, auch Muslime, und wenn es einen Gott gäbe, würde er nicht zulassen, dass man in seinem Namen unschuldige Kinder und Frauen vergast.«

Hasan litt darunter, dass er nun permanent unter Generalverdacht stand. Ich sagte ihm, dass ich immer sein Freund sein werde, und falls er einmal in Schwierigkeiten sei, solle er mich anrufen. Als Hasan sich später verabschiedete, sagte er, die arabische Übersetzung von "Godless Sun" verkaufe sich sehr gut, er sei dankbar, dass ich ihm nachträglich diesen Übersetzervertrag angeboten habe. Er verdiene mit den Übersetzungshonoraren im Monat mehr als in Syrien in einem Jahr, er sei zufrieden mit seinem Leben, seine Familie werde nächstes Jahr nachkommen. Dafür spare er. Er habe von der Allmendverwaltung eine Standbewilligung, um vor dem Starbucks Coffee Shop einen Verkaufstisch aufzustellen. Das Buch sei bei arabischen Flüchtlingen sehr beliebt. Im Herbst würden sie im Tempel einen Tag der Flüchtlinge organisieren, er würde eine Rede an seine muslimischen Brüder halten. Er strahlte übers ganze Gesicht und ergriff meinen Arm: »Du kommst doch auch, Mitch, dir habe ich alles zu verdanken!«

»Im Tempel?«

»In der Bernadette-Kirche.«

Hasan spricht

Ich hatte ein mulmiges Gefühl, als ich nach so langer Zeit wieder vor der Bernadette-Kirche stand. Der Sommer war vorbei, die Abende wurden kühler. Auf dem Vorplatz waren Marktstände aufgestellt wie in einem orientalischen Suk. Araber in traditioneller Kleidung verkauften Weihrauch, Gewürze und Silberwaren. Aus dem Inneren drangen fernöstliche Klänge ins Freie, einige Araber sassen im Schneidersitz und hatten eine Darbukka, eine mit Fell überzogene kleine Bechertrommel, auf dem Oberschenkel und schlugen den Rhythmus. Sie benutzten dabei abwechselnd Finger, Handkante und Handinnenfläche.

Ich war überrascht, als wir die dreischiffige, gewölbte Hallenkirche betraten. Sie war bis auf den letzten Platz besetzt. Unter den "Godless Sun"-Anhängern erkannte ich auch dunkelhäutige junge Männer aus dem Nahen Osten und dem Maghreb. Sie waren alle gekommen, um Hasan zu hören. Er hatte sich offenbar in der muslimischen Migrantenszene einen Namen gemacht. Plötzlich kniff mir jemand in die Lenden, es war Claire. Wir freuten uns beide über das Wiedersehen und umarmten uns spontan. Wir waren überrascht über unsere Reaktion. Sie setzte ihr verruchtes Lächeln auf, nahm mich an der Hand und führte mich zur ehemaligen Bar der Freikirche, die in einen Merchandisingshop umgebaut worden war. Die kleine Tür hinter dem Tresen war verschlossen. Claire hatte einen Schlüssel. Die enge Wendeltreppe führte zu den Emporen hinauf. Es war finster. Wir tasteten uns zur Orgel, weiter zur Balustrade und lauschten den orientalischen Klängen. Als hätten wir es zuvor vereinbart, begannen wir uns schweigend auszuziehen. Wir hörten, wie Leeroy Hasan ankündigte, den Mann aus

Syrien, Hasan, der arabische Muslim, der "Godless Sun" übersetzt und im Westen sein Glück gefunden hatte.

»Niemand kann uns sehen«, flüsterte Claire und begann, mein Geschlecht zu küssen, »hattest du Sex mit deiner Thai?«

»Nein«, sagte ich leise und versuchte, mir vorzustellen, wie es wäre, wenn in diesem Augenblick Nang vor mir knien würde. Jetzt hörten wir Hasans Stimme. Sie tönte aus allen Lautsprechern: »Als ich vor zwei Jahren vor meinen muslimischen Brüdern in Syrien floh, betete ich zu Allah, er möge mich auf meinem Weg beschützen. Ein armenischer Christ fragte mich unterwegs, wieso ich annahm, Allah könne mich beschützen.«

Ein Raunen ging durch die Zuschauer.

»Wenn es in seiner Macht steht, einen gläubigen Muslim zu beschützen, fragte mich der Armenier, *wieso hat er dich in Syrien nicht beschützt? Wieso hat er jene Muslime beschützt, die dein Dorf in Schutt und Asche gelegt haben?* Ich habe mir auf meiner langen Reise diese Frage immer wieder gestellt. Ich habe mich auch gefragt, wieso mir Katar und Saudi-Arabien die Gastfreundschaft verwehrt haben. Ein Muslim ist doch der Bruder des Muslims.«

Es gab vereinzelte Zwischenrufe, aber Hasan liess sich nicht beirren und rief: »Ich grüsse die islamischen Länder, die den Islam predigen und sagen *Wir sind Muslime.* Ihr seid keine Muslime! Ihr habt die al-Kaaba in euren Händen und sagt, die Europäer seien Ungläubige, doch kommt und schaut, was Europa für uns getan hat!«

Claire zerkratze mir den Rücken, als sie kam, ich bin sicher, sie tat es nur für den Fall, dass Nang meinen nackten Rücken sehen würde. Es fiel mir schwer, mir vorzustellen, dass ich in Nang eindrang. Ich bin sicher, Nang war eine sehr zarte, sanfte und gefühlvolle Liebhaberin. Unten im Kirchenschiff kam Unruhe auf. Hasan wurde laut und zornig: »Schaut, was Europa für uns getan hat«, wiederholte er, »sie haben ihre Herzen geöffnet, ihre Häuser, sie gaben uns zu essen, zu trinken und einen Schlafplatz. Und sie gaben uns "Godless Sun", eine göttliche Macht, die weder bestraft noch verurteilt, die weder Gebote aufstellt noch Drohungen ausstösst, eine göttliche Sonne, die mit ihren Strahlen die Herzen der Menschen erwärmt, eine Sonne, die für uns alle scheint. Die Sonne braucht keine Priester, keine Imame, in jedem von uns strahlt eine göttliche Sonne, wir alle sind Kinder der Sonne!«

»Aufhören!«, schrie jemand, einige skandierten »Tod den Ungläubigen!« Nun schrien alle wie kleine Kinder durcheinander und stiessen wüste Verwünschungen gegen den Westen aus. Wir wagten einen Blick über die Balustrade auf den Altar hinunter und duckten uns gleich wieder. Drei Araber hatten Hasan zu Boden gerissen, ein Dutzend Anhänger von "Godless Sun" stürmten den Altarraum und kamen Hasan zu Hilfe. Einige zertrümmerten das lose Mobiliar, rissen Holzstücke aus den Bänken und gingen aufeinander los. Bald darauf hörten wir in der Ferne Polizeisirenen, Autos, die auf dem Vorplatz scharf abbremsten. Zwei Randalierer stürmten die Kanzel und hissten eine schwarze Flagge. Ich war konsterniert.

»Wir müssen hierbleiben«, flüsterte Claire und setzte sich vor die Orgel auf den kleinen Sockel. Ich setzte mich neben sie. »Hier oben wird uns nichts geschehen«, sagte ich leise.

»Ich habe dich vermisst, Mitch«, sagte Claire nach einer Weile. Sie nahm meine Hand und legte sie zwischen ihre Schenkel, »ich habe dich in letzter Zeit etwas vernachlässigt, es gab nur noch "Godless Sun", vielleicht hast du auch gar nicht bemerkt, dass wir uns lange nicht mehr gesehen haben.«

Sie wartete auf eine Antwort, aber ich gab keine. Polizeieinheiten stürmten die Kirche, jetzt wurde es richtig laut.

»Mach dir keine Vorwürfe, Claire, wir waren alle sehr beschäftigt«, antwortete ich und horchte.

»Mitch, ich sagte, ich habe dich vermisst.« Sie hielt immer noch meine Hand zwischen ihren Schenkeln. Ich warf ihr einen kurzen Blick zu. Sie starrte ins Leere. »Es ist vorbei, Claire, ich werde meine Aktien verkaufen, Leeroy will mir ein Angebot machen.«

Claire krallte ihre Finger in meinen Arm: »Bitte, Mitch, sei nicht grausam. Ich spreche nicht über "Godless Sun", ich spreche über uns.

Könntest du dir vorstellen, dass wir eine Beziehung haben, ich meine, eine richtige Beziehung?«

»Ich habe noch nie darüber nachgedacht«, log ich und zog meine Hand zurück. Ich legte den Finger auf den Mund und horchte.

Sie drückte mich sanft auf den Holzboden und legte ihren Kopf auf meine Brust. Ihre Flüsterstimme klang so traurig: »Wir sind Mingles, Mitch, das sind Leute, die sich ab und zu zum Sex treffen und nicht wissen, ob sie ein Paar sind.« Ich strich ihr sanft über das Haar: »Vielleicht bin ich ein Ringle, ein Romantic Single auf der Suche nach dem goldenen Herzen, *searching for a heart of gold.*«

»Selbst wenn du deine Aktien verkaufst«, sagte sie nach einer Weile, »und das Team verlässt, wir könnten ein Paar sein.« Sie wartete erneut eine Antwort ab. »Mitch, hast du bemerkt, dass die Bäume bereits ihre Blätter verlieren? In drei Monaten ist Weihnachten. Ich möchte gerne mit dir den Weihnachtsabend verbringen.«

Ich richtete mich auf und setzte mich auf den Rand des hölzernen Sockels: »Seit wann machst du dir etwas aus Weihnachten? Weihnachten ist etwas für den Detailhandel.«

»Ich habe dich vorhin gefragt, ob du mich vermisst hast.«

8

Schneefall

Das Jahr neigte sich dem Ende zu, es war Anfang Dezember. Gegen vier Uhr morgens befreiten Fahrzeuge die Strassen von den Schneemassen. Ich stand am Fenster und schaute auf die gelben motorisierten Ungetüme der Stadtreinigung hinunter, die mit ihren grossen Schaufeln und lautem Getöse den Schnee von der Fahrbahn schoben, direkt auf meinen Vorplatz.

Die Menschen hatten sich allmählich an den täglichen Terror gewöhnt und hofften, sie würden nie zur falschen Zeit am falschen Ort stehen. Nach Anschlägen auf Fussballstadien in Deutschland und Frankreich mieden die Leute Grossveranstaltungen, selbst die Auftritte der abtretenden Urgesteine der Rock- und Popkultur füllten keine Säle mehr.

Ich setzte mich mit einer Flasche Rotwein an den Computer und schrieb weiter an der Bibel der Atheisten. Nang war immer noch bei ihrer kranken Mutter in Chiang Mai. Leeroy hatte nicht geantwortet. Ich hatte ihm einen Vertragsentwurf gemailt. Er, Claire, Ozzy und Shiva würden mein Aktienpaket zu gleichen Teilen übernehmen. Als Verkaufspreis hatten wir drei Jahresumsätze vereinbart. Onkel Calvin hätte mir bestimmt geraten, noch ein bisschen zu warten. Die "Godless Sun" AG war zur Goldgrube geworden, Monat für Monat steigerte sie den Umsatz. Ozzy mailte mir, ich solle mal vorbeikommen und schauen, wie sich alles entwickelt habe und mich erst dann entscheiden. Ich wäre bestimmt sehr erstaunt, würde mein Baby kaum noch erkennen. Auch Claire gab mir diesen Ratschlag. Sie mailte, sie vermisse mich jetzt noch mehr. Sie würde mich gerne besuchen. Am liebsten morgen gegen Mittag.

»Lebst du wieder allein?«, fragte Claire, als sie einen Blick in den verwilderten Garten hinauswarf. Wir standen im Salon von Onkel Calvin, es war elf Uhr morgens. Claire nahm ihre mondäne Sonnenbrille ab, sie wirkte übermüdet. Sie sagte, es gebe viel zu tun, aber Erfolg sei auch befriedigend. Ihre Augen waren so traurig, als sie von ihrem Kaffee aufschaute: »Bist du allein?«

Ich nickte. Sie legte ihr Designertäschchen auf den Tisch und senkte den Blick: »Seit wir uns im Sommer wiedergesehen haben, ist mein Leben durcheinandergeraten, ich weiss nicht wieso, aber der Gedanke, dass du nicht mehr bei mir bist, macht mich krank. Wir haben uns auch früher nicht jeden Tag gesehen, aber wir wussten, dass wir zusammengehören. Jetzt wissen wir, dass wir nicht mehr zusammengehören. Gestern kam mir plötzlich in den Sinn, dass du mir noch nie ein Kompliment gemacht hast.«

Sie schaute kurz zu mir auf, aber mir fiel nichts Gescheites ein.

»Mitch, was hat diese Thaifrau, das ich nicht habe? Ist sie besser im Bett?«

»Sie ist vor einem halben Jahr nach Thailand zurückgekehrt, sie schaut nach ihrer Mutter und renoviert das Haus.«

»Sie kommt nicht wieder?« Sie wirkte angespannt und spielte nervös mit ihren Fingern.

»Vielleicht kommt sie an Weihnachten zurück, ich weiss es nicht, es hängt vom Gesundheitszustand ihrer Mutter ab.«

»Mitch«, rief Claire und machte ein paar Schritte auf mich zu, »ich weiss heute, dass ich dich brauche.« Sie umfasste mit beiden Händen meine Arme, als wolle sie mich für immer festhalten, »ich habe mich geändert, ich sagte einmal, ich würde die Nähe von Menschen nicht ertragen, aber ich mag dich, sehr sogar.«

Sie schaute zu mir hoch. Erst jetzt fiel mir auf, dass sie ihre Kopfbedeckung nicht abgenommen hatte. Es war ein schwarzer Schleier, zweiteilig mit grossen Gänseblümchenmustern.

»Trägst du jetzt einen Hidschab?« Ich weiss, dass es nicht nett war, nicht auf ihre Worte einzugehen, aber mir fiel einfach nichts anderes ein, als sie zu fragen, ob sie jetzt den Hidschab trägt. Ich sah, dass ich sie mit diesem abrupten Themenwechsel verletzt hatte und dass sie nun gute Miene zum bösen Spiel machte. Sie liess meine Arme los, wandte sich frustriert von mir ab und schaute wieder auf den Garten hinaus: »Das ist jetzt Mode, Mitch, aber du hast dir nie was aus Mode gemacht. Du kriegst offenbar nicht mehr mit, was sich da draussen in der Welt abspielt.«

Sie schaute kurz zu mir rüber: »Du sitzt wohl den ganzen Tag an deinem Computer.« Ich musste an Natascha denken. Das hatte sie mir auch oft gesagt, vor allem in den letzten Monaten, bevor sie mich für immer verliess.

Claire machte ein paar Schritte zum offenen Kamin und sagte übertrieben selbstbewusst, fast schon trotzig: »Mir hat der Style von Dolce & Gabbana immer gefallen. Jetzt haben sie eine limitierte Abaya Collection rausgebracht, mir gefällt, wie offen Dolce & Gabbana mit dem Thema umgehen.«

Sie nahm das Designertäschchen vom Tisch: »Das gehört auch zur neuen Abaya-Linie. Jedes Teil hat die typischen Dolce & Gabbana-Muster, Gänseblümchen, rote Rosen, Limonen, doch bei der Abaya-Kollektion reichen die Kleider bis zum Boden, sie sind nicht figurbetont, aber man wird ja auch älter.« Sie schaute sich die Fotografien an der Wand an, das grössere Bild zeigte Onkel Calvin am Steuer eines offenen Sunbeam-Talbot Roadster. Neben ihm sass eine junge Frau, die aussah wie Grace Kelly, kurz bevor sie tödlich verunglückte. »In den 50er Jahren hat ganz Hollywood Kopfbedeckungen getragen, wenn sie im offenen Cabriolet über die Seven Mile Bridge nach Key West fuhren.«

»Seit wann interessierst du dich für alte Filme? *To catch a thief* ist aus der Zeit von Hitchcock und Cary Grant.«

Sie wusste, dass mich ihre Ausführungen nicht überzeugten: »Wir haben viele Anhänger unter den muslimischen Migranten. Das ist eine kleine Geste, wir müssen uns auch ein bisschen bewegen und, offen gestanden, gewöhnt man sich rasch daran. Die meisten Frauen tragen heute Kopftücher. Früher hat man sie schief angeschaut, heute ist es umgekehrt. Mittlerweile komme ich mir ohne Kopftuch fast ein bisschen nackt vor, ich meine, irgendwie ordinär. Und es hat auch den Vorteil, dass man weniger belästigt wird.« Als ich nichts darauf erwiderte, reagierte sie gereizt: »Man kann die soziokulturelle Prägung dieser muslimischen Männer nicht einfach mit einem Merkblatt in arabischer Sprache umprogrammieren. Diese Naivität ist geradezu mitleiderregend.«

Ich zuckte die Schulter und sagte, das sei okay, ich hätte ja bloss gefragt, »wir leben schliesslich in einem freien Land«.

»Das meine ich eben auch, Mitch. Aber deswegen bin nicht hergekommen. Wir möchten mit dir reden. Komm in den Tempel, schau dir an, was aus deinem Baby geworden ist und entscheide, ob du dein Aktienpaket tatsächlich verkaufen willst. Wir wollen dich zu nichts zwingen, das können wir auch nicht. Wir vermissen dich, das ist alles. Du bist immer noch unser Master. Und für mich bist du noch viel mehr.«

Sie kam wieder auf mich zu und legte mir beide Arme um den Hals: »Gib mir noch eine Chance, Mitch, gib uns allen noch eine Chance. Komm ins Team zurück.«

Ich war froh, dass sie keine Anstalten machte, Sex zu haben. Ich wollte weiterarbeiten. Vielleicht wollte ich auch vermeiden, dass plötzlich Nang hereinplatzte. Natürlich war das unrealistisch. Sie war ja in Chiang Mai. Ich weiss nicht, was der Grund war, wieso ich an diesem Morgen die Arbeit dem Sex vorzog, vielleicht wollte ich es auch gar nicht wissen.

»Kommst du alleine gut zurecht?«, fragte sie, als wir auf die Strasse hinaustraten. Ich nickte. Sie umarmte mich und gab mir einen feuchten Kuss auf den Mund: »Lass es uns nochmals versuchen, ich brauche dich und du brauchst mich«, flüsterte sie und kniff mir in die Lenden, »und denk dir ein hübsches Kompliment aus, Frauen mögen sowas.«

»Lesen Sie Bücher?«

Auf dem Vorplatz vor dem hohen Kirchenportal standen zwei Jugendliche hinter einem Tisch, ein Mann und eine Frau. Auf dem Tisch waren Bücher gestapelt, eines davon war "Godless Sun", ein anderes hatte den Titel »Die Sonnendiät. Die Heilkraft der Sonne«. Ich überflog den Text auf der Rückseite: *Gibt es einen besseren Koch als die Sonne? Nach langjähriger Forschungsarbeit publiziert "Godless Sun" eine Rohkost-Diät, die Gesundheit, Wohlbefinden und ein langes Leben schenkt. In 36 Lektionen wird die Wirkung der Sonnendiät auf unser Denken, Fühlen und Verhalten erläutert.*

»Lesen Sie Bücher?«, fragte mich jemand. Ich schaute hoch. Vor mir stand ein junger Mann. Er trug einen gelben Pullover mit einer aufgestickten orangen Sonne.

»Ja«, antworte ich.

»Ich auch. Was lesen Sie?«, fragte er wie aus der Pistole geschossen.

»Liebesromane.«

»Ich auch! Dann habe ich hier ein Buch, das Sie bestimmt interessieren wird.« Er nötigte mich sanft, ihn zum Büchertisch zu begleiten. Er zeigte mir ein Buch mit dem Titel: *Die Weisheit der Sonne.* Ich nahm es in die Hand und schaute die Rückseite an. Offenbar hatte ich es geschrieben, aber der junge Mann hatte mich nicht erkannt.

»Gehen Sie auf die Entdeckung – von sich selbst«, flüsterte er mit weit aufgerissenen Augen, »entdecken Sie den Ursprung von Stress, Niedergeschlagenheit, mangelndem Selbstbewusstsein, negativen Gedanken und Erfolglosigkeit.«

Er beugte sich tief zu mir und starrte mich an, nein, er glotze förmlich und schien etwas aufgedreht, als habe er sich zuvor eine Linie Koks reingezogen.

»Haben Sie das Buch denn gelesen?«, fragte ich.

»Ja«, stiess er hervor, »es hat mein Leben verändert!« Seine Augen leuchteten, als sei er von einem Wahn besessen.

Und jetzt machen Sie diesen Scheissjob?, dachte ich, aber ich schwieg.

»Möchten Sie mehr über sich erfahren?«, fragte er mit einem listigen Lächeln. Ich nickte.

»Kommen Sie«, sagte er, »Sie können bei uns im Tempel einen kostenlosen Persönlichkeitstest machen, den Harvard Persönlichkeitstest. Nehmen Sie sich Zeit, eine halbe Stunde, es kostet nichts und wird Ihnen das verborgene Universum in Ihrem Inneren offenbaren.«

Wir betraten die Kirche, die jetzt *Tempel* hiess, im Hintergrund lief leise *»Moment of Peace«* im Stil der gregorianischen Choräle mittelalterlicher Mönche.

Come now, come by our side,
Into a place where you can hide,
We are the sunshine,
Rest your soul here,
And you'll find,
We are the energy

Ein Kälteschauer fuhr mir den Rücken hinunter. Der junge Mann übergab mich einer holzmageren Brünetten, sie führte mich zu einem der Beichtstühle im hinteren Teil der Kirche. Sie zog den gelben Vorhang beiseite. Ich war überrascht: Im Inneren war ein grossformatiger Monitor, ein schmaler Tisch, um die Arme aufzulegen und zwei Manschetten, die mit Kabeln verbunden waren. Die junge Frau hiess Schwester Erika und bat mich, Platz zu nehmen, ich sollte meine Hände auf die Tischfläche legen. Sie sprach mit leiser, feierlicher Stimme. Sie stülpte mir kleine Elektroden über die Fingerkuppen und sagte, wir würden jetzt den Gleichstromwiderstand messen und grafisch darstellen, während ich im Angesicht der Sonne beichten dürfe. Mit einer Klammer befestigte sie ein kleines Mikrophon an meinem Hemdkragen.

»Das Leben stellt viele Fragen, antworten Sie ehrlich und ohne zu zögern. Wenn Sie wahrheitsgetreu antworten, wechselt der Zeiger auf dem Monitor in den grünen Bereich, wenn Sie sich der Wahrheit verschliessen, bleibt er im roten Bereich.«

»Ist das ein Lügendetektor?«, fragte ich scheinheilig.

»Das ist viel mehr. Das ist ein FTPI, ein *Face-the-Truth-for-Personal-Improvement*, ein objektiver Persönlichkeitstest, der in der psychologischen Diagnostik eingesetzt und von unseren Wissenschaftlern in Harvard weiterentwickelt worden ist. Das Gerät misst den Hautwiderstand, während elektrische Energie Ihren Körper durchflutet. Wenn Sie die Unwahrheit sagen, schlägt das Gerät entsprechend aus und wiederholt die Frage so lange, bis Sie der Wahrheit ins Gesicht schauen. Antworten Sie stets mit *Ja* oder *Nein*, es gibt keine halben Wahrheiten unter der Sonne. Drücken Sie den Ja-Button oder den Nein-Button.«

Sie verabschiedete sich mit einem süssen Lächeln und zog den gelben Vorhang zu. Aus dem Lautsprecher erklang eine freundliche Frauenstimme, untermalt von psychedelischer Musik: »Dies ist ein kostenloser Test ohne weitere Verpflichtungen. Er wird in der Annahme gemacht, dass Menschen sich selbst verstehen und verbessern können. Lassen Sie uns gleich mit der ersten Frage beginnen.«

Auf dem Monitor erschien der Text, während er gleichzeitig gesprochen wurde.

Wenn andere aus der Fassung geraten, bleiben Sie dann ziemlich ruhig?

»Ja, ich denke, eher ja.«, antwortete ich und drückte den Ja-Button.

Blättern Sie einfach zum Vergnügen in Eisenbahnfahrplänen, Telefonbüchern oder Wörterbüchern?

»Nein, ich …, oder doch, ich blättere manchmal in Wörterbüchern.«

Bekommen Sie manchmal ein Zucken in Ihren Muskeln, auch wenn es keinen ersichtlichen Grund dafür gibt?

»Ich denke, das ist normal. Ja.«

Ist Ihre Stimme eher gleichbleibend als abwechslungsreich im Tonfall?

»Kommt drauf an, wieviel Rotwein ich getrunken habe. Aber eher ja, monoton bis einschläfernd.«

Überlassen Sie es normalerweise der anderen Person, die Unterhaltung zu beginnen?

»Jetzt wird's kompliziert, ja? Ja.«

Sorgen Sie sich noch über Ihre vergangenen Fehlschläge?

»Manchmal denke ich über Natascha nach, ja.«

Sind Sie manchmal mehrere Tage lang besonders aktiv?

»Muss ich ja wohl, wegen Bärbel. Ja.«

Haben Sie eher einen kleinen Kreis von engen Freunden, anstatt viele Freunde und flüchtige Bekannte?

»Wer hat schon viele Freunde? Ja.«

Würde Sie die Idee, nochmals ganz neu zu beginnen, sehr beunruhigen?

»Ich fände es mühsam. Das Leben ist doch ziemlich repetitiv. Ja.«

Unternehmen Sie oft Handlungen, obwohl Ihr gesunder Menschenverstand davon abraten würde?

»Ja, dauernd, diesen Test zum Beispiel.«

Nachdem ich alle 250 Fragen über mich hatte ergehen lassen, verliess ich den Beichtstuhl. Erika hatte draussen gewartet. Sie lächelte immer noch und führte mich in die ehemalige Sakristei. Dort bot sie mir einen Kaffee an. Wir setzten uns an den Tisch. Sie druckte die Auswertung des Tests aus und studierte den Print. Manchmal verzog sie das Gesicht, machte *Hmm*, warf ihr langes Haar mit einer stereotypen Handbewegung über die Schulter, blickte auf, nur ganz kurz, aber mitfühlend, dann grimassierte sie wieder, biss sich auf die Lippen: »Du bist ziemlich mutlos, deprimiert und unglücklich«, sie prüfte mit einem Blick, ob ich noch mehr ertrage, »du siehst der Zukunft ohne Hoffnung entgegen, du bist nervös und reizbar, du kannst leicht abgelenkt werden, du hast wenig Selbstkontrolle.«

Sie duzte mich! Nachdem ich mich 250 Mal entblösst hatte, hielt sie mich offenbar für ihren kleinen Bruder. Sie lächelte anfangs, doch dann wurde ihr Gesichtsausdruck allmählich zur Maske, sie fixierte mich nun in einer penetranten Art und Weise, die mir missfiel: »Ich weiss, es ist brutal, wenn man weiss, wer man ist. Man hat es vielleicht geahnt, verdrängt, aber es ist brutal, wenn man sich dessen bewusst wird. Lass dir helfen.«

Ich zuckte die Schultern und mimte den Antriebslosen, den Loser.

»Es gibt auch gute Nachrichten. Du hast Potential, auch das hat der Test ergeben, aber du schöpfst dieses Potential nicht aus.«

Sie sprach nun leise und eindringlich auf mich ein: »Du musst dieses Potential aktivieren, wir können dir dabei helfen. Aber du musst dir helfen lassen, diese schlummernden Energien freizusetzen, dann wirst du zu den wenigen Menschen gehören, die bestimmen, was morgen sein wird. Du wirst ein Botschafter der Sonne.«

Ich überlegte einen Augenblick, ob ich jemals solche Sätze von mir gegeben hatte, nein, natürlich nicht, das hatte nicht das Geringste mit "Godless Sun" zu tun. "Godless Sun" war eine populärwissenschaftliche Abhandlung über die Sonne als Ursprung aller Religionen. Es war ein atheistisches Plädoyer für die vollständige Trennung von Kirche und Staat und die Abschaffung der Blasphemieartikel.

»Wir haben Kurse entwickelt, die dich zu einem höheren Bewusstsein führen werden, du wirst mental stärker, selbstbewusster, durchsetzungsstärker, attraktiver, erfolgreicher. Wir steigern dein seelisches und körperliches Wohlbefinden. Du wirst nach dem Besuch der Kurse mehr Geld verdienen.«

Sie legte mir eine Liste mit Kursplänen vor: »Das ist die Himmelsleiter zur Sonne, zur Reinigung von Geist und Seele, die Leiter zur Erkenntnis, zur völligen Freiheit.« Sie beobachtete meine Reaktion. Ich konnte es kaum fassen, was die Clique aus "Godless Sun" gemacht hatte.

»Wir empfehlen dir den Basiskurs für 200 Franken«, fuhr sie fort, »anschliessend entscheidest du selbst, ob du den nächsten Kurs besuchen willst. Es ist alles freiwillig. Du alleine entscheidest, es gibt keinen Zwang.«

Mir entging nicht, dass es insgesamt zwölf Kursstufen gab, die jeweils einem Planeten zugeordnet waren, und dass die letzte Stufe 5000 Franken kostete.

»Und nach den zwölf Planeten bin ich oben bei der Sonne angelangt?«, fragte ich und versuchte, ein Grinsen zu unterdrücken, »dann werde ich verglühen.«

Sie lächelte unbeeindruckt: »Anschliessend bist du gereinigt und bereit, als Ritter der Sonne in die Bruderschaft von "Godless Sun" aufgenommen zu werden. Es gibt auch hier verschiedene Stufen, vom Knappen über den Botschafter bis hin zum Propheten der Sonne. Das ist der höchste Grad der Erkenntnis, er ist den Auserwählten vorbehalten.«

»Sind die Kurse teuer?«

»Ja«, sagte sie ohne Umschweife, »wir bewegen uns in einer Preisspanne zwischen 20'000 und 100'000 pro Kurs, aber das wird für dich keine Rolle spielen. Wenn du das Ende der Sonnenleiter erreicht hast, wirst du in der Lage sein, dein Potential auszuschöpfen und viel mehr Geld zu verdienen. Wir vermitteln auch Mitglieder, die Neuzugängen Kredite anbieten.«

Ich bedankte mich, nahm die Unterlagen und verliess die Sakristei. Sie folgte mir. Als ich zur Treppe ging, die ins Refektorium hinunterführt, wollte sie mich davon abhalten: »Da hast du keinen Zutritt, der Ausgang ist …«

Sie zeigte zum offenen Eingangsportal.

»Ich bin Mitch«, sagte ich kühl, «mir gehört der ganze Laden hier.«

Sie erschrak: »Habe ich etwas falsch gemacht?"

Unten im Refektorium arbeitete ein Dutzend Jugendlicher an modernen PC-Arbeitsplätzen. Sie betreuten offenbar eine Hotline und beantworteten nebenbei Mailanfragen. An der Wand waren Regale mit Merchandisingartikeln aufgestellt, das übliche Sortiment mit Tassen, Gläsern, Kugelschreibern, Pins, Plaketten, Aufklebern und eine Sonderedition, die in Zusammenarbeit mit Swarovski entstanden war. Für neunhundert Franken gab es eine vergoldete Sonne mit Smaragdsteinchen.

»Mitch!«, rief jemand. Ich drehte mich erschrocken um. Claire warf sich in meine Arme und herzte mich: »Ich wusste, dass du kommst!« Sie zwickte mich in die Lenden: »Wir verbringen Weihnachten zusammen?«

Sie nahm mich bei der Hand: »Komm, lass uns in die Kapelle runtergehen. Die anderen sind schon dort.«

Leeroy freute sich echt, mich wieder zu sehen. *High Five and Goddamn Sun*! »Endlich erscheint der Master persönlich im Tempel.«

Leeroy trug sein blaues Jackett mit den weissen Hosen und machte einen fitten und gesunden Eindruck. Aus unerfindlichen Gründen hatte er eine weisse Kapitänsmütze, Epauletten mit Sonnensymbolen und goldene Kordeln an der rechten Brust. Um den Hals trug er ein grosses goldenes Sonnenmedaillon.

»Bist du jetzt Commander Leeroy?« scherzte ich, »unterwegs zur Sonne?«

Leeroy prahlte: »GS hat eine Yacht im Hafen von Saint Tropez, ein Special für unsere Brüder und Schwestern, die den Grad *Botschafter der Sonne* erreichen. In jeder europäischen Hauptstadt haben wir Sonnentempel, in denen über 1000 junge Menschen ehrenamtlich Tempeldienst leisten, wir haben ein funktionierendes Franchise-System, das wir engmaschig kontrollieren. Es ist unglaublich, was dein Buch ausgelöst hat!«

»Das war nicht mein Buch, Leeroy, das warst du …«

»Das ist nett, dass du das so siehst«, sagte Leeroy geschmeichelt und spielte den Verlegenen.

»Du hast mit GS den Grundstein gelegt, aber Claire und ich hatten die Idee, dass wir den Plot weiterentwickeln müssen, wir haben GS um einen PTP und einen TS-Aspekt erweitert …«

»Einen was?«

»Einen psychotherapeutischen und transzendentalen Aspekt.«

Leeroy setzte sich in einen Ledersessel und streckte die Beine auf den Tisch. Ich mag Leute nicht, die sowas in der Öffentlichkeit tun. Es hat etwas Arrogantes, Respektloses, auch wenn sich die meisten amerikanischen Präsidenten immer wieder in dieser Pose fotografieren lassen. Kleine Buben in langen Hosen.

Claire setzte sich auf das Eckstück der Tischplatte: »Du solltest öfter in den Tempel kommen, Mitch, sonst haben wir bald einmal Verständigungsschwierigkeiten. Jede Religion, jede verschworene Gemeinschaft hat ihre Codes, ihr eigenes Wording, ihre Rituale. Damit schliessen wir Ungläubige aus. Das ist genau der Grund, wieso die Landeskirchen leer stehen, sie wollten sich dem Zeitgeist anpassen und sind vom Zeitgeist pulverisiert worden. Wir gehen zurück zu den Wurzeln, wir sollten uns wieder öfter sehen, wie früher.«

»Das ist schon okay, Claire, er ist der Master«, brummte Leeroy mit sonorer Stimme und drückte das Kinn auf den Brustkorb: »Ich hoffe, du siehst dir wenigstens die Quartalsabrechnungen an. Wir sind Millionäre, Mitch, wir legen das Geld in Immobilien an, denn Land ist das Einzige, was unter der Sonne nicht weiterwächst. Aber dafür brauchen wir auch in jedem Land die Anerkennung als ›Neue Religiöse Bewegung‹. Ich möchte einen Termin beim Regierungsrat, wir sollten zusammen hingehen, du bist das Gesicht von GS. Du bist der Master.«

Ich setzte mich in einen der Konferenzstühle und begann zögernd: »Leeroy, ich habe euch vor einiger Zeit einen Aktienverkaufsvertrag vorgelegt. Es fehlen nur noch der Preis und eure Unterschriften.«

Leeroy und Claire wechselten einen kurzen Blick. Damit hatten sie nicht gerechnet.

»Je länger du dein Aktienpaket behältst, desto mehr nimmt es an Wert zu«, begann Leeroy. Er sprach langsam und bedächtig, als prüfe er jede Formulierung: »Was machst du mit dem Geld, wenn wir dich auszahlen? Kaufst du Aktien? Coca-Cola, Walt Disney, Nestlé oder ein paar Goldbarren? Wir planen ein Going Public. Mit dem Börsengang holen wir am ersten Tag 80 Millionen frisches Kapital. Überleg's dir gut, Mitch. Wer vor zehn Jahren für zehntausend Franken Appleaktien gekauft hat, besitzt heute eine Viertelmillion. Ich würde keine einzige GS-Aktie verkaufen, aber wenn es dein Wunsch ist, werden wir das respektieren und dir dein Aktienpaket zu einem fairen Preis abkaufen.«

Ich war erleichtert, dass es keinen Widerstand gab: »Ja, ich möchte verkaufen, lass uns endlich den Preis festlegen und den Vertrag unterzeichnen.«

Leeroy schaute kurz zu Claire. Sie nickte ihm zu: »Du könntest noch etwas für uns tun, Mitch, ein letzter Wunsch. Du hast doch einen Freund in der Regierung.«

»Bobic?«

»Ja«, sagte Leeroy, »wir brauchen die Anerkennung als Neue Religiöse Bewegung. Dann sind wir frei in der Lohngestaltung, dürfen weiterhin Sonntags- und Nachtarbeit anbieten und sind steuerbefreit.«

»Und haben endlich die Gewerkschaften vom Hals«, sagte Claire gereizt.

»Bobic ist dafür nicht zuständig. Das ist nicht sein Departement.« Es war mir unangenehm, dass Leeroy mich dafür einspannen wollte. Was würde Bobic von mir denken, wenn ich plötzlich als Vertreter einer Sekte bei ihm aufkreuzte. Und "Godless Sun" war doch mittlerweile eine Sekte, oder?

»Dann soll uns Bobic einen Termin beim zuständigen Departementsvorsteher machen. Wenn wir steuerbefreit sind, werden die Aktien nochmals steigen. Willst du das nicht abwarten?« Leeroy grinste. Ich schaute fragend zu Claire rüber. Jetzt war ich verunsichert. Auf ein paar Tage mehr oder weniger käme es wohl auch nicht an. Claire und Leeroy warfen sich erneut einen konspirativen Blick zu. Mein Zögern war ihnen nicht entgangen. Claire setzte ihr verruchtes Lächeln auf. Vielleicht war das der Grund, wieso ich mitspielte. Sie beherrschte das Lächeln, mit dem Frauen Männer unterwerfen.

In diesem Augenblick platzten Shiva und Ozzy in die Kapelle. Sie waren hocherfreut, als sie mich sahen. *High Five, Goddamn Sun!* Shiva nahm die Fernbedienung vom Tisch und stellte den grossen Flachbildschirm an: »Wir haben da oben ein Problem, können wir das Mädchen so nach Hause schicken?«

Auf dem Monitor sahen wir eine junge Frau, die direkt in die Kamera schaute. Ihr blasses Gesicht war tränenüberströmt, sie weinte bitterlich, verzweifelt, immer wieder schlug sie ihre Hände vors Gesicht.

»Ist das etwa eine Aufnahme aus dem Beichtstuhl?« Ich war entsetzt.

Niemand reagierte auf meine Frage.

»Können wir sie so nach Hause schicken? Das wäre ein ziemliches Desaster, wenn sie sich etwas antut.« Shiva wartete auf eine Anweisung.

»Geht rauf und redet mit ihr«, sagte Claire, »lasst sie nicht nach Hause. Wir können jetzt keine Bad News brauchen.«

»Sie hat Recht«, sagte Leeroy, »geht sofort rauf und kümmert euch um sie.«

Shiva und Ozzy verliessen eilig den Raum. Claire versuchte, zu erklären: »Einige realisieren erst während des Tests, wie einsam und verzweifelt sie im Leben stehen. Die brechen manchmal regelrecht zusammen und ergreifen dankbar die dargebotene Hand von GS.«

»Ihr kopiert Scientology?«, fragte ich entgeistert.

»Nein, Mitch«, sagte Leeroy selbstbewusst, »wir sind keine Kopie, wir sind das Original.«

Claire grinste: »Was meinst du eigentlich, wieso Tom Cruise und John Travolta immer noch an der Nabelschnur von Scientology hängen?«

Mir verschlug es die Sprache: »Ihr erpresst die Leute? Das ist nicht wahr, oder?«

»Wir erpressen niemanden, Mitch, wir zeichnen die Sitzungen zum Schutz der Kunden auf. Wir tun dies nicht, um Menschen zu erpressen. Wir sind GS, wir sind die Guten, wir sind eine *Neue Religiöse Bewegung.«*

Claire hatte mit zunehmender Begeisterung Leeroy zugenickt: »Wir werden kostenlosen Nachhilfeunterricht für Jugendliche anbieten. Wenn wir ihnen helfen, ihre schulischen Leistungen zu verbessern, werden sie uns vertrauen; auch ihre Eltern werden uns vertrauen. Sie werden uns auch vertrauen, wenn wir ihnen Dinge erzählen, die sie nicht verstehen. Wir werden auch Kurse für Alkoholiker und Drogensüchtige veranstalten.«

»Auch für Alkoholiker«, wiederholte ich müde.

»Mitch, labile Menschen in schwierigen Lebenslagen sind unsere PZ, unsere primäre Zielgruppe, sie sind noch auf der Suche nach Orientierung, Pubertierende, Suchtkranke, Gescheiterte, sie alle brauchen Hilfe, wir reichen ihnen die Hand, GS kann ihnen Halt geben, ihrem Leben einen Sinn, wir geben Obdachlosen ein Zuhause, wenn sie

Dienst im Tempel tun. Wir haben bereits viele Migranten unter den Tempeldienern.«

»Das sind die FF's, Mitch, Frischfleisch», sagte Leeroy und hob die Augenbrauen hoch, als wolle er fragen, ob ich nun begriffen habe.

»Sorry, aber das ist mir jetzt zu kommerziell«, wehrte ich ab, »damit machen wir uns zum Gespött.«

»Lachen die Gläubigen, wenn der Papst Christi Himmelfahrt verkündet? Lachen radikale Muslime, wenn der Imam ihnen 72 Jungfrauen verspricht?« Leeroy hob theatralisch die Arme hoch.

»Mitch«, beschwor mich Claire, »glaubst du etwa, die katholische Kirche ist eine gemeinnützige Organisation? Religionsgemeinschaften sind kommerzielle Milliardenkonzerne, die Gutgläubigen das Geld aus der Tasche ziehen. Sie verkaufen Fantasy. Der Vatikan besitzt ein zweistelliges Milliardenvermögen und nennt sich *Kirche der Armen*, das ist Showbiz! Scientology ist ein milliardenschwerer Immobilienkonzern, der ein wirres religiöses Patchwork von Hinduismus und Science-Fiction anbietet, das ist Showbiz; die Imame, Gurus und Prediger leben wie die Päpste im Mittelalter, das ist Showbiz, Religion ist Showbiz, Schneewittchen für Erwachsene, das hast du doch selbst in der GS-Bibel geschrieben. Was stört dich also daran, wenn wir das Ganze professionell aufziehen?«

Mir verschlug es die Sprache. Ich konnte nicht fassen, was Leeroy und Claire aus GS gemacht hatten, ich meine, aus "Godless Sun".

»Denkst du etwa, Papst Franziskus sei ein demütiger Diener Gottes?«, fragte Leeroy, »er hat die beste und teuerste PR-Agentur aller Zeiten, Fleishman-Hillard in New York. Wenn er Gefangenen die Füsse wäscht, tut er dies nach dem Drehbuch von Fleishman-Hillard, wenn er Flüchtlingsheime besucht, hat ihm Fleishman-Hillard den Ablauf diktiert, wenn er einsam zur Beichte geht, siehst du nur den einsamen Papst, aber dahinter ist eine riesige Crew von Fotografen und Kameramännern, das ist Fleishman-Hillard, und wenn er volksnah zum Telefon greift und seinen Coiffeur anruft, das ist Fleishman-Hillard und wenn er sich in einem Optikergeschäft eine Brille aussucht, das ist

Fleishman-Hillard, alles Fleishman-Hillard. Die Kirche der Armen kann sich sowas leisten. Sie ziehen den Gläubigen mit infantilen Märchen das Geld aus der Tasche, aber wir versprechen den Menschen kein Königreich im Himmel, wir helfen ihnen, ihr Potential besser auszuschöpfen und Geld zu machen. Hier auf Erden, hier im Diesseits.«

Ich zog den Entwurf für einen Aktienverkaufsvertrag aus meiner Innentasche und legte ihn auf den Tisch: »Ich wünsche Euch viel Glück, aber das ist nicht mehr mein "Godless Sun", ich steige definitiv aus.« Ich schob den Vertrag über den Tisch: »Das ist mein Vorschlag, schaut ihn euch in Ruhe an.«

Leeroy schob ihn zurück: »Willst du nicht abwarten, ob wir als Neue Religiöse Vereinigung anerkannt werden?« Leeroy und Claire schauten mich erwartungsvoll an. Sie waren überzeugt, ich würde mir diese Chance nicht entgehen lassen.

»Hast du die private Mobilenummer von Bobic?«, fragte Claire.

»Ruf Bobic an«, drängte Leeroy, »jetzt gleich.«

Ich hatte bereits in den ersten Zeilen dieses Berichtes geschrieben, dass ich das alles nicht gewollt habe. Man mag mir einen Teil der Schuld zuschieben für das, was jetzt folgen wird, ich muss es akzeptieren und damit klarkommen. Es ist nicht leicht für einen bedeutungslosen Autor, auf das zu verzichten, was nach Ruhm und Unsterblichkeit riecht. Man mag das verurteilen als Geltungssucht, ich muss damit leben. Ich wollte anfänglich diesen Erfolg und habe auch Einiges dafür getan, und selbst als sich abzeichnete, dass mir die Fäden entglitten, blieb ich dabei, denn ich hatte heimlich Gefallen daran gefunden, im Mittelpunkt zu stehen, begehrt zu sein, eine feste Grösse in der Medienlandschaft zu werden. Ja, ich war süchtig geworden. Scheinwerferlicht ist genauso gefährlich wie der Blick in die Sonne, man wird geblendet, die Wahrnehmung wird getrübt, man wird zum Autisten, zum Opfer des eigenen Wahns.

»Off the record?«

»Wir betreiben auch eine Suppenküche für Obdachlose«, sagte Leeroy, »der gemeinnützige Aspekt ist durchaus gegeben.«

Regierungsratspräsident Dr. Walter Pfamatter sass mit gefalteten Händen hinter seinem Designerschreibtisch, ein kleines Kunstwerk aus Glas und verchromten Verstrebungen. Er hatte den Kopf nach hinten gelegt, als beobachte er die futuristischen Neonleuchten an der hohen Bürodecke. Wir sassen ihm gegenüber auf einfachen, unbequemen Stühlen und mir schien, als seien die Beine unserer Stühle kürzer als die Beine des regierungsrätlichen Ledersessels. Pfamatter würdigte uns keines Blickes, er schien mit sich selbst im Frieden und hörte gönnerhaft, aber doch eher gelangweilt zu.

»Die Landeskirchen vertreten die Auffassung«, erwiderte Pfamatter, »dass "Godless Sun" mit der Bezeichnung *Kirche* nicht dem Kirchenbegriff des abendländischen Kulturverständnisses entspricht und dass ihr euch lediglich als Kirche bezeichnet, um Steuerbefreiung zu erreichen.« Er liess keinen Zweifel daran, dass er uns keinen Schritt entgegenkommen würde. Leeroy wollte etwas sagen, aber Pfamatter hob majestätisch den Zeigefinger und fuhr fort: »Der Begriff *Kirche* bezeichnet nach abendländischem Kulturverständnis ausschliesslich Religionsgemeinschaften, deren Mitglieder der Glaube an Jesus Christus eint und die als einzigen Herrn Jesus Christus anerkennen. Die befragten Landeskirchen stellten im Fall von "Godless Sun" keinerlei Bezug zu diesem Kirchenbegriff fest.«

Leeroy reagierte freundlich, höflich, aber demonstrativ unbeeindruckt: »Wir dachten, der Regierungsrat entscheide solche Fragen und nicht die Landeskirchen. Die mögen verständlicherweise keine Konkurrenz, denen laufen die Gläubigen in Scharen davon. Deshalb stehen so viele Kirchen leer und werden umgenutzt oder verkauft.«

Der Regierungspräsident warf einen Blick auf seine Armbanduhr und dachte nach. Er mimte den vielbeschäftigten Staatsmann. Ich schaute zu Leeroy hinüber. Er hatte mittlerweile, wie auch der

Regierungsrat, das eine Bein über das andere gelegt und die Hände auf dem Oberschenkel gefaltet. Er schien sehr entspannt, er machte auf Elder Statesman.

»Darf ich offen sprechen?«, fragte Dr. Pfamatter und schaute uns zum ersten Mal direkt in die Augen.

»Deshalb sind wir hier«, antwortete Leeroy.

»Off the record?«, hakte er nach.

»Ja, das bleibt unter uns«, versicherte ihm Leeroy.

»Zeugen Jehovas, Scientology, Fiat Lux, "Godless Sun", alle drei Monate kriecht ein neuer Guru aus dem Gully. Ihr stürzt euch auf labile Menschen in Krisensituationen und nehmt sie bis auf die Unterhosen aus. Für mich seid ihr eine organisierte Bande skrupelloser Krimineller, die unter dem Deckmantel einer neuen religiösen Bewegung Schutz vor Steuern und öffentlicher Kritik sucht. Solange ich hier sitze, werdet ihr weder als ›Neue Religiöse Bewegung‹ anerkannt noch eine Bewilligung für Sonntagsarbeit erhalten. Ich bin Mitglied einer christlichen Partei, wir haben das C im Parteinamen.«

Er erhob sich und wies uns zur Tür. Ich stand auf, aber Leeroy blieb sitzen: »Es gibt da noch etwas«, sagte Leeroy und legte die Stirn in Falten. Er hob seine Aktentasche vom Boden und entnahm ihr eine externe Harddisk. Der Regierungspräsident wies erneut zur Tür.

Leeroy sprach leise, mit einem Anflug von gespieltem Bedauern: »Das ist eine Harddisk, Herr Regierungsrat. Wir haben ihre private Festplatte auf diese Harddisk gespiegelt. Wir haben Ihre gesamte E-Mail-Korrespondenz, Ihre Bilder und Videos, und da es sich um eine 265 Gigabyte Festplatte handelt, haben wir auch noch die Festplatten Ihrer Tochter und Ihres Sohnes gespiegelt. Ihr Provider sollte dringendst seine Server mit einer zeitgemässen Firewall schützen.«

Der Regierungsrat wollte nach der Harddisk greifen, aber Leeroy zog sie flink zurück: »Das ist strafbar, ich könnte Sie anzeigen …«

»Aber Sie werden es nicht tun, und wir wissen beide, warum.«

»Wie haben Sie das bloss geschafft?«, stiess Pfamatter ungläubig hervor, während ihm das Blut aus dem Gesicht wich. Ich setzte mich wieder.

»Ich fürchte, Ihnen fehlt das Grundlagenwissen, um es zu verstehen, aber für einen IT-Spezialisten ist das bloss eine Fingerübung. Wir haben uns gefragt, welche Art von Mails würde ein Regierungsrat nicht ignorieren? Wir kriegen alle eine Menge Spam, die wir umgehend in den Papierkorb schieben, aber eine Mail der Verkehrspolizei würden wir natürlich nicht ignorieren, denn wir fahren alle manchmal ein bisschen zu schnell. Das trifft im besonderen Masse auf Regierungsräte und jugendliche Fussballer zu. Die dauernde Medienpräsenz steigt ihnen in den Kopf, sie fühlen sich bedeutsam, mächtig, unbesiegbar. Sie bilden sich plötzlich ein, sie hätten mehr Rechte als gewöhnliche Menschen. Sie öffnen also die Mail mit dem angehängten virtuellen Strafzettel und in diesem Augenblick installiert sich unsere Schadsoftware und spiegelt alle Ihre Mails der letzten Jahre. Ist Ihnen nicht aufgefallen, dass Ihr PC in letzter Zeit ein bisschen lahmt? Wir haben zwei Gigabyte gespiegelt.«

Ich schaute Leeroy eindringlich an, doch er hatte keine Augen für mich. Leeroy sprach nun wie ein mitfühlender Arzt, der seinem geschockten Patienten eine vernichtende Diagnose mitteilt: »Sie sollten sich jetzt Gedanken darüber machen, wie schnell ein Regierungsrat seinen Job verliert. Haben Sie für diesen Fall vorgesorgt? Was tun Sie, wenn Sie nicht mehr Regierungsrat sind? Welchen Beruf haben Sie erlernt? Ihrer Frau wird es nicht gefallen, wenn Sie keine Freikarten mehr für den Zirkus Knie, das Vivaldi-Konzert oder die Champions League erhält. Je höher man steigt, desto tiefer stürzt man und desto stärker hallt der Spott in den Wandelhallen des Rathauses wider.«

Der Regierungsrat setzte sich und starrte auf die Harddisk. Leeroy schob sie mit Schwung über den Tisch. Der Regierungsrat legte sofort die Hand drauf.

»Es ist nur eine Kopie. Wir können jedem Parlamentarier eine schicken, vielleicht auch der Presse, vielleicht legen wir noch ein paar Müsterchen bei, Best of.«

Leeroy wandte sich an mich: *»Schwuchtel ohne politische Substanz* nennt er einen seiner Regierungskollegen und einem anderen unterstellt er *mangelnde intellektuelle Schärfe*, den nächsten hält er für einen *korrupten Schleimer*, einen dunkelhäutigen Mitmenschen nennt er *Neger*, und gegenüber seiner Frau bezeichnet er den Fraktionsvorsitzenden der PIR als ›Kamelficker‹.«

»Es reicht!«, sagte der Regierungsrat leise und schlug dann, von einem plötzlichen Impuls geleitet, die flache Hand auf den Tisch. Leeroy war unbeeindruckt und fuhr im Stil des abgeklärten Pokerspielers fort: »Sie waren Geschäftsführer bei Happy-Dog, haben Tierfutter und Hundekörbchen verkauft. Denken Sie, Sie kriegen mit 58 noch einen Job? Wird nicht einfach für Ihre Familie. Auswandern wäre eine Option.«

Leeroy schnitt eine Grimasse: *»Shit, cold Turkey, kannst du liefern, Angie.«*

Leeroy zwinkerte mir zu: »Seine Tochter.«

Er wandte sich wieder dem Regierungsrat zu: »Kennen Sie eine Angie, die per Mail Crystal Meths bestellt?«

Pfamatter begann schwer zu atmen, ich machte mir ernsthaft Sorgen, dass er gleich einen dramatischen Schwächeanfall erleiden würde.

»Soll ich noch ein paar Mails rezitieren?«, fragte Leeroy, ohne eine Miene zu verziehen, »mir gefiel vor allem der Mailverkehr mit Lucie, der Verkehr per Mail und der Verkehr im Hotel Europe.« Leeroy schaute kurz zu mir rüber: »Wusstest du, dass man im Hotel Europe Stundenzimmer mieten kann?«

»Ich habe verstanden«, presste Pfamatter hervor.

Leeroy neigte den Kopf zu mir: »Ist das nicht ein Klischee? Politiker, 58, verheiratet, bumst in der Mittagspause eine jugendliche Kleinkriminelle, seine vernachlässigte Tochter verfällt den Drogen. Was würde Bärbel dazu sagen?«

»Klischee«, sagte ich.

»Wenn Dinge sich tausendfach wiederholen, spricht man von Klischees. Das muss aber nicht bedeuten, dass sie unwahr sind.« Leeroy wandte sich wieder an Pfamatter: »Helmut Schmidt, Mitterand, Chirac, Levi-Strauss, sie alle hatten ihre Gespielinnen, das ist so, wenn ältere

Männer von der Macht berauscht werden. Sie nehmen sich Freiheiten heraus, die sie anderen nie zugestehen würden. Sie tun Dinge, die sie beim politischen Gegner genüsslich ausschlachten würden, Fesselspiele und Analverkehr, ich habe damit kein Problem, ich bin ein Liberaler, ich trage kein C im Namen.«

Leeroy erhob sich und gab mir ein Zeichen: »Ich hätte nie gedacht, dass es in der Politik derart dreckig zugeht. Ihr seid mir ein schöner christlicher Haufen. Ihr schmiedet Allianzen, Komplotte, streut Verleumdungen und habt nur ein einziges Ziel: euch im Sattel zu halten, eure Wiederwahl. Das hat mich echt angewidert, aber dass Sie eine Rechtspopulistin vögeln, hat mich hingegen nicht gestört, nicht wahr, Mitch, wir von GS sind da *open minded*, bei uns herrscht Meinungsfreiheit, Verkehrsfreiheit und jeder darf im gegenseitigen Einvernehmen bumsen, wen er bumsen mag, von vorne, von hinten. Alles, was sich unter der Sonne paaren mag, soll sich paaren. Also, verstehen Sie mich nicht falsch, aber es könnte sein, dass Ihnen Ihre Frau, Ihre Parteikollegen, die Schwuchtel, der Schleimer, der Neger, der Kamelficker und einige Wähler das übelnehmen.«

»Das ist Erpressung«, stiess Pfamatter hervor und sprang von seinem Ledersessel hoch.

»In diesem Punkt sind wir uns einig. Das ist eine gute Voraussetzung für einen Deal.«

»Ich werde jetzt nach Hause gehen und alles löschen.«

Leeroy wandte sich an mich: »Wird das hilfreich sein, Mitch?«

»Hast du ihm nicht gesagt, dass wir es morgen online stellen?«

Das war mir so herausgerutscht, aber gleich darauf fühlte ich mich schäbig, dass ich dieses Spielchen mitmachte. Aber vielleicht tat ich es, um den Wert meines Aktiendepots zu erhöhen. Leeroy verwarf theatralisch die Hände: »Face the truth! Nehmen Sie es sportlich, Sugar Daddy. Wie lange brauchen Sie, um uns als *Neue Religiöse Bewegung* anzuerkennen?«

»Ich brauche die Zusage des Parlaments, wir haben hier einen Rechtsstaat, einen demokratischen Rechtsstaat.«

Leeroy forderte mich mit einer Handbewegung zu einer Antwort auf.

»Eine Bestätigung durch die Fakultät für Religionswissenschaften genügt als Entscheidungsgrundlage, das war bereits so bei der Michaelsvereinigung, der Ufo-Sekte Rael, der heidnischen Wicca-Gemeinde, der Vereinigung zur Förderung der psychologischen Menschenkenntnis, Scientology und dem Schwarzen Orden von Luzifer. Dafür brauchten Sie auch kein Parlament.«

»Bist du von Sinnen?«

»Bist du von Sinnen!«, schrie ich, als wir das Rathaus verliessen und zum Fischmarkt hinunterliefen, »das ist kriminell, da mache ich nicht mit, hörst du! Das ist nicht mehr mein Ding, Leeroy, ich will mein Aktienpaket loswerden, die Kirche steht ab sofort zum Verkauf!«

»Wieso willst du die Kirche verkaufen? Wir können den Mietvertrag jedes Jahr verlängern. 121'000 Mieteinnahmen per anno sind nicht übel. Das ist mehr, als du mit deinen literarischen Haribo-Tüten verdienst.«

Ich blieb mitten auf der Fahrbahn stehen: »Leeroy, dafür gebe ich meinen Namen nicht her, ich steige aus! Ab sofort ist es euch verboten, "Godless Sun" in irgendeiner Weise zu nutzen.«

Ein Auto hupte. Leeroy nahm mich sanft am Arm und führte mich über die Fahrbahn: »Pass doch auf, Mitch, beinahe wärst du überfahren worden, denk daran, wer keinen Gott hat, hat auch keinen Schutzengel.«

Ich befreite mich von Leeroy und beschleunigte meinen Schritt. Er folgte mir. Schliesslich setzte ich mich in einen Innenhof, der von Kneipen und Esoterikläden umzäunt war, auf eine Holzbank.

Leeroy lehnte an den Brunnen gegenüber der Holzbank: »Du solltest in Ruhe darüber schlafen, Mitch.«

Ich winkte zornig ab: »Morgen werde ich noch wütender sein!«

»Die Rechte an GS gehören der "Godless Sun" AG. Du hast sie damals in die AG eingebracht, wir haben sie in der Bilanz aktiviert, die Rechte gehören zu unseren Aktiven. Als Aktionär bist du Teilhaber, aber nicht mehr alleiniger Besitzer.«

Ich brachte vor Wut keinen Ton raus, ich zeigte wie wild auf die Brunnenfigur. Schliesslich begriff Leeroy, was ich ihm zeigen wollte und drehte sich um. Er blickte zur Affenfigur hoch, die den Brunnen seit dem 17. Jahrhundert zierte.

»Der Affe frisst Früchte, ja und? Willst du mir etwas Bestimmtes mitteilen?«

Ich holte tief Luft, während sich Leeroy neben mich setzte und mir den Arm um die Schulter legte: »Face the truth, my friend, selbst die Bild- und Textmarken sind im Besitz der AG, eigentlich alles. Selbst wenn du aussteigst, wird alles so weitergehen, du kriegst weiterhin quartalsweise deine Honorarabrechnungen, zweimal jährlich Dividende, monatlich Mietzins, das ist viel mehr, als ein Regierungsrat verdient.«

»Ich bin eine ehrliche Haut, Leeroy, Kriminelle gibt's nur in meinen Kioskromanen.«

»Das kann ich gut verstehen, Mitch, deshalb setzt du dich jetzt zur Ruhe und lässt mich weiter im Dreck wühlen. Mir macht das nichts aus. Kennst du den Witz: *Fragt ein Junge seinen Vater: Papi, ich überlege mir, eine kriminelle Karriere einzuschlagen. Fragt der Papi: In der Regierung oder im privaten Sektor?* Es gibt keine sauberen Geschäfte, Mitch, auch Fussball ist ein Drecksgeschäft, korrupt, kriminell.« Leeroy machte eine abschätzige Handbewegung: »Onkel Calvin sagte mir einmal: *Leeroy, egal, welche Position du in der Gesellschaft einnimmst, je höher du steigst, desto korrupter und niederträchtiger wird das Umfeld. Ganz oben triffst du keine guten Menschen mehr.* Mitch, ich glaube, dein alter Herr hatte verdammt Recht, und auch unser Regierungsrat wird das morgen so sehen und uns den Status *Neue Religiöse Bewegung* zugestehen. Dann zahlen wir nie mehr Steuern und jeden Journalisten, der uns anpisst, verklagen wir wegen Verletzung religiöser Gefühle. Artikel 261.«

Ich sprang hoch und sagte knapp: »Ich habe verstanden, Leeroy. Wer im Dreck wühlt, wird im Dreck umkommen.«

»Ist das nicht aus *Games of Thrones*?«

Auf dem Nachhauseweg schämte ich mich, dass ich mich zum Komplizen eines Erpressers gemacht hatte. Mit illegalen Videoaufnahmen wollte ich nichts zu tun haben, aber auf eine Wertsteigerung meines Aktiendepots wollte ich auch nicht verzichten. Wenn man kein Geld hat, hat man gut reden. Aber wenn das Goldene Kalb in Griffnähe ist, greift man noch so gerne in die Kloake, um es herauszufischen. Ich muss zugeben, ich war seit Onkel Calvins Tod aus dem Takt geraten, wankelmütig. Bei anstehenden Entscheidungen wog ich die Vor- und Nachteile endlos ab, ich hatte mich an die second opinions von Onkel Calvin gewöhnt. Einerseits wusste ich, dass "Godless Sun" nicht mehr meine Welt war, andererseits wollte ich nicht auf die Vorteile von Fuck-You-Money verzichten. Vielleicht würde ich einen literarischen Wildwestroman schreiben, gut recherchiert, dramatisch, vielschichtig, auf 700 Seiten. Ich würde mir Zeit lassen. Das ist wohl der Vorteil von Fuck-You-Money, man kann sich Zeit lassen, man muss nicht mehr, man kann, das ist wohl der grösste Vorteil von Geld im Allgemeinen, man kann sich zwar weder Gesundheit noch Liebe kaufen, aber Zeit und einen grösseren Kühlschrank.

In den nächsten Wochen wartete ich nur noch auf den signierten Vertrag. Claire mailte eines Tages, "Godless Sun" habe die Anerkennung als »Neue Religiöse Bewegung« erhalten, sie würde den Vertrag vorbeibringen. In den nächsten Tagen. Wieso nicht per Post, hatte ich sie gefragt.

Ich verbrachte die Wartezeit mit Lesen und Recherchen für »Die Bibel der Atheisten«. Bärbel und die Kioskromane, das war endgültig vorbei. Ich hatte geerbt und durch den Aktienverkauf würde ich nochmals sechs Millionen einfahren. Ich sass meistens in Onkel Calvins Chesterfieldsessel, während Nang, die endlich aus Thailand zurückgekehrt war, Hausbesichtigungen durchführte, Mobiliar veräusserte oder kleine Antiquitäten auf Ebay postete. Ihre Mutter war verstorben. Sie war deshalb wieder in der Schweiz und hatte mich überredet, mit ihr nach Thailand zu ziehen. Dass sie solche Pläne schmiedete, hat mich sehr überrascht, da wir noch nie zusammen geschlafen hatten und nur beste Freunde waren. Aber vielleicht war sie in einem kulturellen Umfeld gross geworden, in dem man zuerst das Haus betritt, bevor man ins Schlafzimmer wechselt. Nang sagte, das Haus in Chiang Mai sei renoviert, ich hätte Highspeed Internet, eine Regendusche und die Luft sei besser als hier. Nang verwöhnte mich mit ihren Kochkünsten, sie sagte jeweils, *the way to a man's heart is through his stomach.* Onkel Calvin hatte mir einmal gesagt, dass man im Leben mehr Zeit mit Essen als mit Sex verbringe. Deshalb sei eine gute Köchin im Haus der Schlüssel zu einem glücklichen Leben. Ich denke, am besten funktionieren Beziehungen, wenn einer besonders gut kocht und der andere immer Hunger hat.

Eines Morgens klingelte der Briefträger, eingeschriebener Brief. Endlich, der Verkaufsvertrag! Signiert. Professor Lacroix hatte ihn aufgesetzt, der Notar, der in diesem lichtdurchfluteten Glaspalast in der City residierte und Onkel Calvins Testamentseröffnung abgewickelt hatte. Betrag und Modalitäten waren korrekt. Ich hatte befürchtet, dass Claire den Vertrag persönlich vorbeibringt, aber offenbar wollten sie mir signalisieren, dass ich nun nicht mehr dazugehörte. Das war mir recht so, ein formelles Vorgehen ohne weitere Aussprachen. Gemeinsam mit Nang brachte ich den Aktienverkaufsvertrag zur Post.

»Eingeschrieben?«, fragte die Frau hinter dem Postschalter.

»Ja«, antwortete ich, »eingeschrieben.«

»Das kostet aber fünf Franken«, sagte sie und schaute mich prüfend an. Offenbar dachte sie, ich hätte ein finanzielles Problem. Nang schmunzelte.

»Schläfst du?«, fragte Nang leise. Es war zwei Uhr morgens, wir hatten Champagner getrunken und Erdnüsse geknabbert. Draussen fielen dicke Schneeflocken auf die leere Fahrbahn.

»Nein«, sagte ich, »mit Champagner kann ich nicht schlafen. Aber ich werde in Chiang Mai noch genug schlafen. Bald ist es vorbei, Nang, ich kann es kaum erwarten.«

»Lass uns früher nach Thailand fliegen«, sagte Nang und kuschelte sich an mich: »Morgen ist Weihnachten, ich habe ein ungutes Gefühl, Mitch, es ist ein christliches Fest.«

»Du kriegst für dieses Jahr keine Flüge mehr. Lass uns weiterschlafen.«

»Kannst du schlafen?«, fragte sie und zog ihr rechtes Bein über meinen Bauch.

»Nein«, sagte ich.

»Was tun wir dann?«

Ich berührte ihre Taille und zog sie sanft über mich: »Ich weiss auch nicht. Was würdest du gerne tun?«, fragte ich, während ich mit beiden Händen ihren Po streichelte.

»Wir könnten Zeitung lesen. Oder spielst du Schach?«

Sie lag nun über mir und richtete ihren Oberkörper auf.

»Ist das nicht etwas unpraktisch, dein Nachthemd?«

Sie setzte sich aufrecht auf meine Oberschenkel und zog das Nachthemd über den Kopf.

Ich hatte vergessen, wie wunderbar es ist, wenn man liebt, wirklich liebt; *faire l'amour* nennen das die Franzosen, das ist was ganz anderes als Sex, das ist Leidenschaft, Vertrauen, bedingungslose Aufgabe für den anderen, die ekstatische Vereinigung zwischen Liebenden, die Wiedergeburt in einem fremden Körper. Nein, ich werde nicht ins Detail gehen.

Als Nang kurz vor Mittag unter der Dusche stand, schaute ich die Nachrichten. Im Morgengrauen hatte die syrische Armee die Oasenstadt Palmyra zurückerobert. Der Grossteil der Dschihadistenmiliz war auf der Flucht getötet worden. Einige IS-Kämpfer hatten sich in die Wüste nordöstlich von Damaskus zurückgezogen, russische Kampfflugzeuge hatten ihren Rückzugsort dem Erdboden gleichgemacht. Im Irak hatte die Armee die einstige IS-Hochburg Mossul eingenommen. Die Terrormiliz war am Ende, die US-Luftwaffe bombardierte die Konvois des IS, die aus der Zweimillionenstadt flüchteten. Tausende von toten Dschihadisten säumten die Strassen. Zahlreiche IS-Kämpfer desertierten, der IS hatte den anfänglichen Sex-Appeal der unbesiegbaren Wüsten-Cowboys verloren. Der Islamische Staat, der einst geprahlte hatte, im Eiltempo Mekka, Istanbul und Rom einzunehmen, war militärisch besiegt, aber die Gefahr war nicht vorüber. Die Geheimdienste warnten vor der Rückkehr der frankophonen Bataillone. Sie würden beweisen wollen, dass es noch nicht vorbei war.

Claire hatte mir eine SMS geschickt, sie schrieb, sie sei unterwegs zu mir, sie habe mit mir zu reden. Schon wieder? Ich simste, dass der Vertrag bereits unterwegs sei, aber sie antwortete nicht. Ich scrollte die übrigen SMS und Mails, da stand Claire plötzlich in der Tür zu meinem Salon. Ich hatte sie nicht kommen hören, obwohl die Treppen bei jedem Schritt knarrten. Ich wusste, dass Claire seit Onkel Calvins Tod einen Hausschlüssel hatte, aber wir hatten eine Vereinbarung, sie würde stets vorher eine SMS schicken. Wahrscheinlich galten Vereinbarungen nicht mehr.

Ich schaute sie fragend an. Obwohl wir oft miteinander geschlafen hatten, hatte ich Hemmungen, nackt aus dem Bett zu steigen. Also blieb ich unter der Bettdecke: »Es ist vorbei, Claire, ich habe gestern den Aktienverkaufsvertrag unterschrieben und zur Post gebracht. Ich bin nicht mehr im Team, es ist vorbei.«

In diesem Augenblickt trat Nang nackt aus der Dusche und betrat mit einem Badetuch mein Arbeitszimmer. Claire drehte sich um, schaute blitzschnell zu mir rüber: »Ja, es ist tatsächlich vorbei, Mitch!«

Sie tigerte zornig in meinem Arbeitszimmer auf und ab und rief: »Aber du bist dem Team noch etwas schuldig! Du warst stets das Gesicht von GS, wir wollen einen letzten öffentlichen Auftritt. Wir werden dir am Ende die Sonnenmaske aufsetzen. Danach kann sich jeder von uns die Sonnenmaske aufsetzen. Dann brauchen wir dich nicht mehr.«

»Ihr könnt mich nicht zwingen«, sagte ich und stieg nackt aus dem Bett.

Wütend riss Claire meine Jeans vom Stuhl und warf sie mir ins Gesicht: »So läuft das nicht, Mitch!«

Ich lief an ihr vorbei unter die Dusche. Sie folgte mir: »Möchtest du, dass ich den Medien erzähle, dass der ganze Hype um dein Buch ein Fake war? Betrug? Möchtest du wirklich, dass ich deine Arbeit von zwei Jahren vernichte? Ist es das wert?«

Ich stellte die Brause an und seifte mich ein: »Ich werde diesen Tempel nie mehr betreten«, rief ich laut, »ich bin nicht erpressbar, ihr würdet euch ins eigene Fleisch schneiden!«

»Glaubst du, das macht denen was aus? Ist der Ruf mal ruiniert, lebt es sich ganz ungeniert. Das geht denen am Arsch vorbei, Mitch. Aber dir, dir wird es etwas ausmachen. Du hast dein Leben lang Trash geschrieben, Schund, aber dieses eine Buch, das Buch der Sonne, das war gut.«

»Ihr seid alle irre geworden«, sagte ich, als ich aus der Dusche trat und mich abtrocknete, »den Wahn erkennt natürlich niemals, wer ihn selbst noch teilt. Sigmund Freud.«

»Das trifft genau auf dich zu!«, schrie Claire und folgte mir. Dabei schubste sie mich immer wieder in den Rücken. Als wir mein Wohnzimmer betraten, war Nang bereits angezogen. Sie lehnte an meinem Schreibtisch.

Claire riss mich am Arm herum: »Halte wenigstens noch diese eine Predigt, anschliessend wird Leeroy dir die Maske aufsetzen und auch in hundert Jahren werden die Menschen sagen, das ist Mitch hinter dieser Maske, Mitch, der Vater von "Godless Sun", Mithras, der Sonnengott. Wir historisieren keine mythologische Figur, wir mythologisieren eine Figur der Zeitgeschichte. Dich! Ist das ein Deal?«

Claire sah, dass Nang den Kopf schüttelte. Sie starrte sie an und machte einen Schritt auf sie zu: »Schick deine Schlampe in ihre Bambushütte zurück!«

»Geh jetzt, Claire, es ist genug und leg die Hausschlüssel auf den Tisch.«

Claire packte erneut meinen Arm und flehte mich an: »Mitch, ich hatte dich vor einiger Zeit gebeten, den Weihnachtsabend mit mir zu verbringen.« Der Zorn war aus ihrem Gesicht gewichen, jetzt wirkte sie blass, kränklich, verletzlich: »Morgen ist Weihnachten, Mitch, verbring noch diese eine Nacht mit mir, dann wird alles wird gut.«

Ich löste mich aus Claires Umklammerung und drehte ihr den Rücken zu. Ich ging zum Fenster und schaute auf die Strasse hinunter. Die Vandalen hatten letzte Nacht die Abfallcontainer der Umgebung auf die Fahrbahn gekippt. Broken Windows. Niemand würde es wegräumen. Der Schneefall von heute früh hatte sich wie ein weisser Schleier über den Müll gelegt und ihn in surreale Landschaften verwandelt. Claire stand dicht hinter mir, ich spürte ihren Atem im Nacken: »Überlege es dir gut, Mitch. Wenn du mich diese Nacht alleine lässt, wird etwas Furchtbares geschehen.«

Ich drehte mich nicht um: »Drohst du mir etwa?«

»Ich brenne, Mitch, ich stehe in Flammen, das kann sehr gefährlich werden. Wenn ich die ganze Welt niederbrennen muss, um dich zurückzuhaben, werde ich es tun.«

Ich drehte mich um und streckte den Arm geradeaus, um sie davon abzuhalten, näher zu kommen: »Du brauchst einen Arzt, Claire.«

»Nur diese eine Nacht, Mitch. Dann wird alles wieder gut.« Sie senkte den Kopf wie ein Stier, der gleich zum Angriff übergehen wird. Sie schielte zu mir hoch, sie machte mir Angst.

»Nein, Claire, ich liebe Nang. Wir werden von hier wegziehen, irgendwo neu beginnen. "Godless Sun" war ein Buch über die Entstehung der Religiosität, über den Missbrauch des menschlichen Aberglaubens, über die Kommerzialisierung und Instrumentalisierung der Götter, über die Entstehung der Religionen. Ich wollte nie eine Sekte gründen, "Godless Sun" ist das Plädoyer eines Atheisten für eine säkularisierte Gesellschaft.«

»Ist das dein letztes Wort?«

Ich nickte.
»Du hast es dir gut überlegt?«
Ich nickte erneut.
»Mitch, ich habe es dir nie gesagt, aber es kann sehr gefährlich werden, wenn ich brenne. Stell dir vor, jemand besucht eine Moschee und fängt an zu brennen.« Ihre Mundwinkel begannen zu zittern, ihre Stimme bebte.
»Sei nicht albern, Claire, man kann heute nicht mehr so einfach in eine Moschee hereinspazieren und sie abfackeln …« Ich wollte sie erneut berühren, aber sie schlug meine Hand aus und warf mir die Hausschlüssel vor die Füsse: »Ozzy ist gelernter Schlosser, hast du das schon vergessen? Wie du alles vergessen hast, was zwischen uns war? Für Ozzy ist es ein Kinderspiel, ein Schloss zu knacken. Er braucht dreissig Sekunden. Das Feuerzeug kriegt er von mir.«
»Du willst einen Religionskrieg entfachen, Krieg wegen einer unerwiderten Liebe?«, fragte ich ungläubig. Ich entfernte mich vom Fenster, Nang stand in der offenen Tür zum Orion-Zimmer. Claire folgte mir. Sie zog ein paar gelbe Medaillons aus ihrer Tasche, Ansteckbuttons mit dem Logo von "Godless Sun". Sie schmiss sie auf den Boden. Ich musste unwillkürlich lachen: »Du meinst doch nicht im Ernst, dass die Ermittlungsbehörden darauf hereinfallen?«
»Nein, aber die Muslimbruderschaft, du hast doch selbst in "Godless Sun" geschrieben, dass gläubige Menschen ein generelles Problem mit der Wahrnehmung der Realität haben. Menschen aus rückständigen Kulturen sind leicht zu manipulieren, Menschen, die gewalttätige Auseinandersetzungen gewohnt sind, sind leicht zu instrumentalisieren, Menschen, die sich nicht artikulieren können, neigen zu Gewalt, das sind deine Worte. Hast du etwa die Pressebilder vergessen, Bilder von tollwütigen, hasserfüllten, entfesselten, religiösen Fundamentalisten, die im Nahen Osten Fahnen, Puppen und Karikaturen verbrennen?«
Ich schaute kurz zu Nang rüber. Sie war verschwunden. Asiatinnen mögen keine direkten Konfrontationen.
»Ist sie das wert, Mitch? Überlege es dir gut.«

»Ich liebe Nang.«

Claire nahm ihr iPhone und tippte eine SMS: »Du hast es so gewollt, Mitch. Du solltest heute Nacht den Fernseher anschalten. Dann siehst du, was du angerichtet hast. Eine Moschee wird brennen, dir zu Ehren, Mitch, und alle werden wissen, "Godless Sun" hat die Moschee niedergebrannt, und du bist ihr Prophet.«

»Wir sollten fliegen, bevor es zu spät ist«, sagte Nang am späten Abend. Ich hatte eine Security-Firma beauftragt, nachts unser Haus zu bewachen. Ich hatte gesagt, dass auch die Rückseite der Liegenschaft gesichert werden müsste. Sie sollten grelle Scheinwerfer montieren, Bewegungsmelder, Sirenen. Das hatte Nang beunruhigt. Sie drängte: »Lass uns den nächstbesten Flug nach Asien nehmen, eifersüchtige Frauen sind unberechenbar.« Ich wollte jedoch nicht überstürzt abreisen, es gab noch Einiges zu erledigen: »Wir brauchen noch etwas Zeit, Nang, wir müssen das Haus verkaufen, das Mobiliar, aber *Songkran* feiern wir in Chiang Mai, versprochen.«

»Unser Neujahrsfest ist erst Mitte April, drei Monate sind eine lange Zeit.«

Nang hatte Recht, ich würde jeden Tag zählen, bis wir endlich Kofi anrufen und mit dem Taxi zum Flughafen Zürich fahren würden. Aber jetzt war es noch zu früh. Ich hielt es auch für unwahrscheinlich, dass Claire ihre Drohung wahrmachte, aber ganz ausschliessen mochte ich es auch nicht. Nachdem ich all diese Vorsichtsmassnahmen getroffen hatte, war es nicht mehr möglich, Nang zu beruhigen. Aber es war meine ehrliche Absicht, Songkran in Chaing Mai zu feiern. Hasan riss mich aus meinen Gedanken, er schrieb in seiner SMS, ein radikaler Imam in Saudi-Arabien habe ein Fatwa gegen ihn ausgesprochen, weil er "Godless Sun" übersetzt habe. Ob er bei mir untertauchen könne.

In den Siebzehn-Uhr-Nachrichten wurde berichtet, dass sich radikale Muslime gegen Abend beim Fussballstadion zu einem Protestmarsch durch die Innenstadt formieren wollten. Die Demonstration war nicht bewilligt. Sie wollten dagegen protestieren, dass wir am

Heiligabend dem König der Juden huldigten. Sie schrieben auf ihren Flugblättern *Allahu akbar*, es gibt keinen Gott ausser Allah und Mohammed ist sein Prophet. Sie schrieben, dass die Verehrung anderer Gottheiten die einzige Sünde sei, die unter keinen Umständen vergeben würde. Schlimmer sei nur noch die generelle Leugnung Gottes. Als das Flugblatt im Internet die Runde machte, formierte sich der Widerstand. HoGeSas und andere Rechtsradikale drohten, wenn der Staat nicht mehr in der Lage sei, die Bevölkerung zu schützen, würden sie den Job übernehmen. Die Motorradgangs in der Umgebung schlossen sich zu einem Einsatz zusammen und stilisierten die kommende Nacht zu einer *Night to Remember*. Bobic sagte in einer eilig anberaumten Fernsehansprache, es gebe keinen Grund zur Sorge, man solle den Abend am besten zu Hause verbringen, die Stadt habe zusätzliche Polizeikräfte aus den Nachbarkantonen angefordert, um Kirchen, Synagogen und Moscheen zu schützen.

Bei Anbruch der Nacht sahen wir den unauffälligen Wagen der Security, der auf dem Parkplatz vor dem Haus parkierte. Auch in der Dienstmädchenwohnung hatte ein Security Position bezogen. Ich setzte mich mit Nang an den Tisch in Onkel Calvins Salon. Der Fernseher lief immer noch, aber ohne Ton. In den Zehn-Uhr-Abendnachrichten wurde gemeldet, dass es vor dem Stadion zu vereinzelten gewalttätigen Auseinandersetzungen zwischen radikalen Muslimen und Hooligans gekommen sei, die Sachbeschädigungen würden sich in Grenzen halten, die Polizei sei deshalb nicht eingeschritten, Deeskalation sei angesagt. Ich war sehr erleichtert und holte aus dem Keller einen Château Angélus. Wir sassen am offenen Kamin, der wahrscheinlich vor vielen Jahren zum letzten Mal benutzt worden war, und tranken Wein. Ab und zu legte ich ein Scheit Holz nach. Wir machten Pläne, Pläne für eine gemeinsame Zukunft. Um Mitternacht schauten wir nochmals die Nachrichten, es hatte sich nichts Neues ergeben. Wir zogen uns erleichtert ins Orion-Zimmer zurück, liebten uns und schliefen ein, satt von der Liebe, eng umschlungen wie zwei miteinander verwachsene Murmeltiere.

Ich weiss nicht, wer zuerst wach wurde. Wir sassen plötzlich aufrecht im Bett und horchten. In der Ferne hörten wir Sirenen. Ich sprang aus dem Bett, schaltete meinen Computer an und wählte den Livestream des Regionalsenders. Feuerwehrautos brausten durchs Bild, Polizeiautos, Krankenwagen, am Ende der Strasse brannte ein Gebäude, es war eine Kirche, die St. Jakobskirche, ein ehemaliges Gebetshaus aus dem 11. Jahrhundert, das Lepraepidemien, Kriege und Hochwasser überstanden hatte, und selbst den Bildersturm während der Reformationszeit im 16. Jahrhundert, als die Darstellung Gottes genauso blasphemisch war wie 500 Jahre später die Darstellung Mohammeds. Plötzlich knallte es fürchterlich, eine Fensterscheibe ging in die Brüche, Glassplitter flogen uns um die Ohren, ein Pflasterstein schlug in meinem Arbeitszimmer ein. Ich sprang hoch und blickte vorsichtig auf die Strasse hinunter. Es war eine tiefschwarze Nacht, nur die Schellmuschel der alten Tankstelle leuchtete. Unbekannte huschten herum, man konnte sie kaum von der Nacht unterscheiden. Ab und zu schlug ein Stein gegen die Fassade. Ich liess alle Rollläden runter. Nang nahm unsere iPhones, gemeinsam schlichen wir die Treppe runter. Nang sagte, wir sollten kein Licht machen, aber ich war anderer Meinung. Wir machten Licht im Salon. Sie sollten ruhig sehen, dass jemand da war, aber sie sollten nicht sehen, wer es war und wie viele es waren. Unter der Matratze von Onkel Calvins Bett fand ich die Taurus, die 38er Special, eine hässliche, schwarze Waffe. Sie war geladen, hatte aber nur eine Trommel für sechs Patronen.

»Der Keller!«, rief Nang, »ist der Keller gesichert?«

Ich rief die Notfallnummer der Polizei an, aber in meiner Aufregung wählte ich die Feuerwehr. Sie waren das offenbar gewohnt und leiteten meinen Anruf weiter. Der diensthabende Polizeibeamte sprach mit lauter, klarer und ruhiger Stimme, kein Wischiwaschi-Genuschel, wie man das vielleicht um drei Uhr morgens hätte erwarten können. Er nahm Strasse und Personalien auf. Ich sagte, es sei dringend, er antwortete, sie hätten keinen Streifenwagen frei, drüben beim Stadion gingen jetzt auch noch Sunniten und Schiiten aufeinander los. Ich kenne den Unterschied zwischen Sunniten und Schiiten nicht, ich weiss nur, dass sie an den gleichen unsichtbaren Gott glauben, zum gleichen unsichtbaren Gott beten und sich seit Jahrhunderten gegenseitig die Köpfe einschlagen und dabei auf die gleichen heiligen Schriften berufen. Wir schlichen wieder in das obere Stockwerk, zogen uns was über und schoben eine schwere Kommode vor den Treppenabgang. Wenn sie das Haus stürmten und in den oberen Stock vordringen wollten, würden wir die Kommode die Treppe hinunterstossen. Die Kommode würde wie ein mittelalterlicher Rammbock hinunterkrachen. Wir stellten alle Statuen mitsamt den Sockeln hinter dem Geländer der Galerie auf. Wir würden sie auf die Angreifer runterstossen, wie damals in der Schlacht von Marignano. Die Statue of Liberty wog immerhin 35 Kilo, sie würde mindestens einen von ihnen verletzen.

Angespannt standen wir oben auf der Galerie, schauten auf die Empfangshalle hinunter und horchten. Ab und zu klatschte wieder etwas gegen die Fassade. Vereinzelte Rufe, *Allahu akbar*. Es klang wie das Gebrüll von wilden Tieren, diese Wut, dieser Zorn, dieser grenzenlose Hass. In diesem Augenblick hasste ich sie auch, diese vom Wahnsinn infizierten Gotteskrieger.

Ein Sender meldete, dass sich in der Innenstadt radikale Islamisten und Anhänger der Sekte "Godless Sun" heftige Strassenschlachten lieferten. Vor allem in der Einkaufsstrasse eskalierte die Gewalt, Weihnachtsdekorationen wurden heruntergerissen, Weihnachtsbäume brannten lichterloh, Schaufenster wurden eingeschlagen und geplündert. Ein Rentner soll von seinem Balkon aus auf einen Salafisten geschossen haben. Leeroy schickte mir eine SMS, er schrieb, da sei etwas ausser Kontrolle geraten, ich solle mich in Acht nehmen. Ob Hasan schon bei mir sei? Das rechnete ich ihm hoch an, dass er in dieser Situation noch um meine Sicherheit bemüht war.

Plötzlich hörten wir einen ohrenbetäubenden Knall und das Zerbrechen von Fensterscheiben. Wir eilten auf die Galerie hinaus und sahen, dass irgendetwas die Glaskuppel des Oberlichts durchbrochen hatte. Es lag unten am Ende der Treppe in der Empfangshalle. Es sah aus wie ein Fussball, der lange im Dreck gelegen hatte. Ich eilte die Treppe hinunter und wollte das Ding aufheben, doch ich wich instinktiv zurück.

»Was ist das?«, rief Nang von der Galerie hinunter.

Mir stockte der Atem. In diesem Augenblick wusste ich nicht, ob ich jemals wieder sprechen würde. Ich versuchte, zu atmen, hielt mich am Treppenaufgang fest, schliesslich liess ich mich auf die unterste Treppenstufe sinken und starrte auf Hasans abgetrennten Kopf.

Jemand polterte gegen die Haustür. »Polizei!«, schrie jemand. Doch ich hatte nicht im Sinn, die Tür zu öffnen, das war eine Falle, da war ich mir sicher. Sie brachen die Tür auf. Nang stand hinter mir in der Vorhalle. Ich blieb auf der vorletzten Stufe sitzen. Die scharfe Spitze einer Axt spaltete das Holz der Eingangstür. Nach zwei weiteren Hieben fiel die ganze Tür ins Vestibule. Schwerbewaffnete Männer in schwarzen Tarnanzügen mit heruntergezogenen Helmvisieren stürmten in die Halle und sicherten den Treppenaufgang und jede einzelne Tür. Sie gaben uns ein Zeichen, uns auf den Boden zu legen. Draussen auf dem Vorplatz stand ein blauer Kastenwagen. Ein schwerbewaffneter Polizeigrenadier in Kampfmontur betrat mit einem Schäferhund das Haus. Jetzt sah ich die Stoffabzeichen an den Schultern. Über den Abzeichen stand *Sondereinheit*, darunter *Barrakuda*. Der Mann mit dem Schäferhund rief mir zu, sie seien von der Sondereinheit SEB und müssten mich zum Rathaus eskortieren, ein Zug von Randalierern sei unterwegs zum Haus, Beamte des Grenzschutzes würden demnächst eintreffen, um das Anwesen zu sichern. Wir traten ins Freie und stiegen in den blauen Kastenwagen. Wir brausten durch die Nacht, rasten in die City hinunter, vorbei an brennenden Mülltonnen und entfesselten Horden.

Die SEB brachte mich ins Rathaus, in den ersten Stock. Dr. Pfamatter sass mit seinen Beratern in einem grossen Konferenzraum. Auch Bobic und auch der Konvertit Achmed Mazyek der Fraktionsführer der PIR, der Partei des Islamischen Rats, waren anwesend. Als Pfamatter mich sah, sagte er mit schneidender Stimme: »Sie müssen das stoppen, jetzt, sofort! Suchen Sie die Bernadette-Kirche auf und sprechen Sie zu Ihren Anhängern. Ich mache Sie persönlich für alles Weitere verantwortlich! Sie haben das Feuer gelegt, Sie haben den Hass geschürt, bringen Sie Ihre Anhänger wieder zur Vernunft!«

»Ich werde nicht in die Hölle zurückkehren«, sagte ich entschlossen. Der Regierungsrat gab den beiden SEB-Polizisten, die mich hergebracht hatten, den Befehl, mich in die Bernadette-Kirche zu bringen. Ich hatte keine Wahl.

»Unter einer Bedingung«, rief ich.

Bobic kam auf mich zu: »Es steht Ihnen nicht zu, Bedingungen zu stellen.« Er siezte mich, das liess nichts Gutes ahnen. Auch die Art und Weise, wie Achmed Mazyek, der ja ursprünglich Hans Müller hiess, die Unterhaltung verfolgte. »Wir können nicht mehr für Ihre Sicherheit garantieren«, sagte Bobic, »es ist am besten, wenn Sie die Stadt verlassen. Gehen Sie in Ihren Tempel und sprechen Sie ein Machtwort!«

Achmed Mazyek zeigte mit dem ausgestreckten Zeigefinger auf mich: »Wir erwarten, dass Ihre blasphemische Schrift morgen aus dem Handel genommen wird.«

Bobic nickte zustimmend: »Wir werden den Blasphemieartikel verschärfen und auch die Leugnung Gottes unter Strafe stellen.«

Re, der Sonnengott

Nang zitterte am ganzen Leib, als wir draussen in der Kälte standen und auf Kofis Taxi warteten. »Wir fahren jetzt zur Bernadette-Kirche, ich werde eine Ansprache halten. In der Zwischenzeit fährst du weiter zum Flughafen. Wir treffen uns um halb elf. Nimm zwei Tickets nach Hongkong, die erste Klasse sollte nicht ausgebucht sein. Falls ausgebucht, nimmst du einen anderen Flug, Singapur, Japan, Thailand, aber verlasse dieses Land Richtung Asien.«

Nang wollte bei mir bleiben, aber ich war dagegen: »Nicht heute Nacht, Nang, aber ab Morgen jeden Tag.«

Die Bernadette-Kirche war durch einen Polizeikordon abgeriegelt. Eine Hundertschaft der Spezialeinheit hatte sich mit ihren schwarzen Schilden, die bis unters Kinn reichten, in einer Reihe aufgestellt. Einige hatten Teaser auf dem Schildrand aufgelegt. Sie würden schiessen, wenn die Islamisten versuchen würden, die Kirche zu stürmen. Nang weinte, als Polizeigrenadiere unser Taxi stoppten. Wir küssten uns und sagten Dinge, die sich Liebende sagen, wenn sie sich trennen müssen. Man hatte uns bereits erwartet. Ein Grenadier öffnete mir die Tür. Ich stampfte durch den Schnee und stiess das Kirchenportal auf. Leeroy zog mich ins Innere. »Die Arrahma-Moschee steht in Flammen«, brummte er, »du musst die Leute zur Vernunft bringen! Das Fernsehen wird deine Ansprache live übertragen, alle Augen sind jetzt auf dich gerichtet, Master!«

Shiva, Claire und Ozzy sassen mit finsterer Miene am ovalen Konferenztisch. Leeroy wies mir den Platz am Tischende zu. Zwei Polizeigrenadiere blieben in der Tür stehen und wurden gleich darauf abberufen. Sie schlossen die Tür hinter sich. Ich setzte mich und begann gleich: »Ich werde es beenden, ich habe das alles nicht gewollt.«

Ein junges Mädchen servierte Getränke, sie verbeugte sich vor mir und nannte mich Master.

»Ich bin kein Master«, sagte ich dem Mädchen.

»Du bist der Master«, sagte Leeroy mit ernster Stimme.

»Ja, Master«, pflichtete ihm Claire bei, »du kannst die Geister, die du gerufen hast, nicht mehr loswerden.«

»Das ist allein dein Werk, Claire!«, sage ich wütend, »ich hätte nicht gedacht, dass du dazu imstande bist!«

»Die Polizei denkt, du hättest die Menschen aufgehetzt«, sagte Claire mit provokativ ruhiger Stimme.

»Volksverhetzung«, brummte Leeroy und nickte schwerfällig mit dem Kopf, »das ist ein schweres Delikt, Störung des öffentlichen Friedens.«

Er ging langsam um den Tisch herum. Am Ende des Raums hatten sie eine kleine Bühne aufgestellt. Die Scheinwerfer waren bereits in Position. Vor einer blauen Leinwand hatten sie einen breiten Thronsessel im Pharaonenstil hingestellt. Ich erkannte an der Rückenlehne die aufgemalte Sonnenscheibe der altägyptischen Gottheit Aton. Unter der Herrschaft des Pharao Echnaton war Aton als Sonnengott zur obersten Gottheit Re herangewachsen. Re war kein Mensch, Re war die Sonne, die Schöpfungskraft.

»Setz dich«, sagte Leeroy.

Ich schüttelte den Kopf: »Ich werde mich nicht zum Narren machen, Leeroy, ich werde eine Ansprache halten, aber nicht als Clown auf einem Thron. Das ist nur noch peinlich!«

Claire schaltete mit der Fernbedienung einen grossen Flachbildschirm an. Jetzt sahen wir die blaue Leinwand und den Pharaonenthron davor. Wunderschöne Naturbilder ersetzten die blaue Fläche, Sonnenuntergänge, Wasserfälle, wir flogen über Regenwälder und den Grand Canyon.

Instinktiv zog ich meine Hand zurück, doch Ozzy hielt sie fest. Er kniete neben mir, ich hatte ihn gar nicht bemerkt. Er heftete Elektroden auf die Handoberfläche meiner linken Hand. »Sei vernünftig, Master«, sagte Ozzy, »wir wollen dir nicht wehtun, aber du musst nun genau das tun, was Leeroy dir sagt.«

Als ich nicht reagierte, verlor Ozzy die Geduld: »Du hast doch selbst in "Godless Sun" geschrieben, dass man als Muslim nicht konvertieren kann, das würde mit dem Tod bestraft.«

»Das ist auch bei den Propheten von "Godless Sun" so«, sagte Claire, »auch Jesus konnte nicht einfach vom Kreuz runtersteigen.«

Ozzy befestigte nun eine Elektrode an meinem Hals. Ich riss sie mit einer wilden Bewegung ab. Ozzy erhob sich und blieb breitbeinig vor mir stehen: »Du hast auf der geheimnisvollen Insel einen Dialog geschrieben, der mir gut gefallen hat. *Du weisst, dass es Schmerzen gibt, die kein menschliches Wesen aushalten kann. Also zwing mich nicht, es dir zu beweisen. Sei vernünftig und tue, was ich dir sage.* Und was hat der verirrte Tourist getan?«

Ich hatte verstanden und leistete keinen Widerstand, als mir Ozzy eine Elektrode am Hals befestigte.

»Wir werden deine Nerven stimulieren«, sagte Claire, »es ist eine Art der elektrischen Stimulation, wie sie bei der Behandlung von spastischen Lähmungen eingesetzt wird.«

»Im medizinischen Alltag«, erläuterte Shiva, »ist die Intensität, Frequenz und Dauer der Stromstösse limitiert, aber ich habe das Baby umprogrammiert, ich musste lediglich zwei Parameter ändern.«

»Master«, sagte Ozzy, »der menschliche Körper reagiert sehr empfindlich auf elektrische Ströme. Schon kleine Spannungen bis 40 Volt können zu Verletzungen führen. Du solltest nicht schwitzen, Schweiss fördert die elektrische Leitfähigkeit. Das kann zu Verbrennungen führen, zur Schädigung der Nerven, selbst das Herz kann aus dem Takt geraten. Es gibt Stellen, die einem Mann besonders wehtun. Sag einfach, dass du jetzt auf deinen Thron steigst und eine vernünftige Erklärung abgibst. Aber wenn du GS zerstörst, wirst du glühen!«

»Dann frisst die Sonne jetzt ihre Kinder?«, fragte ich leise.

Leeroy winkte mich herbei: »Setz dich auf deinen Thron, Master, und rufe deine Brüder und Schwestern zur Vernunft auf.«

»Du bist der Herr der Sonne, Mitch«, sagte Shiva, sie neigte dabei den Kopf, als würde sie mich inständig bitten, das auch so zu sehen. Ich erhob mich, Ozzy nahm mir die Elektroden ab. Langsam schritt ich auf meinen Thron zu: »Das ist furchtbar peinlich, Leeroy, ein erwachsener Mann auf einem kitschigen Thron …«

»Sieh es als Reenactment«, sagte Shiva. Ich setzte mich auf den Thron und sprach in die Kamera: »Ich bin der Vater von "Godless Sun". Ich rufe alle meine Brüder und Schwestern auf, der Gewalt abzuschwören und sich im Tempel einzufinden. In einer Stunde werde ich zu euch sprechen. Aber ich verbiete euch jegliche Anwendung von Gewalt.«

Es war eine kurze, aber unmissverständliche Rede. Shiva sandte das Videofile über den Presseverteiler an alle Medien. Es war gleichzeitig die Einladung für die Pressekonferenz, die in einer Stunde stattfinden würde.

Wir warteten alle zusammen eine geschlagene Stunde in der Sakristei. Ozzy und Shiva hatten ein paar Sixpacks Cobra gebunkert, indisches Bier. Allmählich füllte sich die Kirche. Zahlreiche Medienvertreter waren erschienen. Vielleicht erhofften sie sich eine Eskalation oder wenigstens einen handfesten Skandal. Ich sass auf einer Holzbank im ehemaligen Umkleideraum der Ministranten und fragte mich, wie das alles hatte geschehen können. Leeroy kniete vor mir nieder und legte mir versöhnlich die Hand auf das Knie: »Master, wir tun nichts Unrechtes. Was tun die anderen Religionsgemeinschaften? Sie spielen sich als Mittler zwischen Erde und Himmel auf, fordern die Leute auf, zu beten, und ziehen ihnen dabei das Geld aus der Tasche! Jeder normale Konzern würde dafür einen Shitstorm erleben. Stell dir vor, BMW verkauft Autos, die es nur in der Phantasie gibt, stell dir vor, British Airways verkauft Flüge nach Destinationen, die es gar nicht gibt, die Pharmakonzerne verkaufen Placebos und verdienen sich damit dumm und dämlich, wir sind in der Fantasybranche tätig. Es ist eine grossartige Branche, du leierst seit 2000 Jahren den gleichen Mumpitz herunter und hast Milliarden von Followers. Du musst nichts beweisen. BMW muss beweisen, dass ihre Airbags funktionieren, die Pharma muss in milliardenteuren Forschungsprogrammen beweisen, dass ein Medikament nützt, aber keine Religion muss beweisen, dass Beten etwas bewirkt, dass der Segen eines Geistlichen irgendeinen Nutzen hat. Religion ist die grösste Betrugsgeschichte der Menschheit! Sie sprechen von Wundern, aber ist jemals ein abgetrennter Fuss nachgewachsen?«

Ich mochte nicht mehr diskutieren. Ich hatte nur noch einen einzigen Gedanken. So schnell wie möglich weg von hier. Dass die Stadt nicht mehr für meine Sicherheit garantieren konnte oder wollte, war ein deutliches Zeichen dafür, dass mein Leben in Gefahr war.

»Alles ist Showbiz, Mitch«, sagte Claire. Offenbar sass ich da wie ein Häufchen Elend und sie versuchten mir mein schlechtes Gewissen auszureden.

»Ich wollte nur ein Buch schreiben«, sagte ich leise und schaute einen nach dem andern in die Augen, »ich wollte die Menschen vom Aberglauben befreien, ihnen ihr Leben zurückgeben.«

»Religion ist das lukrativste Businessmodell in der Geschichte der Menschheit«, sagte Leeroy, »Religion ist vorsätzliche Täuschung und Irreführung, legaler Betrug. Religion ist die grösste Betrugsgeschichte der Menschheit.«

»Das hast du uns gelehrt, Master«, sagte Shiva und kniete neben mir nieder.

Über die Kirchenlautsprecher lief *Loosing my Religion* eine Coverversion von den Gregorians. Ein Raunen ging durch das Kirchenschiff, als ich wie ein Hohepriester von der Sakristei zum Altar hinüberschritt. Sie hatten ihn ausgewechselt, den Altar, jetzt bestand er aus zwei grob behauenen Steinen und einer waagrechten Felsplatte darüber, erinnerte unwillkürlich an Stonehenge. Das überdimensionale Kreuz, das fast 200 Jahre an der Wand hinter dem Altar gehangen hatte, war nun ersetzt worden durch eine monumentale Sonnenscheibe, Aton, die Sonne. Ich trug eine dunkelblaue pakistanische Tunika, die bis zu den Knien reichte, darunter eine schwarze Pluderhose. Der runde Ausschnitt am Hals war mit goldenen Stickereien verziert und einem Sonnenkranz nachempfunden. Aufwendige, goldene Stickereien, waren auch an den Ärmelsäumen und den Gehschlitzen angebracht, sie symbolisierten kleine Sterne. Die Polizeigrenadiere zogen sich aus dem Altarraum zurück und besetzten die vordersten Kirchenbänke. Leeroy stand auf der Kanzel und führte mich ein: »Mithras, Botschafter der Sonne, sprich zu uns!«

Die Besucher erschraken, als sie plötzlich Leeroys Stimme hinter sich hörten. Ich machte mir Mut und dachte an Nang, die ich bald in meine Arme schliessen würde. Nicht in diesem Land, sondern weit weg, wo die Menschen das Göttliche noch in der Natur wahrnahmen. Die Kirche war proppenvoll, die Leute hatten eine gewisse Erwartungshaltung. Ich sah, dass links und rechts Ozzy und Shiva damit begonnen hatten, Opfergeld einzusammeln. Ich hob die Arme in die Höhe und versuchte meiner Stimme Kraft und Würde zu verleihen. Ich stellte mir vor, ich sei Moses und spreche zu den Menschen, die ich aus Ägypten hinausführen wollte:

»Ich rufe die Religionsführer dieser Welt zur historischen Wahrheit auf. Vor Millionen Jahren waren wir menschenähnliche Tiere. Wir gehörten zur Familie der Menschenaffen und entwickelten uns im Laufe der Jahrtausende zum mächtigsten Säugetier des Planeten. Wir bändigten das Feuer, begannen zu sprechen, betrieben Ackerbau und wurden sesshaft, wir bildeten Gemeinschaften, Jagdgesellschaften. Kooperation war entscheidend für unser Überleben. Wir erschufen Rituale, Symbole und begannen, uns gemeinsam Dinge vorzustellen, die nicht existieren. Der Glaube an Geister, die in den Wäldern wohnen und Tiere beseelen, schweisste uns zusammen. Wir erkannten die Sonne als Ursprung allen Lebens. Gemeinsam beteten wir, sie möge am nächsten Tag wiedergeboren werden, denn sie erschafft mit ihren Strahlen alles, was auf der Erde blüht. Die Sonne hat kein Gesicht, die Sonne ist weder männlich noch weiblich, weder christlich noch buddhistisch noch islamisch noch jüdisch. Die Sonne ist die göttliche Urkraft, es ist die Sonne der Menschheit. Sie scheint für alle Menschen, sie scheint in allen Menschen, sodass wir die Wärme, die wir empfangen, weitergeben können an unseren Nächsten.«

Ich weiss nicht, wie lange ich zu den Menschen sprach, vielleicht wurde ich Opfer meiner eigenen Überzeugungskraft. Ich nahm die zahlreichen Köpfe im Kirchenschiff nicht mehr wahr. Wie in Trance sprach ich zu einer stummen, dunklen, wabernden Masse und steigerte mich in einen euphorischen, beinahe ekstatischen Zustand. »Die göttliche Sonne inspirierte weise Menschen auf allen Kontintenten, sie wurden Propheten der göttlichen Sonne, Abraham, Moses, Jesus, Mohammed, sie alle waren und sind Propheten der Sonne, die uns lehren in Frieden zu leben. Die Sonne und ihre Propheten haben viele Namen, sehr viele Namen, aber es ist stets die gleiche Sonne die wir seit Anbeginn der Zeiten verehren. Wir sind eine grosse Familie vereint unter einer einzigen, göttlichen Sonne, wir sind alle Kinder der Sonne.«

Das war das Stichwort für den Tontechniker. In der Kirche erklang *We are the world, we are the children, We are the ones who make a brighter day.*

Leeroys Stimme ging beinahe unter: »Mithras, Prophet der Sonne, gib uns deinen Segen, sprich den Frieden.« Leeroy stieg von der Kanzel herab und schritt mit gebeugtem Haupt langsam zum Altar, gefolgt von Ozzy und Shiva. Sie trugen alle drei bunte Gewänder und erinnerten an die drei Könige aus dem Morgenland. Sie knieten vor mir nieder. Der Gedanke, dass Nang ohne mich am Flughafen wartete, machte mich rasend. Leeroy verneigte sich und senkte dabei den Kopf bis er den Marmorboden berührte, ausgerechnet Leeroy. Zu meinem Erstaunen knieten nun auch einige Besucher nieder, zuerst nur wenige, dann wurden es mehr und mehr, bis schliesslich alle Menschen vor mir knieten und ich den Lorbeerzweig in die Schale tunkte und den Segen der Sonne überbrachte. Ich war nun Mithras, der Prophet der Sonne.«

Die Musik klang langsam aus. Ozzy und Shiva erhoben sich. *Elysium,* der Soundtrack von Ridley Scotts Gladiator wurde eingespielt, während Claire in einem hellen, fast durchsichtigen Gewand aus der Sakristei trat. Sie übergab Ozzy und Shiva eine goldene Maske. Sie trugen die Maske des ägyptischen Sonnengottes Aton zum Altar. Ich nahm sie ihnen feierlich aus den Händen und setzte mir die Maske auf. In diesem Augenblick erlangte der Sonnengott Unsterblichkeit. »Es wird immer jemand hinter der Maske sein«, hatte mir Claire erklärt, »von Generation zu Generation werden wir die Maske weiterreichen und die Legende wird erzählen, dass Mithras, der Sonnengott, unsterblich ist.«

Ozzy, Shiva und Leeroy erhoben sich und streckten die Arme in die Höhe, es sah aus wie ein zweiarmiger Hitlergruss, sie hatten jedoch die Finger weit gespreizt, als wäre jede Handballe eine Sonne und jeder Finger ein Sonnenstrahl. "Godless Sun", flüsterte Leeroy mit sonorer Stimme ins Mikrophon. "Godless Sun" antworteten alle Gläubiger im Chor. *"Godless Sun". In you we trust.* Ich wartete geduldig das Ende von *Elysium* ab und schritt bedächtig zur Sakristei, während die anderen mit gesenktem Kopf Spalier standen. Ich wollte endlich diese Atonmaske abnehmen und mir die Kleider vom Leib reissen, doch kaum hatte ich mich einige Schritte vom Altar entfernt, durchbrachen ein paar junge Migranten den Polizeikordon und rannten auf den Altar zu. Den ersten streckte ein Teaser nieder, doch einem gelang der Sprung auf die Altarplatte: »Allahu akbar, nieder mit den Gottlosen!« Plötzlich erhoben sich Dutzende junger Männer aus der Dunkelheit und stürmten den Altar. Einer sprang mit einem gewaltigen Sprung auf die Altarplatte. Er sackte, von einem Teaser getroffen, zusammen und zappelte wie ein Fisch, als habe man ihn dem Sonnengott geopfert. Immer mehr Menschen skandierten *allahu akbar, allahu akbar*. Ozzy stellte sich ihnen entgegen: »Bringt den Master in Sicherheit!« schrie er. Ich rannte in die Sakristei, riss mir die Maske vom Kopf und hetzte über den Lagerraum in den Hof hinaus. Aus der Kirche drang *»Send me an Angel«* von den Gregorians auf den schneebedeckten Parkplatz hinaus. Doch da war kein Engel, es war Kofi, der in seinem weissen Mercedes-Taxi auf mich wartete.

»Fahr vorsichtig, Kofi, es soll Frost geben diese Nacht.«

9

Marco Polo

Ich habe damals den Flug verpasst. Nang ist ohne mich geflogen. Ich hoffte es jedenfalls. Ich schickte ihr noch ein paar SMS, aber sie hatte ihr Mobile wohl auf Flugmodus geschalten. Ich schaute mir die Abflugtafel an. Die nächste Maschine flog den Flughafen Marco Polo Venezia-Tessera an. Boarding in fünfzehn Minuten. Ich hetzte zum Ticketschalter, löste ein Ticket, LX 1662, und rannte zum Check-In I, Gate A74, Boarding. Während ich in der Schlange ungeduldig vorrückte, checkte ich meine SMS. Leeroy simste, ich solle mich in Sicherheit bringen, es habe noch mehr Tote gegeben. Ich checkte den Newsticker, allmählich schwappte die Gewalt auch auf die anliegenden Städte über. Das Boarding wurde abgebrochen, es hiess, die Maschine sei noch nicht startklar, wir sollten uns in die Lounge setzen, die Getränke seien gratis. Ich nahm mir ein paar Snacks und setzte mich mit einem Mineralwasser vor einen der grossen Flachbildschirme. Mir fiel sofort auf, dass etwas nicht stimmte. Fast alle Sitze waren belegt, die Passagiere standen konsterniert vor dem Monitor. Live-Schaltung nach Rom. Ein Reporter stand in der Via della Conciliazione. Im Hintergrund sah man die Kuppel des Petersdoms. Sie stand in Flammen. Plötzlich zuckte der Reporter zusammen, wir hörten mehrere Explosionen und sahen, wie die Kuppel in sich zusammenfiel. Eine riesige Staubwolke schoss in den Himmel, Menschen rannten schreiend an der Kamera vorbei. Als sich der Nebel lichtete, sahen wir allmählich die mit blutigen Leichenteilen gepflasterte Piazza San Pietro. Der Reporter schrie gegen den Lärm der Sirenen von Krankenautos und Polizeiwagen an, er sagte, das Kalifat habe das Herz des Christentums getroffen, jetzt habe auch Europa sein 9/11. Ein Imam bemühte sich, zu sagen, das habe nichts mit dem Islam zu tun. Wir sahen Bilder aus Pakistan, dem Irak und Libyen, radikale Muslime feierten den Terrorschlag gegen das Herz des Christentums. Aber auch in Frankreich und Belgien wurde gefeiert.

Die wartenden Flugpassagiere waren schockiert. Ich glaube, viele begriffen erst an diesem Weihnachtsabend, dass der Krieg Europa erreicht hatte. Einer tuschelte, es habe eine Bombendrohung gegeben, deshalb sei unsere Maschine nicht gestartet.

Nach Mitternacht dösten die meisten Passagiere, sie versuchten es jedenfalls. Es gab keinen freien Platz mehr in der Lounge. Als ich kurz austrat, war nachher mein Sitz besetzt. Der Kerl, der ihn besetzt hatte, stellte sich schlafend. Am liebsten hätte ich ihn an den Beinen gepackt, von meinem Sitz heruntergezogen und durch die Lounge geschleift, ja, auch meine Nerven lagen blank. Jeden Tag so viel sinnlose Gewalt. Die Bar war leer. Bis auf einen Hocker. Dort sass eine Frau, etwa in meinem Alter, eher jünger. Nein, es war nicht Nang, nein, es war auch nicht Claire, es war einfach eine Frau mit blondem Haar. Ich setzte mich in ihre Nähe, zwei Hocker entfernt. Wahrscheinlich fragte sie sich, wieso ich mich nicht weiter entfernt setzte. Ich hätte keine Antwort gewusst. Ab und zu schaute ich zu ihr rüber. Einmal tat sie es auch, in diesem Augenblick hielten wir wohl beide den Atem an. Ich stieg von meinem Hocker runter und ging zu ihr rüber, setzte mich neben sie. Ich bin sicher, sie wäre nicht aufgestanden. Sie war noch genauso schön wie damals. Mit stoischer Ruhe sass sie aufrecht auf ihrem Hocker, wie ein Star, der sich für eine kurze Drehpause zurückgezogen hatte. Doch als ich ihre Augen sah, spürte ich wieder diese Traurigkeit, diese Verletztheit, und ich erinnerte mich, dass ich sie einmal beim Überqueren der Strasse zurückgehalten hatte, weil sie die Strassenbahn, die um die Ecke bog, nicht beachtet hatte. *Du wärst beinahe umgekommen*, hatte ich ihr vorgeworfen. *Und*, hatte sie geantwortet, *wäre das so schlimm gewesen*? Sie sass da, als warte sie auf den erlösenden Tod.

»Es kommt mir vor, als hätten wir uns heute Nacht hier verabredet«, sagte ich.

»Es kommt dir nur so vor«, antwortete Natascha ohne mich anzuschauen.

Sie bestellte sich noch einen Grey Goose Wodka mit einem Schuss Orangensaft. Ich nahm auch einen, nicht etwa, weil er mir besonders schmeckte, sondern weil ich sowas wie Vertrautheit herstellen wollte. Ich weiss nicht, ob man mit zwei Gläser Grey Goose Wodka Vertrautheit herstellen kann. Ich habs versucht.

»Haben wir uns nichts zu sagen?« fragte ich nach einer Weile.

Sie schwieg. Das war ihre Art zu antworten. Als der Kellner unsere Grey Goose Wodkas brachte, hob ich mein Glas, bevor ich daran nippte. Sie senkte lediglich die Augenlider, als wolle sie schlafen und hob sie gleich wieder an. Sie hätte wenigstens mit dem Kopf nicken können. Ein Lächeln wäre zu viel verlangt gewesen.

»Machst du Urlaub?« fragte ich.

Mit einer impulsiven Bewegung drehte sie den Kopf und fixierte mich. Man hätte meinen können, ich hätte etwas Unanständiges gesagt.

»Ich habe meinen Flug verpasst«, versuchte ich es andersherum.

»Du warst wohl wieder in Nebraska bei deinen Sioux.« Sie hatte geantwortet. Ich war erstaunt, dass sie sich noch daran erinnerte, dass das Stammesgebiet der Sioux in Nebraska lag, eigentlich in Nord-Nebraska, Dakota, Wyoming und Montana, aber immerhin hatte sie nicht alles vergessen, was damals zwischen uns gewesen war. Neun Jahre sind immerhin neun Jahre. Vielleicht hatte sie auch »Der Tod des Falken« gelesen. Das Heft lag mindestens zwei Wochen unter der roten Matte im Badezimmer.

»Die Western Serie wurde eingestellt« sagte ich, »ich schreibe überhaupt keine Heftromane mehr.«

Jetzt schien sie etwas erstaunt. Sie lächelte still mit einem Anflug von Bedauern, sie war wirklich noch genauso schön wie damals.

»Alles hat einmal ein Ende, Mitch,« sagte sie, »und wenn es vorbei ist, ist es vorbei.«

Hatte sie etwa vermutet, dass ich nur deshalb erwähnt hatte, keine Heftromane mehr zu schreiben, um sie wieder für mich zu gewinnen?

»Ich bin Privatier, deshalb schreibe ich keine Heftromane mehr.«

Sie lächelte erneut. So, wie man einem prahlenden Jungen zulächelt. Vielleicht hatte sie auch das falsch interpretiert. Vielleicht dachte sie, ich wolle mit einem angedeuteten Vermögen prahlen.

»Ich bin auf der Flucht«, sagte ich schliesslich, aber kaum hatte ich es ausgesprochen, fragte ich mich, ob ich nun ihr Mitleid erregen wollte. Was war los mit mir?

»Wir sind jetzt alle Flüchtlinge, Mitch«, sagte sie zu meinem Erstaunen, »ich kehre zu meinen Eltern nach Israel zurück, ich will nicht den Fehler machen, den mein Grossvater Joshua machte. Er blieb damals in Berlin, weil er es nicht für möglich hielt, dass die Nazis eines Tages ein ganzes Volk ausrotten würden. 50 Jahre später habt ihr wieder zugesehen und geschwiegen. Ihr habt zugesehen, wie sie jüdische Geschäfte abfackelten, Juden auf offener Strasse hinrichteten, Synagogen in Brand steckten, und ihr habt geschwiegen, weil es euch nicht betraf. Ihr habt euch unsichtbar gemacht und diesem religiösen Faschismus alle Tore geöffnet. Ihr dachtet, ihr könntet euch damit aus der Affäre ziehen, aber ihr habt euch getäuscht, Mitch, du bist Atheist, das ist noch schlimmer als Jude oder Christ.«

Wir schwiegen lange. Schliesslich bestellte sie sich noch einen Grey Goose Wodka, diesmal mit Ananas und Mango Saft. Ich sagte dem Kellner, er solle zwei bringen.

»Wann fliegt deine Maschine?«

»Ich hatte El Al gebucht, sie blieb wegen einer Bombendrohung am Boden, vielleicht fliege ich morgen mit British Airways über London.«

Sie fragte mich nicht, wohin ich fliege, ich fragte sie nicht, ob sie einen Freund habe. Ich hätte sie gerne gefragt, wieso es damals mit uns zu Ende gegangen war.

In der Lounge herrschte Totenstille. Auf den Flachbildschirmen liefen irgendwelche Fernsehprogramme, ohne Ton. Auf den Monitoren, die an der Decke hingen, wurde ab und zu ein Flug gecancelt. Einmal nahm Natascha eine kleine Pillendose aus ihrer Hermèstasche. Sie steckte sich zwei in den Mund und spülte mit einem Schluck Wodka.

»Sind das deine Pillen?« fragte ich sie.

»Nein, Mitch, das ist mein Akkordeon«, antwortete Natascha ohne mich anzusehen und stieg von ihrem Hocker, »bleib sitzen, komm nicht auf die Idee, mir zu folgen, ich ertrage die Nähe von Menschen nicht, das war schon damals so. Ich habs aufrichtig versucht, wir haben es beide versucht, es hat nicht funktioniert. Mach dir nichts draus.«

Sie nahm ihre Tasche von der Theke und schlenderte zum Ausgang. Ich schaute ihr nach, wie sie an den schlafenden Fluggästen vorbeiging, wie ein Model, das über den Laufsteg geht, in sich gekehrt, sich zur Schau stellend, und doch für immer gefangen in ihrer geheimnisvollen Welt.

Im Morgengrauen wurde uns mitgeteilt, dass das Boarding nun fortgesetzt werde. Ich warf noch einen Blick auf die News. Ein britischer Sicherheitsexperte sagte, jetzt sei eingetreten, wovor er stets gewarnt habe: Die Rückkehr der frankophonen Bataillone. Das waren junge Männer aus den Maghreb-Staaten, in Belgien und Frankreich in der zweiten Generation aufgewachsen und eingeschult, und dennoch waren sie in den Dschihad gezogen, nicht aus religiösen Gründen, sondern weil sie fasziniert waren von Suizidphantasien, fasziniert von der Ästhetik der Gewalt, die sie täglich auf YouTube konsumiert hatten. Sie hatten die Risikofreude des Heranwachsenden in einer exotischen Umgebung ausgelebt. Es waren vorwiegend Kleinkriminelle, Dealer und Strassenräuber mit nihilistischer Lebenseinstellung, die nun nach Brüssel und Paris zurückgekehrt waren, militärisch gedrillt, in der

Schlacht erprobt, vom Töten berauscht. Sie würden als unabhängige Zellen töten und Party machen.

In Belgien und Frankreich brannten Kirchen und Synagogen, in Brügge hatte eine Schläferzelle Senfgas eingesetzt, Restbestände der irakischen Armee und Beutegut aus den eroberten Militärdepots des geflohenen Diktators Baschar al-Assad. Im belgischen Charleroi waren Mitarbeiter einer Security-Firma, die für die Bewachung von Atomanlagen zuständig war, ermordet worden. Mit Sprengstoff beladene Drohnen hatten den Reaktorblock 3 des Kernkraftwerkes Doel attackiert, aber der Reaktor war wegen Rissen im Mantel seit einem Jahr stillgelegt. In den Banlieus hetzten die Heimkehrer die frustrierten Ghettobewohner auf, packten sie bei ihrem Stolz, führten sie in die Villenviertel, wo sie ihrer Wut freien Lauf liessen. Mehrere Juden wurden auf offener Strasse niedergestochen, in fünf Metrozügen detonierten gleichzeitig Bomben, der Verkehr kam zum Erliegen. England rief den Ausnahmezustand aus, nachdem Hacker die Strom- und Wasserversorgung Londons ausser Betrieb gesetzt hatten. In der ganzen Stadt kam es zu massiven Plünderungen. In Hamburg hatte der Kiez die Kontrolle übernommen. Die Könige der Reeperbahn hatten die einst miteinander verfeindeten Mongols und Bandidos zur Säuberung der Rotlichtszene aufgeboten. Sie sagten, der Staat sei mit den arabischen Horden überfordert, diese Scharia Police würde ihnen das Geschäft kaputt machen.

Als ich mich in die kleine Swissmaschine setzte, sandte ich Nang nochmals eine Mail.

Eine Stunde später landete ich in Venedig. Keine Antwort von Nang. Ich verbrachte den Abend mit einem *Amarone di Valpolicella* vor dem Panoramafenster und schaute den Booten nach, die wie in Slow Motion an meinem Fenster vorbeizogen. Im Hintergrund leuchteten die Lichter der Rialtobrücke und liessen das Wasser wie flüssiges Gold erscheinen. Ab und zu warf ich einen Blick auf mein iPad. Der Liveticker von BBC zeigte laufend Breaking News. Die USA hatten eine Einreisesperre für Muslime beschlossen, in Kanada und Australien galt die Einreisesperre auch für Europäer und Afrikaner, in Osteuropa wurden alle Muslime des Landes verwiesen.

In der Nacht träumte ich von der geheimnisvollen Insel. Es gab dort ein Haus am See. Ich war nackt. Wie in Trance tastete ich mich über das feuchte Moos durch die Dunkelheit. Ich wusste, dass ich irgendwann das Moor erreichen würde, ich wusste, dass ich darin versinken würde, ich wusste, dass es mein Ende bedeuten würde, aber ich konnte nichts dagegen tun. Das Moor nahm mich auf, zog mich langsam in die Tiefe. Ich sträubte mich mit aller Kraft gegen das Ende, doch während ich wild mit den Armen ruderte, beschleunigte ich meinen Untergang und sank tiefer und tiefer. Es wurde zunehmend kühler. Schleimige Algen umschlangen meine Beine und zogen mich in eine fremde Welt hinunter, ich sah altes Gemäuer an mir vorbeiziehen, Überreste eines neugotischen Gotteshauses, ich schwebte an einem zerbrochenen Chorfenster vorbei, glitt lautlos in die Tiefe, bis sich meine Füsse in den schlammigen Meeresgrund gruben. Ich war im Reich einer fremden Macht gefangen. Plötzlich realisierte ich, dass ich in der Krypta der Bernadette-Kirche kniete, ich sah vier schwarze, löwenfüssige Marmorsarkophage. Sie waren von Pflanzen, Muscheln und Seesternen überwuchert. Fischschwärme glitten an mir vorbei. An der Wand hinter den Sarkophagen erkannte ich in den Spitzbogennischen die Porträtbüsten der hier Begrabenen: Claire, Leeroy, Ozzy und Shiva.

»Ihr seid auch hier?«, fragte ich leise. Obwohl die Büsten aus Stein waren, sah ich, dass sich ihre Augen bewegten, zuerst die Augen, dann auch die Lippen, sie schienen mir etwas zuzuflüstern, ich konnte es nicht verstehen, dann sah ich, dass sie den Blick nach links richteten, sie wollten mich auf etwas aufmerksam machen. Ich kämpfte mich durch die Schlammmassen bis ich auf einen weiteren Sarkophag stiess. Er war offen, der Deckel war seitlich angelehnt. Er war von Korallen überwuchert. Ich hielt mich an der Umrandung fest und schaute ins Innere. Obwohl ich genau wusste, was mich erwartete, erschrak ich, sank auf die Knie und vergrub mein Gesicht in den Händen. Die

Toten im Film sind nicht so wie die Toten in der Realität. Wenn man eine richtige Leiche sieht, eingetrocknetes Blut, ein Gesicht wie aus rosa Wachs, Augen wie verkohlte Aprikosenkerne, die Glieder unnatürlich verrenkt, das ist ein Schock, das geht einem nicht mehr aus dem Sinn. Man hat nicht bloss eine Leiche gesehen, man hat das Antlitz des Todes erblickt. Wer hatte mich getötet?

Als ich schweissgebadet aufschreckte, realisierte ich, dass ich hier im Hotel Porto Antico in Venedig war, dass ich soeben meine Leiche gesehen und trotzdem noch am Leben war. *Sind wir jetzt alle verrückt geworden?* Ich nahm einen Orangensaft aus der Minibar, um meinen Brand zu löschen. Nang hatte keine SMS geschickt. Sie musste doch längst in Thailand sein. Aber ohne mich.

An den darauffolgenden Tagen versuchte ich abwechselnd Nang, Leeroy, Ozzy, Shiva und Claire zu erreichen. Sie antworteten nicht mehr. Der Server von "Godless Sun" war *down*, meine Homepage *not found*, meine Mails: *versenden nicht möglich*. Ich las die News, sie waren nicht gut. Nachdem der Diktator von Istanbul den Islam zur Staatsreligion erklärt und die Scharia eingeführt hatte, gewährte er den überlebenden IS Kommandanten ein Bleiberecht in der von Christen und Kurden gesäuberten Stadt Igdir, im äussersten Osten der Türkei. Amerikaner, Briten und Franzosen flogen nun täglich 2000 Einsätze und bombardierten die Stadt Igdir an der Grenze zu Armenien. Ein NATO-General sagte, man müsse es machen wie damals in Dresden, man müsse den Willen brechen und den jungen Sympathisanten zeigen, dass das Kalifat in Schutt und Asche liegt. Keine Rücksicht auf zivile Opfer. Die letzten IS Kämpfer flüchteten nach Mindanao, an den Südzipfel der Philippinen, und fanden Unterschlupf in den Dschungelcamps der Abu Sayyaf Terroristen. Dort wurden sie von US Drohnen aufgespürt und getötet.

Onlinereports meldete, der CEO der "Godless Sun" AG sei spurlos verschwunden. Und mit ihm das Barvermögen der Firma. Eine Boulevardzeitung hatte ihn angeblich aufgespürt. Man sieht einen Mann in weissen Shorts an einem Strand im Südwesten der Karibikküste Curaçao. Er liegt auf einem roten Badetuch mit "Godless Sun"-Logo und lässt sich von einem dunkelhäutigen Arawak-Indianermädchen eincremen. Ein zweites Mädchen reicht ihm einen Drink, *Curaçao Dreams*, ich glaube, das ist ein Mix aus Fanta und einem Likör aus Bitterorangen, deshalb die rötliche Farbe. Es gibt fast nur junge Mädchen an diesem Strand, das Meer ist kristallklar und türkisblau. Aber Curaçao ist nicht berühmt wegen der exotischen Schönheiten, sondern wegen seiner Funktion als Offshore-Finanzplatz. Deshalb fliegt Air Berlin jede Woche mit einem Airbus A330-200 von Düsseldorf nonstop ins karibische Steuerparadies. In gewissem Sinne wurde auch Leeroy zum Flüchtling. Ozzy hatte weniger Glück. Er soll in der Weihnachtsnacht von einem 24jährigen Iraker hingerichtet worden sein. Ich weiss nicht, ob es wahr ist, das Gerücht wurde über die sozialen Medien verbreitet. Aber falls er ermordet wurde, bin ich sicher, er starb heldenmutig wie Verus, der Legionär, und riss im Sterben noch ein paar Fanatiker mit in den Tod. Aber was geschah mit Claire und Shiva? Ich weiss es nicht.

Jeden Nachmittag verliess ich das Hotel und erkundete die Umgebung. Der Haupteingang führte in einen schmalen Hof, der in ein Labyrinth von verwinkelten Gassen führte. Bruno, der Sohn des Inhabers, hatte mich darauf hingewiesen, dass man sich im Viertel Cannaregio leicht verlaufen könne, ich hatte genickt, nicht richtig zugehört, Natascha war mir in den Sinn gekommen, wieso weiss ich nicht. Wir waren nie zusammen in Venedig gewesen. In den Calli di Castello bereute ich, Brunos Stadtplan nicht mitgenommen zu haben. Ich fragte jemanden nach dem Weg zu meinem Hotel, aber ich glaube, in Venedig gibt es nur Touristen, und die sind nur für wenige Tage oder Stunden hier, um ein paar Selfies für Facebook zu machen, narzisstische Marco Polos des 21. Jahrhunderts. Vor einem Fischlokal blieb ich stehen und studierte die Speisekarte auf der aufgeklappten Schiefertafel. Der Kellner bemerkte es und erklärte mit der Coolness eines italienischen Machos, was ich hier alles essen könne. Ich versuchte beiläufig nach dem

Rückweg zu meinem Hotel zu fragen, aber er sagte, ich sei hier in den Calli di Castello. Am liebsten hätte ich ihm ins Gesicht geschlagen, was sollte ich mit dieser Antwort anfangen? Er sah, dass ich auch nervlich in Schwierigkeiten war und wollte mir ein Glas Amarone anbieten. Er meinte es gut mit mir. Ich wollte ihn nicht beleidigen und setzte mich an den Tisch vor der Theke. Ich wollte trinken, Albträume ersäufen, »Amarone della Valpolicella Classico Riserva« sagte der Kellner stolz und hob die Augenbrauen hoch, als er mir einschenkte. Ich bat ihn, die Flasche gleich auf dem Tisch zu lassen.

Ich stolperte gegen Abend über die grob behauenen Pflastersteine einer Seitengasse, überquerte eine kleine Brücke, liess mich am anderen Ende auf den letzten Stufen nieder, ich suchte mein Hotel, ich hatte mich verirrt. Vor mir war eine kleine Cantine del Vino, vielleicht würden die mir weiterhelfen. Ich bereute, nicht *The Gritti Palace* am Marcusplatz gebucht zu haben, die Hemingway Suite mit Blick auf den Canale Grande. Das Geld aus dem Aktienverkauf, das Leeroy bei Professor Lacroix auf ein Sperrkonto einbezahlt hatte, war zwar blockiert, aber zum Glück hatte ich noch rechtzeitig das Erbe von Onkel Calvin auf die »Siam Commercial Bank« in Chiang Mai transferiert. Auf das bestehende Konto von Nang. Hätte ich auf meinen Namen ein Konto eröffnen wollen, hätte ich persönlich an der Chang Klan Road in Chiang Mai erscheinen müssen. Die Immobilien waren allerdings verloren. *Die kann man in Krisenzeiten nicht einfach in die Tasche stecken*, hatte mich Onkel Calvin einmal gewarnt. Aber wenigstens hatte ich einen Online Zugriff auf das Konto bei der Siam Commercial Bank. Nang hob nie Geld ab. Wo war sie? Wo war ich? Eine ältere amerikanische Touristin brachte mich in die Nähe meines Hotels. Sie sei Witwe, erzählte sie fröhlich und fragte, ob ich verheiratet sei. Zurück in meiner Suite sandte ich allen Massagestudios von Chiang Mai erneut meine Koordinaten. Ich war sicher, dass Nang eines Tages in Chiang Mai ein Studio eröffnen und meine Mail lesen würde. Aber Nang antwortete nie. Wo war sie?

Ich habe Bärbel eine Mail geschickt und mich erkundigt, ob sie mich wieder ins Team aufnehmen würde. Wenn man sich jahrelang wie ein Berserker abgerackert hat, hat man sich selbst programmiert. Und dann ist Nichtstun anstrengender als arbeiten. Ich meine psychisch. Es ist zudem unbefriedigender, deprimierender. Wenn Sie keiner Arbeit mehr nachgehen, und die Welt dreht sich trotzdem weiter, ist das eine klare Ansage: Die Welt kann getrost auf Sie verzichten, Sie sind überflüssig. Man hat ihre Absenz gar nicht bemerkt. Das ist Stress! Auch Millionäre wollen für irgendetwas nützlich sein.

Ich setzte mich am nächsten Morgen ins Caffè del Doge, löffelte einen cremigen Cappuccino, trank ab und zu ein Schluck frisch gepressten Orangensaft, ass einen Bissen von diesen süssen Croissants mit Vanillefüllung und las auf meinem iPad *Die Welt*. In Sachsen-Anhalt war die AfD gemäss neusten Umfragen stärkste Partei, sie organisierte Bürgermilizen, distanzierte sich halbherzig von Todesschwadronen, die am Wochenende Lynchjustiz geübt hatten. In Berlin hatten kriminelle Clans, Grossfamilien aus der Türkei, Syrien und dem Libanon, die Kontrolle über ganze Stadtteile übernommen. In Dortmund, Duisburg und Düsseldorf lieferten sich Hunderte von türkischen Nationalisten und Regimegegner blutige Strassenkämpfe. Nachdem immer öfter Einzeltäter Menschen in Zügen, Einkaufszentren und Restaurants ermordet hatten, wurden die öffentlichen Verkehrsmittel weniger benutzt, man mied die Fussgängerzonen in den Innerstädten, die Bars, die Konzerthallen, die Kinos. Die Bevölkerung bewaffnete sich bis auf die Zähne, nach Einbruch der Nacht waren die Strassen leer. Mittlerweile hatten alle Nachbarländer ihre Grenzen geschlossen, Personenfreizügigkeit und Schengenraum waren Geschichte, die EU würde früher oder später zu einem Kerneuropa der Willigen zusammenschrumpfen. Ein Nato-General warnte, Russland würde das Chaos nutzen und plane einen Einmarsch im Baltikum.

Ein Kommentator schrieb, Merkel habe sich damals geweigert zwischen Kriegsflüchtlingen und Wirtschaftsmigranten zu unterscheiden und pauschal alle Armen dieser Welt nach Europa eingeladen, um an den Muslimen wieder gut zu machen, was Deutschland den Juden angetan hatte. Er verglich die damalige Kritik am Islam mit dem Antisemitismus der Nazizeit. Aber der Westen hatte nie im Sinn den Muslimen Freiheitsrechte abzusprechen, sie auszugrenzen und am Ende zu vergasen. Im Gegenteil, der Westen hatte sie integrieren wollen. Aber der ultrakonservative Islamismus ist die Antithese zur Freiheit, eine religiöse überhöhte Ideologie der Unterwerfung, eine salafistische Religionsdiktatur, religiöser Faschismus, der zur Ausrottung Andersgläubiger aufruft.

Gegen Mittag ergoss sich eine Lawine von Touristen über die Stadt, ich kehrte in mein Hotel zurück. Bruno hatte mir zwei Flaschen Amarone auf die Minibar gestellt und den Orangensaft nachgefüllt. Das fand ich sehr aufmerksam. Ich hatte den kleinen Tisch vor das Panoramafenster zum Canal Grande geschoben. Wenn ich von meinem iPad aufblickte, konnte ich den Blick in die Ferne schweifen lassen und die Augen dabei entspannen. Einmal glaubte ich, Achmed Mazyek in einer Gondel erkannt zu haben. Ich bin nicht sicher, ob er mich sah und deshalb lächelte. Ich musste Venedig wieder verlassen, Destinationen googeln. *Morton & Stanley* beantwortete meine Mail. Ein Holger Novotny schrieb, Bärbel arbeite nicht mehr für Morton & Stanley und in Zukunft müsste der Verlag aus Kostengründen jüngere Autorinnen und Autoren berücksichtigen. Neues Blut und so. Aber vor allem neue Verträge mit tieferen Ansätzen. Ich eröffnete neue Accounts auf allen Social Media Plattformen und hoffte, Nang würde googeln und mich eines Tages finden. Nang blieb unsichtbar. Vielleicht wollte sie nichts mehr mit dem Sonnengott zu tun haben, ich weiss es nicht, kann es mir nicht richtig vorstellen, will es auch nicht.

Im Hotel waren neue Gäste eingezogen. Zwei arabische Grossfamilien. Vielleicht ist das der Grund, wieso Bruno in allen Zimmern die Bibel in der Nachttischschublade durch den Koran ersetzt hat. Er fragte mich, ob mich das störe. Ich verneinte, mir sei das egal, ich interessierte mich mehr für die Minibar. Er sagte, sie hätten immer mehr Gäste aus dem arabischen Raum, Europa sei ja nun auch ein bisschen muslimisch geworden. Als Hotelier müsse er sich nach den Wünschen der Kundschaft richten. Rein geschäftlich. Aber das sei nicht immer einfach. Einige hätten die Angewohnheit ihr Geschäft unter der Dusche zu verrichten. Er habe gehört, dass einige Hotels an der Côte d'Azur die arabischen Gäste darauf aufmerksam machten. Aber das sei heikel, darf man das überhaupt? Der Hotelverband meint, es sei rassistisch, wenn wir Gäste auf unsere Sitten aufmerksam machen, wir hätten uns anzupassen, sonst sei der Vorwurf der Islamophobie berechtigt.

Ich begegnete den beiden Grossfamilien im Frühstücksraum. Die Männer sassen breitbeinig auf den mit rotem Leder überzogenen Sitzbänken, die ein bisschen an den Orient Express des späten 19. Jahrhunderts erinnerten, sie tranken Kaffee aus kleinen Tassen. In ihrer Heimat hielten sie ihr Volk mit einer religiösen Peitsche aus vorislamischer Zeit unter der Knute. Ohne Öl wären sie nicht gross geworden und würden heute noch in Wüstenzelten Pfeife rauchen. Aber jetzt hatten sie so viel Fuck-you-money, dass sie für Milliarden Petro-Dollars bei den westlichen Rüstungsfirmen auf Shoppingtour gehen konnten. Dass einige dieser Waffen beim Islamischen Staat gelandet und gegen den Westen eingesetzt worden waren, hatte man lange Zeit bestritten. Die Milliardäre aus dem Morgenland sassen da und tranken schwarzen Kaffee, die Verachtung für ihre Umgebung war ihnen ins Gesicht geschrieben. Gegen Abend würden sie all das tun, was sie ihren Untertanen unter Androhung der Todesstrafe verboten. Bruno war nicht zu beneiden, sie behandelten ihn wie einen Sklaven, der ihnen rund um die Uhr zur Verfügung stehen musste.

Mit einiger Verspätung brachten schwarz verhüllte Wesen die kleinen, verwöhnten und verhätschelten Stammhalter, die eines Tages zu jungen Männern heranwachsen würden, die von Egomanie, Selbstüberschätzung, aber auch von Minderwertigkeitskomplexen und sexuellen

Frustrationen, geprägt sein würden. Die Buben bedienten sich am Buffet und fanden es selbstverständlich, dass ihren Müttern nicht das gleiche Recht zustand. Sie wuchsen in einem brutalen Paternalismus auf, der ihnen das absolute Verfügungsrecht über das unreine, minderwertige, weibliche Geschlecht indoktrinierte wie eine Schluckimpfung. Sobald sie sich als junge Männer der Kontrolle von Imanen und Clans durch Abenteuerreisen in den Westen entzogen, scheiterten sie an den gesellschaftlichen Normen der freien Welt und realisierten entsetzt, dass ihre bisher bekannte Welt nichts anderes war als eine Fata Morgana, ein Märchen aus Tausendundeiner Nacht.

Ich war anfangs neugierig zu sehen, ob sich diese verschleierten Wesen ein Frühstück nahmen und ob sie sich zu den Männern setzen würden. Aber sie blieben beim Eingang stehen, wie Vogelscheuchen, die eine Funktion, aber keine Seele hatten. Sie liessen sich die Schamlippen amputieren, die Klitoris verstümmeln, duldeten drei Nebenfrauen und erlitten den Sexualakt als Folter, gebaren ihrem Ehemann und Herrscher Nachkommen, und hatten stets weniger Rechte als Kinder oder Haustiere. Sie hatten nicht einmal das Recht über ihren Körper, das Recht ein Individuum zu sein, sie waren eine verachtete Rasse. Die von Männern gemachte Religion organisierte ihr ganzes Leben und teilte alles in halal und haram ein. Halal ist erlaubt, haram ist verboten. Darüber nachzudenken war haram. Aber mit dem Zwang zur Vollverschleierung wurden sie vollends ausgelöscht. Gehört das zur Religionsfreiheit? Bobic hätte *ja* gesagt, ich sage *nein*.

Im Frühstücksraum hatte Bruno auf Wunsch der Gäste einen Satellitenfernseher installiert. Es gibt wohl gegen 5000 verschiedene Sender, aber in Brunos Frühstücksraum lief nur das Programm von Al-Jazeera. Ich sags ungern, aber ich hatte begonnen, mich mit der arabischen Sprache vertraut zu machen, *al-luga al-arabiyya*, die *arabische Sprache,* erst jetzt fiel mir auf wieviele Worte in unser Sprache mit »al-« beginnen, Algebra, Alchemie, sie zeugen davon, dass der Islam einst eine grossartige Kultur war, tolerant und wissbegierig, den Christen weit überlegen bis die europäische Seefahrt ihre Seidenstrasse verwaisen liess und die wirtschaftliche und geistige Stagnation einsetzte, die bis heute anhält.

An jedem Freitag wurde die Predigt von Scheich Muhammad Ayed übertragen. Direkt aus der 1300 Jahre alten Jerusalemer Al-Aqsa-Moschee, der drittheiligsten Stätte des Islam. Es gab englische Untertitel: »Deutschland ist kein barmherziges Land, das Flüchtlinge aus Syrien und dem Irak aufnehmen will. Europa ist alt und klapprig geworden und braucht menschliche Verstärkung. Keine Kraft ist stärker als die menschliche Kraft von uns Muslimen. Hört, ihr Muslime, die Deutschen sagen in ihren Wirtschaftsberichten, dass sie 50'000 junge Arbeiter brauchen. Sie werden nicht von Mitleid getrieben. Überall in Europa sind die Herzen mit Hass auf die Muslime gefüllt. Sie wünschen sich, wir wären tot. Aber sie haben ihre Fruchtbarkeit verloren. Jetzt suchen sie nach Fruchtbarkeit in unserer Mitte. Wir werden ihnen Fruchtbarkeit geben. Wir werden Kinder mit ihren Frauen machen. Dann werden wir ihre Länder erobern, ob es ihnen gefällt oder nicht.«

Über die Nachrichtenagentur Memri wurde die Freitagsbotschaft von allen staatlichen Fernsehsendern in Europa übertragen. Dieses Recht hatten sich die Muslimverbände erstritten. Sie benutzten die liberalen Gesetze der freien Welt, um ihren Traum einer unfreien Welt zu verwirklichen. Ich glaube, Europa hat nie begriffen, mit wem sie es zu tun hat. Wir suchten stets den Dialog am runden Tisch, wir fühlten uns moralisch verpflichtet, Kompromisse anzubieten, aber unser Gegenüber empfand unsere Zugeständnisse als Zeichen der Schwäche. Unser versöhnliches Entgegenkommen ermunterte es, noch mehr zu fordern. Europa war von einer wohlstandsverwöhnten Generation geführt worden, die nicht mit »Blut und Tränen« gross geworden war, sondern mit bunten Smarties, Lego, Nutella und Barbiepuppen. Die einzigen Krisen, die sie in ihrer Jugend erlebt hatten, waren vielleicht die Trennung der Beatles und die ersten Pickel auf der Nase. Doch Europa, das einst beschlossen hatte, ein mächtiger Staatenbund zu werden, der mit den Grossmächten USA und China gleichziehen konnte, zelebrierte das grosse Staatsversagen als Ausdruck eines grossen Herzens. Ein Winston Churchill hätte sich wohl kaum mit repetitiven Betroffenheitstweets und der Anberaumung immer neuer Krisenkonferenzen begnügt. Ich glaube auch nicht, dass Winston Churchill jemals eine Pinkelpause vortäuschte, um einer politischen Auseinandersetzung auszuweichen.

Mir fiel auf, dass am Sonntag die Kirchenglocken neuerdings stumm blieben. Bruno erklärte mir, dass es im historischen Zentrum etwa 90 Kirchen gebe. Sie alle seien verstummt, dafür würden den Jesusfiguren in den Kirchen die Gipsbeine nicht mehr gebrochen. Ihn störe mehr, dass man im Freien keine Musik mehr hören dürfe. Aber das ist nicht der Grund, wieso ich die Übersicht verlor und morgens nicht mehr genau wusste, was ich eigentlich hatte erledigen wollen. *Das ist der Amarone*, hätte mir Claire vorgehalten. Es war mir egal, ob das der Amarone war, Hauptsache, Bruno hatte noch ein paar Flaschen an Lager.

Ich las auf meinem iPad einen Artikel der China Morning Post. Sie hatten einen Text der nach Hongkong geflohenen Journalistin Nadine Al-Budair übersetzt, der in der kuwaitischen Tageszeitung *Al-Rai* erschienen war. Al-Rai warf die Frage auf, was die muslimische Welt unternehmen würde, wenn junge Männer aus Europa in arabischen Metropolen im Namen des Christentums Selbstmordanschläge verüben würden. Wie würde Saudi-Arabien reagieren, wenn plötzlich in Riad zwei Wolkenkratzer zusammenstürzen und katholische Priester von den Dächern herunterpredigen würden: »Gott, lösche die Muslime aus und besiege sie alle!« »Was würden Sie tun«, fragte sie weiter, »wenn christliche Extremistengruppen, die eine jahrtausendealte Tracht tragen, sich zu Mord und Totschlag bekennen und die Forderung erheben, dass alle Menschen wie zur Zeit Jesus leben müssen und die Verfassung der Bibel unterzuordnen sei?«

Gegen Mittag betrat Bruno meine Suite. Er brachte das Frühstück, er meinte, es sei besser, wenn ich nicht mehr oben bei den Arabern frühstückte. Er musste längst bemerkt haben, dass ich mich morgens in einem desolaten Zustand befand. Ja, am Morgen haderte ich mit dem Schicksal, schwor mir, keinen Tropfen mehr anzurühren, doch bevor mich gegen Abend das heulende Elend wieder heimsuchte, bat ich Bruno um eine weitere Flasche Rotwein.

Einmal brachte er eine Flasche Bordeaux. Gemeinsam freuten wir uns über diesen edlen französischen Tropfen und zelebrierten ein bisschen Savoir Vivre. Ich hätte mich gerne mit ihm über Jacob Burckhardts »Weltgeschichtliche Betrachtungen« unterhalten, Burckhardt beschrieb Krisen als »Momente verdichteter Geschichte«, Entwicklungen, die normalerweise Jahrzehnte oder Jahrhunderte brauchen, würden sich in kürzester Zeit vollziehen.

»Erleben wir gerade eine solche Krise?«, fragte ich Bruno.

Er krempelte den Ärmel zurück und zeigte auf die Tätowierung an seinem rechten Unterarm, es waren arabische Zeichen: »Dieses Gekritzel habe ich mir tätowieren lassen, für alle Fälle. Man weiss ja nie, was noch alles passiert.«

»Und was bedeutet das?«

»*Muslim*. Wörtlich übersetzt heisst es, *der sich Unterwerfende.*«

Nachts torkelte ich durch die dunklen Gassen der Lagunenstadt. Wie ein fiebriger Schatten huschte ich über die gewölbten Brücken, schaute in die schwarzen Kanäle hinunter, beobachtete die vertäuten Boote, die im Wasser schaukelten, hielt Ausschau nach bärtigen Silhouetten hinter Mauervorsprüngen. Manchmal hörte ich jemanden rufen, aber meistens hörte ich gar nichts, vielleicht den Hall meiner Schritte auf dem klobigen Pflaster, ab und zu eine Stimme, »Nessun Dorma« oder »Misere«, manchmal blieb ich unter dem Balkon eines Patrizierhauses stehen und horchte. Und dachte nach, erinnerte mich.

Damals, nach dem Blutbad in den Redaktionsräumen von Charlie Hebdo, hatten selbst jene Politiker und Kulturschaffende, die gerne Voltaire zitieren, die Frage aufgeworfen, ob es bei blasphemischen Karikaturen nicht auch Grenzen der Meinungsfreiheit gab und ob diese

Karikaturisten nicht selber schuld waren? Ein bisschen wenigstens. Aber Meinungsfreiheit beginnt gerade dort, wo es weh tut.

An Bord der Serenity

Ich lebe seit einigen Wochen auf der »Serenity«, Bruno hatte mich gewarnt. Jetzt sitze ich jeden Morgen im Salon und lese auf dem iPad die *Financial Times*. Ich mag diese englischen Lederfauteuils. Sie sind bequem und verströmen einen Hauch von British Empire. Manchmal blicke ich kurz von meinem Calvados auf und schaue den Kellnern zu, wie sie kleinste Fältchen auf den weissen Tischdecken mit einem heissen Glätteisen ausmerzen. Dann kommen die Kellnerinnen in ihren kurzen schwarzen, engen Röcken und den dunklen Strümpfen. Mit dem Lineal richten sie Besteck und Geschirr aus. An den Wänden hängen Porträts von Menschen, die Geschichte geschrieben und in diesem Salon gespeist haben. Es gibt keine Galerie für die Bad Guys. Unter den Gemälden reihen sich Tischvitrinen aneinander mit historischen Schiffsmodellen, von der Zeit Magellans, dem Beginn der Globalisierung, bis zur Gegenwart, bis zu den Privatjachten der Stars und russischen Oligarchen und der Champions League der Kreuzfahrtschiffe. Das grösste Modell ist das der »Serenity«, 1000 Passagiere an Bord, und ich bin einer von ihnen. Der Aufenthalt auf der »Serenity« ist nicht billig, aber dafür geniesse ich die Stille in der Palm Court Lounge und den besten Calvados der Normandie. Die Crew nennt mich respektvoll Papa Mitch, sie verwöhnen mich. »Don't stop cruising« sagt der Captain jeweils, wenn er mich nach Mitternacht an der leeren Piano-Bar antrifft und das Glas zu meinem Wohl erhebt. Einmal sagte er, dass die Serenity jedem Sturm trotzen könne, es sei ein bisschen wie im richtigen Leben, nur dass hier alles überschaubar, übersichtlich sei und dass es nach dem Sturm immer einen Calvados gebe.

Die frankophonen Heimkehrer waren bei Razzien getötet oder verhaftet worden. Die Gefangenen hatte man nach Bangui geflogen, der Hauptstadt der zentralafrikanischen Republik. Das war der Preis, den der zerrüttete Staat bezahlen musste, um sich die Anwesenheit französischer Fallschirmspringer zu sichern: Ein Foltercamp in den Bergwäldern der Pygmäen. Die Geständnisse führten zu einer europaweiten Verhaftungswelle. Die Marlboro Männer der Wüste hatten nun das Image von Verrätern, von Losern. Seit man der Hydra in Syrien und im Irak den Kopf abgeschlagen hatte, war der personelle Nachschub aus dem Nahen Osten versiegt. Ich glaube, dass am Ende auch die Mehrheit der Muslime diese nihilistischen Killermaschinen nicht mehr als Glaubensbrüder betrachteten, da sie wahllos auf offener Strasse Muslime und Christen gleichermassen niedergemäht hatten. Sie nahmen sie nun als gottlose Terroristen wahr, die ihren friedlichen Alltag im Westen bedrohten, schickten die von Saudi-Arabien ausgesandten erzkonservativen Hassprediger wieder in die Wüste zurück und ersetzten diese durch Imame, die in Europa aufgewachsen waren und den Koran modern interpretierten. Treibende Kraft war vielleicht auch die rasch ansteigende Zahl junger Araberinnen, die hier im Westen aufblühten wie die gelben Blüten der Arnebia pulcha, der Prophetenblume. Sie benutzen die Gelegenheit, um sich endlich von ihren Patriarchen zu befreien und ein selbstbestimmtes Leben zu führen. Ja, jetzt waren es diese junge Araberinnen, die sich weltweit unter dem Hashtag #ماريان (Marianne) organisierten, in Anlehnung an die Nationalfigur der Französischen Republik, die mit wehender Fahne und entblösster Brust die Revolutionäre anführte. Die entblösste arabische Brust wurde zur weiblichen Faust. Es entbehrt nicht einer gewissen Ironie, dass Frédéric Bartholdis erste Entwürfe für die Freiheitsstatue, eine ägyptische Bäuerin, eine Muslima, darstellten, die das Licht der Freiheit bringt. Aber etwas hatte überlebt: Die ultrakonservativen Muslime in den königlichen Moscheen, die den radikalen Salafismus aus Saudi-Arabien predigten. Ein innermuslimischer Reformationskrieg auf europäischem Boden stand uns bevor, er würde Jahre dauern und die Parlamente einschüchtern.

Ich schreibe immer noch Mails an die Massagestudios von Chiang Mai. Ich google weiterhin regelmässig, ob es Neueröffnungen gibt. Ich surfe durch die sozialen Medien, ich habe die Hoffnung nicht aufgegeben, dass auch Nang nach mir sucht. Ich habe einen neuen Facebook Account, sie kann mich finden. Ist es Karma, dass wir uns nie mehr sehen werden? Oder der Calvados?

Bangkok

Gegend Abend legten wir in Laem Chabang an, einer Hafenstadt im Golf von Thailand. Der Captain hatte mir empfohlen, noch draussen an Deck zu gehen, doch ich blieb in der Piano-Bar hängen und irgendwann schlief ich über dem Tresen ein. Kurz vor Mitternacht weckte er mich sanft und fragte, ob er etwas für mich tun könne. Er schien besorgt. Ich erklärte ihm, dass ich diese Nacht einen Freund brauchte und bat ihn, mein Gast zu sein. Er sagte, sein Name sei Fernando, Fernando Lopez. Schweigend prosteten wir uns zu.

Nach einer Weile sagte er, am Abend sei noch jemand zugestiegen. Seine Stimme klang so, als wolle er mir etwas Bestimmtes mitteilen.

»Trägt er einen Bart?« murmelte ich ohne ihn anzuschauen und richtete mich auf dem Hocker auf. Der Pianist stimmte »Ballade pour Adeline« an. Ich starrte in den Wandspiegel hinter dem Tresen. Ich sah den Pianisten hinter mir. Mir schien, als sei er über Nacht ergraut, vielleicht war es auch ein anderer Pianist. Ich überlegte für einen kurzen Augenblick, ob der Captain meine Frage beantwortet hatte und zog in Betracht, dass ich ihm gar keine Frage gestellt hatte. *Trägt er einen Bart?*

»Nächsten Monat nehmen wir Kurs auf New York« sagte er, »*Don't stop cruising.* Es ist ein schöner Anblick, wenn sich der Nebel lichtet und die Fackel der Freiheitsstatue erscheint.«

»Fernando«, seufzte ich, »wenn Sie nach New York gehen, werden sie die Göttin der Freiheit sehen, aber vielleicht wird ihre Fackel erloschen sein. Wir haben verloren, was wir nicht verteidigt haben.«

Der Captain nippte an seinem Glas. Er sah es nicht gern, wenn seine Gäste melancholisch wurden. »Mitch«, sagte er freundlich, »haben Sie den Sternenhimmel schon gesehen? Er ist heute Nacht besonders schön. Bald geht die Sonne auf, sie schenkt uns einen neuen Tag und neue Hoffnung.« Er lächelte vieldeutig und schob mir ein Buch über den Tresen. "Godless Sun".

»Woher haben Sie das?«

Fernando legte mir den Arm auf die Schulter: »Sie trägt keinen Bart. Sie steht oben an der Reling, auf dem dritten Oberdeck. Sie sagt, sie hätten sich nach einer Massage erkundigt. Wieso gehen Sie nicht einfach rauf und bringen ihr einen Drink. Es ist eine wunderschöne Nacht.« Während der Pianist »Pledging my love« anstimmte, nahm ich die Flasche Calvados und rutschte vom Barhocker runter: »Hat sie sonst noch etwas gesagt?«

»Ja«, sagte der Captain der Serenity, *»das ist Karma*, hat sie gesagt.«

ENDE

NACHWORT

Mit "Godless Sun" versuche ich Chronist einer möglichen Zukunft zu sein. Ich habe internationale Medienberichte, Polizeiberichte, Talkshows, Dokus, Koraninterpretationen der diversen Rechtsschulen, Statistiken, demographische Entwicklungen und Interviews mit Sicherheitsexperten, Polizeibeamten, Richtern, Präsidenten von Muslimvereinen, Flüchtlingshelfern, Politikern, Ärzten, integrierten Muslimen, Konvertiten, radikalen Muslimen, Hasspredigern und Islamisten verarbeitet. Ich habe das Thema mit meinen muslimischen Kollegen diskutiert.

Zu meinen Recherchen gehörten auch die Lektüre der Bücher und Essays von Ayaan Hirsi Ali, Saïda Keller-Messahli, Sabatina James, Hamed Abdel-Samad, Boualem Sansal, Kacem El Ghazzali, Necla Kelek, Armin Nassehi, Heinz Buschowsky (SPD), Ex-Bürgermeister von Berlin-Neukölln, Peter Scholl-Latour, Henryk M. Broder, Tania Kambouri (Kriminalkommissarin) und die Berichte der Kriegsreporter Eugen Sorg und Kurt Pelda.

Für den Ursprung der Religiosität und die Entstehung der Religionen griff ich auf die umfangreichen Recherchen zurück, die ich für meine Romane »Cäsars Druide« und »Gehet hin und tötet« durchgeführt hatte. Ausführlich habe ich mich mit den Schriften von Sigmund Freud, Tom Harper (»Der heidnische Heiland«) und Karlheinz Deschner (»Der gefälschte Glaube«) auseinandergesetzt. Eingeflossen sind auch die Aussagen des Religionswissenschaftlers Prof. Dr. Jürgen Mohn und des Theologen Martin Wallraff zu meinen Betrachtungen über den

Mithras Kult. Armin Nolzen ist der Wissenschaftler, der das Standardwerk über Religiosität zur Nazizeit publizierte. Diverse Neurologen und Astrophysiker der Neuzeit haben sich zum Thema geäussert, aber auch Evolutionsbiologen wie Richard Dawkins, Philosophen wie Michael Schmidt-Salomon oder Nuklearphysiker wie Pervez Hoodbhoy. Einige dieser Persönlichkeiten treten in meinem fiktiven Roman mit Originalzitaten auf. Diese sind meistens kursiv gesetzt. Einige Texte, die Mitch für seine religionswissenschaftlichen Vorträge benutzt, stammen aus meinem Roman »Gehet hin und tötet« (Heyne Verlag), der heute unter dem Titel »Der Bankier Gottes« lieferbar ist.

Für das Thema Sekten, Aberglauben und Science-Fiction habe ich mich ausführlich mit der Entstehung und Funktionsweise von Sekten beschäftigt. Dazu gehörten sowohl die Publikationen der Verfassungsschutzorgane in den diversen Ländern, Gerichtsurteile, aber auch Schriften von Sektengründern und Interpretationen aus psychologischer und psychiatrischer Sicht (Fredric Wertham und Dieter Wellershoff). Zu den Standardwerken gehören auch die Schriften von Lawrence Wright (Going Clear) und Russel Miller (Bare-faced Messiah), der eine monumentale Biographie über L. Ron Hubbard verfasst hat. Hilfreich waren auch die Schriften und Interviews von Sektenexperten wie Hugo Stamm (Schweiz), Ursula Caberta (ehemals Hamburger Innenministerium), Wilfried Handl (Wien) und Günther Beckstein (ehemaliger Bayerischer Ministerpräsident). Die populärwissenschaftliche Prä-Astronautik ist mit Erich von Däniken präsent. Als Special Guest tritt er mit diversen Originalzitaten auf.

»Das Buch der vereinfachten Rechtswissenschaft« und "Der vereinfachte Kommentar" sind in arabischer Sprache verfasste Hetzschriften, die auf Schweizer Strassen kostenlos an Muslime verteilt werden und auf der dritten Seite den Stempel des radikalen Islamischen Zentralrates der Schweiz (IZRS) tragen. Ich habe Teile der englischen Übersetzung gelesen. Sie propagieren die Einführung der Scharia und die Tötung von Andersgläubigen, Konvertiten und Abtrünnigen. Abtrünnig ist, wer das Gesetz eines nichtmuslimischen Landes akzeptiert.

Im Kapitel »Der Letzte seines Jahrgangs« sind einige Zeilen kursiv gesetzt, sie sind nach Motiven eines Gedichtes, das die Krankenschwester Phyllis McCormack 1966 im »Sunnyside Hospital« schrieb: »Crabbit Old Woman«.

Die Beschreibung des keltischen Festes »Samhain« ist meinem Roman »Cäsars Druide« entnommen, der heute unter dem Titel »Das Gold der Kelten« erhältlich ist.

Die Bibel der Atheisten

Parallel zu diesem Roman habe ich die Zitatensammlung »Die Bibel der Atheisten« zusammengestellt, die Mitch gegen Ende des Buches zu schreiben beginnt. »Die Bibel der Atheisten« ist bei Amazon als eBook erhältlich.

Das Buch ist eine Sammlung von Zitaten berühmter Atheisten von Xenopohanes über Sigmund Freud bis hin zu Woody Allen. Aus mehreren hundert Zitaten wurden nur gerade die besten 50 Quotes der letzten 3000 Jahre ausgewählt, ausschliesslich Zitate, die sich durch Originalität, Prägnanz und Relevanz des Zitatgebers aufdrängten. Die Zitate sind chronologisch aufgeführt, damit die Lektüre auch einen Überblick über die Entwicklung des Atheismus in den verschiedenen Jahrhunderten und Epochen ermöglicht. Während vor zweitausend Jahren Reflektionen über Atheismus den Philosophen vorbehalten waren, begannen im Spätmittelalter Weltumsegler wie Magellan oder Wissenschaftler wie Galileo Galilei aufgrund ihrer astronomischen Beobachtungen an der Existenz eines Gottes zu zweifeln. Nach den Aufklärern des 18. Jahrhunderts, die Vernunft und Wissen dem Glauben entgegensetzten, folgten später Betrachtungen aus psychologischer Sicht. Mittlerweile hat die Diskussion die Forschungslabors der Neurologen erreicht.

Mehr über meine Arbeit auf www.cueni.ch
Meine Autorenseite auf Facebook:
https://www.facebook.com/claudecueniautor
Mich erreichen Sie wie üblich unter claude@cueni.ch

Claude Cueni, Basel/Allschwil, Sommer 2016